ROSALIE

Données de catalogage avant publication (Canada)

Néron, Carol, 1949-

Rosalie

ISBN 2-920176-72-2

I. Titre.

PS8577.E76R67 1989   C843'.54   C89-096439-4
PS9577.E76R67 1989
PQ3919.2.N47R67 1989

© *Les Éditions JCL inc., 1989*
Édition originale: novembre 1989

CAROL NÉRON

ROSALIE

Éditeurs
LES ÉDITIONS JCL INC.
CHICOUTIMI, Québec, Canada
Tél.: (418) 696-0536

Illustration de la page couverture
JOHANNE CULLEN

Maquette de la page couverture
JEAN DELAGE

Révision linguistique
ROLAND BOURDEAU
MARTINE BRUNET

Technicienne à la production
JUDITH BOUCHARD

Distributeur officiel
LES MESSAGERIES ADP
955, rue Amherst,
MONTRÉAL, (Qc), Canada
H2L 3K4
Tél.: (514) 523-1182
1-800-361-4806
Télécopieur: (514) 521-4434

Dépôts légaux
4e trimestre 1989
Bibliothèque nationale du Québec
Bibliothèque nationale du Canada

ISBN
2-920176-72-2

À Claudette

NOTE DE L'AUTEUR

Toute ressemblance de quelque nature que ce soit
avec des personnages existants ou ayant existé,
serait fortuite et involontaire.

AU COMMENCEMENT ÉTAIT LA PEUR

La peur, ce sentiment universel aux couleurs délavées comme les vestiges d'une fête foraine exposés aux vents de trop nombreux hivers; la peur, cette invitée ponctuelle et indésirable, compagne de l'obscurité et des lieux déserts, sans vie.

Existe-t-il un antidote contre la peur, excepté, peut-être, la fuite honteuse dans une ultime négation de la réalité? L'être humain, si ridiculement faible face à l'inconnu, peut-il se prémunir contre cette courtisane froide comme la mort, indifférente à la joie et aux paroles les plus rassurantes? La peur qui écrase le ventre, torture l'esprit pour en faire une bouillie innommable, la peur qui, poussée à sa limite extrême, oblige les êtres les plus intelligents, les mieux équilibrés, à poser des gestes incompréhensibles et irraisonnés.

La peur se préoccupe peu des gens qu'elle croise sur son chemin, pas plus qu'elle ne s'embarrasse de frontières aussi vaines qu'inutiles. Elle cajole les enfants le jour pour mieux les terrifier lorsque surgissent les nuits sans lune; elle rend les hommes fous en les surprenant en quelque lieu obscur fréquenté seulement par les ombres insaisissables du passé.

La peur, fille des chimères et des contes ensorcelants, née, comme l'homme, d'un malentendu avec la nature, ne connaît jamais le repos. Non, il n'existe aucun remède à la peur, aucune parade possible capable de contrer ce terrible sentiment d'impuissance et d'inquiétude qui se manifeste sans avertissement et de manière si abrupte qu'il est vain de tenter d'y résister.

Les occasions de faire connaissance avec cette prêtresse au regard noir ne manquent pas, puisque la civilisation, du moins ce monde décrit aujourd'hui comme tel, produit un nombre considérable de marchands de peur.

Il y a différentes sortes de peurs, toutes liées à des comportements particuliers, adaptées à chaque être humain.

Il y a la peur, normale, du lendemain; cette peur-là est familière, voire amicale. Ainsi, certaines personnes trop sensibles préfèrent se tenir à bonne distance de la télévision et des journaux, de ces étalages couleurs de sang et de catastrophes, autant pour oublier la méchanceté de leur époque que par crainte d'éprouver des remords justifiés et par trop atroces. D'autres, plus sensibles aux forces mystérieuses parcourant les zones inexplorées de leur environnement, évitent les placards profonds et obscurs, les entresols froids et poussiéreux, ou encore les clairières au crépuscule. Il y a aussi ces citadins incapables de se promener dans les parcs au soleil de midi, parce qu'il sont terrorisés rien qu'à la pensée des agressions dont ils pourraient être les innocentes victimes. Ce sont là des peurs justifiées, cadrant bien avec notre époque incertaine, des peurs somme toute facilement contrôlables, sinon excusables. À un moment ou l'autre de leur existence, tous les humains sont confrontés à ces types de peur.

La peur n'est pas que terreur aveugle. Condescendante, il lui arrive d'accorder un répit à ses victimes, un intermède imprévu et apprécié, tant qu'il demeure dans les limites du raisonnable, c'est-à-dire qu'il permet à la peur de consolider son statut de maître par rapport à celui d'esclave, qui est le lot des pauvres êtres qu'elle choisit pour centre de son affection. La peur acceptera de bonne grâce de se retirer dans un lieu peu fréquenté de l'esprit pour refaire le plein d'énergie, permettant ainsi aux malheureux qui font l'objet de son attention soutenue de récupérer un peu, d'oublier... Mais attention! la peur ne possède aucun don pour la vie d'ermite; lorsque l'on croira, à tort, s'être débarrassé de sa compagnie par trop envahissante, elle reviendra hanter les longues veillées d'automne, près de l'âtre ou, pis, elle revendiquera sans partage le lit trop grand des nuits sans sommeil.

Quels sont les lieux de prédilection où la peur préfère élire domicile? Musarde-t-elle encore dans les cimetières, la nuit venue, prête à fondre sur les pauvres hères égarés dans ces mondes sans vie réputés pour les sombres créatures qu'ils hébergent? Ou bien la peur, cynique et décidée à respecter les modes de son époque, déambule-t-elle, hypocrite, sur les trottoirs et dans les rues mal éclairées des Mégapolis de cette fin de siècle précurseur de l'Apocalypse?

Ses errances sur les champs de bataille, toujours nombreux, oblige-t-elle la peur à se disperser, au risque de minimiser ses effets de façon dramatique?

La peur.

Le Diable aurait-il inventé la peur au septième jour de la Création? À moins que la Mort, cette carte frimée dans le grand bluff de la vie, ait elle-même choisi de meubler ainsi ses trop rares loisirs?

**

Lui, ni Dieu ni Diable, bien que compagnon fidèle de la Mort, n'éprouvait aucune crainte, si petite fût-elle. Dispensant la peur avec un souci de justice hors du commun, il occupait une position privilégiée dans l'échelle des valeurs à laquelle il se référait et dont les critères avaient été fixés de façon aléatoire par le mauvais génie qui veillait sur son destin. Il ne craignait ni la Mort ni le Diable. Normal, puisque c'était un assassin. Il donnait la mort avec délectation, s'emparait de la vie des autres pour mieux jouir de la sienne.

Assassin.

Ce mot, simple en soi, comme tous les mots du langage courant voulant se tailler une réputation et n'y parvenant que difficilement, mais également terrible par ce qu'il impliquait, heurtait ses tempes, broyait ses pensées comme l'aurait fait une migraine longtemps refoulée. Comme l'alpiniste, à l'assaut d'une montagne, qui avance centimètre par centimètre avant de savourer la victoire finale, le mot, au demeurant sans conséquence immédiate tant qu'il se confinait dans un rôle de nature morte, devint le centre de ses préoccupations du moment, occultant toute autre considération.

Il autorisa le concept qu'entraînait cette redéfinition de son être à s'installer à demeure dans le courant tumultueux de ses pensées profondes, obscènes. Quitte à y revenir plus tard, et sans y mettre de manières, il convint d'abandonner le cours normal de sa réflexion dont l'essentiel pour l'instant se résumait à peu. Ses yeux fixaient l'écran seulement pour donner le change à la partie éveillée, encore que vaguement consciente, de son cerveau. Les images transmises par le poste de télé, habituées à ce genre de comportement incohérent, défilaient devant son regard perdu en un ordre impeccable. Indifférentes au peu d'intérêt qu'elles éveillaient chez ce témoin amorphe, les scènes se succédaient selon un rythme immuable, sous le haut patronage d'un réalisateur robotisé par de trop nombreuses années passées dans les régies enfumées et sombres.

De bon gré, – la télévision, d'une façon qu'il parvenait mal à expliquer, éveillait en lui un sentiment de douce quiétude propice à l'introspection – il s'était laissé envelopper avec délectation par l'écran monochrome du poste payé cinquante dollars chez le brocanteur du quartier. Sur l'écran, des personnages animés, à la voix criarde, déchaînaient une cascade de catastrophes dans le village préhistorique qu'un scénariste, sans doute viré de chez Disney parce qu'il manquait d'inspiration, avait dessiné à leur intention.

Assassin. Oui et non... Il s'agissait bien plus d'une question de point de vue que d'une vulgaire affaire de justice. À moins que le Diable, solitaire parmi les solitaires, soit capable, lui aussi, de ressentir des états d'âme? Pourquoi pas? Et s'il était lui-même le Diable? En y réfléchissant bien, ce rôle apparaissait parfaitement taillé à son gabarit intellectuel. Il correspondait, dans une certaine mesure, à un état d'esprit s'imbriquant admirablement à sa conception, disons un peu étriquée, de la vie. Ou de la mort? À moins que ce ne fût les deux à la fois...

Poursuivant avec lui-même ce dialogue muet, en même temps ironique et sérieux et, il devait bien l'avouer, en y mettant un certain plaisir, il essayait de déterminer comment il avait pu en arriver là. Non pas qu'il tentât de justifier d'une manière un peu trop voyante son nouveau statut dans la société; cette gymnastique intérieure visait plutôt à le faire renouer subtilement avec une réalité ayant tendance à lui échapper. Il se livrait à une forme d'examen de conscience au second degré en prenant la précaution d'éloigner de lui toute notion de ferme propos ou de regret. Le fait qu'il ne se souvienne de rien dès qu'il se laissait emporter par son goût animal pour le sang, et l'obscurité bienveillante qui enveloppait dans son esprit les actions meurtrières commises au nom d'un jeu sadique dont lui seul connaissait les règles, l'empêchaient de mettre ses idées en ordre, d'analyser froidement les pulsions incontrôlables qui emprisonnaient la partie positive de son être dans un donjon intérieur, aux murs aussi épais que la distance séparant la terre du soleil. Ce kidnapping, ce détournement subit de son libre arbitre prenait, dans son esprit plus torturé qu'il ne voulait l'admettre, la forme abstraite d'un théorème dont la conclusion avait beaucoup à voir avec la vie et la mort, surtout la mort, un théorème auquel Freud lui-même aurait bien aimé se frotter, concluait-il, faussement modeste.

Pour lui, tuer était devenu une agréable mission relevant d'un art aussi vieux que l'humanité, une façon de meubler ses trop nombreux temps libres et pas nécessairement bienvenus. Il tuait comme d'autres se grisaient de rouler à deux cents à l'heure en BMW. Le désir irrépressible de passer du projet à l'acte, du fantasme à la jouissance, semblait se manifester de manière tout à fait naturelle, spontanée. Il se demandait si ce don pour enlever la vie n'avait pas, tout compte fait, quelque chose à voir avec un dérangement d'ordre psychologique. À certains moments, tels ces artistes célèbres dont il avait lu la biographie dans des éditions de poche glanées au gré de rencontres éphémères, il n'hésitait pas à remettre sa curieuse démarche en question, allant jusqu'à se lancer des ultimatums, rien que pour juger de la justesse et de la pertinence de sa mission.

Cesser de tuer? Prendre une retraite méritée et se retirer indéfiniment du marché de la mort? Non, il avait encore trop de choses à accomplir. Le destin l'appelait, faisait miroiter devant ses yeux mille réjouissances encore inexprimées et prometteuses de délices sans fin.

Et la folie dans tout cela? Malgré sa belle assurance, la folie ne jouait-elle pas un rôle secondaire mais omniprésent dans l'incroyable rendez-vous que lui fixait le destin avec la vie de ses contemporains?

La possibilité d'être anormal le tenaillait, apportant dans ses bagages l'ombre du désordre mental, ce qu'il était loin d'apprécier, encore moins de reconnaître. De nouveau, et compte tenu des conséquences qu'une telle interprétation de ses gestes était susceptible d'entraîner pour son équilibre, il choisit la fuite en avant, préférant ne pas s'attarder à ce genre de réflexion en forme d'accusation dissimulée. Il jugeait fâcheuse toute tentative visant l'exclusion de la conscience dans l'élaboration de ses projets meurtriers et leur application.

À l'extérieur de l'appartement, dans un ailleurs qu'il percevait vaguement, une motocyclette enragée, conduite par un imbécile en mal de sensations fortes et dangereuses, fit entendre un long gémissement mécanique sur fond de pneu sacrifié au dieu de la vitesse pure. Il cilla, d'abord agacé puis, finalement, amusé. Décidément, la vie de banlieue prenait un sérieux coup de vieux! Le respect changeait de visage pour adopter le comportement débraillé d'un laisser-aller général de mauvais augure. La remarque, à peine enregistrée dans son cerveau, amena un sourire désabusé sur ses lèvres. Qui était-il pour juger ainsi de la conduite des autres?

Et si une forme particulièrement vicieuse de démence meurtrière présidait au désordre de certains de ses agissements? Il écarta du revers de la main cette turpitude intellectuelle, cette insulte à son intelligence, aussi rapidement qu'elle s'était manifestée. Bien que la folie, devant la justice des hommes, ait tendance à se transformer en une solide police d'assurance, il ne tenait pas à ce qu'un déséquilibre psychologique, aussi hypothétique et passager fût-il, vienne le priver du plaisir solitaire de tuer de sang-froid.

Inutile de nier la jouissance que lui procurait les actes – affreux? – qu'il commettait. Sans faire preuve d'un orgueil que certains esprits bien pensants auraient pu juger quelque peu déplacé, à la limite démesuré, il estimait apporter une certaine classe, une finesse de bon ton, dans l'application de ses desseins. Il tuait non seulement par plaisir, mais aussi par souci de rendre service à l'humanité. Peut-être était-il réellement un instrument du destin, comme Jack l'Éventreur? Peut-être éviterait-il au monde la naissance d'un Gengis Khãn, d'un second Hitler?

Il ne sélectionnait pas ses victimes, du moins pas dans le sens généralement admis pour décrire cette action. En cela, il préférait s'en remettre au hasard et à son inspiration du moment. Dès lors, il devenait possible que l'un de ses actes, par quelque concours de circonstances impossible à expliquer, soulage l'humanité d'un dictateur à naître, d'un président fou à la gâchette trop facile. À moins que son irrésistible besoin de donner la mort relevât davantage du simple plaisir que de la mission divine? Auquel cas, il serait inévitablement, irrémédiablement fou!

L'obscurité dans laquelle baignait le souvenir de ses actes l'agaçait plus qu'il ne voulait réellement l'admettre. Voilà qui traduisait une forme de faiblesse qu'il refusait de considérer comme lui appartenant. Jugeant qu'il était un individu normal aux prises avec un monde présentant un comportement hautement anormal, il acceptait difficilement de devoir forcer sa mémoire pour que celle-ci, mauvaise joueuse, accepte enfin de lui restituer les images de ses meurtres.

Outre le plaisir que ces *black-out* l'empêchaient après coup d'éprouver, il se demandait, avec une inquiétude grandissante, particulièrement depuis les derniers mois, s'il n'était pas en train de se condamner lui-même, tellement il était prêt à juger avec sévérité le moindre manquement à ses habitudes. La folie? Il s'ébroua mentalement, conscient d'un coup de s'être laissé entraîner dans un univers qu'il connaissait mal, un monde rempli de chausse-trappes et de monstres griffus, grimaçants. Non, ce concept, cette tare inhérente à trop d'humains, voilà qui était, qui devait être absolument, totalement étranger à sa démarche.

Cachée très profondément en un lieu sombre et inconnu de son être, une petite voix flûtée, presque enfantine, séduisante par le ton et le rythme, se fit entendre. D'un seul coup, il fut projeté dans un puits de lumière scintillante dont l'éclat insoutenable ravissait son esprit. Transporté au-delà de toute expression, il se laissa guider par cette voix, si douce et mélodieuse qu'elle semblait provenir de partout et de nulle part à la fois.

«Viens, suis-moi, je serai ton guide, ton amie pour l'éternité. Je te prendrai par la main et je te présenterai la peur; elle te tendra affectueusement les bras, t'enlacera pour mieux t'embrasser. Elle saura t'étreindre avec passion et t'aimer sans partage. Elle communiquera à ton cœur ce froid glacial qui donne envie de mourir. Accompagne-moi, je t'emmènerai en des lieux éclairés par un soleil à l'éclat insoutenable, dans un ciel d'azur plein d'oiseaux au plumage multicolore. Les enfants joueront dans les champs, une paix profonde régnera sur les hommes et les bêtes. Mais la peur sera là, tapie dans un fourré, prête à fondre sur quiconque osera s'aventurer trop près d'elle.

«Viens près de moi, insistait la voix, je ferai en sorte que tu n'oublies jamais ce voyage aux confins de la nature humaine, là même où naît et grandit la peur. Grâce à moi, tu pourras expérimenter des sensations encore jamais éprouvées par aucun être vivant ou mort. Assis aux premières loges du théâtre de la vie et de la déchéance, tu seras témoin de drames effrayants mais délectables.»

Il sentait s'épanouir une force impitoyable dans le réseau complexe de ses muscles et de ses nerfs, de ses veines et de ses os, pendant que la voix, telle une mélopée, se faisait plus insistante, envoûtante. Un frisson parcourut sa colonne vertébrale et, à sa grande surprise, il sentit son sexe se durcir. Il fut tenté de s'abandonner tout à fait, mais cela aurait gâché le plaisir. Il préféra attendre, écouter ce que la voix avait à dire, conscient que le message qu'il entendrait bientôt confirmerait sa mission en lui donnant enfin un sens.

«Je te propose un voyage unique, une aventure qui te permettra de partager les expériences terrifiantes d'êtres te ressemblant et dont les ridicules pouvoirs n'ont rien de commun avec ceux que des forces obscures t'ont légués. Il n'y a pas de limites à ce que peut endurer un être humain tant que la peur ne l'a pas emprisonné dans ses griffes. Viens avec moi, viens tenir compagnie à la Mort dans ce monde aux apparences trompeuses où règne la peur. Fais route à mes côtés dans ce labyrinthe de passions et de sang, de tortures et de hurlements. Ensemble, nous apprivoiserons la Peur et, lorsque, enfin, elle nous connaîtra suffisamment, qu'elle appréciera nos qualités, alors, elle nous présentera le membre le plus éminent de sa famille, la Terreur.»

Petit à petit, la voix s'éteignit jusqu'à n'être plus qu'un léger souffle, un murmure à peine audible dans l'ouragan des sentiments contradictoires que son intervention avait déchaînés. Il prit soudainement conscience de la position inconfortable dans laquelle il se trouvait. Il se redressa en poussant un soupir, cligna des yeux et reprit contact avec la réalité. Les Flinstones, fidèles à leur naïve logique, menaçaient de nucléariser leur village pour le plus grand plaisir, il n'en doutait pas, de milliers de jeunes téléspectateurs. D'un mouvement impatient, il coupa le son et l'image du téléviseur comme si ce geste, par sa simplicité, eut été en mesure d'effacer jusqu'au souvenir de ses réflexions.

Cette fois, contre toute attente, sa mémoire ne lui fit pas faux bond. Il se leva, un sourire indéfinissable étirant ses lèvres. Le Destin l'appelait. Encore.

CHAPITRE I

L'ILOT DE LUMIÈRE

Lucille, pourquoi es-tu partie?
La récolte se meurt dans les champs,
Lucille, sans toi je vais mourir,
Lucille, pourquoi m'as-tu quitté?

Chaude, voluptueuse, avec juste ce qu'il fallait d'émotion contenue pour rendre véridique une peine d'amour chantée sans trop de conviction, la voix de Kenny Rogers susurrait à des centaines de milliers d'esseulés une mélodie cent fois entendue. La musique, triste mais entraînante, laissait entendre que, malgré l'immense peine qui rongeait le chanteur, celui-ci arriverait bien un jour prochain à oublier le départ du grand amour de sa vie. Remplissant l'air de leur tonalité enlevante quoique discrète, les notes, légères, virevoltaient dans l'atmosphère rendue respirable par le climatiseur et, en fin de course, s'entrechoquaient gaiement sur les blocs de parpaing empilés les uns sur les autres, puis cimentés pour des siècles par des maçons experts dans leur art. Alignés dans un ordre parfait de part et d'autre du corridor éclairé chichement par des lampes de faible intensité, les cubes de ciment accomplissaient leur œuvre qui était de tenir à distance respectable les uns des autres les représentants d'une humanité souffrante, pour qui l'expression *désordre mental* était plus qu'une simple vue de l'esprit.

Les hôpitaux, malgré les grandes découvertes de la médecine, ne guérissent pas les peines d'amour, et les médecins, s'ils

19

parviennent quelquefois à réaliser des miracles, sont incapables de soulager les maux qui rongent les sentiments... Rosalie Richard était bien placée pour méditer sur cette tragique vérité. De l'amour, elle ne connaissait que ses grandes peines et ses petites déceptions quotidiennes; quant à l'espoir de rencontrer un jour l'âme sœur, il y avait des lustres qu'elle en avait fait son deuil. C'était peut-être pour ces raisons qu'elle appréciait tant Kenny Rogers et ses chansons simples sur les amours impossibles dans lesquelles la tristesse, aussi banale qu'elle se présentât, parvenait à faire bon ménage avec une certaine tendresse. Étouffant un bâillement qu'elle aurait voulu plus discret, elle revint à son tricot, une occupation qui, à défaut de la satisfaire, contribuait à la garder éveillée en réclamant la plus grande partie de son attention.

Se heurtant à l'occasion, selon le mouvement qu'elle donnait à ses poignets, les courtes tiges de métal laissaient percer un clic perceptible à ses seules oreilles. Se succédant à une cadence accélérée ou ralentie, selon le degré d'attention qu'elle portait à son travail, les mailles s'enroulaient en spirale le long du bout de métal leur servant de support. Lentement, et d'une manière monotone, l'ouvrage prenait forme. Le tricot, des chaussettes de laine destinées à garder au chaud, l'automne venu, les pieds d'un malade délaissé par sa famille, serait rendu à terme à la fin de son prochain quart de travail... à moins que le patient de la chambre deux, qui réagissait mal aux tranquillisants, lui donne du fil à retordre!

Sur la desserte située dans une encoignure près de trois gros classeurs à l'attention, Kenny Rogers mettait toute la force de son interprétation dans les dernières mesures de la mélodie qui avait amené Rosalie à s'intéresser à elle-même avec un peu trop de sollicitude. Secouant ce mouvement d'apitoiement, elle allongea le bras afin de baisser le son du poste de radio. Kenny Rogers, malgré sa peine, dut s'avouer vaincu. Ce que Rosalie craignait le plus était que l'enthousiasme nocturne du disc-jockey, responsable de l'arrivée sur l'étage de son chanteur préféré, réveille l'un de ses malades ou, ce qui serait vraiment une calamité, le type de la chambre deux. Elle devait également tenir compte d'une possible visite surprise de l'infirmière-chef, auquel cas elle pourrait être l'objet d'une réprimande pour avoir gardé le volume de la radio trop élevé.

Rosalie posa le tricot en voie d'être complété sur le bureau et consulta sa montre. Il était presque le temps d'entreprendre la première ronde de la nuit. Ouvrant un tiroir, elle y pêcha une lampe de poche gainée de caoutchouc noir. Le halo lumineux, faible, supposait que les piles devraient être remplacées à la première occasion; elle prit note mentalement du fait et décida de rédiger un mot à l'intention de la responsable de l'étage. Le stock des piles de rechange, comme s'il s'agissait d'un matériel hautement sophistiqué à ne pas laisser dans n'importe quelles mains, demeurait sous clé dans une armoire de métal située au bout du couloir, près de l'ascenseur en panne pour la troisième fois en moins de deux mois.

Le service auquel Rosalie était affectée accueillait générale- ment des malades atteints de dépression nerveuse à divers sta- des de gravité, des gens qui, pour une raison qu'eux seuls et leur médecin connaissaient, avaient décidé de prendre un peu de re- cul avec la vie. La nature de leur maladie rendait ces pensionnai- res plus apathiques qu'agités; ils n'avaient pas la réputation de jouer aux durs avec le personnel. C'est pourquoi aucun dispo- sitif de sécurité particulièrement important n'avait été mis en place.

Traversant le corridor sur toute sa largeur, une grille de métal aux motifs vaguement décoratifs interdisait aux patients de se soustraire à la vigilance de leurs anges gardiens en utilisant l'ascenseur ou l'escalier de service situé à proximité. Le jour, cette grille demeurait ouverte, contrairement à la nuit alors que, faute de personnel, le barrage était mis en place et fermé à clé, afin de parer à toute éventualité. Excepté la sortie de secours à l'une des extrémités du corridor, l'étage ne comptait aucune autre voie d'accès ou de sortie. Au début, Rosalie avait bien cru devenir claustrophobe puis, comme toutes ses compagnes de travail, elle s'était peu à peu habituée à la configuration quelque peu inquiétante des lieux. Ce n'était pas tant le sentiment de se sentir enfermée pour plusieurs heures qui l'agaçait comme de devoir marcher, la plupart du temps seule, dans ce long corridor obscur.

Rosalie chassa de ses pensées l'image de l'ascenseur défectueux. Car si elle s'était lentement habituée aux quarts de nuit, elle n'arrivait pas à se faire à l'idée de rester prisonnière sur cet étage, privée de la possibilité d'utiliser l'ascenseur. Rarement, au cours des années précédentes, il était arrivé au vénérable appareil, rongé par les rhumatismes, de déclarer forfait avec autant de régularité que depuis les dernières semaines. Le son des courroies remplissant leur office et, surtout, le bruit des portes s'ouvrant avec fracas sur le palier, venaient la rassurer aux moments où elle en avait le plus besoin. Elle avait ainsi l'impression d'entretenir un lien privilégié avec le monde extérieur grâce à une vieille ligne de métro sur le point d'être désaffectée qu'utilisaient à l'occasion quelques rares voyageurs égarés.

Plutôt que de rester coincé entre deux étages, le personnel préférait désormais utiliser l'escalier de service dont l'accès, ajoutant au désarroi de Rosalie, demeurait invisible du bureau. L'hôpital psychiatrique, très vieux et devenu peu rentable, n'intéressait plus personne à l'exception de ceux qui y travaillaient. L'établissement d'allure résolument victorienne s'élevait sur une colline boisée non loin de la ville. Il se dégageait du lieu une atmosphère d'autrefois que d'aucuns trouvaient sinistre. Les chênes deux fois centenaires, qui cachaient à la vue des passants la façade de briques rouges de l'édifice, prenaient, la nuit, l'allure de gardiens irascibles, prêts à pourfendre de leurs branches fourchues quiconque oserait s'aventurer plus loin que la grille rouillée donnant accès à l'entrée principale.

Mal entretenu, le gazon concédait aux mauvaises herbes des portions de plus en plus vastes de son territoire. Au crépuscule, les fenêtres à carreaux, dont certains étaient dépolis par l'âge et les intempéries, laissaient filtrer à l'extérieur une lumière diffuse, triste. Heureusement, quelques panneaux lumineux au design moderne, destinés à l'information des visiteurs, parvenaient, de justesse, à alléger la lourdeur du décor.

L'esprit occupé par la perspective du prochain week-end à la campagne en compagnie de ses deux amies, Andréa Black et Constance Bell, Rosalie commença sa première ronde de la nuit, fredonnant distraitement la mélodie de Kenny Rogers. En souriant, elle jongla avec l'idée de mettre de nouveau en opposition ses deux copines dont les tempéraments divergeants donnaient naissance régulièrement à des discussions musclées et toujours captivantes.

Les jeunes femmes s'étaient révélées la bouée de sauvetage à laquelle elle s'était accrochée après le départ de Paul. Cueillie à bout de bras, Rosalie avait surnagé et surmonté sa peine, et maintenant que Constance affrontait un drame sentimental semblable au sien, elle s'empressait, assistée d'Andréa, de lui garder la tête hors de l'eau.

Le fait de se retrouver seule pour le dernier quart de nuit de la semaine contrariait Rosalie, pas au point cependant d'altérer sa bonne humeur du moment. Hélène Bayton, l'infirmière avec laquelle elle faisait équipe habituellement, s'était découvert un malaise soudain, quelques minutes avant de se présenter au travail. Rosalie soupçonnait un tête-à-tête amoureux derrière cette défection, sans toutefois tenir grief à sa copine de prétexter un problème de santé pour ne pas se présenter au boulot. Ne lui arrivait-il pas aussi d'utiliser le même genre d'excuse pour profiter d'une soirée au cinéma? Dans ces occasions-là, bourrée de remords, la jeune femme passait une bonne partie de la nuit à se demander si elle n'avait pas agi trop à la légère. Généralement, ce genre de congé obtenu sous de fausses représentations lui laissait un mauvais goût dans la bouche. Elle était ainsi faite: trop honnête pour tromper les gens, même dans les situations les plus banales. Il lui arrivait de s'en vouloir d'entretenir avec tant d'insistance involontaire une conception qu'elle jugeait un peu dépassée de la vie et du travail. Incapable de la moindre tromperie, elle se révélait trop honnête pour vivre dans une époque qui faisait des individus dotés d'une bonne conscience une espèce menacée de disparition.

Le nombre peu important de patients présents à l'étage, une demi-douzaine, ne justifiant pas de remplacer Hélène Bayton, l'infirmière-chef avait décidé que Rosalie s'acquitterait seule de la tâche, cette nuit-là. Sans se révéler une pratique courante, cette procédure était surtout utilisée lorsque le personnel quittait en masse l'hôpital en raison des vacances estivales ou des congés de Noël et du Nouvel An.

En se levant, Rosalie ajusta son uniforme et égrena mentalement la liste des cas auxquels elle avait affaire. Six patients. Elle n'en connaissait aucun par son nom, sauf celui de la chambre deux, Robert McNicoll, un dépressif chronique admis une semaine auparavant en plein coma éthylique. Depuis son arrivée, le malheureux dormait, solidement sanglé dans son lit, incapable du moindre mouvement, sauf de bouger la tête. Lorsqu'il ne dormait pas, d'une voix pâteuse, il mettait en garde les infirmières se présentant à son chevet contre les araignées géantes de ses cauchemars. Suspendues au plafond, celles-ci menaçaient à tout moment, selon lui, de dévorer vivant quiconque oserait s'aventurer dans la chambre...

**

Tel un faucon s'abattant sur un lapin de garenne, la peur fondit sur elle et l'emprisonna dans ses serres. L'attaque, violente, surprit Rosalie au moment où elle ne s'y attendait pas. Brutale, la peur se glissa dans ses membres, déchira son ventre, paralysant un long moment les muscles de ses jambes. Cette sensation indéfinissable, désagréable au possible, rappelait une aube venteuse de novembre à proximité d'un marécage. En moins d'une seconde, l'impression floue mais terrifiante d'être épiée se transforma en panique. Puis, aussi soudainement qu'elle s'était manifestée, la peur reflua vers le large, abandonnant dans son sillage une odeur indéfinissable dans laquelle se mélangeaient un peu de transpiration, des grains infimes de poussière en suspension dans le corridor et des émanations en provenance des fioles de médicaments. Graduellement, Rosalie reprit le contrôle de sa respiration. Un peu de sueur imprégnant la gaine de caoutchouc, elle fit passer de la main droite à la gauche la lampe de poche toujours éteinte. Elle força les muscles de ses jambes à répondre aux ordres que leur transmettait son cerveau. Celles-ci, lentement, puis avec une ardeur trahissant le désir de leur propriétaire de reprendre contact avec la réalité, redevinrent ce qu'elles étaient, de simples instruments de locomotion et

24

non plus une masse de chair et de sang dotée d'une volonté propre.

Avant que le fait ne soit dûment enregistré dans son cerveau, ses pas l'avaient ramenée vers le bureau qu'elle venait juste de quitter. Haletante, Rosalie émergea du gouffre dans lequel la peur l'avait poussée. Elle se demandait quel phénomène avait pu déclencher cette réaction à tout le moins exagérée. Certes, il lui arrivait d'avoir peur, la nuit à l'étage. Mais jamais auparavant elle n'avait été confrontée à pareil sentiment, mélange de terreur aveugle et de surprise. Ses fesses posées sur l'extrémité du bureau, le bout du pied droit effleurant le sol, elle balaya d'un regard encore mouillé la partie du corridor donnant sur les chambres et qui semblait être à l'origine de l'horrible sentiment qu'elle venait de ressentir.

Sa peur avait-elle été causée par cette ombre à peine révélée, là-bas sous la lumière tamisée à l'extrémité est du couloir, près de la sortie de secours? Tous ses malades dormaient bien sagement dans leur lit, abrutis par les tranquillisants. Elle se força au calme, se morigénant intérieurement devant son incapacité à contrôler le mouvement de panique qu'elle sentait revenir en force. Ce recoin sombre, mystérieux, là, tout près, à quelques mètres seulement à gauche, était-ce de là que venait sa peur? Allons! ce n'était que le salon réservé aux visiteurs et que fréquentaient les infirmières durant la pause-café, un lieu banal, avec ses banquettes de moleskine usée et ses plantes aux feuilles jaunies par la fumée des cigarettes. Un endroit malgré tout accueillant le jour, qui revêtait cette nuit une allure suspecte, menaçante.

Rosalie se voyait soudainement transportée dans une autre dimension, sans que personne n'ait songé à lui demander son avis; l'univers normal dans lequel elle évoluait se transformait sans crier gare, basculait dans une direction inconnue, vers un monde intemporel où seule la peur dictait sa loi.

D'où venait ce signal d'alarme en train de lui martyriser les tympans, qu'elle savait être la seule à entendre et dont le son strident menaçait de lui ouvrir le crâne?

Fuis sans regarder derrière, sauve-toi pendant qu'il est encore temps!

Qui avait dit cela, qui avait prononcé ces paroles pleines de sous-entendus? Elle ne possédait aucun don particulier pour la prémonition, la double vue ou la voyance. En fait, elle se considérait comme une jeune femme moderne et beaucoup trop pratique pour s'attarder à ce genre de considérations qu'elle jugeait sévèrement, telles des élucubrations de vieilles bonnes femmes en mal d'originalité. Décontenancée, Rosalie se traitait de tous les noms. Décidément, la nuit ne lui réussissait plus guère. Peut-être fallait-il voir dans l'état de panique en train de l'ébranler le résultat malheureux d'un travail trop longtemps soutenu? Elle avait besoin de vacances, d'une longue période de repos, voilà qui ne faisait aucun doute, car les derniers mois avaient été plutôt difficiles.

Un matin, en se réveillant, elle avait ressenti une immense impression de vide. Une infinie tristesse broyait son cœur et son âme. Une fois dissipées les brumes du sommeil, quelques minutes avaient encore été nécessaires à Rosalie pour prendre vraiment conscience de toute l'étendue du désastre qui venait de s'abattre sans avertissement sur sa vie sentimentale. C'était comme si quelque chose qu'elle était incapable de décrire, quelque chose de tellement précieux qu'elle ne le montrait à personne, venait de se briser, là dans son cœur; c'était comme si le destin, en démontrant soudainement un trop grand intérêt pour sa modeste personne, avait décidé de la mettre à l'épreuve. Elle s'était levée, puis avait erré dans les différentes pièces de l'appartement à la recherche de quoi, elle n'en savait trop rien. Un coup d'œil à la fenêtre lui avait appris qu'il faisait aussi froid à l'extérieur que dans son âme. Finalement, c'est en se versant un peu du café tiède de la veille qu'elle avait aperçu le mot de Paul. Posée près de l'évier, tel un radeau que l'on jette à la mer sans espoir de revoir un jour ses passagers, la note était sans appel. Paul, en quelques mots qu'il aurait voulu tendres mais qui cognaient dans la tête de Rosalie comme mille avions à réaction, disait simplement qu'il la quittait.

Elle arpentait ce corridor depuis neuf ans. Des années durant lesquelles elle avait côtoyé des gens tous gentils pour la plupart et de pauvres êtres dépressifs tournant le dos aux joies d'une existence simple, souriant le matin, pleurant le soir. Peints

26

d'un vert administratif seyant bien à la vocation de l'hôpital, les murs peu engageants s'étaient imprégnés au fil des ans de toutes les petites tensions quotidiennes propres à ce genre d'établissement de santé. Chaque millimètre carré du plancher avait été parcouru, depuis des générations, par un cortège ininterrompu d'individus traités pour des troubles de comportement et l'on aurait dit, en cet instant précis, que le sol conservait la trace de tous ces cas, faisant de chacun un exemple patent de la désespérance humaine. Était-ce possible que toutes ces années passées dans une atmosphère de repos artificiel l'aient finalement transformée en un être craintif, marqué et vulnérable à la peur? Était-elle en train de devenir dépressive à son tour?

Rosalie perçut sa respiration comme si elle appartenait à quelqu'un d'autre; elle avait de la peine à reconnaître, dans ce souffle irrégulier, le rythme qui était habituellement le sien. Chassant les dernières effluves de la peur qui, une minute plus tôt, la courtisait outrageusement de son regard noir, elle se remit en marche. Plus lent, son pas semblait toutefois plus assuré. Elle soupesa sa lampe de poche. Une arme? Ses jambes, retenues par un boulet invisible et lourd de toutes les appréhensions accumulées dans son subconscient, reprenaient leur protestation. Rosalie se sentit subitement très vieille. La peur revenait. Incapable de raisonner, de formuler la moindre pensée cohérente, elle était dans l'impossibilité de remettre en place les panneaux servant à obstruer dans son esprit les anciennes peurs de l'enfance.

Revenir en arrière, gagner l'îlot rassurant et inondé de lumière qu'elle abandonnait! Cette idée, bien que séduisante, la quitta aussitôt formulée. À sa grande surprise, elle n'arrivait plus à structurer sa pensée. Hypnotisée, attirée malgré elle vers une immense toile d'araignée, elle n'avait d'autre possibilité que d'avancer.

Une porte, à droite, la première donnant sur le corridor. Un numéro: deux. Entre les battements affolés de son cœur en train de pomper le sang affluant en masse de ses artères, Rosalie Richard, l'infirmière que tous trouvaient si équilibrée, eut presque le courage de rire de sa terreur; elle tentait de se rassurer, considérant comme du plus haut ridicule d'agir de la sorte, telle une écolière se préparant pour la première fois à griller une cigarette dans les toilettes du pensionnat. Elle s'immobilisa devant la porte, sans vraiment avoir voulu accomplir ce geste. Six mètres la séparait du bureau, ce qui était amplement suffisant pour la priver de l'éclairage dispensé par les tubes au néon qui, de loin, paraissaient la narguer. Le seul éclairage se résumait à de toutes petites lampes placées à intervalles réguliers dans des fiches à une cinquantaine de centimètres du sol. Ainsi balisé, le corridor ressemblait à une minuscule piste d'atterrissage.

Une porte, une simple porte.

Rosalie fit un effort considérable pour raisonner froidement; en premier lieu, il lui fallait régulariser son pouls. Le sang, affluant à ses tempes comme un régiment de cavalerie à la poursuite d'une troupe d'irréguliers, rendait sa respiration lourde. Elle prit une profonde inspiration, retint son souffle et ferma les yeux. Au quatrième essai, elle constata avec soulagement que l'exercice portait fruit.

Se remettre en marche, franchir le ridicule obstacle que représentait cette porte et accomplir ce pour quoi l'hôpital retenait ses services, c'est-à-dire constater si le malade allait bien, s'il était serein, s'il dormait du sommeil du juste, même sous l'effet des tranquillisants. Elle n'avait qu'à poser la main sur le battant et pousser. Rosalie hésita. Quelle force l'empêchait et l'encourageait en même temps de poser ce geste si simple, qu'elle répétait des dizaines de fois durant son quart de travail ? Quoi de plus naturel que de pousser une porte, la nuit, dans le corridor à peine éclairé d'un hôpital psychiatrique? Encore une fois, elle s'efforça de raisonner calmement, même si cette opération devenait de plus en plus difficile à mesure que s'égrenaient les secondes. Quelle était la cause de ce comportement anormal? Jamais elle n'avait encore été confrontée à une peur aussi palpable, aussi présente, presque sensuelle. Non pas une peur irraisonnée comme elle croyait en avoir ressenti les premiers symptômes quelques instants auparavant; il s'agissait, en l'occurrence, d'une peur à l'état pur, dans laquelle ne se mêlait aucun artifice.

Une porte toute simple, conçue à partir d'un matériau solide, pouvant résister victorieusement au temps et aux coups de boutoirs des chariots de médicaments et de nourriture, aux frôlements appuyés des fauteuils roulants. Une construction artisanale, patinée par les années... Une porte sans signe distinctif. À un détail près. Intriguée, Rosalie actionna l'interrupteur de sa lampe de poche. Bien que faible, le rayon parvint à accrocher la poignée sur laquelle un liquide poisseux était en train de sécher. Du sang. Elle ouvrit la bouche, sans que le moindre son ne franchisse ses lèvres.

Le cri, en se confinant dans le domaine de l'abstrait, ne fit qu'accentuer la terreur de la jeune femme. Tous les patients de l'étage dormaient. Obsédant, insupportable, le silence n'était perturbé que par sa respiration rauque.

Le téléphone, vite!

La vue du sang avait eu l'effet d'une décharge électrique sur ses nerfs, tendant ceux-ci à l'extrême limite de leur endurance. Tournant le dos à la porte, elle s'élança vers le bureau, s'abstenant toutefois de courir. Dans sa panique, et pour Dieu sait quelle raison, elle estimait qu'il serait du plus haut ridicule d'agir de façon si peu orthodoxe.

De son gros regard borgne et goguenard, le téléphone en bakélite noire l'observait. Aux yeux de Rosalie, l'appareil, bien qu'usé par des années de service, et même s'il aurait pu faire belle figure dans un musée dédié aux techniques de la communication, prenait l'apparence d'une arme à la portée illimitée, capable d'avoir raison de sa peur. La voix haut perchée du responsable de la sécurité – un jeune homme dans la vingtaine, encore, disait-on en manière de plaisanterie, en période de puberté – lorsqu'elle l'entendrait, mettrait fin à ce début de cauchemar éveillé. Bien que la partie de son cerveau sensible à la peur fût en train de lui suggérer, insidieusement, de crier pour extérioriser les démons en train de s'adonner en elle à une folle sarabande, un réflexe fait de bon sens et de réalisme pratique lui ordonnait brutalement de conserver le peu de calme qui lui restait. Ses yeux parcoururent le décor familier du bureau, enregistrant au passage une série d'images appartenant au monde familier de la réalité quotidienne: la lampe imitation art-déco, le tricot abandonné gisant, inutile, près du téléphone, un stylo Bic solitaire et stoïque malgré sa pointe émoussée. Elle posa une main moite, tremblante, sur le combiné du téléphone et l'arracha brutalement à sa fourche. Elle ne prit pas le temps de porter l'appareil à son oreille, préférant composer sur-le-champ le numéro à trois chiffres qui la mettrait en communication avec le service de sécurité. Ne voulant pas paraître ridicule, elle reprit ses exercices respiratoires. La panique resserrait son étau et, cette fois, elle ne parvint pas à recouvrer entièrement le contrôle de ses nerfs affolés. Une foule d'hypothèses se bousculaient dans son cerveau, toutes visant essentiellement à la réconforter: un malade s'était blessé, avait peut-être tenté de se suicider et le résultat était là, certes effrayant, mais sans plus. Il faudrait dresser un rapport et l'affaire, en fin de compte, ne devrait pas causer trop de vagues. Jamais, auparavant, Rosalie n'avait été mise en présence d'un incident semblable et la crainte d'essuyer un blâme disputait à la peur le droit de figurer en première place dans l'ordre de ses priorités du moment. Concentrée uniquement sur la possibilité d'une tentative de suicide, elle mit une dizaine de secondes avant de constater que quelque chose n'allait pas avec la ligne téléphonique. Aucun son ne se faisant entendre, elle appuya d'abord nerveusement, puis avec force, sur l'interrupteur de tonalité de l'appareil. Sans résultat. Instinctivement, et terrorisée à la pensée de ce qu'elle s'apprêtait à découvrir, elle suivit du regard le fil reliant le téléphone à la fiche murale. Le mince cordon ombilical disparaissait dans l'espace compris entre le bureau et le mur. Prudemment, comme si elle saisissait un serpent, Rosalie tira sur le fil, s'attendant à une résistance. Qui ne vint pas.

Espérant de toutes ses forces échapper à l'énorme masse lui broyant la nuque, elle regardait bêtement le bout du cordon sectionné qui pendait mollement entre son pouce et son index, à quelques centimètres au-dessus du bureau. Égarée, la tête remplie d'images terribles, elle remit le combiné sur son socle. Elle s'efforçait de rester immobile, croyant être en mesure, par la seule force de sa volonté défaillante, d'éloigner tout danger réel ou imaginaire. À la seule pensée de se retourner et de porter son regard vers la porte ensanglantée, elle se sentait défaillir.

Les yeux perdus dans une contemplation résignée, elle regardait, sans réellement le voir, l'horaire de la semaine accroché au mur. Jumelé à un calendrier de l'année précédente, qui paraissait curieusement déplacé dans ce décor fonctionnel, l'agenda lui rappela que demain était jour de congé...

Prostrée, privée de tous ses moyens, Rosalie refusait obstinément d'admettre la réalité. Elle se laissa envelopper par le silence, essayant de projeter ses pensées dans une autre direction, ce qui lui procura un faux sentiment de sécurité. Elle jeta un autre coup d'œil désabusé au fil sectionné du téléphone, puis, machinalement, relâcha sa prise.

Respirer à fond et sans précipitation, ordonner aux nerfs de reprendre leur travail. Ceux commandant les doigts en premier lieu, ensuite les poignets, voilà... Au tour des jambes, maintenant. Un simple effort de volonté et, quelle merveille, les muscles, à leur tour, répondent à la sollicitation des nerfs. Cette chaise, à quelques centimètres sur la droite. D'abord tendre le bras, saisir solidement le dossier avec la main et, enfin, tirer en prenant bien soin de ne pas faire grincer les roues. En douceur, sans bruit ni précipitation. S'asseoir, ensuite, devient une simple formalité. Le mur, ah oui! le mur... s'y adosser; ainsi, il n'y aura plus que deux côtés à surveiller.

Plus désorientée qu'elle ne voulait l'admettre, Rosalie se demandait comment elle devait analyser la situation. Que faire, lorsque la réalité bascule sans avertissement dans l'horreur? Pleurer? Inutile. Hurler, alors? Réflexe purement animal qui ne fera qu'exciter un éventuel agresseur. Ne pas se laisser emporter par la panique apparaissait, pour l'heure, l'attitude la plus sage à adopter.

Fermement décidée à ne pas céder plus longtemps à la peur, elle parvint à contrôler les battements de son cœur. L'exercice se révélant difficile à mener à terme, Rosalie en conçut une plus grande fierté quand elle jugea avoir atteint son but. Sans crier gare, la solution à son problème lui apparut dans toute sa simplicité. Il suffisait de faire appel à la logique; une fois les données à sa disposition analysées froidement et sous tous leurs angles, sortir de ce quiproquo se révélerait un jeu d'enfant. Elle commença par l'élément le plus inquiétant du puzzle, le sang sur la porte. L'hypothèse du patient se blessant volontairement ou par inadvertance méritait d'être retenue. Non pas parce que ce choix suggérait un degré de gravité moindre pour expliquer la situation grotesque dans laquelle elle était plongée; il s'agissait plutôt d'une affaire de simple bon sens. Ce ne serait pas la première fois qu'un malade échapperait à la vigilance d'une infirmière. La nature même de l'hôpital faisait qu'il était normal que de tels incidents se produisent de temps à autre. Depuis que Rosalie travaillait là, la direction de l'hôpital n'avait jamais eu à déplorer de drames sérieux. Par contre, en sollicitant sa mémoire, elle se souvenait avoir entendu, plusieurs années auparavant, une histoire à propos d'une femme traitée pour une dépression nerveuse légère et qui avait tenté de se suicider en se tailladant les poignets.

Et le fil du téléphone? Rosalie conclut que, malgré les apparences, il n'y avait rien de grave dans le fait que le cordon ait été brutalement arraché de la prise murale. Sans doute était-ce l'œuvre de quelque employé maladroit ou d'un visiteur peu soucieux de regarder à quel endroit il posait les pieds. Bien sûr, la coïncidence était étrange, du sang sur la porte et un fil de téléphone déclarant forfait, voilà qui n'arrivait pas tous les jours. Mais il ne fallait rien voir d'autre qu'un jeu du hasard dans ce curieux enchaînement de faits. Rosalie mit fin à son analyse en remarquant qu'elle lisait trop de romans policiers et qu'elle devrait peut-être espacer pour un temps ses visites au cinéma. Elle sourit, presque rassurée pour de bon. Sa peur, pour aiguë qu'elle ait été, ne reposait finalement sur aucun élément solide. *On n'assassine pas les gens dans un hôpital, quelle idée sordide!*

Le calme revint, apportant un baume qu'elle n'espérait plus. Telles les eaux de la mer se retirant après un assaut dévastateur sur des rives escarpées, la peur allégea son emprise. Une houle légère, bienveillante et chaude, vint tempérer ses craintes. Rosalie caressa du regard les objets aux contours familiers meublant depuis presque dix ans son environnement nocturne. La lampe ne paraissait plus aussi démodée qu'un instant plus tôt; le tricot reprenait vie; même le calendrier vieux d'un an semblait décidé à rattraper le temps perdu. Ses yeux se portèrent ensuite sur la gauche, vers la rangée de portes donnant accès aux chambres des malades. Presque honteusement, elle abaissa le regard, préférant ne pas s'étendre dans une contemplation pouvant la ramener sans avertissement à la case départ. Elle trouvait plus réconfortant de s'attarder dans la direction opposée à la sortie de secours, là même où elle apercevait, en retrait, les premiers barreaux de la grille bloquant l'accès à l'étage.

Simultanément au mouvement de bonne humeur l'entraînant vers un horizon plus calme, Rosalie reprenait confiance.

Alors que la tentation de rire de sa peur inutile et de la panique qui s'était emparée d'elle devenait plus forte, elle sentit subitement son estomac se contracter avec une telle violence qu'elle faillit crouler sous le choc. Un lourd pressentiment l'enveloppa, établissant ses quartiers au beau milieu de la belle assurance qui, quelques secondes auparavant, avait presque eu raison de ses craintes. Sans succès, elle essaya de rire devant cette nouvelle offensive. Entraînée par une main invisible, elle se leva, tremblante, refusant d'envisager sérieusement ne serait-ce que la plus infime partie de la possibilité en train de prendre forme dans son esprit.

Elle respira à fond, entreprit de se rendre jusqu'à la grille, déjà sûre de ce qu'elle découvrirait.

Une chaîne, dont les bouts étaient réunis par un cadenas qui apparut à Rosalie aussi gros qu'un coffre-fort, lui interdisait de quitter l'étage. Elle jugea plus sain pour son équilibre mental de ne pas hurler. Timidement, puis sans arrêt, elle se mit à pleurer, s'efforçant d'étouffer ses sanglots afin de ne pas attirer inutilement l'attention.

***

Rosalie était revenue à son point de départ avec le pas incertain d'une somnambule. Elle n'était pas loin de considérer le bureau comme le quartier général d'une bataille qu'elle se préparait à livrer seule, irrémédiablement seule, sans alliés pour l'appuyer ou la défendre. Elle essayait de faire le point, d'ordonner ses pensées prisonnières dans un maelström d'impressions fugitives, desquelles il ressortait qu'elle devrait affronter, qu'elle affrontait déjà, un énorme danger. Elle posa sa lampe de poche, dont les piles étaient maintenant à plat, près du téléphone inutile.

Et s'il s'agissait d'une mauvaise plaisanterie? Certaines blagues à la conclusion douteuse trouvaient toujours preneurs dans son service. Rosalie fit le compte de ses camarades. Les effectifs du peloton, disséminés par la période annuelle consacrée aux vacances de juillet, étaient plutôt réduits et, jusqu'à preuve du contraire, ne révélaient personne à l'esprit assez tordu pour lui jouer un tour d'un raffinement aussi diabolique. En se massant distraitement la nuque, elle porta le cadran de sa montre à la hauteur de son visage. À peine une heure trente. Quinze minutes ne s'étaient pas encore écoulées depuis le début de cet étrange rallye avec la peur pour copilote. Les jambes ramenées sous ses cuisses, dans un geste instinctif de protection, elle s'installa en équilibre instable sur la chaise, dans une position rappelant celle du fœtus. Le regard figé dans quelque terrible contemplation intérieure, elle tentait de récupérer un peu de chaleur et de sécurité à même le peu d'énergie qui lui restait. Avec une vigueur qu'elle sentait défaillante, Rosalie essayait de se convaincre en énumérant toutes sortes de possibilités, dont la principale voulait que ce genre de choses n'arrive pas dans les hôpitaux, surtout pas dans les petites villes comme Beaumont; il existait certainement une explication quelque part sur cet étage et elle se devait de la découvrir avant de sombrer dans une panique qu'elle ne se sentait plus tellement en mesure, présentement, de contrôler tout à fait.

À l'évidence, une partie de la réponse se trouvait dans cette chambre à la porte ensanglantée.

Un frottement léger, perceptible seulement quand la respiration s'arrête et que plus aucun bruit ne vient contrarier le silence, un frottement inhabituel, presque surnaturel, lui rappelait la faible plainte du vent dans les branches d'un arbre mort... Rosalie tendit l'oreille, plus terrorisée qu'intéressée. Elle se rendait compte que le courage dont elle venait à grand peine de rassembler les lambeaux épars était sur le point de l'abandonner à nouveau. Serrant les poings à s'en faire mal, elle refusa obstinément à sa gorge de laisser échapper un cri libérateur. Tout son être la suppliait de pousser ce hurlement, d'extérioriser la terreur en train de la broyer sous son poids fantastique.

Elle n'était pas seule à veiller.

Ce frottement incongru et régulier, qui pouvait être associé au bruit fait par un individu essayant de reprendre son souffle après un effort soutenu, et qu'elle entendait pour la première fois cette nuit, signifiait, à priori, que l'un des malades confiés à sa garde ne dormait pas. À moins qu'il se fût agi d'un visiteur attardé, même si les gens bien portants n'ont pas l'habitude de moisir dans les couloirs déserts des hôpitaux, la nuit, admit-elle, pantelante.

Le Diable existait-il? Ordonnait-il encore à ses créatures de se répandre sur la terre pour terroriser les hommes? Un froid caverneux vint caresser Rosalie, un froid venu du fond des âges, alors que l'homme, à l'aube de son évolution et terrorisé par l'obscurité et ses secrets, se dissimulait dans les anfractuosités des rochers, la nuit, pour échapper aux êtres surnaturels auxquels sa naïve imagination donnait naissance. Elle ne devait pas rester là, cible immobile, victime consentante de dangereuses suppositions. Pour l'heure, l'inaction, plus que la peur de l'inconnu, était son ennemi. Quelqu'un rôdait à l'étage. Une fois admise et digérée, cette nouvelle donnée l'aiderait à contourner le piège que le destin lui tendait. Plutôt griffer et mordre, songea-t-elle bravement, que de demeurer soumise comme une biche, dans l'attente d'un secours qui pourrait arriver beaucoup trop tard.

Rosalie était seule, désespérément seule, sans autre compagne que la peur. Disparu, le frottement. Une image tentait de se former dans sa tête. Les contours semblaient vouloir se préciser, puis s'évaporaient dans un épais brouillard avant d'autoriser quelque identification que ce soit. L'esquisse, coquine, jouait à cache-cache avec elle, prenant plaisir à accentuer le désarroi qu'elle créait. Rosalie se concentra. Lorsque l'image, toujours floue, passa à portée de ses pensées conscientes, elle la saisit au vol et l'emprisonna en évitant toute précipitation, car elle devait apprivoiser sa prise, ne pas l'effrayer en lui communiquant involontairement sa propre terreur. Avec mille précautions, elle déposa l'image dans un lieu sûr de son esprit et s'en éloigna doucement, quitte à l'amadouer plus tard. Les muscles de ses jambes présentent les signes avant-coureurs d'un engourdissement qu'elle jugeait préférable d'éviter, Rosalie conclut qu'il était temps d'abandonner sa position de défense soumise. Dans son mouvement, ses doigts vinrent en contact avec la surface du bureau. Elle fut agréablement surprise par la fraîcheur du bois et sa texture. Objet massif, donc fiable, outil de travail, fidèle compagnon de tous les jours, le meuble, aussi surprenant que cela ait pu paraître, l'aida à apprivoiser sa frayeur. Le bureau, par son appartenance au monde normal et le lien qu'il représentait avec les choses du quotidien, la ramena à des considérations plus pragmatiques. Elle observait la pièce de mobilier comme si celle-ci, par la seule magie de sa présence, pouvait l'aider à s'extirper définitivement de cette situation.

Soudain, alors qu'elle cherchait la cause de l'attrait qu'exerçait sur elle l'objet massif et démodé, l'image qu'elle avait soigneusement mise de côté se révéla dans toute sa clarté.

Dans le premier tiroir qu'elle ouvrit lentement, presque religieusement, Rosalie découvrit sous une pile de bandages et de rubans adhésifs un scalpel à la lame aussi scintillante qu'une étoile filante.

L'instrument pourrait se révéler de quelque utilité...

Enfant terrorisée agrippant de toutes ses forces la jupe maternelle dans le ridicule espoir de fuir les aboiements d'un chien en colère, Rosalie serrait le manche de l'arme improvisée dans son poing droit. Le métal, rendu glissant et peu malléable par la transpiration, tenait difficilement en place. Dangereusement prostrée, elle relança avec une insistance redoublée l'engrenage grippé de ses muscles. L'imminence d'un grave danger, alliée à un formidable effort de volonté, lui permirent de ne pas perdre pied et de rester accrochée à la terrible réalité. La porte ensanglantée, pour une raison qu'elle se trouvait pour l'instant dans l'incapacité de comprendre, l'attirait aussi sûrement qu'un aimant. Le corridor, par contre, la terrorisait. Un fait demeurait certain: elle devait agir sans tarder, en ne mettant aucune précipitation dans ses gestes. La clé de cet épouvantable malentendu se trouvait dans la chambre deux, tout près et à des années-lumière de là.

La porte. Elle s'était approchée, faisant en sorte de ne provoquer aucun bruit, attentive au moindre frottement suspect. Le sang, en séchant, avait pris une couleur sombre tirant sur le marron. Rosalie, dès qu'elle put détacher son regard de la tache, entreprit immédiatement de l'oublier. D'une main mal assurée, mais qui se voulait décidée, elle poussa délicatement le battant, attentive à ne pas exercer une pression trop prononcée afin que le sang ne s'incruste pas dans sa paume. La porte ne produisit aucun son en s'ouvrant. Dieu bénisse le concierge, pensa-t-elle, soulagée, au moment de pénétrer dans la chambre, munie du scalpel qu'elle espérait de toutes ses forces ne pas avoir à utiliser pour défendre sa vie.

À sa peur, se mariait une légère désorientation s'intégrant parfaitement à l'obscurité lourde, palpable, qui enveloppait la chambre, empêchant du même coup son regard de plonger dans ce lieu familier. Les ténèbres retenaient la lumière prisonnière derrière un écran épais, rendant sa progression dangereusement aveugle. Elle se trouvait dans l'impossibilité de déterminer avec exactitude la place réelle des êtres et des choses. Rosalie ne s'attendait pas à cela, les chambres étant éclairées, dès huit heures le soir, par une lampe jouant le rôle de veilleuse. Sa prise sur le scalpel se raffermit. Par les interstices des persiennes, elle aperçut les lumières de la ville, étrangement fixes et lointaines. Afin de protéger efficacement ses arrières, elle avait refermé la porte et tendait une oreille attentive et apeurée dans cette direction. Tout mouvement suspect lui parviendrait à la seconde même où il se produirait. Inexplicablement, Rosalie éprouvait un sentiment de paix dans lequel se mêlait un peu de son assurance retrouvée. Ici, elle se sentait enfin dans son élément, bien qu'elle fût dans l'impossibilité de décrire ce qu'elle percevait derrière l'obscurité la séparant toujours des objets dispersés en divers endroits de la chambre. Mentalement, elle identifia chaque chose aux contours invisibles sur laquelle ses yeux s'attardaient: le lit de métal recouvert de peinture blanche écaillée par endroits, un des montants touchant le mur opposé à la porte, de sorte que le lit faisait face aux visiteurs lorsque ceux-ci pénétraient dans la pièce; le lavabo, un peu en retrait, à la droite de l'endroit où elle se trouvait; au fond, à un mètre de la baie vitrée, à gauche du lit, elle devinait l'espace de rangement auquel il était possible d'accéder en faisant coulisser une porte.

Le sang courait moins vite dans ses artères. La pression

exercée par le stress auquel elle était livrée se relâcha, amenant une détente bienvenue. Elle se surprit à respirer de façon presque régulière, tentée plus que jamais de considérer cette folle équipée comme le résultat d'une mauvaise plaisanterie. Répondant à un réflexe d'autodéfense, elle s'empressa toutefois de freiner cet enthousiasme grandissant, jugeant qu'il serait imprudent de s'abandonner à l'euphorie. Trop d'événements inexplicables s'étaient succédé depuis les dernières minutes pour qu'elle se laisse aller à un faux sentiment de sécurité. Avant d'autoriser son esprit à faire la fête, elle devait éclaircir certains petits détails...

D'abord, éclairer ce lieu. La pointe du scalpel résolument dirigée vers l'avant, le coude fermement appuyé sur la hanche afin d'assurer sa position, Rosalie fit remonter sa main libre en direction du commutateur électrique. Elle craignait que ses doigts, en explorant aveuglément l'obscurité, entrent en collision avec quelque obstacle sur la nature duquel elle préférait ne pas s'attarder, de crainte d'abandonner son projet. Son épiderme entra finalement en contact avec la plaque de métal vissée au mur. L'extrémité du commutateur emprisonnée entre le pouce et l'index, Rosalie s'autorisa un dernier moment de réflexion. Elle se demandait comment elle réagirait si Robert McNicoll, sous l'assaut subit de la lumière, plongeait tête première dans une crise de nerfs. Sans aide et dans l'impossibilité qu'elle était de se servir du téléphone, elle ne ferait qu'aggraver une situation apparaissant pour l'instant suffisamment compliquée. Sans se l'avouer, elle craignait surtout que son intuition se confirme et ne tenait pas à être confrontée trop crûment au drame qu'elle devinait caché derrière cette obscurité complice. Normalement, la respiration du malade aurait dû être audible, vu la courte distance la séparant du lit. Or, la chambre, tel un tombeau inviolé depuis des siècles, reposait dans un silence total. Sans réfléchir, Rosalie appuya sur le commutateur. En une fraction de seconde, le gaz contenu dans les tubes se réchauffa, amenant une série d'éclairs brefs au plafond puis, celui-ci, libéré de l'obscurité comme le reste de la chambre, s'illumina d'un seul coup, projetant dans toutes les directions une lumière blanche comme la lune.

Robert McNicoll n'éprouverait plus jamais de problèmes d'ordre nerveux ou éthylique. La gorge tranchée net sur toute sa largeur il gisait sans vie, la tête formant un angle droit, inaccoutumé, avec le reste du corps. Celle-ci paraissait s'être détachée du tronc et risquait à tout moment, selon ce que pouvait en conclure Rosalie, de choir sur le plancher. Les draps, d'un blanc jaunâtre à l'origine, étaient imbibés de sang et prenaient une couleur pourpre agressive se transformant en rose à mesure que le liquide vital, en s'échappant de la plaie béante, atterrissait sous le lit. Là, le sang, en reprenant sa coloration et sa texture initiales, formait une mare de dimension respectable.

Le malheureux semblait être passé de vie à trépas dans son sommeil; les draps, tenant toujours bien en place, indiquaient que Robert McNicoll, tout sanglé qu'il était, n'avait opposé aucune résistance à son assassin. Rosalie se demandait comment elle devait réagir. Crier ou vomir? Croyant justifié d'abaisser la pression risquant cette fois de la mettre sérieusement à mal, elle choisit la première option, sans pour autant s'en tenir essentiellement à sa décision. Son cri, d'abord aigu et bien articulé, prit fin sur une fausse note, qui fut suivie d'une longue quinte de toux annonciatrice de vomissements.

Parti de son ventre, un liquide sombre, bilieux, escalada sa gorge. Rosalie faillit se blesser au visage lorsque, par un malencontreux réflexe, elle tenta de retenir le jet en appuyant fermement sur sa bouche la main tenant le scalpel. Se ravisant au dernier instant, elle jugea qu'il était préférable de ne pas essayer de se contenir davantage et s'abandonna enfin au flot libérateur.

***

Le scalpel. Où était donc passé ce satané instrument?

Précurseur d'une formidable explosion en un point stratégique du réseau trop sollicité de ses nerfs, un signal d'alarme qu'elle ne pouvait plus stopper menaçait de lui faire éclater la tête. Elle se souvenait d'avoir déposé l'arme quelque part, une minute auparavant – ou n'était-ce pas une heure? – afin d'éponger son visage souillé et les taches sur sa blouse.

Fulgurant, un éclair de panique coupa le fil de sa pensée,

l'ébranlant pour le compte. Groggy comme un boxeur ployant sous les attaques d'un adversaire trop costaud, Rosalie essayait sans conviction de reprendre l'initiative du combat solitaire qu'elle menait contre un ennemi qu'elle ne connaissait pas encore et auquel, plus que tout au monde, elle désirait ne jamais être confrontée. Le scalpel était le seul atout dont elle disposait pour assurer sa défense, un atout ridiculement mince dans ses mains. Les cartes qu'elle avait reçues du destin ne valaient pas grand chose et tout bluff lui était interdit. De plus, la perte du scalpel, qu'elle espérait de courte durée, la privait presque de tous ses moyens.

Du calme.

Fermer les paupières pour ne pas voir ce corps supplicié. Récupérer. Penser à quelque chose d'agréable, se rappeler une anecdote savoureuse; revivre, grâce à la mémoire, cette amie sûre et digne de confiance, un moment délicieux du passé récent ou lointain. Oublier ce présent couleur de sang; ne pas s'attarder à cet inconnu l'attendant patiemment quelque part dans le corridor, ou dans une chambre, ou dans le salon réservé aux visiteurs... *mon Dieu, faites que je me réveille!*

Faire le vide, songer à quelque chose de doux. L'excursion du mois dernier, tiens. Toute la bande était là. Et Margaret Morel, qui était devenue si gentiment ivre dès les premières minutes de la soirée, alors que le feu de camp commençait à peine à cracher ses premières étincelles. Et les excursionnistes, repus et fatigués, se laissant paresseusement emporter par une douce somnolence. Il y avait eu ce baiser timide échangé avec Simon Hayes, derrière le cottage où l'odeur des roses sauvages devenait tellement insistante sous l'humidité nocturne, qu'on se serait cru dans une serre. Pourquoi les bonnes choses sont-elles si éphémères, qu'elles s'empressent de s'enfuir à peine leur présence remarquée?

Mais où donc était passé ce maudit scalpel?

Quand avait-elle fait l'amour pour la dernière fois? Il y avait si longtemps qu'elle n'avait pas senti un corps chaud se glisser contre le sien qu'elle s'interrogeait sérieusement ces derniers temps sur la nature réelle de la diète sexuelle à laquelle elle s'était peu à peu soumise. Elle commençait à se demander si l'intervention d'un analyste était non pas seulement souhaitable dans son cas, mais nécessaire. Depuis le départ de Paul, aucun homme n'avait croisé son chemin, même pas pour une nuit. Simon Hayes essayait vainement de la séduire mais sa cour effrénée demeurait vaine. Rosalie ne voulait plus faire l'amour, elle ne se sentait plus capable d'aimer, elle désirait moins que tout au monde redevenir l'otage de la tendresse.

Le scalpel.

Là. Sur le sol, près du lavabo à l'émail patiné par l'usage.

Une énorme décharge électrique parcourut son corps quand, plongeant littéralement vers l'arme, elle sentit tous ses muscles se détendre en même temps. Craignant de voir disparaître le scalpel par l'effet de quelque maléfice, elle saisit l'arme à la volée, ses doigts raclant les tuiles du plancher et y accrochant au passage un peu de la poussière accumulée. Elle crut entendre le tonnerre. Ce n'était que son sang qui, affluant en masse du réseau de ses veines et de ses artères, menaçait de lui broyer les tympans.

Les épaules collées à la porte, poussant de toutes ses forces afin de mettre en échec quiconque tenterait de pénétrer dans la chambre, Rosalie relança l'opération de récupération destinée à lui redonner le contrôle de son souffle, une entreprise compliquée avec laquelle elle commençait à devenir familière. En un temps record, elle parvint à réduire la boule de plomb qui, remontant de son estomac, pesait d'un poids formidable sur son appareil respiratoire.

Pour des raisons évidentes reliées à la sécurité des patients, les portes n'étaient pas munies de serrures; il lui était donc impossible de s'enfermer à double tour, dans cette chambre ou ailleurs sur l'étage. Inutile, également, de chercher refuge dans l'espace de rangement près du lit, la porte conçue dans un matériau léger ne pouvant résister à un assaut en règle. En forçant ses facultés à reprendre le chemin de la logique et à lui proposer différentes avenues susceptibles de la garder en vie, Rosalie eut l'impression qu'un peu de l'assurance qu'elle avait connue plus tôt lui revenait. Pour l'heure, la première chose intelligente à faire était d'éteindre et de s'allier l'obscurité. Ainsi, elle obligerait l'auteur de ce crime atroce à composer avec les ténèbres, si jamais il cherchait à l'atteindre. Habituée des lieux, Rosalie concluait, à juste titre, qu'elle posséderait dans le noir une longueur d'avance, toute petite mais réelle, sur quiconque tenterait de l'immobiliser. Et, pour tout dire, elle préférait ne plus avoir sous les yeux le lit et son fardeau sanglant.

Privés d'électricité, et en attendant d'être sollicités dans des circonstances plus sereines, les tubes de verre du plafond s'empressèrent de retourner à leur rêve impersonnel saupoudré de néon. L'obscurité étendit ses longs tentacules dans la chambre, confirmant à Rosalie l'impression qu'elle avait eue, quelques minutes auparavant, de pénétrer dans un tombeau. D'un pas décidé trahissant une longue habitude des lieux, elle se dirigea vers la fenêtre en évitant de toucher, serait-ce de la plus infime manière, la mare de sang allant s'élargissant considérablement sous le lit. Actionnant le cordon des persiennes simultanément à un mouvement parallèle au mur, pour ne pas être surprise à contre-jour si jamais quelqu'un pénétrait de façon intempestive dans son périmètre de défense, elle plongea son regard en direction du stationnement réservé aux employés, quatre étages plus bas. Sous l'effet conjugué de la pleine lune et de la lumière dispensée par une dizaine de lampes au quartz juchées haut sur des poteaux de métal, Rosalie y voyait comme en plein midi. Scène abandonnée par ses acteurs lassés de déclamer toujours les mêmes répliques, l'espace, recouvert d'asphalte fissuré en plusieurs endroits, hébergeait quelques rares automobiles dont les chromes brillaient paresseusement dans le jour artificiel. Une voiture, roulant à vitesse réduite sur le boulevard étendant son macadam grisâtre devant l'hôpital, ralentit à la hauteur de l'entrée principale et pénétra dans le stationnement avec mille précautions.

Un véhicule de police.

L'automobile munie de feux à éclats sur le toit, pour l'instant au repos, effectua un lent slalom entre la dizaine de voitures éparpillées çà et là sur le terrain de stationnement. Un court moment, Rosalie crut qu'il serait possible d'attirer l'attention des deux policiers dont elle avait aperçu brièvement les silhouettes sur la banquette avant. Le car de police vint se ranger perpendiculairement à la porte principale et disparut à sa vue.

42

Les policiers, conclut-elle, devaient échanger quelques mots avec le préposé à la sécurité, dans le hall d'entrée de l'hôpital.

Le cerveau de Rosalie battait la campagne. Elle essayait de trouver un moyen de fracasser la baie vitrée. Sans résultat. Impuissante à mettre son plan à exécution, faute de temps et surtout par crainte d'être la cible d'une attaque-surprise, si jamais elle se laissait aller à provoquer un vacarme trop soutenu, elle dut se résigner à voir disparaître dans la nuit les feux arrière du véhicule de police, quand celui-ci quitta finalement le stationnement en empruntant la même direction qu'il avait utilisée pour y pénétrer. Joyaux inaccessibles et scintillants, les lumières de la ville, à moins de trois kilomètres de là, tentaient sans succès de la réconforter. Là-bas, dans une autre galaxie, des gens s'amusaient, dormaient, faisaient l'amour, tous parfaitement ignorants de son sort.

La sortie de secours.

Rosalie soupesa l'idée, tentant de déterminer les éléments jouant pour ou contre une retraite dans cette direction; en fait, il s'agissait de la seule possibilité valable s'offrant à elle, sinon la dernière. Elle ne se perdit pas inutilement en considérations vaines ou superflues. Rapidement, elle conclut que la sortie de secours s'avérait la seule issue en mesure de mettre un terme au dangereux intermède mettant sens dessus dessous, depuis quelques minutes, l'existence calme qu'elle avait menée jusque-là.

Il lui faudrait avancer prudemment sur une cinquantaine de mètres, la sortie de secours se trouvant à l'autre extrémité du corridor. Elle y arriverait. Rosalie était sûre de parvenir saine et sauve jusqu'à cet endroit et que son cauchemar prendrait fin à la seconde même où elle pousserait le verrou pour se retrouver sur le palier de métal accroché au flanc de sa prison.

Une fois sa décision prise, elle essaya de nouveau de se réconforter. Le type à la gorge tranchée avait été victime d'un règlement de compte, du genre de ceux auxquels on assiste au cinéma. Le meurtrier, peu importait ses mobiles véritables, était déjà loin, ayant utilisé pour quitter l'étage l'escalier de service. Pour gagner du temps, il avait coupé le fil du téléphone et enchaîné la grille. Dans quelques heures, une fois remise de ses émotions, elle en serait quitte pour raconter vingt fois son histoire à la police et aux journalistes. D'ici deux semaines, elle pourrait reprendre son travail... le jour, de préférence!

Un peu plus confiante, mais pas tellement, tout bien considéré, Rosalie remplit ses poumons d'air en s'efforçant d'oublier le corps sans vie reposant à moins d'un mètre de là. Ses doigts effilés aux ongles coupés court afin d'éviter de blesser involontairement les malades, effleurèrent la vitre. Prisonnière d'un vieux cube de béton raviné par le temps et dont les jours étaient comptés elle se demandait, sans chercher à répondre à cette question, si elle arriverait à quitter l'étage vivante. Bien qu'elle ait pris plaisir à flirter complaisamment avec l'hypothèse rassurante du règlement de compte, une voix moqueuse attirait constamment son attention sur des suppositions macabres. Telle une litanie obsédante, quatre mots revenaient sans cesse. Rosalie, malgré ses efforts, n'arrivait pas à fuir ce refrain au rythme entêtant. *Il est toujours là*, murmurait la voix. Eût-elle été en mesure d'agir autrement, qu'elle se demandait comment il aurait été possible d'imposer le silence au démon qui s'efforçait, avec un sans-gêne de mauvais augure, d'augmenter ainsi sa terreur.

Elle revint sur ses pas en prenant les mêmes précautions que précédemment, longeant le mur le plus loin possible du cadavre, afin que ses vêtements évitent tout contact avec les draps souillés. Elle devina, en tentant de contrôler un léger dérapage de son pied droit, que le bout de sa chaussure avait touché la partie extérieure de la mare de sang. Réprimant un haut-le-cœur, elle sentit le liquide gluant glisser sous la semelle. Sa modeste assurance sur la vie bien en main – cette fois, Rosalie avait fait en sorte de veiller à ne pas oublier l'existence du précieux scalpel – elle arriva enfin à la porte avec la ferme intention de ne pas permettre à sa volonté la moindre défaillance, ce qui n'empêcha pas ses doigts de se rebiffer quand ils entrèrent en contact avec la poignée. Rosalie fut tentée de répondre à cette invite non déguisée de battre en retraite. Attendre que les événements évoluent en sa faveur représentait une tentation à laquelle il lui semblait difficile de résister. Le bon sens l'emporta, car elle ne pouvait se permettre d'attendre plus longtemps avant de passer à l'action. Elle estimait en effet préférable de courir un risque calculé en tentant une sortie, plutôt que de soumettre plus longtemps ses nerfs à une épreuve de force inégale avec un ennemi inconnu.

La poignée de la porte était redevenue froide. Ce contact la stimula, fouettant sa volonté plus qu'elle ne l'aurait cru possible. Rosalie se félicita d'avoir persisté dans son intention d'agir sans tarder, se promettant de tenir bon, quoi qu'il advienne! Inlassablement, elle se répétait qu'elle prenait la bonne décision, autant pour s'encourager que pour garder son esprit en éveil, loin des images atroces que lui suggérait son imagination.

En s'ouvrant sans bruit, la porte laissa pénétrer dans la chambre, en même temps qu'un peu d'air frais, quelques ombres blafardes en provenance du corridor. Prudemment, elle avança la tête dans l'interstice qu'elle venait de créer et jeta un coup d'œil furtif en direction des deux extrémités du passage. Rien ni personne ne venaient troubler l'apparente tranquillité du lieu; elle entendit le sifflement de sa propre respiration; curieusement détachée de son environnement, elle ne tint nullement compte de la peur qui l'oppressait. Une réflexion désabusée lui vint à l'esprit. Si elle avait vécu jusque-là pour participer à cette expérience à titre de cobaye, pourquoi le destin s'amusait-il à la torturer indéfiniment? Pourquoi la mort ne lui tendait-elle pas les bras dans des circonstances plus sereines, amicales?

Il arrive que des gens s'interrogent sur la manière dont ils se comporteraient dans l'éventualité, fort improbable, où ils seraient mis en face d'une situation dramatique exigeant une puissante dose de sang-froid. Dans le douillet confort de leur appartement, certains ne font pas de manières, ils n'hésitent pas à se donner le beau rôle car, plus l'exercice auquel ils se livrent demeure au stade de la rhétorique, plus ils sont tentés de se glorifier. D'autres, plus réalistes, se demandent si, au bout du compte, ils ne feraient pas preuve de lâcheté si jamais ils devaient composer avec une situation dramatique à laquelle rien ne les avait préparés. Ce sont eux les vrais héros. Modeste, mais surtout dotée d'un sens pratique à toute épreuve, Rosalie Richard ne se considérait absolument pas comme une héroïne. Ainsi, elle n'avait jamais pris la peine de s'interroger sur son potentiel en matière de courage. Bien qu'elle ne fût pas loin de croire que, dans l'immédiat, elle agissait intelligemment, elle refusait de s'accorder le bénéfice du doute tant et aussi long-temps qu'elle ne serait pas arrivée au bout de ses peines. Pour l'instant, toutefois, une constatation réconfortante se dégageait des événements qu'elle venait de vivre: son système nerveux, bien que mis à rude épreuve, était toujours fermement tenu en laisse et ne semblait pas vouloir donner de la bande. C'était toujours cela de pris...

Elle s'en tirerait, il le fallait.

Avec des mouvements précis, étudiés, et sans jamais tourner le dos au corridor, elle contourna la porte, la refermant en faisant attention de ne pas heurter trop bruyamment le cadre. Étonnée par son audace, elle amorça la lente remontée vers la sortie de secours. Elle avait à peine franchi deux mètres que les éléments de la fragile assurance qu'elle avait grappillés ici et là s'éparpillèrent en milliers de fragments.

Hallucinante, inhumaine, la longue plainte se terminant en un affreux râle la surprit alors qu'elle se préparait à allonger le pas, sûre désormais d'atteindre son but. Refusant d'admettre la signification de ce message de mort, Rosalie s'immobilisa, in-capable du moindre mouvement.

La chambre quatre, à son tour, avait été transformée en étal de boucher.

Barrage infranchissable, défi la poussant pour de bon à l'extrême limite de ses forces, la porte close de la chambre quatre interdisait à Rosalie tout espoir de tenter une sortie par cette partie du corridor. Marionnette aux fils sectionnés, incapa-ble de renouer avec le maître donnant vie à ses membres, elle demeurait figée dans une pose qui, en d'autres circonstances, aurait pu paraître drôle. Rosalie ne savait plus s'il était préféra-ble de reculer, de battre en retraite dans la chambre de Robert McNicoll, ou si elle devait prendre ses jambes à son cou et foncer aveuglément vers cette sortie de secours qui, jamais, n'avait autant mérité son nom!

L'inconnu était tout près, elle sentait sa présence avec la certitude de la proie aux prises avec un chasseur patient et rusé.

Pourrait-elle gagner de vitesse l'assassin qui se dissimu-lait, à n'en plus douter maintenant, dans cette chambre? Elle arriverait avant lui au bout du corridor, mais aurait-elle le temps de pousser le verrou? Répondre à cette question équivalait à se pencher sur le mécanisme de sa propre exécution ou sur la possibilité que le destin, enfin magnanime, lui accorde un sursis.

Certaine que l'inconnu jouait avec elle un jeu dont il avait lui-même établi les règles, Rosalie se sentait prête à céder à une dangereuse résignation. Les sens en alerte, elle décortiqua le silence. Hors du temps, le corridor ne présentait plus aucun point de similitude avec la réalité. De lieu banal, arpenté des millions de fois, l'endroit s'était brutalement changé en aile de château hanté avec ses corps suppliciés et ses portes dérobées, tous et toutes plus vrais que nature.

Morts. Tous morts, sans exception.

Rosalie prit subitement conscience de la précarité de sa situation. Ce silence anormal auquel elle n'avait guère porté attention avant de s'aventurer dans la chambre de Robert McNicoll signifiait que les malades confiés à sa garde étaient morts. L'horreur du drame, bizarrement, n'était pas sans la laisser un peu indifférente, car elle était trop préoccupée par son propre sort pour s'étendre avec compassion sur celui des autres. L'inéluctabilité du constat auquel elle se livrait eut pour effet de la rendre encore plus fataliste.

Elle éprouvait une drôle de sensation, comme si son corps ne lui appartenait plus. Elle flottait en un lieu indéterminé au-dessus d'une mêlée sanglante et risquait à tout moment de choir au beau milieu de celle-ci.

Au début, le calme relatif enveloppant l'étage ne l'avait pas impressionnée. Avec le recul, toutefois, et à la lumière de ses dernières découvertes, elle était fortement tentée de s'adresser les pires reproches. L'absence de bruits familiers, toux étouffées, raclements de gorge, voix ensommeillées, soupirs rendus presque inaudibles par les tranquillisants, en somme, tout ce qui contribue à créer une ambiance typique, la nuit, dans un hôpital, aurait dû la mettre sur ses gardes, à tout le moins éveiller son attention.

Depuis combien de temps l'assassin était-il à l'œuvre, tranchant des gorges, privant de vie des innocents reposant sans défense dans leur lit?

Depuis combien de temps le tueur respirait-il le même air qu'elle?

Son pas mal assuré la conduisit à proximité de la porte quatre. En tendant les bras au maximum, elle aurait pu toucher au cadre. Des larmes, dont Rosalie ne pouvait préciser la raison – étaient-elles le fait de la terreur ou tout simplement dues à un réflexe normal? – se marièrent au léger chatoiement apparaissant au-dessus de sa lèvre supérieure et qui était causé par la transpiration. Le mélange, âcre et fort, se fraya un passage jusqu'à la gorge pour aller se perdre, en fin de course, à la naissance des seins. Sa poitrine, sous l'effet de la peur et de la tension accompagnant sa respiration, se soulevait ou s'abaissait en suivant un rythme sensuel, érotique, plutôt déplacé dans les circonstances.

Jugeant plus prudent de rester à bonne distance de la porte, Rosalie entreprit de longer le mur opposé, centimètre par centimètre. En agissant ainsi, elle croyait pouvoir gagner quelques précieuses secondes dans l'éventualité, qu'elle se refusait toujours résolument d'envisager, où quelqu'un tenterait de s'en prendre à elle. Par intuition, elle savait que l'assassin se cachait derrière cette porte, elle savait également qu'il avait deviné sa présence à quelques mètres seulement de l'endroit où lui-même veillait. La partie de poker qu'elle disputait seule à seul avec un être qui ne la laisserait jamais sortir vivante de cet endroit, s'il n'en tenait qu'à lui, arrivait donc à son moment crucial.

Avec seulement la largeur du corridor pour la protéger, Rosalie sentit, à travers ses vêtements, la fraîcheur relative du mur se frayer un passage jusqu'à ses reins. Posant un geste, qu'elle considérait pour le moins superflu, elle consulta sa montre une deuxième fois. Une heure cinquante.

Devait-elle sprinter ou continuer d'avancer à cette allure de tortue? Rosalie s'interrogeait sur ses chances de parvenir sans trop de casse jusqu'à la sortie de secours et de s'élancer dehors, quand un bruit sourd provenant de la chambre quatre interrompit sa réflexion. Du coup, son pouls s'accéléra pour atteindre des sommets vertigineux. Froissement de draps? Raclement involontaire de semelles de cuir sur le sol? Effet de l'imagination? La sortie de secours, toujours aussi inaccessible, lui apparut comme un mirage ridicule, un fantasme né de son imagination torturée. Elle jeta un regard désespéré vers l'extrémité du corridor, une quarantaine de mètres sur sa gauche, là où, normalement, son aventure aurait dû prendre fin en une fuite éperdue vers l'air libre. Prise d'une série de frissons convulsifs, impossibles à maîtriser, elle vint tout près de choisir la solution facile et de s'évanouir.

Clignant des yeux pour chasser les gouttes de sueur en train de brouiller sa vue, elle serra rageusement les poings, espérant ainsi venir à bout du furieux tremblement de ses membres. Jamais elle n'aurait cru que la sueur pouvait autant brûler la peau et les yeux. Aveuglée, au bord de la crise de nerfs, elle pêcha dans l'une des poches de sa blouse un kleenex chiffonné et humide. D'une main toujours tremblante, elle le porta à la hauteur de ses yeux et les débarrassa d'une partie du liquide poisseux la privant du sens de la vue... qu'elle recouvra juste à temps pour voir la poignée de la porte quatre effectuer une légère rotation sur elle-même, entraînant dans ce mouvement imprécis, irréel, les gonds, le battant et, enfin, l'ensemble du bâti.

Rosalie étouffa le cri montant à l'assaut de sa gorge, qui se transforma en un ridicule couinement de souris prise au piège. Ses larmes redoublèrent d'intensité. Elle ferma les yeux une seconde, deux peut-être – une éternité – puis les rouvrit. Derrière un épais brouillard, elle devina que la porte, malgré le mouvement imperceptible dont elle avait été témoin, avait repris sa position originale.

Elle se demandait si le rayon des farces et attrapes de son cerveau n'était pas en train de lui jouer un mauvais tour. Un ange passa et, sans doute désireux de faire bonne figure, lui souffla à l'oreille que la plaisanterie se terminerait incessamment, aussi bêtement qu'elle avait commencé, que ses copains, un peu rouges de confusion, sortiraient enfin de cette chambre, qu'ils s'excuseraient enfin de lui avoir causé une trouille aussi énorme! Après les réprimandes habituelles, et à n'en pas douter quelques larmes supplémentaires pour Rosalie, l'affaire se terminerait là. Mais elle savait qu'elle se berçait d'un réconfort illusoire. Le cadavre de Robert McNicoll n'était pas le résultat d'un travail macabre astucieusement monté pour lui faire peur. Le sang était du vrai sang et la gorge tranchée une vraie gorge tranchée!

Dans l'éventail fort réduit de ses capacités de défense, et résultat probant des quelques milliers d'années de lutte pour la survie auxquelles avait été confronté son ancêtre l'homme des cavernes, une petite cellule collée à ses gènes vint à son secours, adressant à son cerveau survolté une série de messages faibles mais rassurants. La main tenant le scalpel se souleva lentement, amenant ce dernier dans une position parallèle au sol. L'arme ferait comprendre à quiconque fonçant sur elle qu'il avait intérêt à y penser deux fois avant de la toucher! Rosalie se carra solidement sur ses jambes, heureuse de constater que le tremblement les agitant avait tendance à se résorber.

Elle ne pouvait s'empêcher de trouver un peu ridicule le fait de continuer de résister. Comment pouvait-elle espérer s'en tirer face à un assassin semblant prendre un plaisir évident à torturer ses victimes? Tentée une nouvelle fois par la fatalité, elle se surprit à envisager la mort avec sérénité et détachement. Comme il serait facile de glisser dans l'abandon total, de se laisser subjuguer par la présence de cet inconnu derrière la porte et de quitter cet univers créé pour rendre fous les malheureux s'y perdant. Sans réaction, otage d'un gigantesque jeu de montagnes russes, Rosalie n'arrivait plus à se concentrer. Guidée par une force qui lui était étrangère, elle hésitait sur le parti à prendre, quand la porte s'ouvrit pour de bon.

CHAPITRE II

UN RÊVE, RIEN QU'UN RÊVE

L'écran du téléviseur lançait des éclairs bleutés sur les murs crème de la salle de séjour, conférant à ces derniers l'aspect d'un théâtre chinois tout en ombres et en finesse. Cette mise en scène improvisée cadrait mal avec les images insupportables d'enfants noirs aux os saillants et au visage couvert de pustules, sur lesquelles les mouches faisaient bombance. Tentant avec plus ou moins de bonheur de se hisser au-dessus de la masse de publicités les enserrant dans leur étau, les héros malgré eux de cet autre drame africain perdaient peu à peu l'espoir d'attirer l'attention des rares téléspectateurs encore en mesure de supporter des images aussi horriblement accusatrices. Sans transition, un clip particulièrement accrocheur mit en évidence les bienfaits de la vie au grand air des Rocheuses, au volant du dernier-né de la grande famille Dodge, le Dakota; le ton viril, provocateur, utilisé pour décrire les qualités mécaniques, à n'en pas douter sensationnelles du véhicule tout-terrain, se trouvait heureusement tempéré par la présence de deux créatures de rêve dont le regard, lui, ne commandait aucune explication superflue. Après cette courte incursion dans le monde sauvage plein de promesses de l'Ouest, la caméra entraîna de force ses fidèles dans le cabinet d'aisance d'une jeune et pimpante maman au style *all american*, n'en proposant pas moins des courbes superbes et surtout surprenantes, vu ce qu'elle était supposée représenter; la pauvre femme paraissait aux prises avec la pire des calamités que puisse offrir la société de consommation, une cuvette de toilette bloquée!

51

Philippe Lambert se demandait si l'agacement qu'il ressentait était dû aux scènes ahurissantes de cruauté défilant devant ses yeux et faisant état d'une autre famine en Afrique, ou si ce sentiment, dans lequel se mêlait un peu de frustration, n'était pas le résultat de la publicité brouillonne dont l'abreuvait à intervalles réguliers depuis une heure le poste de télévision. Jugeant finalement le sujet peu digne de ses préoccupations, il actionna le sélecteur de postes à distance. L'écran, privé de la parole et redevenu aveugle, renonça à proclamer haut et fort le goût des adolescents pour les tablettes de chocolat Cadbury...

En broyant soudainement du noir, le dieu dispensateur de famines et de biens de consommation entraîna dans sa morosité le théâtre chinois des murs. Philippe se maintint dans sa position initiale, incapable de détacher son regard de l'écran redevenu gris. Une minute, puis deux s'écoulèrent. Il sentait presque à le toucher le calme régnant à l'intérieur de la maison. Dehors, la pluie, heureuse de faire valoir ses droits sur les fragiles inventions de l'homme, insistait poliment pour attirer son attention. Charmé contre son gré par le chant arythmique de la nature, il se surprit à sourire. Rare privilège, il autorisa même son esprit à prendre la clé des champs.

Il éprouvait toujours beaucoup de difficulté à s'adapter au calme. Sans pour autant mettre en cause le genre de vie qu'il menait pour expliquer ce manque d'aptitude à se détendre, il n'était pas sans croire que le rythme accéléré que lui imposait son travail avait donné naissance à une forme de stress qui, pour être parfaitement contrôlé, n'en risquait pas moins de se révéler nocif. Il ne cessait de se répéter qu'un jour, peut-être pas très lointain, il regretterait ce manque de discernement qui le poussait continuellement vers le flot rapide, pour ne pas dire torrentiel, d'une vie professionnelle trop bien remplie.

Simple clapotis né de rien au milieu d'un puissant fleuve courtisé de trop près par la mer, et qui s'abat en rouleaux violents une fois parvenu sur la plage, Philippe devina que le calme l'entourant risquait d'engendrer une autre crise intérieure. Cela valait-il le coup de jouer avec des sentiments dont l'essence même glissait entre ses doigts? Il s'interrogea brièvement sur le danger de trop s'apitoyer sur sa solitude, heureux de détourner ainsi, ne serait-ce qu'un bref instant, le cours de ses pensées. Généralement, ce genre d'examen de conscience ressemblait à de la haute voltige sans filet. L'exercice entraînait toujours dans son sillage des effets néfastes et durables et son moral parvenait rarement à se tirer tout à fait indemne de ces incursions dans une zone de son inconscient avec laquelle il était peu familier. Impuissant à contrôler sa crainte de ne pas agir correctement en toutes choses, il sortait toujours un peu plus brisé de chaque aventure le forçant à une confrontation trop prolongée avec lui-même. Philippe ne le savait que trop bien, cette confusion des sentiments – du moins décrivait-il ainsi, faute de trouver un terme plus adéquat, le jeu d'impressions contradictoires dans lequel son esprit était confiné, et qui lui servait de compagne depuis son enfance – jouait dans sa vie un rôle beaucoup plus important qu'il ne voulait l'admettre.

Il s'imposa une trêve, refusant obstinément de s'étendre sur la teneur réelle des sentiments qu'il éprouvait envers lui et les autres. Autant par crainte de découvrir des choses désagréables que pour éviter les ruptures, il préférait garder à distance respectueuse toute démarche susceptible de l'entraîner dans le labyrinthe de ses préoccupations profondes. Aussi sévère avec les autres qu'il jouait de prudence avec ses propres sentiments, il ressentait un profond agacement quand le hasard le rendait témoin de l'aisance avec laquelle certaines personnes parvenaient à s'épancher de leurs problèmes professionnels sur les épaules par trop compatissantes de camarades davantage intéressés à dénicher de bons sujets de conversation qu'à aider véritablement leurs amis dans le besoin.

L'auto-analyse ne mène nulle part sinon à l'autodestruction, aimait-il à se répéter un peu pompeusement, dans des occasions comme celle-ci. Philippe Lambert craignait de sombrer dans les mêmes travers que les faibles, du moins ceux qu'il considérait comme tels, et de finir par ennuyer tout le monde avec des questions qui, somme toute, ne regardaient que lui.

À l'extérieur, la pluie insistait, rappelant impoliment sa présence en martelant de ses doigts devenus trop gros les tuiles du toit. Il se demanda si ce soudain regain d'énergie ne se transformerait pas en neige durant la nuit. Il détestait se lever une heure plus tôt, le matin, pour déblayer la voie d'accès du garage. Novembre, si loin au nord, réservait quelquefois ce genre de surprise désagréable. L'esprit enfin libéré de toute considération autre que pratique, il se leva, plus intéressé par l'état du temps que par les exercices à caractère introspectif.

Bien qu'il craignît la nature et les mystères qu'elle recelait, Philippe éprouvait une joie sans cesse renouvelée chaque fois qu'il se trouvait aux prises avec les sautes d'humeur des éléments. Incapable d'expliquer le phénomène, bien qu'il l'appréciât à sa juste valeur comme un don du ciel, il pouvait prédire sans trop d'erreurs le temps qu'il ferait le lendemain, rien qu'en respirant les odeurs transportées par le vent. Et son instinct n'était pas loin de lui suggérer que les violentes rafales de pluie en train de s'abattre sur les maisons du quartier, alors que lui-même se tenait à l'abri sous l'auvent protégeant l'entrée du garage, resteraient bel et bien dans leur état actuel. La neige ne viendrait que plus tard, beaucoup plus tard dans la saison. Il jeta un coup d'œil à sa montre. Dix heures quarante. Tournant résolument le dos au vent et à la pluie, il revint à la douce chaleur de l'intérieur.

Compagnon de l'averse, le vent essayait de culbuter les arbres devant la maison en s'en prenant aux branches dénudées par l'automne; désorientées par la résistance opiniâtre qu'elles rencontraient, les bourrasques entreprirent, sans avertissement, de mettre à mal les tendons de métal retenant la gouttière.

Sur le point de crier victoire, le vent, capricieux et imprévisible comme d'habitude, ou peut-être un peu essoufflé par tant d'efforts, décida qu'il serait plus amusant de former des arabesques invisibles autour du toit. Portée de si belle façon par son amant, la pluie s'escrimait à démontrer au monde que l'homme n'avait pas encore étouffé le don immémorial de la nature pour les mises en scène spectaculaires. Rendues folles par leur chute vertigineuse, les milliards de gouttes d'eau formant le rideau serré de l'averse venaient se fracasser en rangs indisciplinés sur les carreaux des fenêtres. Bien que la lutte fût perdue d'avance, elles persistaient dans leur intention de se précipiter à l'unisson dans toutes les pièces de la maison.

À l'exception des quelques poids lourds ahanant sous

l'effort, au moment de s'engager dans la courbe de l'échangeur menant à l'autoroute détrempée, et qui allongeait son interminable ruban de bitume à moins de trois cents mètres de là, nul bruit rattaché à la civilisation ne se risquait à venir interrompre la bruyante symphonie de la nature en délire.

***

Comme la pluie, surprise par l'agressivité du vent qu'elle fuyait maintenant, le sommeil, après avoir taquiné Philippe, évitait de trop s'approcher de son maître, afin de ne pas se retrouver pris au piège d'un jeu qui le retiendrait prisonnier toute la nuit. Dès que les muscles faisaient mine de se relâcher pour permettre au corps de glisser dans le néant, l'esprit de Philippe, nullement prêt à rompre avec la réalité, renâclait. Allongé depuis une heure, celui-ci n'arrivait pas à atteindre le degré suffisant de détente qui lui permettrait de prendre congé de la réalité.

Intensément, victorieusement, le vent hurlait son bonheur. Sous les rafales, la pluie se rebiffait, refusant au dernier instant le don total que lui réclamait l'auteur de ses tourments. Privé d'une jouissance longtemps attendue, le vent ne ménageait aucun effort pour obliger sa compagne à abandonner la lutte, à se soumettre dans un ultime orgasme.

Philippe essaya toutes les positions réputées pour favoriser le sommeil. Résultat nul. Il fit en sorte de rendre inopérantes les défenses de son esprit. Que ferait-il avec un million de dollars? Et cette fille à la démarche provocante, cette Belinda Quelque-Chose, la nouvelle voisine, qui ne ratait jamais une occasion de glisser une remarque flatteuse à propos de ses articles? L'intérêt marqué de cette admiratrice pour ses travaux journalistiques laissait-il entendre qu'il pourrait éventuellement pousser plus loin son avantage, dans le sens de l'établissement de relations plus... intimes? Le calorifère montant la garde à deux mètres du lit fit entendre un long craquement caractéristique, irrégulier. L'eau, en se réchauffant, contractait le métal. Une rafale de vent plus violente que les précédentes provoqua un gémissement prolongé du recouvrement extérieur en aluminium. Curieusement, ces bruits familiers, typiques des vieilles maisons, au lieu de rassurer par leur appartenance au monde normal, accentuaient l'isolement artificiel dans lequel se trouvait plongée la maison entière. Pour la première fois de son existence d'adulte, Philippe ressentit de plein fouet les effets de la solitude. Là, maintenant, il lui manquait un être à qui confier son désarroi, un être compréhensif et attentif, qui l'aiderait à vivre ces moments incertains et lugubres imposant leur triste présence à une heure de la nuit où le découragement, sans rémission, s'empare des âmes errantes pour les retenir à jamais prisonnières.

Des ombres surgissaient par à-coups du passé, prenant rapidement une assurance hautaine; elles noyaient le présent sous leur poids, le trituraient puis, sûres de leur pouvoir, prenaient enfin possession de son esprit. Conscient d'engager un combat inégal sur un terrain peu connu, Philippe chassa de ses pensées ces réminiscences importunes tentant de pirater ses souvenirs. L'effort mental auquel il se livra durant une dizaine de minutes lui permit finalement de renouer avec un certain bien-être.

Le sommeil le surprit au moment précis où il croyait avoir gagné la première manche du pugilat qu'il avait sans cesse repoussé depuis le début de la soirée.

***

Il ne pouvait saisir avec toute la précision voulue le paysage dans lequel son rêve l'avait transporté. Un léger brouillard faussait la perspective, donnant au décor la forme d'une esquisse abandonnée par un peintre peu enthousiaste et brouillon, pressé de retourner à des travaux moins exigeants. Philippe crut deviner des champs étendant leur nudité jusqu'à un horizon éthéré. L'herbe jaune indiquait que l'automne ne tarderait pas à céder à l'hiver ses droits sur la nature. Le ciel, faisant preuve d'une indiscutable lâcheté, paraissait peu enclin à contester aux nuages leur droit de pavoiser en masse là où ils le désiraient. Des arbres, par centaines, pointaient leurs doigts crochus et accusateurs vers un soleil à l'aspect maladif.

Des maisons affleuraient de rues mal dessinées sur des sols que l'on devinait guère entretenus. Philippe reconnut peu à peu dans ce décor suspendu dans le temps le quartier de son enfance, égaré en périphérie de ce que les gens décrivaient à l'époque de ses huit ans, et de manière plutôt injustifiée, comme une excroissance de la ville toute proche. Aucun bruit ne venait rompre le silence monotone au sein duquel reposait, figé, ce paysage issu d'un monde onirique. Libéré des lois de la pesanteur, Philippe explorait les lieux familiers de son enfance avec le froid détachement des morts se préparant à franchir le portique menant à l'éternité.

Il n'arrivait pas à freiner la légère euphorie qu'il ressentait et qui compensait pour l'atmosphère un peu oppressante des lieux. Un instant, il frôlait de ses doigts gourds les branches en deuil de leurs feuilles pour s'élancer, l'instant d'après, à la poursuite d'un horizon inaccessible et aux contours mal définis, prenant un malin plaisir à s'éloigner au même rythme que sa progression. Une légère brise vint le caresser.

Bateau à la dérive obligé de s'en remettre à une force indépendante de la sienne pour se mouvoir, Philippe, en rêveur résigné, abandonna toute velléité de protestation et se laissa transporter sans faire de manières.

L'école de son enfance s'imbriqua dans le paysage. Témoin quotidien de tant de petits drames sans conséquence, la cour, jonchée de détritus, hébergeait toujours la même mare jamais asséchée. La peinture pâle s'écaillait sur le plâtre foncé des murs extérieurs, rappelant des visages d'enfants noirs recouverts de pustules... De guingois, un volet lançait des appels à l'aide, alors que son voisin, solidement ancré dans la charpente, faisait la sourde oreille. Une tristesse incommensurable, qui n'avait rien à voir avec l'impression de nostalgie imprégnant jusqu'alors ce décor, reconstitué à partir des éléments disparates d'un passé en même temps très lointain et trop récent, submergea tout. Le paysage s'obscurcit. Philippe refoula avec difficulté derrière le barrage de sa volonté les larmes qu'il devinait prêtes à déferler sous ses paupières. Était-ce l'enfant ou l'adulte qui manifestait ainsi son émotion? Pourquoi ces pleurs? La dimension inconnue, et pourtant si familière dans laquelle son subconscient l'avait entraîné, avait-elle seulement la tristesse comme unique point de référence?

Entrebâillée, la porte de l'école invitait à plus de curiosité. Un air de déjà-vu planait sur ce décor sonnant le rappel de souvenirs qu'il croyait refoulés dans le dépotoir de ses vieux tourments. Il décida de pénétrer dans l'édifice, une petite construction campagnarde destinée à l'humble apprentissage de la vie et du savoir qui, il le savait, ne vivait plus que dans ses rêves.

Dérangée dans sa méditation intemporelle, la porte grinça des dents lorsque Philippe, l'effleurant délicatement du bout des doigts, la poussa. Semblant se raviser, passé le premier mouvement de surprise, et probablement pour ne pas effrayer le visiteur de la nuit, elle consentit finalement à jouer en silence sur ses gonds rouillés par les intempéries. Quelque part en coulisse, le passé et le présent échangeaient des propos sans lendemain, peu soucieux à l'évidence de se lancer dans une querelle sur le thème du droit de l'un par rapport à l'autre de se trouver là. Doucement, gentiment, Philippe renouait avec les sensations de l'enfance. Il parcourut avec le regard de l'innocence le tableau de l'alphabet suspendu par une ficelle derrière le pupitre de l'institutrice. Les lettres, réparties selon leur appartenance au monde des consonnes et des voyelles, affichaient leur résignation de côtoyer les quatre opérations arithmétiques, elles-mêmes soumises à l'attention générale tout en haut du tableau noir, allongeant sa morosité sur presque toute la largeur du mur faisant face à la première série de pupitres. Maîtresse des lieux, la poussière prenait ses aises sur les bancs et dans les angles peu fréquentés de la classe. Ici et là dans les allées séparant plusieurs rangées de pupitres répartis de façon un peu anarchique, des bouts de papier froissé attendaient qu'une âme charitable veuille bien les conduire à leur dernière demeure; un crayon, à la pointe à peine entamée, gisait sous un pupitre aux pieds éraflés par les coups de canif de plusieurs générations d'élèves indisciplinés.

Le vieux poêle à bois crépitait, retenant dans ses flancs des flammes ne demandant qu'à mordre dans le bois sec et délicieux des murs. Une odeur composée de relents de vêtements humides, de craie et de fumée, flottait dans la pièce et contribuait à accentuer l'atmosphère intemporelle berçant le lieu. En suspension dans l'air ambiant, d'infimes grains de poussière s'adonnaient à une danse compliquée; le soleil, à travers le prisme des fenêtres, transformait les fines particules en étoiles d'or insaisissables.

Timidement, et surtout soucieux de ne pas rompre un équilibre qu'il savait extrêmement fragile, Philippe se risqua à avancer. Des sons parvenaient étouffés à ses oreilles, comme s'ils avaient dû traverser un épais nuage de fumée avant de s'assurer de leur point de chute; d'autres, inexplicablement, paraissaient amplifiés. Ainsi, Philippe s'attendait à ce que le bruit de ses pas sur le plancher recouvert de bois brut se répercute avec fracas dans le silence de la classe. Or, c'est tout le contraire qui se produisait, même s'il ressentait réellement l'impression de se mouvoir physiquement dans la pièce. Par contre, les battements de son coeur remplissaient l'espace de leur rythme fou.

Arrivé à la hauteur du pupitre de l'institutrice, il hésita entre deux directions. Devait-il poursuivre sa progression jusqu'au tableau noir ou revenir sur ses pas, afin de gagner un autre pupitre, le sien, et qui lui avait été assigné lors de la rentrée la semaine précédente? Là, il pourrait s'asseoir sagement en attendant qu'un événement, quelqu'un peut-être? vint enfin lui expliquer le sens de tout cela. En même temps qu'il s'interrogeait sur la meilleure décision à prendre, son regard émerveillé captait les innombrables détails disparus de ses souvenirs, depuis ce qu'il lui semblait des millénaires. Il devina une phrase sous les quatre opérations arithmétiques affichées au-dessus du tableau noir; écrits en caractères minuscules, les mots, en dépit de l'apparente modestie que leur conférait l'état dans lequel ils avaient été relégués, n'en semblaient pas moins décidés à narguer le visiteur au pas incertain qu'il était.

Philippe haussait le regard pour prendre connaissance du message qu'il savait lui être destiné, quand un immense fracas déchira le silence. Surpris, l'esprit en alerte, il effectua un tour complet sur lui-même, jetant un regard à la fois étonné et inquiet en direction des fenêtres, puis de la porte. Cette dernière, toujours entrebâillée, n'avait livré passage à personne d'autre qu'à lui. Quant aux fenêtres, toutes closes, elles ne consentaient à laisser pénétrer dans la classe qu'un jour blafard.

Le vacarme, au lieu de diminuer, allait s'amplifiant. Philippe décela dans la tempête de bruits divers parvenant à ses oreilles les cris joyeux d'enfants mêlés aux rires aigus ou étouffés de jeunes gens, partageant des confidences pleines de sous-entendus. Les sons venaient de partout et de nulle part à la fois. Il crut bêtement qu'un poste de radio dissimulé sous l'abattant d'un pupitre pouvait être à l'origine de ce tapage; il abandonna cette hypothèse farfelue aussitôt formulée, certain que la radio n'avait rien à voir avec ce genre de promenade évanescente. Lui excepté, personne ne hantait ce rêve hésitant entre réalité et cauchemar.

Sous la baguette du maître de jeu, magicien facétieux et cynique, le brouillard invisible qui, un instant plus tôt, empêchait les bruits même les plus ténus de se propager, relâcha son étreinte, cédant pour de bon la place à un tintamarre effrayant. Philippe ne comprenait pas ce qui lui arrivait. Il était conscient de se débattre dans la fausse réalité du rêve, mais une force indépendante de la sienne l'empêchait de retourner dans le néant du véritable sommeil.

Aussi rapidement qu'il s'était rendu maître de l'espace, le vacarme, telle une mélodie arrivée à la fin d'un disque, disparut tout à fait, abandonnant dans sa retraite quelques sons devenus trop faibles pour rattraper la partition. Le silence reprit ses droits. Toujours hésitant quant à l'attitude à adopter, Philippe n'arrivait pas à comprendre le sens de l'équipée nocturne à laquelle le soumettait son subconscient. Tournant le dos à la porte, il longea le pupitre de l'institutrice, le contourna, puis atteignit le tableau noir.

La plus grande partie de la surface lisse du bureau disparaissait sous un amoncellement d'objets hétéroclites qui semblaient avoir été posés là pour paraître dans une nature morte. Pêle-mêle, il aperçut des feuilles d'examen jaunies, dont le papier était rendu cassant comme des hosties; une pomme desséchée occupait l'espace compris entre une règle et un crayon à la pointe rouge émoussée; une gomme aux extrémités arrondies, un encrier et un vieux sac d'écolier complétaient l'ensemble... Une fine pellicule de poussière recouvrait ces artefacts surgis du passé.

La phrase écrite en petits caractères au-dessus du tableau noir suggérait qu'on lui accorde une plus grande attention. Curieux et craintif, Philippe ne demandait pas mieux que de prendre connaissance du message. Il se demandait, toutefois, s'il pourrait supporter la signification des mots qu'il savait désormais lui être destinés. Il se surprit à espérer intensément que le matin, qu'il devinait proche, puisse enfin mettre un terme à cette interminable descente dans les bas-fonds de sa mémoire.

— Lâche!

Philippe bondit.

Avant même qu'il ait pu se ressaisir, la voix reprit, cette fois sur le ton de la comptine:

Philippe est un lâche.

Philippe a perdu tous ses amis.

Philippe restera toujours seul.

Un pas traînant se précisa, ce qui fit naître immédiatement chez Philippe un frisson interminable dans lequel la peur avait beaucoup à voir. La voix donnait l'impression d'être un peu enrouée par l'effort, quoique son ton n'en suggérait pas moins une joie contenue teintée de cynisme.

Il n'arrivait plus à contenir les pleurs qu'il sentait près de s'échapper de ses yeux d'enfant. Avec effort — ses membres semblaient entravés par des chaînes invisibles — il fit demi-tour, obligeant son regard à fixer la chose partageant avec lui le même rêve-cauchemar.

Une créature aux membres inférieurs difformes avançait dans l'allée principale. Moitié gnome, moitié nain, l'être se déplaçait avec difficulté. Philippe essaya de fuir, sans succès. Vissées au sol, ses jambes n'autorisaient aucune retraite; il assistait impuissant à l'interminable plongeon de sa volonté dans un puits sans fond. N'arrivant pas, malgré les efforts surhumains qu'il déployait, à quitter la fausse réalité dans laquelle son esprit se débattait inutilement, il se demandait s'il n'allait pas rester éternellement prisonnier du cauchemar au sein duquel il s'était laissé entraîner.

Il avait traversé le miroir. Perdu dans un enchevêtrement

de souvenirs qu'il croyait disparus, il n'avait d'autre choix que de s'abandonner aux rapides écumant sa volonté et le propulsant vers ce qui semblait être un véritable Niagara de terreurs oubliées.

Une tempête le bouscula, arrachant tout sur son passage, ne laissant derrière elle qu'un fouillis indescriptible, dans lequel se mêlaient les restes de sa conscience et les vestiges d'une volonté désormais soumise aux lois de l'étrange. Conscient d'être son propre tortionnaire, victime d'un tour de passe-passe aux effets brutaux, inattendus, Philippe vit remonter du passé à une vitesse vertigineuse le terrible souvenir qu'il croyait avoir égaré pour l'éternité.

Il se souvenait de tout, maintenant.

Cette classe, ce décor, le farfadet cynique rôdant toujours quelque part, les effets sonores, voilà qu'étaient une fois de plus réunis les éléments d'un scénario écrit par un auteur fou et qui, depuis l'enfance, le pourchassait de ses assiduités.

La tempête, comme le raz de marée de bruits disparates nés quelques instants auparavant, s'apaisa aussi soudainement qu'elle s'était levée, accordant à Philippe un répit apprécié. Un délicieux sentiment de bien-être étendit son doux manteau sur ses blessures; le cauchemar redevint le rêve qu'il aurait toujours dû être. Devinant la suite, et conscient que le pire restait encore à venir, Philippe accepta la trêve que lui offrait le metteur en scène de cet opéra nocturne composé spécialement pour lui. Unique invité d'un spectacle présenté des milliers de fois, il prévoyait la teneur de chacune des répliques, savait d'ores et déjà dans quelle atmosphère baignerait la scène suivante, et l'autre encore, et la centième... Il se consola à la pensée que ce jeu de l'esprit n'était qu'un mauvais moment à passer. Bientôt, dans une heure, un siècle, dans un million d'années, le matin viendrait le tirer de là. Il devait conserver son calme en attendant la délivrance.

Le gnome parvint à se traîner jusqu'à Philippe qui perçut bientôt sa respiration sifflante, asthmatique. L'atmosphère de la classe, soudain devenue plus lourde, baignait dans la torpeur incertaine d'une fin d'après-midi hypothétique, car elle appartenait au monde inconsistant du rêve. Brièvement, peu sûr de lui, il observa le personnage falot qui, jamais, ne pourrait prétendre à la condition humaine. Philippe savait qu'il devait, le premier, ordonner l'attaque. Avec une voix qu'il aurait désiré plus ferme, il protesta:

— Ne me regarde pas comme si j'étais un assassin!

Le gnome souriait toujours. Philippe revint à la charge.

— Tu resteras toujours un sale type dans la peau d'une imitation d'être humain!

Aussitôt, un sentiment de honte le submergea. Il n'aurait pas dû obliger le nain à prendre ainsi conscience de l'affreuse réalité de son corps. Sans transition, allégeant du même coup le remords qui l'agitait, une autre pensée s'imposa: cette chose qui n'avait d'humain que l'apparence devait avoir commis une faute très grave pour avoir mérité un sort si épouvantable.

— Dis, Philippe, est-ce que tu m'aimes?

Philippe se mordit la lèvre inférieure sans ressentir la moindre douleur. Le nain insista:

—Dis que tu m'aimes...

—Non!

Il craignait de céder pour de bon à la panique. Un sourire condescendant apparut sur le visage du gnome, rendant sa physionomie encore plus ignoble.

— Pourquoi ne réponds-tu pas, Philippe?

Le silence devenait insupportable. Le nain reprit, toujours souriant:

— Pourquoi te rebiffes-tu? Sois gentil, nous sommes faits l'un pour l'autre...

Philippe évitait de croiser le regard de son tortionnaire. Celui-ci affichait une expression de satisfaction, supposant qu'il n'était nullement pressé de mettre un terme à l'opération de déstabilisation morale à laquelle il se livrait, avec un souci visible pour atteindre la perfection.

De la pitié, voilà ce que Philippe ressentait. Seulement, cette pitié était loin de viser la pauvre chose se traînant avec difficulté à ses pieds. À travers des sentiments trop confus pour être analysés à fond, mal équarris et qui n'arrivaient pas à éclore, il affrontait un fantasme familier, mais absolument terrifiant, l'épisode tragique d'une enfance qu'il croyait ne plus faire partie de ses souvenirs. Pour une raison qu'il ne parvenait pas à expliquer, seule la pitié arrivait à effectuer une percée dans cette jungle née et se nourrissant des craintes inavouées d'un homme toujours aux prises avec les peurs de l'enfance.

— Il faut que tu m'aimes, Philippe...

La tension l'écrasait de son poids énorme, réduisant sa volonté à la portion congrue. Le cri silencieux s'échappant de sa gorge ne fit rien pour arranger les choses; au contraire, ce réflexe désespéré ne fit que rendre son tourmenteur encore plus confiant.

Pendant un court instant, le nain apparut aussi ébranlé que Philippe pouvait l'être. Mais, alors que ce dernier hurlait intérieurement de toutes ses forces pour qu'on le libère de la pression l'empêchant de respirer, le gnome, malgré son attitude vaguement inquiète, ne paraissait nullement intéressé à changer le registre de ce rêve. Après tout, remarqua Philippe entre deux spasmes, le tortionnaire, c'était lui. Certes, le nain pouvait paraître oppressé par moments mais, en fait, et en y regardant plutôt deux fois qu'une, Philippe conclut que tout ce que cette chose inhumaine ressentait pour l'instant pouvait se résumer en deux seuls mots: extrême jouissance. L'atmosphère, rendue morbide par l'apparition du gnome, s'épaississait et devenait opaque. Quand Philippe voulut plonger son regard dans celui du nain, sa vue se brouilla.

— ... ou je te condamne, Philippe.

La menace, il le savait, signifiait plus que quelques paroles en l'air. Malgré un visible effort pour corriger son élocution défaillante, le gnome arriva à exprimer suffisamment d'ironie dans le ton qu'il utilisait pour faire comprendre à sa victime que toute résistance se révélerait inutile. Avant même que la constatation prenne forme dans son esprit torturé, Philippe sut qu'il était vaincu. La joute oratoire qu'il avait livrée avec ce personnage falot né de son imagination se terminait encore par la victoire de ce dernier.

— Je sais.

— Alors, dis que tu m'aimes. Proclame ton amour pour moi afin que tous t'entendent!

Ce serait si facile de dire oui, de prononcer ce mot si

simple, de déposer les armes sur-le-champ et d'en finir avec cette histoire interminable.

La volonté de Philippe, soudain, se refusait à toute concession. Agir ainsi signifiait aller à l'encontre du scénario, il le savait. Si sa défaite ne faisait pas de doute, la victoire du nain cette fois, serait acquise de haute lutte...

— Je t'aime pas.

L'air satisfait du gnome disparut. À la place, apparut une expression de colère rageuse. D'un geste sec de la main, autoritaire, le monstre ordonna à la porte de se refermer. Celle-ci obéit dans un puissant fracas de protestation; les gonds hurlèrent leur désapprobation d'être pris ainsi au dépourvu. Un bang formidable se répercuta sur les murs de la classe lorsque le battant, arrivé au bout de sa course, s'abattit violemment sur le cadre. Le vent se rua sur les fenêtres et fut retenu par une force plus imposante que son souffle. Comme s'ils n'avaient attendu que ce signal pour se libérer de leurs chaînes, une douzaine de petits personnages, en tous points semblables à celui défiant Philippe, émergèrent du plafond et des murs, du sol et du placard près de la porte. Telle une horde de sangliers rendus fous par l'approche des chiens lancés sur leur piste, les créatures se répandirent dans la classe pour la mettre aussitôt à sac. Le vacarme des pas frappant durement le sol, les grognements de bêtes enragées s'échappant des gorges plissées et l'ardeur que mettaient les envahisseurs dans l'accomplissement de leur besogne de destruction, suggéraient à Philippe qu'un esprit démoniaque habitait ces monstres.

Nés d'une imagination fonçant aveuglément vers l'abîme, ces gnomes n'avaient-ils pas beaucoup à voir avec sa propre personnalité? Cette hypothèse rendit Philippe triste et perplexe.

Soulevées par un vent glacial venu de nulle part, les feuilles d'examen s'envolèrent. Les pupitres se percutaient comme les voitures électriques des foires. Le tableau noir se déforma, fondit littéralement et se mit à couler comme de la réglisse sur le plancher déjà recouvert de détritus. Une demi-obscurité enveloppa tout.

— M'aimes-tu, Philippe?

—Non!

Philippe crut qu'il avait seulement crié. En fait, il avait hurlé.

— Alors, tu es un lâche.

Paralysé par l'appréhension, il n'arrivait plus à se concentrer. Il ne pouvait plus faire face... Perdant toute notion d'espace et de temps, il s'enferma dans sa propre solitude, refusant de jouer plus longtemps à ce jeu. Le gnome, comme s'il n'attendait que ce signal pour ordonner le début d'une nouvelle scène, d'un autre geste de la main, imposa le silence à ses complices. Aussi soudainement qu'il avait été éparpillé, le calme revint. Les vandales disparurent un à un, le tableau noir reprit sa forme originale. Pupitres et feuilles d'examen retournèrent à leur place dans l'attente d'un nouvel accès de colère de leur maître.

— Tu devras bien affronter la réalité un jour, Philippe.

Sans transition, la voix du gnome s'était faite plus douce, amicale. Surpris, Philippe s'entendit répondre:

— Je n'en suis pas certain.

—Oh! oui.

—Qui es-tu?

Le gnome sourit de nouveau, de ce sourire indéfinissable, à la fois sérieux et amusé, supérieur et résigné.

— Je suis toi.

***

Le processus de retour vers le monde réel s'était effectué par paliers. Tel le plongeur de fond qui est obligé de calculer avec précision son temps de remontée vers la surface, Philippe s'extirpa lentement de son cauchemar. Il prit d'abord conscience des draps recouvrant son corps nu puis de sa respiration irrégulière, dont le rythme saccadé n'était pas sans rappeler celui d'un vieux moteur rongé par la rouille et bon seulement pour la ferraille. *J'ai dû faire un autre rêve*, remarqua-t-il, en réprimant le frisson qui, de la nuque, se répandit par vagues successives jusqu'à ses reins. Il ne s'était pas frotté depuis plusieurs mois à cette désorientation matinale indéfinissable, s'apparentant aux effets du décalage horaire, et qui faisait une bonne place à la mauvaise humeur. Il fut d'autant plus agacé de la résurgence de cette impression désagréable qu'il croyait s'en être débarrassée. Comme d'habitude, il ne parvenait pas à remettre en ordre les éléments épars de l'aventure nocturne dans laquelle il s'était fourvoyé. Il ne se souvenait de rien et, sans se l'avouer, préférait ne pas forcer les portes de sa mémoire, sachant par expérience qu'il s'adonnait là à un jeu auquel il n'excellait pas; ne pas s'attarder aux vagabondages de son subconscient représentait encore la meilleure des défenses.

Péniblement, le geste l'obligeant à un effort de volonté appréciable, il entrouvrit une paupière; la pendulette électronique le fixait de son regard rouge de cyclope, un regard qu'il sentait étrangement semblable à celui qui devait être le sien, en cette aube incertaine où le sommeil disputait encore à l'état de veille le droit de faire de son esprit une bouillie innommable. Cinq heures quarante-sept... Rien ne pressait. Il repoussa l'édredon au pied du lit, ne conservant sur lui que le mince drap de coton. La chambre baignait dans une fraîcheur inhabituelle, bien que Philippe ait pris soin, la veille avant de se mettre au lit, d'ajuster le chauffage à la température extérieure. En prenant pied sur le rivage réconfortant de la réalité, il remisa jusqu'à un temps indéterminé les mystérieuses interrogations nées de la nuit.

Isolé au sein d'un épais cocon protecteur, l'intérieur de la maison flottait dans un silence presque absolu, irréel. L'heure autorisait cette trêve hâtive, ce répit inespéré précurseur des activités matinales propres à la rue, qui ne devaient d'ailleurs se différencier en rien de celles des autres quartiers de la banlieue sans histoire qu'il habitait.

Bus d'écoliers stoppant à tous les trente mètres, mettant ainsi à rude épreuve la patience d'automobilistes obligés, à peine remis des libations de la veille, de se rendre tôt au boulot; livreurs de lait cachant leur mauvaise humeur sous une fausse bonhomie; éboueurs bruyants et peu attentifs aux dégâts que leur maladresse causait aux pelouses durcies par le gel automnal... La petite armée butineuse des travailleurs de l'aube ne troublerait pas encore avant une bonne heure la quiétude des lieux. Ces précieuses minutes d'un jour encore en gestation méritaient qu'on prenne le temps de les savourer. Sans être vraiment en mesure de décrire par le détail l'impression qu'il en retirait, Philippe appréciait ces moments privilégiés où l'activité humaine, encore sous l'influence du sommeil, démontrait un intérêt de pure forme pour la reprise du travail.

Après avoir abdiqué ses droits durant la nuit, et satisfait de ses ébats avec la pluie, le vent violent du soir précédent avait permis à un calme ouaté de s'installer. Une auto démarra. Le petit ami de la veuve habitant en face quittait les bras bien en chair de sa flamme pour se rendre au travail. Le moteur de la voiture, quand il eut atteint son régime normal, émit un son régulier qui parvint étouffé jusqu'à l'intérieur de la chambre. Lorsque le conducteur embraya pour s'engager en marche arrière, Philippe sut qu'il s'était trompé dans son estimation de la veille sur la température. Accompagnant l'auto dans son court trajet jusqu'à la rue, un craquement qui, pour être subtil n'en demeurait pas moins fort éloquent, informa Philippe que la pluie avait cédé la place au cours de la nuit à quelque chose de plus consistant. D'un mouvement souple des reins, il s'éjecta du lit, ne s'attendant que trop bien au spectacle qui s'offrirait à lui dès qu'il aurait jeté un coup d'oeil à l'extérieur.

Un peu surpris de sentir sous ses pieds le froid du plancher traverser l'épaisse moquette, il enfila une robe de chambre dont le tissu tombait pesamment sur ses jambes.

L'image figée de la nature subissant l'offensive précoce de l'hiver impressionna Philippe, bien que celui-ci, fidèle à l'héritage légué par ses ancêtres nordiques, ait su au fil des saisons apprivoiser les brusques changements de cap de la nature. Mutins, les flocons de neige allaient et venaient selon leur fantaisie; aucun ne démontrait un intérêt particulier pour élire domicile en un endroit plutôt que dans un autre. Changeant subitement d'idée au moment où ils s'apprêtaient à toucher le sol, ils effectuaient une dernière vrille en direction du ciel pour, enfin, retomber paresseusement là où la nature leur avait réservé une place pour l'hiver. D'autres, moins pressés, vagabondaient capricieusement au gré des courants d'air froid, exploraient tour à tour les orifices des cheminées, les fils électriques et le dessus des clôtures. Aucun objet né de la main de l'homme n'échappait à leur curiosité dévorante.

Avant d'élire domicile pour l'hiver, la neige, prudente et fidèle au rituel que lui imposait la nature, envoyait ses éclaireurs afin de vérifier si la terre, gelée à point, était prête à recevoir ses présents.

Tout ce qui n'était pas situé à plus de vingt centimètres du sol disparaissait sous une généreuse couche de duvet que l'on devinait froid mais invitant. L'aube naissante empêchait de distinguer parfaitement le contour des maisons. Sous la lueur diffuse des lampadaires, Philippe remarqua des entrées de garage saturées de matière blanche. La rue elle-même, invention de l'homme cadrant plus mal que bien avec les nouvelles exigences de la nature, ne payait pas de mine. À l'endroit où l'auto conduite par le petit ami de la veuve s'était ouvert un passage, et ce qui pouvait être considéré, à la limite, comme une première concession d'un hiver désireux de ne pas se mettre trop rapidement à dos la population locale, deux séries d'empreintes parfaitement parallèles creusaient le tapis neigeux. La voiture avait pu se libérer sans difficulté apparente. Philippe estima qu'au rythme où la neige s'entassait sur le sol, moins d'un quart d'heure serait suffisant aux flocons pour avoir raison de ces empreintes.

Subjugué par la folle sarabande de la neige, frissonnant d'avance à la perspective de devoir affronter le froid matinal, Philippe n'arrivait pas à détacher son regard de la fenêtre. Un bruit sourd en provenance de l'est attira son attention. Une grosse familiale Chevrolet fonçait à cinquante à l'heure dans la rue, entraînant dans son sillage une queue de minuscules flocons vaporisés par l'effet conjugué de la friction et du déplacement d'air. Le mastodonte à l'allure de comète roula avec plus de facilité lorsque ses roues s'imbriquèrent dans les empreintes de l'automobile l'ayant précédé. La rue ressemblait à une rivière figée, impatiente d'être délivrée du magma froid et léger qui l'empêchait de s'acquitter correctement de sa tâche. Philippe mit fin à sa contemplation en s'ébrouant.

Le cérémonial relié à la première douche de la journée revêtait chez lui une importance particulière. Le jet d'eau brûlant, en s'abattant avec fracas sur sa nuque, débarrassa son cerveau des miasmes fétides que la nuit y avait imprégnés. Un peu plus longtemps qu'il n'aurait dû, il s'abandonna avec délice à la détente procurée par l'eau glissant en cascades sur son corps. Ces ablutions matinales préparaient son esprit à affronter de manière dégagée les contraintes ne manquant jamais de surgir à l'improviste, au détour d'une discussion animée avec un collègue ou avec un informateur en possession de tuyaux intéressants et qui persistait à vouloir les garder pour lui, de crainte de se trahir. L'effet bénéfique de la douche ne se résumait pas seulement à une simple question d'hygiène corporelle, il avait aussi quelque chose à voir avec un exercice psychologique destiné à nettoyer ses neurones des remugles nés du stress parfois intense auquel il était soumis.

Ces quelques minutes de méditation matinale permettait à Philippe de revenir sur des événements particuliers dont l'importance lui avait échappée au moment où ils se produisaient, et qui, l'air de rien, pouvaient influencer profondément sa vie professionnelle.

Et ce matin-là, il croyait juste d'entretenir un minimum de méfiance. La veille, un peu avant l'heure de tombée, une note à son nom apportée par le garçon de salle avait suffi pour donner naissance à une foule de spéculations. Le mot, en provenance du rédacteur en chef, commençait par les salamalecs habituels, un style qui était devenu en quelque sorte la marque de commerce du rédacteur en chef. Le bout de papier informait Philippe que le patron – le Curé, pour tous les types de la boîte, de l'humble stagiaire au *columnist* trônant solitaire et isolé dans son cénacle – désirait s'entretenir avec lui à onze heures précises le lendemain. Aujourd'hui.

Que cachait cette convocation de Karl Wosniak?

Je vieillis, songea Philippe, un peu agacé par les proportions démesurées qu'était en train de prendre le Curé dans ses préoccupations. *Après vingt ans passés à rassasier les gens des crimes crapuleux commis par des tas de salauds et des dizaines de procès sur fond de viols, de hold-up et d'escroqueries, je dois commencer à ressembler aux types que je fréquente. Je deviens trop méfiant*, conclut-t-il, en même temps qu'il se savonnait vigoureusement le torse.

Il aurait pu ajouter également à son autocritique quelques

qualificatifs moins flatteurs. À sa manière, il était cynique. Non pas qu'il ait décidé à un moment précis de son existence de faire de ce trait de caractère une ligne de conduite. Il agissait plutôt par instinct et, s'il lui arrivait à l'occasion, plus souvent ces derniers temps pour être tout à fait franc, d'utiliser ses dons pour la persuasion à des fins personnelles, il n'en demeurait pas moins foncièrement honnête. Philippe savait qu'il ne s'aidait pas en agissant de la sorte et qu'un jour il trouverait plus fort que lui dans ce jeu qui n'avait rien de prémédité. Loup parmi les loups, il rusait avec les autres pour éviter de périr sous les coups de gueule de prédateurs plus forts que lui, mais dotés de réflexes moins rapides.

Il se sécha en évitant un peu hypocritement le reflet que lui renvoyait le miroir en pied ornant la porte de la salle d'eau. Cheveux noirs, teint mat, un mètre quatre-vingt, type nord-américain comme il s'en faisait des millions d'exemplaires; aucune originalité dans ce physique qu'il savait pourtant plaire aux femmes, si ce n'était une certaine finesse dans les traits du visage qui lui donnait l'air, quelquefois, d'un adolescent encore au stade de l'apprentissage des gens et des choses. Il connaissait sa physionomie par cœur et ne se considérait ni beau ni laid et d'un genre plutôt ordinaire, particulièrement depuis un an, alors qu'un léger relâchement des muscles abdominaux, dû au manque d'exercice physique et à la fréquentation de restaurants au menu particulièrement évocateur, se manifestait avec une arrogance accusatrice. L'apparition de cernes suspects autour des yeux laissait enfin entendre qu'il devrait se reprendre en main très rapidement, au risque de se retrouver dans une condition physique lamentable.

À six heures trente, rasé de près, récuré comme un animal de race participant à une exposition prestigieuse, vêtu d'un pantalon gris au pli parfait et d'une chemise en tissu anglais nouée d'une cravate de soie, Philippe, sous l'emprise d'une faim dévorante, décida d'abandonner pour un temps le fil de sa réflexion. Dehors, le vent revenait en force, apparemment décidé à reprendre le temps perdu au cours de la soirée précédente à butiner avec la pluie. Les flocons de neige, jusque-là modérément sages, usaient de la force de leur nouvel allié avec un plaisir empressé. Le premier blizzard de l'hiver resterait long-temps dans les mémoires. Un autre coup d'oeil lancé en direction de la fenêtre le convainquit de faire appel à un taxi pour se rendre au journal… à condition de pouvoir en dénicher un, ce qui ne devrait pas être une sinécure par un temps pareil!

***

Il détestait l'hiver.

Cette saison tant aimée des enfants et de certaines grandes personnes compliquait sa mission, l'empêchait de poursuivre le grand oeuvre de sa vie. La neige ne supportait pas le sang, tout le monde savait cela. On ne tue pas l'hiver, on n'assassine pas les gens à Noël. D'ailleurs, qui serait assez stupide pour entretenir une idée aussi saugrenue?

L'indicatif musical de *Good Morning America* accompagnait le bruit de l'eau atterrissant avec force dans l'évier. Ce matin-là, l'émission parvenait en direct du Beverly Hills Plaza. Le décor de Los Angeles, tout noir et blanc qu'il paraissait à travers l'écran du poste de télévision, contrastait de manière abrupte avec la neige prenant possession de l'univers dans lequel il essaimait et qui était situé loin, très loin de celui auquel appartenait la présentatrice de *Good Morning America*. Celle-ci, une svelte jeune femme possiblement blonde naturellement à en juger par son teint, respirait la santé par tous les pores de la peau; en souriant, elle souhaitait une bonne journée à l'œil rond de la caméra, même si celui-ci paraissait peu enclin à se mêler de la conversation. Le héros du jour s'appelait Clint Eastwood et venait d'être élu maire de *Carmel by the Sea*, un village de milliardaires à la retraite situé sur la côte ouest des États-Unis et, comme il se doit, très près d'Hollywood.

—Make my day…

Il s'était exprimé à voix haute. Surpris, il jeta un coup d'œil par-dessus son épaule au poste de télévision. Clint Eastwood souriait et lui… eh bien! lui, il était toujours aussi seul. La célèbre réplique de Dirty Harry lui plaisait et il lui arrivait de temps à autre, ce matin, tiens, de se prendre pour Dirty Harry; d'ailleurs, il adorait tous les films du maire de Carmel.

—Make my day…

— Va te faire voir, répliqua, du tac au tac, Clint Eastwood.

Il ne se fâcha pas. Si ce type lui ordonnait d'aller se faire voir, il n'avait rien à ajouter. Il trouvait tout de même l'attitude de Dirty Harry vachement déplacée. On ne jure pas ainsi devant la caméra, encore moins quand on vient d'être élu maire d'un patelin réputé pour abriter plus de milliardaires au kilomètre carré que nulle part ailleurs sur la planète!

L'évier rempli à ras bord d'eau chaude, il se lança dans la tâche qu'il détestait le plus, laver la vaisselle. Hors champ, le babillage inconsistant de la présentatrice expliquant en long et en large la carrière de Clint Eastwood le laissait plus ou moins indifférent. Son attention était plutôt attirée par les extraits de films du maire de Carmel défilant sur l'écran. Il eut un léger mouvement de recul quand Dirty Harry pointa dans sa direction le long canon d'un Magnum 44. Une arme superbe, faite pour tuer.

— Tu n'en as pas jusque-là de jouer du couteau?

Dirty Harry le mettait au défi. *Ce type ne devrait pas me provoquer de la sorte*, remarqua-t-il, en colère; il fut tenté de lui servir une leçon qu'il n'oublierait pas de sitôt. Mais il se ravisa, craignant de perdre le seul être encore vivant capable de supporter ses confidences.

— Qu'est-ce que t'as contre les couteaux, Harry?

— C'est vachement malpropre!

— Et alors? Avec ton 44, tu crois faire dans la dentelle?

— Imbécile! C'est du cinéma tout ça.

Il essayait de se concentrer, une besogne qui ne se réalisait pas facilement chez lui. Il en vint à la conclusion que toute vedette qu'il fût, ce gars-là, Clint Eastwood ou Dirty Harry, jouait avec la peau de son cul! Personne n'avait encore osé s'adresser à lui sur ce ton. Finalement, il se dit, après une longue minute de réflexion, que Harry-Eastwood avait fichtrement raison, du moins en ce qui concernait l'emploi qu'il faisait du couteau.

— Tu crois que je devrais me mettre à autre chose?

Il connaissait d'avance la réponse. S'il avait posé cette question, c'était seulement pour le plaisir de tenir plus longtemps en laisse le célèbre inspecteur Harry.

—Mets-toi à la page, eh! couille molle. Vas-y avec du 44!

Intéressé, il cessa d'essuyer la vaisselle. Il prit un air faussement songeur, auquel Harry-Eastwood ne demeura pas indifférent, à en juger par l'observation qu'il se permit d'ajouter en guise de conclusion.

—Tu crois me faire marcher, petite merde de mes deux? Je te connais trop pour jouer plus longtemps à ce jeu de dingues. Tu savais déjà ce que j'allais répondre avant même de me poser la question. Avoue ou je te fais sauter le caisson!

Dirty Harry ajusta sa poigne sur la crosse du Smith & Wesson, prêt à appuyer sur la gâchette.

Il ferma le poste. Impuissant et vaincu, Clint Eastwood retourna à son conseil municipal.

***

Suivant une publicité de Kellogg aux couleurs hyper-réalistes, qu'on aurait dit conçu exprès pour une caste de yuppies malades de leur apparence physique, le sourire de pure forme du Président américain monopolisa l'écran. Pégase des temps modernes aux longues ailes brillantes figées dans le métal, Air Force One remplissait tout l'espace encore disponible, derrière l'un des hommes les plus puissants du monde. L'air apparemment détaché des gens qui n'ont qu'à lever le petit doigt pour être obéis, celui qui était l'objet de l'attention générale se montrait suprêmement indifférent, face au bruyant attroupement sur le tarmacadam de journalistes, de cameramen, d'agents du Service Secret et d'officiels, ces derniers affichant la mine préoccupée et blasée des gens n'ayant qu'une hâte, voir leur journée de travail enfin terminée.

Le Sony, qui en avait vu d'autres, goba la totalité de la suite présidentielle en train de défiler devant l'objectif d'une caméra que l'on devinait sur ses gardes, prête à saisir, pour le dévorer et le livrer ensuite en pâture aux téléspectateurs, le moindre écart de conduite de quiconque serait assez imprudent, ou idiot, pour ne pas se méfier de l'insatiable gourmandise dont elle faisait preuve; son œil unique collé aux mouvements des acteurs avançant, raides, sur le tapis rouge menant de l'avion présidentiel à une tribune bourrée de personnages certainement très importants, la caméra s'accrochait comme une sangsue à tout ce qui bougeait. Le Président, impatient de troquer rapidement le voisinage bruyant et bavard de la presse pour les sièges moelleux d'une limousine interminable, allongeant son indifférence à quelques pas de là, démontrait son empressement avec le sans-gêne de circonstance correspondant à son rang. Le correspondant à Los Angeles d'ABC décrivait par le détail l'arrivée, la veille sur la Côte ouest, du Président américain venu exprès de Washington pour participer à une assemblée du Parti républicain.

Philippe augmenta le son du téléviseur, pour le ramener aussitôt à sa position originelle, prévoyant que ce qui allait se passer serait de peu d'intérêt. Revenant à une attitude devenue chez lui marque de commerce, et avec laquelle le monde entier était désormais familier, Ronald Reagan plaça une main émaciée en cornet à la hauteur de son oreille droite, mimant de façon presque parfaite quelque bon vieillard aux prises avec un problème d'ouïe. En excellent comédien qu'il était, à défaut d'avoir conquis Hollywood trente ans plus tôt, il tentait, par sa mimique, avec moins de succès que d'habitude toutefois, de faire comprendre aux reporters rendus quelque peu hystériques par son voisinage qu'il ne les entendait pas. L'un d'eux, visiblement plus futé que ses confrères, utilisa un puissant porte-voix pour se faire entendre. La question concernait les relations tendues qu'entretenait ces derniers temps la Maison Blanche avec la majorité démocrate du Sénat. Surpris, Ronald Reagan parut un long instant désorienté; affichant sans le vouloir la mine éperdue d'une baby-sitter prise en défaut, il consulta son épouse du regard, pendant que la caméra d'ABC, ne perdant pas une seconde de la scène juteuse en train de se dérouler à ses pieds, enregistrait pour la postérité le profond et très évident désarroi présidentiel. Plus prompte, ou moins sourde que son mari, la Première Dame indiqua à celui-ci la direction à suivre pour arriver sans délai à la grosse limousine blindée, catapultant vers le ciel, de chaque côté de son pare-chocs avant, une paire de fanions aux armes de la Maison Blanche.

Très rapidement, à peine le temps pour l'*anchorman* de sourire aux téléspectateurs et de leur souhaiter une journée ensoleillée, l'aéroport de Los Angeles et sa faune burlesque disparurent pour faire place à une publicité sur les hémorroïdes. Philippe explora les autres canaux à l'aide du sélecteur de postes à distance; il arrêta enfin son choix sur la station locale. Des images de la tempête de neige surgirent. Rues obstruées et disparaissant derrière une couche de crème glacée, automobiles faisant le gros dos sous des congères de plus d'un mètre de hauteur, là où le vent soufflait sa joie de ne rencontrer sur son passage aucun obstacle digne de sa force. Frêles esquifs égarés dans le déchaînement d'une mer de neige en furie, des piétons, ployant sous la force des éléments, marchaient dos à la tourmente et essayaient de garder leur cap avec un succès relatif. Les séquences se succédaient sans fioritures et traduisaient fidèlement la froide réalité hivernale en train d'installer ses quartiers sur la ville encore en état de choc. Beau travail de reportage, remarqua Philippe, qui savait reconnaître la marque de la compétence même dans les informations télévisées locales, peu réputées habituellement pour la qualité de leur présentation.

***

Drôle de type, ce Wosniak. Une personnalité complexe, difficile à cerner, pleine de zones en clairs-obscurs. L'homme était célèbre pour ses coups de gueule démonstratifs mais sans lendemain, ainsi que pour ses nombreuses tergiversations à propos de tout et de rien. Distant, imprévisible dans le genre de relations qu'il entretenait avec les administrateurs du journal ou l'équipe des reporters, Karl Wosniak, dit le Curé, – on se plaisait à raconter autour des verres de bière du début de la nuit, après le bouclage de l'édition, que le rédacteur en chef tirait son surnom d'un séjour écourté chez les Jésuites – donnait de lui l'impression de ne jamais savoir sur quel pied danser. La rumeur voulait surtout que le Curé fasse fréquemment bon marché de sa parole d'honneur; d'autres affirmaient sans se gêner, preuves à l'appui, que le patron ne détestait pas s'approprier les succès de ses collaborateurs, qu'il possédait même un don particulier pour mener à bien ce genre d'opération. Un fait ressortait avec une certaine acuité de tout ce fatras de spéculations, Karl Wosniak parvenait sans difficulté à accuser ses subordonnés des erreurs que lui-même commettait, soit par manque de discipline personnelle ou parce que sa conscience professionnelle, appartenant à l'espèce commune, péchait par une trop grande élasticité. Portant fort mal une cinquantaine naissante et bien enveloppée, peu soucieux de sa tenue vestimentaire et plus enclin aux longs monologues verbeux qu'aux échanges productifs avec ses collaborateurs, Karl Wosniak pestait volontiers contre les administrateurs du journal. Dans ces moments-là, il faisait preuve de la plus extrême des prudences, prenant bien soin avant de se laisser aller à des commentaires acrimonieux de se retrouver en milieu stérile, c'est-à-dire qu'il choisissait son auditoire en mettant dans l'accomplissement de cette tâche autant de méticulosité qu'un chirurgien préparant sur un patient une opération jamais tentée auparavant. Cet auditoire trié sur le volet se composait de gens reconnus pour leur attachement indéfectible ou pour leur naïveté. À l'occasion, rarement en fait, le Curé intégrait à ces séminaires improvisés, des chefs de service réputés pour l'antipathie qu'ils nourrissaient à l'endroit de la haute autorité. Dans certains cas critiques, notamment au début d'une négociation s'annonçant ardue avec le syndicat des journalistes, Karl Wosniak ne se gênait pas pour brocarder, en présence du délégué syndical de préférence, tel administrateur un peu trop vindicatif ou, mieux, un chef de service reconnu pour se montrer intraitable sur tout ce qui concernait les demandes du syndicat. Même Robert Caine, le grand patron en personne, n'échappait pas à la mauvaise humeur réelle ou apparente du Curé, quand ce dernier se mettait dans la tête d'y aller d'une démonstration d'autorité aussi spectaculaire que gratuite.

La caractéristique principale de la personnalité mouvante et insaisissable de Karl Wosniak voulait que celui-ci s'efforçât de donner de lui une image positive et engageante, performante et motivée, dès qu'un membre du conseil d'administration se pointait dans les environs de la salle de rédaction. Cette attitude coulante, et un peu visqueuse, avait permis à Karl Wosniak de garder sa barque à flot depuis son arrivée au journal. En ménageant continuellement les susceptibilités toujours fragiles des reporters et des chefs de rubriques et, dans la même foulée, en assurant ses arrières contre les questions embêtantes de ses patrons, le Curé était arrivé à se bâtir une réputation surfaite, de laquelle ressortait, par ailleurs, et de manière plutôt difficile à rendre, une compétence que personne n'arrivait à contester entièrement. Karl Wosniak, pour caméléon qu'il fût, n'en possédait pas moins un instinct diabolique pour balancer les budgets rédactionnels anémiques, consentis du bout des doigts par un Robert Caine se prétendant victime désignée et à répétition d'une conjoncture économique sans cesse défavorable. C'était cette dualité, cette contradiction inexplicable dans la personnalité du Curé, qui contribuait le plus à assurer sa survie, tant auprès du tout-puissant syndicat des journalistes que du conseil d'administration, dieu tutélaire et vengeur bien décidé à abattre sa hache sur quiconque commettrait la moindre peccadille, les plus infimes errements comptables susceptibles de compromettre la santé financière fragile du journal.

Bien que le phénomène ait tendance à se manifester rarement, le Curé savait se montrer charmant, à la limite engageant, quand il pressentait que cette attitude pouvait lui rapporter des dividendes. Karl Wosniak atteignait facilement cet objectif en prétendant comprendre les espoirs et les déceptions de ses interlocuteurs. Le taux de compréhension du Curé baissait cependant de façon dramatique à la minute même où il avançait dans ce qu'il croyait être un cul-de-sac. Il s'empressait alors de battre en retraite en soumettant à son auditoire des arguments tellement tarabiscotés qu'il arrivait sans peine à perdre n'importe qui dans les méandres de ses propos sans queue ni tête. Bizarrement, personne parmi les gens avec qui il travaillait ne semblait lui tenir grief de ce comportement que des individus plus avertis auraient certes considéré pour le moins incompréhensible, sinon déplacé, venant du rédacteur en chef d'un important quotidien.

Malgré son patronyme, Karl Wosniak ne comprenait pas un traître mot de polonais et arrivait encore moins à s'exprimer dans cette langue. Fils unique d'un couple d'émigrés d'Europe centrale fuyant les pogroms et les atrocités nazies, alors qu'Adolf Hitler, au faîte de sa puissance, se préparait à lancer ses hordes sur une Europe sans défense, Karl Wosniak avait vécu les premières années de son enfance à Toronto. Il se souvenait peu de cette période de sa vie, sinon que les maisons en brique rouge de la banlieue torontoise le fascinaient et qu'il n'avait éprouvé aucune difficulté à oublier sa langue maternelle au profit de l'anglais. À dix ans, ses parents l'emmenaient à Montréal pour un séjour qui durerait moins de six mois. Lech Wosniak, le père de Karl, professeur de français dans une école privée de Varsovie avant le début de sa longue errance dans le Nouveau Monde, était très familier avec la langue et la culture françaises, toutefois, il avait vite compris que Montréal n'était pas faite pour sa petite famille. Pour lui, la mentalité canadienne-française ne correspondait pas à l'idée qu'il se faisait d'une société tournée vers l'avenir. Juif et heureux de l'être, Lech Wosniak, bien qu'il partageât avec sa femme, Alicia, une conception humaniste de l'existence, avait vu trop de massacres traverser sa vie, des massacres commandés par des Aryens se recommandant de Dieu, pour faire confiance aux curés qui régentaient le pays dont Montréal semblait être le centre religieux. Pour être tout à fait franc, les Canadiens français ne plaisaient pas du tout à Lech Wosniak, qui n'aimait pas ces Vierge et ces Sacré-Cœur, trop pleurnichards pour être vraiment honnêtes...

Karl Wosniak, pensant en français mais s'exprimant en anglais, avait passé la majeure partie de son adolescence dans un trou perdu de l'Ouest canadien, non loin de Winnipeg. Quant à Lech, suivant en cela l'exemple d'Alicia, il était mort très jeune d'un cancer, persuadé que Montréal subirait un jour un sort peu enviable, si elle ne se libérait pas de l'influence de ses prêtres. L'immigré polonais n'avait connu de la vie que ses côtés les plus sordides. Son fils, lui, n'oublierait jamais la leçon. Mieux valait en effet dévorer son ennemi que d'être dévoré par lui.

Karl Wosniak perdit presque complètement toute affinité avec sa langue maternelle. Sans se faire prier, impatient de s'intégrer à la société qui avait accueilli son père et sa mère, il devint un Nord-Américain comme tant d'autres, intégrant à sa personnalité les caractéristiques inhérentes aux individus ayant grandi dans une société généreuse et ouverte, mais sans pitié pour les faibles. Très tôt, Karl Wosniak s'était démarqué de ses semblables. L'ambition qui le rongeait ne connaissait pas de limites et il sut très rapidement soutirer aux autres ce qu'ils avaient de meilleur pour se l'approprier définitivement. Durant les dernières années de sa vie, Lech Wosniak avait deviné que le fils que lui avait donné Alicia ressemblait plus à un monument d'orgueil, cachant sous son apparence timide un esprit froid et calculateur, qu'à un être doté des qualités fondamentales qui font d'un humain un individu apte à vivre en communauté de pensée avec ses semblables et capable, en définitive, d'amour et de compréhension. Très jeune, Karl Wosniak était devenu une machine écrasant tout sur son passage. Au seuil de la mort, Lech avait eu avec son fils une conversation étrange qui l'avait fortement ébranlé.

Pourquoi veux-tu absolument obtenir tout de la vie sans rien donner en retour? avait demandé Lech, entre deux quintes de toux. Rongé par la maladie, le Polonais s'exprimait avec peine, butant sur chaque mot et grimaçant de douleur toutes les fois qu'il voulait élever la voix.

La vie n'est rien, sinon un énorme coup monté, papa, avait répondu Karl, sur le ton respectueux qu'il avait toujours utilisé lorsqu'il s'adressait à ses parents. Le jeune Wosniak, habitué depuis longtemps au rythme lent et fatigué de la conversation de son père, avait eu tout le temps de préparer sa réponse.

Ne parle pas ainsi Karl. La vie ne demande qu'à donner et à se montrer compréhensive à ton endroit. Pourquoi tiens-tu absolument à tourner en ridicule ce qu'il y a de plus précieux sur la terre? Le visage de Lech était rongé par la souffrance, tandis que l'expression de Karl, elle, était indéchiffrable. Il y avait un début de sourire... Mais n'était-ce pas plutôt un rictus fait d'amertume et de dépit, de cruauté et de sournoiserie? Lech Wosniak éprouvait de l'inquiétude, pour ne pas dire de la peur, lorsque son fils se présentait ainsi à lui. Il avait alors l'impression de ne pas connaître l'être mystérieux qui était son propre enfant et qui s'enfermait des heures dans sa chambre, le regard perdu dans une profonde contemplation intérieure.

Le menton en avant, le regard fuyant, malgré l'apparente dureté qu'il voulait donner à ses propos, le jeune Wosniak semblait prêt à énoncer une affirmation dont personne ne songerait à contester la véracité.

Tu plaisantes encore, avait ajouté Lech, moins rassuré qu'il ne voulait le laisser croire. Il se demandait si lui et Alicia n'avaient pas donné naissance à un monstre.

Peut-être, père. Karl était resté silencieux un court instant, puis avait décidé de mettre un terme à la conversation sur un ton rassurant. *Bien sûr que je plaisante. Allez, rendors-toi...,* avait-il dit en partant d'un grand éclat de rire.

Karl avait quatorze ans à cette époque. Son père, qui devait mourir l'année suivante, en avait à peine quarante-cinq. Quant à Alicia, qui resterait toujours une image un peu floue dans la mémoire de Karl, elle était morte le jour du septième anniversaire de son fils unique. Lech et Alicia étaient passés discrètement dans l'existence de leur enfant, tels de simples incidents de parcours. La seule justification de leur présence sur la terre avait été de donner la vie à un être complexe et calculateur, froid et égoïste, que l'ambition dévorait déjà à l'âge où la plupart des gamins ne pensent qu'à s'amuser.

Karl Wosniak, aidé par la chance, et aussi parce qu'il pouvait instinctivement tirer avantage de situations tournant au détriment des gens avec qui il travaillait, avança rapidement dans la carrière qu'il avait choisie. Il était devenu journaliste parce qu'il avait su deviner, dès son adolescence, que cette profession lui permettrait de rencontrer des individus de toutes conditions, associés aux tendances sociales et politiques les plus diverses. Par un automatisme dont il ne parvenait pas à expliquer la mécanique complexe, et sans jamais avoir fait quoi que ce fût pour comprendre la raison de ce choix, il était persuadé que le monde mouvant des médias, alors en pleine effervescence, servirait ses ambitions. Ce vivier de passions finirait bien un jour par servir ses intérêts, avait-il conclu. Privé d'études supérieures par suite de la mort de ses parents – les Wosniak avaient tout perdu dans leur long périple migratoire vers la nouvelle terre promise qu'était l'Amérique – Karl Wosniak, selon la légende qu'il s'était toujours évertué à propager et à entretenir, avait appris le métier de reporter sur le tas. Il avait tâté de tout, touché à toutes les formes de la communication écrite. À une certaine époque, il avait même travaillé pour un journal catholique, publié avec l'appui financier d'un riche diocèse de la région de Vancouver. C'était de ce stage de quelques mois dans le giron de la toute puissante Église de Rome que lui venait son surnom de Curé, un surnom qui était d'ailleurs loin de lui déplaire. Karl Wosniak trouvait en effet plutôt amusant qu'un athée aussi irréductible que lui fût soupçonné par la jeune génération de reporters d'avoir flirté un temps avec les Jésuites! Il ne faisait rien pour démentir cette partie de la légende accolée à sa carrière, estimant qu'il y avait là matière à accentuer un prestige qu'il polissait en y mettant beaucoup d'attention.

Embauché à dix-huit ans comme garçon de salle dans un quotidien de Winnipeg, Karl Wosniak avait assimilé en un temps record tous les trucs du métier, à commencer par le plus important, c'est-à-dire celui de se faire petit et de courber le dos sous l'orage pour, ensuite, sauter sur la première occasion d'avancement en dévorant la piétaille trop faible pour réagir au moment crucial. De messager, Karl Wosniak était devenu, deux ans après son embauche comme garçon de salle, préposé aux dépêches, puis avait hérité un peu plus tard de la rubrique des chiens écrasés. Lentement mais sûrement, il avait grimpé tous les échelons menant aux plus hautes responsabilités. À trente-cinq ans il accédait au poste très envié de chef de l'information politique dans le quotidien où il avait débuté comme bonne à tout faire.

Karl Wosniak se débrouilla si bien, écrasant discrètement toute concurrence à la minute où celle-ci faisait seulement mine de se manifester, que trois ans après sa promotion, une agence de presse internationale lui offrait de devenir responsable de son bureau à Toronto. Comme toutes les histoires qui finissent bien, le jeune et brillant journaliste d'origine polonaise, qui considérait la vie comme une grosse plaisanterie cynique, ses compétences reconnues hors de tout doute, ne put que répondre par l'affirmative lorsque Robert Caine lui proposa de prendre la direction du Reporter, un quotidien indépendant d'une ville de moyenne importance, située dans l'Est de son pays d'adoption, et propriété de la famille Caine depuis quatre générations. Beaumont lui avait ouvert toutes grandes ses portes, l'accueillant comme une véritable sommité.

Parti de rien, Karl Wosniak considérait avoir rempli les objectifs qu'il s'était fixé à l'âge de quatorze ans, alors que, déjà froid et ambitieux, il discutait avec son père du non-sens de la vie. À quelques années seulement de l'âge à laquelle il avait prévu de prendre sa retraite, il n'avait pas l'intention, de toute évidence, de gâcher un si beau score par un mouvement d'imprudence. Avec le temps, sa férocité et sa capacité de nager toujours dans le même sens que le courant s'étaient raffinées. Il donnait de lui l'image d'un homme au sommet de sa forme et en possession de tous ses moyens.

***

Bien que prompt à discerner les traits de caractère les plus profondément enfouis chez les individus, rien qu'en les observant accomplir les gestes anodins de tous les jours, Philippe Lambert se heurtait à un mur lorsqu'il tentait de déterminer la mentalité réelle de Karl Wosniak. Le journaliste ne parvenait pas à percer la carapace du Curé, même si vingt ans de métier avaient dangereusement aiguisé l'épée dont il se servait pour abattre les défenses des gens avec qui il traitait habituellement.

Ce qu'il arrivait à déduire de son observation à distance de Karl Wosniak se résumait à peu, sinon que ce dernier manquait tout simplement de chaleur, cette qualité essentielle à l'homme pour surmonter l'égoïsme animant un monde continuellement à la recherche d'une identité de rechange. D'un point de vue strictement psychologique, Karl Wosniak pouvait se définir comme un handicapé, car il ne tenait aucunement compte du jeu des sentiments dans les relations qu'il entretenait avec son entourage. Le rédacteur en chef du Reporter semblait avancer au jugé dans la vie, tel un requin en eau profonde obligé de s'en remettre aux vibrations de l'environnement marin pour éviter les obstacles ou s'approprier une proie. Philippe ressentait une profonde animosité envers les gens incapables d'accrocher son regard. Les poignées de main molles, les formules toutes faites et destinées à meubler platement les conversations, les faux-fuyants, tout ce qu'il détestait le plus cordialement au monde se trouvait réuni avec un bel ensemble dans la personnalité de Karl Wosniak et formait un bloc monolithique et glissant sur lequel nul ne pouvait prendre pied.

La vaisselle du petit déjeuner rangée, l'évier vidé de son eau, Philippe jeta un bref coup d'oeil en direction du Sony, accrochant l'heure au passage. *Good Morning America* et Karl Wosniak l'avaient retenu plus longtemps qu'il ne l'avait cru. L'horloge électronique incorporée au sélecteur de postes indiquait sept heures quarante-cinq.

Insister pour qu'un chauffeur de taxi brave la tempête et se rende en banlieue se révéla moins compliqué que prévu. En même temps qu'il posait le combiné du téléphone, Philippe donna congé au téléviseur pour le reste de la journée, renvoyant dans l'éther l'image magnifiquement contrastée d'une cover-girl ressemblant comme une soeur à Christie Brinkley et s'abandonnant à la caresse du soleil sur une plage vraisemblablement aussi artificielle que le bronzage apparaissant sur sa peau. L'annonceur, beau joueur, alla rejoindre le clone de Christie Brinkley dans son paradis unidimensionnel.

Saisi par une fébrilité enfantine, Philippe n'éprouva aucune difficulté à se convaincre d'attendre sous la neige l'arrivée du taxi. La nature en train de s'installer dans ses quartiers d'hiver exerçait sur lui un attrait auquel il ne pouvait résister. La neige, d'aussi loin qu'il se souvienne, avait toujours exercé sur lui une grande fascination.

Malgré ses bottes à haute tige doublées de mouton, la neige se fraya facilement un chemin jusqu'à ses mollets. Le corridor formé par le mur de brique du garage et celui de la maison attirait le vent, empressé de se faufiler là où on ne l'attendait pas. Une congère de plus d'un mètre barrait le passage menant vers l'avant de la maison. Philippe protégea son visage de sa main gantée de cuir. Avec un malin plaisir, le vent tirait des larmes de ses yeux; le liquide lacrymal, surpris par la vigueur de l'attaque, se figea presque immédiatement après être entré en contact avec les joues. Des amoncellements de neige, en train de s'édifier devant les façades des maisons blotties frileusement sous les arbres encore parés de leurs feuilles, épousaient des formes artistiques diverses qui, toutes, comportaient une caractéristique commune: leur dos effilé se terminait à angle aigu et se modifiait continuellement au gré de la bourrasque. L'image de formidables chaînes de montagne s'élançant à la poursuite de continents perdus sous la glace s'imposa un instant à l'esprit émerveillé de Philippe. Un monde éphémère et froid se créait là, sous ses yeux. À une échelle sans aucune mesure avec les bouleversements de l'écorce terrestre, mais qui n'en demeurait pas moins tout aussi immuable, des continents, des mers et des pics naissaient, grandissaient et mouraient. La vélocité avec laquelle les flocons fouettaient son visage l'obligea à remonter vivement le capuchon de sa canadienne, une entreprise qui se révéla difficile à mener à terme, vu l'insistance soutenue que mettait le vent à contrecarrer ce projet.

À cinquante mètres sur la gauche, il distingua à travers le blizzard, le contour flou d'une automobile bloquant sur toute sa longueur l'intersection permettant d'accéder au quartier. La plainte aiguë d'une mécanique sollicitée avec trop d'énergie, associée au sifflement des pneus cloutés griffant sans résultat la glace, attirèrent son attention. Le bruit diminua pour s'éteindre tout à fait. Une portière claqua, puis des jurons se mêlèrent au vent. Avec précaution, de crainte de perdre l'équilibre et de s'affaler de tout son long, Philippe entreprit de gagner l'intersection en levant haut la jambe. Compte tenu des conditions atmosphériques, l'exercice relevait davantage de l'expédition polaire que de la marche proprement dite.

— C'est bien fait pour lui!

Philippe sursauta, ne s'attendant pas à trouver âme qui vive dans une tourmente pareille. Habituellement, les gens du quartier préféraient assister en témoins passifs aux dérèglements de la nature ou à ceux de leurs semblables, c'est-à-dire qu'ils s'enfermaient chez eux dès qu'ils constataient que quelque chose n'allait pas selon leur goût.

— Ce Munger, il conduit comme un parfait imbécile. Alors il n'a qu'à s'en prendre à lui si tout va mal.

Il ne prit pas la peine de tourner la tête en direction de l'homme qui venait de rendre ce jugement, dont le ton apparaissait pour l'heure sans appel. Philippe avait tout de suite reconnu la voix grinçante et éraillée d'Édouard Rupert. L'intonation sarcastique apportait une note de chaleur dans cet environnement matinal pour le moins froid et neigeux.

— Quel temps!

85

Saluant son vis-à-vis d'un rapide hochement de tête, Philippe reprit, sur sa lancée:

—Je ne vous savais pas si matinal.

—Une tempête de neige, surtout si c'est la première de la saison, ça se fête mon garçon! Y a rien de plus revigorant qu'un blizzard en novembre que personne n'attend...

Le reste de la phrase se perdit dans un gros éclat de rire auquel se mélangèrent quelques flocons de neige, curieux d'aller constater qui pouvait être assez fou pour se réjouir d'une arrivée aussi hâtive de l'hiver. Philippe sourit à Édouard Rupert, mais son geste demeura inaperçu. Le visage complètement à l'abri sous le capuchon de la canadienne, il était envahi par une douce sensation de bien-être.

—Ce filou de Munger ne fera pas de vieux os. À jurer aussi fort, il finira par ameuter tout le monde. Mais regardez-moi cet imbécile qui va se faire emboutir! Il va demeurer enlisé dans la neige jusqu'au printemps!

Il était de notoriété publique que Samuel Munger et Édouard Rupert, tout retraités qu'ils fussent, ne pouvaient échanger deux mots sans en venir aux coups de gueule. En butte à des disputes fréquentes et quelquefois orageuses, les deux hommes animaient de leurs bruyantes querelles la vie paisible du quartier.

Le visage rond et rugueux d'Édouard Rupert trahissait la franchise des gens en parfait accord avec eux-mêmes. L'homme avait le regard direct et sa démarche décidée dénotait un esprit fonceur, vif. Cette physionomie de bon vivant, que n'altérait aucun trait revêche, Édouard Rupert s'en servait avec un sans-gêne appuyé qui avait le don d'indisposer les gens comme Samuel Munger. À soixante-quatre ans, le voisin de Philippe, par son franc-parler haut en couleur et le penchant naturel qu'il nourrissait pour les jeunes et jolies mamans du quartier, ne comptait que des amis, si l'on faisait exception, bien sûr, d'Édouard Rupert .

—Munger aurait besoin d'un coup de main...

—Ça peut attendre encore quelques minutes, fiston. Un gars aussi maladroit doit mijoter dans son jus, c'est tout ce qu'il mérite.

Averti par une longue expérience, Philippe préféra ne pas insister. Il savait que toute tentative pour modifier le jugement d'Édouard Rupert à l'endroit de son souffre-douleur était à l'avance vouée à l'échec.

—Tu roules en taxi ce matin, fiston?

—Il n'y a pas d'autre solution.

—M'est avis que c'est en effet plus prudent. Fait un temps à ne pas mettre un journaliste dehors.

Pendant un moment très bref, le vent parut vouloir se calmer. Il abaissa le ton, gémit comme une âme errante entre les branches d'un arbre proche, puis reprit enfin sa folle cavalcade.

—Dans mon temps, avec les chevaux, on se fichait pas mal de la neige.

Depuis cinq ans qu'il fréquentait Édouard Rupert, Philippe s'était habitué aux réminiscences du passé évoquées à propos de tout et de rien par son voisin. Au début, il avait retenu son ennui lorsque le vieil homme l'accaparait ainsi sans avertissement, et qu'au fil d'une rencontre impromptue, celui-ci monopolisait son attention par une longue évocation sur *le bon vieux temps*. Les années aidant, et peut-être aussi parce que, inconsciemment, Philippe sentait que son tour de vieillir approchait, une forme de complicité avait pris naissance entre les deux hommes. Le plus jeune, à sa grande surprise, appréciait converser avec son aîné. Philippe recherchait dans ce rappel d'une époque qu'il n'avait pas connue non pas uniquement des similitudes avec le présent, mais aussi un certain réconfort, une consolation. Hier ne valait guère mieux qu'aujourd'hui, quoi qu'en dise Édouard Rupert, se disait Philippe, en se gardant bien cependant de révéler le fond de sa pensée. Quand Édouard Rupert rappelait à satiété sa dure expérience de bûcheron dans des camps surchauffés où s'entassaient des centaines d'hommes désespérés fuyant la Crise, ou encore lorsque la conversation s'orientait sur les misères nées dans les villes après le krach, Philippe reprenait confiance en espérant que les errements du passé ne se répéteraient pas.

—Les chevaux... Pourquoi ces bêtes magnifiques ont-elles disparu de nos vies? Pourquoi la civilisation les a-t-elle repoussées?

Pratique, Philippe préféra ne pas pousser plus loin la conversation. Jugeant que le temps ne se prêtait guère à l'évocation nostalgique des chevaux, il orientait Édouard Rupert vers un thème plus terre-à-terre lorsqu'il fut interrompu par un *sacré bon sang de bon sang* rageur, se voulant l'expression même d'une colère difficilement contenue.

Il suivit le regard d'Édouard Rupert, essayant d'identifier la silhouette émergeant du blizzard, à une dizaine de mètres de l'endroit où tous deux s'efforçaient de poursuivre une conversation normale. En un endroit indéterminé de la rue habituellement calme et fleurie, qui n'avait plus rien à voir avec l'idée que se font habituellement les urbanistes de ce genre de voie de communication, un individu de taille moyenne avançait vers eux, face au vent; l'homme retenait avec sa main gauche, visiblement à grand peine, un coquet chapeau de feutre à large bord qui menaçait à tout moment d'être emporté par la bourrasque. Nue, la main bleuissait rapidement sous l'attaque du froid. Le long manteau ouvert laissait échapper les deux extrémités d'un foulard dont le rouge criard se mariait de façon disparate avec le marron foncé du costume trois-pièces que portait l'apparition. Malgré le vent et la neige jouant à cache-cache avec ses vêtements, le promeneur solitaire transpirait à grosses gouttes. Nullement feinte, la mauvaise humeur de Samuel Munger s'intégrait parfaitement à la colère de la nature.

Retraité de la police, Samuel Munger arbitrait volontiers les différends mineurs opposant les habitants du quartier. Si, quelquefois, ce genre d'intervention permettait de régler certains problèmes reliés à de la marmaille trop turbulente ou, encore, à des animaux domestiques à l'instinct entreprenant, l'attitude empressée de Samuel Munger, la plupart du temps, contribuait surtout à envenimer les tensions. Le penchant de l'ancien policier pour se mêler des affaires des autres, s'il n'éveillait chez Philippe rien d'autre que de l'indifférence, contrariait Édouard Rupert. Celui-ci voyait en Samuel Munger un intrus dont le tort principal consistait à vouloir régenter tout le monde dans les environs, un an seulement après avoir emménagé. De plus, le fait que Samuel Munger ait servi dans la police pendant quarante ans empêchait bien des gens de voir en lui autre chose qu'un fouineur patenté, à l'affût du moindre commérage à transformer en affaire judiciaire. Bien que, règle générale, Philippe jugeait préférable de ne pas se mêler des querelles opposant Samuel Munger et Édouard Rupert, il prenait toujours un malin plaisir, qu'il considérait quelquefois injustifié, à être le témoin impassible et secrètement amusé des joutes verbales auxquelles s'adonnaient les deux hommes. Et l'air décidé avec lequel se déplaçait Samuel Munger, ce matinlà, laissait entrevoir quelque grabuge.

Alors que, dans un ultime effort assaisonné de jurons et de han frénétiques, l'ancien policier comblait en quelques enjambées le peu de distance le séparant d'eux, Philippe porta son regard vers l'extrémité de la rue opposée à celle où l'auto de Samuel Munger bloquait l'accès au quartier. La course sans fin du blizzard, retenue temporairement par un boisé, paraissait moins féroce et la neige s'y entassait avec un empressement de pure forme. Bien qu'aucune automobile ne fût encore visible, Philippe conclut que son taxi ne tarderait pas à se montrer. Il espérait que le chauffeur aurait la présence d'esprit d'utiliser cette voie d'accès. Dans le cas contraire, il arriverait certainement en retard au journal, car la voiture de Samuel Munger ne pourrait être déplacée sans l'aide d'une dépanneuse.

—Quarante ans flic et voyez le résultat!

Édouard Rupert se régalait de l'air désemparé de Samuel Munger, et contenait avec peine un accès d'hilarité qu'il ne cherchait d'ailleurs nullement à cacher. Samuel Munger respirait comme un cochon pendu par les pieds qui attend d'être égorgé. Les jambes écartées, essayant de conserver un équilibre aléatoire, l'ancien policier reprit son souffle avec difficulté.

—Au lieu d'essayer de faire le malin tu devrais chercher à te rendre utile, Ed!

Comme s'il venait seulement de se rendre compte de sa présence, le nouvel arrivant adressa à Philippe un bref salut de la tête. Samuel Munger savait que le journaliste ne l'aimait pas, à tout le moins qu'il n'appréciait pas sa compagnie. Le vieux flic ne se formalisait pas de cette attitude. *Après tout,* avait-il déclaré un jour, d'une manière un peu sentencieuse qui avait fait sourire Philippe, *les flics et les journalistes même s'ils ne sont pas faits pour s'entendre, devraient se saluer lorsqu'ils se croisent dans la rue.*

—Y a personne pour te sortir de là, mon vieux. À ta place, je passerais un coup de fil à ma femme pour lui dire de se débrouiller sans moi.

—T'es pas à ma place et t'as rien à voir avec ma femme, alors ferme-la, Ed!

Se jaugeant du regard comme deux coqs de combat prêts à passer à l'action, les deux hommes ne se préoccupaient plus du froid et s'observaient dans un silence de mauvais augure. L'affrontement dura quelques secondes. Édouard Rupert, le premier, détourna les yeux.

—Jésus-Christ! Je ne peux tout de même pas moisir ici la journée entière!

—T'avais qu'à rester à la maison et conseiller à ta femme de rentrer en taxi.

Samuel Munger eut encore la force de pousser un profond soupir. L'attitude de l'homme pouvait aussi bien signifier qu'il se préoccupait comme de sa première chemise des propos volontairement provocateurs d'Édouard Rupert, ou bien qu'il l'approuvait sans réserve! Philippe tenta de ramener un peu de chaleur dans l'échange musclé opposant ses deux voisins.

—Ne vous faites pas de bile inutilement, monsieur Munger. Le chasse-neige devrait être là dans quelques minutes. Je suis certain qu'il saura vous tirer d'affaire.

—On voit bien que c'est pas vous qui êtes dans la merde!

Philippe ne réagit pas. Il se doutait qu'Édouard Rupert s'amusait ferme de le voir à son tour aux prises avec l'épouvantail du quartier. Pour une fois qu'un peu de changement survenait dans ses relations avec Samuel Munger, Édouard Rupert ne manquerait pas une parole, pas un geste de l'algarade qu'il sentait prête à éclater entre le journaliste et l'ancien flic.

Même si semblable attitude était à l'opposé de son tempérament, Philippe jugea plus raisonnable de battre en retraite. Il ne désirait pas monter contre son gré dans le train d'une querelle qu'il considérait somme toute puérile. D'autant plus que le ronflement sourd d'un moteur approchant rapidement indiquait que le taxi s'amenait enfin.

La voiture roulait tous phares allumés; soumis à une véritable torture, les essuie-glaces arrivaient quand même à s'acquitter de leur tâche. Patinant, s'escrimant et miaulant comme une bande de chats de gouttière mis en fuite par un couple de bouledogues colériques, les pneus, à la recherche de la moindre aspérité qui leur permettrait de déjouer les pièges de la neige, s'accrochaient à chaque millimètre de la surface glacée recouvrant la couche d'asphalte. Philippe, levant prestement le bras droit pour attirer l'attention du chauffeur de taxi, salua les deux hommes dans le même geste, abandonnant sans regret ces derniers à la tourmente.

La chaleur intense régnant à l'intérieur du taxi le prit au dépourvu. Sitôt affalé sur la banquette arrière, il secoua vigoureusement ses bottes l'une contre l'autre afin de les débarrasser des plaques de neige qui s'étaient collées sous la semelle. Le chauffeur, sur le ton enjoué des gens qui en ont vu d'autres, lança à Philippe, sans quitter le pare-brise des yeux:

—Eh ben! on peut dire qu'elle ne nous a pas ratés, celle-là!

Philippe rendit son sourire au chauffeur de taxi en même temps qu'il l'informait que l'extrémité de la rue était bloquée. L'homme, sans manifester d'intérêt autre qu'académique pour le tuyau, enclencha la première. L'auto patina légèrement sous la sollicitation prudente de l'accélérateur, puis repartit à la conquête de l'amas de neige accumulé sous son châssis. Philippe crut que le type n'avait pas bien compris le sens de son avertissement, car il dirigeait son véhicule en plein dans la direction déconseillée. Alors qu'il ouvrait la bouche pour renouveler son avertissement de façon plus précise, le chauffeur braqua brusquement sur la gauche, appuyant simultanément et avec force sur l'accélérateur. Le moteur s'emballa et l'arrière de l'automobile se mit à valser. Comme dans un film au ralenti, Philippe sentit peu à peu glisser le train arrière. Moins de deux secondes plus tard, le taxi effectuait un gracieux tête-à-queue et reprenait la direction par laquelle il était arrivé.

—J'adore ça!

Effectivement, le chauffeur de taxi semblait s'amuser comme un petit fou.

CHAPITRE III

LA COLÈRE DE DIEU

—Oui, monsieur Caine. Certainement, monsieur Caine. Cela va de soi, je comprends parfaitement, monsieur Caine.

D'une main rendue moite par l'effort, Karl Wosniak étranglait littéralement le combiné du téléphone; prêtes à éclater, ses jointures blanchissaient sous la pression. Malgré la fraîcheur relative de la pièce, des gouttes de sueur prenaient forme sur son front et à la base de sa nuque. La boule de plomb sur son estomac lui donnait envie de vomir. *Tout ce temps,* pensait-il, *tout ce temps passé à prévoir l'impossible, à contourner les difficultés, à cajoler et à menacer, pour en arriver là...*

Le rédacteur en chef du Reporter arrivait mal à contenir sa peur. *Merde! Sacré Bon Dieu de merde!* ne cessait-il de répéter intérieurement, comme si une litanie de gros mots et de jurons bien appuyés pouvait arriver à conjurer le mauvais sort qui semblait décidé à le réduire en charpie. Il essaya de se calmer. Sans succès.

—Bon Dieu!

Il regretta aussitôt d'avoir prêté voix à son mouvement d'humeur. Ce qu'il désirait le moins au monde était de réveiller Martha et d'être obligé de lui expliquer pourquoi, contrairement à son habitude, il était debout à une heure aussi matinale. Heureusement, la sonnerie du téléphone n'était pas parvenue à tirer sa femme du sommeil, c'était toujours cela de pris et, comme il n'y avait aucune raison de changer quoi que ce fût à la situation, il s'imposa quelques secondes de répit. Il était conscient de l'importance de ne pas sombrer dans une panique inconsidérée, dont il lui serait difficile, éventuellement, d'expliquer la cause.

Cinq minutes auparavant, Robert Caine, en raccrochant brutalement, avait mis fin à une conversation qui lui donnait la chair de poule. Le patron du Reporter l'avait laissé avec, pour seul sujet de méditation matinale, une enfilade de menaces; celles-ci, une fois réunies, donnaient un petit déjeuner indigeste dont il se serait bien passé.

Karl Wosniak, en ce matin d'hiver précoce et brouillon, avait l'impression d'être le seul personnage d'un drame appelé à se terminer par la mort du héros.

D'un air lointain, qui aurait pu paraître résigné, il essuya la paume de sa main sur le revers de sa robe de chambre au tissu fatigué; le vêtement, visiblement, avait dû connaître des jours meilleurs. Ce geste, qui pouvait être associé dans son subconscient au désir d'effacer tout souvenir de sa conversation avec Robert Caine, ne parvint pas à juguler complètement le sentiment d'inquiétude engendré par les événements des dernières semaines et qui venaient de connaître leur aboutissement logique. Les notes de l'échange, bref et cinglant, menaçant à souhait, et juste assez rassurant à la fin pour autoriser un vague espoir à se manifester timidement, résonnaient dans sa tête avec l'insistance d'un carillon sonnant le glas le jour de Pâques.

Les fées n'existaient pas dans le royaume où Karl Wosniak était valet; par conséquent, la magie du geste seule ne fut pas suffisante pour conjurer le mauvais sort. Le rédacteur en chef du Reporter dut finalement se résigner à affronter la situation. Pour la première fois depuis qu'il jouait aux jeux risqués de la manipulation et du chantage, il n'était pas certain de pouvoir s'en tirer sans quelques douloureuses blessures. Pourquoi fallait-il que cela arrive maintenant, alors que, depuis quelque temps, tout paraissait baigner dans l'huile au journal?

Ce salaud de Robert Caine ne plaisantait pas.

Détenteur d'un pouvoir immense et l'excerçant sans aucun remords, le chef de la direction du Reporter, Karl Wosniak était bien placé pour le savoir, ne s'embarrassait pas de scrupules. Tous avaient appris à se méfier de lui et de ses airs condescendants de faux seigneur au grand cœur. Les membres de sa famille possédant des intérêts dans le journal, de même que ses associés dans d'autres affaires, avaient appris à leurs dépens qu'il était préférable de ne pas tourner le dos à Robert Caine. Quant à ses subordonnés, tel Karl Wosniak, surtout Karl Wosniak, eh bien! ils devaient faire en sorte de ne pas s'écarter du droit chemin, sinon ils risquaient de se retrouver, vite fait, dans la filière conduisant inévitablement au bureau de chômage le plus proche!

La voix sèche, fort peu cordiale, avec laquelle Robert Caine s'était exprimé au téléphone, et les sous-entendus émaillant plusieurs de ses observations soit-disant anodines; les allusions à peine voilées aux griefs en provenance du syndicat des journalistes en train de s'accumuler sur le bureau du directeur du personnel; le rappel de deux ou trois affaires, dont le Reporter avait fait état et qui s'étaient terminées en queue de poisson, sans parler d'une poursuite devant les tribunaux pour atteinte à la réputation, tout cela démontrait clairement que Robert Caine ne s'était pas levé si tôt pour un banal échange de politesses, et qu'il entendait bien être compris.

Robert Caine ordonnait à l'artillerie lourde d'établir un tir de barrage. Dans ces moments-là, l'expérience avait démontré à Karl Wosniak qu'il était préférable d'obéir sans discuter.

De sa main aux doigts écartés, il lissa le peu de cheveux qui garnissaient encore le sommet de son crâne. Ce tic traduisait habituellement un état de profond désarroi. Pensif, il essayait de remettre un peu d'ordre dans ses idées, de revenir à une vision plus articulée, moins dramatique, de la situation. En fin de compte, ce n'était pas la première crise grave qu'il affrontait; en faisant preuve de sang-froid, il parviendrait, sans aucun doute et une fois de plus, à tirer les marrons du feu.

Karl Wosniak préférait ne pas songer au sort qui serait le sien dans l'éventualité où il devrait s'avouer vaincu...

Le chef de la direction du Reporter venait de renouveler, sans prendre la peine de mettre des gants blancs, une menace proférée la semaine précédente au cours d'un entretien à première vue banal. La seule différence notable entre le ton doucereux utilisé à ce moment-là et l'ultimatum qu'il venait de servir à son rédacteur en chef, résidait dans la mince couche de chocolat enrobant le dard empoisonné avec lequel Robert Caine menaçait Karl Wosniak.

Le Curé s'était vu offrir un siège au conseil d'administration du Reporter, s'il parvenait à sauver les meubles. Robert Caine n'avait pas perdu inutilement sa salive. Il lui avait offert le poste sans détour, en insistant bien sur les conditions du contrat. Seulement voilà, la proposition, si elle apparaissait en soi sans danger, pouvait néanmoins comporter une issue fatale. Karl Wosniak aurait préféré conclure un pacte avec le diable plutôt que de se frotter à un Robert Caine en colère, luttant pour assurer sa suprématie sur le reste de la meute.

Avec toute la duplicité et le cynisme dont il se savait capable, Karl Wosniak estimait avoir au moins une chance de duper le diable, ce qui était loin d'être évident avec le chef de la direction du Reporter.

Un peu du calme qu'il recherchait avec avidité depuis qu'il avait raccroché lui revint, ce qui eut l'effet d'une bouffée d'air frais sur ses neurones en pleine surchauffe. Il se sentait apte à entreprendre une réflexion posée, de laquelle il se promettait d'exclure toute sensiblerie; cette constatation, en plus de le rassurer, allégea la boule de plomb pesant toujours sur son estomac. Il remarqua, après coup, que Robert Caine avait semblé au téléphone moins rassuré que d'habitude; à la limite, certains de ses propos n'apparaissaient-ils pas, comment dire, incohérents? Il se demandait, d'ailleurs, pourquoi il avait été aussi long à mettre le doigt sur cet aspect particulier de l'échange à sens unique qu'il avait eu avec son patron. Sur le moment, trop occupé à parer les coups pleuvant de toutes parts, il avait peu porté attention à ce qui pouvait être considéré comme une faille dans le comportement habituellement très rigide de Robert Caine. Il s'en rendait compte; cette attitude, même si elle demeurait pour l'instant au stade de la simple supposition, cadrait fort mal avec les menaces dont il venait d'être l'objet.

Était-il possible que Robert Caine, pour une raison qui restait à déterminer, fût lui-même aux abois et qu'il fût en train de perdre le contrôle d'une situation qu'il avait lui-même créée?

Pour la première fois depuis que la sonnerie du téléphone l'avait tiré brutalement du sommeil, Karl Wosniak se sentit ragaillardi. Allons, sa bonne étoile ne le quittait pas encore. Certes, il pouvait faire fausse route, car l'hypothèse avec laquelle il flirtait, aussi attrayante qu'elle paraisse, risquait fort, après une analyse approfondie, de ne trouver que la moitié d'une confirmation, sinon aucune. Entre-temps, et compte tenu de la situation, cette possibilité valait tout de même la peine d'être placée à portée de la main, afin d'être examinée de manière plus approfondie lorsque l'occasion se présenterait de reconsidérer les données du problème.

—Karl?

Le bruit d'un corps lourd changeant de position sur un matelas aux ressorts distendus par l'âge, et manifestement pressé de prendre une retraite méritée, parvint jusqu'à lui. Un juron qu'il aurait voulu plus discret franchit ses lèvres. Il ne savait pas si ce mouvement d'impatience s'adressait à sa femme, pour avoir interrompu le cours de sa réflexion à un moment où il ne s'y attendait pas, ou à Robert Caine. À moins que ce ne fût aux deux à la fois...

Il l'entendit se redresser pesamment dans son lit.

—Karl, que se passe-t-il?

Pris de court par le mouvement brusque sollicitant sans pitié le peu de rigidité qui leur restait, les ressorts gémirent à l'unisson. Malgré sa voix ensommeillée, Martha apparut à son époux comme étant légèrement de mauvaise humeur et prête à se lever.

Madame Wosniak pardonnait bien des errements à son mari mais, s'il était une chose qu'elle ne tolérait pas du tout, c'était d'entendre jurer son compagnon si tôt le matin.

—Rendors-toi, ma chérie. Ce n'est rien.

Il promena de nouveau sa main aux doigts effilés, presque féminins, sur son crâne rendu luisant par l'effet de la transpiration. *Ce n'est rien*, pensa-t-il... *rien qu'une toute petite affaire sans aucune importance.*

***

Les scandales ne sont pas l'apanage des grandes mégalopoles modernes. Les petites villes en apparence sans histoire cachent, elles aussi, des désirs inassouvis de vengeance et de gloire facilement conquise. La lutte pour le pouvoir que mènent des hommes sans scrupules est aussi ardente à l'ombre des cyprès et des chênes qu'au pied des gratte-ciel, ou encore sous les arches des ponts jetant leur structure entre les quartiers huppés et les bidonvilles des capitales gigantesques. Mais jusqu'à ce que l'innommable se produise, par une nuit torride de l'été précédent, Beaumont n'avait jamais connu la violence aveugle de New York ou le laisser-aller qui est le propre des métropoles en décadence. Cette ville, d'apparence calme et sereine, dont les habitants affirmaient ne posséder rien de commun avec ceux des Sodome et Gomorrhe des temps modernes, était entrée dans une nouvelle ère, celle du sang versé sans raison. Beaumont était modérément hypocrite, elle se targuait de respecter la vie. Une fois, peut-être deux tous les cinq ans, un mari jaloux tuait sa femme ou un punk, moins chanceux que ses prédécesseurs, poignardait un petit épicier besogneux en tentant sans succès de le voler. Il s'agissait là d'incidents de parcours, facilement explicables par les statistiques sur le crime. N'eût été de l'effroyable massacre qui, quatre mois auparavant, avait coûté la vie à six patients de l'hôpital psychiatrique Prince-Albert, la vénérable institution de style victorien située sur une hauteur de Beaumont, cette ville d'apparence paisible aurait pu se décrire encore comme une agglomération de moyenne importance, s'efforçant de se tenir à bonne distance des courants de violence ravageant les ensembles urbains plus imposants. Les meurtres sadiques commis à Prince-Albert, dramatiquement et sans appel, avaient tout remis en question. C'était comme si, soudain, les courants sournois affleurant la surface du tissu social enveloppant Beaumont, s'étaient manifestés au grand jour. Ces assassinats, commis avec une brutalité inouïe, avaient fait comprendre aux Beaumontais que leur ville supportait mal la civilisation et que, tout bien considéré, Beaumont, malgré ses airs de première communiante, n'avait rien à envier à New York.

Le massacre de Prince-Albert se voulait le terrible constat de la violence latente habitant chaque être humain et qui ne demande qu'à se déchaîner pour devenir folie destructrice. Il y avait quelque chose de démoniaque dans la façon dont les crimes avaient été commis. La presse, à la demande de la police, n'avait pas rapporté tous les faits; certains détails morbides avaient été passés sous silence afin, disait-on officiellement, de ne pas nuire à l'enquête. Mais on racontait, derrière les portes closes des bars, tard la nuit, que le meurtrier ne s'était pas seulement contenté de tuer, qu'il avait également posé des actes de profanation sur ses victimes. Les rumeurs, parties de rien, avaient grossi, s'étaient enflées puis, rapidement, avaient commencé à hanter les gens, les poursuivant jusque dans leur sommeil, au travail et dans les réunions entre amis. On disait que le sadique tuerait encore, qu'il se cachait en attendant une autre occasion de se lancer sur la piste du sang. Les mères attendaient leurs enfants à la sortie des écoles et exigeaient de leurs filles qu'elles se fassent raccompagner à la maison, après les parties du week-end. Les rues mal éclairées, les boulevards isolés, les impasses anonymes étaient désertées, dès la tombée du jour.

La ville ne vivait pas encore sous l'emprise de la terreur. On devinait, cependant, qu'il suffirait d'un autre meurtre inexpliqué, d'un seul, pour donner naissance à une véritable panique.

Si le drame de l'hôpital psychiatrique avait choqué profondément les Beaumontais, Karl Wosniak, lui, n'avait pas été démonté. Le rédacteur en chef du Reporter avait toujours su à quoi s'en tenir sur sa ville d'adoption. Il comprenait surtout que l'état de choc dans lequel se retrouvaient ses concitoyens, au lendemain du massacre survenu à Prince-Albert, avait fort peu à voir avec la pitié ou la surprise de constater que leur ville, soignée et gaie, n'était plus à l'abri de la violence à grande échelle. Ce réveil, estimait Karl Wosniak, ne signifiait pas que le clivage existant entre les deux couches de population formant le tissu social de Beaumont disparaîtrait définitivement, même si les meurtres, à la limite, pouvaient laisser supposer le contraire.

En attendant que la police coince le meurtrier, l'unique ambition de la plupart des Beaumontais se résumait à l'essentiel, c'est-à-dire continuer de vivre en symbiose avec la nature sauvage enserrant la ville dans un écrin de verdure, de lacs innombrables et de montagnes au dos arrondi. Cette ligne de pensée, orientée en priorité vers une certaine forme de partage et sur les plaisirs simples, avait cependant bien peu à faire dans l'accomplissement de la destinée de Beaumont. Les tenants de cette option agissaient tels les figurants dociles d'un film de série B, condamnés à répéter inlassablement les mêmes scènes, à déclamer jusqu'à la fin des temps les répliques se ressemblant toutes.

Les autres citoyens de Beaumont, ceux de la minorité, appartenaient à la caste privilégiée qui, dans toutes les sociétés, apparaît comme la seule véritable détentrice des clés donnant accès au pouvoir. Autoritaires et riches, ces gens-là, pour des raisons évidentes, n'autorisaient personne à s'immiscer dans leurs affaires. C'étaient eux, ces individus que l'on apercevait rarement malgré l'omniprésence de leurs actions qui, réellement, indiscutablement, présidaient aux destinées de la communauté.

À peine débarqué, le Curé avait vite découvert que cette ville en apparence si tranquille recelait des secrets inavouables, que des forces malsaines, obscures, tentaient de s'approprier argent et gloire, et le pouvoir s'y rattachant, à des fins purement égoïstes. À Beaumont, la ruse et l'orgueil servaient les détenteurs de la puissance avec un empressement sournois. Une confrontation récurrente entre les multiples courants d'intérêts se disputant la ville entraînait des renversements d'alliances, de même que la naissance de nouvelles intrigues aux ramifications aussi nombreuses que les fissures sur un pare-brise éclaté. Les discours creux et sans âme destinés à stigmatiser l'opinion publique, qu'ils soient le fait de groupes progressistes ou libéraux, conservateurs ou franchement réactionnaires, Karl Wosniak s'y frottait depuis le début de sa carrière. Jamais, cependant, il n'avait ressenti avec autant d'acuité l'intensité avec laquelle chacun, à Beaumont, défendait son champ d'influence. La sournoiserie de certaines attaques le laissait pantois, lui, le spécialiste en matière de coups fourrés!

Des individus de la trempe de Robert Caine, il en existait peu dans cette ville aux maisons sagement alignées le long de rues entretenues avec soin. Tous n'adoptaient pas comme le propriétaire du Reporter un style aussi flamboyant, mais il n'était pas rare de lire dans leur regard la marque des seigneurs de la guerre. Cette distinction faisait de ces hommes sans pitié des chefs aussi dangereux qu'imprévisibles, particulièrement versés dans l'art difficile de la manipulation et de la trahison. Mégalomanes comme tous les dictateurs, peu enclins à faire preuve de discernement, les créatures tel Robert Caine n'avait qu'un dieu, l'argent, qu'un but, la puissance. Face à ces individus, les forces vives formant ce qui restait de la conscience de Beaumont se déchiraient avec âpreté et fanatisme, au nom d'une liberté un peu vaseuse et de principes biscornus rabâchés sur tous les tons. Personne, dans ce qu'il était convenu d'appeler la bonne société, n'allait claironner sur les toits que ce qu'il désirait le plus au monde était d'avoir la peau du premier être faible et assez stupide pour passer à sa portée. Seulement, il était désormais admis qu'il régnait dans cette ville une loi ressemblant étrangement à celle de la jungle.

Les meurtres de l'hôpital Prince-Albert avaient canalisé cette énergie souterraine, rendant palpable l'hypocrisie qui constituait le cœur même de Beaumont, là même où la lutte pour le pouvoir, sans se manifester au grand jour, régentait les actions de tous.

Élaborées et menées le plus souvent dans l'ombre, les grandes batailles de cette guerre totale arrivaient de temps à autre, et de manière absolument fortuite, jusque dans les colonnes du Reporter. Alors, c'était à qui prouverait le premier sa bonne foi. Cette mentalité ne plaisait pas à Karl Wosniak, car il détestait être confronté à plus fort que lui; il savait que devant l'immense orgueil qui était le trait principal de la bonne société de Beaumont il ne faisait pas le poids.

La lâcheté dont la plupart de ses décisions étaient imprégnées amenait le Curé à jeter un regard très prudent autour de lui, dès qu'il s'aventurait en terrain inconnu. Nullement suspecte à ses yeux de s'adonner à un excès de bonne conscience, Beaumont, dans l'esprit de Karl Wosniak, s'apparentait davantage à une prison à haute sécurité, avec ses lois cruelles et ses combines sournoises, qu'à l'image idyllique qu'elle proposait à l'innocent étranger de passage.

Jugeant ses propres faiblesses avec ce qu'il croyait être de la sévérité, mais qui n'était en fait que de la complaisance, Karl

Wosniak considérait ses concitoyens comme des lâches. Ce qu'il ne savait pas, ou qu'il ne voulait pas s'avouer, était que seul un couard peut déceler la lâcheté chez les autres avec autant de rapidité et d'à-propos...

Le rédacteur en chef du Reporter estimait que Robert Caine, et le puissant lobby que ce dernier représentait, avaient marqué des points sur leurs adversaires, au cours de la dernière année. Fort généreux avec les partis politiques, surtout avec ceux affichant des couleurs ultraconservatrices, Robert Caine savait comment allonger la liste déjà impressionnante de ses amis influents. Jouant avec une maestria surprenante de la position stratégique qu'il occupait dans le monde de la haute finance, le propriétaire du Reporter, selon un point de vue qu'il était évidemment le seul à partager, utilisait à bon escient le levier de son journal, dès qu'un coup risquait de rapporter gros. Il lui arrivait également de se servir, avec le sans-gêne que seul procure la puissance de l'argent, de sa position au journal pour protéger des regards trop curieux des amis imprudents, fourvoyés dans des culs-de-sac d'où s'échappait une forte odeur de scandale. Pour mener à bien ce genre d'opération, il s'en remettait à Karl Wosniak, un homme dont il avait pu tester les talents pour tout ce qui concernait l'orientation à donner aux campagnes de presse dirigées par le Reporter.

Jamais, depuis qu'il occupait le bureau du rédacteur en chef du seul quotidien de Beaumont, Karl Wosniak n'avait autant ressenti qu'en ce moment le peu de poids qu'il représentait auprès de son seigneur et maître. Brindille emportée par le torrent impétueux des passions beaumontaises, le Curé aurait bien aimé se trouver n'importe où, en ce moment, plutôt que pendu aux basques de Robert Caine! Car ce dernier avait tout à perdre dans le scandale qui ne manquerait pas d'éclater sur la place publique, éclaboussant de boue un tas de gens importants et riches, si un journaliste un peu trop curieux se penchait sur une affaire qui, au premier coup d'œil, semblait somme toute banale.

Et ce journaliste risquait fort d'être Philippe Lambert.

Karl Wosniak se leva péniblement. Il jura, entre ses dents, contre Robert Caine, sa femme, et la vie en général. Les articulations en mauvais état de ses genoux le faisaient souffrir, accentuant la crispation de son visage. La trop rapide dégradation du temps encourageait ses rhumatismes à signaler leur présence de façon très désagréable. Décidément, ce climat ne lui convenait pas. À tout prendre, il préférait encore le chinook et les mornes plaines de l'Ouest aux surprises infectes du Nord-Est.

La géographie de Beaumont, pourtant, contrairement à ce que pensait Karl Wosniak, et malgré l'hypocrisie de son élite la rongeant de l'intérieur, possédait le charme irrésistiblement attirant des régions nordiques; cet attrait particulier, indéfinissable, prenait la forme d'un cocktail dans lequel s'amalgamaient à la perfection sauvagerie et douceur, exotisme glacé et légendes innombrables.

Isolée au centre d'un océan de verdure composé de bouleaux et de mélèzes, de sapins et d'érables, Beaumont possédait la réputation de ne pas s'apprivoiser en un tournemain. Il était difficile de croire que cette ville, née seulement deux siècles auparavant de l'union entre l'esprit d'aventure et le goût du risque animant une poignée de pionniers, ait pu se perpétuer sans jamais abandonner un centimètre de terrain à la nature envahissante la menaçant de toutes parts.

Beaumont avait vu le jour au milieu du XVIIIe siècle, dans la foulée des grandes expéditions qui, à l'aube de la révolution industrielle, avaient pour but avoué de faire reculer toujours plus loin au-delà de l'horizon les frontières de ce que l'on décrivait alors comme la civilisation. Les courageux explorateurs de l'époque, en remontant vers le nord, avaient découvert par hasard la vallée encaissée qui était devenue Beaumont. Après avoir sillonné l'endroit dans tous les sens durant trois générations, ces aventuriers, peu enclins à se laisser séduire par la vie sédentaire, avaient cédé la place à une armée de colons décidés à s'allier la nature. La découverte de gisements de charbon avait donné à la toute jeune colonie de Beaumont – ainsi baptisée pour souligner le courage de James de Beaumont, le chef de l'expédition qui, la première, avait foulé le sol de la vallée – le souffle dont elle avait besoin pour pénétrer de plein pied dans l'ère industrielle alors naissante. Plus tard, beaucoup plus tard, Beaumont, grâce à la clairvoyance de ses habitants, avait pu s'adapter aux profonds bouleversements et aux révolutions qui avaient secoué le monde. Aujourd'hui modérément prospère, la ville, malgré son éloignement des ensembles industriels, tirait plutôt bien son épingle du jeu.

N'importe quel démographe ou sociologue aurait pu conclure que Beaumont, dans peu de temps, ressemblerait, en plus modeste, à ces villes impossibles où le désir de gagner toujours plus a pour effet de reléguer simplicité et modestie dans le domaine des curiosités archéologiques.

Sans le savoir, la ville était à un tournant de son histoire. L'affaire de l'hôpital Prince-Albert avait enclenché un lent, un irrémédiable processus d'évolution vers un destin sans éclat; le signal d'alarme hurlait à la mort, mais personne ne s'en souciait. Plus jamais Beaumont ne pourrait revenir en arrière; elle devait assumer sa destinée, quel que fût le prix à payer. Pour l'instant, ce que cette ville désirait par-dessus tout, et bien qu'elle démontrât en la matière une grande discrétion, c'était de communiquer son isolement au premier venu et de se réchauffer à son contact. Mais attention! Ce goût prononcé pour la communication, que certains jugeaient déplacé, se confinait dans un espace délimité, restreint. Les Beaumontais, en effet, n'aimaient pas être dérangés dans leurs habitudes. Toute présence étrangère avait pour effet de leur rappeler l'éloignement qui, de tout temps, avait été leur compagnon. Cette ambiguïté dans les relations que les habitants de la ville entretenaient avec le voyageur de passage surprenait autant qu'elle se révélait désagréable, une fois admise. Beaumont gagnait à être parcourue en surface; dès l'instant où, par accident ou par maladresse, fondait le maquillage sous lequel se cachait le vrai visage de cette communauté retirée dans les montagnes, alors, la surprise, désagréable, faisait fuir le malheureux qui, un peu trop naïvement, avait cru pouvoir s'intégrer sans difficulté à la communauté.

La physionomie de Beaumont était balafrée par la Kounak, un cours d'eau profond et noir donnant sur la mer, située à quatre cents kilomètres de là, en direction de l'est. En plusieurs endroits d'un parcours tortueux à souhait, cette rivière ressemblant à un fleuve s'enfonçait dans des gorges de granite aux parois abruptes et hautes de plusieurs centaines de mètres. La ville frissonnait l'été sous de fréquentes averses que seuls appréciaient ceux dont le métier était d'exiger de la terre qu'elle les nourrisse; un vent frais en provenance de la toundra soufflait en permanence de novembre à mai sur l'ensemble de Beaumont, n'épargnant sur son passage ni hommes, ni animaux.

Peu encline à se mêler des luttes d'influence meublant le quotidien de la bourgeoisie, la classe moyenne affichait un dédain marqué pour quiconque la courtisait dans un but intéressé, ou encore susceptible de déranger le rythme régulier de son existence en apparence sans histoire.

Du strict point de vue clinique, les éléments disparates formant la société de Beaumont constituaient, pour Karl Wosniak, une énigme aux multiples facettes. Celui-ci ne comprenait pas les motivations poussant les habitants de sa ville d'adoption à s'incruster dans ce qu'il considérait comme un enfer aux airs de paradis.

Les citoyens de Beaumont s'enfonçaient sans pudeur dans leur attitude passive, ils refusaient de s'attarder à ce qui se tramait sous le voile léger de ce que tous considéraient comme la bonne conscience collective. Indifférents aux luttes de pouvoir divisant leur communauté, les Beaumontais, croyait également Karl Wosniak, se montraient incapables d'éprouver des remords envers le relâchement dont ils faisaient preuve; ils excusaient ce laisser-aller de plusieurs manières, ayant toujours une réponse à fournir à quiconque les mettait en demeure de réagir. Ils s'enfermaient chaque jour plus solidement dans leurs mensonges et la médiocrité, sans que ce repli ait sur eux plus d'effet qu'une vulgaire piqûre de moustique. Ils paraissaient même plutôt fiers de démontrer de façon aussi éclatante leur manque total d'intérêt pour tout ce qui ne les concernait pas directement. Égocentrisme? Cette définition de la mentalité beaumontaise aurait pu correspondre à la réalité. Toutefois, si ce mot illustrait bien une certaine situation de fait, il n'évoquait rien d'autre qu'un état d'âme, une vue de l'esprit conçue à partir d'un simple sentiment. Il y avait dans cette ville quelque chose de plus profond, de caché, qui rongeait comme une tumeur le bon sens dont avaient fait preuve les fondateurs de Beaumont. Quelque part dans le temps, un esprit malfaisant avait pris possession des habitants de la ville et se servait d'eux comme des jouets.

Les habitants de Beaumont avaient peur. Peur de mourir, peur aussi de vivre en manquant de ce qu'ils considéraient comme essentiel à leur épanouissement, et qui aurait pu se comparer à une nourriture dont ils se gavaient à en être malades. Cette manne était devenue une drogue dont il leur était impossible de se libérer. Plus rien d'autre n'existait à Beaumont, en dehors de ce besoin de bien paraître en tout temps et en toute chose, d'aimer de façon intéressée et de se noyer dans l'oubli offert par la société de consommation. Il restait bien un peu d'humanité chez les Beaumontais, mais en quantité si minime qu'il devenait superflu d'en parler.

Beaumont se partageait en deux. D'un côté, il y avait la puissance de l'argent et de la politique; à l'autre extrémité du spectre existait une masse populaire centrée sur elle-même, désireuse en priorité de conserver ses acquis et son niveau de vie sans bousculer qui que ce soit, de crainte de voir s'écrouler le château de cartes abritant les fragiles possessions d'une existence vouée entièrement au culte de la réussite personnelle.

Cette dualité, en même temps qu'elle conférait aux Beaumontais un statut social qui n'était pas sans faire appel aux notions de dépendance et de soumission, ne se discernait pas facilement. Karl Wosniak se souvenait, avec beaucoup d'ironie, des premiers pas qu'il avait effectués dans ce microcosme de la nature humaine. Faisant preuve en cela d'une naïveté qui lui était peu coutumière, il avait cru Beaumont moralement moins corrompue que les métropoles auxquelles il s'était frotté depuis qu'il était journaliste. Peu à peu, cependant, le masque s'était défait, le laissant sous l'impression que cette ville, malgré son apparente bonhomie, ne valait pas grand-chose. En respectant le jeu des proportions, les rivalités étaient aussi nombreuses à Beaumont que dans les grandes villes. Les coups bas s'échangeaient ici avec un sens de la survie et un bonheur aussi échevelés que dans une bagarre entre bandes rivales dans le Bronx! Beaumont se montrait digne de figurer dans le club des communautés humaines pratiquant l'hypocrisie à grande échelle et l'égoïsme sur une base organisée.

Le premier moment de surprise passé, Karl Wosniak avait

repris les bonnes vieilles habitudes acquises lors de ses pérégrinations dans les vastes ensembles urbains, habitudes dans lesquelles l'art de la concession jouait un rôle prédominant. À vrai dire, la seule déception du Curé avait été de constater que, loin de se définir comme un lieu de retraite idéal, la ville qu'il avait choisie pour mettre un terme à sa carrière s'avérait le pire endroit pour passer même une semaine de vacances.

Un rien pouvait rompre l'équilibre incertain entre le manque d'intérêt des habitants de Beaumont pour leurs affaires publiques et le goût inné de tout être humain pour le scandale. Une toute petite étincelle serait suffisante pour réveiller le troupeau de moutons en train de paître dans les quartiers dortoirs de Beaumont-l'Hypocrite. Cette étincelle, si jamais elle devenait trop intense, donnerait naissance à un incendie capable d'enflammer des passions jusque-là trop sagement endormies.

Karl Wosniak, peu pressé de se rendre au journal, quitta l'appartement du centre-ville, qu'il n'avait jamais cessé d'occuper depuis son arrivée à Beaumont. Situé à quelques pâtés de maison de l'édifice du Reporter, l'endroit comptait plusieurs avantages, dont celui de ne pas obliger son propriétaire à utiliser une voiture pour se rendre au travail. Lorsque la neige se ruait de cette façon sur la ville, cette particularité prenait toute son importance.

**

—Shit! Quel imbécile, ce type!

Bercé par le ronronnement du moteur et la douce chaleur de l'habitacle, Philippe ne releva pas la remarque du chauffeur de taxi. Une carte plastifiée, illustrée d'une photo dont le style s'apparentait à celles dormant dans les classeurs de l'identité judiciaire – il ne manquait qu'une vue de profil du sujet pour compléter la comparaison – établissait que l'homme assis derrière le volant de la voiture-taxi 037 s'appelait Max Lebel.

Débarrassée de la neige sur la moitié seulement de sa largeur, la voie rapide reliant le centre de la ville à la zone périphérique où demeurait Philippe permettait de rouler à une vitesse de croisière somme toute acceptable. Le comportement de certains automobilistes, freinant brusquement ou tentant des manœuvres de dépassement risquées, compte tenu des piètres conditions météorologiques, n'autorisait aucune distraction.

Max Lebel prit son passager à témoin de la juste colère qui l'habitait.

—On devrait interdire aux chauffeurs du dimanche de rouler sur les routes à grande circulation lorsqu'il fait un temps pareil. Non mais regardez-moi ça!

Philippe aperçut, à l'instant où la voiture-taxi la doublait, la silhouette d'une automobile disparaissant complètement sous un imposant amas de neige. Pris à l'improviste au cours de la nuit par la vélocité des vents, l'automobiliste avait été forcé de descendre et de continuer à pied, après que le véhicule, sans doute à la suite d'une fausse manœuvre, se fût retrouvé en position instable sur le bas-côté de la route. Le taxi avait passé bien près de percuter l'arrière de l'auto abandonnée que recouvrait maintenant un manteau de neige d'une dizaine de centimètres d'épaisseur.

Max Lebel n'avait pas aussitôt terminé sa phrase qu'il effectuait en catastrophe une manœuvre destinée à éviter une auto roulant à une cinquantaine de mètres devant eux et dont le chauffeur, sans raison, venait d'appliquer les freins. Le taxi tangua. Philippe remarqua que le train arrière chassait dangereusement. Bien qu'il fût un habitué de la conduite hivernale, comme tous les habitants de Beaumont, il n'aimait pas se retrouver dans la position du passager quand une situation de ce genre se présentait. Pour tout dire, il préférait s'en remettre à ses propres réflexes plutôt qu'à ceux des autres, aussi compétents en matière de conduite automobile que puissent paraître ces derniers. L'espace disponible entre le bas-côté de la voie rapide et la chaussée proprement dite s'amenuisa jusqu'à disparaître complètement. Philippe se raidit, dans l'attente du choc qu'il jugeait inévitable. Il estima que la vitesse raisonnable à laquelle ils roulaient, associée au fait que la neige jouerait un rôle de coussin, ne devrait pas entraîner un choc trop violent, lorsque le taxi se retrouverait dans le fossé bordant la voie rapide. Max Lebel braqua énergiquement dans le sens contraire du dérapage, juste au moment où l'arrière de la voiture, entraîné par son propre mouvement giratoire, semblait décidé, contre toute logique, à doubler le capot; en accélérant prudemment, le chauffeur de taxi parvint à redresser le monstre mécanique. Tout bien pesé, songea Philippe avec une certaine admiration, ce type méritait qu'on lui fasse confiance.

—Saloperie!

Philippe sourit. Il se retint de féliciter Max Lebel pour la qualité de ses réflexes, de crainte d'encourager son chauffeur à proférer d'autres remarques acrimonieuses sur le thème de la stupidité dont font preuve certains automobilistes.

—Ça ne vous ennuie pas si j'augmente le son?

À cent lieux des propos lancés en rafales par le *morning man* de la station de radio locale, Philippe répondit par un non distrait. Éjectées par une série de haut-parleurs dissimulés dans les portières et sur le tableau de bord, les paroles parvenaient vides de sens à ses oreilles. Excité par la tempête et ses conséquences sur la reprise des activités normales de cette autre journée consacrée au labeur quotidien, le type de la radio paraissait décidé à concurrencer la nature sur son propre terrain. Conquis par la chaleur ambiante, Philippe s'abandonna, presque avec délices, à une douce rêverie éveillée.

Il fut tiré de sa torpeur par les notes parvenant de l'autoradio et qui le ramenèrent deux ans en arrière à Paris.

Ray Charles chantait *Georgia on my mind* et Philippe fut submergé par une mélancolie qui n'avait rien à voir avec ce qu'il avait ressenti la veille. Cette chanson lui remettait en mémoire une période de son existence qu'il revivait de temps à autre avec tristesse et qu'il considérait désormais avec un détachement mêlé de nostalgie. Après une longue période passée à remettre en ordre les défenses derrière lesquelles se cachait son âme meurtrie, il pouvait, enfin, regarder en direction du passé sans crainte de rouvrir de vieilles blessures.

—Des chanteurs comme ça, il n'en existe plus aujourd'hui.

À son tour nostalgique, Max Lebel paraissait décidé à mettre de côté ses récriminations sur les automobilistes incompétents, pour les remplacer par une forme de critique musicale taillée à grands coups de ciseau. Philippe voyait se dessiner au loin l'édifice du Reporter. Bien que certain de pouvoir se lancer sans risque dans une chasse aux souvenirs, il ne voulait pas que son esprit perde de vue l'essentiel, c'est-à-dire le rendez-vous que lui avait fixé Karl Wosniak. Décidé à garder la tête froide, il jugea préférable de ne pas laisser filer l'occasion que lui offrait Max Lebel de se pencher sur les grands courants de la musique contemporaine...

—Chaque époque donne naissance à un style de musique qui lui est propre; je suppose que les années cinquante ont été plus généreuses que celles d'aujourd'hui. On ne pourra pas effectuer de véritable parallèle avant un bon bout de temps, vous savez.

—Moi, les cantiques électriques avec le diable à la clé, je trouve ça non seulement débile, mais dangereux.

—Vous êtes brouillé avec le *heavy metal*?

Max Lebel haussa les épaules, dégoûté.

—*Heavy metal* ou pas, les traditions se perdent. Je suis partisan du bon vieux *rock'n roll*, tel qu'on le jouait dans le temps.

La voiture ralentit, puis pointa son capot chargé d'une mince couche de glace en direction de la sortie menant vers le centre-ville et l'édifice du Reporter.

—Ma fille, eh bien! elle a seize ans et c'est un sacré numéro. Vous voulez que je vous dise? Elle entendait l'autre jour à la radio un truc de B.B. King... Elle croyait que c'était le chanteur soliste d'un nouveau groupe anglais!

Max Lebel marqua une pause. Il voulait être sûr de son effet.

—Vous auriez dû voir sa tronche quand je lui ai dit que le type qu'elle écoutait avait soixante ans bien sonnés!

Philippe allait dire quelque chose, n'importe quoi, pour entretenir le feu mourant de la conversation; il en était empêché par l'insidieuse présence de Ray Charles. *Au diable Karl Wosniak et ses combines, le blizzard et ce Max Lebel amateur de rock'n roll*, pensa-t-il. Fermant à demi les yeux, il se laissa emporter par la musique. Le décor de Paris, soudain, remplaça les premiers contreforts du centre-ville de Beaumont qui disparaissait sous la neige déjà grise; le taxi, tanguant et ahanant dans la gadoue, devint une capsule égarée dans le flot du temps qui, exceptionnellement ce matin-là, inversait son cours.

Claire Gallant, belle et inaccessible, était assise à ses côtés; elle l'observait de ce regard un peu moqueur, qu'il ne pourrait jamais oublier.

***

C'était un voyageur infatigable, un pèlerin de l'infini, peu enthousiaste, comme tous les êtres humains, de s'abandonner à l'idée que sa propre existence prendrait fin un jour.

Il ne se souvenait ni du temps, ni du lieu qui avait vu naître la rage de tuer qui l'habitait et contre laquelle toute lutte, même symbolique, demeurait utopique. Son enfance, son adolescence et, autant qu'il pouvait s'en rappeler, les premières années de sa vie d'adulte, avaient été oblitérées par l'irrépressible désir de vaincre la vie. La sienne, sa propre vie qui, il le savait, ne valait pas grand-chose, bien qu'il y fût très attaché, il la passait entre tourments et incertitudes, en équilibre précaire sur une barre d'acier munie de pointes acérées.

Il s'était réveillé un matin dans la peau d'un autre homme, un homme qu'il ne connaissait pas, sans passé, qui possédait en lui, diamant noir aux éclats tranchants comme un millier de lames de rasoir, le goût de donner la mort. Il ne pouvait retracer, encore moins la décrire, l'origine de la démarche le poussant toujours plus avant dans l'horreur, et que peu d'êtres humains avant lui, il le devinait, avaient réussi à perfectionner avec un raffinement aussi cruel, passionné. L'immense talent dont il faisait preuve dans l'application de l'art sanglant qu'il pratiquait avec une compétence sans égale, semblait s'intégrer parfaitement à ce qu'il considérait comme une forme particulièrement développée d'instinct de conservation, mais qui n'était, en fait, qu'un goût animal pour le meurtre. Ce goût prononcé pour répandre le sang, présent chez tous les carnassiers à visage humain, il le possédait, lui, à un degré tel que le plus sauvage des prédateurs aurait cédé sa plus belle proie pour en posséder ne fût-ce qu'une infime partie. Il avait appris par lui-même, au fil des rendez-vous sanglants qui l'avait mené d'un bout à l'autre d'un monde qui le laissait indifférent, que le faible, malgré ses airs étudiés pour attirer la pitié et la compassion, ne demande qu'à être dévoré.

Il vivait de petits métiers, un mois ici, l'autre là. Il avait parcouru des dizaines de milliers de kilomètres depuis sa seconde naissance dans la peau de cet inconnu sanguinaire, avec qui il avait toujours su partager certaines affinités. Il se souvenait d'immenses cités, de villes tranquilles aux couleurs de l'automne, de villages pittoresques où l'on se disputait rarement... Il se rappelait des routes interminables sous la pluie, des terminus anonymes. Des images d'inconnus mutilés défilaient dans sa tête; il y avait des physionomies d'hommes et de femmes, jeunes et beaux, habités d'une insouciante joie de vivre. Il y avait aussi des vieillards, pauvres êtres égarés dans les ruelles noires des innombrables cités qu'il avait traversées. Quelquefois, des têtes d'enfants se superposaient à ce jeu macabre du souvenir. Bien que les remords soient étrangers à son comportement, il fuyait ces dernières images, sans chercher à comprendre les raisons le poussant à battre ainsi honteusement en retraite. Durant les longues nuits d'insomnie qui l'obligeaient à rester douloureusement seul avec lui-même, il tentait d'ajuster les pièces du puzzle jalonnant l'itinéraire fantastique qu'il avait parcouru et qui était marqué par tellement de cadavres, qu'il avait renoncé à en faire le décompte. Partout où ses pas l'avaient entraîné, il avait tué, froidement et avec délectation. Jamais il n'était resté suffisamment longtemps dans un même endroit, après avoir commis ses meurtres, pour être repéré.

Excepté à Beaumont.

Qu'est-ce qui le retenait dans cette ville ressemblant à tant d'autres qu'il avait traversées? Pourquoi était-il encore là, si longtemps après son équipée de l'été précédent dans cet hôpital psychiatrique?

À cause de la fille?

Il passait complètement inaperçu dans une foule; sa physionomie ne présentait aucun signe particulier, les enfants lui adressaient des sourires gênés et les grandes personnes s'enquéraient fréquemment auprès de lui d'un itinéraire à emprunter pour se rendre quelque part. Il inspirait confiance. Il était le Mal.

Quelque part, dans un sac de voyage en matière plastique

aux couleurs de la Pan Am, il y avait des cartes de crédit périmées qu'il ne se rappelait plus avoir utilisées, et un permis de conduire sur lequel apparaissait un nom qu'il croyait ne pas être le sien. Il y avait, dans ce sac usé par les années, la photographie d'un homme lui ressemblant. L'individu souriait, mais ce sourire avait quelque chose d'emprunté, de subtilement inquiet. Deux enfants et une femme aux traits vieillis prématurément, complétaient le tableau. Le moins âgé, un garçon, devait avoir dans les dix ans. L'autre, une adolescente, commençait à ressembler à une jeune femme. Les traits de son visage, telle une rose attendant le soleil de juillet pour réchauffer ses pétales, paraissaient prêts à éclore.

Le gamin et l'adolescente précoce copiaient le sourire forcé de celle qui paraissait être leur mère. L'homme excepté, tous semblaient sous l'emprise d'une pression impossible à mesurer tellement elle semblait gigantesque, on aurait dit qu'ils allaient éclater. Quelque chose de vaguement terrifiant se cachait derrière ces expressions à première vue innocentes. Cette femme, et les deux enfants qui l'accompagnaient, semblaient vouloir fuir loin, très loin de là. L'homme semblait ne se soucier de rien, conscient du pouvoir maléfique qu'il exerçait sur son entourage.

Là-bas, en un autre temps, dans une vie impossible à situer, la mort, une première fois, avait fait son œuvre.

Le cliché avait été pris au Polaroïd. À en juger par les couleurs asséchées et fades, la photo datait d'au moins une quinzaine d'années. Se pouvait-il que cet inconnu appartenant à un autre monde ait quelque chose à voir avec lui? Était-il possible que ces êtres ne lui rappelant rien fussent les membres de sa propre famille? Il se savait capable de conduire une automobile, bien qu'il ne puisse se souvenir de la dernière fois où il s'était installé derrière un volant. Il pouvait faire la différence entre un billet de dix dollars et un autre de cent. Il savait apprécier la bonne musique et un repas bien arrosé. Il savait être serviable à l'occasion, juste assez, car pareille attitude ne correspondait pas à sa nature profonde. En tout, il vivait comme un être absolument normal, donnant l'impression d'être conscient de ses responsabilités envers lui-même et les autres.

S'il l'avait réellement voulu, il aurait pu mettre un terme à ses activités, se trouver un travail, se marier et avoir des enfants, sans que jamais personne ne soupçonne ce qu'avait été son passé.

Mais voilà, il ne voulait pas changer son destin, pas encore.

La fille, il devait d'abord en finir avec la fille.

Jamais il n'aurait dû la laisser filer. C'était la première fois qu'il s'abandonnait à une forme de compassion ne correspondant nullement au sens de sa mission. Il s'était dit, en l'apercevant là, par terre, qu'elle serait bien plus heureuse morte et que c'était lui rendre service que de la priver de la vie, de l'obliger à quitter cet univers de vanités et de souffrances, pour un autre, certes inconnu, mais à n'en pas douter beaucoup moins amer. Il avait promené la lame du couteau sur sa gorge, puis l'avait appuyée sur la carotide. Il aurait suffi d'une toute petite seconde... Il l'avait observée attentivement, analysant par le détail cette physionomie redevenue sereine après avoir subi pendant d'interminables minutes l'assaut de la terreur pure; il avait touché (ou n'avait-il pas caressé, plutôt?) la peau de ce visage, doux comme un matin d'été brumeux sur un lac de montagne. Il avait effleuré la poitrine de ses doigts tremblants; il avait défait le premier bouton de la blouse blanche, immaculée. En posant ce geste, et en y mettant plus d'empressement qu'il ne voulait le laisser croire, sa main avait heurté la plaque d'identification rectangulaire en matière plastique, sur laquelle apparaissait un nom qu'il connaissait déjà.

Rosalie Richard.

Comment avait-il pu être si stupide? Quand, exactement, avait-il pris la décision de ne pas la tuer?

***

Paris au mois d'avril réserve souvent des surprises désagréables. Sous des dehors cajoleurs, la température y connaît de brusques dépressions et la pluie, née là-haut dans les landes désertes et humides d'Angleterre, ne rate jamais une occasion d'accentuer la grogne des Parisiens. Les arbres en fleurs et les parcs verdoyants trompent davantage qu'ils ne charment le touriste peu habitué au climat faussement printanier de la capitale française.

En quittant Montréal, Philippe avait pris soin de placer des vêtements chauds dans un sac de voyage qui le suivait dans tous ses déplacements à l'étranger. Un vent frisquet charriant l'humidité des marécages l'avait accueilli à sa sortie de l'aérogare, à Roissy; sans se faire prier, il avait pêché dans son sac de voyage le précieux chandail de laine qu'il avait eu la prévoyance de garder à portée de la main. Il retrouvait avec plaisir l'ambiance un peu folle du grand aéroport français; le lieu, bien sûr, grouillait de gendarmes et de CRS dégingandés au regard décontracté, de pilotes et d'hôtesses de l'air à la démarche pressée. Quant au flot continu des voyageurs fourbus, rien ne permettait de croire qu'il prendrait fin un jour.

Le premier séjour de Philippe à Paris remontait au début de sa carrière, alors qu'il y avait accompagné une délégation de son pays en visite officielle. Le chef de mission, un député originaire de Beaumont et, comme par hasard, ancien associé de Robert Caine dans une affaire d'immobilier, était appelé à un grand avenir, disait-on, dans le gouvernement de l'époque. Karl Wosniak, sur l'ordre exprès de son patron, avait collé Philippe aux trousses du député, bien que la politique ne soit pas forcément la spécialité du journaliste. Il se trouvait que ce dernier était le seul reporter de la boîte à détenir à ce moment-là un passeport en règle! La délégation était restée une semaine à Paris, une semaine au cours de laquelle Philippe Lambert, débutant à peine sorti de la faculté de journalisme, avait sué sang et eau pour ne rien perdre des propos officiels échangés entre les représentants de son gouvernement et ceux du Quai d'Orsay. Les lumières de la capitale française ne l'avaient qu'effleuré. Il s'était pourtant promis, le dernier jour de sa mission, en reprenant son souffle sur la place du Trocadéro, de revenir dans cette ville croulant sous le poids de sa propre histoire et d'une culture impossible à mesurer en simples termes humains.

Il était devenu un habitué de Paris, depuis ce premier séjour qui l'avait tant marqué, et au cours duquel, sans y avoir été nullement préparé, il avait pleinement pris conscience du rôle joué par cette ville dans l'Histoire. Le coup de foudre avait été immédiat. Il aimait vagabonder à l'ombre de la tour Eiffel ou quelque part entre la butte Montmartre et les Champs-Élysées... Chaque année, il séjournait quelques semaines à Paris, sans itinéraire précis ni d'autre obligation que de partir à pied à la découverte de la capitale, si riche en trésors de toutes sortes. Philippe, comme la plupart de ses contemporains d'Amérique du Nord, avait appris à aimer cette ville ultrasophistiquée où, longtemps, le destin du monde s'était confondu avec l'art et la culture. Le mauvais caractère des habitants de la Ville lumière le laissait toujours pantois, lui le Nord-Américain naïf, peu porté par nature sur les coups de gueule. La grogne des Parisiens était particulièrement remarquable dans le métro. Partout, dans les gares ou les wagons, le métro parisien, avec un sans-gêne ressemblant à s'y méprendre à un manque de savoir-vivre, imposait son odeur caractéristique et probablement unique au monde. Il y avait là de généreux relents de sueur, des arômes putrides d'ail et des émanations de corps mal lavés. Il se dégageait également des propos des Parisiens un orgueil incommensurable, mélange de prétention et de certitude d'appartenir à la civilisation élue entre toutes, la seule capable d'orienter le monde dans la voie de la connaissance.

Pour Philippe Lambert, l'enfant gâté issu d'une terre méconnue et à peine sortie du gel millénaire, Paris était synonyme de vacances spirituelles, d'un retour aux sources de la vie. Là, contrairement au Nouveau Monde, la société de la rue n'avait rien d'aseptisé, l'homme s'y présentait sous son vrai jour, exubérant, vif, passionné. L'humour corrosif des Parisiens et le cynisme outrancier qu'ils pratiquaient instinctivement, et avec un plaisir évident, sur le dos des malheureux touristes sans défense, produisaient un effet décapant sur les réactions de Philippe.

Conditionné à son insu par l'omniprésente société de consommation qui avait fait de l'Amérique l'hydre qu'elle était devenue, le caractère de Philippe ne demandait qu'à être mis à l'épreuve par la piétaille parisienne. L'odeur de cette ville était symbolique du sens aigu pour la désorganisation que nourrissait l'humanité dans sa recherche d'un art de vivre impossible à atteindre. Cette odeur rance, mais aussi étonnamment vivifiante d'un monde en mouvance, représentait l'essence même de la vie dans ce qu'elle avait de plus pur et de plus grand à offrir. Ce mélange acide d'humeurs et de réactions en chaîne obligeait Philippe à faire preuve d'un contrôle parfait de ses réflexes afin de combattre sur son propre terrain l'habitant de cette galaxie aux innombrables surprises qu'était Paris. Pour lui, se fondre dans la folie de la capitale française et se laisser imprégner par l'ambiance de douce anarchie qui s'en dégageait, constituaient l'ultime frontière que puisse franchir un être doté d'intelligence dans son exploration de la nature humaine.

Aux prises avec les effets du décalage horaire et supportant mal le monstrueux trafic du boulevard périphérique ceinturant Paris telle une camisole de force, Philippe avait occupé une bonne partie de sa première journée dans la capitale française à dormir comme un bienheureux. Il était descendu dans un petit établissement fort sympathique, dont le seul tort était de se blottir un peu trop frileusement dans les jupes de la Tour Montparnasse. À moins de deux cents mètres de son hôtel, le gratte-ciel, d'un noir prétentieux, élevait tout d'une pièce ses étages de verre et d'acier au-dessus du quartier dont il tirait son nom. L'endroit était bruyant, comme partout dans cette ville d'ailleurs, mais il possédait l'avantage d'être situé à moins de cinq minutes d'une rue réservée à l'usage exclusif des piétons... une rareté dans Paris où l'automobile, comme dans toutes les grandes capitales, paraissait décidée à reléguer l'homme sur des trottoirs de plus en plus étroits et bondés.

Il avait prévu rester là une semaine et terminer son périple par une rapide reconnaissance de la campagne française. Le destin, toutefois, en avait décidé autrement. Peut-être Philippe aurait-il poursuivi son voyage; peut-être aurait-il pris simplement la décision de changer ses projets, de visiter Londres ou Amsterdam, pourquoi pas, s'il avait su ce qui l'attendait. Mais il ne connaissait pas l'avenir et, comme tous les êtres de son espèce, il n'était qu'un pion sur l'échiquier des sentiments. Il était encore loin de s'en douter mais, cette fois, il quitterait Paris en emportant dans ses souvenirs une image à la fois sensuelle et violente, douce et amère, une image sur laquelle il graverait un nom.

Claire Gallant.

Retapé après plusieurs heures d'un sommeil sans rêve, coupées d'une brève escapade dans un bistrot situé près de son hôtel afin de se restaurer, Philippe, le lendemain de son arrivée dans la capitale française, commença par se rendre à l'ambassade canadienne pour y rencontrer Arthur Simon. Il se demandait si ce grand échalas faisait toujours partie du personnel rattaché directement au bureau du patron, auquel cas son ami aurait quelques anecdotes épicées à lui raconter. Les performances amoureuses de l'ambassadeur, reconnu au sein du corps diplomatique pour ses prouesses sexuelles auprès des dames de la bonne société parisienne, faisaient en effet beaucoup jaser dans les cercles d'initiés...

Bien qu'il ait arpenté avec Philippe les trottoirs du même quartier de Beaumont, à une époque de la vie où rien n'a vraiment d'importance sinon la crainte de voir mourir ses parents, Arthur Simon n'était pas ce qu'on pouvait appeler réellement un ami d'enfance. Certes, Philippe, à quelques reprises, avait fait l'école buissonnière en compagnie du gamin aux boucles noires. Tous deux, par contre, n'avaient pas vraiment partagé les joies innocentes conduisant de l'enfance à celles, plus troubles, de l'adolescence.

Philippe Lambert et Arthur Simon avaient fréquenté les mêmes écoles et promené leur désœuvrement dans les mêmes terrains de jeux. Leurs routes, si elles s'étaient souvent croisées, n'étaient jamais devenues tout à fait parallèles, cependant. À deux ou trois reprises, guère plus, ils avaient courtisé les mêmes filles au regard mouillé d'adolescentes timides, puis s'étaient perdus de vue à l'aube de l'âge adulte.

Philippe Lambert avait renoué tout à fait par hasard avec son compatriote, quelques années auparavant à Paris, après qu'un problème de passeport l'eût obligé à se rendre à la représentation diplomatique de son pays, rue de Montaigne. Depuis, sitôt débarqué dans la capitale française, il prenait rendez-vous avec Arthur Simon dans un des nombreux bars-terrasses parsemant les Champs-Élysées. Le diplomate, de simple connaissance à une époque où la vie s'écoulait trop rapidement pour prendre la peine qu'on s'attarde vraiment aux amitiés de passage, était devenu pour Philippe, à l'âge adulte, un véritable ami.

Il fut impressionné par les mesures de sécurité très strictes empêchant quiconque n'ayant pas une bonne raison de se trouver à l'ambassade de dépasser le hall d'entrée. Deux vigiles, qui auraient pu facilement passer pour des robots tueurs, tellement leur comportement n'avait rien d'engageant, balayaient de leur regard froid tout le secteur compris entre la porte et le hall. L'œil fixe d'une paire de caméras, chacune dans un angle de la pièce faisant face à la porte d'entrée, semblait jauger le potentiel de violence habitant indubitablement chaque individu appelé à informer la réceptionniste de la raison qui l'amenait là. Isolée dans un cube de verre à l'épreuve des balles, la jeune femme, âgée d'une trentaine d'années, présentait une physionomie revêche, se mariant parfaitement à son allure générale. Avec ses cheveux en désordre, sa peau étirée sur des os que l'on devinait fragiles, son teint pâle et sa bouche aux lèvres diaphanes, elle aurait été plus à sa place, songea ironiquement Philippe, dans un film de Max Ophuls que dans ce hall d'ambassade sevré de haute technologie.

Une ouverture pratiquée dans la surface vitrée et protégée par un revêtement métallique ajouré permettait aux visiteurs de communiquer avec la réceptionniste en quarantaine sur son récif. Philippe demanda à parler à Arthur Simon.

L'air navré et légèrement suspicieux de la jeune femme rescapée de l'Occupation indiqua à Philippe que sa requête ne connaîtrait pas de suite et qu'il pourrait dire bientôt adieu à son compatriote, au moins pour la journée.

—Je suis désolée. Monsieur Simon a dû s'absenter hier en début de soirée pour une affaire urgente.

La réceptionniste fit courir un index à l'extrémité jaunie par la nicotine sur la première page d'un cahier comptant une douzaine de feuilles volantes. Elle fronça les sourcils, tourna lentement quelques pages en humectant chaque fois son doigt de salive. Ce rallye ne menant apparemment nulle part impatienta Philippe qui fit en sorte de ne rien laisser paraître de l'agacement qu'il ressentait. Il savait que s'il manifestait sa contrariété, son attitude ne ferait qu'accentuer le plaisir que prenait la jeune femme à le retenir au bout d'une ligne invisible.

Finalement, et après ce qui sembla à Philippe de longues minutes, la réceptionniste revint à la première page du cahier et rendit son verdict, sur le ton d'un juge décidé à ne tolérer aucune réplique.

—Monsieur Simon est à Cannes; il ne sera pas de retour avant mardi prochain, c'est-à-dire, hmmm, voyons... dans quatre jours.

Philippe était déçu mais ne tenait pas rigueur à son ami de lui avoir fait involontairement faux bond. Débarquant toujours à l'improviste à Paris, il ne devait pas s'attendre à ce que son compatriote soit toujours là pour l'accueillir. Le regard interrogateur de la réceptionniste toujours posé sur lui, il sourit gentiment, ce qui sembla décevoir la jeune femme. Il connaissait suffisamment Arthur Simon pour conclure qu'il devait y avoir une affaire de fille derrière ce voyage à Cannes. Sans compter que la ville, en mai et sans la plaie que constituaient ses touristes, était fort attirante.

Le bruit sec de souliers à hauts talons heurtant le sol de marbre coupa court à ses suppositions. Sans prendre la peine de remercier l'employée de l'ambassade, il fit demi-tour, curieux de poser son regard sur la femme qui pouvait se permettre de briser, avec un sans-gêne aussi remarquable, la lourde atmosphère officielle imprégnant le lieu.

Le sourire complice qu'il adressait à distance à Arthur Simon était encore sur son visage, quand il la vit. Le choc qu'il ressentit au moment où il la vit ne pourrait souffrir aucune comparaison, ni demain ni dans cent ans. Ce fut comme si, sans préambule, un instant d'éternité avait décidé de quitter le vide pour prendre possession de l'espace par trop restreint dans lequel se trouvaient des êtres disgracieux prisonniers de leur laideur.

Philippe Lambert ne s'emballait pas inutilement quand une femme séduisante croisait sa portée. Il n'était pas insensible à la beauté et il lui arrivait volontiers de se retourner sur le passage d'une créature sortant de l'ordinaire. Cependant, il considérait passé l'âge où le cœur s'emballe pour un regard un peu trop appuyé ou un sourire faussement provocateur. Il prenait donc tout son temps avant de se lancer dans des manœuvres d'approche dont personne, lui moins que quiconque, n'était en mesure de prévoir l'issue. Il considérait ce manque de réaction comme un atout et non comme un handicap. À plusieurs reprises, ce trait particulier de sa personnalité lui avait même évité de s'empêtrer dans des aventures sentimentales sans lendemain. Dans le cas présent, toutefois, il savait qu'il ne pourrait pas garder la tête froide bien longtemps! Pour la première fois de sa vie, tous ses sens étaient sollicités en même temps. Était-il possible qu'une femme puisse être aussi belle et dégage autant de séduction?

—Je suis la collaboratrice de monsieur Simon...

L'apparition se dirigeait droit sur lui, la main tendue dans un geste de bienvenue; elle s'arrêta à moins d'un mètre et Philippe, curieusement, fut déçu. La démarche de la jeune femme était si naturelle qu'il avait eu l'impression que celle-ci allait se jeter dans ses bras une fois arrivée à sa hauteur!

La voir de si près accentua encore le trouble de Philippe. Délicat, le parfum de la jeune femme chatouillait ses narines comme un air printanier. Il saisit la main aux extrémités délicates, la serra, pas trop fort, craignant d'abîmer une œuvre d'art qui avait dû nécessiter une somme fantastique de travail de la part de son créateur. Il savait trop bien que le sourire suspendu à ses lèvres avait l'air un peu niais; cloué sur place par l'apparition de la jeune femme, qui semblait plutôt indifférente à l'effet qu'elle produisait, il n'avait d'autre choix que de parer au plus pressé en attendant que reflue l'onde de choc. Il restait là, les bras stupidement immobiles le long du corps, incapable de détacher son regard de ce visage. Il se retrouvait dans la peau de l'adolescent timide et gaffeur avec les filles qu'il avait toujours été.

Sa première pensée cohérente fut pour Arthur Simon. Quel veinard, ce type!

—... puis-je vous aider?

Du coin de l'œil, Philippe vit les deux vigiles échanger un regard qui en disait long sur ce qu'ils pensaient de son incapacité à réagir. Il y avait un peu de concupiscence dans cet échange, mais aussi beaucoup d'amusement. Il se dit que cette fille-là devait rendre fou tous les hommes à qui elle daignait adresser la parole.

—Eh bien! oui... Peut-être, enfin... Je ne voudrais pas vous embêter avec une banale affaire de vieux copains!

Sa voix était enrouée, comme toujours dans ces moments-là. La jeune femme sourit et d'un seul coup, tout s'éclaira. Ce sourire avait quelque chose de mutin et d'espiègle. En s'épanouissant, il effaça d'un seul trait l'air un peu lointain que Philippe, à tort, avait cru deviner chez la jeune femme et qui pouvait cacher, pourquoi pas, une certaine timidité.

Dramatiquement consciente de l'énormité de la tâche à accomplir afin de conquérir ne serait-ce que le dixième de la beauté de la femme qui, telle une reine, venait de traverser le hall, la réceptionniste, d'un solide coup de mollets, ramena devant une IBM grise le tabouret sur lequel reposait une autre partie inintéressante de son anatomie. La machine à écrire était le seul élément aux lignes aérodynamiques à habiter l'espace confiné dans lequel le mauvais sort tenait à sa merci, huit heures par jour, la malheureuse fille au regard noir. Celle-ci, pendant que Philippe s'approchait de la collaboratrice d'Arthur Simon, entreprit de taper un texte à grands coups de doigts rageurs, décidée à faire payer cher à l'IBM le peu de générosité dont la nature avait fait preuve à son endroit.

Le charme et la beauté se trouvent rarement réunis dans une même personne. Distribués par la nature avec une parcimonie frôlant l'avarice et rendus craintifs par l'usage abusif que l'on fait d'eux, ces dons préfèrent partir à l'aventure chacun de leur côté, empruntant des itinéraires différents les amenant à des années-lumière l'un de l'autre. D'une prudence extrême, surtout quand, par un extraordinaire concours de circonstances leurs routes viennent à se croiser, le charme et la beauté ne prennent pas de risques inutiles, ils ne se prêtent pas sans discernement au premier venu.

Rares sont les êtres aux traits sculptés par les dieux qui, en guise de cadeau de naissance, reçoivent ce don rarissime qu'est le charme. Il manque presque toujours à la beauté cette particularité indéfinissable qui contribue à donner à un sac d'os et de chair, de muscles et de sang, le cachet, le point d'orgue indispensable qui fait d'un individu non pas seulement un être doté de traits aux lignes pures, mais également d'une aura presque visible. Lorsque le charme et la beauté se rencontrent par le plus grand des hasards et qu'ils décident de s'unir, il se produit une explosion de couleurs et de vie. On assiste alors à la naissance d'un être vers qui tous les regards convergent, que tous se disputent, aiment.

Le premier moment de surprise passé, Philippe songea: *Elle est belle. Bon. Et après? Elle n'est pas la seule dans son cas.* Puis il se dit: *Je crois bien que jamais je n'ai rencontré une femme aussi séduisante!*

—Mon nom est Claire Gallant. Je serais très heureuse de vous aider. Monsieur?

—Lambert. Philippe Lambert.

La voix, haut perchée sans être aiguë, était douce, mélodieuse. Le sourire était franc et, lorsqu'il s'élargissait, comme en ce moment pour inviter l'étranger à faire preuve de plus de confiance, il s'en dégageait une chaleur communicative. Philippe crut deviner dans l'intonation de Claire Gallant un léger accent en provenance du Midi.

—Ah! mademoiselle Gallant, vous voilà enfin. Le bureau de l'ambassadeur m'a chargé de vous remettre quelques messages.

Philippe remarqua, à son tour amusé, que le vigile en train de s'affairer auprès de la jeune femme – celle-ci ne devait pas avoir plus de vingt-cinq ans – paraissait, lui aussi, subjugué. L'homme poussa une porte près de la cage de verre et pénétra dans ce qui semblait être une salle réservée à l'usage des gardes. Avant que le battant se referme, Philippe aperçut une paire de *holsters* orphelins de leurs armes. Pendus mollement à une patère, les ceinturons ressemblaient à des lapins de garenne qui n'avaient pas été assez rapides pour fuir les chiens. L'absence du vigile se prolongeant, Philippe, toujours embarrassé, se demandait comment relancer la conversation. Craignant d'être interrompu au beau milieu d'une phrase par le retour intempestif de l'homme qui venait de se découvrir des dons de messager, il ne savait pas s'il devait planter là cette Claire Gallant, décidément très attirante, et partir, seul, à la découverte des rives de la Seine, quitte à revenir peu avant son départ de Paris pour saluer son ami. D'un autre côté, il ne voulait pas que la jeune femme se fasse de lui une opinion négative et qu'elle pense qu'il était un mufle ou, pis, un adolescent attardé que les femmes intimident. Il n'aimait pas laisser les gens en plan, surtout pas les femmes du calibre de celle-ci. Pour être tout à fait franc, il ne voulait pas quitter cet endroit tant que Claire Gallant occuperait l'espace entre l'aquarium de la réceptionniste et le bureau des vigiles!

Il fit semblant de s'attarder aux fresques ornant les murs, pendant que l'autre type ne le quittait pas des yeux un seul instant. *En voilà un au moins*, pensa-t-il, *qui demeure insensible au charme de cette femme.* Il contempla pendant quelques secondes un paysage, œuvre d'un peintre qui ne lui était pas tout à fait inconnu. La toile représentait l'automne canadien dans des coloris et un style rappelant les artistes nord-américains du XIXe siècle. D'un pas mesuré il revint à son point de départ en haussant les épaules, puis, d'un air résigné il esquissa un sourire à l'intention de Claire Gallant. C'était au tour de la jeune femme de paraître moins sûre de ses moyens.

Assourdi par l'épaisseur du verre, le staccato rageur de l'IBM parvenait dénaturé aux oreilles de Philippe. La réceptionniste avait fait le vide sur son île déserte, se consolant du peu d'attention qu'elle soulevait en martelant furieusement le clavier. Claire Gallant se préparait à dire quelque chose quand la porte derrière laquelle le premier vigile était disparu s'ouvrit. L'homme revint dans le hall, tenant à deux mains une demi-douzaine de grosses enveloppes en papier brun à l'aspect très officiel.

—Voilà, mademoiselle Gallant. On m'a fait comprendre que c'était important...

Le garde, un Parisien indécrottable à en juger par son accent et le mégot coincé entre ses lèvres, observa la jeune femme comme s'il la voyait pour la première fois.

—Vêtue de la sorte, Mademoiselle Gallant, je suppose que vous sortez?

L'homme répondit à sa propre question par une remarque

empressée, visiblement désireux de ne pas être suspecté de se mêler de ce qui ne le regardait pas.

—Bah! on dit toujours que c'est urgent. Je peux porter ces enveloppes dans votre bureau, si vous le désirez?

—Ce serait très gentil de votre part, Antoine...

Trop heureux de rendre service, le vigile lança à son confrère, à l'autre bout du hall:

—François, je monte là-haut. J'en ai pour cinq minutes!

Même à bonne distance, le dénommé François, qui avait abandonné à son camarade le soin de faire le joli cœur, ne quittait pas Philippe des yeux. Ce dernier, qui commençait à trouver déplacé l'intérêt dont il était l'objet, s'empressa de sauter sur l'occasion offerte par le départ bruyant d'Antoine pour relancer la conversation. Afin de ne pas avoir l'air trop idiot, il enfonça ses mains dans les poches de son manteau... et les retira aussitôt, sans savoir pourquoi.

—Il y a longtemps que vous collaborez avec Arthur Simon?

—Cinq ans et des poussières...

—Cela correspond à la date de sa première affectation à l'ambassade.

Claire Gallant pencha sa jolie tête sur le côté, en ayant l'air de dire «il faut bien commencer quelque part». Son attitude n'avait rien de forcé, comme tout ce qui émanait d'elle, d'ailleurs. Elle fit quelques pas en direction de la sortie, enfonçant à son tour ses mains dans les poches d'un *Burberry's* élégamment froissé. Contrairement à Philippe, elle ne se ravisa pas et c'est ce dernier qui poussa la porte donnant sur la rue de Montaigne.

Une fois dehors, et sans prendre la peine de se retourner, Claire Gallant demanda:

—Depuis quand êtes-vous à Paris?

—J'ai débarqué hier. Roissy est toujours bondée et j'ai constaté une fois de plus que les Parisiens conduisent sur le périphérique comme s'ils étaient sur une piste de Formule-1!

—Êtes-vous familier avec la plus belle ville du monde?

—Un peu. Pour tout dire, pas autant que je le désirerais, mais ça viendra avec le temps...

Philippe avait laissé volontairement sa phrase en suspens.

Il laissa s'écouler une ou deux secondes, puis reprit, en même temps qu'il contournait Claire Gallant pour voir son visage:

—Je compte sur les Parisiens pour compléter mon apprentissage.

—Si je comprends bien, c'est d'un guide dont vous avez surtout besoin?

Il hésita. Il savait pouvoir se passer d'un guide ordinaire, mais pouvait-il refuser l'offre à peine déguisée que lui faisait Claire Gallant?

—Dans un sens, oui.

Tous deux se faisaient face, à bonne distance l'un de l'autre, sur le trottoir devant l'ambassade. Un passant les croisant n'aurait pu préciser s'il s'agissait de leur première rencontre ou d'anciens amants renouant après une longue absence. Discrète, la circulation s'écoulait lentement, presque de manière diplomatique, dans cette partie de la rue Montaigne. Claire Gallant rit de bon cœur et fit remarquer, avec ce soupçon d'accent chantant du Midi qui lui allait si bien:

—N'allez surtout pas croire que j'en veux à votre virginité! Arthur Simon a beaucoup d'estime pour vous. Je sais grâce à lui que vous êtes ce qu'on peut appeler un gentil garçon et que tous les deux vous avez grandi dans la même ville. Il se trouve aussi que j'ai un peu de temps libre devant moi...

D'un geste élégant du bras, elle héla un taxi en maraude. Le chauffeur ne se retourna même pas quand la jeune femme lui demanda de les conduire au Trocadéro. À la radio, Ray Charles chantait *Georgia on my mind*.

***

Grosse tache brune de dix étages ressemblant à une verrue, l'édifice du Reporter se profilait à l'avant du taxi. Les rues du centre-ville était recouverte d'une matière grisâtre, repoussante, virant franchement au noir à certains endroits. La neige, sous l'effet du sel répandu généreusement par les véhicules d'entretien des routes, commençait à fondre; mais le gel, rapide comme toujours à jouer les trouble-fêtes, interrompait le processus chimique avant que celui-ci ne soit vraiment amorcé. Le résultat donnait une mixture, à mi-chemin entre la neige et la boue, qui salissait tout. La chaleur, qui avait ouvert ses bras à Philippe quand, frileusement il s'était engouffré dans le taxi, avait fait place à quelque chose de moins subtil, qui n'était pas sans rappeler l'humidité étouffante d'un bain sauna. Il abaissa de quelques centimètres la glace de la portière donnant de son côté. Un peu d'air froid s'engouffra à l'intérieur. Des flocons de neige, aspirés dans le piège de l'habitacle, vinrent mourir bêtement sur son épaule.

—Z'êtes journaliste?

—Vous dites?

Max Lebel se méprit sur l'attitude de son passager. Croyant que celui-ci ne l'entendait pas parce que le volume de l'autoradio était trop haut, il éleva un peu la voix, en même temps qu'il tournait à demi son visage vers l'arrière.

—Vous travaillez au Reporter?

—Oui.

—Il m'arrive à l'occasion de conduire à votre boîte des types qui prennent un air important...

Max Lebel, sans attendre la suite, doubla un poids lourd en appuyant doucement, presque amoureusement, sur l'accélérateur. Le taxi dérapa tout bas, juste assez pour inquiéter de nouveau Philippe. Le temps que celui-ci réagisse vraiment, le camion était déjà loin derrière.

—C'est la première fois qu'un journaliste monte dans mon taxi.

La mine épanouie de Max Lebel en disait long sur ses sentiments. Avide de communiquer son enthousiasme, il ne se souciait pas de l'allure peu engageante de son passager. Il jeta un coup d'œil dans le rétroviseur retenant dans son cadre le visage de Philippe. Celui-ci, encore sous l'influence du souvenir de Claire Gallant, se contentait de sourire distraitement. Max ne se considérait pas pour battu.

—Un journal, c'est pas comme la télé. C'est plus facile de reconnaître les types de la télévision quand on les croise dans la rue, vous comprenez?

Philippe estima que s'il persistait dans son silence, il ne ferait qu'encourager le chauffeur de taxi à poser plus de questions. Le monde était rempli de ce genre de types, de bons bougres, au demeurant fort sympathiques mais absolument casse-pieds, qui voyaient dans le plus petit temps mort une hérésie de la nature à réparer au plus vite.

—Vous savez, la télé et moi, on ne fait pas nécessairement bon ménage.

Encouragé par la réaction de son passager, Max Lebel y alla d'une remarque qu'il voulait sans appel:

—C'est de la merde, ça y a pas de doute là-dessus!

Un bus pataud, dans lequel s'entassaient des visages encore bouffis par le sommeil, les doubla. Max Lebel, à son insu, avait allégé sa pression sur l'accélérateur. De toute évidence, il était plus attiré par la conversation à sens unique qu'il tentait d'entretenir avec son passager qu'à jouer plus longtemps à cache-cache avec les autres automobiles circulant sur la même voie. Une généreuse rasade de gadoue s'étoila sur le capot et remonta vers le pare-brise. La route disparut un court instant; le temps que les essuie-glaces réparent le gâchis, le bus disparaissait au loin.

—C'est un bon journal, le Reporter.

—Vous croyez?

Contrarié pour de bon par l'attitude résolument peu communicative de son passager, Max Lebel marmonna un *ouais!* désabusé dans lequel perçait un agacement certain. Haussant les épaules (Philippe perçut le geste du coin de l'œil), il augmenta le volume de l'autoradio, décidé selon toute apparence à meubler un silence qu'il ne paraissait nullement apprécier.

Philippe se conduisait en malappris et il était parfaitement conscient de ce que son attitude pouvait avoir de désagréable, même pour un chauffeur de taxi à la langue trop bien pendue. En surgissant aux portes de sa mémoire, le souvenir de Claire Gallant avait affecté son humeur, augmentant de plusieurs degrés le désarroi qu'il avait ressenti au petit matin.

Le passé devrait demeurer là où il est, songea-t-il, *c'est-à-dire dans les derniers replis du souvenir*. Il ne supporterait jamais ces retours, même brefs, dans la genèse de ses sentiments. Quand apprendrait-il vraiment à résister à cette tentation?

Ray Charles avait cédé sa place à l'annonceur de service qui avait troqué le ton enjoué du début de l'émission pour un sérieux temporaire, cadrant mieux avec la lecture du premier bulletin d'information de la matinée. Par réflexe, Philippe tendit l'oreille. Il n'eut pas à se forcer. Le son en provenance de l'autoradio arrivait sans difficulté à couvrir simultanément le vacarme des pneus écartant sur leur passage la neige mêlée de boue et le puissant murmure accompagnant le flot de la circulation.

Le menu des nouvelles se présentait de la même façon que sur le Sony, une vingtaine de minutes plus tôt. Cette fois, cependant, le *topo* sur les dégâts causés par la tempête de neige n'était pas seul à faire la manchette. L'homme reprenait ses modestes droits sur la nature; il préparait, lui aussi, son programme de la journée en se disant un peu orgueilleusement que, neige ou pas, il fallait bien que la vie reprenne son cours habituel. C'est ainsi que Philippe apprit, non sans surprise, que Thomas Martin, l'un des membres les plus influents du gouvernement et, accessoirement, ministre de la Défense aux positions bien arrêtées, quittait le pays le lendemain pour un voyage privé dans le nord-ouest de la France. Un porte-parole du gouvernement avait insisté sur l'aspect non officiel de ce voyage, qu'une fuite venait de rendre public vingt-quatre heures trop tôt. Les partis d'opposition avaient réagi avec promptitude et accusaient le gouvernement de vouloir écarter pour un temps Thomas Martin. Le ministre se trouvait en effet dans une position très inconfortable, après qu'une affaire de pots-de-vin impliquant de hauts fonctionnaires à son emploi eut été étalée dans la presse, avec force détails, un mois auparavant. La semaine précédente, le premier ministre, d'un ton sans réplique, avait déclaré à la presse que Thomas Martin s'expliquerait bientôt aux Communes. Or, de manière très à-propos, ce voyage à l'étranger remettait en question la comparution du ministre prévue pour le surlendemain.

On disait Thomas Martin souffrant depuis quelque temps. Avant sa nomination au ministère de la Défense, le politicien avait médité douze ans sur les banquettes de l'Opposition. La victoire de son parti aux élections législatives l'avait propulsé sous les feux de la rampe, une position que, visiblement, il appréciait... sauf depuis les dernières semaines.

Philippe Lambert avait de bonnes raisons de s'intéresser à Thomas Martin. Ce dernier n'était pas seulement un politicien coloré, que certains considéraient comme un peu machiavélique, il se trouvait également qu'il représentait au parlement la région dont Beaumont était le chef-lieu.

C'était Thomas Martin qui, à une autre époque, avait dirigé une délégation à Paris, dont les travaux avaient été couverts par un journaliste débutant et peu sûr de ses moyens, du nom de Philippe Lambert.

Pendant que Max Lebel, à quelques mètres de l'édifice du Reporter, faufilait son taxi entre un amas de neige oublié par la niveleuse et un bus au repos, le *morning-man* annonça, sans manifester d'émoi, que des terroristes de la Fraction armée rouge détenaient deux cent trente-cinq Américains en otages dans un DC-10 de la United Airlines. L'avion, qui effectuait habituellement la liaison Londres-Miami, avait été détourné sur l'aéroport d'Athènes, vingt minutes seulement après avoir décollé d'Heathrow.

—Saletés de terroristes! lança rageusement Max Lebel, en baissant le son de l'autoradio. Il y en a pour huit dollars trente-cinq, monsieur.

Mise à part son opinion sur les terroristes, le chauffeur de taxi semblait être revenu à une attitude plus conciliante. Philippe lui tendit un billet de dix dollars, en précisant qu'il pouvait garder la monnaie. Ce fut suffisant pour ramener un immense sourire de satisfaction sur le visage de Max Lebel.

En prenant bien soin de regarder où il posait les pieds, Philippe s'extirpa du taxi et remonta le col de sa canadienne. Ici, la gadoue ressemblait plus à de l'eau qu'à de la neige. Une fois sur le trottoir, il jeta un regard à la ronde. La tempête paraissait vouloir se calmer. L'horloge électronique d'une banque lui apprit qu'il était dix heures. Il disposait de soixante minutes pour tenter d'en savoir plus long sur les raisons de la convocation de Karl Wosniak.

Paul Francis était donc le type à interroger en priorité.

CHAPITRE IV

PHOBOS

La fille.

Son visage l'obsédait, telle une ombre insaisissable qui retarde continuellement le moment où elle doit prendre forme, pour enfin se révéler dans toute sa simplicité. L'image de ce corps souple et tiède, vivant et invitant, enfiévrait son esprit et le poursuivait jusque dans son sommeil. Cette nuit-là, seul dans le corridor obscur de l'hôpital, il avait cru apercevoir, sous les paupières à demi closes de l'être qui reposait sans défense à ses pieds, des yeux de la couleur du crépuscule; des yeux dans lesquels il était venu bien près de se perdre avec un bien-être se situant très loin à l'opposé de ce qu'il ressentait habituellement, au moment de soutirer de ses victimes le souffle de vie dont il avait tant besoin pour donner un sens à sa mission.

Il ne s'était pas laissé prendre; mû par un réflexe qui n'avait jamais servi auparavant, il avait battu en retraite. Il n'avait guère apprécié cette expérience qui l'avait laissé pantelant et avec un goût amer dans la bouche.

Jamais il n'avait éprouvé une sensation aussi trouble en présence d'un être humain qu'il s'apprêtait à tuer; l'impression se dégageant de cette exploration d'une partie de son être, qui se situait à la frontière de sentiments inconnus jusqu'à ce jour, avait fait naître un déluge de questions. Il préférait éluder ces interrogations, pour l'instant. Il n'était pas certain, en effet, de pouvoir supporter les réponses qui, à n'en pas douter, surgiraient d'une analyse trop approfondie du comportement qui avait été le sien cette nuit-là. Peut-être fallait-il chercher la raison de ce trouble dans la manière dont il avait planifié l'opération? Contrairement à son habitude, il n'avait pas improvisé.

À l'origine, son objectif était la fille. Il l'avait croisée dans la rue, un soir, tard, en revenant chez lui.

Elle devait mourir, car elle faisait partie de sa mission. Il aurait pu la tuer à quelques mètres de là, puisque l'endroit, mal éclairé, était désert. Pourquoi n'avait-il pas agi ainsi, en se fiant uniquement à son instinct? Il l'avait suivie discrètement, pendant plusieurs semaines, sans qu'elle ne se rende compte de l'attention qu'il lui portait. Il avait appris qu'elle était infirmière et que son travail consistait à s'occuper des dépressifs en convalescence, à l'hôpital psychiatrique de Beaumont. Il avait mené son enquête en y prenant beaucoup de plaisir; c'était comme s'il se retrouvait en vacances après des années de dur labeur... Il savait quels bars elle fréquentait, qui étaient ses amis ou quels restaurants elle préférait. Une fois, une seule fois, il avait été tenté de lui adresser la parole. Qu'est-ce qui l'avait retenu? Pourquoi, à la dernière minute, avait-il décidé de ne pas lui parler?

Un matin torride de juillet, alors que, pour une raison qu'il ne connaissait pas, il en voulait au monde entier, il s'était dit que c'en était assez, qu'il devait en finir avec ce jeu stupide qui ne menait nulle part. Il était assis sur la véranda du modeste logement qu'il occupait depuis... depuis quand, au fait? Il ne s'en souvenait plus. Un court moment, cette constatation avait accentué sa mauvaise humeur. Comme tout ce qui l'embêtait, il avait chassé cette pensée de son esprit et s'était consacré à une réflexion plus amusante.

La mort.

Les criquets jouaient leur mélodie sur deux notes et le soleil, déjà haut dans le ciel, accompagnait les cris des enfants dans leurs jeux. Les rues du quartier grouillaient d'une animation légèrement euphorique, peu commune. Juillet était apprécié dans cette ville. C'était la seule période de l'année où les Beaumontais pouvaient espérer profiter d'un peu de chaleur. En tournant la tête vers la droite, il avait avisé un groupe d'adolescents, au coin de la rue, en train de comparer leurs bicyclettes. Un couple âgé, dont l'homme paraissait plus jeune que la femme, avançait lentement sur le trottoir devant la maison. Il leur avait servi un sourire poli en échange de leur salut. En face, deux types dans la vingtaine lavaient un cabriolet Mustang 1965 parfaitement conservé; une mélodie syncopée se frayait un chemin à partir d'un poste de radio invisible, mais puissant à en juger par la qualité du son. Tout respirait le calme et l'insouciance propres aux petits quartiers sans histoires des villes de moyenne importance, l'été, alors que le soleil tape dur et que le principal plaisir de l'existence consiste à déguster une bière glacée en regardant passer les gens.

Le soir même, il passait à l'action.

Il n'avait eu aucune difficulté à s'orienter. Ne s'était-il pas rendu à plusieurs reprises à Prince-Albert sous prétexte de visiter des malades? Toutes les portes s'étaient ouvertes sur son passage. Normal, il inspirait confiance. Il était vêtu chaque fois d'un complet anthracite et d'un pantalon de bonne coupe, son nez était surmonté de lunettes à monture noire, juste assez démodées pour ne pas paraître déplacées sur sa personne. Il s'était coiffé soigneusement, évitant toute ostentation. Un col romain était noué autour de son cou.

Il avait décidé de la tuer en premier et ensuite, de s'occuper des malades. Ce n'est qu'une fois rendu sur place qu'il avait changé d'idée. Il avait voulu lui accorder quelques minutes de sursis et c'est là que tout avait commencé à aller de travers. Certes, il avait éprouvé un plaisir intense à répandre le sang, toutefois il n'arrivait pas encore à s'expliquer le peu d'empressement avec lequel il avait agi.

Il avait toujours su qu'il ne la tuerait pas cette nuit de juillet.

Il se demandait comment interpréter son attitude. Devait-il ressentir de la haine à l'endroit de l'être qu'il avait eu la faiblesse de laisser échapper? À moins que ce ne fût quelque chose d'autre, un sentiment beaucoup plus profond, qu'il croyait nécessaire de garder précieusement enterré afin de conserver son équilibre? Il orienta ses pensées dans une autre direction, en des lieux de son esprit qu'il savait moins obscurs, à tout le moins dans un endroit où il était certain de ne pas s'égarer en de vaines interrogations. Il se souvenait d'une route.

***

133

Colossale et infinie, elle étirait son ruban d'un gris monotone, crevassé en plusieurs endroits, par-dessus les montagnes arrondies du Vermont. De chaque côté de cette formidable voie de communication terrestre sans équivalent sur le continent nord-américain, construite pour répondre aux exigences d'un monde devenu fou à force de vouloir courir toujours plus vite, et sur laquelle roulait un trafic régulier, composé de tracteurs bardés de chromes tirant des remorques doubles crasseuses, s'élevaient de profondes et noires forêts, grouillant de millions d'êtres au museau fureteur dont le ventre constamment vide réclamait chaque nuit sa ration de chair fraîche ou pourrie. Comme lui.

Il ne pouvait dire ce qui l'avait poussé à voyager dans cette direction pour arriver, enfin, en un lieu si éloigné de son territoire de chasse habituel. Il devait être là, c'est tout ce qu'il savait. Pour tuer. La longue traque qu'il avait entreprise contre le genre humain l'avait amené dans ce paysage immense et plein de mystère. L'interminable errance avait commencé quelque part sur une route peu fréquentée, étirant sa morosité entre Vancouver et Seattle. Quand avait-il tué pour la première fois? La question, en soi, n'avait guère d'importance; pas en ce moment en tout cas, ici dans le Vermont.

Les tracteurs, après avoir régné sans partage sur les routes moins importantes, devaient adapter leur pouls aux diktats imposés par l'*Interstate* 95. Ces mastodontes ralliant les grandes villes de l'Est du continent américain s'étaient appropriés les grandes voies de communication terrestre, sans demander la permission à qui que ce soit. Mais, à contrecœur, ils avaient dû s'avouer vaincu sur l'*Interstate* 95, car l'autoroute ne permettait à personne de la vaincre. Elle faisait sa propre loi et si, par hasard, elle se laissait apprivoiser, c'était uniquement parce qu'elle voulait faire plaisir à des jeunes gens fraîchement mariés ou à des retraités en train de gagner leur dernier refuge, un parc de caravanes en Floride ou sur la côte de la Virginie.

Telles des gazelles, de luxueuses autos-caravanes roulaient gracieusement vers les Carolines ou quelque plage déserte de Key West, via Washington. Ces véhicules, luxueux pour la plupart, légers par rapport aux tracteurs poussifs et à leurs remorques, parvenaient sans difficulté à se faufiler à travers la faune bigarrée des dinosaures sur roues. De temps à autre, étoile d'argent filant à toute allure, un autocar Greyhound disputait avec succès à un de ces immenses camions une infime portion de la route. Bien que la vitesse maximum autorisée par la loi fût de cent kilomètres à l'heure, les routiers obligeaient volontiers leur monture à s'en tenir à des pointes allant jusqu'à cent trente. Les bras, fins ou musclés, nus ou couverts de laine de ces desperados de la route au regard vide de drogués, formaient un angle droit avec le volant quand ils roulaient. Aux automobilistes qui les croisaient ou les doublaient, les routiers donnaient l'impression de faire partie intégrante de la cabine de pilotage; ils avaient été placés là, sur la chaîne de montage et ils seraient envoyés à la casse en même temps que leur camion. S'octroyant de brèves heures de repos, ne connaissant que les conversations sans but échangées avec les auto-stoppeurs égarés, trop souvent loin de leur famille quand ils avaient encore la chance d'en avoir une, ces êtres condamnés à vivre en permanence dans une prison sur roues appartenaient à la catégorie des proies idéales. Malgré leurs biceps et le faux air de vedettes de cinéma qu'ils affichaient en tout temps, les routiers, ces solitaires toujours prêts à lier conversation pour tromper l'ennui, laissaient tomber leur méfiance traditionnelle à la première occasion.

Il en avait tué quelques-uns, là-bas, sur la Côte Ouest. Non, il se reprit; il ne les avait pas tués, il les avait, disons... privés de vie.

Cette fois, il n'en avait pas après eux. Il ne savait pas encore qui attirerait son attention, mais il sentait que, bientôt, cela viendrait. Il suffisait d'être patient. Rien ne pressait, il avait beaucoup de temps devant lui. Lorsque le moment viendrait d'accomplir les gestes qui l'avaient amené là, il n'aurait qu'à se fier à son instinct.

La nature, généreuse, avait fait don du Nil à l'homme. Afin de ne pas être en reste, ce dernier avait donné à la civilisation l'*Interstate 95*. Comme le Nil, l'autoroute charriait un flot ininterrompu de créatures, bonnes ou mauvaises, uniques ou trop semblables, ou encore appartenant à l'espèce ordinaire de l'humanité. Combien de drames se dissimulaient-ils dans ces automobiles naviguant à l'estime, nageant à contre-courant ou plongeant sans hésitation dans les profondeurs de l'interminable fleuve d'asphalte et de béton qu'était l'*Interstate* 95? Combien d'automobiles, luxueuses ou modestes, vieilles guimbardes juste bonnes pour la casse ou fraîchement sorties des chaînes de montage, cachaient-elles des passions incontrôlables, des joies qui, sitôt écloses, se tarissaient au fil des kilomètres?

Assis sur un tabouret, dont le recouvrement de plastique, éventré, laissait échapper entre ses cuisses un peu d'une mousse jaunâtre, il sirotait un café tiède, sans personnalité. Autour de lui, le bruit des conversations arrivait facilement à couvrir la musique provenant d'un juke-box aux couleurs pastel des années cinquante. Bruce Springsteen chantait *Born in the USA* comme si l'apocalypse menaçait à tout instant de s'abattre sur l'humanité. Un groupe de routiers, se déplaçant selon toute vraisemblance en convoi, avait monopolisé un secteur entier compris entre le juke-box et le bar. Chaussés de luxueuses bottes de cow-boy, dont les extrémités, munies de pointes de métal dorées ou argentées brillaient sous l'éclairage, ils tapaient ardemment du pied sur le sol en suivant le rythme de la mélodie. À en juger par leur mine entendue, ils prenaient grand plaisir à échanger des propos salaces.

L'endroit n'avait rien de particulier à offrir au voyageur de passage. Il s'agissait d'un de ces restaurants sans originalité qui naissent et meurent en bordure des autoroutes et que personne ne peut décrire avec exactitude une fois que l'enseigne au néon est disparue du rétroviseur.

Un lieu anonyme, correspondant tout à fait à ses goûts, et dans lequel il évoluait avec l'aisance d'un piranha à l'embouchure de la rivière qui l'avait vu naître. Les spécimens d'humanité s'agitant autour de lui correspondaient bien à ce genre d'établissement. En plus des routiers, il remarqua deux agents de la *State Patrol* et un sergent de Marines au crâne rasé de si près qu'on aurait cru qu'il sortait d'une salle d'opération après y avoir subi une greffe du cerveau. Assis à une table, non loin où lui-même terminait son café, un couple d'âge mûr consultait le menu avec, sur le visage, une moue désabusée qui en disait long sur ce qu'ils pensaient des goûts du chef en matière de gastronomie. Près de la porte, il aperçut un garçon d'environ dix-sept ans en train d'étudier une carte routière de la région. L'index du jeune homme courait au gré d'une ligne qu'il ne pouvait apercevoir. Il l'observa un long, un très long moment. Conscient du danger auquel il s'exposait en agissant de la sorte, il s'apprêtait à mettre fin à son manège quand le garçon, se sentant épié, jeta un regard inquisiteur autour de lui.

Il réagit trop tard... L'adolescent était probablement affligé d'un léger strabisme; lorsqu'il portait son regard dans un endroit, comme en ce moment, son attention était attirée ailleurs. En fait, le jeune type l'observait depuis quelques secondes et il venait seulement de se rendre compte que les rôles avaient été redistribués. C'était à son tour d'être épié.

Il devait être prudent.

Son regard croisa enfin celui du garçon. Une fraction de seconde, juste le temps de réagir comme s'il sortait soudainement d'une léthargie rêveuse dans laquelle il avait été entraîné par la fatigue, et il baissa les yeux. Il prit l'air affairé de celui qui s'apprête à partir. L'adolescent, mal à l'aise, haussa les épaules et se remit à l'étude de sa carte. Une fille du même âge traversa la salle de part en part et vint le rejoindre. D'après l'état lisse de ses cheveux et de son maquillage refait à neuf, elle devait sortir des toilettes. Le garçon murmura quelques mots à l'oreille de sa compagne et, immédiatement, celle-ci porta son regard en direction du comptoir, sans même prendre la peine de cacher son intention. Il vit du défi dans ses yeux mais aussi une certaine crainte. Ces deux-là n'étaient-ils pas en train de se faire une fausse idée de lui et de le prendre pour un homosexuel à la recherche d'une occasion? Il se demandait s'il ne devait pas aller s'excuser auprès du garçon de l'avoir observé avec tellement d'insistance. À sa manière, et sans qu'il comprenne vraiment pourquoi, il s'efforçait d'être poli, de ne pas brusquer les gens qui ne s'intégraient pas au cadre de sa mission. Cette attitude devait venir de l'éducation qu'il avait reçue, quelque part dans une autre vie dont il ne gardait plus aucun souvenir.

Il se ravisa. Ce serait probablement courir inutilement après les ennuis que d'aller au-devant du couple. Il ne devait pas faire d'esclandre. Personne ne devait associer sa présence dans ce lieu anonyme à ce qui, à n'en pas douter, serait étalé bientôt dans tous les journaux de la région.

Il se dirigeait vers les toilettes, escomptant qu'à son retour les deux jeunes gens auraient disparu quand il aperçut, à travers les baies vitrées donnant sur le stationnement, celle avec qui le destin lui avait donné rendez-vous. Il n'eut pas à se poser de questions, ni à s'étendre sur le sens de sa démarche. Comme toujours dans ces cas-là, la révélation lui était venue instantanément. Il hésita quelques instants, sentant de nouveau derrière lui le regard de la jeune fille le parcourir. Elle profitait du fait qu'il avait le dos tourné pour l'observer avec plus d'attention. Il ne s'inquiéta pas de ce regain d'intérêt. Jamais la petite amie du garçon ne pourrait décrire ses traits avec exactitude. De l'endroit où elle était, elle ne pouvait distinguer la couleur de ses yeux; quant à ses cheveux, ils étaient dissimulés sous un épais bonnet de laine. Ses vêtements, de couleur neutre, ne comportaient aucun élément susceptible de le rendre différent des routiers qui se restauraient près du juke-box, en compagnie de Bruce Springsteen.

Quand il revint des toilettes, le garçon et la fille avaient plié bagage. Dans deux jours, ils ne se rappelleraient plus de lui... Il reprit sa place au comptoir. La serveuse s'approcha et, sans demander son avis, remplit de nouveau sa tasse d'une généreuse portion du café qu'elle semblait faire exprès pour rendre imbuvable. Du coin de l'œil, il observa les nouveaux venus qui avaient pris place à une table près de la baie vitrée.

La femme, plutôt élégante, était accompagnée d'un homme âgé et d'un garçon d'une dizaine d'années.

L'homme paraissait avoir dépassé la soixantaine. Il semblait dans une excellente forme physique, malgré la couronne de cheveux blancs surmontant son crâne et une légère claudication qui, tout de suite, attirait la sympathie. Son pas vif, alerte, suggérait un tempérament plus habitué à être obéi qu'à recevoir des ordres. Cet homme était un chef et quiconque croisait son regard n'avait pas besoin qu'on lui fournisse d'interminables explications pour comprendre de quoi il retournait. Probablement s'agissait-il du propriétaire d'une petite entreprise prospère du nord, spécialisée dans la coupe du bois et sa transformation. Cette partie de l'état du Vermont comptait bon nombre d'industries plus ou moins grosses, qui tiraient leur subsistance de la forêt. L'aspect physique de l'homme, dans son ensemble, et l'aura d'autorité qui se dégageait de lui, cadraient bien avec l'hypothèse du riche propriétaire terrien. À moins que ce ne fût l'un de ses avocats un peu retors de Baltimore ou de Washington, en week-end de ski à Jay Peak ou à Sugar Loaf, avec sa femme de trente ans sa cadette et son jeune fils...

Le visage de l'homme, bronzé et rasé de frais, ses épaules carrées et sa taille, un mètre quatre-vingt-dix à un ou deux centimètres près, tendaient à démontrer qu'il avait passé toute sa vie au grand air et qu'il n'était pas pressé de finir ses jours derrière le bureau qui lui avait permis d'amasser sa fortune.

Il sourit pour lui-même. C'était un sourire peu enthousiaste, triste. Aucune excitation particulière ne venait troubler l'état presque catatonique dans lequel il se trouvait. De l'extérieur, il donnait l'impression d'un être en rupture de ban avec le présent, égaré très loin dans ses pensées. C'était le moment le plus dangereux; il savait que quiconque serait en mesure d'associer ce comportement bizarre aux événements dont il serait bientôt responsable ne pourrait que chercher à lui poser des questions. Mais qui serait assez futé pour effectuer un parallèle entre l'attitude un peu excentrique qui était la sienne, en un moment semblable, et les assassinats dont il semait sa route?

Il avait enfin trouvé ceux que le destin lui avait réservés. Son périple l'avait entraîné là, dans ce lieu sans visage, afin de rendre au néant trois êtres humains qui ne se doutaient pas de ce qui les attendait.

Le gosse n'avait pas plus de dix ans, c'était certain, et la femme était à l'aube de la trentaine. Elle était jolie et sa taille, élancée, laissait supposer des courbes intéressantes, malgré l'imposante veste en duvet dont elle était vêtue. Il devina des cuisses fermes et rondes sous le jean. Elle aussi avait le teint bronzé des gens qui passent la plus grande partie de l'année au soleil.

Muet, ses chromes et ses couleurs devenus ternes, le juke-box boudait, seul dans son coin; l'appareil, soudain morose, rongeait son frein en attendant le bon plaisir d'un client qui lui permettrait, encore une fois, de déverser ses notes sur les voyageurs en train de se restaurer. Les routiers, privés de la présence de Bruce Springsteen, avaient adopté un comportement moins démonstratif. Accompagné de coups de gueule et d'éclats de rire, le bruit d'assiettes se heurtant ou atterrissant sur une surface recouverte de métal s'échappait de la cuisine chaque fois que la serveuse poussait les portes à battant pour aller y chercher des plats. Au loin, et bien que la pluie ait commencé à tomber, la circulation sur l'*Interstate* 95 ne donnait aucun signe de ralentissement; le grondement sourd d'un tracteur tirant sa charge rompait environ toutes les minutes l'atmosphère monotone dans laquelle semblait vouloir s'installer le restaurant.

Le gamin jeta un regard circulaire dans la salle. Il avait les yeux fatigués des enfants peu habitués aux longs trajets. La façon qu'il avait de se tenir, les coudes sur la table, le menton entre ses mains en coupe, démontrait clairement qu'il n'était pas pressé de retourner sur l'autoroute. Il donnait l'impression d'un petit extraterrestre venant de débarquer sur une planète étrangère et qui a surtout hâte de se mettre au lit.

—Dis, Laura, quand sera-t-on à la maison ?

La jeune femme passa tendrement sa main dans les cheveux du petit.

—Encore un jour de route Billy et tu retrouveras enfin tes camarades. Sois patient.

Elle marqua un temps, puis, lançant au garçonnet un regard faussement réprobateur, reprit:

—Billy, je t'ai déjà dit de ne pas m'appeler par mon prénom. Tu dois dire maman.

—Cesse de penser au temps qui reste avant d'arriver à la maison, fiston, concentre-toi plutôt sur ce que tu feras quand tu auras retrouvé tes copains. Tu verras, les heures passeront beaucoup plus vite ainsi.

L'homme souriait gentiment. Il s'adossa, puis ferma les yeux avant de les rouvrir en poussant un long soupir.

Le garçon remarqua, inquiet:

—Grand-père, tu es fatigué toi aussi?

—Ça passera, fiston. Conduire est moins amusant qu'on le croit à ton âge. Je me fais vieux...

La serveuse, une grosse femme qui paraissait en froid avec l'existence, vint prendre leur commande.

Il les observait du coin de l'œil. Il vit un signe favorable du destin dans le fait que le groupe se fût installé à une table près du comptoir, ce qui lui avait permis de ne pas perdre un seul mot de la conversation. Ils en avaient pour une bonne demi-heure avant de quitter le restaurant. Il avait donc encore beaucoup de temps devant lui pour élaborer un plan. Pendant que son cerveau se mettait en branle, il leur souhaita mentalement bon appétit. Tous trois méritaient bien cette petite marque de considération...

***

Il ne pouvait nier son affinité avec la nuit de même que l'amour passionné qu'il vouait aux sombres créatures, humaines ou animales, qui avaient fait leur royaume de ce versant inexploré de la montagne de la vie et sur lequel le soleil, à jamais vaincu, ne s'attardait qu'à contrecœur. Comme tous les prédateurs lancés sur la piste du sang, il repérait ses victimes en plein midi, alors que, ravies par les couleurs rassurantes du jour, elles laissaient ouvertes les portes permettant de se rendre loin à l'intérieur de leur périmètre de défense. Il avait appris plusieurs choses sur le comportement humain. Ainsi, il savait que le jour agissait comme un sédatif sur la plupart des gens, qu'il engourdissait leurs sens et que la torpeur, toujours prête à sauter sur la moindre occasion pour remplacer la méfiance, profitait du soleil pour faire son nid. Sous des airs de fausse innocence, les prédateurs de son espèce, il l'avait appris rapidement, mettaient à profit la lumière du soleil pour repérer le bétail qui, sans appel, était destiné à l'abattoir.

Le jour était un allié, sans plus. La nuit était sa maîtresse.

Patiemment, sans précipitation, certain de l'issue de la chasse, il attendait que le crépuscule dévore peu à peu l'azur avant de foncer sur ses proies. Au moment de l'hallali, quand, enfin, il percevait dans les yeux terrorisés des êtres qu'il avait attirés dans son antre le dernier lien les retenant à la vie, il avait vraiment l'impression d'être le Prince des Ténèbres, celui par qui la terreur arrive et se consomme dans un flamboiement qu'aucun regard humain ne peut soutenir, à moins d'avoir bradé son âme à Satan. Privé de l'étreinte de la nuit, il devinait que jamais il n'aurait pu mener ses projets à terme. L'obscurité et les forces qu'il sentait prêtes, à travers elle, à s'emparer du monde dès le coucher du soleil, agissaient comme une drogue, canalisant son énergie vers un royaume au ciel couleur de sang qu'il avait été le seul, jusque-là, à contempler.

Il parvenait sans trop d'efforts à contrôler les pulsions meurtrières qui, sans avertissement, fondaient sur lui à intervalles réguliers. Il arrivait à se tenir tranquille de longues semaines, voire des mois. Cependant, quand la rage de tuer le saisissait, qu'elle le recouvrait de son épais manteau noir, il était capable de se livrer aux pires atrocités sans éprouver aucune pitié. Alors, il voyageait. En autocar, en stop, en train. Une fois, il avait même utilisé l'avion. Lorsque la frénésie du sang s'emparait de ses muscles, qu'elle prenait le contrôle de son esprit au point de lui faire verser des larmes, il abandonnait tout derrière lui, certain de ne jamais revenir vers l'endroit qu'il quittait. Il mettait à profit les périodes calmes de son existence pour gagner le peu d'argent nécessaire à sa subsistance. Il ne volait pas, n'escroquait personne et il ne lui serait même jamais venu à l'idée de détrousser les cadavres dont il semait sa route.

À sa façon, il était honnête.

Il ne manquait jamais une occasion de rendre hommage et de remercier Phobos, qu'il devinait quelque part au-dessus de lui, à des années-lumière de là, veillant chaque nuit sur son bien-être, l'entourant de sa rassurante présence.

Phobos.

Terreur.

Il se souvenait vaguement, sans chercher à s'attarder sur l'origine de cette connaissance, que le second satellite de Mars s'appelait Phobos. Il se souvenait également qu'une légende voulait que celui-ci, chaque fois qu'il se trouvait en conjonction avec la Terre, fût témoin de massacres terrifiants. Il ne savait pas quelle importance il devait accorder aux on-dit et à l'imagination fertile de certains auteurs, dans la naissance de cette thèse marquée d'un ésotérisme outré. Le fait était qu'il avait aimé ce nom, Phobos. Depuis sa découverte, il adressait toujours une prière au second satellite de Mars, après avoir complété ce qu'il appelait une mission.

Il priait Phobos, en cet instant même.

Les ténèbres avaient fait de lui un être hybride, pouvant faire appel à diverses ressources pour assurer sa survie et repérer ses proies; sa personnalité associait les nombreux avantages d'une intelligence constamment sur le qui-vive à un goût insatiable pour le sang. Indissociables comme deux frères siamois, ces traits de caractère avaient permis la formation d'un ensemble d'une incroyable complexité, qui avait donné naissance à un spécimen parfait de machine à tuer présentant toutes les caractéristiques essentielles pour passer inaperçue. Dans le royaume des nécrophages, il évoluait avec l'aisance remarquable de la hyène et l'incontestable assurance du loup-garou mâtiné de vampire. Il associait au rituel de la messe noire ce qui, dans son esprit, prenait l'allure d'une célébration de la mort. Ce que des êtres normaux auraient considéré comme les pires des atrocités prenait la forme, pour lui, de gestes d'une grande simplicité, s'intégrant harmonieusement au plan cosmique dont il se croyait un élément essentiel.

Il lui arrivait, à l'occasion, de désaltérer son âme à la source même de la vie, car il considérait comme le symbole des symboles, et en même temps comme le droit du chasseur, le fait de se repaître du sang de ses victimes. S'il agissait de la sorte, ce n'était pas pour satisfaire un goût morbide, mais plutôt parce qu'un démon plus fort que sa volonté exigeait qu'il en fût ainsi.

Il faisait nuit et Phobos le protégeait.

Ce n'était pas qu'il fût en mauvais terme avec la lumière du jour; comme tous les êtres humains, il appréciait la clarté procurée par le soleil, car elle permettait de s'adonner aux occupations nécessaires au bon déroulement de la vie. Se laver, se nourrir, marcher et profiter de l'existence, voilà qui s'effectuait de préférence le jour. La nuit, par contre, donnait aux êtres et aux choses leur vrai visage. Il respirait mieux, la nuit. Il avait l'impression de faire partie d'un tout indestructible, capable de résister à l'usure du temps et de bouleverser l'ordre immuable de la nature.

Il les avaient approchés quelques minutes avant qu'ils ne

terminent leur plat principal. Feignant un faux pas, il avait heurté la table, déplaçant dans son mouvement une tasse dont le fond était marqué par un épais cerne de café. Il s'était excusé en bafouillant quelques paroles incompréhensibles. Il n'avait pas à se forcer, il le savait. Il n'avait qu'à laisser parler l'autre personne, celle qui, cachée très loin dans l'infini désert de son esprit, faisait de lui un individu très gentil au sourire communicatif. Sa physionomie engageante et sa conversation brillante avaient effacé toute méfiance, avant même que celle-ci ne songe à se manifester. Tous trois avaient succombé sous son charme plus vite qu'il ne l'aurait cru. Cela se passait toujours de cette manière. Sa tactique d'approche ne comportait, en fait, que très peu de variantes. Il ne lui était jamais arrivé de forcer la note, d'être obligé d'abandonner ses proies pour d'autres.

La nuit le cajolait, soufflait à son oreille en éveil des mots que lui seul comprenait. En même temps profond et léger, doux et pulpeux, le discours dont il était le réceptacle privilégié avait eu raison de l'ombre du remords qui, un instant auparavant, l'avait effleuré brièvement. Il se sentait heureux, en paix avec lui-même.

Cela avait été si facile.

Sa physionomie passe-partout et le fait que, malgré sa taille imposante, il ne présentait aucun signe particulier pouvant attirer l'attention sur lui, ne voulaient pas dire pour autant qu'il manquait de charme. Établir un premier contact avec ses victimes relevait davantage de la routine que de l'opération de grande envergure. Pour parvenir à ses fins, il comptait sur des atouts compensant largement l'aspect très ordinaire affligeant sa personne.

Il y avait d'abord sa voix; sans être forte, celle-ci n'en possédait pas moins un timbre particulier, original. Il savait convaincre en insistant, sans jamais montrer d'impatience ou de hauteur. Ses phrases s'enchaînaient rapidement au début afin de retenir l'attention. Lorsqu'il sentait que le poisson était ferré, il ralentissait son débit, utilisant volontiers le ton de la confidence. Il hésitait rarement et sa diction, sans être exagérée, était très précise. Il avait toujours à sa disposition, dans quelle partie de sa mémoire il ne pouvait le dire, le mot ou l'expression juste capable de réunir les éléments disparates composant sa conversation. Lorsqu'il posait son regard gris sur quelqu'un, il s'efforçait de mettre dans ce geste un certain détachement, mélangé à un minimum d'intérêt poli, sans plus. Le contact visuel était très important. Une fois celui-ci établi, il pouvait prévoir avec exactitude combien de minutes ou d'heures seraient nécessaires avant de gagner définitivement la confiance de sa victime.

Il jouait sur plusieurs tableaux.

Quand il se sentait d'humeur communicative, comme en ce moment, il utilisait l'approche douce. Cette tactique l'obligeait à développer constamment sa technique et mettait à rude épreuve sa patience.

Il ne détestait pas adopter à l'occasion une attitude caressante, propice à l'instauration d'un climat de confiance; il prenait même plaisir à user de sa voix enjôleuse. Cette tendance un peu narcissique, qui l'amenait à jouir du son de sa propre voix, l'amusait plus qu'elle ne l'inquiétait réellement. Il savait mettre dans son regard suffisamment d'insistance respectueuse pour s'attirer un minimum de sympathie. Dès qu'il entreprenait de cerner ses victimes, rien ni personne ne pouvait l'arrêter; il était capable de parler de tout et de rien avec un art consommé, relançant la conversation quand elle démontrait des signes de fatigue, ou encore lorsque l'urgence de la situation l'exigeait. Il envoyait promener les importuns sans que ceux-ci se rendent compte de la chance qu'ils avaient eue de ne pas avoir attiré davantage son attention.

Tout se jouait dans les quatre premières minutes après le contact initial et, s'il lui arrivait rarement de viser à côté de la cible, il se rattrapait toujours assez rapidement pour éviter le pire. Ses proies succombaient les unes après les autres, ce n'était qu'une question de temps avant qu'elles ne tombent dans le piège mortel qu'il leur tendait.

Laura, souriante, et qu'il devinait d'une humeur égale en toutes circonstances, l'avait adopté presque sur-le-champ; Billy, habitué aux goûts de sa mère, avait calqué la même attitude confiante. L'homme, visiblement plus circonspect, avait résisté quelques minutes, assez en tout cas pour le forcer à faire preuve d'un charme irrésistible. En bout de ligne, cependant, le résultat avait été semblable pour tous. Ils avaient perdu et lui, le gagnant, avait laissé les événements suivre leur cours.

L'homme s'appelait Erik Bronstein, et il n'était pas un de ces riches avocats de Washington ou de Boston. Il habitait Frelighsburg, un petit village cossu à cheval sur la frontière, célèbre pour la qualité des pommes McIntosh qu'on y cueillait en septembre. Erik Bronstein, selon sa propre expression, avait su tirer son épingle du jeu après une fructueuse carrière passée à vendre des condos dans la région de Syracuse.

À la retraite depuis quelques années, l'ancien promoteur immobilier revenait de Key West avec sa fille et son petit-fils, dans un Itasca dernier modèle, véritable palace sur roues de plus de douze mètres. Erik Bronstein ne le savait pas encore, mais lui, sa fille et son petit-fils, connaîtraient, quelques heures plus tard, une mort horrible. Lorsque le malheureux serait confronté à l'insoutenable vérité, il serait trop tard pour changer le cours de son destin et celui de ses enfants; en apercevant, derrière le rideau de son propre sang, les corps de sa fille Laura et de son petit-fils Billy, il aurait une dernière pensée pour maudire l'homme que, trop généreusement, il avait accepté de faire monter dans son auto-caravane.

Il crut comprendre que Laura vivait seule et qu'elle profitait, avec son fils, de la compagnie de papa Bronstein pour oublier le choc d'un divorce devenu inévitable. Il ne vit pas l'utilité d'interroger la jeune femme sur l'échec de son mariage. Cela aurait pu paraître bizarre qu'il s'intéresse à un sujet qui ne le regardait pas; de toute façon, la vie personnelle de cette femme ne l'intéressait pas. Il ne voulait rien savoir de ses fréquentations actuelles ou passées, de ses aspirations ou de ses pratiques sexuelles. Ce qui l'intriguait, c'était ce qui faisait d'elle un être humain, un individu intelligent capable de penser et d'évoluer normalement dans un monde qui se souciait peu des êtres qui le nourrissaient. Cette femme avait conscience d'exister, elle établissait ses propres règles sur son entourage et ne se gênait pas pour les appliquer. Dans un certain sens, elle lui ressemblait.

Elle l'attirait comme un aimant; il se plaisait à ses côtés, non pas parce qu'elle dégageait une chaleur typiquement féminine, sensuelle, mais parce que sa peau qu'il savait ferme et douce sous le bronzage, montrait sur les tempes et derrière les oreilles un réseau complexe de veines et d'artères à l'aspect bleuté, fragile. Il y avait du sang, beaucoup de sang dans ce corps...

Il en voulait à sa vie et à rien d'autre.

Il ne lui vint pas à l'idée de spéculer sur ses chances de coucher avec elle ou d'en devenir amoureux. Il sentait sa cuisse à côté de la sienne et, peut-être était-ce là pure imagination, il avait cru, à un certain moment, qu'elle prenait plaisir à cette proximité. La conversation allait du temps qu'il faisait à l'importance de bien se protéger des rayons du soleil sur les plages de Key West; il avait été aussi question de la circulation, démente, sur la voie de ceinture de Washington. Billy, dans son coin près de la fenêtre donnant sur le stationnement, paraissait encore plus fatigué qu'à son arrivée dans le restaurant. Erik Bronstein, sa méfiance disparue et affectant une nonchalance de bon goût, appuyait son dos puissant au dossier de la banquette. Les restes du repas gisaient dans une grosse poubelle en métal galvanisé, que la serveuse tirait avec fracas de sa cachette sous le comptoir, chaque fois qu'elle desservait.

Tout, absolument tout, était normal.

Un plan prenait forme dans sa tête, simultanément à la conversation qu'il entretenait avec ses hôtes sur le ton détaché des gens qui se connaissent depuis si longtemps qu'ils ont l'impression de faire partie de la même famille. Le grand-père et le fils mourraient rapidement. Leur sacrifice était inévitable. D'abord, parce qu'ils constituaient des témoins gênants, ensuite, parce qu'ils étaient là où ils n'auraient pas dû être et, enfin, parce qu'ils seraient malheureux, privés de la présence de Laura.

Il se surprit à observer la jeune femme à la dérobée. De loin, elle paraissait jolie, sans plus. Maintenant qu'il était assis à ses côtés, il la trouvait belle. Elle semblait un peu distante, détachée, mais aussi étonnamment réaliste et sûre de ses moyens. Une certaine sérénité apparaissait en filigrane de son regard, comme si elle n'attendait plus rien d'autre de l'existence qu'un peu de compréhension et d'amour. Il ne pouvait expliquer le phénomène qui lui permettait de deviner chez les autres, avec une facilité qui l'étonnait toujours, des sentiments s'apparentant à la tendresse et à l'affection, alors qu'il se trouvait dans l'incapacité de reconnaître, dans sa propre existence, ne serait-ce que l'ombre d'un amour, présent ou passé. La haine s'épanouissant en lui avec la vigueur du chiendent, et qui, en s'exerçant sur des gens qu'il ne connaissait pas, l'amenait à un degré indescriptible de jouissance, cohabitait naturellement avec les sentiments associés par les poètes aux plus belles choses de la vie. Cette union grotesque lui permettait de se déplacer avec aisance dans deux univers parallèles. L'un était régi par un dieu cruel et sanguinaire, l'autre par des êtres d'une extrême douceur, telle Laura Bronstein. Il avait remarqué le regard appuyé, lubrique, que lançaient à la jeune femme les routiers près du juke-box. Timide, ou peut-être habituée à ce genre d'approche sans finesse, Laura Bronstein agissait comme si le groupe n'existait pas. De temps à autre, un puissant éclat de rire en provenance du groupe parvenait à la table autour de laquelle leur petite assemblée prenait place. Il était aisé de reconnaître dans cette jovialité factice une plaisanterie douteuse dont Laura Bronstein faisait les frais. Il se dit que les routiers auraient bien aimé passé quelques minutes, seuls, avec la jeune femme.

L'attitude outrageusement déplacée des conducteurs de poids lourds, la timidité de Laura Bronstein, le calme relatif qui, subitement, enveloppait le restaurant après le départ de plusieurs clients, accentuèrent son excitation. Une frénésie, qu'il parvenait non sans peine à réprimer, le saisit. Habituellement, cet état d'âme ne se présentait qu'au moment de la mise à mort ou dans les secondes suivant le sacrifice. Il contrôla le tremblement de ses mains en se croisant les bras. À sa grande satisfaction, le geste parut naturel. Craignant que le trouble qui l'habitait trahisse son état d'esprit en devenant par trop visible, il ordonna à sa volonté de reprendre le contrôle de ses nerfs. Il se dit, non sans à-propos, que le temps n'était pas encore venu de passer à l'action.

Que ces routiers aillent tous au diable!

Une autre étape de sa longue quête tirait à sa fin.

Il s'était intégré à leur cellule familiale sans que quiconque ne se doute de la tumeur maligne qu'il représentait. Il riait avec eux, se montrait attentif aux détails et aux anecdotes qui avaient marqué leur voyage. Une fois, au détour d'une remarque sur la raison de sa présence dans ce lieu isolé, la conversation avait failli mourir. Il ne s'était pas assez méfié; il savait que cette question viendrait, mais pas si rapidement. Il avait hésité une demi-seconde. Cela avait été suffisant pour créer l'amorce d'un froid. Il s'était rattrapé de justesse en demandant un autre café à la serveuse. Le temps que celle-ci arrive avec une nouvelle tasse, il était retombé sur ses pieds.

—Je voyage en stop.

—C'est plutôt inhabituel à votre âge, non?

Il avait observé Laura d'un regard amusé, détendu; cette attitude était loin de correspondre à ce qu'il ressentait. La remarque de la jeune femme s'était abattue comme un couperet... Bien qu'il n'eût remarqué aucune suspicion dans le ton avec lequel la question avait été posée, son cerveau s'était mis à fonctionner à pleine vapeur. Il était conscient de l'urgence de réagir sans tarder et de reprendre le contrôle des opérations. Non sans appréhension, il avait identifié un énorme point d'interrogation dans les yeux d'Erik Bronstein. Billy, que cet échange ne concernait pas, émiettait sur du ketchup un peu de pain en train de sécher. Gentiment, Laura avait intimé l'ordre à son fils de cesser son manège, pour ramener aussitôt son regard dans sa direction. Erik Bronstein avait fait de même; ses yeux, cette fois, étaient devenus réellement inquisiteurs. Billy, sans que Laura intervienne, ouvrit un autre sachet de ketchup qu'il répandit sur les miettes de pain. À un certain moment, profitant de ce que l'attention de sa mère était retenue ailleurs, il avait serré fortement l'enveloppe entre le pouce et l'index dans le but de la vider complètement. Le liquide, épais et visqueux, s'était répandu en giclant dans un rayon d'une dizaine de centimètres sur la table. On aurait dit du sang.

—Je gagne ma vie en écrivant, et je ne rate jamais une occasion d'étudier les gens. Voyager en stop me permet de collectionner une foule de caractères originaux que je puis utiliser ensuite lorsque j'écris.

Il marqua une pause, puis, sur le ton de la confidence, dit:

—Vous savez, les écrivains sont des types timides; ils ne

se vantent pas du métier qu'ils pratiquent. Je ne suis pas très connu, alors je fais preuve de discrétion pour ne pas embêter inutilement les gens que je croise.

—Vous êtes romancier?

Erik Bronstein, dont le regard n'avait rien perdu de sa rigidité, paraissait intéressé. Son corps se détendit sans que sa physionomie emboîte le pas, toutefois.

—Je me spécialise dans le roman, oui. Il m'est arrivé, cependant, à deux ou trois occasions, de me laisser tenter par des essais; l'un, sur l'art en Nouvelle-Angleterre au XIXe siècle, a connu un succès d'estime, ce dont je suis très fier. Je n'ai guère apprécié cette incursion dans le passé, par ailleurs. Mon éditeur a eu aussi la même réaction... il n'a pas insisté pour que je renouvelle l'expérience!

Il improvisait.

Les mots se présentaient en ordre parfait à sa bouche, se transformaient en phrases, puis en remarques drôles ou sérieuses, ou les deux à la fois. Les temps d'arrêt et de reprise étaient respectés. Un silence ici, à l'occasion, une exclamation en forme de boutade... Il était passé maître dans l'art de la conversation. En fait, il parlait aussi bien qu'il tuait.

Il ne connaissait rien à l'écriture. Il se souciait peu de l'art du XIXe siècle en Nouvelle-Angleterre et ne s'arrêtait même pas à la possibilité que quelqu'un puisse, un jour, consacrer un essai à cette forme d'expression. Tout ce qu'il savait, c'était qu'il devait parler, parler, encore parler. Il devait les hypnotiser avec sa voix, les amener à lui faire confiance au point qu'ils ne songent plus au danger que représentait le fait de permettre à un auto-stoppeur, qu'ils ne connaissaient pas une heure auparavant, de monter dans leur Itasca.

Il sut que c'était gagné lorsque Laura, d'une voix de petite fille intéressée, demanda:

—Est-ce que nous ferons partie de votre prochain roman?

—Pourquoi pas?

***

Oui, tout avait été si facile.

Garé dans l'endroit le plus sombre de l'aire de repos située en bordure de l'*Interstate* 91, petite sœur de l'*Interstate* 95,

150

l'Itasca ne présentait aucun élément susceptible de capter l'attention d'un flic trop curieux. La frontière canadienne n'était qu'à une cinquantaine de kilomètres. Les Bronstein ne la traverseraient jamais plus.

Il savait que, malgré la réglementation interdisant aux autos-caravanes de passer plus de quatre heures consécutives dans les aires de repos des autoroutes, la *State Patrol* avait un niveau de tolérance élevé, particulièrement sur l'*Interstate* 91. Les flics jugeaient préférable, en effet, de permettre aux conducteurs fatigués de se reposer toute la nuit, dans les stationnements prévus à cette fin, plutôt que de les récupérer à la petite cuillère sur un pilier d'échangeur, à l'aube. Il savait cela. Il n'avait pas à être inquiet.

La génératrice fonctionnait à plein régime, signe que le véhicule était habité et que tout allait bien. Les feux de stationnement brillaient sans trop d'exagération, se contentant de remplir leur office et de signaler la présence du véhicule aux voyageurs tentés également par une pause de quelques heures dans cet endroit. Aucune lumière ne provenait de l'intérieur.

Réaliste, il savait tout de même courir un certain risque en n'abandonnant pas immédiatement l'auto-caravane. Un flic en maraude, un peu trop curieux et luttant contre l'ennui, ou qui avait repéré l'Itasca au début de la nuit, pouvait être tenté de venir voir de près ce qui se passait, histoire de tuer le temps.

Il improviserait, une fois de plus.

Il s'amusait de ses propres peurs, car il savait – comment, peu lui importait – que personne ne viendrait interrompre sa prière. Il ressentait une grande paix qui correspondait parfaitement au silence, alourdissant de son immonde présence, l'atmosphère dans laquelle baignait le véhicule. Sa respiration était redevenue normale, son pouls ne battait plus la chamade. C'était comme s'il venait de faire l'amour pendant des heures et qu'une bienheureuse fatigue, en engourdissant ses muscles, lui procurait un soulagement immense. Il était assis à la place du conducteur. L'éclairage se résumait à l'éclat verdâtre du tableau de bord. Un peu de sueur brillait au-dessus de sa lèvre supérieure; une barbe de deux jours assombrissait son visage et faisait ressortir, avec un éclat malsain qu'il ne remarqua pas, le regard vide de toute expression qui était le sien à ce moment-là. Il ressentait une légère sensation de brûlure, là où les ongles de Laura Bronstein avaient balafré son cou. Cela passerait. Même l'agacement né de cette attaque symbolique et sans conséquence lui plaisait.

Il ne portait plus le ciré jaune qu'il avait tiré de son sac de voyage et endossé, sous l'œil mi-amusé mi-interrogateur de Laura Bronstein, quelques instants avant de tirer un trait définitif sur la vie de ses infortunés compagnons de voyage. Acheté dans une grande surface de Salt Lake City, le vêtement, qui n'avait jamais quitté son emballage de plastique avant ce soir, ne révélerait aucun indice. Pas plus que les gants de chirurgien dérobés chez un vétérinaire de Phoenix qui, trois mois auparavant, avait fait appel à ses services pour prendre soin de ses patients quadrupèdes, après que ceux-ci fussent passés sous le bistouri. Le ciré jaune, maculé du sang de ses victimes, avait été abandonné quelque part à l'arrière. Maintenant que tout était terminé, une légère euphorie teintée d'un peu de regret se mêlait à l'intense excitation qu'il ressentait.

Il conversait sur la banquette arrière de l'Itasca avec Laura, pendant qu'Erik Bronstein doublait deux semi-remorques. Elle en était aux raisons de son divorce quand il avait décidé d'en finir. Il s'était levé et avait sorti le ciré jaune de son sac de voyage. Cette opération terminée, il avait mis le vêtement, en l'attachant sans se presser. Laura Bronstein l'avait regardé d'un drôle d'air lorsque, sans avertissement, il l'avait attirée à lui. Elle avait voulu lui demander en criant pourquoi il agissait de la sorte, mais sa question ne devait jamais franchir le seuil de ses lèvres. Apercevant la lame du couteau qui venait d'apparaître comme par enchantement dans sa main, elle était restée sans voix, comprenant d'un seul coup ce qui allait se passer.

Le cri de la jeune femme, coupé net dans son élan, était passé inaperçu. Le vacarme causé par les moteurs des camions lancés à plein régime, conjugué à l'effort mécanique de l'auto-caravane dans sa manœuvre de doublage, avaient accompagné Laura dans ses dernières secondes de vie. La lame du couteau s'était frayé un chemin sans aucune difficulté dans la peau tendre du cou, jusqu'à la carotide. La mort avait été instantanée.

Billy n'avait pas souffert, il était mort paisiblement pendant son sommeil, la gorge tranchée d'un unique coup de couteau. S'il lui arrivait de prendre son temps avec certaines de ses victimes adultes, il répugnait à agir de la même façon avec les enfants.

Erik Bronstein fut invité par son passager à garer l'Itasca afin de se rendre auprès de sa fille. Selon l'auto-stoppeur, Laura ne semblait pas aller bien du tout.

Le grand-père reçut la lame du couteau entre les omoplates. Lorsque leurs regards se croisèrent dans le miroir vissé à la porte de la penderie leur faisant face, il devina tellement de haine dans les yeux du vieil homme qu'il faillit rater la base du cou, au moment d'asséner le coup de grâce. Parfaitement aiguisée, la lame, en s'enfonçant, mit fin aux regrets d'Erik Bronstein. Celui-ci alla rejoindre dans l'éternité sa fille et son petit-fils avec, sur le visage, un puissant rictus de dégoût. Comme bien d'autres avant lui, au moment de franchir le seuil menant à la mort, il avait entrevu le Mal à l'état pur. Il comprit, alors, que l'enfer n'était pas un vain mot et que le Diable existait vraiment.

Tout près de là, colossale et infinie, l'*Interstate* 95 étirait son ruban d'un gris monotone, crevassé en plusieurs endroits, par-dessus les montagnes arrondies du Vermont.

Il se souvenait d'une route...

***

—Ah! vous voilà. Asseyez-vous, mon cher ami, je vous en prie. J'espère ne pas vous avoir fait lever trop tôt?

Prononcés ainsi, avec un sérieux empesé et dans un style exagérément fleuri, les mots de bienvenue du Curé paraissaient abriter tous les dangers de la terre.

Philippe Lambert, méfiant mais n'en laissant rien paraître, s'installa mentalement dans une position de repli défensif. Malgré l'apparente bonhomie de l'accueil, le regard et les gestes de Karl Wosniak demeuraient froids et distants. Ce matin-là, le Curé ressemblait à ce qu'il avait toujours été, un valet de pied empressé auprès de son maître et, sous un air affable, suprêmement arrogant avec les visiteurs.

—Un café, Philippe?

—Non, ça va. J'en suis déjà à mon troisième ce matin...

Réprimant une moue amusée, Philippe songea, *dans une minute, il va me proposer une bouillotte et une tisane!*

Calé dans un fauteuil à haut dossier dont le cuir, de qualité médiocre, avait perdu de son éclat lustré, Karl Wosniak observait Philippe avec un air interrogateur, dans lequel se mêlaient beaucoup de condescendance et un minimum d'intérêt. Le reporter soutint le regard de son patron, autant par bravade que pour prendre la mesure exacte de sa volonté. Tels des pugilistes prêts à engager le combat, les deux hommes se jaugeaient avec l'intention avouée de marquer des points avant même le début du premier round.

Ce fut Karl Wosniak qui, le premier, battit en retraite. Il se donna une contenance en changeant brusquement de position, pour ensuite prendre une profonde inspiration et bomber le torse. Posant ses avant-bras sur le bureau et joignant les mains, il lança, d'un ton joyeux qu'il ne pouvait empêcher de sonner faux:

—Allons, un café de plus ça ne devrait pas vous faire de mal, mon cher ami.

—La caféine, monsieur Wosniak...

Philippe ne termina pas sa phrase, certain que Karl Wosniak comprendrait. Celui-ci haussa les sourcils, dans une attitude traduisant l'incompréhension la plus totale.

—Eh bien! oui, la caféine, monsieur Wosniak. Ce n'est pas très bon pour l'organisme.

Philippe s'adressait à son patron sur le même ton condescendant que ce dernier avait utilisé pour lui souhaiter la bienvenue, cinq minutes auparavant. Karl Wosniak, curieusement, ne sembla pas se formaliser de l'attitude un peu irrespectueuse de son subordonné. À ce stade-ci de leur échange, il donnait l'impression de s'amuser beaucoup, ce qui, en plus d'intriguer Philippe, contribua à accentuer son inquiétude. Le Curé prit un air entendu. Son vis-à-vis aurait affirmé, à l'improviste, avoir percé les secrets les mieux gardés du Pentagone qu'il aurait sans doute eu le même genre de réaction. Il amena ses mains à la hauteur de son visage, paumes vers l'avant, et dit, feignant de se rendre à l'évidence:

—Bien sûr, la caféine... Vous, les jeunes, prenez soin de votre santé. C'est bien, c'est très bien.

En parlant, Karl Wosniak s'affairait à ranger divers objets sur son bureau, en dépit du fait que ceux-ci fussent disposés dans un ordre parfait. Ses gestes semblaient trahir une certaine nervosité. De façon assez incompréhensible, le Curé donnait l'impression d'hésiter constamment entre l'assurance et la panique. Ce comportement particulier, pour bizarre qu'il paraisse, n'en demeurait pas moins un aspect de la personnalité du rédacteur en chef à laquelle tout le monde au Reporter était habitué. Cependant, ce matin-là, l'attitude générale de Karl Wosniak apparaissait réellement outrée et cadrait fort mal avec son statut de rédacteur en chef. Philippe hésitait maintenant entre l'inquiétude et la gêne. Il trouvait que son patron, en cet instant même, incitait plus à la pitié qu'à la compréhension.

Qu'est-ce qui avait bien pu se passer, songea le journaliste, pour déstabiliser ainsi Karl Wosniak?

Portant son regard en direction de Philippe, le rédacteur en chef, de sa main gauche, accrocha au passage un porte-plume qui, visiblement, était davantage destiné à l'ornementation qu'à devenir un jour un outil réservé à l'écriture; amorçant un vif mouvement de récupération qui l'obligea à se soulever à demi de son fauteuil, Karl Wosniak ne parvint pas à rattraper l'objet. Juste avant que celui-ci n'atterrisse avec fracas sur la moquette, Philippe le saisit à la volée. Un petit air vaudevillesque tout à fait déplacé flottait sur la scène. Philippe sourit, ce qui augmenta la confusion du Curé. Finalement, ce dernier replaça le porte-plume dans un endroit moins exposé.

Philippe était familier avec la tactique d'approche de son patron. Lorsque Karl Wosniak ne savait trop comment ferrer le poisson, il gagnait du temps en posant des gestes anodins, comme, par exemple, ranger les objets sur son bureau. Ce matin, le truc n'avait pas fonctionné et, compte tenu de l'incident du porte-plume, le journaliste conclut qu'il venait de remporter un round.

—Décidément, ce n'est pas ma journée!

Karl Wosniak haussa les épaules en expulsant bruyamment l'air de ses poumons. Bon prince, Philippe décida d'accorder une seconde chance à son patron.

—C'était plutôt amusant, votre petit numéro.

—N'allez pas me dire que je possède un don pour la comédie, Philippe... quoique je ne détesterais pas monter sur les planches, rien que pour vivre au moins une fois l'expérience. On prétend que le trac est ce qu'il y a de meilleur pour la santé... contrairement à la caféine!

Cette dernière passe d'arme, rapide et dégagée, avait détendu l'atmosphère; Philippe ne se crut pas autorisé pour autant à abandonner sa prudence. Bien qu'il fût décidé à utiliser à son profit l'avantage psychologique qu'il savait posséder sur Karl Wosniak, il calma ses intentions belliqueuses, quitte à dresser ses batteries plus tard au cours de l'entretien.

Fort des bonnes intentions affichées par son subordonné, Karl Wosniak observait Philippe d'un air amical. Il ne s'en rendait nullement compte, mais la physionomie qu'il s'efforçait, avec un succès mitigé, de rendre propice à l'établissement d'un dialogue, ressemblait plutôt à celle d'un frère du Moyen Âge tentant d'amadouer un novice soupçonné d'hérésie! Philippe se pinça les narines, croyant deviner l'odeur du bûcher en train de s'appesantir sur l'atmosphère feutrée du bureau. Il se tenait plus que jamais sur ses gardes. Sans parvenir à déterminer avec exactitude la raison de cette méfiance, il soupçonnait le Curé de lui préparer un sale tour.

Une demi-heure auparavant, à son arrivée dans la salle de rédaction du Reporter, complètement déserte à cette heure à l'exception de trois secrétaires désœuvrées et d'un préposé aux dépêches plus ou moins somnolent, Philippe n'avait pu tirer quoi que ce fût de Paul Francis. Le chef du pupitre, le regard vissé sur l'écran du téléviseur juché haut dans l'encoignure d'un mur, concentrait toute son attention sur le *topo* du correspondant à Londres de la CBS. Le reporter était en train de faire le point sur le détournement du DC-10 de la United Airlines. Le long-courrier était attendu à douze heures vingt-cinq GMT à l'aéroport d'Athènes. Cette information avait fait bondir de joie Paul Francis.

—L'avantage, quand un truc pareil survient en Europe, c'est qu'on peut toujours le récupérer à temps pour l'édition du lendemain. Le type qui a inventé le décalage horaire devait être propriétaire d'un journal!

Comédien, Paul Francis aurait connu un succès immédiat en se cantonnant dans des rôles secondaires. À vrai dire, il ressemblait plus à un inspecteur du fisc qu'à l'image que les gens se font, en général, du journaliste de carrière entre deux âges, bougon et irascible par définition. Petit et plutôt falot, la quarantaine légèrement désabusée, chauve au point d'attirer les regards, le chef de pupitre faisait preuve d'un très haut degré de compréhension à l'endroit des membres de sa troupe. Paul Francis n'était pas seulement un spécialiste dans son domaine, c'était aussi un diplomate-né, une espèce rarissime et menacée d'extinction dans la jungle des médias. La bonne humeur du chef de pupitre s'étendait au genre humain tout entier, pour autant que l'édition du lendemain du Reporter sorte des rotatives à l'heure prévue avec, en prime, une manchette percutante pour illustrer la une.

Philippe était loin de partager l'enthousiasme de Paul Francis pour l'affaire du DC-10. Le fait divers international aurait pour conséquence de chambarder complètement la disposition prévue initialement pour la présentation de l'information locale. Cela signifiait que les articles signés par les journalistes de la boîte seraient charcutés, afin de permettre aux dépêches en provenance de Londres et d'Athènes d'être publiées en priorité. Est-ce qu'on a songé à augmenter le nombre de pages? avait osé interroger Philippe, peu avant d'être invité par Karl Wosniak à le suivre dans son bureau. La question était demeurée dans le domaine de la rhétorique. Philippe n'avait pas insisté. Le cerveau de Paul Francis commencerait à fonctionner réellement seulement vers la fin de l'après-midi, quand les journalistes commenceraient à ne faire qu'un avec les terminaux d'ordinateur qui avaient remplacé, depuis longtemps les antiques Underwood.

À travers la mince cloison de verre et d'aluminium séparant le bureau de Karl Wosniak de la salle de rédaction, Philippe percevait en sourdine le commentaire incolore du correspondant à Londres de la CBS. Le type n'avait rien à se mettre sous la dent et tentait, avec un bonheur relatif, de retenir l'attention de son auditoire invisible dispersé aux quatre coins du continent.

—Je crois que vous vous plaisez pas mal aux faits divers, non?

—J'aime mon boulot, c'est un fait. Ce genre d'affectation me convient parfaitement.

—Toujours célibataire, je crois?

—Si on veut...

Karl Wosniak pianotait distraitement sur le sous-main qui monopolisait la presque totalité de la surface de son bureau. Attentif, Philippe ne perdait pas une seule parole. C'était un autre truc utilisé fréquemment par le Curé, que de dérouter un journaliste en lui posant des questions apparemment sans aucun lien entre elles. *L'ennemi commence à avancer*, pensa Philippe. Malgré son impatience de connaître enfin le jeu de Karl Wosniak, il remarqua que sa propre respiration devenait peu à peu oppressée. Il savait cependant que son calme ne l'abandonnerait pas et que, s'il jouait bien ses cartes, il pourrait se tirer sans trop de mal du traquenard dans lequel l'avait attiré Karl Wosniak.

Prudence.

Ce mot, Philippe ne cessait de se le répéter depuis qu'il avait franchi le seuil de la salle de rédaction. Certes, le type devant lui ne faisait guère grande impression. Mais ce gars-là représentait l'autorité. Philippe savait qu'il sortirait toujours vainqueur d'une confrontation entre sa propre volonté et celle du rédacteur en chef du Reporter. Par contre, son optimisme fondait rapidement lorsqu'il s'en tenait au strict bilan des forces en présence.

Karl Wosniak, peu importait les points marqués durant la bataille, aurait toujours le dernier mot. C'était le patron.

Le Curé se leva en faisant grincer sous lui les roues du fauteuil. En trois courtes enjambées, il gagna l'unique fenêtre de la pièce. Large d'un mètre, paraissant perdue sur la vaste étendue du mur, l'ouverture permettait au jour gris, maussade, de cette fin de matinée de novembre, de concurrencer sur son propre terrain l'éclairage des tubes au néon; un peu de verglas tenait bon ici et là sur le verre, brouillant la vue. Karl Wosniak plongea son regard vers l'extérieur; quatre étages plus bas, la rue disparaissait sous le dernier assaut de la neige.

—Je crois que la tempête diminue d'intensité. Bientôt, elle ne sera plus qu'un souvenir.

Philippe n'ajouta rien à la remarque du Curé. Celui-ci, devant le peu d'intérêt que suscitait son observation, s'emmura quelques secondes dans un silence pesant. Rageurs, une série de coups de klaxon escaladèrent les quatre étages de l'édifice et vinrent se perdre dans l'espace vide entre Karl Wosniak et Philippe Lambert.

Sans regarder Philippe, le Curé dit, d'un ton détaché:

—Une belle ville, Beaumont. Chargée d'histoire, peuplée de gens ouverts, sympathiques. J'adore cet endroit. Pas vous?

—Je pense que vous avez raison. Beaumont mérite qu'on l'aime. C'est une ville chaleureuse et, à sa manière, accueillante.

—Vous êtes né ici, n'est-ce-pas?

—Tout près. J'ai l'impression d'avoir toujours fait partie de ce patelin, d'aussi loin que je me souvienne.

—Vous êtes ce que l'on peut appeler, alors, un véritable Beaumontais...

—Je ne vois aucune raison d'en douter.

Philippe, un peu désorienté, entretenait la conversation du mieux qu'il pouvait. Il ne voyait pas où Karl Wosniak voulait en venir. D'abord, il avait cru que le Curé allait cracher le morceau sans prendre la peine d'y aller avec pareille enfilade de clichés. Maintenant, il se demandait jusqu'où irait son rédacteur en chef avant de dévoiler le fond de sa pensée.

Karl Wosniak avait quitté sa position près de la fenêtre. Il faisait face à Philippe, debout derrière son fauteuil, les coudes appuyés sur le dossier. Il semblait avoir repris un peu de son assurance.

—Beaumont a beaucoup changé. Lorsque je suis arrivé ici, les gens paraissaient mal dans leur peau. Ils en ont fait du chemin depuis. Certains dans le mauvais sens, la plupart vers une destinée qui, ma foi, semble les satisfaire.

Le Curé observa Philippe, quêtant une approbation qui

vint du bout des lèvres.

—Les gens doivent évoluer s'ils veulent survivre. Je crois qu'il s'agit là d'une vérité que nul ne songe à contester, monsieur Wosniak.

—Le changement, Philippe. Tout réside dans le changement. Lorsque l'être humain s'encrasse, qu'il permet à ses habitudes de vaincre son sens de l'initiative, ses réflexes s'émoussent et la mort de toute ambition devient inéluctable.

Le Curé marqua un temps, puis reprit, en martelant de son index la partie supérieure du dossier sur lequel il s'appuyait:

—Ce processus, Philippe, ne se manifeste pas spontanément, il se réalise petit à petit, sans que l'on s'en rende compte; quand on commence à se douter de ce qui se passe, il est déjà trop tard pour réagir, le mal est fait.

Philippe changea de position. Il était mal à l'aise et cela se voyait. Il se sentait plus que jamais à l'étroit dans cette pièce surchauffée; de plus, un signal d'alarme venait de se déclencher dans sa tête. L'attaque, indiscutablement, était lancée et il ne savait comment la parer. Il était tenté de demander à Karl Wosniak, comme ça, de manière très directe, où il voulait en venir. Ce serait perdre des points, mais au moins il pourrait ralentir cette offensive généralisée. Rarement, le Curé s'était adressé à lui en empruntant autant de détours. Décidément, l'affaire devait être grosse...

—Il n'y a pas d'évolution sans changement.

—J'avoue éprouver quelque difficulté à vous suivre, monsieur Wosniak.

Il s'était exprimé sur un ton qu'il avait espéré normal, sans parvenir pour autant à occulter tout à fait le mouvement d'impatience en train de percer son armure. Perspicace, le Curé avait relevé la différence. Un instant, il parut un peu désorienté à son tour, mais il reprit vite l'initiative.

—Ce que j'essaie de vous faire comprendre, Philippe, c'est que le temps est venu pour vous de relever un nouveau défi, d'élargir vos horizons.

Tout s'éclairait enfin. Philippe était en colère, non pas contre son rédacteur en chef, qui avait réussi à le piéger de brillante façon, mais contre lui. Il n'avait pas su parer le coup et il s'en voulait. Karl Wosniak venait de le mettre échec et mat.

—Vous avez demandé un transfert, récemment, je crois?

—Oui, mais cela date de plusieurs mois. J'ai changé d'idée depuis.

Choqué bien plus qu'il ne voulait l'admettre, blessé dans son orgueil pour s'être laissé berner comme un débutant, Philippe parvenait mal à cacher ses sentiments; il savait que Karl Wosniak savourait chaque seconde de sa victoire et c'était ce qui faisait encore le plus mal.

Fort de son avantage, le Curé coupa court cette critique intérieure, ramenant Philippe à des considérations plus pratiques:

—Pourquoi avez-vous demandé un changement d'affectation? Vous n'étiez plus heureux? Vous vous êtes dit qu'il était temps de goûter à autre chose? Pourquoi, brusquement, après toutes ces années avez-vous ressenti le besoin de changer d'air?

—Eh bien!... je ne sais pas. À vrai dire, je me demande encore comment une idée aussi saugrenue a pu se présenter à mon esprit.

Il n'aimait pas aborder le sujet, car il avait identifié depuis longtemps la raison de ce changement d'attitude. Peu de temps après son retour de Paris, il avait soudainement pris conscience de l'étrange solitude qui monopolisait son existence depuis l'enfance. Sa vie avançait vers un destin de moins en moins engageant. Certes, il se savait apprécié par son entourage mais il se rendait compte que ces marques d'appréciation ne suffiraient jamais à combler le vide au sein duquel son existence s'efforçait de surnager. Il était revenu de Paris avec plus qu'un douloureux souvenir, il ramenait également dans ses bagages le constat d'un échec. Sa réussite professionnelle n'arrivait plus à cacher son désarroi. Claire Gallant, en même temps qu'elle avait fait don de son amour, lui avait fait prendre conscience de sa propre solitude.

À Paris, par la magie de l'amour, il avait entrevu les dangers que faisait peser sur son existence son goût instinctif pour la solitude. De retour à Beaumont, il avait perçu de plein fouet les conséquences de cette révélation.

Sa rupture l'avait marqué plus profondément qu'il n'avait

voulu l'admettre. À l'époque, il avait trouvé refuge derrière une assurance factice en s'efforçant d'occuper son esprit par le travail. Il était allé très loin, trop loin, et il était passé bien près de s'effondrer; heureusement, il s'était ressaisi à temps, pour constater qu'à trop vouloir occulter par le travail ses sentiments à l'endroit de Claire Gallant, il avait mis son corps à rude épreuve. C'est à peu près à ce moment-là qu'il avait confié à Paul Francis son intention de demander un changement d'affectation. L'idée de quitter la rubrique des faits divers ne lui souriait guère car, si la description des bas-fonds de l'âme ne cessait jamais de le scandaliser, il prenait un plaisir certain à assister, en témoin privilégié, aux efforts inutiles de ses semblables pour débarrasser la société de ses éléments les plus dangereux. Sans aller jusqu'à considérer son travail comme la cause principale de ses tourments, il avait conclu qu'il serait peut-être préférable, pour la sauvegarde de son équilibre, d'explorer d'autres secteurs de l'activité humaine se situant à l'opposé des tristes constatations livrées par les cours de justice et les enquêtes de police.

Aucune ouverture ne s'était présentée. Au fil des semaines, puis des mois, Philippe avait renoué avec le rythme normal de sa vie professionnelle. Il pensait toujours à Claire Gallant avec tristesse, mais son moral tenait bon. Doté d'un tempérament réaliste, il avait su faire la part des choses. Quelques mois avaient été suffisants pour refaire le plein d'énergie et, s'il se remémorait toujours avec nostalgie son aventure parisienne, il savait que le danger de sombrer dans une mélancolie amoureuse sans fin était passé.

Il avait oublié un tout petit détail: informer Paul Francis qu'il n'était plus tenté par un changement d'affectation. Philippe n'en voulait pas à son ami d'avoir fait part de ses intentions au rédacteur en chef du Reporter. Le chef de pupitre avait agi de bonne foi. S'il y avait quelqu'un à blâmer pour ce qui lui arrivait en ce moment, eh bien! c'était lui, Philippe Lambert et personne d'autre!

—Comprenons-nous bien, Philippe. Je suis très satisfait de votre travail. Ce que j'ai à vous dire n'a rien à voir avec une réprimande ou une faute que vous auriez pu avoir commise.

Karl Wosniak se réchauffait en parlant. Il occupait une position de force et il le savait. Il se promenait de long en large, appuyant son argumentation de grands gestes de la main droite pendant que l'autre avait trouvé refuge dans la poche arrière de son pantalon. Philippe, toujours assis, se trouvait en position d'infériorité. Il se dit qu'il devrait se lever, afin d'égaliser les chances, mais il abandonna cette idée. De toute façon, la décision du Curé, quelle qu'elle soit, était prise.

— Ne me dites pas que vous voulez mon bien; ce serait un peu forcer la note, vous ne trouvez pas?

— Si, justement, je veux votre bien, Philippe, sans arrière-pensée.

Philippe demeura bouche bée. Karl Wosniak ne voulait le bien de personne, sinon le sien, et il se faisait une spécialité d'avoir la peau de ses subordonnés plutôt que de se porter à leur secours. L'attitude du rédacteur en chef, pour être nouvelle, n'en demeurait pas moins surprenante. *Un type ne change pas ainsi, du jour au lendemain*, se dit Philippe, de plus en plus intrigué.

— J'ai... nous avons décidé, monsieur Caine et moi, de créer un poste de correspondant national. Le Reporter est un journal en pleine expansion, comme Beaumont. Nos lecteurs réclament une présence plus soutenue dans les endroits où ça compte réellement. Nous croyons qu'il est temps d'agir. Vous serez donc le premier correspondant du Reporter à Ottawa. Vous devrez être prêt à entrer en fonction d'ici deux mois.

Abasourdi, refusant de croire ce qu'il entendait, Philippe demeurait sans réaction.

— Qu'est-ce que vous en dites?

Karl Wosniak regagna son fauteuil. Son numéro terminé, il se rassit, observant Philippe à la dérobée.

— Votre décision est-elle irrévocable, monsieur Wosniak?

— Elle ne saurait l'être davantage.

— Je devrais avoir mon mot à dire dans toute cette histoire, vous ne croyez pas?

Le Curé parla à son interlocuteur sur le ton d'un père outré par l'attitude incompréhensible de son fils qui refuse en cadeau une voiture, sous prétexte que la couleur ne lui plaît pas.

— Il s'agit d'une promotion.

—Je n'en veux pas.

Coup au but, constata Philippe, qui avait remarqué dans le regard de son patron un bref éclair de colère, rapidement maîtrisée.

—Je sais que vous pouvez refuser ce poste.

—Le syndicat m'appuiera, vous savez cela aussi, n'est-ce pas?

Karl Wosniak eut un haussement d'épaules provocant.

—C'est l'évidence même.

—Alors, je vous le répète, c'est non, monsieur Wosniak.

—Je ne voulais pas en arriver là, mais vous m'y obligez...

Le Curé s'adossa, en ne lâchant pas Philippe du regard. C'était au tour de ce dernier de se sentir mal à l'aise.

—J'ai une mauvaise nouvelle à vous annoncer et je crains que vous ne le preniez très mal.

Philippe s'essaya à l'ironie:

—Je commence à être habitué!

Karl Wosniak salua la remarque d'un sourire franchement hautain.

—Le poste que vous occupez actuellement sera aboli dans six semaines. C'est Ottawa ou le trottoir, Philippe. Je suis persuadé que vous ne tenez pas tellement à vous retrouver au chômage.

Philippe bondit littéralement de sa chaise. Karl Wosniak rentra la tête dans les épaules.

—Vous n'avez pas le droit, espèce de...

—J'ai tous les droits, Philippe.

—Vous êtes un beau salaud!

—Allons, mon garçon, je comprends ce mouvement de colère. Je vous fait remarquer, cependant, que le patron ici, c'est moi.

Karl Wosniak s'interrompit, puis reprit, sur le ton de celui qui ne demande qu'à faire la paix:

—Vous vous ressaisirez, Philippe. Bien sûr, ce n'est pas facile de quitter un endroit que l'on aime et qui vous a vu grandir. Mais vous reviendrez souvent à Beaumont. Ottawa, ce n'est pas le bout du monde.

—Mais pourquoi abolir mon poste? Cela n'a aucun sens!

—Monsieur Caine s'apprête à réorienter la politique d'information du Reporter. Il a décidé de faire une plus grande place à la politique. Votre installation à Ottawa coûtera fort cher. Nous devons donc couper dans les dépenses ici même, dans la salle de rédaction. Votre poste sera comblé, mais pas immédiatement.

—Est-ce que vous vous rendez compte des conséquences de cette décision, monsieur Wosniak?

—Philippe, c'est Ottawa ou la porte. Vous me comprenez?

—Je vous reçois cinq sur cinq.

—Alors, c'est oui?

Pour la première fois depuis qu'il exerçait son métier de journaliste, Philippe se voyait confronté à un dilemme le concernant directement. Il n'avait effectivement pas le choix. Le mieux, pour l'instant, était de répondre par l'affirmative au chantage qu'exerçait Karl Wosniak, quitte à revenir plus tard sur les raisons qui motivaient son patron à agir de la sorte.

—C'est oui.

Le visage du Curé s'éclaira.

—Voilà qui est sage. J'étais certain que vous ne resteriez pas sourd à la voix de la raison.

Le regard que lança Philippe à Karl Wosniak fit disparaître sur les lèvres de ce dernier le sourire de satisfaction en train de s'ébaucher.

—Que va-t-il advenir de l'affaire de Prince-Albert?

Le Curé chassa une mouche invisible:

—On verra, Philippe, on verra... En attendant, je vous conseille de mettre vos affaires en ordre. Venez me voir s'il se présente des difficultés, nous arrangerons cela ensemble.

***

Sans s'attarder aux détails, et pour la seconde fois en moins d'une demi-heure, Karl Wosniak observait le décor en constante mutation du boulevard Ferrier; l'artère principale de Beaumont ressemblait à un plateau de cinéma grouillant d'une multitude d'acteurs n'attendant que le signal impatient du metteur en scène pour rentrer dans la peau de leur personnage. En bas, tout en bas, dans un univers qui n'avait rien à voir avec le sien, les gens avaient fini d'en découdre avec la nature. Ils se remettaient de leur équipée, espérant vainement, ils le savaient par expérience, un répit qui ne pourrait durer. L'hiver était aux portes de Beaumont et tous sentaient, dans leurs os et dans leur sang, que le froid, bientôt, ne ferait qu'une bouchée d'eux.

Le Curé affectait un détachement trompeur. En fait, tout en lui se bousculait. Il fut tenté d'effectuer un rapprochement entre la rue en mouvement et son état d'esprit. L'exercice lui paraissant ridiculement déplacé, il le repoussa. Il n'arrivait pas à mettre ses pensées dans un ordre cohérent, son esprit vagabondait tantôt sur une mer agitée, tantôt en plein désert. Il était trop tard, désormais, pour faire marche arrière. Si jamais l'opération échouait, ce serait lui la première victime. Bouc émissaire de Robert Caine, il n'aurait plus d'autre choix, au mieux, que d'offrir sa démission qui, à n'en pas douter, serait acceptée sur-le-champ. Si les choses tournaient mal, l'opinion publique et ses confrères le considéreraient comme la putain de service qui ne refuse rien à son maquereau, pourvu qu'il ne la batte pas. Il approcha son visage de la fenêtre. Un peu du froid de l'extérieur parvenait à se frayer un passage jusqu'à lui, grâce, probablement, à un joint mal tiré. Le verre, sali par la pollution et la fiente de moineaux, marquait le paysage d'une teinte brunâtre et parcheminée comme la peau d'un homme qui, arrivé à la vieillesse, se dit qu'il a trop vu le soleil. Le trafic, empêtré dans les amoncellements de neige et les automobiles en panne, s'écoulait à pas de tortue.

Le Curé ne se souciait pas du sort peu enviable qui était le lot de la portion d'humanité en train d'enjamber les congères, quatre étages en dessous de son point d'observation. Il concentrait son regard bien au-delà des toits, dans une direction qui lui importait peu. Il se donnait une contenance, comme d'habitude. Tout en lui n'était-il pas qu'apparence et faux-fuyants?

Faire les cent pas ne contribuerait nullement à diminuer sa nervosité. Sans compter que semblable attitude attirerait l'attention des journalistes formant l'avant-garde du bataillon de jour, et qui, graduellement, prenaient place en différents points de la salle de rédaction.

Après que Philippe Lambert, le visage décomposé par la

surprise et la colère, eût quitté son bureau sans prendre la peine de le saluer, il avait compulsé distraitement diverses notes administratives et parcouru l'édition du jour du Reporter. Ce n'est que bien tard qu'il avait exhalé l'air vicié de ses poumons. Un puissant mouvement de poitrine lui avait permis de se soulager. Il voulait, par ce geste, expulser de son être les relents fétides nés de la trop longue présence à ses côtés de Robert Caine. Il se doutait que le propriétaire du Reporter et les individus qui s'abritaient derrière son influence jouaient gros, trop gros sans doute pour les modestes moyens mis à leur disposition. Peut-être ces gens-là entretenaient-ils, à tort, une notion exagérément optimiste de leur puissance? Leur orgueil était-il si imposant qu'ils croyaient pouvoir se permettre de dicter une ligne de conduite à l'opinion publique, sans que celle-ci se rende compte qu'on la privait de ses droits? Robert Caine venait de dépasser le cadre habituel de ses interventions et il écrasait tout sur son passage avec la grâce d'un éléphant dans une roseraie.

L'affaire était énorme et l'opération destinée à la camoufler, montée avec la complicité du rédacteur en chef du Reporter, avait non seulement pour but avoué de sauver quelques réputations, mais aussi beaucoup d'argent. Karl Wosniak s'était engagé dans cette stupide histoire parce qu'il y était obligé, et sans être préparé. En bout de ligne, il devait admettre que la crainte de déplaire à Robert Caine avait fait davantage pour hâter sa décision que l'obscure possibilité d'accéder à un siège au sein du conseil d'administration du journal.

Pour une rare fois dans sa vie, le Curé s'interrogeait sur le sens des mots loyauté et chantage. Devait-il être loyal envers Robert Caine, au risque de perdre sa réputation, son statut social et le peu de considération qu'il entretenait encore envers lui-même? Quelle conception étriquée du sens de l'honneur l'autorisait à agir ainsi, en déniant aux autres des droits qui leur étaient acquis? Il préféra ne pas s'éterniser sur ces questions insidieuses, de crainte de découvrir des vérités dont il se refusait obstinément à admettre la teneur.

Pourtant, il devrait bien, un jour, composer avec la réalité et admettre enfin qu'il avait complètement raté son existence! Il reportait continuellement l'échéance fatale, même s'il n'était pas sans se douter que celle-ci approchait avec, sur le visage, un rictus de mauvais augure.

Philippe Lambert, inexpérimenté malgré ses airs de vieux journaliste qui en a vu de toutes les couleurs, était tombé bêtement dans le panneau. Il ne s'était jamais rendu compte de l'énormité du piège que lui avait tendu son patron. Karl Wosniak se consola à la pensée qu'il n'avait rien perdu de sa forme. Il possédait toujours ce don unique le rendant capable de manipuler avec succès la plupart des gens qui évoluait dans son orbite; c'était toujours cela de pris sur le destin...

Il n'avait pas été insensible au mélange de crainte et de répulsion qu'éprouvait à son endroit Philippe Lambert. Ces sentiments-là sont difficiles à cacher et, en la matière, le journaliste ne faisait preuve d'aucune habileté. Habitué à ce genre de réaction chez ses subordonnés, qui se méfiaient de lui comme de la peste, le Curé ne ressentait ni peine, ni irritation, mais plutôt de l'inquiétude. Philippe Lambert serait à coup sûr tenté de chercher la cause profonde ayant amené ce changement de cap inattendu dans sa carrière; désormais, il se tiendrait sur la défensive.

Il faudrait jouer serré.

En ne contrôlant pas suffisamment sa nervosité, au début de l'entretien, Karl Wosniak, il s'en rendait compte, n'avait pas aidé sa cause. Il considérait qu'il s'agissait là du seul point noir dans la discussion qu'il avait eue avec son journaliste. Il était même plutôt fier d'être parvenu à refréner sa colère, lorsque ce jeune blanc-bec avait tenté, sans succès, de le remettre à sa place en le provoquant inutilement. Il n'aurait rien gagné à élever la voix, sinon à encourager son journaliste à poser des questions auxquelles, peut-être, il n'aurait pu répondre.

Tout bien pesé, l'affaire n'était pas trop mal lancée...

CHAPITRE V

PACMAN

Avec un détachement mêlé de tristesse et de colère, Patrick Ashley suivait le va-et-vient d'automate du personnel médical le couvrant de soins attentifs. Indifférents à ses états d'âme, les deux hommes et la femme l'avaient dépossédé de son corps, auscultant, massant, frictionnant ce qui, bientôt, ne serait plus que le réceptacle sans vie d'espoirs errants sans but dans l'éternité; ils avaient fait du mal qui le dévorait une affaire les concernant et dans laquelle ses propres craintes n'avaient plus droit de cité; camouflés derrière leur devoir qui était d'atténuer la douleur et de se montrer disponibles, ils se souciaient peu de savoir comment son esprit réagissait. Ces gens, qu'il ne connaissait pas deux mois auparavant, qu'il aurait aimé ne jamais rencontrer, s'affairaient au-dessus de lui avec l'économie de mouvements et de paroles habituelle aux individus accoutumés à côtoyer la maladie sous ses formes les plus compliquées et les plus banales.

Moins que jamais enclin à se laisser bercer par l'atmosphère saturée de compréhension professionnelle imprégnant chaque geste dont il était l'objet, le jeune homme refusait de s'abandonner complètement aux mains expertes chargées d'alléger une souffrance qui n'avait pas encore pris son nom véritable.

Il ne ressentait rien de vraiment particulier, sinon un grand vide où plus rien n'avait réellement d'importance. Suspendue entre la nuit et le jour, dans une zone brumeuse de sa conscience, son âme se préparait au grand voyage. Conscient que ses illusions étaient sans lendemain, il n'en luttait pas moins de toutes ses forces afin de retarder son départ d'un univers qu'il était loin de considérer comme douillet, mais dans lequel il se sentait parfaitement à l'aise. La bataille était perdue d'avance. Il savait qu'une fosse abyssale s'ouvrirait bientôt sous lui et l'entraînerait dans le trou noir de la mort. Muscles, sang, organes vitaux, tout ce qui contribuait à l'essence même de son être physique, ne serait plus, bientôt, qu'un informe magma pourrissant. Signe avant-coureur d'une autre période de profonde dépression, il frissonna... L'infirmière, pendant que ses deux compagnons de chaque côté du lit lissaient les draps, demanda, à mi-voix:

—Tu as froid, Patrick? Si quelque chose ne va pas, tu nous le dis, promis?

Il avait envie de hurler, de leur ordonner de s'en aller, de le laisser seul pour que, enfin, il puisse épancher sa peine. Il se retint. Cela ne servirait à rien. Malgré leur sollicitude et leur empressement, malgré leur expérience et leur savoir-faire, ces gens ne savaient pas ce que mourir à petit feu signifiait.

—Non, ça va.

L'un des hommes posa sa main recouverte d'un gant chirurgical sur son front, puis il toucha ses joues. Ses doigts se rendirent jusqu'à la base du cou, qu'ils explorèrent de façon experte. Patrick Ashley réprima un mouvement de répulsion. Il avait ces gants et leur odeur en horreur, ils étaient le symbole de son état et du danger qu'il représentait pour les autres.

—La température paraît normale.

L'infirmier amorça le geste d'enlever un gant, mais se ravisa aussitôt, sous le regard appuyé de ses deux camarades. La jeune femme remarqua, en ne s'adressant à personne en particulier:

—Ces gants nous compliquent l'existence, mais c'est le règlement. Tu t'habitueras rapidement.

Il n'avait pas encore subi l'assaut final du mal se nourrissant de sa propre chair, mais l'offensive ne tarderait pas, il le savait. Un condamné à mort en sursis, voilà ce qu'il était. Il lui était impossible d'échapper à son destin, de fuir loin de ce lieu dont l'odeur n'imprégnait pas seulement les tissus, mais aussi la peau.

Syndrome immuno-déficitaire acquis.

Avec un plaisir malsain, sadique, contre lequel il ne pouvait rien, il tournait et retournait sans cesse dans sa tête ces mots à consonance exotique, qu'il avait déjà entendus dans la bouche de messieurs à l'air très important donnant leur avis à la télévision. Réunies, les lettres formaient une expression chantante ressemblant à un air de reggae ou au nom d'une formation rock.

Sida.

Ça, il connaissait.

Dissimulée en une multitude d'endroits dans son corps, une légion de tumeurs malignes s'affairait à détruire les barrières de protection de son organisme, afin de le livrer, lui l'adolescent sans défense, à l'homme à la faux. Sûre de sa victoire, la mort avançait à pas feutrés, s'amusant de ses frayeurs, tournant en ridicule les éléments avancés de sa confiance. Associé de la mort dans son œuvre de destruction, le temps travaillait contre lui, démolissant une à une les fondations sur lesquelles sa vie, désormais trop fragile et exposée à tous les dangers, s'appuyait.

Patrick Ashley ne se considérait pas encore à l'article de la mort, en fait, il se demandait ce qu'il faisait là, car, malgré une légère perte de poids, il se sentait dans une forme physique excellente. Il n'avait pas le goût de mourir, un fantastique désir de vivre l'habitait. Était-ce possible que les médecins aient commis une erreur en posant leur diagnostic? Que l'essoufflement chronique l'empêchant de s'exprimer clairement lorsqu'il s'animait, que sa toux sèche, méchante, n'aient rien à voir avec ce truc démentiel, ce syndrome immuno-déficitaire acquis? À moins que tout cela ne soit qu'une gigantesque supercherie, un coup monté du destin pour lui donner une leçon?

Mais alors, si les médecins s'étaient trompés, comment expliquer la fatigue qui, depuis deux jours, lui collait à la peau comme une pellicule de plastique?

Incrédule au début, alors qu'on ne l'avait pas encore confiné dans l'aile spéciale de Saint-Michael réservée aux malades présentant un risque élevé de contagion, il avait interrogé une infirmière paraissant à peine plus âgée que lui. Celle-ci avait commencé par fuir son regard apitoyé; il était visible qu'elle hésitait sur l'attitude à adopter, car elle ne semblait pas avoir l'expérience de ce genre de choses. Finalement, elle lui avait répondu, presque à regret, que, oui, les médecins se trompaient quelquefois, mais que, dans son cas, il devait faire preuve de courage et affronter la vérité, aussi dramatique qu'elle fût. L'assurance de la jeune infirmière augmentait à mesure qu'elle confirmait par ses propos lénifiants le diagnostic des médecins. À l'opposé de l'attitude incertaine dont elle avait fait preuve au début de la conversation, elle avait mis fin à sa tirade sur le ton clinique et professionnel des gens rompus depuis des lustres à ce genre d'exercice.

Ces données peu apaisantes comprises, puis digérées, il s'était réfugié dans une réflexion éthérée, de laquelle il excluait toute logique. En autorisant son cerveau à nier la présence de la mort, il s'octroyait une trêve qui, pour être de courte durée, était tout de même la bienvenue. Conscient que le degré de brutalité de l'atterrissage serait proportionnel au temps qu'il prendrait pour admettre tout à fait la réalité, il refusait cependant d'envisager froidement l'inéluctable.

Patrick Ashley avait dix-sept ans et son rendez-vous avec l'au-delà ne l'emballait absolument pas. Ce n'était pas tant la mort qu'il craignait comme de se faire à l'idée de sa fin prochaine. *Mourir, en soi, n'a rien de vraiment dramatique*, se disait-il. *Ce qui est difficile à accepter, c'est de savoir que ses jours sont comptés...* Pourquoi lui? Pourquoi avait-il fallu que cela tombe sur ses épaules d'adolescent trop fragile? Ce pourquoi, aux conséquences inimaginables quelques semaines auparavant, alors qu'il mordait à pleines dents dans l'existence, demeurait toujours sans réponse à quelques pas du seuil menant dans le royaume infiniment sombre et mystérieux de la mort.

Les deux hommes et la femme, leur travail accompli, s'éloignèrent sur un bref salut et la promesse d'un retour peu avant l'heure du souper. Ils se mirent à échanger des propos animés sur des sujets qui n'avaient rien à voir avec le drame qu'il vivait. Maintenant qu'ils partaient, il leur en voulait de l'abandonner, seul, à ses frayeurs; il était moins tenté de leur tenir rigueur pour l'attitude détachée dont ils faisaient preuve à son égard. Le destin ne les avait pas encore condamnés, ils étaient jeunes et rien ne laissait supposer qu'ils pourraient le remplacer dans ce lit. Ils avaient encore de belles années devant eux.

Des larmes coulèrent sur ses joues. Il les essuya d'un geste maladroit d'enfant surpris en train de pleurer sur le corps sans vie d'un chiot heurté par une voiture. Ses sanglots passèrent inaperçus; déjà, les préoccupations du trio ne le concernaient plus. La vie reprenait le dessus sur la mort et il n'y pouvait rien.

Les deux types, en prenant tour à tour la défense de leur club, commentaient la partie de hockey de la veille; la jeune femme, sans prendre de manières, interrompit l'échange avant qu'il ne démarre vraiment; elle invita ses deux compagnons à venir la rejoindre à la cafétéria à l'heure de la pause café, afin d'y discuter d'une fête à organiser pour souligner le départ d'un camarade. Avant de quitter définitivement la chambre, le trio se dirigea vers un cagibi aménagé comme un sas et muni d'un lavabo; à l'intérieur, ils enlevèrent leurs gants et le bonnet recouvrant leur tête; ils se débarrassèrent ensuite des sarraus qu'ils avaient passés par-dessus leurs vêtements. Tout ce matériel atterrit dans un contenant de fibre de verre dont le couvercle était marqué du mot *danger*. À tour de rôle, les deux hommes et la femme récurèrent leurs mains en consacrant beaucoup d'attention à cette tâche. Lorsque l'opération fut terminée, ils se remirent à discuter avec animation. La porte se referma sur un gloussement de l'infirmière qui se termina en un bref éclat de rire.

Enfin seul, il renoua non sans plaisir avec le silence dont il s'était fait un ami. Il avait compris que c'était dans le silence que résidait la paix véritable et que nulle part ailleurs il pourrait trouver un refuge plus sûr. Il bougea la tête de gauche à droite sur l'oreiller; les muscles du cou se raidirent, amenant aussitôt une grimace de douleur sur son visage. Son lent mouvement l'avait fait souffrir; ce qui semblait si simple auparavant devenait très compliqué maintenant. Était-ce cela, la mort? La dégénérescence des tissus avait-elle réellement commencé?

À travers ses fantasmes, les bruits familiers en provenance du corridor réussissaient à se frayer un chemin jusqu'à lui. Les chariots transportant de la nourriture ou des malades de retour de la salle d'opération avaient le monopole du brouhaha. Il pouvait deviner ce que transportaient ces chariots rien qu'en prêtant attention au frottement des roues sur le carrelage. Il s'était peu à peu habitué au pouls de l'hôpital, s'imprégnant de ses odeurs et de son atmosphère, appréciant à sa pleine valeur chaque minute de sursis que lui octroyait le destin. Ce lieu était devenu sa maison, son refuge. Il avait été pris en charge par des personnes dévouées et généreuses, dont le seul but était d'alléger ses souffrances. Ce monde était complètement différent de celui auquel il devait sa maladie, cet univers sordide auquel il avait appartenu et où, Dieu merci, il ne retournerait plus.

Patrick Ashley n'en voulait pas aux gens qui avaient abusé de sa naïveté, pas plus qu'il ne regrettait les gestes qu'il avait posés. Il était totalement responsable de l'échec qui avait transformé en enfer le peu de temps lui restant à vivre. Somme toute, il mourrait l'esprit en paix, en espérant que ses erreurs passées ne feraient pas d'autre victime que lui.

***

Abandonnée à elle-même, la salle de rédaction s'était animée peu à peu d'une vie riche en émotions diverses. De manière presque imperceptible, selon une chimie propre à ce genre de lieu et qui n'existait nulle part ailleurs, l'endroit avait pris ses distances avec son atmosphère de chapelle ardente, pour devenir aussi bruyant qu'un réfectoire à l'heure du repas principal de la journée. Le calme relatif de l'avant-midi, alors qu'aucun journaliste n'était venu rompre la monotonie des premières heures de la matinée, avait fait place à une fébrilité latente, prometteuse d'une autre soirée agitée. Sans se presser, les chefs de rubriques avaient réquisitionné la salle de rédaction au nom d'un droit d'aînesse que personne ne songeait à leur contester. Un par un, ils étaient arrivés avec, sur le visage, cet air exagérément désabusé qui était devenu la marque de commerce de leur profession. Ils ne prenaient pas la peine de se saluer mutuellement ou de s'étendre en de longs palabres. Sitôt débarqués, ils gagnaient bien sagement leur place, tels les élèves disciplinés des pensionnats d'autrefois. Cette attitude en apparence sérieuse était trompeuse. Isolés dans un individualisme qui ne les quittait jamais, les journalistes du Reporter, comme tous leurs confrères des autres salles de rédaction, attendaient d'être en nombre suffisant pour se regrouper en îlots autour desquels les discussions pourraient naître et s'épanouir sans risque de sombrer dans la monotonie. Tant qu'il n'y avait que quatre ou cinq journalistes dans les environs, personne ne faisait mine de se connaître. À mesure que les présences augmentaient, il était visible, cependant, que quelque chose était en train de se produire. On assistait alors à la naissance d'un curieux phénomène. Cela commençait d'abord par une remarque lancée sur le ton de la conversation, et qui ne s'adressait à personne en particulier; il suffisait que quelqu'un s'en empare pour que la machine soit lancée; une fois partie, celle-ci ne s'arrêterait qu'à la toute fin de la soirée, quand le numéro du lendemain, bouclé, prendrait la direction des presses.

Le staccato insistant des machines à écrire ne vivait plus que dans le souvenir des nostalgiques d'un passé récent appartenant déjà au folklore. Les éclairages crus, la mauvaise humeur des chefs de pupitre, la poussière et la promiscuité, tous ces éléments, qui avaient contribué à faire du journalisme une légende de cinéma, avaient battu en retraite devant les nécessités dictées par la technologie d'avant-garde. Maintenant, des éclairages au néon, conçus spécialement pour le travail à l'écran cathodique, répandaient partout une luminosité irréelle. L'atmosphère ainsi créée contribuait à atténuer les sautes d'humeur de la nouvelle génération de journalistes qui avaient troqué le calepin et le crayon pour le magnétophone, et le chapeau mou pour le téléphone cellulaire. Quant aux chefs de pupitre irascibles, ils avaient été domptés par des conventions collectives coulées dans le béton et capables de résister avec succès à une attaque nucléaire! Les nouveaux grands prêtres des relations de travail, les directeurs du personnel, avaient contribué à leur manière à cette transfiguration en établissant des règles destinées à régir les échanges entre la masse prolétarienne des journalistes et les patrons. Ces règles, qui n'avaient rien à envier aux protocoles diplomatiques, étaient suivies à la lettre, à la virgule près. Le malheureux qui tentait de passer outre s'exposait à de graves ennuis...

175

Le modernisme et les lois dictées par l'apparition de la haute technologie avaient eu raison de l'atmosphère traditionnelle des salles de rédaction, et le Reporter ne faisait pas exception à la règle. Toutefois, il se trouvait encore de vieux lions sur le retour, à deux pas de la retraite, pour regretter le passé. Quant à la dernière génération de journalistes, celle qui avait été formée dans les universités et les grandes écoles, elle se souciait peu de travailler dans un endroit qui s'apparentait davantage au siège social d'une compagnie d'assurances qu'à une salle de rédaction fidèle à la tradition. Seuls les jurons avaient survécu aux trop nombreux coups de brosse donnés par les nouveaux seigneurs des relations de travail et les techniques de communication sophistiquées.

Philippe Lambert prit place devant l'écran inanimé du terminal qui lui était assigné. Ce poste de travail constituait son univers depuis si longtemps qu'il se demandait s'il pourrait jamais se faire à son nouvel emploi dans la capitale. Tout était en place et dans un ordre impeccable. Contrairement à la presque totalité de ses confrères, il ne pouvait tolérer le fouillis. Un peu de courrier demandait à être dépouillé et le numéro du jour du Reporter, plié en deux dans un coin, attendait de prendre le chemin de l'histoire. Maître incontesté du territoire, le téléphone imposait sa dictature avec son sans-gêne habituel. Bien que muette, la télévision proposait des images multicolores et sans grand intérêt pour l'instant. Un poste de radio branché sur une station locale tentait sans succès de se démarquer du chahut. Philippe éparpilla le courrier sur le bureau. Rien d'intéressant. Il feuilleta le numéro du Reporter et constata avec soulagement que ses articles de la veille n'avaient pas été amputés. Impatient de se mettre au travail pour oublier sa rencontre avec Karl Wosniak, il redonna vie au terminal. Le cordon reliant l'appareil à la source de toutes choses, l'ordinateur principal, répondit sur-le-champ à l'impulsion électrique. L'écran gris s'illumina et, aussitôt, Philippe inscrivit ses coordonnées dans la grille réservée à cet effet. Caché dans les entrailles de l'édifice, en un lieu à l'abri du feu où seul un personnel limité avait accès, et rythmant de son ronronnement régulier la vie quotidienne du Reporter, l'ordinateur l'informa qu'il pouvait commencer à taper son texte. Une impression familière étendit ses ramifications jusque dans les doigts de Philippe.

À l'autre extrémité de la salle de rédaction, où régnait maintenant une anarchie bonhomme, Cul-Nerveux se démenait comme une sorcière poussée au bûcher sous les lazzis d'une foule hystérique. Celle que l'on surnommait ainsi – à son insu, de préférence – gesticulait avec force en prononçant un réquisitoire verbeux dont les échos dévastateurs parvenaient jusqu'à Philippe. Il était question, simultanément, de cendriers disparus, du droit des gens de gâcher leur santé en fumant s'ils le désiraient et du manque de savoir-vivre qui était la caractéristique principale de certains individus dont il était préférable de taire le nom.

Un petit attroupement était en train de se former autour de l'oratrice hors de ses gonds; certains approuvaient timidement; d'autres, qui semblaient constituer la majorité, dénonçaient ses propos de façon véhémente.

Habitué aux sautes d'humeur hystériques de Charlotte Savoy, alias Cul-Nerveux, Philippe ne pouvait toutefois s'empêcher d'admirer le talent de la journaliste pour se lancer tête baissée dans des bagarres inutiles. La jeune femme portait ses trente-cinq ans comme d'autres une veste de laine avachie et usée aux coudes, mais dans laquelle on se sent encore confortable. Elle semblait évoluer avec aisance dans son rôle de jeune vieille fille, toujours prête à mettre le feu aux poudres à la moindre peccadille. Charlotte Savoy utilisait rarement ses cartes de visite et n'usait jamais de son coupe-file l'identifiant comme journaliste affectée à la rubrique des spectacles du Reporter. Elle n'avait jamais songé à se prévaloir de ses titres, comme bien d'autres avant elle, pour gagner du temps ou s'approprier des avantages réservés habituellement aux personnes très importantes. En fait, les barrières s'abaissaient d'elles-mêmes sur le passage de Cul-Nerveux qui considérait inutiles les instruments permettant de passer outre aux consignes auxquelles devaient s'astreindre généralement les gens n'appartenant pas à la caste dite des privilégiés.

Charlotte Savoy n'avait nullement besoin qu'on la présente; n'importe qui, en l'apercevant, se rendait compte tout de suite que c'était une emmerdeuse de première et une journaliste à manier avec précaution.

Moyenne de taille, mal embouchée par nature et par choix, les cheveux roux tombant sur des épaules légèrement voûtées, la journaliste vieillissait plus vite que ses contemporains parce qu'elle était constamment sous la pression d'un stress énorme l'empêchant de rester plus de dix minutes au même endroit. Elle fumait des Player's sans filtre à la chaîne et, enfin, elle passait son temps à déterrer des détails croustillants de la vie privée de tout le monde, démontrant une préférence marquée, et dans l'ordre, pour les gens de la bonne société de Beaumont, l'intelligentsia locale et, enfin, ses camarades du Reporter.

Pour l'heure, Cul-Nerveux informait un stagiaire, rouge de confusion, de bien vouloir cesser toute remarque concernant le droit qu'il avait d'exiger qu'elle se conforme au règlement interdisant de fumer dans la salle de rédaction. L'affaire allait bon train et risquait de se terminer par un véritable massacre. Le pauvre garçon, objet de la colère de Cul-Nerveux, ne savait plus où se mettre et devait déjà regretter d'avoir choisi de devenir journaliste.

Philippe considéra la scène encore une minute ou deux, le temps d'apprécier à sa juste valeur l'œuvre de destruction systématique entreprise par Cul-Nerveux, puis décida qu'il était temps de se mettre au travail. Ses doigts couraient sur le clavier à mesure que l'introduction de son article prenait forme. Paul Francis avait insisté pour qu'il remette son papier sur la tempête de neige au début de l'après-midi. Il avait passé les minutes précédant l'heure du midi à téléphoner à une foule de gens. Les policiers, quelques accrochages exceptés, n'avaient rien de particulièrement intéressant à signaler; quant aux responsables du déneigement, bien que pris à l'improviste, ils s'étaient mis rapidement au travail, avec le résultat que sur les routes et les principales artères de Beaumont on avait désormais la situation bien en main. Quelques écoles situées en périphérie avaient dû fermer leurs portes pour la journée. Bref, il n'y avait rien de vraiment sensationnel, à l'exception des photographies qui, elles, sauraient attirer l'attention. Comme d'habitude, Ricky avait fait du bon boulot. Le photographe n'avait pas perdu de temps. Ses clichés illustraient avec réalisme les ennuis causés aux Beaumontais par la première tempête de neige de la saison: autos enlisées ou renversées, maisons disparaissant sous une épaisse couche de matière blanche, piétons luttant contre la bourrasque...

Les mots apparaissaient sur l'écran du terminal, formaient des phrases et des paragraphes. Le rythme de l'article, rapide, rappelait les événements sans donner l'impression de dramatiser une situation somme toute banale qui n'avait d'originalité que par l'effet de surprise avec laquelle elle s'était manifestée. Le *lead*, une fois complété, et le corps de l'article dans sa forme définitive, il ne restait à Philippe qu'à se consacrer au polissage et à la conclusion du texte qui, fort probablement, ferait la une du numéro du lendemain.

La littérature jetable après usage était la spécialité de Philippe Lambert; son style et la façon très personnelle avec laquelle il abordait les petits et grands contretemps de l'existence ne comportaient ni fioritures, ni exagération. Il savait donner vie à des événements sans originalité, ou encore rendre compte d'un drame avec humanité, sans jamais sombrer dans la sensiblerie. C'était un spécialiste du fait divers et des travers quotidiens contrecarrant les projets de ses contemporains. Il aimait ce genre de journalisme et il espérait par-dessus tout ne pas avoir à abandonner le créneau dans lequel il se spécialisait. Seulement, pour en arriver là, il devrait surmonter un obstacle de taille qui s'appelait Karl Wosniak.

Son calme retrouvé, et en possession de toutes ses facultés d'analyse, il s'interrogeait toujours sur la manière dont il devrait aborder le problème quand Paul Francis, sans lever les yeux, lança à son intention:

—Dis, Philippe, tu devrais t'y mettre immédiatement, sinon ton papier risque de se retrouver dans les pages intérieures!

L'avertissement, servi sur le ton amical, ne signifiait pas pour autant que le chef de pupitre plaisantait. Philippe estima plus urgent de terminer son texte, concluant qu'il pourrait toujours demander conseil à son ami, un peu plus tard dans la journée.

179

Entièrement soumis à sa volonté, le curseur se déplaçait horizontalement sur l'écran légèrement bombé du terminal. Prisonnier de l'inspiration de son maître invisible, il avançait de longs moments dans l'espace qui lui était alloué sans montrer aucune hésitation puis, soudainement, au milieu d'une phrase, stoppait sa course échevelée. Le carré blanc restait ainsi de longues secondes, immobile et incertain quant à la direction à suivre. Lorsque, enfin, il reprenait sa marche, c'était pour revenir sur ses pas. D'une insatiable gourmandise, il dévorait goulûment plusieurs lignes, s'arrêtait quelques secondes, le temps de digérer des idées qui ne verraient jamais le jour, puis se relançait systématiquement à l'assaut de la zone vide de l'écran.

Dix minutes après l'ultimatum de Paul Francis, Philippe consulta sa montre: une heure quarante-cinq. Pas mal. Il avait rédigé son article en moins de trente minutes.

—Ce qu'elle peut être emmerdante quand elle s'y met celle-là!

La voix, un peu éraillée, glissait sur certaines syllabes. On aurait dit un vieux poste de radio diffusant faiblement des airs de grands orchestres d'après-guerre. Philippe ne prit pas la peine de lever les yeux sur Louis Craig, il avait senti la présence de son confrère avant même que ce dernier appuie son derrière sur l'extrémité de son bureau. Le journaliste dégageait une odeur de pain rance et de tabac éventé.

—Un jour, un type la traitera de sale garce et elle l'aura bien cherché.

Les remarques acides de son confrère le laissaient froid; avec le sentiment du devoir accompli, Philippe emmagasina son article dans la mémoire de l'ordinateur principal. L'opération ne dura même pas une seconde. Lorsque ce fut fait, il posa son regard dans celui de Louis Craig.

—Pourquoi ne le lui dis-tu pas?

Pris de court, le doyen de la salle de rédaction bafouilla quelques mots. Philippe n'aimait pas Louis Craig. Tout au plus éprouvait-il pour lui un sentiment qui ressemblait à de la commisération. Malgré cette attitude à première vue compréhensive, et bien que le journaliste ait presque le double de son âge,

Philippe ne pouvait s'empêcher de faire preuve d'une certaine dureté à son endroit. Entre autres traits de caractère désagréables, Louis Craig cultivait la gentillesse dans un but égoïste et intéressé. Il proposait à ses camarades le sourire fabriqué d'un vendeur d'encyclopédies et son regard visqueux sous-entendait qu'il ne s'embarrassait pas de règles de vie qu'il considérait superflues. C'était un faible, incapable de prendre une décision quand la situation l'exigeait et qui se réfugiait derrière des mines de vieille actrice sur le retour dont le charme ne joue plus que sur les écrans jaunis des ciné-clubs.

Louis Craig ne s'était pas rendu compte que son jeu avait été découvert par ses camarades qui le toléraient plus qu'ils ne le prenaient en pitié. Soucieux d'éviter l'affrontement avec Philippe, il préféra noyer le poisson.

—Ça va pas, on dirait?

—Allez Louis, va voir Charlie et dis-lui son fait. Je suis sûr qu'elle appréciera.

—Faut pas en faire un plat, Philippe. Je plaisantais, c'est tout.

—Alors, de quoi te plains-tu?

Philippe pivota sur sa chaise et porta son regard en direction de Cul-Nerveux. La jeune femme récupérait après son algarade avec le stagiaire. Sonné pour le compte, le malheureux s'était réfugié derrière l'écran figé d'un terminal et s'efforçait de se faire oublier. Louis Craig suivit le geste de Philippe et son visage se décomposa.

—La voilà justement qui rapplique, vide ton sac, mon vieux!

Charlotte Savoy, tirant à fond sur une de ses affreuses Player's, avançait vers eux en arborant l'air d'un général foulant le sol d'un pays conquis après une dure bataille. Louis Craig, bondissant sur ses pieds, se porta à la rencontre de la journaliste, un large sourire fendant son visage.

—Nous sommes en train de parler de ces cendriers volatilisés, Charlie. Philippe semble de mon avis et il est bien près de te donner raison. Il faut que cela cesse, n'est-ce pas, Philippe?

Le regard de Louis Craig était implorant. On aurait dit un veau poussé à l'abattoir. Pour toute réponse, Philippe se leva, salua le vieux journaliste et se dirigea vers le pupitre central où Paul Francis, phare illuminé dans la tempête, triait les articles en provenance des agences de presse internationales.

—Ces terroristes, où en sont-ils?

Le chef de pupitre accueillit son ami avec un clin-d'oeil. Il avait assisté, de loin, à la scène qui avait permis à Philippe de mettre Louis Craig dans l'embarras. Pour l'instant hors de danger, ce dernier n'en finissait pas d'approuver l'attitude, qu'il trouvait très juste affirmait-il, de Charlotte Savoy. De l'endroit où il se tenait, il ne pouvait voir le regard assassin que lui lançait le stagiaire en train de lécher ses blessures.

—S'il n'en tenait qu'à moi, il y a longtemps que ce faux cul serait à la retraite.

Paul Francis partageait l'antipathie de Philippe envers Louis Craig qui avait été son prédécesseur quelques années auparavant au pupitre du Reporter. Les atermoiements et le peu d'intérêt démontré par le journaliste pour cette tâche avaient eu raison de la patience de Karl Wosniak qui lui avait retiré son poste.

—Les terroristes? Ils sont toujours en cavale. Et ton article, ça vient?

—Il est dans la mémoire de l'ordinateur.

Paul Francis siffla d'admiration.

—Eh bien! tu t'es surpassé! Une demi-heure pour écrire un article de six cents mots, alors là, bravo!

—Vingt-cinq minutes, pour être plus exact.

Le chef de pupitre se leva en parcourant du regard l'écran de quarante centimètres, grâce auquel il pouvait procéder à la mise en page électronique du journal. Avisant son adjoint, qui revenait du service de la publicité, il lança:

—Tu prends le relais, Conrad. Je serai de retour dans une heure.

Paul Francis avança à la hauteur de Philippe et lui dit, sur un ton qui n'admettait aucune réplique:

—Je t'offre une bière, Philippe.

—Il est un peu tôt, tu ne trouves pas?

—Et après, tu n'en mourras pas. Allez, on y va!

Philippe hésitait. Théoriquement, sa journée de travail

était terminée. Il restait bien quelques pistes à explorer concernant d'autres affaires – il y en avait constamment – mais rien ne pressait.

—D'accord, Paul.

Ils allaient quitter la salle de rédaction par la porte de service quand, à mi-voix, le chef de pupitre glissa à son oreille:

—Je sais que tu es dans la merde.

Philippe, qui ne s'attendait pas à ce que Paul Francis l'aborde de manière aussi directe, allait dire quelque chose, mais son camarade le fit taire.

—Pas maintenant. Attendons d'être au bar.

***

Avec ses poutres noircies à la fumée et taillées à la hache, ses fenêtres à carreaux dont le verre jaune dépoli laissait filtrer avec parcimonie la lumière du jour et son plancher de chêne marqué par les mégots de cigarette, le Pop Corn Pub possédait le charme rustique des bars londoniens. Bas de plafond, croulant sous les boiseries et sentant bon la bière, l'établissement, qui n'avait pas plus de dix ans, avait été vieilli artificiellement par un décorateur que l'odeur du houblon avait dû inspirer. Le jour, la clientèle formée en grande majorité de yuppies et de professionnels sur la fin de la quarantaine ne menait pas grand tapage. Le Pop Corn Pub était réputé pour les confidences qui s'échangeaient volontiers à voix basse sous son éclairage poliment tamisé. Situé à moins de cinq minutes de marche de l'édifice du Reporter, l'établissement était devenu le point de chute des journalistes et des gens qui désiraient être vus en leur compagnie.

—Tu bois toujours de cette saleté? Un jour, tu en mourras.

Paul Francis regardait avec un dégoût non dissimulé le verre de Guiness que la serveuse venait de poser sur la table. La bière, tiède et plate comme un vin qui a mal tourné, ressemblait à du sirop. Philippe avala une longue rasade, ce qui eut pour effet d'accentuer la grimace sur le visage du chef de pupitre.

—Tu as des goûts vraiment bizarres...

—Raconte-moi ce que tu as appris à propos de Wosniak. Ce salaud est en train de se payer ma tête et je n'aime pas ça.

—En fait, je sais peu de choses, Philippe.

—Vas-y, laisse-toi aller, on verra bien.

Le chef de pupitre porta le verre de bière blonde à ses lèvres sans cesser d'observer son ami. Celui-ci crut lire un peu d'inquiétude dans les yeux de Paul Francis, un type qui, pourtant, n'avait pas la réputation de s'en laisser imposer.

—Je crois que Wosniak est aux abois. Je ne me souviens pas l'avoir déjà vu dans cet état. Pour être plus précis, je pense que le patron a une trouille de tous les diables!

—Ce ne serait pas la première fois.

—Oui, mais maintenant, Philippe, c'est différent. Wosniak donne l'impression d'être à la veille de faire dans son froc! Et ça m'inquiète.

Le Pop Corn Pub était désert à cette heure de l'après-midi et le calme qui y régnait était presque monacal. Le véritable coup de feu n'aurait vraiment lieu qu'à compter de cinq heures, quand la faune des employés de bureaux, tous sexes et professions confondus, s'abattrait sur les bars du centre-ville, notamment celui-là. Pour l'heure, excepté Paul Francis et Philippe Lambert, le bar n'accueillait qu'une dizaine de clients esseulés dont la principale occupation consistait en une analyse méditative du contenu du verre posé devant eux.

—Tu crois qu'il existe un lien entre l'attitude du Curé et ce qu'il appelle ma promotion à Ottawa?

—Je ne jouerais pas ma chemise sur cette supposition, mais certainement quelques boutons.

—C'est un peu mince comme point de départ, tu ne trouves pas?

Perdu dans un abîme de perplexité, Paul Francis observa Philippe par-dessus le rebord de son verre, avant de le lever de nouveau et de vider d'un trait ce qui restait du contenu. Le chef de pupitre ne lésinait pas sur le houblon et il lui arrivait fréquemment de démontrer publiquement son énorme capacité d'absorption. La bière, affirmait-il, éclaircissait les idées.

—Je crois que Karl Wosniak panique rien qu'à la pensée que tu pourrais mettre la main sur quelque chose de juteux, quelque chose de tellement gros que ça pourrait compromettre irrémédiablement la réputation de gens très importants...

Philippe compléta la pensée du chef de pupitre:

—... si jamais c'était publié.

—Bingo.

—C'est pas un peu gros, tout ça?

—Alors, Philippe, explique-moi pourquoi Karl Wosniak est prêt à envoyer en exil le meilleur journaliste de la boîte, sous prétexte que quelqu'un, quelque part, a eu la brillante idée d'informer les lecteurs du Reporter de ce qui se passe ou ne se passe pas dans la capitale. Cette mutation est complètement dénuée de sens.

—Wosniak pourrait chercher à couvrir Robert Caine ou quelques-uns de ses amis, d'après toi?

—C'est plausible.

—Tu ne m'as pas encore tout dit, Paul.

—Une impression, ce n'est qu'une impression...

L'instinct du chasseur se réveillait chez Philippe. Celui-ci n'était pas seulement heureux de constater que Paul Francis partageait ses propres convictions à propos de Karl Wosniak, il était aussi persuadé que le plus gros coup de sa carrière était en train de se préparer. Il ne savait ni où ni comment l'affaire prendrait forme; ce dont il était sûr, cependant, c'était qu'il la mènerait à terme.

—Écoute, Philippe. Ça ne vaut peut-être pas grand chose mais ça peut toujours servir de point de départ. Un type a téléphoné au journal, la semaine dernière. Au début, j'ai cru qu'il s'agissait d'un autre de ces cinglés qui ne savent plus quoi inventer pour se rendre intéressant. J'écoutais distraitement au début, mais ce que le gars racontait, et le ton avec lequel il le disait, m'ont vite convaincu que je n'avais pas affaire à un imbécile.

La serveuse, se trouvant à proximité, remarqua leurs verres vides. S'enquérant auprès de Paul Francis de ses intentions, elle le gratifia d'un large sourire. En se penchant, elle fit en sorte que le décolleté de sa robe fût en bonne position, c'est-à-dire à moins de dix centimètres du visage du chef de pupitre, qui n'en demandait pas tant. Philippe, impatient d'en connaître davantage, déclina d'un signe de tête l'offre de la jeune femme de renouveler sa commande. Il n'avait plus tellement le goût à la bière. Paul Francis, subjugué, commanda un second verre. Sans attendre le retour de la serveuse, il reprit son récit.

—Le gars avait l'air à la dérive, mais ses propos se tenaient. Il affirmait être en possession d'une information de première importance dont il voulait me faire cadeau, et qui concernait un réseau de putes ou quelque chose dans ce genre-là. Quand j'ai voulu l'interroger plus à fond, il m'a dit de la boucler, qu'il ne voulait pas discuter de ça au téléphone.

Avisant du coin de l'œil la serveuse qui rappliquait avec son verre de bière, Paul Francis s'interrompit. À ce stade de son récit, il semblait éprouver beaucoup de plaisir à faire languir Philippe. Il prit le temps de s'acquitter du prix des consommations avant de reprendre le fil de ses confidences.

—J'étais en train d'argumenter avec le gars quand Wosniak a rappliqué avec, dans les mains, la chiasse de Louis Craig sur la pénurie de logements dans le quartier Sud. Le Curé voulait visiblement discuter de la façon dont on présenterait la série d'articles. Toujours est-il qu'il a entendu ce que l'autre me racontait. Tu vois, ce type, eh bien! il parlait très fort et c'était plutôt facile de suivre la conversation, étant donné que je tenais le combiné à deux centimètres de l'oreille.

Le meilleur restait à venir. Philippe le savait et Paul Francis aussi. Sauf que ce dernier paraissait fermement décidé à faire suer son camarade. Il avala une autre rasade de bière... et s'adossa, en se croisant les bras sur la poitrine. Silencieux, le chef de pupitre donnait l'impression d'avoir terminé. Quelques secondes s'écoulèrent avant que Philippe ne réagisse vraiment. Quelque part dans le bar une horloge sonna la demie.

—Et alors, tu ne vas pas me dire que l'affaire s'arrête là?

Paul Francis, trop heureux de constater l'effet que ses propos avait sur son ami, ne demandait pas mieux que de continuer.

—Tu aurais dû voir la gueule du Curé quand il a compris de quoi il retournait. Je crois bien qu'au bout du compte j'aurais rapidement oublié ce type si Wosniak n'était pas intervenu. C'est son attitude qui, après coup, a attiré mon attention.

—Comment a-t-il réagi?

—J'ai jamais vu un gars perdre les pédales aussi rapidement! Il s'est mis dans une rogne terrible, épouvantable. Il m'a dit de raccrocher immédiatement, que le journal n'avait pas de temps à perdre avec des imbécillités. J'ai bien tenté de le calmer, sans succès.

Paul Francis marqua un temps, puis reprit, sur le ton scandalisé de celui qui se voit accuser injustement d'un crime qu'il n'a pas commis:

—Tu sais ce qu'il a fait, ce salaud? Quand il a vu que je continuais à parler au type, il a débranché le téléphone! J'en croyais pas mes yeux! Il a agi sans précipitation, le plus naturellement du monde. Il s'est excusé en disant que des tâches plus urgentes nous attendaient.

—Tu as eu le temps de noter les coordonnées de ton correspondant?

Le chef de pupitre gratifia son ami d'un clin d'œil pétillant de malice.

—J'ai beaucoup mieux qu'un numéro de téléphone ou une adresse, Philippe; en fait, j'ai un rendez-vous.

—Formidable!

Fouillant dans la poche intérieure de sa veste, Paul Francis pêcha un Parker terni par l'usage; il se servit du stylo pour griffonner rapidement quelques lettres sur une serviette de table en papier. Ensuite, il fit glisser la note, qui ne comportait qu'un seul mot, en direction de Philippe. Celui-ci la parcourut d'un regard impatient qui en disait long sur les sentiments qu'avaient fait naître en lui les propos de Paul Francis.

—Sodome? Qu'est-ce que cela signifie?

—Le Sodome est un bar perdu au fond d'une ruelle près du vieux port, Philippe. Il s'agit d'un établissement d'un genre assez particulier...

—Un rendez-vous à pédés?

—C'est ce qu'on dit.

—Quand?

—Ce soir, à onze heures.

***

Fourbu, le jour avait battu en retraite derrière l'horizon.

187

Loin, très loin au-delà du rideau des montagnes, ce qui restait de la lumière du soleil s'était affadi, puis avait disparu tout à fait. La surface noire et lisse de la Kounak retenait prisonniers les feux de la cité. Le froid n'avait pas encore assuré son emprise sur la rivière qui, indifférente au sort de la terre, poursuivait librement sa route vers la mer. Les nuages, invisibles là-haut, se dispersaient; leur départ vers d'autres cieux permettait à quelques étoiles de poser un œil distrait sur les environs. La nuit traînait dans son sillage toutes sortes d'odeur que s'empressait de disperser le vent doux soufflant du sud-ouest. Le temps se réchauffait. La neige, en fondant, s'infiltrait facilement dans les fissures d'un sol qui n'était pas encore gelé à cette époque de l'année. Des rigoles se formaient, devenaient des ruisseaux et, en plusieurs endroits, prenaient la forme de véritables petits torrents. Les mares devenaient plus grandes et plus profondes à mesure que s'enflaient les flots convergeant dans leur direction. Les bouches d'égout ne pouvaient suffire à évacuer le surplus d'eau. À certains carrefours de la basse-ville, il était évident que l'inondation menaçait.

La soirée serait fort longue pour beaucoup de gens à Beaumont.

Le ballet surréaliste des dépanneuses, des voitures de police et des véhicules d'entretien municipaux, accompagné par le rythme fou des feux à éclats jaunes, rouges ou bleus, se mariait avec le chuintement des pneus sur l'asphalte mouillée et le tonnerre de la circulation sur les voies rapides. À intervalles réguliers, le hululement sinistre d'une sirène d'un camion du service des incendies troublait le calme relatif d'un quartier de la périphérie. Les fils électriques, prisonniers d'une gangue de verglas, résistaient mal au surplus de poids entraîné par le brusque changement de température. Des poteaux s'écroulaient, entraînant dans leur chute une énergie formidable qui, sitôt répandue sur le sol, se dispersait dans un flamboiement d'étincelles multicolores.

Aux portes de la nuit, Beaumont reprenait ses esprits. La ville récupérait après les longues heures passées à se défendre contre la nature. Les gens ne profitaient pas tous du répit de la même façon. Certains s'entassaient dans les bars et échangeaient leurs impressions; d'autres, pressés de rentrer, quittaient rapidement le bureau ou l'usine pour profiter d'une soirée bien au chaud à la maison. Les enfants, que l'école avait privé de neige, préféraient ne pas souper plutôt que d'abandonner leurs jeux à l'extérieur.

C'était comme si rien de grave ne pouvait plus arriver. Soudain généreuse après s'être faite trouble-fête, la neige protégeait les êtres vivants, elle dissimulait sous sa cape les terreurs de l'homme.

Il n'y avait plus à s'inquiéter.

Les meurtres de Prince-Albert appartenaient à une autre saison, aussi bien dire à un passé lointain. L'hiver précoce oblitérait tout. Peu importait s'il s'agissait d'une fausse alerte, d'un vain espoir, peu importait si les Beaumontais, dans le fond d'eux-mêmes, savaient qu'ils se berçaient d'illusions! Car l'oubli apporté par la neige était factice. Simple intermède au sein d'un cauchemar en gestation, cette trêve se ferait payer très cher.

* * *

Patrick Ashley pleurait sans se soucier d'être entendu; l'énergie trop longtemps retenue derrière le barrage de ses émotions s'écoulait en un immense flot continu. Ses poings serrés s'abattaient avec force sur le matelas. L'obscurité dans laquelle il avait enveloppé sa tristesse formait un rempart contre lequel le mot espoir n'avait aucune prise. Une autre journée venait de disparaître du livre de bord de sa vie. Il se demandait quand la maladie le livrerait pour de bon à la mort. Il ne se résignait pas à accepter son sort. Qu'il ait ou non mérité ce qui lui arrivait n'avait pas d'importance, il refusait simplement d'admettre que le destin le désignait pour faire partie du prochain lot d'êtres humains à être expédié dans l'au-delà!

Depuis que les médecins lui avaient fait part de ce qui l'attendait, il passait toutes ses journées à examiner des questions auxquelles il ne s'était jamais attardé auparavant. Il se demandait si Dieu existait, si l'enfer était une invention de la religion, peu importe laquelle, pour s'attirer des fidèles. Il avait peur de mourir, certes, mais l'idée de passer l'éternité dans les flammes le terrorisait.

À travers ses sanglots, il entendit des pas. Quelqu'un avançait avec précaution. Il bougea la tête, ouvrit tout grands les yeux, essayant de percer le rideau d'obscurité derrière lequel il s'était volontairement retranché. Il voulut tendre la main en direction de la lampe de chevet, mais sa position ne l'avantageant pas, il perdit quelques secondes en se redressant.

—Bonsoir, Patrick.

Sa main tremblait lorsqu'elle entra en contact avec le commutateur. Il s'en voulait un peu de s'être fait prendre à pleurer comme un gamin privé de ses jouets, même si, un instant, il avait cru que la chose pouvait le laisser indifférent. La lampe, en s'illuminant, accentua la rougeur de ses yeux. D'une boîte de kleenex posée sur la table de nuit, il tira un papier-mouchoir dont il se servit pour sécher maladroitement ses larmes.

—Qui êtes-vous?

—Je crains de vous avoir effrayé, Patrick. Je ne l'ai pas fait exprès.

D'après sa tenue, la jeune femme devait être infirmière. Elle était encore trop loin de Patrick pour que celui-ci puisse lire le nom apparaissant sur la plaque d'identification agrafée à sa blouse. L'éclairage dispensé par la lampe de chevet ne s'étendait guère plus loin que l'extrémité du lit. Le reste de la chambre baignait dans une demi-obscurité qui, en d'autres circonstances, aurait pu faire partie d'un décor intimiste aux connotations résolument sensuelles.

La courte jaquette d'hôpital qu'il portait depuis son arrivée ne cachant rien de sa nudité, Patrick, lorsque son regard croisa celui de la jeune femme, ajusta prestement le vêtement autour de ses jambes. L'infirmière, sans doute habituée à ce genre de situation, ne porta aucune attention au trouble de l'adolescent.

Ses mains fines posées sur l'armature en métal du lit, la visiteuse n'avait pas bougé d'un centimètre depuis que Patrick avait posé ses yeux sur elle. Seul son visage semblait animé par la vie. Il ne se gêna pas pour l'observer en détail, en prenant tout son temps. Son statut de condamné l'autorisait à pratiquer ce genre d'exercice qui, dans une situation normale, aurait été associé à un manque de savoir-vivre. Il devina qu'une force énorme se cachait derrière ces traits délicats et fragiles. Elle souriait et ses yeux noirs brillaient avec éclat, même sous l'éclairage avaricieux dispensé par la lampe de chevet.

—Que faites-vous ici?

—Je suis infirmière, Patrick.

Elle approcha, souriante.

—J'arrive à peine dans cet hôpital. Laissez-moi le temps de m'habituer aux gens.

Elle s'était exprimée à la blague, comme si le fait de se trouver là, quelques minutes avant minuit pour faire les présentations, était la chose la plus naturelle au monde. Pas très loin, un malade fut pris d'une quinte de toux qui semblait partie pour durer une éternité. Un timbre musical fit entendre quelques notes aigrelettes, suivies d'une série d'*au revoir bonne nuit* lancée à la cantonade sur le ton de l'enthousiasme réservé. Le changement de quart était en cours.

—Je viens d'être affectée en permanence à cette unité. Nous nous verrons souvent.

Patrick Ashley ne s'était pas senti aussi bien depuis des semaines. Il émanait de cette femme un parfum de confiance et de douceur auquel il était difficile de résister. Bien qu'il fût plus que jamais conscient que tout espoir de rémission était vain, il se surprit à espérer en des jours meilleurs. Certes, il ne vivrait plus très longtemps, cela ne faisait aucun doute. Mais la présence près de lui de l'être extraordinaire qui venait de faire irruption dans cette chambre adoucirait certainement les derniers moments de sa trop brève existence. Il venait presque de trouver une raison de s'accrocher, de ne pas céder inconsidérément à la tristesse et à l'apitoiement. Soudain, il ne voulait plus donner de lui l'image d'une épave soumise au caprice des vents et des courants. Bien sûr, il était toujours sous l'emprise d'une déprime énorme et il savait qu'il ne pourrait pas s'en débarrasser, mais voilà qu'un ange venait l'aider à surmonter sa peine et le paysage autour de lui commençait à se transformer.

—Il faut que vous dormiez, Patrick. Vous aurez bientôt besoin de toutes vos forces.

La magie disparaissait peu à peu. À la place, naissait un léger sentiment de complicité et de compréhension qui ne demandait qu'à s'épanouir. Il y eut comme une hésitation, un élan auquel ni l'un ni l'autre n'était disposé à mettre un terme. Patrick Ashley mit à profit ce bref moment de flottement pour ajuster la nouvelle image qu'il commençait à se faire de lui. Après le flou des derniers mois dans lequel avait baigné son être, il se demandait s'il parviendrait à remettre en ordre les morceaux dispersés de son âme torturée. À sa grande surprise, il y parvint sans difficulté. Il se retrouvait tel qu'il avait toujours été, c'est-à-dire très volage et peu enclin à courir après les responsabilités, mais aussi extrêmement conscient de la place qu'il occupait dans l'existence et de son importance au sein d'une certaine société parallèle. C'était comme si l'interlude macabre divisant en deux le triste spectacle de sa vie n'avait jamais existé. D'une certaine manière, il recommençait à zéro.

La jeune femme, redevenue infirmière, s'affairait autour du lit, tirant les draps, ajustant les oreillers, vérifiant le niveau du soluté accroché au support métallique près du lit.

—Vous reviendrez?

—Certainement, Patrick. Demain et les autres jours. C'est mon travail.

Elle se préparait à quitter la chambre quand Patrick Ashley, curieux, demanda:

—Quel est votre nom?

—Je m'appelle Rosalie, Rosalie Richard.

N'était-ce là qu'une impression? L'adolescent crut déceler une indicible détresse dans le ton de la jeune femme, comme si le simple fait d'avoir à prononcer son nom lui avait coûté un effort. Il la regarda quitter rapidement la chambre. La vérité s'imposa avant même qu'il ne la sollicite.

Cette femme était encore plus terrorisée que lui.

***

Affamé, le feu léchait voracement les flancs massifs des bûches d'érable amoncelées pêle-mêle dans l'âtre immense. Les tisons, à la recherche du moindre atome d'oxygène, palpitaient sous l'effort que faisait naître leur quête. Le rougeoiement de la braise se répandait en ombres inégales sur les murs de la bibliothèque, entraînant dans son périple une chaleur pulpeuse, écrasante. La fumée, attirée par le ciel invisible, s'échappait en volutes épaisses à travers une cheminée massive dont les proportions correspondaient aux dimensions de la pièce. Le lieu semblait vouloir donner l'impression de se situer en dehors du temps et du monde, dans un univers que l'on aurait voulu rendre familier, mais qui demeurait lointain malgré tout.

Le manteau de la cheminée était recouvert de plaques de cuivre astiquées avec tellement d'application que l'on aurait dit de l'or. Des boiseries d'acajou couraient de partout à la rencontre d'un haut plafond lourdement décoré de feuilles de laurier en relief. Trois lustres en cristal autrichien se tenaient au garde-à-vous, prêts à illuminer le décor de leur riche éclat. Le bois était omniprésent, non seulement sur les murs et au plafond, mais aussi sur le plancher recouvert de tapis d'Orient et dans les divers éléments composant l'ameublement. Seule touche résolument moderne, les meubles suédois aux lignes épurées et aux teintes claires imposaient avec morgue leur présence à cette décoration volontairement empruntée au passé.

Assis, seul, au centre d'un divan recouvert d'un cuir hors de prix, Robert Caine se laissait hypnotiser par l'éclat de la braise et la danse des flammes. Il avait le regard perdu des philosophes et des fous lorsqu'ils sont confrontés à une question dont ils savent à l'avance que la réponse dépassera leur entendement. Le propriétaire du Reporter appréciait l'odeur et le décor de cette pièce dans laquelle il s'empressait de se réfugier en solitaire, dès qu'un problème majeur demandant une réflexion approfondie s'offrait à son esprit froid et calculateur. Déprimé par le spectacle désolant qui, de partout, retenait son attention, il avait quitté quelques instants auparavant la baie vitrée donnant sur le jardin situé à l'arrière de sa luxueuse demeure. La roseraie n'était plus qu'un souvenir disparaissant sous vingt centimètres de neige; charriés par le vent au cours de la journée, les cristaux microscopiques, en s'empilant les uns sur les autres, avaient conquis tout l'espace disponible; aux angles de la maison et dans les endroits balayés par la bourrasque, quelques rares touffes de gazon jaunies par la pluie et les nuits froides avaient survécu à l'attaque-surprise de la nature. Le sous-bois de bouleaux et de pins, dont la périphérie était illuminée par une série de puissants projecteurs, n'avait pas supporté le changement de température amorcé au début de la soirée. Victimes de la bataille, plusieurs dizaines de branches cassées par le vent avaient disparu sous la neige; il ne subsistait d'elles que des extrémités tordues qui perçaient ici et là l'épais tapis blanc.

Ce décor figé dans la glace rappelait à Robert Caine sa propre situation. Même si, sous certains égards, la possibilité de tout laisser tomber lui était apparue, un moment, comme une solution, il ne pouvait se permettre de succomber à la tentation. Il n'était pas une branche d'arbre enfouie sous la neige, mais un chêne appelé à régner sur une forêt d'êtres humains trop stupides pour songer à contester son autorité. Non, il ne pouvait pas abandonner.

Jugeant ennuyeux le jeu auquel il se livrait, avec une complaisance qui n'était pas sans compter quelque danger, il avait quitté sans regret la fenêtre et son paysage évocateur. Assis devant le feu de bois, il avait laissé libre cours à ses pensées, certain de retrouver la paix nécessaire pour analyser la crise que personne, dans le cercle d'initiés auquel il appartenait, ne pouvait gérer avec autant d'efficacité que lui. Assourdi par l'épaisseur du mur de verre, dont l'éclat bleuté et avant-gardiste tranchait de façon très vive avec la décoration traditionnelle de la bibliothèque, le plouf caractéristique d'un corps plongeant dans l'eau tira Robert Caine de sa réflexion. Nancy, sous l'œil de son petit ami – un nouveau venu dans la galaxie des mâles athlétiques gravitant autour de sa fille depuis que celle-ci avait atteint l'âge de dix-sept ans – se détendait en parcourant quelques longueurs de piscine. Avait-elle fait l'amour avant de descendre des appartements aménagés spécialement pour elle au premier?

Une bûche consumée aux trois-quart s'abattit lourdement sur une autre, faisant naître un feu d'artifice miniature devant la paroi extérieure de l'âtre. Robert Caine posa sur une desserte le verre de brandy qu'il réchauffait dans ses mains et empoigna le lourd tisonnier de cuivre. Avec précaution, il piqua l'extrémité de l'instrument dans le magma incandescent, permettant ainsi à l'air de circuler. L'effet fut immédiat. Pour faire bonne mesure, il plaça une autre pièce de bois d'érable sur les braises. Lorsqu'il regagna le divan, il transpirait légèrement sous son smoking. Il aimait la chaleur et le plaisir sensuel que les flammes faisaient naître en lui...

Sa fille pouvait faire l'amour avec qui elle voulait, il n'avait pas à la juger. À vingt-sept ans, seule héritière d'une fortune accumulée depuis quatre générations, la jeune femme faisait preuve d'un goût non équivoque pour les affaires et, de plus, elle était dotée d'un jugement sûr. Dès lors, il n'était pas difficile de lui pardonner son apparent manque de maturité sentimentale. Nancy était une Caine. Froide et calculatrice, elle était sans aucun doute incapable d'aimer et ne pourrait jamais tolérer d'enfants dans sa vie. Elle mourrait probablement comme une Caine: riche et solitaire.

Il porta le verre de brandy à ses lèvres. L'alcool était chaud. Le liquide à peine ingurgité, il ressentit une violente douleur à l'estomac. Son ulcère recommençait à le faire souffrir et il se souvint de la mise en garde de son médecin au sujet de l'alcool. Il ne devait plus boire ainsi, seul, dans l'attente que l'ivresse vienne mettre un baume artificiel sur les peurs le gardant éveillé jusque tard dans la nuit. Il devait mettre un terme à cette habitude.

Pas ce soir. Demain ou un autre jour, mais pas ce soir.

Pouvait-il faire entièrement confiance à Karl Wosniak et à l'habileté de celui-ci à manipuler son entourage? Certes, depuis qu'il lui avait offert le poste de rédacteur en chef au Reporter, l'individu démontrait un talent exceptionnel pour utiliser les gens les uns contre les autres, en particulier les journalistes. Mais l'affaire à laquelle lui, Robert Caine, était confronté, ne risquait-elle pas de s'avérer trop grosse par rapport aux performances passées de Karl Wosniak? Le loup vieillissant ne risquait-il pas de se faire dévorer à son tour par plus fort que lui?

Il n'aimait pas cette impression qu'il ressentait depuis les derniers jours. Il éprouvait un malaise insidieux dont il ne pouvait identifier l'origine avec exactitude. Telle une bête traquée et qui trouve in extremis un refuge temporaire et peu sûr, il se demandait s'il devait forcer la chance et prendre son poursuivant de vitesse, ou s'il ne valait pas mieux rester là, tapi dans l'ombre, en espérant passer inaperçu.

Robert Caine se leva. Il éprouvait un peu de difficulté à conserver son équilibre. Plutôt que de mettre ce phénomène sur le compte de l'alcool, il préféra croire que la surchauffe du foyer était la cause de son étourdissement. Ses pas le conduisirent vers la cloison vitrée séparant la bibliothèque de la piscine intérieure, laquelle était plantée dans un décor correspondant parfaitement à l'idée du luxe qu'il s'était toujours fait.

Emprisonnée dans un coffret de verre et de poutres d'acier la mettant à l'abri de l'hiver et des écarts de température fréquents, l'été, à Beaumont, la piscine épousait des formes irrégulières rappelant un lagon ou un lac de montagne miniature et ne comportait pas de pourtour proprement dit; le sol descendait en pente douce, imitant une plage à la perfection. Afin de rendre l'impression de la nature encore plus réelle, du sable blanc et fin recouvrait le ciment, dans un rayon de cinq mètres autour de l'étendue d'eau. Un mécanisme complexe et coûteux provoquait de petites vagues qui venaient mourir sur cette plage recréée avec un extrême souci du détail. Des palmiers et des plantes exotiques, plantés à même le sol chauffé, complétaient le décor. À l'extrémité opposée de la cloison vitrée, un jardin japonais avait été aménagé avec beaucoup de soin. Un ruisseau, dont l'eau était pompée à même celle de la piscine, s'écoulait en cascades sous un pont de bois aux lignes gracieuses, puis traversait une forêt de bonsaïs pour venir mourir, enfin, sur le sable blanc de la plage.

Robert Caine s'était payé cette folie presque sur un coup de tête, douze ans auparavant, après ce qu'il considérait comme le coup en Bourse le plus sensationnel de sa carrière. Il avait obtenu quelques bons tuyaux... Peu importait qu'il fût passé bien près d'avoir à répondre, devant la Commission des valeurs mobilières, à une accusation touchant au délit d'initié, l'affaire, somme toute, n'avait pas connu de suites fâcheuses. Sa réputation de businessman intègre l'avait mis à l'abri des questions indiscrètes des enquêteurs du gouvernement et ses relations politiques haut placées avaient fait le reste.

Dans l'évangile doré sur tranche de Robert Caine, les six

cents mètres carrés de cette piscine et le superbe décor l'entourant représentaient le nec plus ultra du prestige et du luxe. Il avait réussi à créer l'illusion de l'exotisme dans un monde de glace. Cela, il le devait non seulement en grande partie à son imagination, mais aussi à la puissance de l'argent. Il n'était pas disposé à brader toute cette gloire et sa position privilégiée dans la haute société beaumontaise pour une simple erreur de parcours commise par un autre que lui.

S'attendant à trouver Nancy et son compagnon en train de nager, il fut surpris de constater que les deux jeunes gens demeuraient invisibles. Il se déplaça de quelques mètres, puis porta son regard jusque dans le jardin japonais, en direction du petit pont de bois enjambant le ruisseau, à mi-chemin entre le tremplin et un bouquet de palmiers. Il allait quitter son point d'observation quand il aperçut sa fille, nue, couchée sous le corps puissant de son compagnon, près de la forêt de bonsaïs. Le garçon, dont le visage était crispé par l'effort, avait enlevé son maillot, qui gisait près de la plage. Une serviette de bain, détrempée et tordue aux extrémités, servait de couche au couple qui semblait peu se soucier de la qualité de ce matelas improvisé. Robert Caine ne pouvait détacher son regard de la scène. Conscient de l'incongruité de la situation, qui le plaçait dans la position du voyeur épiant sa propre fille en train de faire l'amour, il n'arrivait pas, malgré la honte qu'il ressentait, à abandonner son poste d'observation.

Les jambes nouées autour des reins de l'homme la chevauchant, s'offrant totalement et sans aucune pudeur au désir, Nancy griffait le dos de son partenaire, encourageant celui-ci à accélérer sa cavalcade. De l'endroit où il se tenait, Robert Caine pouvait entendre, en tendant l'oreille, le halètement sauvage de sa fille qui se mêlait aux exclamations frénétiques du jeune homme. Nancy se déhanchait furieusement, tandis que ses seins se soulevaient ou s'abaissaient en suivant un rythme régulier qui allait en s'accélérant à mesure que la passion se transformait en jouissance.

Le garçon se cambra et parut hésiter une fraction de seconde. La tête rejetée en arrière, il paraissait se concentrer. Craignant d'être aperçu, Robert Caine recula de quelques pas, toujours sans parvenir à détacher son regard de la scène. Nancy hurla de plaisir lorsque son partenaire, enfin, d'un puissant coup de rein, s'enfonça profondément en elle.

Essayant de contrôler le début d'érection qui commençait à gêner sa démarche, Robert Caine battit prudemment en retraite. Confus, il ne parvenait pas à comprendre pourquoi il prenait plaisir à regarder sa propre fille faire l'amour. Il réfléchissait à la fascination qu'avait exercée sur lui la scène torride dont il venait d'être le témoin intéressé, lorsque Nancy, vêtue d'un peignoir que, contrairement à son compagnon, elle avait noué sans conviction, pénétra dans la bibliothèque. Robert Caine sursauta en apercevant sa fille.

—Bonsoir, papa.

—Hello, Nancy...

—Papa, voici Antony Ross. Il meurt d'envie de faire ta connaissance.

Antony, qui semblait être âgé de moins de vingt ans, rougit jusqu'aux oreilles, ce qui trancha de manière on ne peut plus contrastée avec ses cheveux blonds. Le jeune homme bafouilla quelques mots, hésita, puis tendit la main au propriétaire du Reporter.

—Je suis très heureux de faire votre connaissance, monsieur Caine. On parle tellement de vous.

Robert Caine ignora ostensiblement la main tendue vers lui. Il avala un peu de brandy, un vague sourire ornant son visage impassible. Quelques secondes s'écoulèrent, embarrassantes. Nancy avait planté son regard dans celui de son père et semblait décidée à soutenir la confrontation aussi longtemps que nécessaire. Ce fut Robert Caine qui, le premier, abandonna. Juste au moment où Antony, confus, allait retirer sa main, le propriétaire du Reporter la saisit mollement du bout des doigts, comme si elle appartenait à un lépreux.

—Je suis heureux de vous rencontrer, Antony.

Robert Caine s'était exprimé sur le ton distant et hautain qu'il utilisait avec ses subordonnés. À l'instant où le jeune homme avait pénétré dans la bibliothèque, il avait décidé de le détester.

—Antony étudie le journalisme à l'université, papa.

—Je vois.

C'était la première fois que Nancy exerçait une pression indirecte, dans le but d'intégrer un de ses innombrables petits amis dans l'organisation paternelle. En remarquant intérieurement que sa fille devait tenir particulièrement à celui-là, Robert Caine décida d'y penser sérieusement avant de décevoir la jeune femme.

—Passez donc me voir la semaine prochaine au journal en compagnie de ma fille. Je vous servirai volontiers de guide.

Nancy, dont le regard ne recelait pas la moindre trace de défi, dit, en s'adressant à son père:

—Nous montons.

—Bonne nuit, ma chérie.

Le couple reprit le chemin de la piscine et de l'escalier conduisant à l'étage. Au moment de franchir le seuil séparant la bibliothèque du faux lagon, la jeune femme se retourna et accrocha de nouveau le regard de son père. Celui-ci aperçut une lueur inquiétante dans les yeux de sa fille, une lueur qui n'autorisait aucun doute.

Robert Caine réalisa seulement quelques minutes après que sa fille l'eut quitté, que celle-ci avait encore fait exprès de se donner en spectacle et qu'elle avait pris plaisir à agir ainsi. Il frémit en pensant à la haine qu'il avait lue dans le regard de Nancy, une haine qui ne s'adressait qu'à lui seul et qui faisait peur, tellement elle paraissait profonde, inhumaine.

Le feu, à court de combustible, agonisait. Moins insidieuse, la chaleur était devenue presque supportable. Robert Caine jeta un regard décontracté au verre vide qu'il tenait dans la main. Il observa un court instant le contenant qui portait l'empreinte graisseuse de ses doigts puis, d'un geste tout à fait naturel, sans précipitation, il le lança dans les flammes. Le verre, en se fracassant, émis un son cristallin, presque joyeux.

Plus ivre qu'il ne le croyait, son esprit sollicité par la nouvelle préoccupation née de l'attitude de Nancy, il se dirigea vers le mur opposé à l'âtre, à l'autre extrémité de la bibliothèque. Son pas mal assuré trahissait le degré d'ivresse auquel, lentement, il était parvenu. Arrivé à la hauteur du rayon contenant les œuvres complètes de Shakespeare – dont il n'avait jamais lu une seule ligne – il saisit un volume luxueusement relié. Le titre du livre ne lui disait absolument rien. C'est pour cette raison qu'il avait soigneusement découpé la totalité des pages sur une épaisseur de quatre centimètres, ne laissant intact que le pourtour; l'espace ainsi créé cachait une cassette vidéo BASF ne comportant aucune identification particulière en mesure d'informer un curieux sur le contenu de la bande. L'objet, d'une facture plutôt banale, tenait bien dans la main. Il remit le livre truqué sur son rayon après en avoir retiré la cassette. Il fit ensuite quelques pas, cette fois vers un meuble d'acajou percé d'un écran de télévision et surmonté d'un magnétoscope. Il glissa la cassette dans l'ouverture de l'appareil et, après s'être assuré que Nancy et Antony avaient bel et bien quitté la pièce, il regarda, pour la centième fois, et avec une peur morbide, les images révélées par l'écran du téléviseur.

Une véritable bombe.

***

Clint Eastwood avait raison, le couteau était une arme du passé, un héritage de la préhistoire à bannir de ses habitudes.

Le Magnum 357 à canon ventilé tenait bien en main. La crosse épousait la forme de ses doigts et l'arme, balancée à la perfection, ne demandait qu'à cracher la mort. Il n'avait pas eu à chercher bien longtemps avant de trouver le puissant revolver. Celui-ci dormait, enveloppé dans du papier gras, au fond du sac aux couleurs de la Pan Am. Il fut un peu déçu de constater, en la découvrant, qu'il ne s'agissait pas de l'arme préférée de Dirty Harry. Sa déconvenue ne dura pas, cependant. Tout à sa joie de tenir enfin dans ses mains un outil digne de son savoir-faire, il avait oublié rapidement le Magnum 44 de Clint Eastwood et l'aura de puissance brute qui s'en dégageait. Il ne s'interrogea pas inutilement sur la présence du revolver dans le sac de voyage. L'important était que le Magnum 357 se trouvait là où il devait être, disponible, attendant qu'il le caresse.

Ce genre de phénomène se produisait souvent. S'il lui arrivait de songer à quelque chose avec suffisamment d'insistance, ses désirs prenaient forme et se réalisaient de la manière la plus simple qui fût. Il n'avait pas à forcer la main au destin pour l'obliger à faire preuve d'obligeance. Il se demandait souvent pourquoi tout lui était si facile, alors que d'autres, moins chanceux, se faisaient prendre leur premier crime à peine commis. Il en était venu à la conclusion que le don qu'il possédait pour mener ses projets à terme devait puiser une grande part de son efficacité dans le fait qu'il était en étroite relation avec un monde ouvert à lui seul, d'où le surnaturel n'était pas absent.

Il avait glissé le revolver dans sa ceinture. Debout devant le miroir en pied de la salle de bain, il admirait son reflet avec intérêt. Il se trouvait beau. La crosse brune aux vis apparentes se découpait de façon très contrastée sur le T-shirt blanc dont il se servait comme gilet de corps; le vêtement et la crosse réunis tranchaient agréablement avec l'acier bleu du revolver. Le barillet, froid au début, se réchauffait au contact de la peau. L'extrémité du canon touchait la base de son sexe; cette promiscuité l'amena à ressentir une douce excitation qu'une forte dose d'adrénaline venait rendre encore plus réelle. Il se sentait invincible.

Rosalie Richard devait mourir. La seule question vraiment importante était de savoir quand.

Il s'était remis à la suivre. Il n'avait pas eu de difficulté à repérer la jeune femme, celle-ci n'ayant pas jugé bon de déménager après les assassinats auxquels, indirectement, elle avait été mêlée. Rosalie Richard vivait toujours sa vie de petite fille rangée, dans un modeste trois pièces, près de Prince-Albert. Seul changement notable intervenu dans sa vie depuis l'été précédent, l'infirmière travaillait maintenant dans un autre établissement de santé de Beaumont, l'hôpital Saint-Michael.

Un peu plus d'un mois après l'agression dont elle avait été victime, les policiers, certains que le meurtrier ne récidiverait pas, avaient mis fin à leur surveillance et, depuis, ne protégeaient plus la jeune femme.

Il avait su se montrer patient et maintenant sa route ne comportait plus aucun obstacle.

Rosalie Richard prenait son service à Saint-Michael à quatre heures de l'après-midi, jusqu'à minuit. Elle ne travaillait pas durant les week-ends qu'elle passait à la maison la plupart du temps. Une fois par semaine, après son quart de travail, habituellement le jeudi, elle se rendait dans un bar, le Pop Corn Pub; elle y saluait quelques connaissances en sirotant une bière, une seule, puis reprenait le chemin de son appartement par le dernier bus de la nuit. Une fois rentrée, elle prenait quelques minutes pour se détendre en laissant les lumières de son appartement allumées. Habituellement, elle éteignait une quarantaine de minutes après son retour et se mettait au lit. Seule.

Il savait tout d'elle, de la marque de son yogourt préféré à celle des serviettes hygiéniques qu'elle utilisait. À son insu, sans jamais qu'elle donne l'impression de soupçonner sa présence, il l'avait suivie au supermarché, au cinéma et dans les sentiers du parc municipal, lorsqu'elle s'adonnait à son jogging matinal, le samedi et le dimanche.

Il aurait pu la tuer cent fois.

Il savait qu'il devrait en venir là, que le temps d'agir arriverait bien assez tôt. Il croyait revivre la même situation à laquelle il avait été confronté lorsqu'il s'était mis à épier les allées et venues de la jeune femme, au début de l'été précédent, alors qu'il n'arrivait pas à se décider sur le parti à prendre. Dans l'attente d'un autre signal qui signifierait cette fois un arrêt de mort sans appel, il avait collé ses pas à ceux de Rosalie Richard. C'est ainsi qu'il avait appris à connaître ses goûts et ses habitudes, qu'il savait quand elle était heureuse ou inquiète.

Il l'avait perdue de vue un mois, quatre longues semaines au cours desquelles il s'était demandé si elle avait changé et comment elle supportait les séquelles de l'aventure qu'il lui avait fait subir. Curieusement, il savait qu'elle ne quitterait jamais Beaumont, qu'elle ne fuirait pas la ville qui avait failli la tuer, car elle semblait trop attachée à son environnement pour tourner définitivement le dos à tout ce qui avait été sa vie jusque-là. Lorsqu'il avait recommencé à l'épier, il avait usé de beaucoup de prudence. Il craignait, en effet, que la méfiance de sa prochaine victime ne cause sa propre perte. Or, et c'est ce qui le surprenait le plus, la jeune femme ne semblait manifester aucune inquiétude. Cette attitude, qui n'était pas sans l'intriguer, avait pour conséquence de lui faciliter grandement la tâche. Ce n'était que récemment qu'il en était venu à une conclusion, qui n'était pas sans accentuer l'estime qu'il nourrissait pour lui-même, et qui pouvait, à la limite, expliquer l'apparent détachement dont Rosalie Richard faisait preuve. Sans le savoir, il avait probablement emprisonné dans le sien une partie de l'esprit de la jeune femme, cette nuit de juillet où il avait tué les six patients de Prince-Albert. Un lien invisible s'était tissé entre eux; ce trait d'union subtil et indéfinissable les gardait en relation, malgré la terreur dans laquelle devait vivre l'infirmière depuis qu'elle avait repris un rythme de vie à première vue normal.

Rosalie Richard était devenue sa propriété.

Il quitta la salle de bain. Le Magnum 357 emprisonné dans son poing droit, il s'amusa à mettre en joue Kermit la Grenouille, qui venait d'apparaître en gesticulant sur l'écran du téléviseur. La vedette du *Muppet Show* disparut derrière un message publicitaire, au moment où il appuyait sur la détente. Le chien frappa le percuteur avec un clic gêné. Il n'y avait pas de balles dans le barillet.

Rien ne pressait.

***

À cinq cents mètres des installations désaffectées du vieux port, que fréquentaient quelques rares poivrots et des couples d'amoureux en voiture à la recherche d'un peu de tranquillité, le Sodome proposait son obscurité bienveillante à une clientèle triée sur le volet. N'entrait pas qui voulait dans l'établissement. Pour y pénétrer, il fallait être un habitué. Le nom du bar, inscrit en lettres de néon rose au-dessus d'une porte métallique ne comportant aucune ouverture, prenait toute sa signification une fois seulement le seuil franchi.

Le Sodome se targuait d'être le seul bar homosexuel de la ville; cette particularité ne suffisait pas, cependant, pour encourager une forme quelconque de quarantaine. En fait, l'endroit était l'objet d'une fréquentation assidue. Bien que la population gay n'ait pas encore été invitée à s'afficher ouvertement, il était de bon ton, à Beaumont, d'entretenir une certaine forme de tolérance à l'endroit des représentants les plus visibles de cette communauté. Une entente tacite voulait que les homosexuels fussent laissés libres d'exprimer leur différence en toute tranquillité, tant qu'ils ne devenaient pas trop bruyants ou encombrants.

Reléguée par la tradition dans un ghetto au sein duquel elle avait l'impression de se mouvoir avec plus de liberté, la colonie homosexuelle de Beaumont avait fait du Sodome son point de ralliement le plus chaud. On y célébrait régulièrement une cérémonie symbolique, s'inspirant de déclarations usées jusqu'à la corde. Il y était question de la difficulté de vivre un destin injuste, fait d'incompréhension douloureuse et de refus. Le ton employé allait du grave à l'aigu et l'économie du geste, ou sa ferveur, variait selon le type d'homosexualité vécue par les individus exprimant leur point de vue. Quelquefois, ces forums improvisés se terminaient en vaudeville; à d'autres occasions, les participants contribuaient, par la passion de leurs interventions, à créer de véritables psychodrames collectifs. C'était également au Sodome que les représentants les plus engagés de la communauté homosexuelle de Beaumont recevaient leur bénédiction rituelle. Celle-ci épousait la forme d'engagements moraux solennels qui prenaient tous leur origine, comme il se devait, dans une gamme infinie d'émotions refoulées et, la plupart du temps, larmoyantes. Le bar recrutait une bonne partie de sa clientèle de passage parmi les voyageurs de commerce esseulés, à la recherche d'un peu de changement dans leur vie conjugale; parmi les habitués du Sodome, on distinguait également une forte représentation de jeunes gens volontairement à l'étroit dans leur *Levi's* et qui affichaient ouvertement leurs intentions; s'ils se retrouvaient là régulièrement, c'était pour gagner leur vie, soit comme partenaire d'une nuit, soit à titre d'amant potentiel avec, à la clé, la possibilité de poursuivre sur une base plus approfondie une aventure prévue initialement pour être de courte durée. Tout ce qui à Beaumont, et à des dizaines de kilomètres à la ronde, évoluait dans la catégorie des gens influents ou occupait une place privilégiée dans l'échelle sociale, n'aurait guère apprécié être vu à proximité du Sodome. À intervalles réguliers, la nuit, une voiture de police louvoyait dans le secteur à la recherche de types à coffrer, de préférence après avoir été surpris en train d'échanger des gestes que la morale locale réprouvait. Seuls les chauffeurs de taxi, rompus à tous les genres de clientèle, osaient fréquenter les environs. Leur intérêt, mis à part leur curiosité, prenait sa source dans des considérations purement économiques. Les habitués du Sodome, en effet, et pour des raisons évidentes, préféraient se rendre sur place en taxi plutôt que dans leur voiture personnelle...

Un avocat homosexuel, qui avait apprécié la manière dont Philippe Lambert avait couvert un procès à l'issue duquel son client avait été acquitté, s'était chargé, plus tôt dans la soirée, d'introduire le journaliste au Sodome. Le magistrat n'avait pas posé de questions, il s'était contenté de faciliter les choses à Philippe, certain que celui-ci renverrait l'ascenseur à la première occasion. Quelques minutes seulement avaient été nécessaires au journaliste pour s'habituer à l'atmosphère du Sodome. Celle-ci ne présentait aucun trait particulier, à part le fait que les couples étroitement enlacés, et qui dansaient sur un blues de Janis Joplin, étaient formés uniquement d'hommes. L'endroit ressemblait au bar typique nord-américain, avec son air enfumé et ses recoins sombres derrière lesquels se réfugiaient les couples. Assis à une table en retrait de la piste de danse, Philippe sirotait un Glenfidish en essayant de se faire tout petit. Quelques clients lui lançaient des regards ouvertement intéressés et ce manège le mettait mal à l'aise. À son arrivée, il avait craint d'être sollicité avec insistance par une armée de types en rut. Jusqu'à présent, il n'avait eu à repousser aucune avance directe et il espérait qu'il en serait ainsi encore longtemps.

Passé dix heures, il abhorrait les bars et l'atmosphère de joie factice se dégageant de ces lieux. La fumée des cigarettes, le concert ininterrompu des verres et des bouteilles déposés avec fracas sur les plateaux des serveurs, les conversations émergeant avec difficulté de l'océan de musique, tout cela le désorientait. Il préférait fuir ces lieux un peu hypocrites dont la seule raison d'être, selon lui, étaient de regrouper des gens refusant d'admettre la solitude dans laquelle leur existence s'égarait.

—Vous êtes Philippe Lambert, le gars du Reporter?

Philippe sursauta légèrement en même temps qu'il acquiesçait; mû par un réflexe professionnel, il afficha un sourire de circonstance un peu réservé, mais dans lequel il s'efforça de mettre un peu de chaleur. Sans attendre d'invitation, l'homme tira une chaise et s'assit.

Le manque d'éclairage l'empêchait d'analyser par le détail les traits du nouvel arrivant. Philippe était surpris par le comportement à première vue nerveux de son hôte, et embêté quant à l'attitude qu'il devait lui-même adopter. Sans vouloir l'admettre, il regrettait de s'être rendu au Sodome. La piste sur laquelle l'avait mis Paul Francis ne semblait comporter rien de vraiment significatif et, tout bien considéré, ne paraissait mener nulle part. Il réprima sa mauvaise humeur, puisqu'il n'y avait rien d'autre à faire pour l'instant.

—Je travaille à Saint-Michael...

L'individu, malgré la pénombre, dut remarquer le haussement d'épaules du journaliste. Sur ses gardes, il s'empressa d'ajouter:

—Ça va, je sais... Il y a au moins quatre cents types qui travaillent là-bas et cela ne fait pas d'eux des gens importants!

Philippe allait dire quelque chose de vaguement diplomatique, afin de meubler cette entrée en matière plutôt ratée, mais son interlocuteur ne lui en laissa pas le temps.

—Un jour ou l'autre, on finit tous à l'hôpital. Riches ou pauvres, célèbres ou anonymes... Nous sommes impuissants devant la maladie!

—Voilà une philosophie réaliste... monsieur?

—Mon nom? Il ne vous dirait rien. Et puis, je préfère que ce soit moi qui mène la conversation, ainsi nous perdrons moins de temps.

—Alors, je ne vois pas pourquoi je resterais ici plus longtemps.

Philippe amorça le geste de se lever mais son mouvement, à peine entamé, fut stoppé net par la main de l'homme. Celle-ci, en s'abattant pesamment sur son avant-bras, fit naître une douleur intense. Le verre de Glenfidish, vide excepté quelques glaçons à demi fondus, alla choir sur le sol où il se brisa; un cendrier rempli de mégots suivit le même chemin. À travers les baffles invisibles, Boy George régurgitait une mélodie sentimentale qui retenait l'attention de tout le monde. Bien qu'il n'ait pu se faire une idée précise du gabarit de l'individu qui le retenait par le bras, Philippe n'entretenait pas de doute sur sa capacité de le mettre K.-O. si la situation venait à l'exiger. Il soupesa le pour et le contre et, finalement, conclut que cela ne servirait à rien de tenir tête au gars. Il devait conserver son sang-froid, peut-être, après tout, en saurait-il un peu plus après cette soirée si mal partie.

— Ce n'est guère une façon civilisée d'entamer une conversation, vous n'êtes pas de cet avis?

L'homme hésita, puis sa poigne se relâcha. L'atmosphère se détendit autour de la table. Entre les lamentations de Boy George, Philippe crut percevoir un soupir de soulagement.

— Je suis un peu nerveux, ces temps-ci.

Philippe s'adossa. Lorsque le garçon de table passa à leur hauteur, il commanda un autre Glenfidish. L'homme opta pour une eau minérale. En attendant les consommations, Philippe revint à la charge:

— Donnez-moi au moins votre prénom, au besoin inventez-en un, cela facilitera la conversation.

— Appelez-moi Oscar.

La musique avait cessé. Deux jeunes gens se tenant par la taille traversèrent la piste de danse entre les tables et le bar. Philippe, involontairement, les suivit du regard. Oscar remarqua:

— Vous ne fréquentez pas souvent ce genre d'endroit, n'est-ce-pas?

— C'est la première fois que j'y mets les pieds.

Oscar avança son visage à quelques centimètres de celui de Philippe, qui put, enfin, l'observer. L'homme ne devait pas avoir plus de quarante-cinq ans. Ses cheveux bruns coupés en brosse entouraient un visage poupin, rieur, qui n'avait pas été rasé depuis deux jours. La barbe accentuait la pâleur de la peau au point de la rendre presque transparente. Philippe conclut que l'homme assis devant lui ne devait pas être dans une forme excellente.

—Les types dans votre genre, on les repère sur-le-champ. On dirait que vous avez peur d'être dévorés, quand vous pénétrez dans des endroits comme celui-ci. Ce n'est pas sans raison que j'ai fixé ce rendez-vous au Sodome, j'étais certain de vous reconnaître au premier coup d'œil.

—Vous êtes homosexuel?

—Disons que je suis un habitué de ce bar.

—On vous paie pour faire quoi, à Saint-Michael?

—Labo. Analyses des prélèvements, rien de vraiment passionnant.

Le garçon avait déposé les consommations sur la table, jetant au passage un regard entendu à Oscar. Philippe voulut payer, mais l'autre retint son geste.

—C'est pour moi.

En guise de remerciement, Philippe leva son verre en direction d'Oscar, puis le porta à ses lèvres. L'alcool commençait à faire son œuvre, il se sentait moins tendu et était prêt à faire preuve de plus de patience.

—Dites-moi, Oscar, pourquoi avez-vous passé ce coup de fil au Reporter? Je parie que vous avez des choses intéressantes à raconter et que vous ne savez pas par quel bout commencer. N'ai-je pas raison?

—Je suis un mort en sursis.

Philippe posa son verre sur la table.

—Pardon?

—Je vais mourir. Dans six mois, un an, trois tout au plus, j'avalerai mon bulletin de naissance. Ça vous en bouche un coin, pas vrai?

Il était déçu. Il avait espéré se trouver en présence d'un informateur en mesure de l'éclairer sur l'attitude de Karl Wosniak et voilà que le ballon se dégonflait. Ce pauvre type, comme beaucoup d'autres avant lui, croyait pouvoir attendrir les gens avec son histoire. Ce qu'il ne savait pas, c'était que ce genre de papier n'intéressait plus personne. Il fallait être un criminel condamné à la potence ou à la chaise électrique pour éveiller l'intérêt des gens dans ce domaine, et encore là, le succès n'était pas garanti tout à fait!

—Le sarcome de Kaposi, vous connaissez?

Philippe démontra son ignorance en haussant les épaules. Il était résigné à écouter poliment l'histoire d'Oscar, estimant que dans une demi-heure tout serait terminé. Le pauvre type avait besoin de se confier et semblait nourrir un goût morbide pour épancher sa peine sur les épaules des inconnus. Paul Francis s'était fait prendre et, en bout de ligne, c'était lui, Philippe Lambert qui écopait.

Oscar se concentra sur son verre d'eau minérale; Philippe observa que les bulles de gaz venaient mourir à la surface en longues traînées paresseuses. Il se sentait vidé, à plat, un peu déboussolé. Il n'avait qu'une idée en tête, son lit, qu'un seul objectif, une bonne nuit de sommeil. Il voulait quitter cet endroit rapidement, avec l'intention de ne plus jamais y revenir. À contretemps de ses réflexions, il percevait le murmure des conversations allant s'amplifiant. La musique s'était tue et on aurait dit que les clients du Sodome, craignant d'être de nouveau surpris par la cascade de décibels, se dépêchaient d'échanger leurs confidences. Tout près de là, un homme d'âge mûr, vêtu avec recherche, enveloppait de son regard de morue égarée au milieu d'un banc de dauphins un garçon qui, à en juger par son air d'adolescent, ne devait pas avoir plus de seize ans.

—Le sarcome de Kaposi est l'appellation scientifique du cancer de la peau. C'est une maladie qui est généralement le lot des individus atteints du syndrome immuno-déficitaire acquis.

—Ne me dites pas que...

—Voilà, monsieur le journaliste. Vous venez de comprendre. Je fais partie de l'illustre confrérie. Vous en avez mis du temps!

Philippe secoua la léthargie à base d'alcool qui, insidieusement l'avait gagné. Son moral remonta de plusieurs crans. Aucun cas de sida n'avait encore été signalé à Beaumont. Isolés dans leur océan de verdure, les Beaumontais se considéraient comme des insulaires à l'abri de la peste ravageant les grandes cités interdites. Or, voilà qu'un spécimen appartenant à ce que la société bien-pensante appelait la légion des damnés se tenait devant lui, essayant de l'intéresser à son sort.

—Il existe neuf chances sur dix que je meure du sarcome

de Kaposi, d'ici un an, deux tout au plus. Je suis une bombe ambulante. Je pourrais refiler le virus à n'importe qui, je n'ai qu'à ouvrir ma braguette. Le type qui couchera avec moi infectera quelqu'un d'autre et, ensuite, ce sera au tour de ce dernier de contaminer son partenaire. La réaction en chaîne est déjà amorcée, qui peut dire de quelle manière tout cela prendra fin?

Incrédule, Philippe lança:

—Ne me dites pas que vous allez vous payer une baise de six mois, rien que pour vous venger du type qui vous a mis dans cet état?

Oscar changea de position. Paraissant plus détendu depuis qu'il avait dévoilé le fond de sa pensée, il observait Philippe avec le regard d'un chien fidèle qui vient d'être rabroué injustement par son maître.

—J'avoue que, un temps, l'idée m'a effleuré. Je ne voulais pas mourir seul. Maintenant, je suis plutôt indifférent. Rien n'a plus réellement d'importance.

—Je ne vous crois pas, Oscar. J'ai l'impression que vous ne seriez pas ici sans une bonne raison. Je pensais tout à l'heure que vous étiez le genre de type à confier votre peine au premier journaliste de passage, espérant ainsi apitoyer les gens. Je faisais fausse route. Ce que vous avez à dire, je crois, est beaucoup plus important qu'un simple témoignage sur le drame avec lequel vous êtes aux prises.

Oscar chercha le regard de Philippe et s'y accrocha. Malgré la pénombre, le journaliste perçut dans les yeux de l'homme une flamme qu'il n'avait pas remarquée auparavant. Le fatalisme avait disparu et avait fait place à une volonté inflexible. À moins que ce fût un désir de vengeance...

—Sortons.

Philippe suivit Oscar avec empressement, car il ne tenait pas à imposer davantage sa présence aux clients réguliers du Sodome. Il était soulagé de quitter le bar dont l'ambiance dégénérait un peu trop rapidement à son goût. En se formant, les couples devenaient plus entreprenants et il était déjà possible de prévoir que les choses n'iraient guère en s'améliorant à mesure que la nuit avancerait.

La nuit, douce et étoilée, invitait à la marche. Il n'y avait plus un seul nuage dans le ciel et la neige, en fondant, formait des rigoles d'eau claire qui allaient se perdre dans les bouches sombres des égouts. Après la chaleur suffocante de l'intérieur, les deux hommes accueillirent avec soulagement la fraîcheur légèrement piquante de la rue. À une dizaine de mètres du bar, en direction du vieux port, une ruelle se terminant en cul-de-sac offrait son ombre complice aux ivrognes et aux couples pressés sortant du Sodome. Oscar et Philippe y pénétrèrent d'un pas nonchalant. Un chat de gouttière, miaulant et crachant de colère, se faufila entre leurs jambes, pour disparaître finalement der-rière eux. Ils avancèrent encore de quelques mètres, jusqu'à ce que l'ombre d'un mur leur interdise d'aller plus loin. Oscar avisa une caisse vide et toute cabossée sur laquelle le mot Pepsi-Cola apparaissait en couleurs délavées par les intempéries; il retourna le contenant et s'en servit comme d'un banc improvi-sé. Philippe, les mains dans les poches de sa canadienne, s'appuya au mur de brique qui devait appartenir à une annexe du Sodome. Craignant qu'Oscar ne se décide malgré tout à battre en retraite, il préférait se taire plutôt que d'encourager celui-ci aux confidences. En journaliste expérimenté, il savait qu'à ce stade-ci de leur entretien, tout pouvait encore arriver, rien n'était gagné.

—Il y a un type en quarantaine, là-bas à Saint-Michael... Son nom est Patrick Ashley. C'est par lui que tout a commencé.

CHAPITRE VI

NUIT DE CRISTAL

Rosalie Richard se souvenait d'une autre nuit semblable à celle-ci, une nuit étoilée de juillet au goût âcre de sang et de terreur sauvage, une nuit qu'elle ne pourrait jamais oublier, même au seuil de l'éternité. Depuis que le meurtrier de Prince-Albert avait fait irruption dans sa vie, elle n'arrivait pas à dormir plus de deux heures d'affilée. La nuit était devenue son ennemie, elle recelait dans son obscurité tous les dangers de la terre. Le manque de sommeil la rendait irascible et accentuait la fatigue alourdissant ses traits. Les regards exagérément compatissants de son entourage l'agaçaient plus qu'ils ne la réconfortaient. Elle avait espéré que son nouveau travail à Saint-Michael l'obligerait à reprendre graduellement une vie normale. Or, tel n'avait pas été le cas; la peur l'étreignait toujours et lui tenait fidèlement compagnie, amenant des sanglots involontaires lorsque, comme maintenant, elle revivait chaque minute, chaque seconde du combat qu'elle avait perdu contre le tueur invisible. Elle ne se sentait pas encore vraiment dépressive, juste déprimée. Elle devinait, cependant, que ce n'était qu'une question de temps avant que l'irrémédiable se produise. La réalité glissait entre ses doigts comme le sable fin de la plage; ce qui avait été sa vie s'effilochait sous la tempête née d'un rendez-vous qu'elle n'avait pas sollicité et dont le souvenir la poursuivait continuellement.

Un mois après les meurtres et l'agression dont elle avait été victime, les policiers, en mettant fin à la surveillance dont elle était l'objet, l'avait assurée d'une rapide intervention si jamais elle devait faire appel à eux. Elle avait accueilli la nouvelle de leur départ comme une libération. Vingt-quatre heures après s'être retrouvée seule, elle regrettait déjà la compagnie de ceux qui avaient assuré sa protection! La présence envahissante des policiers l'avait tenue éloignée des mauvaises surprises susceptibles de naître de la nuit; désormais sans protection aucune, elle était terrorisée dès que le téléphone sonnait, ou par la simple perspective d'ouvrir la porte de son appartement et d'y pénétrer, après son quart de travail à Saint-Michael.

Elle se sentait épiée, suivie.

Une fois, une seule fois, elle avait fait part de ses craintes à l'inspecteur chargé de l'enquête qui lui avait rétorqué, sur un ton protecteur, que sa réaction était normale. Il lui avait suggéré de consulter un psychiatre. Elle était passée bien près d'envoyer au diable le policier et sa brigade au complet!

L'appartement était plongé dans le noir. Par la fenêtre du salon, elle observait la rue bordée d'érables, deux étages plus bas. À une heure trente du matin, l'endroit était aussi désert qu'un hall de gare le jour de Noël. Elle frissonna malgré la chaleur. Elle ne portait pour tout vêtement qu'un slip et un T-shirt orné d'une Minnie et d'un Mickey ricaneurs, souvenir rapporté par une copine après un séjour à Disneyworld.

Une nuit, il y avait déjà quelques semaines, elle avait cru apercevoir un rôdeur sous les érables. Elle s'était immédiatement précipitée sur le téléphone pour se raviser à la dernière minute. Elle ne tenait pas à être ridiculisée une fois de plus par les policiers. En raccrochant, elle s'était demandé si elle agissait bien. Lorsqu'elle était revenue près de la fenêtre, tout semblait être rentré dans l'ordre.

Était-ce l'effet de son imagination ou la fatigue lui donnait-elle des hallucinations? Elle croyait percevoir un mouvement, au même endroit que précédemment. Une auto passa à toute vitesse, soulevant une trombe d'eau sur son passage. Très loin au-dessus d'elle, un avion signala sa présence en grondant timidement. Une porte claqua dans le corridor, la faisant sursauter. Rien de grave, sa voisine de palier, malgré l'heure tardive,

214

faisait prendre l'air à son chat. Tous ces bruits familiers la rassurèrent. Il s'agissait d'éléments appartenant à la normalité, au monde des gens qui vivent une existence sans histoire. Elle se dirigea vers la cuisine. Arrivée près de l'évier, elle fit glisser au-dessus de sa tête le T-shirt de Minnie et Mickey. Malgré l'obscurité, en aveugle consentante, elle s'était déplacée sans crainte de heurter les meubles; elle ouvrit le robinet à mi-course, jusqu'à ce qu'une fine couche d'humidité prive le chrome de son éclat; elle plaça ses mains en coupe sous le jet puissant, puis aspergea longuement son visage. Un frisson la parcourut lorsque l'eau, très froide, trouva le passage qui lui permit de se rendre jusqu'à la poitrine. De retour dans le salon, elle n'osa pas reprendre sa veille, de peur de voir ses craintes confirmées. Hésitant entre le divan et le lit, elle opta finalement pour le divan. Une autre très longue nuit commença à égrener ses heures.

***

Philippe Lambert était descendu du taxi à un kilomètre de chez lui. Après les confidences d'Oscar, l'urgence de remettre ses idées en ordre ne faisait plus de doute. Il tenait un filon, c'était certain, restait maintenant à ajuster les pièces du puzzle et, par la suite, tenter de relier les principaux éléments à Karl Wosniak.

Un chien caché derrière une haute clôture ajourée, après avoir senti sa présence, aboya furieusement en bondissant sur ses pattes; les lumières intérieures des maisons étaient éteintes et Philippe avait l'impression que les fenêtres, atteintes de cécité, chuchotaient sur son passage. L'asphalte, rendue brillante par l'eau, réverbérait facilement le pauvre éclairage en provenance des lampadaires. Les chasse-neige avaient fait du bon boulot dans le quartier. La rue avait été déblayée sur toute sa largeur, permettant ainsi à l'eau de s'écouler normalement.

La marche lui faisait du bien. Une chaleur bienveillante enveloppait son corps, fouettant la fatigue accumulée au cours des heures précédentes pour la transformer en énergie pure. Les mains dans les poches de sa canadienne, il avançait d'un bon pas, sans prêter attention aux flaques d'eau barrant sa route. À deux cents mètres de là, il aperçut l'intersection menant à sa rue. Il ralentit. L'air de la nuit l'inspirait et il ne voulait pas interrompre le fil de sa réflexion en rentrant trop tôt. Oscar Grant était bisexuel. Cinq minutes après avoir posé ses fesses sur la vieille caisse de Pepsi-Cola, il avait dévoilé son identité à Philippe en affirmant, non sans raison, que le journaliste pourrait aisément le retracer après quelques coups de fil passés au service du personnel de Saint-Michael. Employé modèle, Oscar Grant était divorcé; ses goûts particuliers avaient forcé son épouse à le quitter cinq ans auparavant. Entre autres choses, elle l'avait surpris dans le lit conjugal avec le mari d'une jeune voisine...

Sa rencontre avec Patrick Ashley remontait à l'année précédente. Ils s'étaient croisés au Sodome, un soir où les clients se faisaient rares. Le jeune homme paraissait un peu perdu et Oscar Grant s'était chargé de le consoler. Leur relation avait duré six mois, c'est-à-dire jusqu'à ce que Patrick Ashley, soudainement et sans raison apparente, disparaisse tout à fait de la circulation.

Oscar Grant ne s'attachait pas à ses amants. Il vivait, disait-il, en complète autarcie sentimentale. Il s'était consolé du départ de Patrick Ashley avec une femme de quatre ans son aînée; quelques semaines seulement avaient été nécessaires pour qu'il tire un trait définitif sur le souvenir de l'adolescent.

Un matin, en rentrant au travail, on lui avait apporté, soigneusement emballé dans un écrin de coton hydrophile, une série de six échantillons sanguins, qui comportaient tous la même mention, *danger, risque de contagion, manipuler avec précaution*. Ce genre d'avertissement était plutôt rare. Excepté quelques cas d'hépatite et, une fois, de rage, le labo de Saint-Michael n'avait pas eu très souvent l'occasion d'appliquer des règles strictes de sécurité. Il avait entamé le processus d'analyse avec un certain détachement. Certes, il maniait avec précaution les échantillons, mais les années passées au-dessus des éprouvettes l'avaient amené à développer, à un degré particulièrement aigu, des automatismes tenant compte de toutes les situations. À mesure que les tests avançaient et qu'il devenait clair que les échantillons sanguins contenaient tous le même type de virus, son détachement avait fait place à une plus grande prudence. Lorsque, son travail terminé, il avait été clairement établi que le virus présent dans le sang était le HIV, il s'était octroyé quelques minutes pour récupérer.

Il se rendait compte, avec une crainte rétrospective, qu'il venait de manipuler un poison mortel avec un détachement impardonnable. Il avait regardé ses mains recouvertes de gants de caoutchouc, comme si elles appartenaient à quelqu'un d'autre; il avait failli passer outre à la consigne de sécurité et ne pas les mettre! Remis de ses émotions, il était descendu à la cafétéria, où un thé corsé avait mis un terme à la peur rétrospective qui, un instant là-haut, l'avait privé de ses moyens. En revenant au laboratoire, il s'était dit qu'il passerait probablement à la petite histoire de l'hôpital, puisqu'il venait d'identifier le premier cas de sida qui serait officiellement recensé à Beaumont.

Assis à une table de travail, Oscar Grant mettait ses notes en ordre, avant de préparer le formulaire d'analyse destiné au médecin traitant, quand son attention avait été attirée par le dossier accompagnant les échantillons. Habituellement, personne au labo ne s'attardait au contenu de ce genre de rapport, puisqu'il n'avait rien à voir avec les tests proprement dits...

Il ne pouvait détacher ses yeux de la liasse de documents contenus dans le dossier.

Sa main avait caressé distraitement la couverture, puis ses doigts avaient battu le rythme d'une mélodie que lui seul entendait. C'est en se donnant comme excuse qu'il méritait bien de connaître l'identité du type dont il venait d'analyser le sang – ne passerait-il pas lui-même à l'histoire? – qu'il avait ouvert la fiche. Là, noir sur blanc, dans la case réservée à l'identification du malade, le nom de Patrick Ashley lui avait sauté aux yeux.

Il venait de percuter un mur de béton à cent à l'heure, sans avoir eu le temps de boucler sa ceinture de sécurité! Anéanti, avec sur le visage une expression de dégoût, il avait regardé sans vraiment le voir le dossier à la couverture marron. En tremblant, il avait effectué six prélèvements de son propre sang. Heureusement, il était toujours seul dans le laboratoire lorsque les tests révélèrent qu'il était, sans aucun doute possible, porteur du virus HIV.

Oscar Grant n'avait pas poursuivi ses investigations. Il ne voulait pas savoir s'il était déjà séropositif.

En passant devant la maison de Samuel Munger, Philippe fut surpris de constater qu'il y avait encore de la lumière au premier. Le policier à la retraite avait dû oublier d'éteindre.

Sa rue avait plus souffert des effets de la tempête que les autres du quartier, car son orientation la plaçait dans une direction perpendiculaire aux vents dominants. La neige s'était amoncelée en plus grande quantité entre les maisons et autour des clôtures et de grandes plaques d'asphalte disparaissaient sous une épaisse couche de gadoue. Arrivé enfin chez lui, Philippe, avant d'emprunter l'allée menant à la porte principale, dut enjamber une congère de quarante centimètres laissée là par la niveleuse.

Il se déshabilla et, une fois sous la douche, se concentra sur le cas de Patrick Ashley. L'adolescent, lui avait révélé Oscar Grant, se prostituait.

Combien de partenaires Patrick Ashley avait-il contaminé et qu'est-ce que Karl Wosniak venait faire dans cette histoire de sexe?

***

La face nord de l'hôpital Saint-Michael projetait son architecture aux lignes futuristes, mélange judicieusement dosé de verre fumé et de béton sculpté, dans le cours paresseux de la Kounak. Rendez-vous des véliplanchistes et des amateurs de ski nautique, lorsque la nature se faisait moins avare de ses bienfaits, le lieu, en cet fin d'après-midi de novembre, semblait vouloir adapter son rythme à celui de la rivière. La douceur relative de l'air, associée au jeu des derniers rayons de soleil sur les montagnes élevant leurs parois grisâtres en périphérie de l'horizon, contribuait à accentuer l'impression de vacances tardives se dégageant du paysage. Au sud et à l'est de l'établissement de santé, de vastes parcs de stationnement grugeaient un territoire qui, longtemps, avait été la propriété exclusive des marmottes et des rats musqués. Léchées par l'asphalte, les rives rocailleuses de la Kounak ne semblaient guère se plaindre de l'affluence occasionnée par le flot régulier d'êtres humains disparaissant, le jour, dans la multitude de voies d'accès dont l'hôpital Saint-Michael était pourvu. Là encore, la nature, dans sa sagesse millénaire, s'était rendue aux désirs des hommes; patiente, elle attendait la nuit pour revendiquer ses droits.

Lorsque la lune montait dans le ciel et que les ombres, en s'amalgamant à la surface de la Kounak, produisaient des reflets incertains, quand l'homme redevenait un mammifère pantouflard pressé de regagner son logis, alors la nature, graduellement, reprenait les habitudes qu'elle n'avait abdiquées qu'en apparence.

Les aires de stationnement de l'hôpital Saint-Michael, de même que les sous-bois qui bordaient en partie l'établissement, étaient, sous le regard impassible de la lune, le théâtre de joutes sanglantes opposant les bêtes entre elles et, quelquefois, les êtres humains. Le vernis de civilisation que l'homme avait appliqué sur ses réalisations, s'il parvenait à cacher la lutte pour la survie, n'était pas parvenu, heureusement, à fausser l'équilibre naturel.

Les rats étaient les premières victimes de ce jeu cruel né à l'aube des temps et qui opposait, dans un combat inégal, la vie et la mort.

Sous le tapis d'asphalte encerclant l'hôpital Saint-Michael couraient les canalisations d'égouts charriant quotidiennement vers la Kounak des centaines de tonnes de matière fécale et de déchets domestiques. Royaume des organismes microscopiques et des rats, ce labyrinthe aux innombrables corridors laissait échapper, la nuit tombée, des dizaines de quadrupèdes au dos exagérément arqué, dont les pattes trop petites, en sautillant sur le pavé, donnaient à leurs propriétaires l'allure falote qui les caractérisait. Pour une infime parcelle de territoire, les rats se battaient entre eux, se griffaient et se mordaient en couinant, jusqu'à ce que la mort vienne déterminer un vainqueur. Les opérations de dératisation n'avaient donné aucun résultat. La vermine copulait, prospérait, élargissait son territoire à un rythme stupéfiant. La ville était envahie par une peste souterraine ressemblant étrangement à certains de ses habitants. Peut-être était-il écrit, quelque part, que les mondes auxquels appartenaient les rats et les hommes, en s'unissant, finiraient par avoir raison, un jour, de l'orgueilleuse fierté en train de transformer Beaumont en un fantôme au visage de zombie...

Les rats n'étaient pas les seuls êtres inquiétants à se partager l'obscurité relative des stationnements et des sous-bois. Limaces et lombrics, profitant de l'absence de lumière, allongeaient leurs corps mous sur l'asphalte rendue humide par la rosée. Leur lente reptation ne visait aucun objectif précis. Répondant à un mystérieux appel, ils quittaient les sols compacts qui leur servaient d'abris pour se lancer dans l'exploration d'un univers avec lequel ils ne possédaient aucune affinité. Les matins d'automne surprenaient des centaines de ces créatures nocturnes au milieu du bitume. Le soleil, lorsqu'il apparaissait, séchait leur corps cylindrique ou aplati en même temps que l'asphalte.

Malgré ses airs futuristes, Saint-Michael, la nuit, était le centre d'un monde en perpétuel mouvement, dont les règles n'avaient guère changé depuis l'apparition de la vie. Il suffisait d'observer et d'écouter pour comprendre que, confrontée à la civilisation, la nature préférait se retirer dans un rôle de second plan, quitte à déplacer dans l'ombre les pions qui lui permettraient, toujours et encore, de mettre tous les êtres vivants échec et mat.

Quant à l'homme, dont le goût pour le sang n'a rien à envier à celui des animaux, fussent-ils des rats, il essaimait lui aussi dans les environs de Saint-Michael. Attiré là par son instinct, il se mettait à l'affût du gibier. Son intelligence lui évitait bien des désagréments. Ainsi, ce prédateur parfait et unique, lorsqu'il chassait, ne se faisait presque jamais surprendre par le soleil, encore moins par ses semblables, surtout quand ceux-ci étaient chargés de faire respecter la loi.

Les environs de l'hôpital ne jouissaient pas d'une très bonne réputation. Il s'y déroulait fréquemment de petits drames que la chronique passait sous silence. Les agressions n'étaient pas rares et allaient du simple vol de sac à main aux actes d'exhibitionnisme caractérisés. Il n'était guère conseillé de s'attarder, seule, à l'extrémité du terrain de stationnement orienté vers le sud, car c'était là que les rôdeurs se camouflaient de préférence, attendant, nerveux, de fondre sur leur proie au moment où celle-ci passerait à portée de leurs griffes. Beaucoup de victimes refusaient de porter plainte; elles se contentaient de refouler la haine ou la gêne qu'elles ressentaient pour des individus capables de s'adonner à des gestes aussi dénués de sens que grotesques.

Philippe Lambert, en ouvrant la portière de la vieille Chrysler qu'il refusait obstinément de répudier, malgré les innombrables infidélités dont la voiture faisait preuve depuis quelque temps, fit en sorte de ne pas appuyer son mollet sur la partie extérieure du marche-pied. La carrosserie, qui se trouvait dans un état lamentable, était recouverte de la base du châssis jusqu'au toit par une épaisse couche de sel séché par le vent. Dégoulinants de boue, les pare-chocs avaient perdu le peu d'éclat qui leur restait. Le pare-brise, exception faite de la partie balayée par les essuie-glaces, disparaissait sous une mince membrane blanchâtre, mélange d'eau, de poussière et de sel.

Les rues, les voies rapides, les boulevards, bref, tout ce qui constituait le réseau routier de Beaumont était touché par la fonte accélérée de la neige. Le vent tiède en provenance du sud-ouest, aidé par le soleil, avait transformé la ville en véritable bourbier, obligeant les piétons à jouer à cache-cache avec les automobilistes, car ceux-ci, malgré leurs bonnes intentions, n'arrivaient pas toujours à éviter les mares d'eau en bordure des trottoirs. Les marcheurs fulminaient pendant que les fautifs, derrière leur volant, faisaient semblant de ne pas apercevoir leurs victimes essayant, avec un succès mitigé, de débarrasser leurs vêtements de l'eau dont ils étaient imprégnés.

La joie des Beaumontais de voir l'hiver reculer avait vite disparu. L'impatience et la mauvaise humeur étaient de circonstance et Philippe ne faisait pas exception à la règle. En pénétrant dans le terrain de stationnement de l'hôpital Saint-Michael, il était parvenu, au dernier instant, à éviter un camion chargé de neige roulant perpendiculairement à la direction dans laquelle il avait engagé la Chrysler. Surpris par la manœuvre d'évitement, le chauffeur, du haut de sa cabine, lui avait servi un bras d'honneur en passant au-dessus de sa voiture. Afin de ne pas être en reste, Philippe avait retourné au type le même compliment.

Il pestait intérieurement contre le manque de savoir-vivre des gens quand il s'aperçut, trop tard, qu'une mare d'une dizaine de mètres de diamètre bloquait sa route. La surface de la mare était parsemée de blocs de neige durcis à demi submergés. Jugeant inutile de freiner, il avait poussé l'accélérateur à fond, en braquant brusquement le volant, espérant éviter l'obstacle par un dérapage contrôlé. Ce ne fut pas suffisant. Prise de court, la Chrysler hésita, amorça un lent dérapage puis, entraînée par son propre poids, alla terminer sa course en plein centre de la mare, profonde de dix centimètres. En calant, le moteur émit un léger toussotement, comme pour s'excuser de déclarer forfait.

Vingt minutes après son naufrage involontaire, et après autant de tentatives infructueuses pour relancer le moteur, Philippe parvenait enfin à se tirer du mauvais pas dans lequel sa distraction l'avait mis. Le conducteur d'une dépanneuse en maraude, sans se presser, avait toué la Chrysler à bonne distance de l'endroit où elle s'était échouée. La mine un peu moqueuse de son sauveteur et le coût de l'opération, trente dollars, n'avaient fait qu'accentuer la grogne de Philippe.

Orientée vers l'ouest, l'entrée principale de l'hôpital Saint-Michael donnait sur un espace gazonné dont le vert avait viré au blanc. De loin, les divers éléments du complexe hospitalier donnaient plutôt l'impression d'appartenir au siège social d'une multinationale qu'à un lieu destiné à alléger la souffrance et à guérir la maladie.

Peu pressés, les gens entraient et sortaient de l'hôpital en prenant un air distant; certains, dont la démarche supposait qu'ils pénétraient dans l'établissement pour un long séjour, présentaient une physionomie peinée ou inquiète; d'autres, avec sur le visage l'air égaré des enfants à leur première journée de classe, se risquaient à observer à la dérobée la chorégraphie du personnel s'affairant à proximité du hall d'entrée. L'endroit ne possédait rien en commun avec les édifices fréquentés généralement par le public. Ici, les rires et les plaisanteries n'avaient pas de place, pas plus d'ailleurs que les conversations échangées sur le mode détaché ou frondeur. Le hall de l'hôpital Saint-Michael n'était pas seulement un lieu de transition accueillant les visiteurs et les malheureux appelés à séjourner dans l'établissement, c'était également l'antichambre de la maladie et, d'une façon plus difficile à saisir, de la mort. De cette gare de triage partaient des wagons qui ne reviendraient plus à leur point de départ; d'autres seraient longtemps en voyage, roulant sur des rails dont ils ne verraient la fin qu'au moment de sombrer dans le désespoir...

—Monsieur, eh! monsieur, vous vous dirigez dans la mauvaise direction!

Il continua comme s'il n'avait pas entendu. De la poche intérieure de l'imperméable, qu'il avait préféré le matin à sa canadienne devenue trop chaude, Philippe sortit le dernier numéro de *Newsweek*. Il avait acheté le magazine en sortant du Reporter pour aller déjeuner, dans l'unique but de l'utiliser comme sauf-conduit. Sifflant entre ses dents, il feuilleta les premières pages en faisant mine de se concentrer sur les gros titres. Ses yeux s'attardèrent successivement sur les photos du Colonel Khadafi, de Fidel Castro et, finalement, de Whitney Houston. La voix s'était éteinte après le premier avertissement. Certain d'avoir réussi son coup de bluff, il se préparait à pousser une porte à battant indiquant: *Personnel autorisé seulement*, quand quelqu'un posa sa main, poliment mais fermement, sur son épaule.

—Je regrette, monsieur, ce secteur est interdit au public.

Il se retourna, une expression de profonde surprise sur le visage. À sa hauteur, impressionnant, le garde de sécurité, qui venait de l'informer de ne pas s'engager dans cette direction, l'observait avec suspicion.

—Oh! pardon, je suis désolé. Je croyais...

Gardant son air effaré, Philippe, ostensiblement, posa le regard sur l'écriteau informant les visiteurs de se tenir à distance.

—Je crois être passé bien près de m'égarer. Heureusement, vous étiez là...

Le garde de sécurité consentit à sourire poliment.

—Vous vous dirigiez tout droit dans le secteur réservé aux malades présentant des risques de contagion. La dernière fois qu'un type s'est gouré de la sorte, il a dû passer deux jours ici, le temps qu'on s'assure qu'il ne trimbalait aucun microbe sur lui!

Philippe ouvrit tout grand les yeux et prit l'air profondément intéressé du néophyte peu au fait des règles de sécurité des hôpitaux. Il poussa légèrement la porte de l'unité anticontagion puis, demanda:

—Il y a beaucoup de malades?

—Quatre ou cinq, je crois.

Le garde, qui n'avait pas de temps à perdre, saisit Philippe par le coude, l'obligeant de manière non équivoque à revenir sur ses pas.

—Puis-je vous être de quelque utilité, monsieur?

—Dites-moi où je peux trouver la maternité?

***

Assis derrière le volant de sa Chrysler, Philippe réfléchissait à la meilleure façon de pénétrer dans l'unité anticontagion. Il devait communiquer avec Patrick Ashley, même au risque de se faire surprendre par un garde ou par un membre du personnel médical. Le jeune homme atteint du sida se prostituait et ça, c'était une sacrée nouvelle. Philippe tenait à savoir depuis combien de temps l'adolescent s'adonnait à cette pratique et s'il avait contaminé sciemment des partenaires. Il voulait aussi des noms. Il doutait être en mesure de convaincre Patrick Ashley de déballer son sac, mais il se devait d'essayer.

Oscar Grant avait laissé entendre à Paul Francis, au téléphone, que Patrick Ashley faisait partie d'un réseau de prostitution d'un genre assez particulier. Lorsque, la nuit précédente, Philippe avait interrogé le laborantin sur la façon de travailler de ce réseau, celui-ci n'avait pu lui apporter aucun éclaircissement. Tout ce qu'il pouvait dire à ce sujet, c'était que Patrick, un matin, l'avait quitté en coup de vent, sous prétexte qu'il devait rencontrer quelqu'un de très important. En revenant à l'appartement d'Oscar Grant, le soir du même jour, Patrick Ashley avait rassuré son amant en lui affirmant que ce rendez-vous était lié à son travail et qu'il n'y avait personne d'autre que lui dans sa vie.

Plus Philippe y réfléchissait, plus il se disait que Patrick Ashley, à une époque récente de son existence, avait réussi à s'introduire dans un monde au sein duquel il était toléré seulement pour les services spécialisés qu'il rendait.

Un groupe d'infirmières contourna le capot de la Chrysler et se dirigea vers l'allée menant à l'entrée du personnel, qu'un panneau indicateur situait à une dizaine de mètres à droite des portes tournantes donnant accès au hall de l'hôpital. Les jeunes femmes riaient de bon cœur et échangeaient des propos visiblement sans importance. L'une d'elles, qui semblait faire bande à part, tant était profond le sérieux dans lequel les traits de son visage étaient figés, regarda par-dessus son épaule en direction de la Chrysler, avant d'emprunter l'allée. Philippe aperçut brièvement à travers le pare-brise sale un visage d'une pâleur diaphane, encadré par des cheveux noirs taillés à la garçonne. L'infirmière resta immobile deux ou trois secondes, puis fut entraînée par ses compagnes, qui paraissaient décidées à ne pas la laisser seule.

Il avait déjà aperçu ce visage quelque part, mais il n'arrivait pas à situer l'endroit et cela l'agaçait. Sans se faire prier, Philippe mit de côté Patrick Ashley pour s'intéresser à ce nouveau cas. L'infirmière venait de disparaître; cachée par la rangée de sapins bordant l'allée, sa physionomie n'en restait pas moins accrochée à sa rétine; il avait l'impression de regarder un visage sur une photographie doublement exposée. Malgré ses efforts, il ne parvint pas à mettre un nom sur la jeune femme dont la beauté fragile rappelait le vol d'un oiseau exotique.

Ses yeux allèrent de l'allée à la haie de sapins la délimitant, puis au panneau indicateur muni d'une flèche rouge sur fond blanc, montrant la direction à prendre pour atteindre l'entrée du personnel. L'idée s'imposa naturellement, comme si elle n'avait attendu que le passage de l'infirmière au regard triste pour se manifester. Il venait de trouver la voie qui le mènerait à Patrick Ashley, c'était si simple, en fait, qu'il se demandait comment il n'y avait pas songé plus tôt.

En se dirigeant vers l'entrée du personnel, Philippe se dit qu'il serait toujours temps, plus tard, de fouiller dans ses souvenirs récents afin de mettre un nom sur l'inconnue qui venait de croiser sa route.

***

S'orienter n'était pas facile. Il craignait, en poussant une porte au hasard, de se retrouver sans avertissement dans le hall d'entrée. Cette éventualité, à elle seule, suffisait à le faire avancer avec précaution, car il n'était pas certain que le garde, s'il le surprenait, avalerait aussi facilement que la première fois son histoire de nouveau papa distrait.

La chance était de son côté. En traversant presque sur la pointe des pieds ce qui semblait être un réfectoire ou une salle de repos, il avait avisé, sur le dossier d'une chaise, un sarrau correspondant à peu près à sa taille. L'idée de se faire passer pour un médecin ou un membre du personnel médical l'avait effleuré quand il avait été refoulé par le garde. Jamais, cependant, il ne se serait cru capable de passer aussi rapidement de l'intention à l'acte. Un peu d'excitation se mêlait à la nervosité titillant son estomac. Philippe n'avait pas encore joué à ce jeu dangereux et il se disait que, s'il était découvert, l'affaire ferait un beau scandale. Il préférait ne pas penser au mauvais quart d'heure que lui ferait passer Karl Wosniak, si jamais celui-ci apprenait que l'un de ses journalistes s'était fait prendre en flagrant délit d'usurpation d'identité!

Une horloge murale, tassée entre une draperie aux couleurs vives et le cadre métallique d'une porte, indiquait quatre heures quarante-cinq. Il fit un effort pour contrôler sa nervosité car le quart de travail à peine entamé garantissait sa tranquillité. Les lieux étaient déserts et il n'avait rencontré personne, preuve qu'il n'avait pas à s'inquiéter inutilement.

Des bureaux vides alignaient leur silencieuse monotonie de chaque côté d'un corridor interminable qui paraissait traverser l'hôpital sur toute sa longueur. Philippe s'appliquait à prendre un air assuré, bien qu'il fût loin de se sentir à l'aise. Il ne voulait pas donner l'impression de quelqu'un qui ne sait pas où il se trouve, dans l'éventualité où le hasard placerait sur son chemin un employé de l'hôpital. Il se préparait à revenir à son point de départ, afin de s'orienter de nouveau, quand il aperçut, à quelques mètres de l'endroit où il se trouvait, ce qu'il cherchait depuis plusieurs minutes: un plan destiné à accélérer l'évacuation en cas d'incendie.

L'unité anticontagion était située au premier étage, juste au-dessus de l'endroit où il se trouvait.

En coulissant avec un soupir de soulagement, les portes de l'ascenseur réservé au personnel lui révélèrent une enfilade de chambres donnant sur un corridor désert. Philippe, qui commençait à se demander si son sens de l'initiative ne l'avait pas entraîné un peu trop loin, fut tenté de rebrousser chemin. Il hésita quelques instants, brusquement conscient de l'énormité de ce qu'il était en train de faire. L'infirmier qui, au dernier moment, était monté avec lui dans l'ascenseur demanda, pressé, s'il descendait bien à cet étage. En se disant qu'après tout il n'avait rien à perdre puisqu'il n'investissait pas une prison, Philippe avança. Les portes de l'ascenseur se refermèrent, cette fois avec un claquement sec, menaçant.

Trouver Patrick Ashley ne fut pas difficile. L'unité anti-contagion, qui comprenait trente chambres réparties également de chaque côté du corridor, était loin d'être bondée. Le garde, au rez-de-chaussée, avait dit que l'étage ne devait guère compter plus de cinq patients; en fait, ceux-ci n'étaient que trois. Les deux premiers que Philippe aperçut, dans l'angle formé par des portes entrouvertes, paraissaient avoir plus d'une cinquantaine d'années; le troisième, qui était assis sur le large rebord de la fenêtre au moment où Philippe le vit, ne pouvait être que Patrick Ashley.

L'expression de compétence professionnelle qui marquait le visage de Philippe, et l'air dégagé de sa démarche, lui avaient permis d'effectuer sa courte reconnaissance sans que personne ne se rende compte du manège auquel il s'était livré. Ce ne fut pas sans ressentir un profond soulagement, cependant, qu'il pénétra dans la chambre de Patrick Ashley. Cet abri, relativement sûr, l'éloignait des regards du personnel médical et lui permettait, surtout, de respirer un peu mieux.

S'efforçant de ne rien brusquer, Philippe ferma la porte, accordant au passage un intérêt de pure forme au cagibi vitré faisant office de sas. Estimant qu'il n'avait pas plus d'une dizaine de minutes à sa disposition, il passa outre à l'opération à laquelle, normalement, il aurait dû se prêter pour demeurer fidèle à son rôle. Patrick Ashley posa sur lui un regard marqué par la surprise. Simultanément, une expression de bienvenue un peu hésitante apparut sur les traits fatigués du jeune homme.

En jetant par précaution un dernier coup d'œil par-dessus son épaule, Philippe avança résolument dans la chambre.

—Mon nom est Philippe Lambert. Je suis journaliste au Reporter.

Lentement, comme dans un film projeté au ralenti, Patrick Ashley se coula du rebord de la fenêtre au plancher. Ses pieds, en touchant le carrelage, trouvèrent immédiatement le chemin d'une paire de pantoufles neuves, dont le rouge criard faisait contraste avec la blancheur de sa peau. Sa démarche, lorsqu'il entreprit d'aller à la rencontre du visiteur, n'était pas très assurée. Le jeune homme semblait tanguer sur ses jambes un peu maigres, la partie inférieure de son corps paraissait supporter de justesse la mécanique fragile cachée dans les membres supérieurs et le torse. Il portait une robe de chambre mal nouée par-dessus sa jaquette d'hôpital. Ses cheveux étaient en désordre et ses yeux, rougis par la fatigue ou les larmes, s'enfonçaient profondément dans leur orbite.

—Comment êtes-vous arrivé jusqu'ici?

Philippe désigna son sarrau du pouce:

—Système D!

Patrick Ashley serra distraitement la main que Philippe lui tendait; ce dernier ne put retenir un frémissement involontaire lorsque ses doigts touchèrent la paume moite du malade. Instinctivement, Philippe jeta un coup d'œil à sa main avant de l'enfoncer dans la poche de son pantalon. Il n'y avait aucune égratignure et la chair n'était à vif en aucun endroit... Le jeune homme, qui avait remarqué le manège, fit comme s'il n'avait rien vu.

—Vous n'avez pas le droit d'être dans cette chambre.

—Il y a urgence, Patrick.

—Je ne veux pas vous parler.

Le jeune homme battit en retraite jusqu'à son lit. Près de

l'oreiller, un cordon relié à un commutateur pouvait amener dans la chambre, en moins d'une minute, un membre du personnel médical; il suffisait de tirer et le tour serait joué... Même s'il risquait de se retrouver dans une situation qu'il ne pourrait plus contrôler tout à fait, Philippe n'avait pas l'intention d'empêcher Patrick Ashley de le faire jeter à la porte, si tel était son désir. Il espérait, toutefois, que le jeune homme n'agirait pas trop rapidement dans ce sens.

—Je n'ai rien à vous dire.

Philippe sentait de précieuses minutes filer entre ses doigts. Il n'avait pas de temps à perdre en circonlocutions diplomatiques.

—Vous vous prostituez depuis combien de temps?

Patrick Ashley, fuyant le regard de Philippe, tira les couvertures jusqu'à son menton.

—Cela ne vous regarde pas!

—Et la drogue? Avez-vous déjà échangé des seringues avec des copains?

—C'est mon affaire!

—Avez-vous couché avec des types en sachant que vous étiez atteint du sida, Patrick? Répondez-moi, bon sang!

Têtu, Patrick Ashley continuait de faire la sourde oreille.

Philippe enleva son sarrau. Il trouvait ridicule de porter plus longtemps ce déguisement, d'autant plus que, depuis qu'il était entré dans cette chambre, il avait plutôt tendance à se comporter comme un flic en train de cuisiner un suspect.

—Avez-vous informé un membre du personnel de cet hôpital de la façon dont vous avez gagné votre vie, jusqu'à maintenant?

La réponse, cette fois, vint sans se faire attendre.

—Non.

—Patrick, dites-moi franchement, avec combien de types avez-vous couché depuis que vous êtes dans cet état?

Philippe s'efforçait de ne pas élever le ton, même s'il se sentait emporté par la fièvre de l'échange. Deux raisons l'encourageaient à faire preuve de calme. D'abord, il ne voulait pas attirer l'attention, ensuite, et c'était là probablement l'élément principal qui motivait son attitude, il estimait que Patrick

Ashley ne méritait pas le traitement qu'il était en train de lui faire subir. Le malheureux était encore trop jeune pour comprendre la portée des gestes qu'il avait posés. Ce qu'il importait de savoir, c'était le nombre exact de personnes avec lesquelles l'adolescent avait été en contact intime et, dans la mesure du possible, obtenir leur identité afin de les informer du danger mortel qu'elles représentaient.

—Qui êtes-vous?

Surpris par le ton de profonde réprobation et de reproche non dissimulé que contenait cette question, Philippe, avant même de se retourner, sut qu'il venait de perdre le contrôle de la situation. Il pivota lentement sur ses jambes pour se retrouver presque nez à nez avec la jeune femme au teint pâle et aux cheveux noirs coupés à la garçonne qu'il avait aperçue dans le stationnement.

—Sortez immédiatement de cette chambre!

—Pas avant d'avoir entendu ce que ce garçon a à dire.

Philippe, qui n'avait besoin de personne pour se rendre compte qu'il était dans son tort, tentait un ultime coup de bluff. Il se doutait que la mise était perdue et qu'il venait, possiblement, de rater une excellente occasion de se retirer sans faire trop de vagues.

—Ce type est atteint du sida et il a probablement contaminé d'autres personnes avant de venir ici!

La jeune femme le coupa sèchement.

—Je ne vous connais pas, je ne sais pas ce que vous faites ici, ni comment vous avez pu pénétrer dans cette chambre. Je puis vous dire, cependant, que si vous n'avez pas quitté cet endroit dans les dix secondes, c'est la police qui se chargera de vous faire entendre raison!

La partie était perdue et Philippe jugea préférable de ne pas s'enfoncer davantage. Il s'excusa brièvement auprès de Patrick Ashley de l'avoir ramené à la réalité de manière trop brutale, puis il se dirigea vers la porte. Il allait aussi offrir ses excuses à l'infirmière, lorsque, soudain, tout lui revint en mémoire. Il fit demi-tour et revint sur ses pas, et ce, malgré le regard chargé de colère de la jeune femme. Celle-ci ouvrait la bouche pour lui intimer de nouveau l'ordre de quitter la chambre mais, d'un geste conciliant, il lui coupa la parole.

—Vous êtes Rosalie Richard, n'est-ce pas?

L'infirmière mit quelques secondes avant de réagir.

—Je ne vous connais pas...

—Mon nom est Philippe Lambert, du Reporter. Patrick confirmera.

Il tendit une carte de visite à la jeune femme qui ne bougea pas. Nullement désarmé, Philippe posa le bristol près du téléphone, trônant, seul, sur une desserte. Décidé à avoir le dernier mot, il dit n'importe quoi.

—Cela pourrait vous être utile, un jour.

—Je ne crois pas.

En quittant le terrain de stationnement, il n'eut aucune peine à se remémorer l'affaire de l'hôpital Prince-Albert et des six patients qui y avaient été assassinés. Lors de l'enquête, il avait essayé à plusieurs reprises, et sans succès, d'entrer en contact avec la seule survivante du massacre pour obtenir sa version des faits. Or, le barrage des policiers était si compact autour de Rosalie Richard qu'il n'avait pu l'approcher à moins de cinquante mètres à chacune de ses tentatives! Il l'avait aperçue, de loin, lorsqu'elle quittait son appartement ou quand elle pénétrait au quartier général de la police pour tenter d'identifier des suspects. Avec le temps, le public s'était montré moins intéressé par l'enquête qui n'avait jamais connu de véritable départ.

Le Reporter, comme ses confrères de Beaumont d'ailleurs, avait abandonné l'affaire, s'y intéressant de manière sporadique à mesure que les mois s'écoulaient et que l'enquête piétinait.

Rosalie Richard avait changé de coiffure et paraissait toujours aussi jolie. Philippe, de retour au Reporter, demanda à ce qu'on lui apporte le dossier de presse de la jeune femme. Les photos, prises au téléobjectif, ne rendaient pas justice à l'ancienne infirmière de Prince-Albert. Il relut tout ce qui avait été écrit dans les semaines ayant suivi les meurtres. En un temps record, il passa à travers l'ensemble des données contenues dans le dossier.

Il avait parcouru les articles en diagonale et de sa lecture se dégageait une impression de déjà vu, ce qui était normal puisqu'il avait lui-même écrit tous ces articles.

***

À la retraite depuis dix ans, Samuel Munger pensait et agissait toujours comme un flic. Le retour à une vie plus orthodoxe où le danger, à toutes fins utiles, n'existait plus, ne l'avait guère transformé. Il n'était pas devenu un de ces êtres désabusés, guettés par la sénilité et l'ennui, que le moindre effort répugne ou encore qui se contente d'attendre passivement les événements, tandis que le monde continue de tourner seul. Contrairement à plusieurs de ses vieux copains de la Brigade criminelle entrés dans l'âge de la retraite comme dans le salon d'un directeur de pompes funèbres, Samuel Munger profitait au maximum des petites joies d'un quotidien qui, sans être très original, demeurait tout de même encore excitant sous plusieurs aspects. Les gens du quartier ne l'estimaient guère et, sauf quelques exceptions, il ne leur en voulait pas de cette attitude somme toute assez compréhensible. N'avait-il pas épié des milliers de gens au cours de sa longue carrière, enquêté sur deux générations de Beaumontais et entendu des tas de rumeurs, fondées ou non, sur tout le monde, du plus riche au plus démuni? L'ostracisme larvé exercé sur lui par ses voisins l'amusait au lieu de l'agacer réellement et, en y réfléchissant bien, il préférait cette situation à n'importe quelle autre. Ce n'était pas le cas de Norma, sa femme. La pauvre acceptait mal les regards en biais que lançaient dans sa direction les jeunes du quartier quand elle rentrait du marché au volant du break usé jusqu'à la corde et mangé par la rouille, dont la physionomie commençait à ne posséder plus rien de commun avec l'idée que l'on se fait généralement d'une automobile. La vénérable Buick Electra, peinte d'un jaune maladif devenu biodégradable avec les saisons, servait vaille que vaille de moyen de transport au couple, en attendant le moment où, à bout de souffle, elle s'écroulerait en ruine.

Samuel Munger avait toujours soupçonné son épouse d'être un peu paranoïaque et, depuis qu'ils vivaient dans ce quartier bon chic bon genre, il ne pouvait s'empêcher de croire à la justesse de son raisonnement... Il en voulait aussi un peu à Norma de ne pas être encore parvenue à s'adapter à son nouvel environnement, un an après avoir emménagé. Il avait consacré quarante années de sa vie à la police; très tôt, il s'était habitué à la haine et à l'hypocrisie qui étaient la récompense des gens pratiquant son métier. Un flic n'est jamais aimé des gens qu'il protège, c'est bien connu. En un temps record, Samuel Munger avait assimilé la leçon et s'était fait une raison. Norma, quant à elle, n'avait pu se construire une carapace suffisamment solide pour être la femme d'un inspecteur de la Brigade criminelle, même à la retraite.

Il était assis dans son fauteuil préféré, près de la fenêtre principale du salon. Les stores baissés permettaient à l'observateur attentif qu'il était d'être le témoin des activités de la rue sans que sa présence fût remarquée. Cette habitude, née de la plus banale des déformations professionnelles, était devenue un véritable passe-temps à l'âge de la retraite; le guet sans conséquence auquel il s'attardait, notamment durant les longues soirées solitaires de l'hiver, lui rappelait l'époque où, en compagnie d'un autre flic taciturne, il pouvait passer plusieurs jours dans un trou infect à épier les allées et venues d'un type soupçonné d'avoir commis un crime; toujours dissimulé à la vue des gens, il lui arrivait également de préparer une descente dans une salle de jeux clandestine dont le décor, enfumé et sombre, rappelait celui des *speakeasies* rendus célèbres par la prohibition. C'était le bon temps.

Cinq ou six garçons âgés d'une dizaine d'années, munis de gourets qui devaient être neufs à en juger par le grain brillant du bois, couraient tous en même temps après une rondelle qu'ils essayaient de pousser dans des buts délimités par deux blocs de neige durcie déposés à plat sur le sol. Le jeu était rendu difficile par l'absence de neige sur l'asphalte. Le disque de caoutchouc sautillait plus qu'il ne glissait, ce qui ne semblait aucunement déranger les jeunes gens dont les rires parvenaient jusqu'à l'intérieur de la maison à travers l'épaisseur des fenêtres. Édouard Rupert, qui rentrait de sa promenade quotidienne avec Raging Bull, un teckel à la démarche clownesque et au museau curieux, stoppa à la hauteur du groupe. Le jeu ralentit mais ne s'arrêta pas. Les enfants, en passant près du chien, le caressèrent brièvement à tour de rôle, tentant de l'intégrer à leur jeu. Raging Bull, qui persistait à rester assis sur son derrière bas malgré les invitations répétées dont il était l'objet, ne paraissait aucunement pressé de voir son maître reprendre la route. *Le vieux Rupert fait encore son numéro*, songea, cynique, l'ancien flic, qui ne put s'empêcher de ressentir également un peu d'envie. Il aimait les enfants et ceux-ci étaient loin de lui rendre la pareille... Par contre, l'antipathie que Samuel Munger nourrissait envers son voisin était instinctive et ne demandait pas à être encouragée par la jalousie pour s'épanouir. Il trouvait qu'Édouard Rupert en faisait trop et que sa propension à vouloir être ami avec tout le monde le rendait gâteux. Enfin, et là les vieilles habitudes reprenaient le dessus, Samuel Munger trouvait que son voisin souriait trop souvent et avec trop d'ostentation pour être tout à fait honnête.

Samuel Munger aimait regarder ce que faisaient ses voisins, jeunes ou vieux, sans que ceux-ci sachent qu'il les observait. Il ne se considérait pas comme un voyeur, simplement comme un flic à la retraite dont le métier avait toujours consisté à soupçonner tout le monde et personne en particulier. Lorsque Norma était au travail – il avait l'impression que sa femme vivrait le reste de ces jours dans les produits à lessive et la crasse des autres – il s'installait devant cette fenêtre et devenait le témoin invisible de la vie tranquille animant la portion de rue dont les divers éléments, maisons, trottoirs, jardins, constituaient son territoire de chasse.

Il aimait se rappeler les longues nuits de veille devant des maisons moins jolies que celles-ci et qui, avec le temps, avaient fini par se ressembler toutes tellement les secrets qu'elles recelaient et les drames qui s'y déroulaient comportaient de points communs. Longtemps, Beaumont l'adolescente lui avait confié son visage afin qu'il en fasse disparaître les points noirs. Sa besogne accomplie, un autre s'était chargé de poursuivre ce travail. Au fil des années, cependant, la ville s'était transformée; devenue femme, elle avait vu ses traits s'épanouir puis se flétrir. Les petits désagréments d'hier qu'étaient les vols à la tire, les escroqueries tour à tour naïves ou géniales, et les maris rendus trop bruyants par l'alcool, demeuraient toujours omniprésents, et c'était un moindre mal. Le problème était ailleurs, car il fallait compter aujourd'hui avec les agressions, les bagarres de rues et les règlements de comptes entre bandes de jeunes rivales, qui se lançaient dans la bagarre à la moindre peccadille. Beaumont commençait à être atteinte de troubles graves du comportement qui risquaient d'hypothéquer sérieusement son avenir. Pis, depuis quatre mois, il n'était plus question de simples points noirs sur un visage, qui jadis avait été ouvert, mais de folie meurtrière. Ce n'était pas d'un chirurgien en plastie dont Beaumont avait besoin, mais d'un psychiatre!

Il y avait des jours, comme celui-ci, où il s'ennuyait de son boulot et de ses vieux copains de la Brigade criminelle. La fumée de cigare empuantissant les salles d'interrogatoire, le café trop fort qui arrivait froid de chez Tony dans des verres au carton rugueux, les cafards réunis en perpétuel congrès dans les cellules...

Il délaissa la rue, la partie de hockey et ses deux spectateurs. Son regard s'attarda sur les murs du salon. Le papier peint se gonflait dangereusement par endroits, prêt à éclater; dans l'angle des murs, de grosses boursouflures apparaissaient en groupes compacts, signe que le papier, là aussi, lâcherait bientôt. Le tapis qui, autrefois, avait dû être d'un bleu tirant sur le turquoise, faisait grise mine et des nids de poussière s'amoncelaient sous les meubles. Norma Munger, trop occupée à récurer ailleurs, n'avait pas le temps de faire le ménage chez elle, ce qui, d'ailleurs, le laissait complètement indifférent.

Le poste de radio était branché sur une station diffusant de la musique classique. En début de soirée, vif et léger, Mozart avait effectué une prestation fort brève dans le salon; vite écœuré par une atmosphère correspondant peu à son style, le compositeur avait cédé sa place à quelqu'un cadrant mieux dans le décor. C'est ainsi que Wagner, et son *Or du Rhin*, avait fait une irruption remarquée, bien que *mezza voce*, dans l'univers de vieux velours brossé de Samuel Munger; celui-ci appréciait la sévérité et le mysticisme du compositeur allemand qui, non seulement avait inspiré le nazisme, mais avait fait aussi des dieux de la mythologie aryenne une bande de maffiosi toujours prêts à en découdre avec l'humanité. Flic avant d'être amateur de musique, Samuel Munger aimait s'adonner aux jeux des comparaisons, fussent-elles naïves ou gratuites. Mozart l'ennuyait, Wagner l'inspirait, et le salon, avec son air de musée consacré à l'ameublement des années cinquante, lui donnait un cafard immense.

Il se leva, augmenta le son de la radio en passant devant, fit en sorte d'éviter un repli du tapis barrant son passage, puis se dirigea vers la cuisine et le Frigidaire flambant neuf ayant remplacé depuis un mois le vénérable McClary mort au champ d'honneur. Lorsqu'il revint dans le salon, il tenait dans une main une canette de bière et, dans l'autre, un dossier d'une dizaine de centimètres d'épaisseur dont la couverture, ramollie et écornée, était barrée d'un puissant élastique tendu à la limite du point de rupture.

Cette fois, Samuel Munger préféra s'affaler sur le divan plutôt que de reprendre son poste d'observation près de la fenêtre. Il s'adossa en allongeant les jambes, lorgnant du coin de l'œil le dossier qu'il avait déposé sur le tapis, près de ses pantoufles. Un peu de bière s'échappa de la canette lorsque, d'un geste trahissant une longue habitude, il fit sauter la languette de métal. La première gorgée, glacée, amena une grimace de satisfaction sur son visage.

Samuel Munger avait commencé très tôt dans sa carrière à s'intéresser aux assassins et à leurs victimes. Son intérêt ne visait pas ceux qu'il appelait des meurtriers d'occasion, c'est-à-dire les maris jaloux qui tuaient leur femme surprise dans les bras d'un amant, ou encore les voleurs pris sur le fait et qui déchargeaient leur arme sur le premier venu. Samuel Munger était plutôt attiré par les individus qui, tels des vampires échappés de leur cercueil, ressentaient le désir maladif de tuer et de répandre le sang sans raison, gratuitement, par plaisir.

En quarante années de police, dont trente à la Brigade criminelle, l'occasion de côtoyer de véritables sadiques, attirés par la mort comme des mouches par un pot de miel, ne s'était jamais présentée. Durant toute sa carrière, Samuel Munger n'avait eu à enquêter que sur deux meurtres. Le premier remontait à dix-huit ans, quand un fermier avait fait feu sur un voisin qui refusait obstinément de lui accorder un droit de passage; le second drame s'était produit deux ans plus tard, quand un amoureux éconduit avait poignardé sa petite amie à vingt-deux reprises. Le meurtrier, un alcoolique âgé de vingt-cinq ans qui n'en était pas à ses premiers démêlés avec la police, avait été abattu sur le lieu même du drame après que, toujours armé de son couteau, il eut tenté de s'en prendre à un flic en uniforme essayant de le ramener à la raison.

Samuel Munger, à la limite, comprenait qu'un accès subit de folie causé par l'alcool, la jalousie ou l'appât inconsidéré du gain, puisse être à l'origine d'un meurtre. Toutefois, sa grande préoccupation de flic à la retraite consistait à percer les motivations d'individus à première vue sains d'esprit, capables de se lancer dans une vaste chasse aux victimes qui ne prenaient fin qu'après un massacre échelonné sur plusieurs mois ou même des années. Peu à peu, cette interrogation s'était changée en une véritable passion.

Il avait commencé par collectionner les articles publiés dans la presse et les magazines spécialisés sur les assassins psychotiques célèbres. Il savait tout ce qu'il était possible d'apprendre sur Charles Manson, le meurtrier de l'actrice Sharon Tate, ou encore sur le *Fils de Sam* qui pendant des mois s'en était pris aux couples flânant dans les rues de New York, tard le soir. Ted Bundy, le beau gosse amoureux des filles aux longs cheveux, qu'il violait avant de les assassiner, figurait également en bonne place dans son curieux palmarès. Pensionnaire du couloir des condamnés à mort d'un pénitencier de la Floride, Bundy avait avoué des dizaines de meurtres avant de s'asseoir sur la chaise électrique. Les policiers chargés d'éclaircir ses crimes estimaient que l'ancien étudiant en droit avait tué pas moins d'une centaine de femmes durant les quelques années au cours desquelles il avait parcouru les routes américaines et canadiennes!

La collection de Samuel Munger comprenait aussi une série d'articles concernant une dizaine d'affaires qui n'avaient pas encore été éclaircies. Il y avait ce *Zodiac* qui, dans la région de Los Angeles, faisait monter dans sa voiture des auto-stoppeurs, garçons ou filles. Il violait les malheureux qui acceptaient son offre et les assassinait par la suite. Les corps étaient découverts par des promeneurs dans des boisés en bordure des grands axes routiers que le tueur fréquentait. La plupart du temps en état de putréfaction avancée, quand ils n'étaient pas réduits à l'état d'ossements, les restes des victimes étaient pratiquement impossibles à identifier. Aux dernières nouvelles, *Zodiac* courait toujours et semblait dans l'une de ses longues périodes de repos à laquelle il avait habitué les policiers lancés depuis vingt ans à ses basques. On estimait que son tableau de chasse devait comporter une quarantaine de victimes, dont vingt-sept officiellement recensées. Il y avait aussi celui que l'on surnommait le *Tueur de l'Autoroute*. Dissimulé dans les taillis bordant les grandes voies de communications routières de la Côte Ouest des États-Unis, l'assassin tuait des automobilistes au hasard, à l'aide d'une Remington munie d'un téléscope...

Le relevé macabre de Samuel Munger comprenait également des spécialistes de la strangulation, du karaté et de la hache. Moins connus du public que leurs confrères vedettes de la presse à sensation, ces modestes artisans de l'assassinat sélectif faisaient preuve, néanmoins, d'une redoutable efficacité. L'ancien flic était fier de l'ossuaire en papier reposant dans la demi-douzaine de classeurs gris rangés dans le sous-sol de sa maison. Témoin froid de la turpitude dans laquelle s'enfonçait la nature humaine, cette collection ne cessait de grossir.

Il reluqua le dossier à ses pieds, posant sur sa couverture fatiguée un regard se situant à mi-chemin entre l'intérêt poli et la curiosité. Les bonnes relations qu'il avait toujours entretenues avec Donald O'Connor, le chef de la police de Beaumont, n'avaient pas souffert de son retour à la vie civile. Il était de notoriété publique, du moins à la Brigade criminelle, que Samuel Munger possédait toujours ses entrées là où ça contait vraiment. L'ex-policier rendait visite fréquemment à son ancien patron dont le teint rubicond et les cheveux roux, autant que le nom, trahissaient une indiscutable origine irlandaise. Les quinze années qui séparaient leur âge respectif n'empêchaient pas Samuel Munger d'entretenir envers Donald O'Connor une estime faite de respect et de considération. Sous son air bonhomme, le chef de la police de Beaumont cachait une indéniable compétence, et ce, bien qu'il ne détestât pas trinquer avec son aîné à même une bouteille de whisky rangée en permanence dans l'un des tiroirs de son bureau. Cette petite entorse aux règlements du service de police, même si elle faisait un peu cinéma, contribuait à raffermir les liens de camaraderie unissant les deux hommes.

Samuel Munger déposa sur le tapis la canette de bière déjà vide de son contenu. Il prit la liasse de documents dans ses mains que l'âge avait plissé et, d'un coup sec, fit sauter l'élastique qui retenait les feuilles prisonnières. Il avait mis une certaine précipitation dans son geste et le contenu du dossier, soudainement libéré de ses entraves, s'éparpilla sur le tapis. Pestant contre sa maladresse, il récupéra les feuilles rebelles, remettant celles-ci en place avec un succès qui n'avait rien de particulièrement flatteur pour sa dextérité. Donald O'Connor avait insisté sur l'importance de tout laisser en ordre et de ne reproduire aucun élément susceptible de tomber sous le regard indiscret de la presse. Enfin, le chef de la police de Beaumont avait fait promettre à son ancien subordonné de rapporter le dossier aux archives dans les quarante-huit heures. Samuel Munger n'en demandait pas tant. Il savait que quelques heures seulement suffiraient pour lui permettre de se familiariser avec le cadeau de Donald O'Connor.

Il avait là, sous les yeux, le compte rendu complet de l'enquête menée dans les semaines qui avaient suivi les meurtres commis à l'hôpital Prince-Albert. Norma venait de quitter la maison pour se rendre à son travail. Il avait toute la nuit pour prendre connaissance du dossier dont le contenu, imposant, ne demandait qu'à satisfaire sa curiosité. Un seul élément manquait pour compléter ce relevé macabre, le nom de l'auteur du massacre.

***

Ils étaient tous là, fidèles au rendez-vous hebdomadaire que les années avaient transformé en rituel. Louis Craig, par-dessus un verre de bière aux trois quarts vide, gueulait quelque chose dans l'oreille de Paul Francis qui faisait semblant d'écouter. Charlotte Savoy exerçait son charme suranné sur un inconnu dans la quarantaine et qui, à en juger par la façon qu'il avait de rouler les épaules et de gesticuler, devait être un habitué des prétoires. D'autres journalistes du Reporter étaient là et formaient, avec le trio, un groupe compact d'une dizaine de personnes. Le numéro était bouclé et les rotatives, à quelques rues du bar, tournaient à plein régime. Il en serait ainsi jusqu'à ce qu'un jour le Reporter, essoufflé, vieilli ou malade, déclare forfait et soit remplacé par un concurrent à la peau plus résistante ou mieux versé dans l'art de la communication de masse. La musique était assourdissante. Rien, en ce début de nuit agitée au Pop Corn Pub, ne rappelait la quiétude des après-midis léthargiques au cours desquels le calme régnant dans le bar était plus affaire de tradition que de choix. Une bande sonore, pour la deuxième fois en moins d'une heure, délivrait de sa gangue magnétique le puissant *Helther Skelter* de U2, groupe qui n'avait nul besoin d'un soutien sonore exagérément sophistiqué pour se ruer sur tout ce qui bougeait dans le bar. Il y avait foule. Les gens se marchaient sur les pieds, échangeaient des regards entendus et intéressés, fumaient des cigarettes finement roulées ou d'apparence plus rustique... L'atmosphère était lourde et saturée d'odeurs diverses, d'éclats de rire et de phrases échangées à tue-tête. Les jeudis soirs étaient démentiels au Pop Corn Pub. On aurait dit qu'à l'approche du week-end, tout ce qui, à Beaumont, avait entre vingt et trente ans, se donnait rendez-vous dans ce bar pour faire un pied de nez aux obligations nées du travail et de la compétition.

Philippe Lambert eut quelque difficulté à repérer ses camarades que la bousculade organisée avait rejetés dans l'endroit le plus retiré de la salle. Il se fraya tant bien que mal un passage à travers le magma humain jusqu'à Charlotte Savoy qu'il interrompit alors qu'elle posait une main diplomatiquement intéressée sur l'avant-bras du type avec qui elle parlait. Il dut hurler pour se faire entendre.

—Où va-t-on casser la croûte?

La journaliste, peu enthousiaste à l'idée de quitter le Pop Corn Pub, répondit sans conviction.

—Rien ne presse, mon chou. Il est à peine une heure.

Devant le peu d'intérêt que suscitait sa question, Philippe se résolut à rebrousser chemin jusqu'au bar, mais il se révéla que la chose était plus facile à évoquer qu'à réaliser. Sa progression s'effectuait à une vitesse d'escargot et il ne comptait plus les coups de coude reçus ou donnés quand, enfin, il parvint à destination. Le barman, qui paraissait maître de la situation bien qu'il fût sollicité de toutes parts, tendit, par-dessus la tête des clients juchés sur leur tabouret, le verre de bière que Philippe avait commandé. Celui-ci, en s'efforçant de conserver un équilibre précaire, allongea un billet de cinq dollars de l'autre côté du bar. Alors que la monnaie changeait de main, un type un peu éméché gesticulant comme un singe administra sans le vouloir une bourrade à Philippe. Sans prendre la peine de se retourner complètement, le fautif baragouina de vagues excuses et se remit sans plus de manières à l'entretien animé qu'il venait d'amorcer avec une blonde pulpeuse au maquillage outrageusement souligné. Jugeant que les environs du bar constituaient un endroit peu sûr, Philippe, en se promettant de quitter le Pop Corn Pub dès qu'il en aurait terminé avec sa bière, pivota lentement sur lui-même, à la recherche d'un hypothétique havre de secours. Sa reconnaissance s'avérant vaine, il conclut qu'il serait plus sage de retourner auprès de ses camarades.

Il avait parcouru la moitié du chemin lorsque, en voulant contourner un couple en train d'échanger un baiser, son épaule entra en collision avec celle d'une jeune femme qui, visiblement, cherchait elle aussi un port de refuge. Le choc, bien que léger, permit à quelques gouttes de bière de s'écouler du verre qu'il tenait à la main. Trop occupé à constater l'étendue des dégâts, il ne leva pas la tête sur-le-champ; il allait s'excuser mais sa victime, qui semblait dotée de réflexes plus rapides, ne lui laissa pas le temps d'ouvrir la bouche.
—Oh! pardon.
Éclairé seulement par une série de lampes tamisées réparties entre les poutres du plafond, tout le secteur du Pop Corn Pub situé à plus de cinq mètres de la tache brillante du bar disparaissait dans une demi-obscurité que seul le rougeoiement des cigarettes venait perturber. Philippe allait s'excuser à son tour

et s'éloigner quand, au dernier instant, il hésita. Cette voix lui rappelait quelqu'un.

Il n'eut pas à stopper sa progression puisqu'un véritable barrage humain interdisait désormais à quiconque se trouvant là d'aller dans un sens ou dans l'autre.

—Vous n'avez pas à vous excuser, c'est de ma faute.

Leurs yeux se rencontrèrent. Malgré la pauvreté de l'éclairage, Philippe reconnut immédiatement Rosalie Richard, qui fut plus lente à réagir. Ses lèvres s'entrouvrirent, un sourire quelque peu emprunté anima son visage puis, sans transition, elle parut sous l'emprise d'un doute profond. Tel un ciel d'été brutalement envahi par les nuages précurseurs de l'orage, l'expression de la jeune femme s'assombrit brutalement, puis se referma en une interrogation muette. Lorsque, enfin, l'infirmière reconnut l'homme qui venait de la bousculer involontairement, sa physionomie se figea, tout son corps se raidit. Rosalie Richard ouvrit la bouche, voulut dire quelque chose, mais sembla changer d'idée au moment d'exprimer sa pensée. Sans prononcer une parole, elle tourna sèchement le dos à Philippe. Celui-ci essaya de la retenir en posant sa main sur son avant-bras. Ce fut comme s'il venait d'asséner à la jeune femme une puissante décharge électrique. D'un geste bref, sans réplique, Rosalie Richard se dégagea.

—Non, attendez, je vous en prie...

—Lâchez-moi!

L'infirmière avait crié, mais la musique, puissante, nivelait tout. Surpris par la vive réaction de la jeune femme, Philippe relâcha immédiatement sa prise. Rapide et légère, Rosalie Richard se fraya un chemin dans la foule bruyante jusqu'à la sortie. En moins de dix secondes, sa tête avait disparu dans la marée des corps serrés les uns contre les autres. Il sembla alors à Philippe que la jeune femme n'avait jamais existé et qu'il venait d'échanger quelques mots avec un fantôme!

Il ne fut pas long à se décider. À la stupéfaction du type qui, une minute plus tôt embrassait à pleine bouche sa compagne, il déposa dans la main de cette dernière le verre de bière qu'il avait ramené du bar. Le regard effaré que lança la jeune femme à Philippe quand celui-ci, pressé de quitter les lieux, tourna le dos au couple, provoqua l'hilarité des clients qui avaient assisté à la scène.

À l'exception de quelques amoureux se tenant frileusement par la taille, la rue était vide. Philippe regarda plusieurs fois à gauche, puis à droite, sans résultat. Rosalie Richard paraissait être disparue de la surface de la terre au moment où elle avait poussé la porte du Pop Corn Pub.

Le temps doux avait eu presque complètement raison de la neige. Il subsistait dans les endroits exposés au nord quelques rares îlots de glace noircis, que le retour prévisible du froid, annoncé par la météo, ne ferait que durcir davantage. Les devantures de boutiques et de la demi-douzaine de restaurants qui se partageaient le trottoir d'en face disparaissaient sous une épaisse couche de crasse, mélange de particules de gaz d'échappement et de grains de sable ou de terre transportés par le vent. Juste devant le Pop Corn Pub, l'enseigne au néon d'une agence de voyages lançait des œillades racoleuses à quelques rares solitaires engoncés dans leur pelisse et dont le pas rapide trahissait la hâte de rentrer.

Philippe frissonna sous son mince veston. Il n'avait pas eu le temps de passer par le vestiaire et, maintenant, il regrettait sa précipitation. Le froid était sec et son haleine, en se changeant en vapeur après avoir franchi le mur de ses lèvres, brouillait sa vision. Il pouvait toujours se lancer à la poursuite de Rosalie Richard... au risque d'attraper la crève! Il pensa, un instant, retourner à l'intérieur du bar pour y récupérer son imperméable, mais cela prendrait un temps fou. Il se rendit à l'évidence, l'infirmière de Saint-Michael venait de lui fausser compagnie et il était inutile d'espérer la revoir dans les environs, du moins cette nuit.

D'après son attitude, la jeune femme était loin de lui avoir pardonné son excursion jusque dans la chambre de Patrick Ashley. Philippe espérait que cette courte balade dans l'unité anticontagion n'avait pas causé trop d'ennuis à l'infirmière. L'incident remontait à deux jours déjà et Karl Wosniak paraissait en ignorer l'existence; cela tendait à démontrer que Rosalie Richard, dans son rapport, avait omis volontairement de l'identifier.

Il tourna les talons et, à regret, combla la courte distance qui le séparait de l'entrée du Pop Corn Pub. Il ne pouvait chasser Rosalie Richard de son esprit. La jeune femme exerçait sur lui un magnétisme qu'il parvenait mal à saisir. Il se sentait attiré pas seulement par sa beauté mais, aussi, par la mystérieuse fragilité se dégageant de son être.

L'incursion qu'il avait effectuée dans l'unité anticontagion se traduisait par un double échec. D'abord, il n'avait rien pu tirer de Patrick Ashley, ensuite, il s'était fait une ennemie en la personne de la seule rescapée du massacre de Prince-Albert. Il n'avait jamais abandonné tout à fait l'idée d'interviewer la jeune femme et voilà que même cette possibilité tombait à l'eau!

Préoccupé encore plus qu'il ne voulait l'admettre par la jeune femme, il pénétra dans le bar sans lever la tête. Un inconnu, qui sortait au même moment tomba presque dans ses bras. Le type, vêtu plutôt légèrement pour la saison – il portait un coupe-vent aux couleurs des Dodgers et une casquette assortie – ne prit même pas la peine de s'excuser. Philippe voulut protester mais n'en eut pas le temps, tellement l'homme s'éloignait à toute vitesse. À l'intérieur du Pop Corn Pub, la foule était toujours aussi dense. Après le froid de la rue, la chaleur animale qui se dégageaient des corps se pressant sur chaque centimètre carré du plancher était la bienvenue. Philippe frissonna, sans que le bien-être né de la chaleur retrouvée fût en cause.

Il avait peur.

Sur la bande sonore, Mick Jagger, accompagné par ses Rolling Stones, roucoulait *Sympathy for the devil...*

***

Du moment où il avait pris ses distances avec la police – dix ans déjà, Dieu que le temps passait! – , jusqu'au mois de juillet de l'été précédent, Samuel Munger s'était toujours considéré comme un homme heureux. Certes, il n'était pas comblé par la vie et l'argent se faisait souvent rare, n'empêche qu'il savait apprécier les joies simples de l'existence quand elles se présentaient. Cet aspect de sa personnalité était peu connu de son entourage, en particulier de sa femme qui avait un peu tendance à le considérer comme un éternel insatisfait. En cela d'ailleurs, et comme la plupart des gens du voisinage, Norma Munger se trompait. Car, bien que les fins de mois fussent souvent difficiles, l'ancien inspecteur de la Brigade criminelle de Beaumont appréciait, de manière générale, les nombreux moments de loisir procurés par un horaire d'où toute obligation sociale et professionnelle était absente. Entre sa collection de tueurs pathologiques, la télévision, la musique classique et un steak cuit à point, Samuel Munger trouvait à s'occuper. Il buvait modérément, flirtait régulièrement avec les chiffres de la loterie nationale et sortait peu, si ce n'était pour une balade quotidienne, l'été, dans les sentiers d'un parc situé non loin de là. À mesure que l'automne manifestait sa présence en insistant pour dépouiller les arbres de leur feuillage, il s'empressait de s'emmitoufler dans ses petites habitudes intérieures, au grand déplaisir de Norma qui n'appréciait pas voir son mari traîner dans la maison à longueur de journée, notamment lorsqu'elle était dans l'un de ses rares jours de congé. Épicurien sans excès, Samuel Munger, malgré ses coups de gueule et l'antipathie qu'il éveillait chez ses voisins, ne demandait qu'à vivre en harmonie avec tout le monde. Le problème c'était que ses quarante années de flicaille avaient eu raison de la physionomie engageante qui, à l'époque de sa jeunesse, avait su attirer sur lui quelques amitiés durables, dont plusieurs vestiges, d'ailleurs, avaient survécu à ses errances dans les bas-fonds de la condition humaine. À soixante-neuf ans, Samuel Munger considérait qu'il était trop tard pour repartir à zéro et, par conséquent, avait décidé de vivre sa vie comme il l'entendait, c'est-à-dire en envoyant paître les importuns ou ceux qui semblaient l'être.

Il préparait sans précipitation son entrée dans le monde douillet de la vieillesse, entretenant ses banales petites habitudes avec un soin presque maladif quand le massacre de Prince-Albert, sans avertissement, était venu bousculer sa belle conception de la vie après soixante ans. Contrairement à ses concitoyens, il n'avait pas ressenti le moindre choc lorsque la presse, avec force détails, s'était penchée sur l'affaire. Les nombreuses années passées dans la police le mettait en effet à l'abri de toute réaction émotive. Samuel Munger ne s'était jamais laissé aller aux sentiments et il se disait qu'il n'existait aucune raison pour le forcer à changer de mentalité, surtout pas à son âge.

La sauvagerie avec laquelle les meurtres avaient été commis et la manière dont l'assassin s'y était pris pour parvenir à ses fins l'avaient laissé indifférent. C'était la personnalité du meurtrier et ses motivations qui, tout de suite, avaient éveillé son intérêt.

Très rapidement, il en était venu à une conclusion d'où il excluait toute concession: il voulait épingler l'auteur du massacre et en faire la vedette de sa collection. Conscient de l'impossibilité de parvenir à ses fins, à moins de reprendre du service à la Brigade, il n'arrivait pas à se faire à l'idée d'abandonner son projet. Peu à peu, il s'était senti envahi par un énorme sentiment de frustration. Toute sa vie de flic, il avait rêvé de se voir confier une affaire comme celle-ci et maintenant qu'il n'était bon qu'à jouer les vieux tontons gâteux, Beaumont entrait dans les ligues majeures de l'assassinat de masse!

Samuel Munger avait ruminé, seul dans son coin, jusqu'à ce que l'enquête piétine officiellement. Son expérience lui avait enseigné que si l'auteur d'un crime n'était pas arrêté dans les deux semaines suivant son forfait, il avait de fortes chances de s'en tirer. Après un mois, aussi bien dire que l'affaire devait être classée.

Il n'avait pas couru de risques inutiles. Bien sûr, en frappant aux bonnes portes, il aurait pu obtenir deux ou trois tuyaux de deuxième ordre et on lui aurait donné à feuilleter quelques rapports sans réelle importance. À la fin, cela n'aurait abouti à rien de concret. Il avait attendu presque quatre mois, le temps que Donald O'Connor se mette bien dans la tête que les inspecteurs de la Brigade s'étaient fait poser un lapin par le tueur puis, comme par hasard, il était allé se promener du côté du quartier général de la police.

Entre deux rasades de whisky, et en prenant l'air innocent du brave flic à la retraite un peu naïf curieux de savoir comment avançait une affaire qui avait fait les manchettes de la presse et dont plus personne n'entendait parler, Samuel Munger avait attiré le chef de la police sur son propre terrain. Une demi-heure après le début de leur entretien, Donald O'Connor, en prenant un air entendu, avait invité son ancien subordonné à le suivre aux archives. Là, il avait extrait d'un casier le volumineux rapport que Samuel Munger tenait maintenant entre ses mains. Le chef de la police, avant de se départir du précieux document, avait fait promettre au flic à la retraite de le rapporter, intact. En échange, Samuel Munger s'engageait à faire part à Donald O'Connor de sa perception de l'affaire ou de ses hypothèses, dans l'éventualité où il mettrait la main sur un détail passé inaperçu de tout le monde. Le marché était honnête.

Le tueur avait opéré avec un calme effarant. Sa compétence ne faisait aucun doute. Il s'était probablement introduit dans l'hôpital à la fin de la journée, durant la période réservée aux visites. Tous ceux qui se trouvaient à l'étage cette soirée-là avaient été interrogés. Personne n'avait remarqué quoi que ce fût d'anormal. Le type s'était probablement caché dans l'un des nombreux placards de l'étage, dans l'attente d'un moment propice pour agir. Aucune empreinte de pas n'avait été relevée, ce qui était surprenant vu le déluge de sang constaté dans chaque chambre. Profitant d'un moment où la seule infirmière de service devait être occupée avec un patient, il s'était introduit dans une chambre et, sans attendre, avait commencé son carnage.

Les six victimes, quatre hommes et deux femmes, avaient été égorgées avec un instrument extrêmement tranchant à la lame très fine, probablement une dague ou un poignard.

Samuel Munger observa les photographies. Il avait été témoin d'une multitude de scènes atroces durant sa carrière, mais il n'y avait jamais eu rien de comparable à ce qui était représenté sur ces clichés du service de l'identité judiciaire. Il s'était habitué aux accidents de toutes sortes, ce qui le dérangeait le plus, c'était les blessures causées par les bagarres. Une fois, il avait dû intervenir pour séparer un groupe de jeunes qui tentaient de régler leurs comptes à coups de couteau. Bien que les blessures aient été superficielles, il avait ressenti un haut-le-cœur involontaire en conduisant à l'hôpital deux gars de la même bande dont le visage disparaissait presque entièrement sous une épaisse couche de sang.

L'une des deux femmes avait été décapitée et sa tête

reposait, de guingois, sur son buste. La deuxième avait été égorgée sans bavure; la plaie, qui s'étendait de part et d'autre de la gorge, était presque invisible. Trois des quatre dernières victimes, tous des hommes, avaient subi le même genre de traitement. Le tueur avait pris tout son temps, visiblement il voulait fignoler son travail.

Le quatrième corps, enfin, celui de la chambre quatre, avait été presque décapité et, bizarrement, le tueur semblait avoir mis beaucoup d'acharnement dans l'accomplissement de sa besogne. On croyait deviner un certain degré d'improvisation également, comme si le visiteur du soir avait été dérangé dans son travail. Sur ce dernier point, Samuel Munger était d'accord avec les inspecteurs chargés de l'enquête car, comment expliquer autrement le fait que le tueur, contrairement à sa façon de procéder avec les trois autres hommes, ait omis d'enfouir les testicules de sa dernière victime dans la bouche de celle-ci? Certes, il y avait là matière à réflexion.

Samuel Munger n'était pas né de la dernière pluie, bien qu'il ait passé toute sa carrière à battre la semelle dans les rues de Beaumont. Les crimes sur lesquels il s'était penché, jusqu'à ce que surgisse l'affaire de Prince-Albert, n'avaient rien d'odieux ou de répugnants, en ce sens qu'ils ne comportaient aucun élément de sadisme. Cependant, en flic consciencieux, il s'était constamment tenu au courant de ce qui se passait ailleurs, notamment dans ces grandes villes aux gratte-ciel prétentieux, dont l'éclat scintillant ne parvenait pas à cacher les bassesses auxquelles l'homme était capable de se livrer. Autant par goût que par curiosité, il avait lu et écouté, s'était documenté sur les habitudes des criminels, leurs différentes façons de se comporter, selon qu'ils aient appartenu à une organisation ou qu'ils aient agi pour leur propre compte. À deux reprises, une fois à New York, l'autre à Montréal, il avait assisté à des séminaires au cours desquels des confrères avaient fait part de leurs expériences... qui ne souffraient aucune comparaison avec les siennes! Il savait que le coup des testicules dans la bouche s'inscrivait dans la tradition des tueurs de la mafia; en agissant de la sorte, les bourreaux au service des barons du crime démontraient que la condamnation à mort de leur victime faisait suite aux liens que celle-ci entretenait avec la police ou, ce qui revenait au même, qu'il s'agissait d'un traître, incapable de se soumettre à la loi de l'*omerta*.

Seulement voilà, il n'existait aucune mafia dans sa ville, l'expression *crime organisé* faisait partie du vocabulaire des acteurs des séries télévisées seulement et, enfin, les victimes, hommes et femmes, étaient nés à Beaumont, y avaient grandi et y étaient mortes. Il n'y avait donc aucune chance que l'une d'entre elles ait pu participer, volontairement ou non, à une affaire susceptible de se transformer en règlement de compte aussi spectaculaire que sanglant.

Dans la rue, les gosses poursuivaient leur joyeux tapage en criant et riant de plus belle. Édouard Rupert et Raging Bull, que la partie de hockey avait fini par lasser, s'étaient éclipsés sans que personne ne remarque leur départ. Un chien aboya longuement et avec rage, puis se calma sur un ordre guttural de quelqu'un qui devait être son maître. Samuel Munger, sans succès, chercha dans le calme innocent de la rue un antidote à son trouble. Il ne s'était pas attendu à pareil étalage de cruauté et de sadisme. Comme tout le monde, il avait prêté l'oreille aux rumeurs et, en lisant entre les lignes des articles publiés dans la presse, il en était arrivé à certaines conclusions. Il se rendait compte, maintenant seulement, de l'énorme distance qui l'avait toujours séparé de la réalité. Les meurtres de Prince-Albert étaient l'oeuvre d'un déséquilibré. Pour la première fois de sa vie, il sentait les serres de la peur se refermer sur lui.

La Brigade criminelle ne possédait aucun indice pouvant servir de point de départ à l'enquête. Tout avait été passé au peigne fin, les chambres, les placards, les salles de bain, sans aucun résultat. On aurait dit que le tueur s'était matérialisé quelques minutes avant de commencer son carnage puis, son étrange mission accomplie, avait disparu en claquant des doigts! Ce n'était pas normal. Habituellement, les policiers appelés sur la scène d'un meurtre réussissaient toujours à mettre la main sur un indice qui, s'il ne paraissait guère intéressant à première vue, se révélait plus tard d'un précieux concours. C'était différent à Prince-Albert où on aurait dit qu'une équipe spécialisée avait procédé au nettoyage des indices avant l'arrivée de la police.

Samuel Munger déposa le dossier sur le divan et refit le trajet jusqu'au Frigidaire. Il avait besoin d'une autre bière. Wagner, à travers le poste de radio, comprenait ses peurs et, pour le rassurer, sonnait le rappel de tous les démons de l'enfer. Le compositeur, qui s'y connaissait en gargouilles et héros déchus, démontrait ainsi que le vieux flic qu'il était n'avait rien à craindre des créatures infernales, affublées par l'homme d'une si mauvaise réputation qu'elles préféraient les nuits sans lune à la lumière du jour pour exprimer leurs états d'âme. Le flot impétueux des notes se déversant en une furieuse sarabande dans l'espace restreint du salon le ragaillardit. Wagner était un excellent médecin de l'âme.

Le dos plus courbé que d'habitude, il reprit sa place sur le divan, avalant d'un trait la moitié de sa seconde canette de bière de la soirée. Son derrière replet calé profondément sur les coussins avachis, il permit à un rot sonore d'étaler son manque de savoir-vivre juste au moment où les walkyries, en hurlant, franchirent le Rhin. Il se remit à l'étude du dossier, écartait, sans prendre la peine de s'y attarder, les dépositions des parents des victimes et des membres du personnel de Prince-Albert en service la nuit fatidique. Il fit de même avec le rapport du labo et celui des deux premiers policiers arrivés sur les lieux. Ce qu'il cherchait se trouvait en dessous de la pile de documents, conservé entre un relevé d'empreintes digitales brouillées – qui devaient appartenir à quelque visiteur innocent – et une photographie de la chaîne et du cadenas, dont le tueur s'était servi pour bloquer la grille permettant d'accéder à l'étage.

Si Samuel Munger était fasciné par le meurtrier, il l'était davantage par Rosalie Richard, seule survivante du massacre et unique témoin potentiellement intéressant, en mesure de faire redémarrer l'enquête. Pourquoi l'infirmière s'en était-elle tirée indemne, sans aucune égratignure? Elle ne se rappelait de rien, un *black-out* total recouvrait ses souvenirs; trois très longues et épuisantes séances d'hypnose n'avaient donné aucun résultat. La jeune femme, selon toute probabilité – en y réfléchissant bien c'était même presque certain – avait vu le visage de l'assassin, à tout le moins une partie de ses traits avant de sombrer dans l'inconscience. Un réflexe de protection l'empêchait cependant de revenir sur les quatre ou cinq secondes fatidiques qui avaient précédé sa perte de conscience. Elle se souvenait d'une porte qui s'ouvrait, possiblement celle de la chambre quatre, puis c'était le néant, le vide total.

Rosalie Richard devait-elle d'être toujours en vie au fait qu'elle ait perdu connaissance au bon moment? Il était impensable, en effet, que le tueur ait pu faire preuve dans son cas de magnanimité, puisque sa sauvagerie et son désir de donner la mort ne faisaient aucun doute. Samuel Munger analysa le visage de Rosalie Richard, à partir d'une photographie tirée de l'album de promotion de l'école d'infirmières qu'elle avait fréquentée. La jeune femme était jolie et, avec les années, ses traits avaient dû gagner en beauté. Il essaya de percer le mystère de ce regard mélancolique qu'un sourire timide venait rendre encore plus attirant.

La jeune femme n'avait pas été agressée sexuellement, bien que son corsage fût défait, mentionnait le rapport des policiers. La partie inférieure de son uniforme était relevée jusqu'aux cuisses, mais on pouvait mettre ce détail sur le compte de la chute entraînée par la perte de conscience. Pourquoi le tueur avait-il pris la peine de retourner dans l'une des chambres pour placer un oreiller ensanglanté sous la tête de Rosalie Richard? S'agissait-il d'un geste de dérision? Avait-il abandonné l'idée d'abuser de l'infirmière seulement après avoir entendu un bruit en provenance de la cage d'ascenseur ou de l'escalier de service?

Samuel Munger était persuadé que, sans le savoir, Rosalie Richard, cette nuit-là, avait joué un rôle extrêmement important dans la démarche de l'assassin. Tout, dans le comportement du tueur, semblait indiquer qu'il avait changé ses projets au dernier instant. Le vieux policier se demandait si la jeune femme pouvait toujours compter sur la protection de ses anciens confrères. Il n'était encore certain de rien, mais une hypothèse tendait à prendre forme dans son esprit et avait l'infirmière comme point de départ...

Sur le tapis, obscènes, les photographies des corps suppliciés semblaient l'observer avec morgue. Il se demandait ce qui pouvait amener un individu à poser des actes aussi cruels et dénués de sens que ceux-là, quel était le démon capable de transformer en machine à tuer un être qui avait connu l'innocence de l'enfance et, peut-être également, les joies simples d'un environnement favorable à l'éclosion et à l'épanouissement d'une personnalité normale. Ses réflexions vagabondaient de sa propre conception de la mort à celle qui devait motiver le tueur à agir comme il l'avait fait, lorsque, soudain, le fil de ses pensées fut brusquement interrompu par l'émergence d'un souvenir qu'il croyait égaré dans l'arrière-cour de sa mémoire.

Refusant de croire à un coup de chance aussi fantastique, il se leva promptement, jurant entre ses dents et frappant dans ses mains. Le regard un peu perdu, il se dirigea vers la cuisine, dévalant lentement au début, puis de plus en plus rapidement, l'escalier conduisant au sous-sol.

CHAPITRE VII

IL ÉTAIT UNE FOIS...

... une petite fille qui s'appelait Émilie, dont les cheveux blonds comme le sable du désert autour d'une palmeraie flottaient en ondulant sur des épaules délicatement ciselées, et dont les yeux, violets tel un crépuscule sur une mer de corail, riaient pour des riens.

Émilie.

Qui, à neuf ans, courait et chantait en rentrant de l'école, pleurait un peu quand venait le temps de se mettre au lit et se réveillait le matin en souriant, sans garder le moindre souvenir de ses cauchemars d'enfant.

Émilie Ritter.

La petite fille agitée au regard mutin de la rue des Chênes, à Beaumont, la compagne de jeu d'un garçon du même âge, un peu perdu, un peu solitaire, qui demeurait près de là sur l'avenue des Patriotes et qui s'appelait Philippe Lambert.

Inséparables, les deux enfants, comme tous les gosses de leur âge, rêvaient éveillés en écoutant le chant des cigales et des criquets, s'adonnaient à des jeux simples avec tout ce qui leur tombait sous la main ou, encore, passaient les longs après-midi pluvieux des vacances à regarder les films de *Laurel & Hardy* et de *Lassie*. À cette époque, la télévision n'avait pas encore fait des enfants des esclaves et l'école ne ressemblait pas, même de loin, à l'hydre qu'elle deviendrait plus tard. Émilie et Philippe s'aimaient comme pouvaient s'aimer des gosses à peine sortis de l'âge de raison, c'est-à-dire totalement et sans arrière-

253

pensée. Leur amour était pur et scintillant comme une nuit étoilée et, dans leur esprit, il ne faisait pas de doute qu'ils vivraient ensemble éternellement.

Espiègle et rieuse, insouciante et gaie, Émilie entraînait Philippe dans des aventures innombrables où elle jouait toujours le rôle de la princesse au cœur pur poursuivie par les sortilèges de fées méchantes et laides, nées de son imagination fertile. Le garçon, bien qu'un peu renfermé et faisant preuve d'un sérieux inhabituel pour son âge, se laissait entraîner de bon gré par l'enthousiasme communicatif de la fillette. Il était tour à tour le Prince charmant, chevalier sans peur et sans reproche entièrement voué à la défense de sa Belle, ou le vilain incapable de conserver son sérieux plus de cinq minutes! Entre l'école et les devoirs, les aventures rocambolesques inventées par Émilie les samedis après-midi et la grand-messe du dimanche, l'enfance de la fillette de la rue des Chênes et du petit garçon de l'avenue des Patriotes s'écoulait sans histoire, comme dans un livre de contes d'Andersen. Le monde étrange et rempli de bousculades des adultes ne les concernait pas. Tous deux vivaient dans un univers qu'ils avaient créé pour leur seul usage et à l'intérieur duquel personne n'était admis. En cela, ils étaient comme tous les enfants de la terre et de toutes les époques qui, arrivés au bord de l'adolescence, se rendent compte de l'effroyable danger qui les menace et refusent de grandir.

Émilie Ritter et Philippe Lambert, à leur insu, s'apprêtaient à quitter sans espoir de retour le refuge éphémère de l'enfance. La fillette ne survivrait pas à ce brusque changement et le garçon garderait, toute sa vie durant, le douloureux souvenir du passage de l'innocence à la tragique réalité du monde des grandes personnes.

Les deux enfants, bien que généralement obéissants, se risquaient de temps à autre à fréquenter des endroits interdits. Ces escapades, la plupart du temps sans lendemain, quand ils osaient s'y adonner, mettaient du piquant dans leur vie; Émilie et Philippe avaient l'impression, en revenant à la maison après une équipée qui mettrait leurs parents en colère, d'avoir défié l'autorité représentée par les adultes... qui avaient la fâcheuse habitude de faire preuve d'une sévérité maladive avec les enfants, alors qu'eux-mêmes se montraient plutôt compréhensifs envers les édits mystérieux régissant leurs faits et gestes quotidiens.

Ce samedi-là, Émilie, en s'approchant de Philippe, avait demandé, avec ce regard auquel il était impossible de résister:

—Il y a longtemps que nous ne sommes pas allés au château hanté, tu crois qu'il est toujours là?

Les deux enfants étaient assis à même le sol, dans le jardin situé à l'arrière de la maison des parents d'Émilie. La fillette avait remonté ses genoux sous son menton; le bas de la robe claire dont elle était vêtue remontait sur ses mollets, découvrant une peau bronzée et égratignée après plusieurs incursions dans les champs. Philippe dessinait des arabesques dans la terre meuble à l'aide d'une branche de saule séchée.

—Je crois qu'ils ont commencé à le démolir et c'est aussi bien comme ça. P'pa m'interdit désormais d'aller là-bas.

Il ne restait qu'une semaine avant la fin des vacances et le retour à l'école. L'été ne paraissant nullement emballé à l'idée de céder sa place à l'automne; il faisait chaud comme au mois de juillet et, pour une rare fois à Beaumont, la pluie ne s'était pas manifestée depuis au moins trois semaines. L'après-midi tirait à sa fin. De l'arrière-cour des Pasco, les voisins de Ben et Hélène Ritter, les parents d'Émilie, provenaient des rires et, à l'occasion, quelques plaisanteries dont le sens échappait aux deux enfants, mais qui devaient être très drôles à en juger par les éclats de rire gras qu'elles faisaient naître. Une odeur de barbecue et de terre desséchée flottait au-dessus des maisons. De rares nuages aux pointes effilochées se dirigeaient vers l'horizon en une lente caravane solitaire.

—Allons-y!

—Non, Émilie. C'est interdit!

La fillette allongea ses jambes et, sans plus de manières, s'étendit sur le sol. Elle lissa sa robe sur sa poitrine, puis glissa en les joignant ses mains sous sa nuque. Ses épais cheveux blonds aplatis autour de son visage lui donnaient l'air d'une nymphe espiègle en train de préparer un tour pendable.

—Tu sais où vont les nuages, Philippe?

Le garçon, qui se doutait un peu où Émilie voulait en venir, ne répondit pas. La fillette revint à la charge.

—J'aimerais être un nuage. Pour aller là où je le désire sans avoir à demander la permission à maman et aussi pour regarder les gens de là-haut.

Philippe pouffa de rire. Il s'allongea à son tour, mais sur le côté. Appuyant sa tête sur son avant-bras replié, il dit, en regardant Émilie:

—Tu n'es pas un nuage et tu n'en seras jamais un. Tu rêves, Émilie!

—Je pourrais être un ange. Toi, tu es un démon...

Chez les Pasco, la fête allait bon train. Une femme, madame Pasco, cria à quelqu'un de s'enlever de son chemin. Une vague de rires et de joyeuses protestations répondit à la mise en demeure qui était lancée, il est vrai, sur un ton fort peu sévère.

Émilie bondit sur ses pieds, ce qui fit sursauter Philippe qui essayait de se représenter le visage des démons. Il conclut que ceux-ci devaient posséder les traits des acteurs de cinéma jouant dans les films de vampires.

—Allons au château hanté!

Le *château hanté* élevait ses ruines à deux kilomètres de là, au bout d'un terrain vague délimité, d'un côté, par un ravin au fond duquel coulait l'eau boueuse d'un ruisseau et, de l'autre, par un sous-bois d'une inextricable complexité, formé d'aunes tordus et de bouleaux d'aspect fragile. L'architecture, du moins ce qui en restait, n'avait rien à voir avec un château, fût-il hanté. Il s'agissait en fait d'un ancien entrepôt dont la construction remontait à la Seconde Guerre mondiale et qui avait été abandonné sept ans auparavant. Les anciens propriétaires, spécialistes du transport routier, avaient décidé de se retirer des affaires pour cause de faillite et, depuis, les lieux étaient laissés dans l'abandon le plus total. L'endroit, sans avoir mauvaise réputation, était peu recommandable. Les parents du quartier interdisaient à leurs enfants de s'y rendre et, à au moins une occasion, avaient même délégué des représentants devant le conseil municipal pour exiger la démolition de l'entrepôt. Deux ou trois fois durant l'été, des bandes d'adolescents réquisitionnaient la place et veillaient toute la nuit autour d'un feu, buvant de la bière et fumant des cigarettes en prenant l'air important de leurs aînés.

Dans le monde de fées et de chevaliers dont faisaient partie Émilie et Philippe, l'entrepôt désaffecté était devenu un château hanté rempli de fantômes et de gnomes tapageurs qu'eux seuls voyaient. À travers les interstices des planches, le soleil jouait avec les grains de poussière, créant des zones d'ombre propices à leurs jeux. Le paysage même dans lequel était planté l'édifice suffisait, à lui seul, à créer une atmosphère inquiétante à laquelle personne, autant les adultes que les adolescents qui s'y donnaient rendez-vous, ne restait indifférent. Un pouvoir étrange semblait exercer son influence maléfique entre les murs en ruine du vieil entrepôt, sans que quiconque approchant de là fût en mesure d'en saisir réellement toute la portée.

Leur innocence avait toujours protégé Émilie et Philippe de l'aura un peu terrifiante qui entourait leur château hanté; les deux enfants ne s'étaient jamais sentis autant en sécurité que sous les poutres rugueuses de l'entre-toit et à l'ombre des murs branlants de l'édifice. Ce qu'ils ne savaient pas, c'était que la protection dont ils jouissaient était en train de disparaître peu à peu. Leur lente évolution vers le monde de l'adolescence, puis des adultes, grugeait lentement mais sûrement le rempart derrière lequel, naturellement, ils s'étaient retranchés pour s'abandonner à leurs rêves. Dès l'instant où ils avaient pris conscience de leur existence et de ses limites, ils avaient commencé à mourir.

Philippe tenait Émilie par la main pour traverser la route. Comme le lui avait enseigné son père, il regarda deux fois à gauche et à droite avant de poser le pied sur l'asphalte et gagner l'autre côté. Émilie, qui avait hâte d'arriver à destination, tirait sur son bras. Ils marchèrent une quinzaine de minutes en babillant comme des oiseaux reprenant leur souffle sur le fil d'un téléphone. Les rues du quartier étaient propres et leurs chaussures claquaient agréablement sur le trottoir. Lorsqu'ils passèrent devant le couvent des Sœurs de la Charité, ils ne manquèrent pas, en enfants bien élevés, de saluer un groupe de religieuses à l'air recueilli qui leur bloquait le passage.

C'était l'été, il faisait chaud et il restait encore toute une longue semaine avant de retourner à l'école.

Lorsque Philippe, entraînant Émilie à sa suite, quitta le

trottoir pour emprunter le sentier menant au terrain vague, il jeta un dernier regard par-dessus son épaule. Il quittait le monde rassurant du quartier pour gagner celui du château hanté et il avait peur. Dans le ciel, un corbeau, en croassant rageusement, remonta de l'est jusqu'à eux et entreprit de les devancer; à grands coups d'ailes, l'oiseau, trapu et noir comme l'intérieur de la gueule d'un dragon, prit la direction du vieil entrepôt au-dessus duquel il plana longuement. Il se posa enfin dans un grand fracas de plumes sur une poutre dénudée et dévorée par la pourriture. Juché sur son perchoir, il jeta de loin aux enfants un regard hautain, observant longuement leur insouciante progression. Certain que le petit garçon et sa princesse ne changeraient pas d'avis et qu'ils finiraient par arriver à destination, il farfouilla sous ses ailes avec son long bec courbé pointu, à la recherche de tiques qu'il avalait à mesure qu'il les repérait.

Une fourmi, transportant une guêpe morte sur son dos à travers le sentier serpentant jusqu'au terrain vague, coupa la route de Philippe. Celui-ci hésita... Il brûlait d'envie d'écraser la bestiole et il se demandait si c'était bien d'agir de la sorte. Son pied droit allait s'abattre sur l'insecte, mais, au dernier moment, il changea d'idée. En perte d'équilibre, il dévia de sa route, entraînant Émilie malgré elle. Surprise, la fillette trébucha, sembla un instant se rattraper, puis, finalement, alla choir sur le sol.

—Oh! là, Philippe, tu n'es pas drôle du tout!

—C'est la faute de la fourmi.

—Quelle fourmi, j'vois pas de fourmi?

Émilie avait lâché la main de Philippe, observant son compagnon avec une sévérité que démentaient ses yeux rieurs.

—Là, près de ta sandale.

La fillette s'accroupit et sa robe, en touchant le sol, cacha ses jambes. La fourmi et son lourd fardeau disparurent sous l'abri improvisé du vêtement, sans qu'Émilie ne bouge.

—J'vois rien, Philippe.

—Juste sous ta robe...

Mue par un ressort invisible, Émilie bondit sur ses pieds. Elle poussa un cri, effrayée, et courut se mettre à l'abri derrière Philippe.

—Eh! elle ne te dévorera pas, tu sais.

—Tue-la!

Émilie jetait un regard effrayé sur le sol autour d'elle, cherchant désespérément à repérer la fourmi. Lorsque, enfin, elle identifia près d'un tas de cailloux l'objet de sa peur, et avant même que Philippe ait pu l'en empêcher, elle s'élança vers l'insecte et l'écrasa d'un solide coup de talon.

—Pourquoi as-tu fait ça, Émilie?

—Parce que ces bêtes me font peur et qu'elles sont horribles!

—M'man dit que ça porte malheur de tuer une fourmi.

—Ta mère raconte des bêtises. Ces choses affreuses ne devraient pas exister!

Philippe se pencha au-dessus de ce qui restait de l'insecte et du dîner qu'elle transportait sur son dos. Les pattes de la fourmi bougèrent encore quelques instants, puis se raidirent.

—T'aurais pas dû, Émilie.

—Allez, t'en fais pas, c'était qu'une méchante petite bête.

Les enfants, se tenant toujours par la main, reprirent leur route. À cent mètres de là, l'entrepôt élevait au-dessus d'eux ses structures noircies par le vent et la pluie. Dans la partie qui avait été réservée autrefois aux bureaux de l'administration, deux fenêtres aux carreaux brisés, ressemblant aux orbites vides d'un crâne, fixaient le paysage. Les bruits du quartier ne se rendaient pas jusque-là. Aucun aboiement ne se faisait entendre, aucun rire ne venait troubler la profonde quiétude du lieu déserté depuis si longtemps par les êtres humains qu'il semblait appartenir à un monde oublié par le temps dans sa fuite vers l'infini.

L'après-midi tirait à sa fin et la vie d'Émilie Ritter aussi.

Ils enjambèrent la voie ferrée dont les rails rouillés disparaissaient sous une végétation dense et serrée, composée en majeure partie de bouquets de pissenlits flétris par la chaleur et les ronces. Philippe, à son insu, avait accéléré le pas. Il se disait que, plus tôt ils seraient arrivés, plus vite ils quitteraient le château hanté et son environnement inquiétant. Émilie, qui ne semblait pas partager ces craintes, pointa d'un index décidé la poutre sur laquelle le corbeau, flegmatique, observait les environs.

—C'qu'il peut être laid, cet oiseau!

Le soleil, qui commençait à décliner, brouillait la vue de Philippe, qui repéra le volatile avec difficulté.

—C'est une corneille, je crois... ou un corbeau.

Comme s'il n'avait attendu que ce moment pour quitter son perchoir, l'oiseau couleur de mort, en gémissant à tue-tête, s'envola par où il était venu. Les deux enfants le suivirent du regard un long moment, puis se dirigèrent vers l'ancien débarcadère qui n'était plus maintenant qu'un quai abandonné envahi par les mauvaises herbes et la vermine. Éparpillés sur une vingtaine de mètres, une demi-douzaine de fûts en métal montaient une garde symbolique devant des portes pendant mollement sur leurs cadres arrachés. Le revêtement extérieur des murs qui, à une certaine époque semblait avoir été marron, disparaissait sous une mince couche de moisissure; là où les rayons du soleil ne pouvaient se rendre, des champignons commençaient à se former. Les bourrasques avaient eu raison des ardoises du toit, dont plusieurs reposaient, éparses, sur le sol autour de l'entrepôt. La base de l'édifice disparaissait derrière un rideau de hautes herbes que le vent couchait par moments.

Instinctivement, les deux enfants, le petit garçon devenu sans raison craintif et sa princesse toujours insouciante, ralentirent le pas. Ils parlaient à voix basse, pouffant de rire pour signaler leur présence à quelque éventuel groupe ami ou prêtant l'oreille afin de percer le silence. Philippe, bien que toujours taraudé par une sourde inquiétude, se laissait volontiers emporter par la bonne humeur communicative d'Émilie. Comme d'habitude, il fut le premier à vouloir se hisser sur le débarcadère; il s'agissait d'une action ne requérant aucune adresse particulière, sinon une bonne coordination de mouvements. Cette fois cependant, et contrairement aux expériences semblables auxquelles il s'était livré des dizaines de fois précédemment, la tâche s'avéra plus difficile à mener à terme. Pressé d'escalader l'obstacle, il appuya fermement ses coudes sur le rebord du quai de ciment, puis projeta avec vigueur son genou droit par-dessus la lisse de métal sur laquelle les camions appuyaient autrefois leur benne. Il calcula mal son élan. Emportée par la force d'inertie, sa jambe atterrit violemment sur le ciment et, lorsque l'intérieur du mollet heurta la barre métallique, il sentit avec horreur la peau se déchirer. Il poussa un cri de douleur mêlé de sanglots. Émilie, qui regardait ailleurs pendant que Philippe s'adonnait à ce que tous deux considéraient comme une opération de routine, interrogea, inquiète:

—Tu t'es fais mal, Philippe?

—C'est ma jambe. Je crois... je crois que je me suis blessé.

Émilie, soudain très pâle, aida son compagnon à reprendre pied. En appuyant son dos sur le débarcadère, dont la partie supérieure ne dépassait pas la hauteur de ses épaules, Philippe sentit un liquide chaud et gluant descendre jusqu'à l'intérieur de sa chaussure. Il se laissa glisser lentement en relevant le genou, afin que son mollet blessé ne touche pas le sol.

—J'ai mal, Émilie.

L'expression amusée et insouciante avait disparu du visage de la fillette et son regard traduisait l'inquiétude qu'elle ressentait. Elle s'accroupit et posa une main mal assurée sur la jambe blessée de Philippe. Le pantalon était déchiré sur plusieurs centimètres et une tache de sang s'élargissait à l'endroit où un éclat de métal rouillé avait pénétré dans la peau.

—Tu as un mouchoir?

Pour toute réponse, Philippe fouilla dans la poche arrière de son pantalon et tendit à Émilie le mouchoir que sa mère, le matin même, avait sorti à son intention d'un tiroir de la commode en cèdre ayant appartenu à plusieurs générations de Lambert. La pièce de tissu, soigneusement pliée, sentait le vieux bois et la lessive fraîche. L'odeur rassurante rappelait la maison et la sécurité. Philippe essaya de refouler les pleurs montant dans sa gorge et n'y parvint qu'à moitié; une larme s'échappa de son œil droit et alla caresser son menton. Émilie fit comme si elle n'avait rien vu.

—Tu crois que ta mère va être en colère?

Philippe se retenait à grand peine de fondre en larmes. Émilie, quant à elle, reprenait le contrôle de la situation. Il ne voulait pas que son amie le considère comme un poltron que la vue d'une blessure indispose. Sa jambe le faisait moins souffrir depuis que la fillette, fort maladroitement, y avait posé un bandage. Le sang semblait s'écouler plus lentement de la plaie; cette constatation le rassura, haussant son moral d'un cran.

Il allait se mettre debout quand un bruit sourd, en provenance de l'entrepôt, se glissa insidieusement jusqu'au débarcadère, les faisant sursauter. On aurait dit qu'un corps mou venait d'atterrir avec force sur le sol rongé par les vers et la pourriture. Les deux enfants échangèrent un regard dans lequel se mêlait autant de surprise que de peur.

—Qu'est-ce que c'était?

Debout, Émilie écoutait, tous les sens en alerte. Elle s'était exprimée à voix très basse, comme si, soudain, l'imminence d'un énorme danger ne faisait plus de doute. Philippe avait beau tendre l'oreille, il ne percevait aucun bruit. Il regarda Émilie, interrogateur. Celle-ci, haussant les épaules, remarqua, avec un tremblement dans la voix:

—Ce doit être un chat, ou peut-être un gros rat.

—Les chats ne viennent pas jusqu'ici...

—J'ai peur, Philippe.

Le soleil perdait de son éclat à mesure qu'il se rapprochait de l'horizon. Un courant d'air frais, remontant du ravin situé derrière l'entrepôt, passa à leur hauteur et les fit frissonner. Philippe, animé par le sentiment qu'ils ne devaient pas rester là plus longtemps, se remit debout.

—Retournons à la maison!

Sa voix tremblait et il se rendait compte qu'Émilie arrivait difficilement à contenir ses sanglots. Venu de nulle part, l'arôme d'un steak grillé embauma l'air autour d'eux. Un rouge-gorge, inquiet pour son nid, les frôla puis s'éloigna, rassurée. Philippe ne pouvait avancer seul. Il passa un bras autour des épaules d'Émilie et fit quelques pas, trébuchant dès qu'il s'appuyait sur sa jambe blessée. Il glissa finalement sur le sol en poussant un soupir de découragement; entraînée par son poids, la fillette faillit s'écrouler sur lui.

—On pourra pas y arriver comme ça, Émilie. Je vais rester ici, toi tu vas aller chercher mon père.

—Non! Je ne te laisserai pas seul.

—Je... ça ira.

Des larmes apparurent dans les yeux de la fillette et tracèrent deux sillons brillants de chaque côté de son visage bruni par le soleil. Finies la joie et l'insouciance des vacances! Le drame, en faisant brusquement irruption dans leur paisible existence d'enfants, les plaçait au même rang que les adultes. Ils avaient passé l'âge des contes de fée et des longues fables mettant en scène les gentils animaux de la ferme. Menaçante, la folie des grandes personnes s'appropriait leur cœur innocent et le remodelait à son image. Ils n'étaient pas prêts à affronter ce genre de situation et, à vrai dire, cela importait peu. Le destin les avait choisis au hasard et les mettait au défi de réagir comme des adultes.

Émilie Ritter et Philippe Lambert ne le savaient pas encore, mais il était trop tard désormais pour reculer; la vie et la mort, pour une fois alliées, venaient de sceller leur sort et rien ni personne sur cette terre ne pourrait influencer le jugement qu'une force supérieure avait rendu à leur endroit.

Il s'efforça de raisonner comme un grand. Ce n'était pas facile, car il n'avait jamais vécu de drame semblable avant cette journée-là. Ils ne devaient pas rester dans cet endroit, à attendre que quelqu'un s'inquiète de leur retard et se mette à leur recherche. Gary Cooper, dans l'*Odyssée du Docteur Wassel*, ne craignait pas ses ennemis et prenait toujours la bonne décision. Le film, présenté à la télévision la semaine précédente, l'avait ébranlé. Il venait de prendre conscience que les gens mouraient vraiment à la guerre et que ces gigantesques confrontations, évoquées brièvement aux nouvelles à la radio entre deux chansons de Dario Moreno, ne possédaient aucun point de comparaison avec les aventures de son héros préféré de bandes dessinées, le pilote de la RAF Battle Britton.

Dans le film, le docteur Wassel était passé à travers les lignes japonaises et avait rejoint ses camarades après plusieurs mois d'errance dans la jungle d'une île du Pacifique. Avec l'aide d'Émilie, il pouvait en faire autant. Après tout, la maison était seulement à trente minutes de marche de là.

Philippe tenta de se remettre debout. Sans succès. Il se dit, avec raison, qu'il ralentirait Émilie en restant à ses côtés. Ils devaient donc se séparer, malgré leur peur de se retrouver seul. Sans le handicap qu'il représentait, sa compagne pourrait courir au lieu d'avancer à pas de tortue; elle arriverait à la maison en moins de vingt minutes, ce qui permettrait à son père de venir le secourir avant la tombée de la nuit. Entre-temps, il parviendrait à se traîner sur une distance suffisamment longue, réduisant ainsi l'écart le séparant de la maison. Il n'osa pas s'étendre sur ce que serait la réaction de ses parents quand ils le verraient dans cet état. Il passerait certainement les derniers jours de vacances bouclé à double tour dans sa chambre! Bien que, dans d'autres circonstances, cette perspective ait pu lui faire froncer les sourcils, il se surprit à évoquer la possibilité d'une longue punition telle une libération. Si seulement Émilie et lui pouvaient se sortir de là, jamais plus ils ne reviendraient dans cet endroit, et puis il irait à la confesse au moins une fois par mois et il ferait en sorte de rester pur pour communier tous les dimanches!

—Phil...

La fillette pleurait sans retenue en se dandinant timidement. Il fut tenté de lui donner la réplique, mais le courageux docteur Wassel vint à son secours, l'obligeant à faire preuve de sang-froid. Il ravala ses sanglots, sans parvenir tout à fait à contrôler sa voix; préoccupée autant par leur sort que par la possibilité d'une présence à l'intérieur du château hanté, Émilie ne remarqua pas son manque de confiance. Décidé à se donner une contenance, il ajusta le bandage en serrant les dents. Mal appliqué, le mouchoir laissait échapper des rigoles de sang qui, aussitôt après avoir quitté ses veines, allaient se perdre dans la terre desséchée. Absorbé goulûment par le sol à l'instant où il se posait sur sa surface, le sang devenait rapidement brun foncé en se coagulant sous l'effet de la chaleur accumulée dans la couche supérieure de l'humus.

Philippe allongea sa jambe valide et s'appuya sur ses coudes. Il transpirait abondamment malgré le courant d'air frais montant du ravin et dont la persistance, après la chaleur accablante de la journée, accentuait son désarroi.

—Cours vite à la maison Émilie, sinon l'obscurité nous rattrapera.

—J'y arriverai pas à temps!

—Si, tu y arriveras, mais il faut que tu partes maintenant!

Émilie l'observa un long moment, réprimant ses sanglots en y mettant beaucoup d'efforts. Elle allait dire quelque chose lorsque, de l'intérieur de l'entrepôt, leur parvint le rire le plus odieux que leurs oreilles d'enfants aient jamais perçu. Mélange de grincements de dents et d'aboiements, on aurait dit que ce ricanement s'adressait seulement à eux. Émilie rentra la tête dans les épaules en criant très fort. Elle ferma les yeux et, quand elle les rouvrit, ce fut pour jeter à Philippe un regard vide de toute expression. Le visage du garçon avait adopté la teinte grisâtre de la terre salissant ses pantalons.

—Vas-y, Émilie, cours!

—J'peux pas...

—Émilie, s'il te plaît, ne reste pas ici.

—J'irai par le ravin, ce sera plus rapide.

—Non, c'est trop risqué. Le ruisseau est large à cet endroit; de plus, tu devras passer par l'arrière de l'entrepôt pour emprunter le sentier qui mène de l'autre côté...

Émilie interrompit le garçon:

—On n'a pas le choix, Philippe. Regarde...

Elle pointa vers le soleil le même index dont elle s'était servi en arrivant pour lui signaler la présence du corbeau sur la poutre. Philippe suivit la direction qu'elle lui indiquait et vit que l'astre disparaîtrait bientôt derrière les montagnes. Dans un peu moins d'une heure, le soir tomberait; leurs parents devaient déjà commencer à s'inquiéter.

La fillette se pencha et déposa un baiser sur la joue de Philippe. C'était la première fois qu'elle agissait ainsi et le garçon rougit. Les seuls contacts physiques auxquels ils s'étaient livrés durant leurs jeux se résumaient à peu. Ils se tenaient souvent par la main, certes, mais cette habitude n'avait rien de préméditée. Il s'agissait d'une attitude naturelle correspondant à leur attachement mutuel. Encore profondément endormie, leur sexualité n'était pas encore venue troubler l'innocente relation qui était la leur.

Quand, silhouette furtive parmi les ombres naissantes, Émilie se retourna pour s'éloigner en courant, Philippe toucha l'endroit sur sa joue où les lèvres de la fillette étaient entrées en contact avec sa peau. Il sentit un peu d'humidité sous ses doigts. Il laissa longtemps sa main sur son visage, gardant ainsi, même à distance, le contact avec celle qui serait toujours sa princesse.

Le ravin avait aussi mauvaise réputation que le château hanté et Philippe espérait qu'Émilie arriverait rapidement et sans encombre à destination. Finalement, il jugea moins hasardeux d'attendre son père à proximité de l'entrepôt; ainsi, il éviterait de salir davantage ses vêtements en se traînant sur une distance indéterminée et son père le retrouverait également plus facilement s'il restait sur place. Il rampa jusqu'aux hautes herbes bordant l'édifice en ruines. Quand il sentit dans son dos la dureté rassurante du béton crevassé, il se fit tout petit. Là, personne ne le découvrirait et il serait toujours temps de signaler sa présence en criant, lorsque son père arriverait.

***

Il se passait quelque chose d'anormal. Les notes graves du glas se mélangeaient à la sonnerie d'un téléphone, et le matin d'août un peu humide et sombre, au cours duquel le corps d'Émilie Ritter avait été enterré dans le petit cimetière de la paroisse des Saints-Innocents, s'était transformé en un jour inondé de soleil. Philippe Lambert ouvrit les yeux en ayant une fois de plus l'impression d'émerger d'un mauvais rêve; contrairement à ses expériences précédentes, les images ne s'évanouirent pas à mesure qu'il reprenait contact avec la réalité. Chaque détail de son voyage nocturne aux confins de sa mémoire demeurait présent à son esprit et gagnait en force au lieu de disparaître dans les couches profondes de son inconscient. Il se sentait en état de choc et, de façon difficilement explicable, étrangement bien. Il allongea le bras et, sans trop se rendre compte de ce qu'il faisait, porta le combiné à son oreille. Il n'eut pas le temps d'ouvrir la bouche. À l'autre bout du fil, une voix qui commençait à devenir familière, demanda:

— Je suis bien chez monsieur Philippe Lambert, du Reporter?

Philippe répondit par un ouais endormi, dans lequel perçait un intérêt naissant. Il voulut prendre l'initiative de la conversation, mais Rosalie Richard ne lui en laissa pas le temps.

—Patrick Ashley désire vous rencontrer.

Sur la table de nuit, une horloge électronique indiquait

huit heures vingt. Il s'était endormi tard, le soir précédent, en espérant que ses souvenirs ne viendraient pas le torturer au cours de la nuit. Or, il n'avait pu échapper à son subconscient et aux secrets qu'il recelait; encore sous le choc des images que lui avait révélées sa mémoire, il s'efforça de reprendre contact avec la réalité. N'éprouvant aucune difficulté à se rappeler ce que le nom de Patrick Ashley pouvait éventuellement signifier pour son avenir, il réagit immédiatement.

—Quand?

—Je dois vous parler auparavant.

Philippe se redressa en appuyant le combiné sur son épaule. Il tâtonna dans les couvertures et mit enfin la main sur sa robe de chambre; il endossa le vêtement en même temps qu'il quittait le lit.

—Où et quand peut-on se voir?

Il dut s'y reprendre à deux fois avant de formuler sa question de façon adéquate. L'effet de surprise n'était pas la seule raison de son hésitation; il avait encore la voix enrouée par le sommeil et les frissons agitant son corps, bien qu'en régression, faisaient trembler sa voix.

—Cet après-midi, à trois heures. Dans le parc Richmond, près de l'obélisque.

Rosalie Richard raccrocha sans dire au revoir, plantant Philippe au beau milieu d'une phrase. La voix de la jeune femme paraissait un peu moins sèche que d'habitude, même si son comportement laissait supposer qu'elle était toujours très fâchée... Il posa le combiné sur son socle et prit la direction de la cuisine. Vifs comme des poissons-chats, des rayons de soleil essayaient de s'immiscer entre les lattes des persiennes, tandis qu'à l'extérieur, les cris excités des enfants saluaient l'arrivée dans le quartier du bus chargé de les conduire à l'école.

La première gorgée de café brûlant finit de le réveiller tout à fait. Toujours frissonnant sous sa robe de chambre, il s'approcha de la fenêtre donnant sur la cour arrière et actionna le mécanisme des persiennes. Le soleil, en pénétrant d'un seul coup dans la cuisine, l'éblouit. Aucune saleté ne ternissait la blancheur immaculée de la neige. Dans le ciel d'un bleu violet, absent de pollution, des cumulus jouaient à saute-mouton avec l'ombre blanchâtre de la lune qui, malgré la présence du soleil, persistait à vouloir poursuivre son tour de garde amorcé pendant la nuit. Il aurait aimé que sa vie, que son passé surtout, soient aussi clairs et découpés que le tableau matinal offert par la nature. Tel n'était pas le cas, malheureusement. Il ne pourrait jamais corriger ses erreurs, à moins de reprendre à zéro le fil de sa vie, ce qui était impossible.

Il avait cessé de croire aux contes de fée ce matin d'août de son enfance, quand l'univers douillet dans lequel il vivait s'était écroulé en poussière.

Il s'était endormi, tout bêtement. Trente minutes, puis une heure s'était écoulée, sans qu'il entende quoi que ce fût en provenance de l'entrepôt. Sa blessure ne le faisait plus souffrir, un engourdissement bienveillant enveloppait sa jambe jusqu'à la cuisse; atténuée, la douleur semblait vouloir disparaître tout à fait et un profond bien-être remplaçait peu à peu le trouble qu'il avait ressenti à son arrivée dans le terrain vague. Le rire inhumain qu'Émilie et lui avaient cru entendre n'existait que dans leur esprit. Ils avaient rêvé éveillés, voilà tout. Le chant aigu des grenouilles associé à celui, plus bas, des crapauds, avait bercé sa confiance retrouvée, l'obligeant à fermer les yeux sur ce qui venait de se passer. Ici, rien ne pouvait l'atteindre. Il reposait, totalement en sécurité, dans une bulle de verre inexpugnable et Émilie devait être chez ses parents, en train de leur expliquer que tout allait bien, qu'il suffisait de venir le chercher pour que ce léger contretemps disparaisse définitivement dans l'oubli.

Le matin l'avait surpris fiévreux et transi par l'humidité de la nuit. Il s'était réveillé d'un seul coup, en état de panique. Il entendait des voix à proximité, des voix qu'il connaissait sans parvenir à les situer vraiment. L'une d'elles criait son nom, accompagnée en écho par celle d'une femme dont les intonations ne lui étaient pas inconnues. Ses parents.

—P'pa, m'man, je suis ici, près de l'entrepôt!

Il essaya de se hisser sur ses jambes, mais il en fut incapable. Il cria de nouveau, si fort qu'il crut que ses poumons allaient éclater.

—Par ici! Vous ne pouvez pas me voir. Je suis blessé!

Son père et sa mère n'étaient pas seuls. Il y avait des tas de gens avec eux, dont les parents d'Émilie Ritter. La mère de la fillette s'approcha de lui. Elle avait les yeux rougis par le manque de sommeil et les pleurs. Lorsqu'elle lui demanda où était sa fille, Philippe comprit que quelque chose de très grave avait dû se produire.

—Émilie a pris par le ravin, hier soir, madame Ritter.

Son séjour à l'hôpital avait duré une semaine et il avait failli y laisser sa jambe. À tout prendre, il aurait préféré qu'il en fût ainsi et qu'Émilie soit toujours vivante.

Son père lui avait appris la terrible nouvelle le lendemain de son admission à l'hôpital. Émilie avait été retrouvée noyée dans la partie la plus étroite du ruisseau, où une distance de deux mètres seulement séparait les rives. Selon toute vraisemblance, la fillette avait voulu enjamber le cours d'eau sans ralentir son allure. Elle avait glissé et n'était pas parvenue à s'accrocher aux hautes herbes de la rive. Épuisée, elle avait dû couler à pic quelques minutes seulement après sa chute dans le ruisseau dont la profondeur, à cet endroit, ne dépassait pas un mètre cinquante.

Les parents d'Émilie, pas plus que les siens, n'avaient adressé des reproches à Philippe. Ce n'était qu'un jeu d'enfants qui s'était mal terminé, voilà tout. Il arrive que les contes de fée finissent ainsi. Chacun s'était réfugié dans sa peine, essayant de se rappeler le visage rieur d'Émilie Ritter, qui ne verrait plus jamais le soleil.

L'hôpital étant situé non loin de l'église, Philippe avait entendu les cloches sonner le glas, lorsque Émilie, dans sa tombe blanche, avait été conduite au cimetière après ce que sa mère avait appelé la *cérémonie des anges*. Il regrettait d'avoir désobéi à ses parents et de s'être rendu au château hanté, il regrettait de ne pas avoir tenu tête à Émilie.

Il regrettait, maintenant, de n'avoir jamais dit à personne que quelqu'un se trouvait dans l'entrepôt désaffecté, cet après-midi fatidique au cours duquel Émilie Ritter s'était noyée.

Longtemps intrigué par cette présence, il en était venu à se demander si, réellement, celle-ci avait existé. Peu de temps après son retour à la maison, presque convaincu que son imagination lui avait joué un tour, il avait hésité entre son désir de se confier et la crainte de passer pour fou. Jamais Émilie n'avait entendu ce rire, pas plus que lui, d'ailleurs. Alors, pourquoi aller dire à son père que quelqu'un, dissimulé dans l'entrepôt, les avait probablement épiés, alors qu'ils approchaient du terrain vague?

Le temps avait arrangé les choses. Il s'était conditionné à son insu, adoptant la solution facile. Non, personne ne se trouvait à l'intérieur de l'entrepôt, cet après-midi-là...

Le docteur Wassel aurait fait mieux. Lui, il était un lâche, qui laissait les filles se débrouiller seules pendant qu'il dormait. Son insouciance était à l'origine d'une tragédie qui aurait pu être évitée et il était responsable de la peine que tous ressentaient à la suite de cette perte. Il avait pleuré souvent, jusqu'à ce que l'adolescence, timidement, vienne le libérer de ses remords. Il s'était apitoyé sur le sort d'Émilie, puis sur le sien; chaque fois qu'il entendait dire qu'un enfant était mort, d'un accident ou de causes naturelles, il se mettait à verser des larmes. Un jour, alors que l'école venait à peine de reprendre, sa mère l'avait surpris dans sa chambre, dans un état proche de la prostration; sur ses genoux, un journal annonçait qu'une fillette de douze ans avait été renversée par une automobile et qu'elle était morte durant son transport à l'hôpital. Accompagnant le texte, une photo de la victime semblait être à l'origine de l'état dans lequel il se trouvait; la malheureuse était le sosie presque parfait d'Émilie Ritter.

Le drame du château hanté ne l'avait pas privé seulement de son enfance, il avait signifié également la perte de son innocence. Sa rentrée dans le monde des hommes s'était faite sous le signe de la violence. C'était sans doute ce qui l'avait poussé à vouloir témoigner des drames dans lesquels ses contemporains s'enfermaient avec un empressement qui, à certaines occasions, ressemblait à de la délectation. Il commençait à comprendre que le contenu de ses rêves, dont il se souvenait maintenant avec une précision cinématographique, lui servait d'alibi. Le gnome de l'école, qui apparaissait dans ses cauchemars, c'était lui. La phrase sur le tableau disait *Émilie aime Philippe* et c'était ses camarades de classe qui chantaient sa lâcheté sur le ton de la comptine.

La mort d'Émilie avait marqué la fin de son enfance. Avec

les années, l'oubli s'était installé et, peu à peu, le drame de cette dernière semaine de vacances s'était dissipé. Jusqu'à ce que le rêve de la nuit précédente lui restitue les traits de la fillette, il ne s'était plus souvenu du visage de celle qui était toujours restée sa Princesse et qui demeurerait à jamais dans sa mémoire comme le premier amour de sa vie.

La bouche sèche, écœuré par le goût du café en train de refroidir, Philippe Lambert déposa la tasse à demi pleine sur le comptoir. Il jeta un dernier regard à travers la fenêtre avant de prendre le chemin de la douche. Des plis soucieux barraient son front. Il se demandait qui, ou quoi, était à l'origine du rêve l'ayant mis en présence d'Émilie Ritter et de l'affreux drame qui s'était déroulé non loin du château hanté de son enfance. Il s'interrogeait aussi sur le phénomène qui lui remettait régulièrement en mémoire, avec un remarquable souci du détail, le cauchemar de l'école et de son gnome dont il n'était jamais parvenu à se souvenir entièrement jusqu'à ce matin.

Quelque chose s'était passé, ou était en train de se passer, qui modifiait son comportement habituel. Il avait toujours refusé d'évoquer le souvenir d'Émilie et voilà qu'il prenait plaisir à se rappeler leurs jeux des après-midi pluvieux, au cours desquels tous deux s'amusaient à découper les mannequins des pages du catalogue Eaton pour en faire des poupées à une dimension. Plus que tout, son rêve lui avait presque donné la certitude qu'un inconnu s'était effectivement trouvé dans l'entrepôt, peu avant qu'Émilie n'emprunte le sentier menant au ravin et à son ruisseau fatidique...

Il ouvrit le poste de radio avant d'entrer dans la douche. Les terroristes détenaient toujours les passagers du vol Londres-Athènes de la United Airlines; ils avaient même abattu deux d'entre eux, des employés civils de la Marine américaine.

Le monde ne se débarrasserait donc jamais de sa folie meurtrière?

***

Ses copains de la Brigade criminelle avait surnommé Samuel Munger l'*Éléphant*, une épithète ne correspondant pas vraiment à son physique, plutôt ordinaire pour un flic. Sa mémoire, toutefois, était phénoménale et il pouvait se rappeler chaque détail, chaque indice d'une enquête qu'on lui avait confiée, quand ce n'était pas un visage croisé au hasard d'une série d'interrogatoires et qui se révélait, plus tard, à l'origine d'un crime que tous avaient oublié.

Peu de temps après avoir été affecté à la Brigade criminelle, Samuel Munger avait coffré, sans l'aide de qui que ce soit, un type sur qui circulait un avis de recherche vieux de dix-huit mois! Le gars, libéré sur parole, se spécialisait dans le braquage de banques et on le considérait comme dangereux. Toute les polices de l'Ontario – il était originaire d'un patelin situé dans le nord de cette province – voulaient mettre le grappin sur lui et c'est Beaumont qu'il avait choisi pour venir se refaire une réputation, en attendant de reprendre le collier. En compagnie d'une vingtaine d'autres, l'avis de recherche le concernant était affiché depuis un an et demi sur le tableau réservé à cet effet dans la salle de repos de la Brigade et personne n'y attachait plus d'importance, même Samuel Munger. Un matin, alors qu'il prenait son petit déjeuner en compagnie d'un jeunot frais émoulu de l'école de police, sans avertissement, il avait plaqué là ses œufs et son bacon et était sorti à une vitesse supersonique du restaurant, bousculant une vieille dame sur son passage et s'attirant les regards réprobateurs des autres clients. Il venait d'apercevoir, de l'autre côté de la rue, un type dont le visage ne lui était pas inconnu, en l'occurrence le braqueur recherché par ses confrères de l'Ontario!

L'anecdote circulait toujours à la Brigade criminelle et le jeunot qui accompagnait Samuel Munger à l'époque de cette arrestation spectaculaire, devenu le chef de la police de Beaumont, espérait que, peut-être, cette mémoire hors du commun pourrait l'aider à éclaircir les meurtres de Prince-Albert.

Norma, de mauvais poil, lui avait à peine adressé la parole lorsque, fourbue comme d'habitude et les traits tirés, elle était rentrée de son travail à sept heures, ce matin-là. Immédiatement après avoir pris son petit déjeuner, deux toasts accompagnés de marmelade et d'un café, elle s'était levée, avait pris un bain, puis s'était glissée dans le lit défait que venait de quitter son mari.

Elle dormirait ainsi une bonne partie de l'avant-midi avant de se lever pour faire quelques courses et regarder, à son retour, les jeux télévisés débiles de l'après-midi. Peu après le dîner, elle retournerait se coucher et filerait jusqu'à dix heures sans se réveiller. À onze heures, elle quitterait la maison après lui avoir adressé quelques mots. Elle passerait la nuit dans un édifice à bureaux du centre de la ville, à récurer, frotter et polir... Samuel Munger s'était fait à cette vie entre parenthèses et au fait que, depuis sa retraite particulièrement, il vivait en étranger avec sa femme. Heureusement, les enfants venaient un week-end sur deux et, entre leurs visites, il pouvait toujours s'en remettre à son passe-temps pour combler le vide de sa vie conjugale.

S'il ne faisait pas preuve de prudence, Norma risquait de le déranger en lui posant toutes sortes de questions auxquelles il ne désirait pas répondre ou, pis, elle entonnerait le refrain habituel sur le thème du temps perdu à collectionner des compte rendus de faits divers sanglants qui n'intéressaient plus personne, sauf lui. Il avait donc attendu que le sommeil fasse son œuvre avant de descendre au sous-sol pour y terminer l'exploration de ses dossiers entreprise la veille.

Dehors, un camion chargé de neige, en passant devant la maison, fit trembler les fenêtres du sous-sol. Comme si elle n'attendait que ce signal pour se remettre au boulot, la fournaise, sevrée au kérosène de première qualité, se réveilla en hoquetant puis, tel un gros chat, se mit à ronronner de satisfaction. La nuit précédente, Samuel Munger, comme ces chercheurs d'or saisis par la fièvre du métal jaune, avait entrepris ses recherches dans un état d'excitation proche de la frénésie. Deux heures s'étaient écoulées rapidement avant qu'il ne se rende compte qu'en agissant de façon désordonnée un temps extrêmement précieux filait entre ses doigts. Il devait procéder avec calme, sans précipitation inutile, sinon il risquait de tourner en rond et ne jamais arriver à trouver quoi que ce fût. Il pestait contre le laisser-aller qui lui avait fait remettre sans cesse à plus tard l'achat d'un ordinateur. Un bon logiciel aurait permis de trouver presque sur-le-champ ce qu'il cherchait. Pour l'instant, il devait consulter, un à un, les sept cent trente-cinq dossiers qu'il avait accumulés au fil des années dans son musée des horreurs. Il se demandait quel accueil réserverait Norma à sa suggestion de se procurer un IBM. Sa femme l'enverrait probablement promener...

L'esprit ailleurs, Samuel Munger se demandait comment, à son âge, il pourrait parvenir à domestiquer un ordinateur quand, enfin, il trouva ce qu'il cherchait dans le dossier portant le numéro de référence six cent soixante-six. En montant au rez-de-chaussée pour gagner le salon, il consulta sa montre et vit que l'avant-midi tirait à sa fin. Espérant que Norma passerait le cap du déjeuner sans se réveiller, il s'installa sur le divan et, fébrile, contempla sa découverte.

Erik Bronstein, un agent immobilier à la retraite âgé de soixante ans et habitant Frelighsburg, un joli petit village au cachet anglo-saxon situé à quatre-vingt kilomètres au sud-ouest de Montréal, sa fille Laura, trente-deux ans, divorcée, et le fils de cette dernière, Billy, âgé de onze ans, avaient été retrouvés assassinés dans leur Itasca, par deux policiers de la *State Patrol* de l'État du Vermont, à dix heures trente-trois, le matin du vingt mai mille neuf cent soixante-dix-neuf.

Les deux flics, intrigués par la présence prolongée de l'auto-caravane dans une aire de repos de l'*Interstate* 91, un affluent de l'*Interstate* 95 prenant naissance près de la frontière canadienne, avaient décidé, à leur troisième passage, d'aller voir de plus près ce qui se passait à l'intérieur du véhicule. N'obtenant aucune réponse aux demandes répétées adressées aux occupants de bien vouloir descendre et de s'identifier, les deux policiers, selon leur version, s'étaient vus dans l'obligation de forcer la porte de l'Itasca. Ce fut seulement après être montés dans l'auto-caravane qu'ils se rendirent compte que, vraiment, le monde était rempli de sales individus ne méritant pas d'exister.

Samuel Munger parcourut rapidement un texte publié dans un numéro du *Time*, une semaine après la découverte des corps. Le texte, d'intérêt général, ne s'arrêtait pas assez longuement aux détails pour attirer son attention; l'auteur de l'article avait choisi de s'attarder à la recrudescence des meurtres de masse, utilisant le massacre de l'*Interstate* 91 à titre d'exemple pour introduire son sujet. Un autre reportage paru dans le magazine *People*, à peu près à la même date, ne soulignait guère de faits intéressants et jouait de manière complaisante avec les spéculations les plus farfelues. Les choses se corsaient avec *Life*. La revue proposait des photographies de l'aire de stationnement sur laquelle l'Itasca des Bronstein avait été découvert, ce qui conférait au drame un réalisme qui faisait défaut dans les autres publications. Le texte, bien que très court, faisait surtout référence à des déclarations de policiers chargés de l'enquête. Samuel Munger mit le document de côté afin d'y revenir plus tard.

Finalement, c'était ce bon vieux *National Enquirer* qui se révélait encore le plus intéressant. Comme tous les journaux à sensation, le tabloïd, édité en Floride, possédait des relations bien placées dans la police. Cette coopération, basée sur les fuites judicieusement contrôlées, se traduisait dans les faits par des résultats fort intéressants pour les collectionneurs de drames sanglants, tel Samuel Munger.

Le numéro du *National Enquirer* publié trois semaines après la découverte des corps de la famille Bronstein contenait pas moins de dix photographies de l'intérieur de l'Itasca, avec, en prime, des déclarations du responsable de l'enquête et, ce qui était vraiment du gâteau, les compte rendus des rapports d'autopsies pratiquées sur les victimes.

La Boucherie de l'Interstate 91, ainsi décrite par le *National Enquirer*, méritait bien le qualificatif de bain de sang que lui avait accolé la presse américaine durant les semaines qui avaient suivi la découverte des trois corps. L'être sans pitié qui s'en était pris à la famille Bronstein avait agi avec un calme d'une incroyable efficacité, tuant d'abord la jeune femme, puis son garçon. Ni l'un ni l'autre n'avait subi de sévices sexuels. Erik Bronstein avait été découvert dans la salle de bain de l'Itasca; le peu de désordre constaté dans le véhicule tendait à démontrer que le tueur avait pris ses victimes par surprise. Toutes trois avaient été assassinées avec l'aide d'un instrument tranchant, aucune substance toxique n'avait été décelée dans leur estomac.

Samuel Munger observa les photographies; une seule était en couleur et cela suffisait amplement à donner une idée de ce que les deux policiers de la *State Patrol* avaient dû ressentir en

275

découvrant le massacre. L'individu avait recueilli le sang de ses victimes dans un bassin servant à laver la vaisselle, ensuite, avec le liquide ainsi récupéré, il avait peint les murs et une partie du plafond de l'auto-caravane. Il avait utilisé un pinceau, pris dans le placard à outils, pour venir à bout de sa tâche macabre. Ce qui étonnait, c'était le soin mis par l'assassin dans l'accomplissement de sa besogne. Le responsable de l'enquête estimait qu'au moins deux heures lui avaient été nécessaires pour terminer ce qu'il avait commencé. Le meurtrier était doté d'un extraordinaire sang-froid, car il aurait pu être surpris à n'importe quel moment.

—Encore en train de lire ces saletés?

Il sursauta. Tout à sa concentration, il n'avait pas entendu Norma approcher. En peignoir, les cheveux en désordre, sa femme avait sa tête des mauvais jours. Il préféra ne pas répondre directement à sa question, optant plutôt pour la conciliation.

—C'est une manière comme une autre de passer le temps, Norma.

—Tu ferais mieux de chercher un boulot, ça nous aiderait à vivre un peu mieux.

Elle approcha et tenta de lire par-dessus son épaule.

—Qu'est-ce que c'est?

—Une vieille affaire, rien de vraiment passionnant.

Norma jeta un œil sur la photographie en couleur du *National Enquirer*.

—Tu lis des choses dégueulasses!

Il préféra ne pas insister. Fermant le dossier d'un geste détaché, il se leva et embrassa Norma sur la joue.

—Il reste une portion de ragoût de lièvre dans le frigo, à moins que tu ne préfères un sandwich au jambon, ma chérie?

Sa femme le regarda avec une physionomie un peu moins rébarbative qu'à son entrée dans le salon.

—Laisse, je suis assez grande pour me débrouiller seule. Retourne à ta lecture.

Samuel Munger ne se le fit pas dire deux fois. Il s'installa au même endroit sur le divan et se remit à la lecture de l'article du *National Enquirer*. Finalement, Norma avait décidé de se confectionner un sandwich, ce qui était bien, car il adorait le ragoût de lièvre et il en restait très peu.

Erik Bronstein transportait sur lui neuf cent soixante-dix dollars américains et portait à son poignet gauche une montre Patek Philippe hors de prix. Sa fille, Laura, avait autour du cou une chaîne en or de huit mille dollars. Dans un compartiment de 'la cuisine, un bocal de verre, dissimulé derrière un sac de farine et un pot de pommes en conserve, contenait trois mille dollars en devises canadiennes. Le vol n'étant pas le mobile du crime, les policiers chargés de l'enquête avaient émis l'hypothèse qu'un psychopathe était responsable de l'assassinat de l'agent immobilier à la retraite, de sa fille et de son petit-fils. L'assassin, d'une manière qui restait encore à déterminer, avait gagné la confiance des Bronstein; ceux-ci l'avaient fait monter dans leur Itasca quelque part sur l'*Interstate* 95, entre Key West et la jonction avec l'*Interstate* 91, à plus de trois mille kilomètres de là; il était possible, également, que le meurtrier ait joint le groupe sur l'*Interstate* 91.

L'article du *National Enquirer* soulevait un nombre considérable de détails morbides. Samuel Munger lut en diagonale, jusqu'à ce que ses yeux arrivent exactement sur ce qu'il cherchait.

Le tueur, avant de s'éclipser dans la nature, avait mis une touche finale au massacre qu'il avait perpétré avec un extraordinaire sang-froid; Erik Bronstein, en effet, avait été découvert, nu, sur le cabinet d'aisance de l'Itasca, ses testicules dans la bouche...

***

Adolescent, Philippe Lambert aimait parcourir à bicyclette, seul, les allées de gravier du parc Richmond. L'été, l'arôme sauvage des aiguilles de pin embaumait l'air d'effluves parfumées et, aux derniers soubresauts de l'automne, les feuilles mortes des bouleaux et des érables, en emprisonnant la terre dans leur gangue d'humus, imprégnaient l'atmosphère d'une odeur doucereuse, persistante. Lorsqu'il en avait assez des espaces dégagés, il dirigeait sa bicyclette sous les frondaisons et dans les pinèdes au sol dénudé. Alors, les pneus usés du Raleigh, hérité d'un lointain cousin, mordaient dans la poussière des sentiers en laissant dans la terre meuble une longue empreinte à demi ébauchée et qui disparaissait à la première ondée. Il passait de longues heures à se faufiler habilement entre les troncs d'arbres, les bancs et les tables à pique-nique, se mettant tour à tour dans la peau d'un explorateur de contrées inconnues ou de paysages égarés dans son imagination. Quelquefois, il croisait des jeunes de son âge regroupés en bandes et qui l'invitaient à se joindre à eux. Incapable de dire non, il se mêlait aux groupes, s'empressant de les abandonner à la première occasion. Il se sentait comme un étranger, un être de trop que l'on tolérait parce qu'il avait, un jour, côtoyé la mort sans se laisser entraîner par elle. Plus tard, il avait compris que la réserve de ses compagnons n'avait rien à voir avec sa mésaventure et que c'était plutôt son comportement qui devait être mis en cause. Son air lointain, en effet, n'encourageait pas la communication.

Il fuyait la compagnie des garçons de son âge, préférant se retrancher derrière un mur ressemblant à de l'indifférence, mais qui était en réalité de la tristesse. Ce n'est qu'à dix-sept ans, sans que rien ne laisse présager le virement de cap, qu'il était soudainement devenu ce qu'il aurait dû toujours être, un garçon comme les autres. Il ne se souvenait pas du moment exact où Émilie Ritter était entrée dans sa vie; il pouvait dire exactement, cependant, quel jour elle en était sortie, car c'était celui de son dix-septième anniversaire de naissance. Mémorable à plusieurs points de vue, cette journée-là fut marquée par la perte de sa virginité, dans les bras d'une compagne de classe réputée peu farouche, et par une formidable cuite destinée à lui faire oublier la honte et la peur qu'il ressentit après sa mésaventure. Le lendemain, la tête basse et sous le regard soucieux de sa mère, il avait rangé sa bécane dans la remise à outils, derrière la maison. Il n'avait remis les pieds dans le parc Richmond que dix années plus tard alors que, accompagné d'un photographe du Reporter, il était allé constater les dégâts causés à l'obélisque par des jeunes désœuvrés n'ayant trouvé rien de mieux, pour passer le temps, que d'écrire des graffitis obscènes sur le modeste monolithe de cinq mètres de hauteur.

Les abords du monument, élevé pour honorer la mémoire des Beaumontais morts sur les champs de bataille d'Europe au cours de la Première Guerre mondiale, servaient encore aujourd'hui d'aire d'atterrissage pour les pigeons et les moineaux et, le soir, de lieu de rendez-vous pour les amoureux fauchés et en quête d'intimité. Avec Émilie, le parc Richmond constituait le plus beau souvenir de son passé d'enfant trop sage. Ici, il se sentait revivre, c'était comme s'il voyageait dans le temps, survolant les différentes époques de sa vie pour en retirer ce qu'il y avait de meilleur.

Il avança en direction de l'obélisque. Quelques pigeons s'écartèrent en gloussant de mécontentement. Le vent, insidieux et froid, soufflait du nord avec force. Ballottées dans tous les sens, les cimes des arbres s'agitaient comme les vagues d'une mer démontée. La neige, que le soleil avait durcie, restait bien en place, tandis que sur le pourtour des mares gelées suintait un peu d'humidité. Philippe Lambert était seul dans le parc comme dans la vie; il en avait toujours été ainsi et il n'existait aucune raison pour qu'il en fût un jour autrement.

Au début de l'après-midi, craignant que la neige l'empêche de se rendre jusqu'à l'obélisque, il avait songé à rappeler Rosalie Richard – à sa grande surprise, le nom de la jeune femme apparaissait toujours dans l'annuaire du téléphone – mais il s'était ravisé en décrochant l'appareil. L'infirmière devait savoir ce qu'elle faisait. Il avait peur, aussi, qu'elle change d'idée et refuse de le rencontrer si jamais il la relançait jusque chez elle. Arrivé à destination, il leva la tête, essayant de percer le mystère de l'aiguille de granit. Un nuage se profila juste sous la pointe, resta là un court instant, puis reprit sa route. Philippe, qui commençait à se sentir légèrement étourdi, ramena son regard à la base du monument. Gravée dans la roche polie, l'inscription, *Aux Fils de Beaumont Morts au Champ d'Honneur*, disparaissait complètement sous les graffitis et la fiente de pigeon. Le granit s'effritait aux angles; vu de près, l'ensemble de l'obélisque ne payait pas de mine. Il regarda sa montre. Les aiguilles indiquaient trois heures cinq.

Située au centre du parc, dont la superficie ne dépassait guère celle de deux terrains de football, la place de l'obélisque était le point de convergence d'une douzaine de sentiers et des cinq allées de gravier réparties telles les branches d'une étoile. L'hiver, un seul de ces passages était entretenu; réquisitionné par les gamins des environs, l'endroit, habituellement, ressemblait à un terrain de jeux et grouillait d'une joyeuse animation.

Philippe, que le froid commençait à incommoder sérieusement, revenait sur ses pas lorsqu'il aperçut, au bout de l'une des allées, la silhouette de Rosalie Richard se profilant sur la neige.

Sa première réaction fut d'aller à la rencontre de l'infirmière dont la démarche paraissait loin d'être assurée. Elle regardait fréquemment par-dessus son épaule et il était visible que ce geste, plus qu'une habitude, était dû à un réflexe de protection. Philippe patienta encore quelques secondes, le temps que Rosalie Richard gagne du terrain, puis il avança dans sa direction. Il venait de comprendre pourquoi, en l'apercevant, elle lui avait donné rendez-vous sur la place de l'obélisque et, aussi, la raison de son retard. Le lieu ne comportait aucune autre voie d'accès que cette allée, les autres étant recouvertes de neige. Avant de traverser les grilles, elle l'avait laissé pénétrer dans le parc, s'assurant, de loin, que c'était bien lui qui se trouvait près du monument.

—J'ai l'impression de jouer aux espions, pas vous?

Vêtue d'un long manteau doublé de mouton, Rosalie Richard paraissait encore plus délicate qu'au moment où il l'avait aperçue de près, pour la première fois, dans la chambre de Patrick Ashley. Elle ne portait rien sur la tête et un bandeau de laine, dont la couleur était assortie au foulard rose noué autour de son cou, recouvrait ses oreilles, enserrant sa courte chevelure noire dans une couronne improvisée.

—Je ne veux pas être vue en votre compagnie.

Plus intrigué que contrarié par l'attitude distante de la jeune femme, il sourit avec une chaleur non feinte.

—Vous ne vous embêtez pas inutilement avec les formules diplomatiques!

—Marchons.

À bonne distance l'un de l'autre, ils se dirigèrent en silence vers l'obélisque. Philippe, qui ne tenait pas à se faire rabrouer une autre fois, ne faisait aucun effort pour animer la conversation. Il préférait abandonner cette initiative à la jeune femme, pressentant que l'attitude sévère de celle-ci n'était, en fait, qu'une façade destinée à cacher sa vraie personnalité.

Il la dépassait d'une tête et la fragrance imprégnant sa peau, en se mêlant au froid, dégageait un arôme naturel cadrant de façon presque parfaite avec la nature un peu sauvage du parc.

Lorsqu'ils eurent atteint la base du monument, elle lui fit face et, sans transition, demanda:

—Pourquoi désirez-vous tant parler à Patrick Ashley?

—Je vous l'ai dit l'autre jour...

Elle lui coupa brusquement la parole.

—Ne me racontez pas d'histoires à dormir debout! Je ne crois pas que vos intentions soient tout à fait désintéressées. Ce n'est certainement pas par simple souci d'humanité que vous cherchez à entrer en communication avec ce pauvre garçon.

Pris de court par la réaction foudroyante de la jeune femme, Philippe resta sans voix. Rosalie Richard insista.

—N'ai-je pas raison?

—Ce n'est pas aussi simple que vous le croyez.

—J'ai eu affaire à la presse, moi aussi. C'est une expérience difficile à oublier et plutôt traumatisante...

La jeune femme laissa sa phrase en suspens, sembla chercher ses mots, puis conclut, lapidaire:

—Il n'y a rien de vrai en vous.

Rosalie Richard posa sur lui un regard plein de défi dans lequel aucun signe de faiblesse n'était perceptible. Elle en avait gros sur le cœur et, pour la première fois depuis des mois sans doute, l'occasion s'offrait d'évacuer un peu de pression. Sur la défensive, tenté lui aussi d'élever le ton, Philippe continuait de présenter l'image du type que rien ne peut ébranler même si, intérieurement, il se sentait moins enclin à comprendre l'attitude de la jeune femme. Il voulait éviter toute confrontation inutile et puis, pour être tout à fait franc, il trouvait que la colère de Rosalie Richard la rendait encore plus attirante. Enfin, il n'était pas sans soupçonner une grande vulnérabilité derrière cette attaque en règle à laquelle il s'attendait un peu, mais dont l'ampleur dépassait ses prévisions!

—Je n'aurais pas dû forcer ainsi les portes de l'unité anticontagion. J'ai eu tort, voilà! Je vous prie d'accepter mes excuses les plus sincères.

Prononcés ainsi, sur le ton de la contrition, et dans d'autres circonstances, les propos de Philippe Lambert auraient pu paraître teintés d'une certaine affectation. Ce qui n'était pas le cas. Il pensait vraiment ce qu'il disait. Rosalie Richard fit marche arrière, jetant un peu de lest.

—J'accepte vos excuses.

Elle sourit vraiment pour la première fois. Un peu de chaleur réchauffa son regard et Philippe, à son grand soulagement, comprit qu'un véritable contact venait d'être établi. Rosalie Richard enfonça les mains profondément dans les poches de son manteau et baissa la tête. De tigresse, elle se transformait en gazelle craintive et timide. Ce changement s'effectua d'un seul coup, sans que Philippe y fût préparé. Il mit quelques secondes à réagir. Rosalie Richard, reprit l'initiative de l'échange.

—À propos de Patrick Ashley...

—Rien ne presse.

Il était déçu sans trop savoir pourquoi. Il ne tenait pas à parler du jeune homme isolé dans sa chambre de l'unité anticontagion de l'hôpital Saint-Michael. Il aurait aimé aborder n'importe quel autre sujet avec cette fille, mais pas celui-là.

—Patrick tient vraiment à vous rencontrer. Je crois que votre visite l'a passablement ébranlé et il affirme que plus tôt vous viendrez, mieux il se sentira.

—Vous le connaissez depuis longtemps?

—Pas vraiment. C'est le premier cas dont j'ai eu à m'occuper dans cet hôpital. Je... je viens tout juste de commencer là-bas.

—Je suis au courant de votre histoire.

—Le contraire eut été étonnant.

Les yeux noirs de Rosalie Richard, si pleins de vie une minute auparavant, s'obscurcirent. Elle porta son regard dans la direction de la grille, à cinquante mètres de là, cherchant de toute évidence à repérer quelqu'un. Philippe se méprit sur son attitude.

—On doit venir vous chercher?

La jeune femme ne répondit pas. Elle fouillait l'extrémité de l'allée en fronçant les sourcils.

—Non... tout va bien. Je... j'ai cru apercevoir quelqu'un pénétrer dans le parc.

Philippe avança de quelques mètres. Bordée par une haie de saules, l'allée était vide de toute présence humaine. Derrière eux, les pigeons roucoulaient en tournant en rond; leurs petits yeux rouges impassibles et stupides cherchaient une pitance que la bourrasque avait dispersée aux quatre vents.

—Je crois qu'il n'y a personne.

Rosalie Richard fit quelques pas. Il sembla à Philippe que la jeune femme essayait de se rapprocher, de se servir de son corps comme d'un rempart derrière lequel, en cas de danger, elle pourrait se retrancher en toute sécurité. En un éclair, il se revit plongé dans le passé, quand Émilie, terrorisée par une fourmi, avait cherché refuge auprès de lui. La vision disparut aussi rapidement qu'elle s'était manifestée et il ne fit aucun effort pour tenter de la retenir...

—Quittons cet endroit.

Philippe commençait lui aussi à se sentir mal à l'aise. Avec soulagement, il acquiesça à la demande de la jeune femme qui paraissait avoir vraiment peur. Il se surprit à regarder autour de lui avec des yeux inquisiteurs. Il n'aimait pas cette sensation de la proximité d'un danger et, en même temps, il s'en voulait de réagir de la sorte. Le jour, bien qu'à son déclin, se faisait rassurant et quelques passants défilaient sans se presser devant les grilles du parc. Tout semblait normal.

La proximité du centre de la ville et son animation constante n'avaient pas encore déteint sur la tranquillité relative du quartier. Des maisons en briques rouges, dont le style vieillot se mariait joliment avec l'aspect un peu campagnard des environs, bordaient des rues larges et dégagées. Le casse-croûte aux chromes tapageurs, situé près de l'entrée principale du parc et qui avait été le rendez-vous des adolescents de la génération de Philippe, proposait toujours ses banquettes aux écoliers en rupture de classes. C'est là qu'il avait amené Rosalie, après une marche d'une dizaine de minutes au cours de laquelle ils avaient échangé des banalités.

—Ici, on ne risque pas d'être remarqués.

—Je ne croyais pas vraiment ce que je disais, tout à l'heure.

—Vraiment?

Rosalie Richard avait préféré la dernière banquette à toute autre. Assise le dos au mur, elle levait le regard chaque fois qu'un client franchissait la porte d'entrée.

—Vous avez toujours peur, n'est-ce pas?

—Croyez-vous que l'on oublie facilement ce genre de chose?

—Je vous demande pardon, ma question était idiote.

—Ne soyez pas mal à l'aise. Je suis habituée à cette attitude. C'est un peu comme si j'étais l'unique survivante d'un écrasement d'avion. Les gens se sentent obligés de m'interroger et de me rassurer.

—Ça vous embête?

—Au début, j'ai envoyé promener les curieux... heureusement, mes amis ont pris le relais. J'ai appris à vivre avec ma peur, si c'est ce que vous voulez savoir.

Un mince rideau de fumée grasse dans lequel se reconnaissait l'arôme invitant des saucisses grillées, des oignons frits longuement et du steak rôti sur le charbon de bois, flottait, insaisissable mais persistant, au-dessus des tables recouvertes de nappes à carreaux rouges et blancs élimées par endroits; un flot de vapeur tournoyait en volutes serrées au-dessus d'un bac en acier inoxydable luisant de condensation; à l'intérieur, des pains à hot-dog, tassés comme des sardines dans leur boîte, prenaient un bain sauna en attendant de disparaître dans la gueule affamée d'un client attiré là par l'odeur. Le patron, toujours le même, mais un peu vieilli, le calot blanc juché de travers sur le crâne et le tablier taché de larges taches de graisse, avait reconnu Philippe dès que celui-ci, précédé de Rosalie Richard, avait pénétré dans le restaurant. En lui donnant du *ça va, petit*, comme autrefois, le propriétaire du *Casse-croûte Lucas* gratifia le journaliste d'un large sourire édenté, accompagné d'une œillade complice. Quelques types, vêtus pour la plupart de costumes de livreurs – un service de messagerie essaimait partout dans la région à partir d'un entrepôt situé en face – étaient répartis, seul ou en groupes, autour des tables et le long du comptoir. Un poste de radio, dont on avait oublié de modifier la fréquence, diffusait des airs rock monotones, adaptation sirupeuse de succès des années cinquante.

D'un air absent, Rosalie Richard jouait avec un verre de Coca-Cola vide, au fond duquel subsistait un glaçon larmoyant, que lui avait apporté le patron cinq minutes après leur arrivée. La jeune femme faisait pivoter le contenant sur sa base, traçant des cercles invisibles sur la table. Impassible, désireux surtout de ne pas la bousculer, Philippe l'observait discrètement.

—Je n'ai pas demandé à vous voir pour ressasser mes malheurs. D'ailleurs, ce qui est arrivé l'été dernier à Prince-Albert n'intéresse plus personne, même la police a abandonné l'enquête. Je suppose que l'affaire est classée, tant pis pour les victimes et pour moi. À propos de Patrick...

Ce fut au tour de Philippe de couper la parole à la jeune femme.

—Je ne partage pas votre avis, ni votre pessimisme. Le tueur commettra certainement une erreur, si ce n'est déjà fait, et il se retrouvera derrière les barreaux en attendant de passer en jugement. Je suis certain que ce déséquilibré vous a déjà oubliée, mieux, qu'il ne se souvient même plus de ce qu'il a fait!

Elle haussa les épaules, fataliste.

—Pour l'instant, cela ne change rien à ma situation.

Ils se mesurèrent de nouveau du regard. La vigueur de l'échange, bien que moins prononcé que les précédents, ne leur avait pas échappé. Philippe, qui cherchait avant tout à consolider des acquis réalisés difficilement, recula de quelques cases; conscient de l'importance de ne rien brusquer, il cherchait aussi à éviter tout affrontement susceptible de compromettre une relation amicale qu'il sentait sur le point de naître malgré une gestation difficile.

—Pourquoi êtes-vous tellement sur vos gardes, Rosalie? Je ne vous veux aucun mal. D'accord, on ne peut pas dire que notre première rencontre fut très romantique, pas plus que la seconde! Ce n'est pas une raison pour continuer de se regarder comme des coqs de combat!

Il avait parlé sur un ton uni, essayant d'adoucir sa remarque le plus possible. Il ne voulait pas se faire une ennemie de Rosalie Richard, il en était maintenant certain; il voulait la revoir, lui parler de tout et de rien, du temps qu'il faisait, de ses projets. La jeune femme paraissait prisonnière d'une solitude présentant d'étranges similitudes avec la sienne. Contrairement à lui toutefois, cet être, dont les défenses n'existaient presque plus, ne semblait avoir aucune chance d'échapper un jour à ses souvenirs. Une ombre s'apparentant à celle du diable avait dressé des barreaux infranchissables autour du pitoyable périmètre de protection qu'elle avait aménagé avec le peu de confiance qui lui restait encore. La présence de cette barrière invisible avait modifié en profondeur une personnalité à l'origine sans complexes et qui devait être, aussi, d'une étonnante vivacité. Quoi qu'il advienne dans le futur, Rosalie Richard ne serait plus jamais la même, quelque chose s'était brisé en elle, que personne ne pouvait réparer. Lorsqu'elle parla, sa voix, étrangement émue et lointaine, paraissait venir d'une autre personne. Le rythme était différent, le ton, chaleureux, ne possédait aucune similitude avec celui sur lequel elle s'était exprimée jusque-là. Ce qui restait de la vraie Rosalie Richard perçait un peu sous le blindage de protection qu'à son insu, la jeune femme avait confectionné après le drame de l'hôpital Prince-Albert. À partir de ce moment crucial, un sosie avait pris le relais, déployant ses antennes dans toutes les directions afin de prévenir le danger. Ainsi, l'original avait pu survivre sans que personne ne se doute du changement intervenu.

— Il y a des cauchemars qui ne finissent qu'avec la mort. Je vis l'un de ceux-là. Chaque minute, chaque seconde de mon existence est empoisonnée par ce qui s'est passé l'été dernier. Je ne comprends pas pourquoi cet homme m'a laissée vivre, ni quelles sont les raisons qui l'ont poussé à assassiner six malheureux innocents. Ce dont je suis certaine, c'est que j'aurais dû mourir cette nuit-là et que, par un curieux concours de circonstances, je suis toujours en vie. Ne me demandez pas de m'en remettre à Dieu, je ne crois plus en sa bonté, dites-moi seulement que je n'aurai plus jamais à revivre ce genre d'expérience et alors là, seulement, j'essaierai de redevenir moi-même.

Un gros type chauve attablé au comptoir demanda au

patron s'il restait encore du potage. *Non*, répliqua celui-ci, qui proposa à la place un consommé en boîte. La réponse du client se perdit dans un échange de coups de klaxons entre un camion et une automobile; à la fois bref et allongé, le dialogue à une note pénétra en coup de vent dans le casse-croûte en même temps qu'un autre client. À la radio, Mantovani et un chœur de chérubins faisaient un sort peu enviable à une chanson des Platters qui, un jour, avait dû ressembler à *Smoke Gets in your Eyes...*

La jeune femme avait parlé sans marquer de pauses, lentement et d'une voix posée. Elle venait de résumer en quelques mots le bilan des quatre derniers mois de sa vie. Philippe se demandait pourquoi l'infirmière lui accordait soudainement sa confiance, alors qu'elle ne le connaissait pas et qu'elle avait paru jusque-là si distante avec lui. Sans doute Rosalie Richard en avait-elle assez de répéter régulièrement à son entourage qu'elle allait bien et qu'il ne fallait pas s'inquiéter de son sort, puisqu'elle était bien assez grande pour se débrouiller seule. Peut-être également était-ce là une manière de s'excuser pour l'approche peu cordiale qu'elle lui avait réservée, lors de leurs premières rencontres... Jugeant plus prudent de ne pas insister, car il ne voulait pas qu'elle se dérobe, Philippe, à contre-cœur, ramena la conversation sur le cas du jeune prostitué qui, involontairement, les avait fait se réunir de nouveau, cette fois sous des auspices nettement plus favorables.

—Pourquoi Patrick Ashley a-t-il changé d'idée si rapidement, selon vous?

Reconnaissante de l'attitude compréhensive dont il faisait preuve, Rosalie Richard chercha les yeux de Philippe, puis laissa échapper:

—Vous êtes très gentil.

—Ça m'arrive, quelquefois...

Ils s'observèrent en silence puis rirent de bon cœur. Derrière ses réchauds, le patron les observa pendant quelques secondes, essayant de comprendre ce qui se passait. Philippe profita de ce qu'ils avaient retenu l'attention du propriétaire des lieux pour renouveler leurs consommations.

—Patrick Ashley est un parfait étranger pour moi. Je le connais depuis quelques jours seulement, mais cela a suffi pour faire de nous de bons copains. C'est un garçon très sympathique.

—Vous saviez qu'il se prostituait?

—Non, vous me l'avez appris l'autre jour.

—Sa famille a-t-elle été avisée de sa maladie? Reçoit-il des visites, des coups de téléphone, du courrier?

D'un geste de la main, la jeune femme invita Philippe à ralentir le rythme de ses questions.

—Vous auriez fait un excellent policier. Il ne vous manque que l'uniforme... Non, sa famille ne semble pas au courant de ce qui lui arrive ou, si tel n'est pas le cas, elle s'en fiche complètement. Patrick Ashley est originaire d'une petite ville qui s'appelle Okala, c'est quelque part au Nouveau-Brunswick, je crois. S'il a informé ses parents ou des amis de sa situation, personne parmi eux ne semble très pressé de lui rendre visite. Il ne reçoit aucun coup de fil. Une fois, la semaine dernière, un type est venu le voir. Il est resté à peine quinze minutes et est reparti passablement bouleversé.

À la demande de Philippe, l'infirmière décrivit le visiteur. La description correspondait à Oscar Grant.

—Patrick en a pour combien de temps, à votre avis.

—Difficile à dire. Sa forme physique était excellente avant qu'il débarque chez nous. L'évolution et la progression du virus du sida varient selon les individus. Dans ce cas-ci, je dirais entre dix-huit mois et deux ans, guère plus.

—Dites-moi exactement quand Oscar Grant a rendu visite à Patrick?

—Vous désirez savoir s'il était là avant vous?

—Si vous voulez...

Rosalie Richard fit appel à sa mémoire en regardant les tuiles du plafond jaunies par la graisse et la fumée. Philippe profita de ce que l'attention de l'infirmière était retenue pour l'observer plus attentivement. La peau du visage avait repris un peu de couleur. Les yeux, très sombres, dénotaient une grande intelligence. Les lèvres, pleines et parfaitement dessinées, se refermaient sur une bouche sensuelle dont les proportions cadraient admirablement bien avec l'ensemble du visage.

—Il est venu la journée précédant votre visite.

Philippe, qui ne s'était pas encore expliqué le comportement outré de l'adolescent à son endroit, comprenait maintenant pourquoi celui-ci l'avait accueilli de façon aussi péremptoire. Patrick Ashley savait, par Oscar Grant, qu'un journaliste allait lui rendre visite et qu'il essaierait de le faire parler en invoquant les meilleures raisons du monde. En même temps qu'il posait une autre question à Rosalie Richard, il se demandait si le prostitué s'adonnait au chantage ou à un truc tordu dans ce genre-là.

—Cela ne me dit pas pourquoi votre nouvel ami a décidé de se confier.

—Peut-être a-t-il peur, tout simplement.

—Vous croyez qu'il a contaminé d'autres personnes?

—Le contraire m'étonnerait, Philippe.

C'était la première fois qu'elle l'appelait par son prénom. Il lui fallut quelques secondes avant de réaliser que la jeune femme venait de réduire encore la distance qui les séparait. Rosalie dut se rendre compte de l'effet que cette marque de familiarité avait sur lui, car elle s'empressa de demander, un peu inquiète:

—Vous ne voyez pas d'inconvénient à ce que je vous appelle par votre prénom?

—Aucun, à la condition que vous me permettiez d'en faire autant...

—D'accord. Pourquoi pas après tout, nous nous connaissons depuis si longtemps!

Tels deux adolescents timides à leur premier rendez-vous en tête-à-tête, ils avaient évité de se regarder en échangeant ces dernières paroles. Rosalie Richard, qui tentait de cacher sa timidité derrière une remarque volontairement primesautière, prenait un air gavroche correspondant sans doute à l'esprit frondeur et spirituel que, normalement, elle s'efforçait de dissimuler aux gens qu'elle connaissait peu. Quelque peu dépaysé par la rapidité avec laquelle la nymphe se changeait en papillon, Philippe essayait de suivre du mieux qu'il le pouvait le rythme de la transformation. Il se sentait plus à l'aise lui aussi et il espérait que leur rencontre n'en resterait pas là.

—Je ne voudrais pas paraître indiscret, Rosalie, ni vous mettre dans l'embarras en vous obligeant à dévoiler des confidences. Vous êtes libre de répondre à ma question. Voilà... Est-ce que Patrick Ashley vous a parlé de ses fréquentations ou de son homosexualité? A-t-il cité des noms de gens connus ou fait allusion à des gestes qu'il aurait commis et qui pourraient nuire à certaines personnes?

—Vous croyez que ce garçon est mêlé à une affaire de chantage?

—Je n'en sais rien. Peut-être Patrick s'est-il trouvé au mauvais moment au mauvais endroit. J'en suis encore au stade des hypothèses. Une chose est certaine, il y a des gens qui ne semblent pas vouloir que je m'approche trop près de votre ami et cela suffit pour m'attirer vers lui.

Ils restèrent silencieux, le temps que le patron dépose de nouveaux verres devant eux, puis Rosalie Richard, en regardant Philippe droit dans les yeux, demanda:

—Vous aimez votre métier?

—Il y a des jours difficiles, c'est normal. Il m'arrive à certains moments, comme tout le monde je suppose, de vouloir tout laisser tomber. C'est un peu le cas, actuellement. Mais je retombe vite sur mes jambes. Vous voulez savoir si je suis heureux dans ce que je fais? Alors là, je réponds oui sans hésiter. Pourquoi me posez-vous cette question?

—Vous êtes le premier journaliste que j'approche de près et qui ne m'a pas encore mordue. Il se trouve également que j'aime bien savoir à qui j'ai affaire.

—Ai-je passé avec succès l'examen d'entrée?

Elle prit un air faussement songeur, mit son menton dans sa main, puis rendit son verdict.

—On verra...

Ils changèrent de sujet, brusquement conscients de l'importance de reprendre leur souffle. Ils devaient avancer sans brûler les étapes, en respectant à la lettre des directives invisibles, balisées seulement par leur instinct. Philippe entreprit de décrire à Rosalie Richard le quartier dans lequel ils se trouvaient et qu'elle connaissait peu. Il lui dit que ce restaurant avait été celui de son enfance et de son adolescence et qu'il y revenait souvent, que le patron ne s'appelait pas Lucas mais Lucien – après tout, c'était peut-être pareil! – et qu'il aimait l'atmosphère d'autrefois régnant dans ce haut lieu du hot-dog et du hamburger. Lorsqu'il eut terminé, elle lui parla à son tour du quartier qui l'avait vue grandir et qui était situé à bonne distance de là, dans la partie nord de la ville. Elle n'insista pas sur son enfance ni sur son adolescence. Elle lui indiqua que son père et sa mère étaient morts et que sa famille se réduisait à trois tantes ainsi qu'à un frère et une sœur. Ces derniers vivaient à Montréal et elle leur rendait visite une fois par année.

Le patron avança avec l'addition. Philippe disposait quelques pièces de monnaie sur la table, quand Rosalie demanda:

—Quel jour sommes-nous?

—Jeudi, pourquoi cette question?

—Je suis si distraite qu'il m'arrive fréquemment d'oublier où j'en suis.

Philippe se leva. Il se dirigeait vers la sortie lorsque Rosalie, qui le suivait un peu en retrait, posa sa main sur son avant-bras. Surpris par ce contact, il fit face à la jeune femme, mais celle-ci ne lui laissa pas le temps de parler.

—Ça s'est passé mercredi soir, une heure environ avant la fin de mon quart de travail. Certaine qu'il ne dormait pas encore, j'allais dire bonne nuit à Patrick mais, contrairement à son habitude, il semblait plongé dans un profond sommeil. Je me préparais à rebrousser chemin sans faire de bruit quand mon attention fut attirée par un objet posé sur les draps. Intriguée, je me suis approchée du lit et, au moment où je le contournais, Patrick a ouvert les yeux.

La jeune femme marqua une pause, puis reprit:

—J'étais un peu gênée; je crois que Patrick s'en est rendu compte. Il m'a souri gentiment, s'est redressé et m'a demandé ce que je faisais là. En hésitant un peu, j'ai répondu que j'étais venue lui dire bonne nuit. C'est bizarre, mais j'étais incapable de détacher mon regard de l'objet qui, maintenant que Patrick avait bougé, risquait de tomber sur le sol.

Deux clients en route vers la sortie les contournèrent en maugréant. D'un signe de tête, Philippe invita la jeune femme à poursuivre son récit à l'extérieur. Dehors, l'obscurité, qui tombait très tôt à Beaumont en novembre, était percée d'une multitude de points brillants et multicolores. Enseignes au néon, phares d'automobile, feux de circulation donnaient un concert muet dirigé avec maestria par un chef d'orchestre invisible dont le talent pour l'improvisation ne pouvait être mis en doute. Le froid était aussi piquant qu'à leur arrivée devant le restaurant; heureusement, le vent avait diminué d'intensité, ce qui rendait la marche plus confortable. Sans se consulter, ils reprirent la direction du parc.

—Patrick vous a-t-il paru ennuyé, en colère?

—Oh, non! Il m'a semblé un peu... surpris, c'est tout.

—Quel était cet objet, sur le lit?

—Une cassette vidéo.

Philippe stoppa, adressant du même coup un regard interrogatif à Rosalie Richard qui s'arrêta à sa hauteur.

—J'avoue que, moi aussi, j'ai été surprise. Je ne m'attendais pas à cela. Je veux dire... a-t-on idée d'apporter à l'hôpital une cassette vidéo! Il n'y a pas de télé dans la chambre de Patrick et, à ma connaissance, les magnétoscopes que nous utilisons servent uniquement aux fins d'enseignement.

Curieusement déplacé dans le paysage, un cycliste chaudement vêtu se dirigeait vers eux, pédalant avec vigueur sur le trottoir recouvert de plaques de glace. L'effort qu'il devait consentir pour ne pas perdre de vitesse était visible sur son visage. Lorsque l'individu passa près d'eux, Rosalie, craignant d'être touchée par les guidons, se déporta du côté de Philippe. Ce faisant, elle perdit pied et fut rattrapée juste à temps par son compagnon qui la saisit par la taille. Ils restèrent serrés ainsi l'un contre l'autre un très court instant, puis se séparèrent, un peu gênés. Philippe fut le premier à réagir.

—En voilà un qui n'arrivera certainement pas en retard!

—À moins qu'il ne le soit déjà.

—Ça va?

—J'ai failli me tordre la cheville. Heureusement, vous étiez là.

Ils reprirent leur marche. À cent mètres de là, Philippe aperçut sa Chrysler, dont les feux arrières luisaient faiblement sous l'éclat paresseux d'un lampadaire. Il avait garé la voiture à bonne distance des grilles du parc et maintenant il regrettait de ne pas l'avoir laissée juste en face de celles-ci, ce qui lui aurait permis de jouir plus longtemps de la présence à ses côtés de la jeune femme.

—Que s'est-il passé, ensuite?

Comme si elle revenait à une leçon longuement apprise et qu'elle connaissait maintenant sur le bout des doigts, Rosalie répondit sans aucune hésitation.

—Patrick m'a parlé de vous. Pour l'empêcher de glisser, il a pris la cassette dans sa main en disant regretter l'accueil un peu froid qu'il vous avait réservé. Je crois même l'avoir entendu dire que vous aviez eu raison de le relancer jusque dans sa chambre d'hôpital, une opinion que je suis encore loin de partager...

Il crut que Rosalie Richard allait le sermonner de nouveau. À son grand soulagement, la jeune femme n'insista pas.

—C'est tout?

Ils étaient arrivés à la hauteur de la Chrysler. Philippe déverrouilla la portière donnant accès au volant, puis se risqua à demander:

—Je vous ramène?

—Non, ce n'est pas nécessaire. Il y a un abribus juste au coin de la rue.

La jeune femme regarda vers l'endroit qu'elle venait d'indiquer. Elle paraissait inquiète. Philippe, qui avait compris qu'il ne servait à rien d'insister, offrit à Rosalie d'attendre le bus en sa compagnie, une proposition que, cette fois, elle n'osa pas décliner. Ils arrivaient sous l'abri lorsque la jeune femme remarqua:

—Patrick a eu une drôle de réflexion. Il se demandait si vous aimiez regarder la télévision. Il m'a demandé ce que j'en pensais...

Philippe haussa les épaules, surpris lui aussi par l'intérêt de Patrick Ashley pour ses goûts en matière de loisirs.

—Qu'avez-vous répondu?

—En riant, je lui ai dit que, ne vous connaissant pas, je ne pouvais me prononcer; j'ai ajouté que je détestais la télé, comme ça, pour meubler la conversation. Je me sentais mal à l'aise et j'avais hâte de quitter la chambre. Je sortais quand il m'a demandé de vous contacter.

—Pourquoi ne m'a-t-il pas passé un coup de fil au journal? C'était vous mettre dans l'embarras que de vous demander de servir d'intermédiaire.

Rosalie haussa les épaules.

—De toute façon, cela n'a pas d'importance. Le message est fait et vous avez accepté de revoir Patrick.

—Quand puis-je le voir?

—Pourquoi pas tout de suite?

CHAPITRE VIII

ROSIE DARLING

Edgar Bourne, à vingt-huit ans, vivait de divers expédients, allant du classique vol à l'étalage à l'agression caractérisée. Surnommé *Sac d'Os* par ses amis – bien qu'il mangeât régulièrement à sa faim, il se présentait sous une maigreur inquiétante – Edgar Bourne était rongé par une fort mauvaise habitude qui, à trois reprises déjà, l'avait conduit en prison.

C'était un exhibitionniste.

Sans adresse connue, *Sac d'Os*, lorsqu'il ne brutalisait pas quelque vieille dame esseulée pour lui voler ses maigres économies du mois, se faufilait dans les endroits déserts, la nuit, et, à la première occasion, baissait son froc, exposant au regard ahuri de ses victimes un sexe au garde-à-vous de dimension respectable. Son territoire de chasse était constitué du stationnement souterrain situé dans le centre de Beaumont que fréquentaient les jeunes femmes travaillant dans les édifices à bureaux des environs, ainsi que de la cour de récréation du Lycée français, près du parc Richmond. Le terrain de stationnement de l'hôpital Saint-Michael, enfin, l'accueillait à bras ouverts lorsque la malchance l'obligeait à sortir de la ville pour mettre la main sur une proie. Edgar Bourne, accessoirement, était propriétaire d'une Camaro 1977 toute cabossée dont la mécanique, rafistolée au hasard de nombreuses pannes, menaçait de déclarer forfait à la minute même où le moteur était lancé.

Sac d'Os venait de se payer une heure d'attente inutile dans le stationnement souterrain, guettant une occasion de se manifester qui n'était jamais venue. Il avait raté deux bonnes affaires et son humeur s'en ressentait. L'endroit, contrairement à ce qu'il avait espéré, était très fréquenté pour un jeudi soir et les jeunes femmes qui avaient attiré son attention étaient toutes accompagnées, sauf les deux dernières. Celles-ci ne lui avaient pas laissé le temps de sortir de sa Camaro, cependant; sitôt arrivées par l'ascenseur de service, elles avaient pénétré dans leur automobile garée à quelques mètres seulement des portes coulissantes. Il avait ruminé sur sa malchance pendant de longues minutes, essayant sans succès de contrôler l'érection qui gonflait son pantalon. Écœuré, il avait quitté le stationnement souterrain en martyrisant la mécanique souffreteuse de sa voiture, enfonçant brutalement l'accélérateur au risque de tout démolir. Une bonne partie de la soirée, il avait erré à travers la ville, de préférence dans les quartiers mal éclairés, à la recherche d'une femme seule. La chance n'étant pas avec lui, il avait décidé, à contrecœur, de se diriger vers l'hôpital Saint-Michael. En chemin, il s'était arrêté devant une station-service où l'on vendait de la bière; il était décidé à tuer le temps de la manière la plus agréable possible, en attendant que les infirmières terminent leur quart de travail.

Peinte en noir, la Camaro d'Edgar Bourne se confondit avec l'obscurité lorsque son propriétaire la gara dans une partie peu fréquentée du parc de stationnement sud de l'hôpital Saint-Michael. Privé de chauffage, l'intérieur de la voiture refroidissait rapidement. Craignant que le bruit du moteur tournant au ralenti n'attire l'attention, *Sac d'Os*, avec regret, avait coupé le contact. L'horloge du tableau de bord indiquait onze heures vingt. Dans quelques minutes, les infirmières quitteraient l'hôpital, leur méfiance mise en veilleuse par le désir de rentrer rapidement à la maison.

Il y avait toujours des retardataires...

Il avala une longue rasade de bière et, à la pensée de ce qui l'attendait, frissonna de plaisir. Les bouts de sa ceinture défaite pendaient mollement de chaque côté de son pantalon dont la fermeture éclair était baissée. Il était prêt.

***

Finalement, pour une raison pratique, avait-elle dit, Rosalie était montée dans la Chrysler. Le trajet jusqu'à Saint-Michael s'était effectué dans le silence; à plusieurs reprises, la jeune femme avait consulté sa montre, indiquant par là qu'elle craignait d'arriver en retard. Contrairement à son habitude, Philippe avait conduit plus rapidement, brûlant même un feu rouge avant d'arriver à destination. À quatre heures douze exactement, tous deux pénétraient dans l'unité anticontagion et, dix minutes plus tard, Philippe, après être passé par le sas cette fois, s'était retrouvé en présence de Patrick Ashley. Pressée de rattraper le temps perdu, Rosalie Richard n'était restée que trois minutes dans la chambre, le temps de procéder aux présentations officielles.

Elle s'était retirée sur un bref au revoir qui ne s'adressait à personne en particulier, promettant de revenir un peu plus tard si elle avait le temps. Déçu que leur rencontre prenne fin sur une note aussi banale, Philippe avait rendu la politesse à la jeune femme, sans oser évoquer avec elle la possibilité d'un autre rendez-vous. Après son départ, et faute de mieux, il s'était tourné vers Patrick Ashley, lui proposant son sourire le plus engageant.

—Ça va, Patrick?

—Mieux que la dernière fois...

—Ce n'était pas très habile de m'introduire ici de cette façon, j'en conviens.

Une expression résignée apparut sur le visage de Patrick Ashley.

—Je comprends mieux maintenant pourquoi vous êtes venu. J'ai très mal agi, il faut que les gens avec qui j'ai..., enfin, que j'ai fréquentés, sachent quel danger les guette.

Un peu honteux, Philippe passa sur le fait que sa visite n'était pas aussi désintéressée qu'elle le paraissait à première vue. Il se donna bonne conscience en songeant que son devoir était d'informer le public et que celui-ci avait le droit de connaître les dangers auxquels l'exposaient les individus tel Patrick Ashley. Tant mieux s'il trouvait son compte dans l'affaire!

—Vous vous prostituez depuis combien de temps?

—J'avais treize ans quand j'ai commencé.

—Ici, à Beaumont?

—Non... un peu partout. D'abord chez moi, dans ma ville, puis à Toronto et à Montréal. J'ai débarqué à Beaumont il y a deux ans. En stop...

—Et votre famille, que dit-elle de tout cela?

—Je ne sais pas. D'ailleurs, je ne pense plus à mes parents depuis longtemps. Je me demande même s'ils sont toujours en vie. Mon père me battait et ma mère alcoolique le laissait agir à sa guise. Je les déteste.

Philippe changea de sujet.

—Excepté Oscar Grant, avec qui d'autres à Beaumont avez-vous entretenu des relations sexuelles?

—Des tas de gens.

—Vous les connaissez tous?

Patrick Ashley regarda Philippe, tandis qu'une lueur indéfinissable illuminait brièvement son regard absent.

—Vous voulez rire? Je n'ai jamais fait le compte, pas plus que je n'ai gardé d'adresses dans un carnet. On ne voit cela que dans les films.

—Donnez-moi une estimation.

Le jeune prostitué ferma les yeux, se concentra quelques secondes et lâcha, désabusé:

—Cent, peut-être cent cinquante.

—Merde!

Philippe était abasourdi. Si l'estimation de Patrick Ashley était correcte – *pourquoi ne le serait-elle pas, bon Dieu*, songea-t-il –, et compte tenu du moment où l'adolescent avait contracté le virus du sida, c'était une bonne partie de la population homosexuelle de Beaumont qui risquait de se retrouver avec un sacré problème sur les bras!

—Je vais vous poser une question très directe, Patrick. Vous permettez?

—Au point où nous en sommes...

—Vous couchez seulement avec des hommes?

Patrick Ashley eut une moue légèrement provocante.

—J'aime les hommes, c'est un fait et je ne m'en cache pas. Ce qui ne m'empêche pas de faire l'amour à des femmes, de temps à autre. Pour du fric.

Il avait prononcé ces dernières paroles sur un ton cynique, indiquant le peu d'estime qu'il nourrissait envers son comportement.

—Avez-vous eu des relations sexuelles depuis que vous vous savez atteint du sida?

La réponse vint sur-le-champ, sans aucune hésitation.

—Non!

Philippe ressentait l'urgent besoin d'aérer son esprit. Un peu dépassé par les événements, il éprouvait quelque difficulté à se concentrer; comme toutes les chambres d'hôpital, celle-ci était surchauffée et il avait l'impression de suffoquer sous son bonnet et le sarrau dont il était vêtu. Il ne savait pas qui ou quoi, de la climatisation ou de Patrick Ashley, il devait rendre responsable de cette situation inconfortable. La confession de l'adolescent, et ce qu'elle signifiait, se traduiraient certainement par un très bon papier; ces confidences seraient également la cause d'un énorme mouvement de panique au sein de la population homosexuelle locale et chez les clientes du jeune garçon. Philippe se demandait si Patrick Ashley accepterait que sa photo soit publiée...

—Depuis quand êtes-vous dans cet état?

La physionomie de l'adolescent, déjà peu ouverte, se referma davantage.

—Vous savez, pour un type condamné à mourir rapidement, je ne me sens pas si mal. Je suis arrivé ici il y a trois semaines. Et dire que je croyais avoir attrapé une chaude-pisse!

La voix se brisa sur les derniers mots. Soucieux d'éviter à l'adolescent toute gêne inutile, Philippe se perdit dans la contemplation du paysage extérieur pendant qu'un silence pesant, interrompu seulement par des sanglots, s'installait dans la chambre. Après une longue minute qui sembla durer des heures à Philippe, Patrick Ashley se calma.

—Beaucoup de gens souffriront à cause de moi, mais je ne l'ai pas fait exprès. Vous me croyez?

—Je vous crois.

Ils échangèrent un bref regard, sans plus. Philippe ne tenait pas à s'éterniser dans cette chambre, même s'il était sensible à l'état d'esprit dans lequel se trouvait le jeune homme.

Il lui aurait été facile de s'apitoyer longuement sur le sort du malade, mais il n'avait ni la volonté ni le temps d'agir en ce sens. Certes, la situation de Patrick Ashley était tragique; cependant, et même s'il s'agissait d'une triste consolation, celui-ci pouvait toujours trouver un réconfort dans le fait qu'il y avait des centaines de milliers de malheureux confrontés au même problème et qui, comme lui, livraient avec la mort un combat perdu d'avance.

—Patrick, vous savez que je vais écrire un article sur vous?

—C'est votre métier.

—Y a-t-il une objection à ce que je vous identifie?

L'adolescent baissa le regard, s'enfermant dans un long silence. Philippe insista.

—En agissant de la sorte, vos... connaissances seraient possiblement en mesure de réagir plus rapidement, ce qui, vous en conviendrez, pourrait contribuer à épargner des vies.

—Je ne sais pas.

—Réfléchissez bien, Patrick. De votre décision dépend le bien-être de beaucoup de gens.

L'adolescent haussa les épaules.

—J'ai déjà fait de la télé et cela ne semble pas m'avoir porté chance, alors je ne vois pas ce qu'un journal pourrait apporter de plus.

Philippe crut avoir mal compris.

—Pardon?

—De la télévision, que je vous dis. J'ai fait de la télé... enfin, pas au sens où on l'entend habituellement, mais de la télé tout de même!

—Pourriez-vous être un peu plus clair?

Patrick Ashley plongea sa main sous la couverture et la retira tenant une cassette vidéo, celle, selon toute vraisemblance, que Rosalie avait aperçue.

—C'était il n'y a pas très longtemps, en fait la date importe peu, ce sont les images qui comptent. Ce fut un sacré week-end! Beaucoup de gens riches, du beau monde si vous voyez ce que je veux dire. De l'alcool, de la coke, un peu de crack, une livraison spéciale, directement de New York à notre intention. Ça s'est terminé de la façon dont vous pensez. Les hôtes de ce charmant rendez-vous campagnard avaient d'ailleurs requis mes services uniquement dans le but de satisfaire leurs fantasmes.

—Vous faites allusion à une partie de jambes en l'air que quelqu'un a filmée?

Pour la première fois depuis que Philippe avait pénétré dans la chambre, le visage de Patrick Ashley s'éclaira.

—La caméra faisait partie du jeu. Je suppose que ces gens-là aiment bien comparer leurs performances sexuelles, alors ils n'hésitent pas à utiliser les moyens nécessaires pour faire durer le plaisir. Ne sommes-nous pas à l'ère de la télévision?

Philippe, lentement, tendit la main en direction de la cassette vidéo. Il commençait à comprendre ce qui se cachait derrière les manœuvres de Karl Wosniak. Il venait de ferrer un gros, un énorme poisson.

—C'était la première fois que vous vous rendiez chez ces gens?

—Non, il y a eu d'autres week-ends dans ce genre-là, mais ils étaient beaucoup plus modestes.

—Tout est là-dedans?

Le jeune prostitué se croisa les bras tandis qu'une lueur amusée égayait ses traits.

—C'est comme à la télé, ne vous l'ai-je pas déjà dit? J'ai demandé à Rosalie si vous aimiez regarder la télévision. Elle a dit que, ne vous connaissant pas, elle ne pouvait répondre à ma question. Vous aimez la télé?

Bien qu'il ne vît toujours pas où Patrick Ashley voulait en venir, Philippe, soudain très patient, décida de se prêter au jeu.

—Ça m'arrive quelquefois.

—Quelles sont vos émissions préférées?

—Les magazines d'information, les documentaires, quelques films...

—Vous êtes très sélectif à ce que je vois.

—J'y suis bien obligé. Manque de temps.

—Moi, j'aime bien les trucs fictifs, les drames qui n'en finissent plus de retenir votre attention. Comme ces séries remplies de rebondissements qui s'étendent sur plusieurs semaines.

Philippe haussa les épaules en souriant.

—Il y a beaucoup de gens comme vous.

—Cette cassette vidéo, là, dans votre main, eh bien! c'est comme ces séries dont je vous parle.

—C'est-à-dire?

—Ce ruban ne contient que la première émission, si l'on peut s'exprimer ainsi. C'est un peu comme un jeu, vous verrez. Le meilleur est ailleurs, sur une autre cassette. Je ne sais pas qui l'a en sa possession.

—Comment avez-vous obtenu celle-ci?

Patrick Ashley toucha ses lèvres avec son index.

—Une amie me l'a remise. Pour services rendus.

Une femme dans la cinquantaine au visage fermé, poussant un chariot dont les roues grinçaient, pénétra dans la chambre, interrompant leur conversation. Vêtue de la même manière que Philippe, l'employée, à en juger par le contenu des plats qu'elle transportait, était affectée aux cuisines.

—Une collation, monsieur Ashley?

—Non, ça va.

—Vous devriez manger, sinon vous allez perdre rapidement vos forces.

—Cela n'a pas d'importance, Cécilia.

Immobile, à mi-chemin entre le lit et le sas à vêtements, la femme observait le visiteur de Patrick Ashley sans démontrer aucune gêne. *Elle doit se demander si je suis un de ses copains*, pensa Philippe, un peu incertain quant à l'attitude qu'il devait adopter. Finalement, l'employée effectua un demi-tour avec son chariot et quitta la chambre sur un *comme il vous plaira, Patrick*, légèrement agacé.

—Cécilia paraît un peu rude au premier abord, mais elle est très gentille. Elle prend soin de moi comme si j'étais son propre fils.

—Elle semble très prévenante, en effet.

Sans transition, Patrick Ashley reprit la conversation là où elle avait été interrompue.

—Vous serez probablement en mesure de reconnaître certaines personnes apparaissant sur ce film, ainsi il sera plus facile de les informer du danger qu'elles courent. Les scènes sont moins explicites que sur l'autre ruban, mais demeurent très... révélatrices, vous me suivez?

Patrick hésita un peu, puis se jeta à l'eau.

—Je crois vous avoir tout révélé. Pour ce qui est de ma photo, je... euh! je ne suis pas contre le principe d'une publication. C'est comme il vous plaira.

Philippe Lambert n'en demandait pas tant. Pris à l'improviste par la rapidité avec laquelle les événements se bousculaient, il se demandait par quel bout il commencerait à démêler l'écheveau. En premier lieu, il devait faire son rapport à Paul Francis, lui dire qu'ils venaient, tous les deux, de décrocher la timbale! Ensuite, il devait s'éloigner de Karl Wosniak afin de poursuivre son enquête en toute tranquillité. Le Curé ne verrait certainement aucune objection à lui consentir deux semaines de congé, car le fait de répondre positivement à cette demande équivaudrait, dans son esprit, à éloigner un trouble-fête.

—Merci, Patrick.

Il serra la main de l'adolescent, sans crainte cette fois. Solide, la poigne de Patrick Ashley semblait résolument confiante, plus en tout cas qu'à leur première rencontre.

—Si vous avez le temps, passez me voir.

—Je n'y manquerai pas.

Il allait quitter la chambre lorsque Patrick, de son lit, lui souhaita bonne chance. Les mots résonnèrent à ses oreilles comme un signal d'alarme. Il avait l'impression d'être entraîné par un violent tourbillon dans des eaux troubles et profondes, sans qu'il puisse faire quoi que ce soit. Il était impatient de se lancer à la recherche des éléments qui lui permettraient de rédiger un bon papier et de comprendre les motivations profondes de Karl Wosniak à son égard. D'autre part, il ne pouvait se départir de l'idée qu'il se préparait à trafiquer un engrenage risquant à tout moment de le broyer.

***

Ce qui restait de l'après-midi s'était étiré en un ennui sans fin. Le soir l'avait surprise un peu désabusée et profondément déprimée. Ce n'était pas à proprement parler de la tristesse qu'elle ressentait, bien que le vide qui l'habitât, par certains aspects, ait pu être comparé à ce sentiment. Rosalie, sans parvenir à comprendre tout à fait les raisons de son geste, s'était esquivée rapidement en apercevant Philippe. Pensif, le journaliste sortait de la chambre de Patrick Ashley alors qu'elle-même empruntait cette direction. Il ne l'avait pas aperçue et, Dieu sait pourquoi, elle s'était glissée par la première porte sur son passage pour ne pas avoir à le croiser. Perdue dans ses réflexions, elle était restée de longues minutes dans sa cachette, une pièce exiguë servant aux concierges de remise à balais. Instinctivement, elle avait battu en retraite même si son rendez-vous de l'après-midi lui avait procuré beaucoup de plaisir. Ce genre de comportement tendait à devenir une habitude et les événements des derniers mois n'étaient probablement pas les seuls en cause pour expliquer ce soudain désir de solitude.

Quand l'infirmière qui partageait avec elle son quart de travail avait observé qu'un type plutôt beau garçon voulait lui parler et que, ne la voyant pas arriver il était parti, elle n'avait trouvé rien de mieux à rétorquer que cela n'avait aucune importance. Toutefois, elle était loin d'être convaincue du bien-fondé de cette remarque car, déjà, elle regrettait de ne pas avoir dit au revoir à Philippe Lambert. Elle se trouvait un peu idiote de s'être comportée en adolescente complexée fuyant les garçons sous prétexte que ces derniers étaient stupides et ne méritaient pas l'attention qu'on leur portait! Un instant, elle avait songé se rendre dans la chambre de Patrick Ashley, mais, jugeant que sa démarche pourrait apparaître indiscrète, si tôt après le départ de Philippe Lambert, elle avait abandonné cette idée.

L'esprit ailleurs, elle mettait un peu d'ordre dans une armoire dont les étagères étaient remplies de médicaments et de rouleaux de pansements lorsqu'une voix masculine, un peu haut perchée, la fit sursauter.

—Hello, Rosalie!

La jeune femme se retourna brusquement avec, sur le visage, une expression de surprise contrariée. L'homme, se rendant compte un peu tard qu'il avait commis une gaffe, rougit de confusion et se mit à bafouiller.

—Je crois bien que je t'ai fait sursauter, Rosalie. Je... je te prie de m'excuser!

—Ça va, ce n'est rien, Georges.

Le teint couperosé de Georges Ballard et sa panse proéminente trahissaient un goût prononcé pour la bonne chère et l'alcool. Responsable de l'unité anticontagion, le médecin, âgé de cinquante-deux ans, s'était pris d'affection pour Rosalie Richard à l'arrivée de celle-ci à Saint-Michael. Divorcé, père de trois filles dont l'aînée, s'était-il empressé de préciser, lui rappelait la jeune femme, Georges Ballard semblait s'être fixé comme mission de ramener Rosalie Richard dans le monde des vivants.

À leur première rencontre, le médecin, en agissant de la même manière avec Rosalie, avait exigé de celle-ci qu'elle le tutoie. Un peu intimidée, l'infirmière avait protesté et Georges Ballard s'était fait insistant. Pour se débarrasser du médecin – la scène se déroulait à la cafétéria, sous le regard appuyé d'un groupe d'employés – Rosalie s'était pliée finalement à l'ordre amical du responsable de l'unité anticontagion. Un peu plus tard, alors qu'elle retournait à son travail, une infirmière, qu'elle avait connu quelques années auparavant, lui avait fait remarquer que Georges Ballard, contrairement à la majorité de ses confrères, faisait preuve de beaucoup de familiarité avec le personnel médical et qu'elle ne devait pas se formaliser de son comportement, à première vue envahissant.

—Qu'est-ce qui t'amène ici ce soir, Georges?

—Quelques rapports à compléter, des trucs administratifs. Rien de vraiment intéressant.

Rosalie faisait face au médecin. Elle le dépassait d'une bonne tête.

—Je te ramène chez toi?

La jeune femme, qui ne tenait pas tellement à subir la présence de Georges Ballard jusque devant son appartement, tenta une sortie rapide, pour la forme, car elle savait la partie perdue d'avance.

—Il n'est que onze heures trente...

—Je n'en ai pas encore terminé avec toute cette paperasse, Rosalie. Il m'en reste encore pour une vingtaine de minutes. Alors, qu'est-ce que tu en dis?

—Bon, pourquoi pas? Ça m'évitera d'attendre le bus au froid.

Le médecin tourna les talons, fit quelques pas, puis s'arrêta en claquant des doigts. Il revint près de Rosalie qui n'avait pas bougé. La jeune femme savait ce qu'allait lui proposer Georges Ballard.

—Si on allait prendre un pot?

—Je suis très fatiguée, Georges.

—Allons, Rosalie, rien qu'un verre.

—N'insiste pas, s'il te plaît...

Visiblement déçu, le médecin baissa la tête.

—C'était sans arrière-pensée, tu sais.

—Je comprends, mais je suis vraiment très fatiguée. Je viens de passer une journée plutôt rude et je n'ai qu'une ambition, mon lit et une bouillotte!

—D'accord. Ce sera pour une autre fois. Promis?

—Promis, Georges.

Rosalie poussa un soupir de soulagement lorsque le médecin disparut derrière le coude formé par l'angle du corridor. L'approche paternaliste de Georges Ballard et son insistance l'agaçaient. Elle se considérait apte à se défendre toute seule contre les coups du destin. Elle estimait, surtout, que personne n'avait à s'immiscer contre son gré dans sa vie privée, sous prétexte de lui apporter un réconfort psychologique ou physique.

Pour la première fois depuis cette nuit de juillet au cours de laquelle elle avait failli être tuée, elle s'interrogeait sur le sens que prenait sa vie. Elle se voyait en train de finir ses jours, seule, sans avoir connu de véritable amour. Les hommes, Rosalie le savait par intuition, étaient attirés par elle; même ce bon samaritain de Georges Ballard ne pouvait rester indifférent au charme se dégageant de sa personne, mais au lieu de retirer du plaisir de cette constatation, elle se confinait dans un univers morose dont elle seule possédait la clé.

Un instant, un très bref instant durant l'après-midi, elle avait entrouvert la porte donnant accès au coffre dans lequel ses sentiments étaient rangés, attendant le miracle de l'amour qui leur redonnerait vie. Ce Philippe Lambert, qu'elle croyait détester, s'était révélé un très gentil garçon; plutôt timide et malhabile quand venait le temps d'exprimer ses propres sentiments, il faisait preuve d'un étonnant esprit d'à-propos, compensant largement l'apparent manque de confiance qui semblait l'envahir à la minute où il se trouvait devant une présence féminine.

Quelque chose ne tournait pas rond, cependant, dans cette personnalité ouverte et agréable. On aurait dit que la mécanique, par moments, donnait des signes de faiblesse. Le journaliste semblait ployer sous le poids de quelque secret trop lourd à supporter et son visage, bien que très ouvert, paraissait quelquefois distant, comme si un dilemme impossible à résoudre le tourmentait. Elle aurait aimé poursuivre leur entretien, dans le restaurant, en abordant un sujet qui n'avait rien à voir avec la mort, le sexe ou l'argent; elle aurait voulu parler de ses craintes, de son désir de fuir cette ville monstrueuse qui avait failli la tuer et de son incapacité à se convaincre de partir, même si elle savait que l'assassin de l'hôpital Prince-Albert ne l'avait pratiquement pas quittée d'une semelle depuis quatre mois. Elle aurait voulu faire tant de choses.

Lorsque Philippe Lambert lui avait évité de glisser sur le trottoir, après la manœuvre risquée du cycliste, elle avait ressenti un choc presque physique. Quand les mains du journaliste avaient serré sa taille, pour, à mesure que la prise se raffermissait, remonter involontairement à quelques centimètres sous ses seins, un réflexe de recul avait joué, qu'elle s'était empressée de contrôler en masquant sa confusion du mieux qu'elle pouvait. Elle ne comprenait pas encore cette réaction qui ne pouvait faire de choix entre attirance et agacement. Éloignée des hommes depuis trop longtemps, elle devenait démunie dès qu'elle se trouvait devant une présence masculine et qu'elle devait parler d'autre chose que de travail. Leur rapprochement n'avait pas duré cinq secondes, pourtant il avait suffi à réveiller en elle un désir qu'elle croyait en hibernation prolongée... Il n'avait pas remarqué son trouble, croyait-elle, bien que celui-ci fût réel.

Elle n'arrivait pas à comprendre pourquoi elle fuyait Philippe Lambert, alors qu'elle se sentait attirée par lui comme par un aimant. Ce phénomène était-il simplement physique ou avait-il quelque chose à voir avec une chimie plus complexe?

Était-elle amoureuse? La question s'imposa dans toute sa

simplicité, sans qu'elle en fût ébranlée. Elle ne croyait pas au coup de foudre et il ne lui était jamais arrivé de partager le lit d'un homme sans avoir pris le temps, au préalable, de reconnaître longuement le terrain. Philippe Lambert ne la laissait pas indifférente, voilà qui ne faisait aucun doute. De là à dire que, déjà, elle nourrissait pour lui une affection débordante! Elle se trouvait confrontée à une situation qui, sans lui échapper totalement, ne l'obligeait pas moins à remettre ses principes en question. Quelque peu perturbée par la soudaineté avec laquelle son univers se voyait bousculé, elle avait de la difficulté à faire le point.

Le téléphone sonna. Rosalie décrocha à la troisième sollicitation de l'appareil, dont l'irritation semblait devenir plus manifeste à mesure qu'elle le faisait patienter. L'esprit toujours préoccupé par la pensée que le journaliste était en train de prendre beaucoup de place dans sa vie, la jeune femme porta le combiné à son oreille, prête à entendre l'infirmière-chef demander si tout allait bien. À l'autre bout du fil, la voix aiguë de Georges Ballard se chargea de la ramener définitivement à la réalité.

—Rosalie, c'est toi?

—Affirmatif, Georges. Qu'est-ce qui se passe?

Elle espérait, sans trop de conviction, que le médecin s'était trompé dans l'estimation de son travail et qu'il appelait pour dire de ne pas compter sur lui. Rosalie n'eut pas le temps de méditer sur cette possibilité qui la libérerait d'une présence accaparante, dont elle ne savait que faire, surtout en ce moment précis. En fait, Georges Ballard voulait qu'elle regarde si la clé de contact de son automobile était bien dans la poche d'un sarrau lui appartenant, et qui était pendu à un crochet près de l'armoire aux médicaments. Rosalie vérifia et informa le médecin que, effectivement, la clé était là.

—Tu veux me rendre un service, Rosalie?

Elle ferma les yeux, agacée.

—Dis toujours, Georges.

—Voilà... j'en ai encore pour une dizaine de minutes à ranger des dossiers et je ne tiens pas à te faire attendre inutilement, alors je suggère que tu te rendes au stationnement sud pour y prendre mon auto. Elle est garée dans la section orange.

Je t'attendrai devant l'entrée principale. Ça te va?

—C'est un peu compliqué, tout ça, tu ne trouves pas?

Il n'était pas dans la nature de Rosalie de se montrer revêche ou de faire preuve d'impatience. Elle était bien tentée, cependant, d'envoyer paître Georges Ballard car le médecin demandait l'impossible. Depuis l'été précédent, elle utilisait le bus pour se déplacer, car elle était terrorisée rien qu'à la pensée de devoir marcher, seule, même le jour, dans des parcs de stationnement souterrains ou isolés. Trois semaines après les meurtres de Prince-Albert, elle avait vendu sa voiture achetée l'année précédente. Le bus lui évitait de fréquenter les lieux déserts et, lorsqu'elle avait à se déplacer tard, elle demandait un taxi.

—Je ne sais pas si...

—Allons, sois gentille, Rosalie, tu en auras pour cinq minutes à peine.

Elle ne pouvait faire part de sa phobie récente au médecin, au risque de plonger celui-ci dans un abîme de plates excuses. Fatiguée, pressée de regagner son appartement, elle coupa court à la conversation sur un ton qu'elle aurait voulu plus engageant.

—D'accord, Georges. À tout à l'heure.

En se pinçant les lèvres elle raccrocha; une impression de déjà vu amena un pli soucieux sur son front. Pourquoi fallait-il que les gens soient toujours si compliqués?

***

Cela avait commencé par du ressentiment, puis, peu à peu, la colère s'était installée, amenant avec elle une fébrilité et un désir de meurtre d'une telle intensité qu'il se demandait s'il pourrait résister à la pression. Durant une heure, la tentation avait été grande de pénétrer dans le centre commercial de Beaumont, un édifice immense aux chromes clinquants, réparti sur trois étages et toujours bondé, et de vider le barillet du Magnum 357 sur les premières personnes qu'il croiserait. Au prix d'un énorme effort de volonté, il s'était forcé au calme. Un tel geste ne lui amènerait que des ennuis; il se ferait probablement descendre par les policiers qui ne manqueraient pas d'accourir en masse sur les lieux, avant même qu'il ait eu le temps de s'enfuir. Au mieux, profitant de la panique et de la confusion, il parviendrait à s'éclipser mais il se trouverait toujours quelqu'un pour décrire son aspect ou le reconnaître dans la rue alors qu'il ne s'y attendrait pas. À regret, il abandonna cette idée qui, d'ailleurs, ne correspondait ni à son style ni à sa personnalité. Il était né pour tuer avec discrétion et toute tentative pour essayer de changer le cours de son destin était promise à l'échec, même s'il croyait, comme en ce moment, avoir une bonne raison pour agir dans le sens contraire de ses habitudes.

Rosalie Richard le trahissait. Il l'avait épargnée et elle trompait sa confiance avec un autre homme; elle lui devait encore d'exister et, pourtant, elle ne lui manifestait aucune reconnaissance. Cette femme lui appartenait, il tenait sa vie entre ses mains et elle ne trouvait rien de mieux à faire que de se promener dans un parc avec un individu qu'elle ne connaissait pas, acceptant même d'accompagner celui-ci dans un restaurant de deuxième ordre! Il ne décolérait pas, il s'en voulait de sa faiblesse et de ses hésitations. Rosalie Richard aurait dû mourir cette nuit du mois de juillet dernier, comme ces gens stupides dont elle prenait soin. Pourquoi l'avait-il épargnée, qu'est ce qui l'avait empêché de lui trancher la gorge, sinon une faiblesse aussi déplacée qu'incompréhensible?

L'infirmière s'éloignait de lui. Il ne pouvait expliquer comment, mais Rosalie Richard se préparait à le quitter. Le lien invisible qui l'unissait à la jeune femme depuis leur première rencontre faiblissait, quelqu'un avait tailladé ce lien au point de le rendre inopérant.

Qui était ce type qui le privait de sa proie? Il ne le connaissait pas, c'était la première fois qu'il l'apercevait en compagnie de la fille. À la seconde même où le regard de l'homme avait croisé celui de l'infirmière, quelque chose s'était passé entre eux qui, immédiatement, l'avait mis, lui, sur la voie d'évitement. Sans avertissement, il se voyait privé du monopole qu'il exerçait depuis quatre mois sur l'esprit de la jeune femme; plus que toutes les autres raisons motivant son état d'âme, cette constatation le mettait dans une rage folle, car il avait toujours joué gagnant dans le jeu de la vie et de la mort.

Le froid l'incommodait tout en ayant un effet plutôt bénéfique sur ses capacités de raisonnement. Il réfléchissait mieux à l'air libre qu'entre les murs de son logement, c'était un fait. Ce qui ne l'empêchait pas d'abhorrer la neige et ses inconvénients. Il remonta le col de son parka, enfouissant aussi profondément qu'il le pouvait ses mains nues dans les poches du vêtement de style militaire qu'il s'était procuré au magasin spécialisé dans le surplus d'armée situé sur le Vieux Port. Glissé jusqu'à la crosse dans la ceinture de son pantalon, le Magnum 357 avait pris la température de sa peau. De son point d'observation, il voyait tout ce qui se passait autour de lui. Quelle que fût la direction qu'il désirait prendre ou les gestes qu'il voulait poser, il pouvait agir sans crainte d'être vu. Ombre parmi les ombres, il évoluait au cœur de la nuit avec l'aisance des créatures nées pour tuer.

Le calme était revenu dans son esprit. Le désir de reprendre le terrain perdu avait eu raison du brusque mouvement de colère qui, quelques heures auparavant, aurait pu tourner facilement à son désavantage.

Est-ce qu'il fumait? La question était déplacée, superflue même, sauf qu'il aurait bien grillé une cigarette. Le goût du tabac lui était étranger, du moins dans cette partie de sa vie. Peut-être, à un autre moment de son existence, avait-il fumé; peut-être, également, cette habitude était-elle restée emprisonnée quelque part dans son inconscient et qu'il renouait à l'improviste avec elle, parce qu'il se sentait un peu nerveux. Il trouvait que le temps ne s'écoulait pas assez rapidement, il avait hâte de passer à l'action, de retourner chez lui l'esprit enfin en paix, de se débarrasser de cette affaire qui avait déjà trop duré.

De la Kounak, qui coulait à moins de cinquante mètres de l'endroit où il se cachait, lui parvenait une odeur forte, mélange d'algues en putréfaction rejetées sur la berge et d'émanations de gaz. Les eaux non traitées de Beaumont, qui se déversaient dans la rivière, avaient eu raison de l'arôme salin se dégageant à l'origine du cours d'eau. Il respira à fond, remplissant ses poumons de cet air fétide lui ressemblant et qui le revigorait. Il aurait aimé faire quelques pas afin de dénouer ses muscles ankylosés, mais, craignant d'être surpris par un garde de sécurité, il conclut qu'il était plus prudent de ne pas bouger. Il n'avait pas eu besoin de reconnaître les lieux, car il connaissait très bien l'endroit pour y être venu à plusieurs reprises; il aurait pu s'y promener avec un bandeau sur les yeux!

Il n'aurait pu rêver d'un meilleur endroit que celui-ci pour fixer son second rendez-vous avec Rosalie Richard.

Complètement isolé, le stationnement sud de l'hôpital Saint-Michael possédait un autre avantage, puisqu'il se présentait de biais par rapport à l'entrée principale; de la guérite près de laquelle il se tenait et qui, le jour, servait d'abri au préposé au stationnement, il jouissait d'une vue d'ensemble imprenable sur les environs, ne comportant aucun angle mort. Il importait peu que Rosalie Richard décide de prendre le bus ou de se faire conduire chez elle dans la voiture d'une amie, ce qui lui était arrivée déjà à trois reprises depuis les deux semaines qu'elle travaillait là, il ne manquerait pas d'apercevoir la jeune femme dès qu'elle poserait le pied à l'extérieur.

Il se devait de tisser un autre lien, plus résistant celui-là que le premier, sinon il risquait de perdre la jeune femme à jamais et cela, il ne pouvait l'admettre! Rosalie Richard n'appartenait à personne d'autre qu'à lui et son sort reposait entre ses mains. Il pouvait la tuer n'importe quand ou la laisser vivre encore six mois, un an, ou jusqu'à ce qu'elle se suicide ou qu'elle meure dans un accident. Il sourit pour lui-même, car il venait de réaliser que le secret de sa puissance résidait dans sa volonté de tuer ou de ne pas tuer.

Il avait retenu dans leurs moindres détails les traits de l'homme qui avait osé le défier en s'approchant trop près de Rosalie Richard; il était sûr de le reconnaître. Beaumont était une petite ville, comparée à celles où il avait vécu auparavant. Il serait toujours temps, plus tard, de s'occuper de ce blanc-bec, si imbu de lui-même qu'il ne s'était même pas rendu compte qu'on l'avait suivi pendant tout un après-midi.

***

Des heures durant, Samuel Munger s'était interrogé sur la

façon dont il pourrait présenter à Donald O'Connor les conclusions auxquelles il était parvenu. Le chef de la police de Beaumont, un habitué de longue date des méthodes classiques d'investigation, ne s'emballerait peut-être pas aussi facilement que lui pour un jeu de similitudes basé uniquement sur l'instinct et un article de journal à sensation. Il se voyait mal débarquer dans le bureau de O'Connor avec seulement une histoire de testicules avalées par des cadavres pour étayer son hypothèse, à savoir que Beaumont devait héberger depuis quelque temps un tueur psychopathe qui risquait de se déchaîner pour de bon à la moindre contrariété! À défaut de preuves en mesure de résister à une analyse serrée, il devait mettre la main sur des faits concordants. Or, force lui était d'admettre qu'il ne possédait rien qui puisse justifier la réouverture du dossier de Prince-Albert à partir de ses propres observations. S'il était prêt à jouer le rôle du flic à la retraite un peu trop original, il ne tenait pas à passer pour l'excentrique de service. Sa méditation ne lui ayant rien rapporté, il avait décidé d'aller prendre le frais, histoire de chercher dans le vent une façon de résoudre le casse-tête dont il avait lui-même façonné les pièces. Il n'avait pas eu besoin de marcher très longtemps. En arrivant au coin de la rue, il avait aperçu une automobile roulant dans sa direction, tous phares allumés. La carrosserie lui paraissant familière, il avait ralenti le pas, tandis que la voiture arrivait à sa hauteur. C'était la Chrysler de Philippe Lambert. Le journaliste lui adressa un bref signe de la tête en guise de salut, auquel il répondit de la même manière. Il tenait à garder ses distances avec ce garçon, sans trop chercher à savoir pourquoi. Peut-être était-ce parce que le métier de Philippe Lambert lui rappelait trop le sien et qu'il regrettait le temps où, lui aussi, avait été jeune.

Son pas était lent et rappelait plus l'allure du flâneur que celle du promeneur. L'heure tardive, il devait être onze heures, n'invitait guère à la marche et, n'eût été de sa présence, la rue aurait reposé dans le silence le plus total. Il se sentait bien, heureux d'entendre le bruit que faisaient sur l'asphalte les semelles rigides de ses bottes de caoutchouc. L'air frais le changeait de l'atmosphère lourde de la maison. Il aurait pu être en parfait accord avec lui-même, si l'agacement qu'il ressentait à propos de ce qu'il croyait avoir découvert et qu'il ne pouvait prouver avait été moins incisif. Il n'aimait pas se sentir coincé et devoir faire appel à quelqu'un d'autre pour l'aider à résoudre un problème. Pourtant, il voyait mal comment il pourrait s'en sortir seul, cette fois-ci.

Il n'avait pas franchi un pâté de maisons qu'il décidait de revenir sur ses pas. Plus tôt dans l'après midi, une idée lui était venue; il l'avait aussitôt écartée, certain que ce qu'elle impliquait ne donnerait aucun résultat positif. Pourtant, il ne voyait pas comment il pourrait agir autrement.

Qui était le plus en mesure de comprendre les états d'âme d'un flic, sinon un type effectuant un travail similaire? Malgré le peu d'attirance qu'il ressentait pour Philippe Lambert, il devait se rendre à l'évidence. Le journaliste avait couvert pour le Reporter l'affaire de Prince-Albert, il se montrerait certainement ouvert à tout ce qui pourrait faire un bon papier et, de plus, ce gars-là paraissait mener à terme tout ce qu'il entreprenait. Il ne risquait rien en faisant part de ses appréhensions à son voisin. Et puis, le simple fait de se confier contribuerait sans aucun doute à alléger le poids qui pesait sur ses épaules. Toujours taraudé par le démon du doute, en dépit de son désir d'aller de l'avant, il passa à deux reprises devant la maison du journaliste avant de se décider à frapper à sa porte. Lorsque Philippe Lambert lui ouvrit, une canette de Budweiser à la main, il sut que, peut-être, il finirait par s'entendre avec lui...

—Je vous dérange?

—Pas du tout, Samuel. Entrez, il fait un froid de canard ce soir.

La brève lueur d'étonnement qui était apparue dans le regard du journaliste, lorsque celui-ci avait ouvert la porte, n'avait pas échappé à Samuel Munger; désireux d'éviter tout bavardage inutile, ce dernier décida qu'il était préférable d'aller directement aux faits. Les salutations d'usage terminées, et une fois qu'ils furent installés dans une pièce qui devait servir de bibliothèque – il y avait des livres un peu partout: sur la moquette, les meubles et même sur le rebord des fenêtres – l'ancien flic entreprit de déballer son sac.

Il parla longtemps. Au début, Philippe Lambert semblait

l'écouter avec un certain détachement. Cela l'agaça mais, fidèle à ses bonnes intentions, il fit comme s'il n'avait rien remarqué. À mesure que le récit prenait forme cependant, le journaliste paraissait s'éveiller. Samuel Munger avait commencé par sa passion pour les tueurs psychopathes, s'amenant ensuite avec sa collection d'articles de journaux; il avait aussi parlé de la manière dont il menait ses enquêtes alors qu'il était encore flic et de son goût toujours très présent pour tout ce qui concernait les crimes non résolus. Lorsqu'il avait abordé le massacre de l'hôpital psychiatrique, la physionomie de Philippe Lambert s'était soudainement animée. En bon comédien soucieux de ménager ses effets, Samuel Munger, ensuite, avait joué sur le traitement de faveur que lui accordait le chef de la police à certaines occasions. Ces derniers détails laissaient entendre qu'il pouvait se révéler une excellente source d'information si jamais un journaliste se donnait la peine d'explorer cette veine...

Malgré sa brillante introduction, ce fut seulement à partir du moment où l'ancien policier avait commencé à évoquer les meurtres de la famille Bronstein, que Philippe Lambert, définitivement conquis, avait commencé à démontrer son intérêt.

—Je me souviens de cette affaire, Samuel. Le fait que les victimes aient été des citoyens canadiens a entraîné une vaste couverture de presse de ce côté-ci de la frontière. Même le Reporter a repris certains articles d'agences. Sauf qu'après trois semaines, plus personne n'en parlait. L'enquête s'est mise à piétiner et puis, soudain, plus rien...

—Vous saviez que les policiers américains avaient fait chou blanc?

—J'avoue que je ne m'y suis pas attardé. Tout cela s'est passé si loin de Beaumont.

—Que pensez-vous des meurtres de Prince-Albert, Philippe?

—Là, vous me demandez de me substituer à la police. Vous êtes bien placé pour savoir que je ne possède pas d'éléments suffisants pour bâtir une hypothèse qui puisse résister à une analyse critique. Mon travail se limite à rapporter des faits et à les présenter de telle sorte que le public soit informé adéquatement. Je suis un journaliste, pas un flic.

Samuel Munger étendit ses courtes jambes de bull-dog anglais sur la moquette. Il sourit de manière énigmatique, puis appuya sa nuque sur le dossier du gros fauteuil de cuir où l'avait dirigé son hôte, une heure auparavant.

—Ne me dites pas, Philippe, que vous n'avez pas une petite idée sur ce qui a pu se passer cette nuit-là?

Ce fut au tour du journaliste de sourire.

—Un fou, certainement.

—Mais encore?

—Un type qui ne peut jouir qu'en tuant ou un truc parfaitement tordu dans ce goût-là. Le monde est rempli d'individus bizarres, incapables de contrôler leurs pulsions primitives. Je crois que nous avons affaire à un psychopathe. Reste à savoir maintenant si ce gars a l'intention de récidiver. C'est à vous donner des frissons dans le dos!

Un bref silence s'interposa entre les deux hommes. Philippe offrit une bière à l'ancien policier qui accepta. En revenant de la cuisine, il jeta un coup d'œil à sa montre. Il était un peu plus de minuit. De retour dans la bibliothèque, il remarqua que Samuel Munger n'avait pas changé de position.

—Vous pouvez garder un secret?

—Je suis journaliste, ne l'oubliez pas.

Samuel Munger partit d'un grand éclat de rire, bousculant l'atmosphère feutrée dans laquelle baignait la pièce.

—J'aime bien votre sens de l'humour, Philippe.

—Dites toujours, on verra.

L'ancien policier redevint soudainement très sérieux.

—Si, je vais parler. Mais vous allez me promettre de ne rien publier à partir de ce que je vais vous confier; je veux, également, que vous vous engagiez à ne pas faire confirmer mes propos par Donald O'Connor ou par l'un de ses gars chargés d'enquêter sur les meurtres de Prince-Albert. Il sera toujours temps, plus tard, lorsque les choses se seront tassées, de vous laisser aller. Ça vous convient?

—C'est un marché qui m'apparaît raisonnable.

Samuel Munger revint aux Bronstein et à la manière dont le meurtrier s'y était pris pour se débarrasser de ses hôtes. L'expression de Philippe Lambert se figea de dégoût lorsque l'ancien policier entreprit de lui décrire l'intérieur de l'Itasca, tel que l'avaient découvert les deux gars de la *State Patrol*.

—Il existe une similitude, Philippe. Les deux affaires, celle des Bronstein et celle de Prince-Albert sont liées, j'en suis persuadé. J'ai presque la preuve de ce que j'avance et je crains d'avoir l'air d'un parfait imbécile si jamais je m'y prends mal pour intéresser O'Connor à mon hypothèse!
—Poursuivez, Samuel...
Il lui parla de la signature du tueur, de ce qu'il avait fait subir à Erik Bronstein, après l'avoir assassiné, puis, après une brève pause, il enchaîna avec l'affaire de Prince-Albert, où trois des cadavres avaient été retrouvés, eux aussi, avec leurs testicules dans la bouche.
Philippe l'interrompit.
—Ce détail n'a jamais été rendu public.
—Et il ne doit pas le devenir!
—Existe-t-il d'autres faits comme celui-là qui ont été gardés secrets?
—Je ne pense pas.
—La fille, cette infirmière, comment s'appelle-t-elle déjà...
—Rosalie Richard.
—A-t-elle subi d'autres sévices que ceux dont on a fait part à la presse?
—Vous voulez savoir si elle a été violée? Non, et c'est ce qui me surprend. Habituellement dans ce genre d'affaire, elles y passent toutes!
Samuel Munger prit l'expression de soulagement apparaissant sur le visage de Philippe comme un encouragement à poursuivre son récit.
—À propos des Bronstein, j'aimerais bien avoir autre chose à me mettre sous la dent que l'article du *National Enquirer*.
—Pourquoi ne pas demander l'aide de la *State Patrol* du Vermont?
—Je n'en ai pas le pouvoir, je suis à la retraite.
—O'Connor n'est pas un imbécile, il ne laissera pas tomber une piste, même si elle part du *National Enquirer*.

—Je suis de votre avis. Seulement, tout cela prendra du temps, beaucoup de temps...

—Que voulez-vous dire?

Philippe n'aimait pas l'expression de soudaine gravité qui venait d'apparaître sur le visage de Samuel Munger.

—Puisque nous en sommes aux confidences, Philippe, aussi bien y aller à fond. Vous savez, je ne suis pas venu ici pour raconter des histoires de fantômes en buvant de la bière. Vous n'êtes pas sans l'avoir remarqué, vous et moi, ce n'est pas ce qu'on peut appeler la grande camaraderie. Je sais que vous ne m'appréciez pas particulièrement et je nourris un peu le même genre de sentiment envers vous. Entre nous, ça n'accroche pas, manque d'atomes crochus, je suppose.

Se rendant compte, à la physionomie du journaliste, qu'il devait adoucir ses propos, Samuel Munger s'interrompit et adressa à Philippe Lambert un sourire qu'il voulait chaleureux.

—Cela dit, rien ne nous empêche d'unir nos efforts, car je pense que le temps presse.

—Vous croyez que le tueur peut frapper de nouveau?

—Je ne crois pas, Philippe. J'en suis certain.

—Vous n'y allez pas un peu fort, là?

—Beaumont a toujours été une ville paisible, peu encline à la violence. Tout cela peut changer sans avertissement. Le monde s'agite, le meurtre devient d'une banalité quotidienne. Ne me demandez pas d'expliquer ce que je ressens, j'en suis incapable. Ce dont je suis sûr, c'est que le tueur va reprendre son manège.

—Peut-être a-t-il quitté la ville?

—Possible, quoique cela me surprendrait. Ce type a dû éprouver un intense plaisir en lisant dans la presse les commentaires des policiers chargés de l'enquête. Il recommencera, rien que pour se prouver qu'il est le plus intelligent.

—Et si ce... malade était de Beaumont, si votre hypothèse, bien qu'elle soit très intéressante, était le résultat d'une coïncidence, alors ne pourrait-on pas espérer que tout cela soit bel et bien terminé?

—Il y a beaucoup de *si* dans ce que vous dites, Philippe. On ne peut se permettre la moindre erreur. Vous voyez la panique, si jamais un gars se mettait à jouer du couteau sur les braves citoyens de Beaumont!

—Que voulez-vous que je fasse?

—Rien, pour le moment.

—Alors, pourquoi êtes-vous venu me raconter vos histoires?

—Je vous l'ai dit tout à l'heure. Parce que je voulais mettre mes idées en ordre et que je craignais qu'on se fiche de ma gueule.

—C'est très gentil de me dire ça!

Samuel Munger se leva. Il était prêt à revoir son jugement sur le journaliste.

—Je me paie votre tête, Philippe. Vous savez, je crois que nous arriverons à nous entendre.

Il se dirigea vers le vestibule, enfilant en chemin le manteau que son hôte avait déposé sur un fauteuil.

—Dites, Samuel, à propos de Rosalie Richard, vous ne trouvez pas cela un peu bizarre que l'assassin ne l'ait pas tuée?

L'ancien flic répondit avec empressement à la question du journaliste.

—En effet, c'est complètement insensé. Et c'est ce qui me tracasse. Vous voyez, si mon hypothèse s'avère exacte et qu'il existe un lien entre l'affaire des Bronstein et celle de Prince-Albert, cela signifie que le tueur a changé ses habitudes quand il a débarqué à Beaumont. Normalement, Rosalie Richard devrait être morte et enterrée depuis le mois de juillet dernier. Or, elle est toujours en vie. En gros, cela signifie que notre tueur est perturbé, qu'il ne sait plus trop bien ce qui lui arrive. Je ne m'y connais pas en psychologie et je n'ai jamais eu affaire à des fous; toutefois, je suis assez intelligent pour comprendre qu'un psychopathe perturbé, eh bien! ça risque de devenir un sacré problème pour les honnêtes gens comme vous et moi!

***

Peu familière avec la configuration des lieux, Rosalie prenait son temps; elle ne voulait pas s'aventurer dans le stationnement sans avoir pu situer, au préalable, l'endroit exact

319

où était garée l'Eldorado de Georges Ballard. L'estomac noué par l'appréhension, elle avançait en ayant l'impression de se diriger vers un gigantesque échafaud où l'attendaient juge et bourreau. L'air faussement détendu, tous les sens en alerte et attentive à la plus petite anomalie, au moindre accroc à l'ordre établi qui donnait aux objets et à leur environnement une texture banale et rassurante, elle croyait assister, en témoin impuissant, à l'élaboration d'une épouvantable tragédie qui ne manquerait pas de l'anéantir. Une seule chose importait à ses yeux, ne pas s'exposer inutilement aux regards et faire naître de la sorte pour sa personne un intérêt suspect, voire dangereux.

Essayant de trouver une bonne raison de renouer avec une confiance qu'elle ne se souvenait plus avoir ressenti depuis des mois, et en même temps tentée de rire de ses craintes, elle ne pouvait s'empêcher de trouver sinistre la vaste étendue d'asphalte bariolée de lignes blanches s'étendant devant son regard. Une centaine d'automobiles égayaient de leurs teintes lustrées ce paysage plat et morne, sans aucune originalité, dont le seul avantage résidait dans le silence dont il s'enveloppait généralement avec indifférence. L'endroit, lugubre à souhait, était aussi désert et abandonné qu'un stationnement peut l'être, la nuit. Réunies par groupes de cinq ou six, garées parallèlement ou se frôlant du museau, les autos semblaient se chuchoter des confidences à l'oreille pendant que leurs propriétaires passaient d'interminables nuits blanches à accumuler l'argent nécessaire au paiement des traites sous lesquelles ils croulaient .

Le personnel trichait un peu avec le règlement; une entente tacite voulait que les équipes de relève s'amènent une quinzaine de minutes avant la fin du quart de travail précédent, ce qui, en bout de ligne, permettait à tout le monde, soir ou matin, de quitter l'hôpital un peu plus tôt que l'autorisait l'horaire officiel.

Liliane Bell qui, cette semaine-là, assurait le relais à l'unité anticontagion pour le reste de la nuit, était du genre bavard; fidèle à ses habitudes, l'infirmière, à son arrivée sur l'étage, avait longuement entretenu Rosalie des derniers ragots circulant dans l'hôpital. Finalement, la jeune femme, qui ne contrôlait sa nervosité qu'avec beaucoup de difficulté, était parvenue à s'éclipser. Comme Cendrillon cependant, l'horloge avait largement dépassé minuit lorsqu'elle s'était retrouvée aux portes du château. Et la nuit ne frémissait-elle pas sous les chuchotements des sorcières et des goules aux cheveux poisseux? Les étoiles ne pâlissaient-elles pas sous le regard lumineux des vampires et des loups-garous assoiffés de sang, le sien...

Du calme!

Lorsque, excédée par l'insistance de Georges Ballard, Rosalie avait accepté de récupérer la voiture de ce dernier, c'était dans l'intention bien arrêtée de se mêler à ses camarades des autres étages quand ceux-ci descendraient par groupes de deux ou trois sur le stationnement. Elle avait estimé pouvoir se rendre jusqu'à l'automobile du médecin sans avoir à marcher seule trop longuement. Or, l'insistance de Liliane Bell lui avait fait perdre l'occasion de réaliser à bon compte cet objectif. Elle avait manqué la sortie par au moins quinze minutes et il était désormais trop tard pour tenter de faire marche arrière. Georges Ballard l'attendait certainement devant l'entrée principale et devait même commencer à se demander pourquoi elle tardait tant à le rejoindre.

Depuis cinq minutes qu'elle faisait du sur-place, Rosalie n'arrivait toujours pas à se décider à abandonner l'espace rassurant et brillamment éclairé du hall pour le demi-jour artificiel et parsemé de zones d'ombre de l'extérieur. L'endroit, sans être exagérément rassurant, procurait quand même l'illusion de la sécurité. Muets ou simplement endormis pour la nuit, quatre téléphones publics étaient alignés sur l'un des murs, dans l'attente que quelqu'un les tire de leur coma bienheureux; leur faisant face, des affiches prêchant pour une bonne condition physique projetaient leurs couleurs pastel et pimpantes sur les employés de l'hôpital quand, indifférents et gras pour la plupart, ils passaient par là. L'odeur forte d'un nettoyeur à usage industriel montait du carrelage encore humide. Le ronronnement de la climatisation et l'air chaud, propulsé par des trappes invisibles aménagées dans les tuiles du plafond, complétaient l'aspect plutôt accueillant des lieux. Rosalie se laissa emporter par cette atmosphère rassurante, trouvant mille raisons de retarder sa sortie.

Ouverte seulement aux médecins et aux membres du conseil d'administration, la section orange, comme son nom l'indiquait, était délimitée par un périmètre de blocs de béton rectangulaires, peints de cette couleur et hauts de dix centimètres. Située à peu de distance de l'entrée du personnel, la zone réservée accueillait à l'occasion quelques resquilleurs que le service de sécurité tolérait la nuit parce que leur indiscipline n'avait pour effet de priver personne de leur stationnement. Cette partie était presque collée au mur de l'hôpital; pourtant, il sembla à Rosalie qu'elle devrait marcher ou courir pendant une éternité avant d'atteindre son objectif. Entrouvrant la porte juste ce qu'il fallait pour glisser la tête à l'extérieur, elle aperçut, sur sa gauche, le toit de vinyle blanc appartenant à l'Eldorado de Georges Ballard. Son angle de vision, joint à la distance la séparant de l'endroit où était garée la voiture, ne lui permettait pas d'en voir davantage. Située à moins de cinquante mètres de là, derrière une autre automobile dont la carrosserie paraissait en très mauvais état, la voiture du médecin n'attendait que le bon plaisir de la jeune femme pour s'élancer sur le stationnement en rugissant de satisfaction. Pourquoi un geste si simple à réaliser prenait-il soudain des proportions telles qu'il semblait relever d'un défi insurmontable?

Déjà terrorisée rien qu'à la pensée de devoir marcher sur toute cette distance, Rosalie n'appréciait pas tellement le fait d'être obligée, une fois arrivée au but, de contourner une auto dont elle distinguait à peine les contours. Ce dernier obstacle prenait à ses yeux l'allure d'une épreuve inhumaine. Cela aurait été tellement moins difficile si l'Eldorado avait été la seule voiture à être garée dans la zone orange! Elle serrait la clé de contact dans sa main droite, comme s'il s'agissait d'un talisman capable d'éloigner les esprits malfaisants. *Je suis idiote, je n'ai pas à avoir peur!* ne cessait-elle de répéter à mi-voix, en guise d'incantation. Elle avait beau se dire que le cauchemar était terminé, qu'il n'existait plus aucune raison d'agir ainsi, telle une gosse terrorisée par des monstres imaginaires, rien n'y faisait. Dans un certain sens, et même si elle consentait un effort considérable pour se débarrasser de cette impression, la situation lui en rappelait trop une autre qu'elle avait vécue quatre mois auparavant et sur laquelle elle préférait glisser afin de ne pas céder à une énorme panique.

—Restez où vous êtes, ne bougez pas. Surtout ne vous retournez pas!

Le choc la priva instantanément de tous ses moyens. Elle ressentit d'abord des milliers de picotements partout sur sa peau; ses yeux s'agrandirent, voulurent quitter leur orbite puis, comprenant ce qui allait se passer, se refermèrent... pour se rouvrir presque immédiatement sous l'énorme pression du sang affluant massivement aux tempes. Des spasmes l'agitèrent, gagnèrent ses jambes et son ventre. Rosalie crut que les parois de son cœur allaient exploser et qu'elle mourrait là, les traits pétrifiés par une terreur impossible à décrire. Cette voix, cette intonation visqueuse et cette odeur bizarre, un peu camphrée, écœurante... C'était lui.

Le cauchemar n'était pas terminé, il ne faisait que commencer.

—Qui êtes-vous?

Tel le feulement rauque d'une hyène enragée, un gloussement sarcastique résonna dans le portique, amenant sa terreur à un point proche de la rupture. Les mots claquèrent, sinistres, aux oreilles de la jeune femme qui eut l'impression qu'un coup de fouet venait de lui lacérer le dos.

—Je suis celui que tu attendais, Rosie.

—Non! Partez, laissez-moi tranquille! S'il vous plaît...

—Rosie Darling...

Elle sentit ses jambes se dérober. À l'exception de la porte, il n'existait aucune issue par laquelle elle aurait pu échapper au tueur qui, d'après le son de sa voix, se tenait à moins de deux mètres dans son dos. Elle s'appuya à la main courante en aluminium barrant sur toute sa largeur la porte vitrée du hall. L'homme se méprit sur son geste.

—Ne te retourne pas, salope!

Une main puissante se referma sur sa nuque, tirant sur ses cheveux au point de lui arracher des larmes.

Attirée par une force irrésistible, elle recula d'un pas, puis d'un autre. Soudain, la poigne sembla se relâcher. Elle se préparait à tenter le tout pour le tout et à s'élancer dehors lorsqu'elle fut projetée vers l'avant. Son front heurta violemment le cadre en aluminium de la porte et elle s'écroula, visage contre terre.

Le choc avait failli lui faire perdre conscience. Un liquide poisseux glissa de son front jusqu'à ses yeux, puis jusqu'à sa bouche. Le goût de son propre sang ne fit naître en elle rien d'autre que de la tristesse et un peu de pitié pour ce corps qu'elle sentait déjà ne plus lui appartenir.

—Tu adores ça, hein?

Rosalie pleurait en silence. De grosses larmes roulaient sur ses joues tandis que les sanglots, par vagues successives, remontaient dans sa gorge.

—Allons, Rosie Darling, dis que tu aimes ça. Dis-le, rien que pour moi. Nous sommes si bien, tous les deux!

L'homme appuya sur sa nuque un objet métallique tiède qui paraissait lourd. Elle ferma les yeux, devinant qu'il s'agissait du canon d'un revolver. Une idée stupide lui traversa l'esprit. Elle se dit que, tout bien considéré, elle préférait mourir de cette façon plutôt qu'avec la lame d'un couteau plantée dans la gorge.

—Bientôt, tu ne seras plus qu'un cadavre, Rosie...

Elle se tassa sur elle-même lorsque le tueur, accentuant la pression sur la crosse du revolver, arma le chien.

Rosalie avait la gorge sèche comme du papier verre. Elle se demanda quelle impression cela faisait de mourir, puis, sans transition, elle songea à Philippe Lambert, se surprenant à répéter à mi-voix le prénom du journaliste. Dieu qu'elle s'en voulait d'avoir fait exprès de l'éviter lorsqu'il était sorti de la chambre de Patrick Ashley!

—Eh, vous! qu'est-ce que vous fabriquez?

D'après sa voix de fausset, Georges Ballard devait être très en colère. Rosalie entendit le médecin, le pas rapide du médecin avançant vers le hall. Il n'avait pas dû remarquer l'arme du tueur, puisque celui-ci se présentait de dos à la porte d'entrée. Rosalie ouvrit la bouche pour hurler une mise en garde, mais aucun son ne sortit de sa gorge. Le canon du revolver quitta sa nuque; alors, elle sut que, peut-être, elle pourrait s'en tirer à condition d'agir très rapidement et de conserver son sang-froid.

Surpris par l'arrivée de Georges Ballard, l'homme avait relâché son attention pendant à peine une seconde. Ce fut toutefois suffisant à Rosalie pour lui permettre de pivoter sur elle-même. Simultanément à ce mouvement, la jeune femme tendit la jambe et, prenant bien soin d'assurer sa prise en enfonçant ses doigts dans le caillebotis métallique recouvrant en partie le plancher de ciment, elle mit toute sa force dans la ruade qu'elle asséna dans les parties génitales du tueur. En même temps qu'elle posait ce geste désespéré, elle entrevit très brièvement, dissimulé derrière un bas de nylon, le visage de son agresseur. Tordus de douleur et déformés par la colère, animale, les traits de l'homme paraissaient contenir toute la haine du monde.

—Bon sang, il est armé!

Le tueur, privé temporairement de ses moyens par l'effet conjugué de la surprise et de la douleur, hésitait sur le parti à prendre. Rosalie entrevit un revolver qui lui parut énorme, mais ne s'attarda pas à ce détail. Elle devait fuir, et vite!

—Ne restez pas ici, Georges. Il va nous tuer!

Elle se hissa péniblement sur ses genoux, posa ses mains sur le verre de la porte et poussa de toutes ses forces. Le sang brouillait sa vue; elle crut comprendre qu'elle n'y voyait que d'un œil et que cela n'avait pas d'importance. Dans le portique, le tonnerre se déchaîna. Un coup de feu, puis un second ébranlèrent le silence, la paralysant dangereusement pendant un temps indéterminé. Tandis qu'elle hésitait, l'air froid sur son visage et l'instinct de conservation fouettèrent sa détermination, l'obligeant à aller de l'avant.

Elle parvint à l'Eldorado avant même de se rendre compte que la chance, loin de l'avoir abandonnée, lui accordait un second sursis.

Rosalie céda presque à la panique lorsque la poignée glissa sous ses doigts gourds et rendus poisseux par le sang. Bien sûr, la portière était verrouillée! Elle se demandait où était la clé de contact quand, en forçant les jointures de sa main droite, elle vit le précieux objet encastré dans sa paume. Elle remarqua, tout en trouvant cette observation déplacée, que les nervures de métal étaient très artistiquement imprimées dans sa peau...

—Rosie, reste où tu es!

Elle entendait nettement le pas traînant de la Bête et son souffle court, à moins de vingt mètres de là, tandis que ses gestes semblaient au ralenti, exactement comme dans un cauchemar. La pointe de la clé de contact trouva enfin l'orifice commandant le verrouillage. Jetant un regard absolument terrifié par-dessus son épaule, elle vit que le tueur, bien que se déplaçant avec difficulté, gagnait du terrain. Elle estima qu'il ne lui restait pas plus de dix secondes avant d'être rattrapée.

Elle tourna la clé à gauche puis à droite dans la serrure. Sans résultat. Elle recommença en essayant de contrôler le tremblement de sa main et, cette fois, le mécanisme répondit. Elle ouvrait la porte et s'engouffrait derrière le volant, quand une apparition grotesque bloqua son champ de vision. Un homme, pantalon baissé et exposant son sexe en érection, était en train de se glisser sur le capot de l'Eldorado; un sourire niais fendant son visage maigre, le type, une fois à genoux devant le pare-brise, entreprit de se masturber! Rosalie ne perdit pas de temps à tenter de trouver une explication à cette irruption et au geste obscène dont elle était témoin. Elle ferma la portière, la verrouilla, puis, sans perdre une seconde, mit le contact. Le moteur s'emballa à la première sollicitation. Embrayant immédiatement en première, elle appuya à fond sur l'accélérateur. Les pneus exhalèrent un long hululement avant de mordre dans l'asphalte. La force d'accélération culbuta par-dessus le pare-brise l'individu au pantalon baissé, qui alla choir tête première sur les blocs de béton, après un roulé-boulé sur toute la longueur du toit de l'Eldorado.

Jetant par réflexe un regard fugace dans le rétroviseur, au moment de s'élancer pour de bon, Rosalie crut apercevoir son agresseur lui adresser un salut amical de la main. Préférant croire que son imagination lui jouait un mauvais tour, elle se concentra sur sa conduite, faisant en sorte de contrôler le tremblement de ses membres.

Elle refusait de croire à sa chance.

***

En définitive, Samuel Munger n'avait rien de commun avec l'individu irascible et individualiste, fréquemment déplaisant et bourru, que les habitants de la rue se plaisaient à voir en lui. L'ancien policier avait bien caché son jeu et, à l'évidence, se souciait comme de sa première chemise de l'opinion des autres. Philippe venait de découvrir un homme original et introverti, mais doté, surtout, d'un esprit analytique hors de l'ordinaire et d'une mémoire à tout le moins surprenante! Samuel Munger, s'il savait se montrer impatient et peu engageant envers un type tel Édouard Rupert, de même qu'avec plusieurs gamins turbulents du quartier, gagnait volontiers à être connu.

Philippe concluait que les confidences de son voisin, même en demeurant au stade de la spéculation, feraient sensation dans les colonnes du Reporter. Les Beaumontais, comme la plupart des gens, aimaient flirter avec la peur bien au chaud dans leurs bungalows au parterre soigneusement entretenu; les faits divers sanglants ou sordides, ici comme ailleurs, trouvaient volontiers des yeux gourmands et des oreilles attentives. Il ne voyait donc aucun mal à rendre publique l'hypothèse de Samuel Munger, puisque celle-ci n'était pas seulement séduisante mais également plausible. Toutefois, il estimait très minime la possibilité que le tueur fût encore présent dans la ville. Quelles qu'aient été les raisons ayant poussé l'individu à commettre le massacre de Prince-Albert, ce dernier devait être loin à l'heure qu'il était. Pour cette raison, il n'avait rien contre le fait de servir de réceptacle aux réflexions élaborées à voix haute par l'ancien policier. D'ailleurs, il n'était pas sans apprécier, déjà, la franchise de celui-ci; le fait, également, que Samuel Munger soit parvenu à duper aussi longtemps son entourage ne manquait pas de l'amuser et de l'étonner. Même lui, pourtant habile à cerner la personnalité des gens, s'était fait prendre au jeu de l'illusion; il n'était pas sans regretter son comportement, maintenant qu'un lien ne relevant pas uniquement des relations de bon voisinage était en train de s'établir. Il s'était laissé influencer, de bon gré, par les préjugés de ses voisins et il n'avait pas cherché à aller au fond des choses. Son attitude était inexcusable. Somme toute, Samuel Munger, malgré ses défauts, semblait mériter beaucoup mieux que la quarantaine dans laquelle l'avaient confiné les habitants du quartier.

Toutes les pièces de la maison baignaient dans une pénombre encourageant la réflexion; l'éclairage de la rue permettait à Philippe de se confondre avec les ombres de la bibliothèque. Après le départ de Samuel Munger, il avait songé se rendre au Pop Corn Pub, espérant , sans se l'avouer, y rencontrer Rosalie Richard. Jugeant finalement que le bar s'avérait un lieu fort peu propice pour servir de cadre à une nouvelle rencontre avec la jeune femme, il avait décidé de rester à la maison.

Il n'arrivait pas à comprendre le comportement tour à tour chaleureux et distant de l'infirmière. Tel un animal à la fois attiré et repoussé par les humains, parce que son instinct l'avertissait que ceux-ci étaient des êtres cruels et impitoyables, Rosalie Richard, un instant, semblait vouloir se rapprocher pour battre immédiatement en retraite dès qu'un véritable climat de confiance paraissait sur le point de s'installer. Plusieurs fois au cours de l'après-midi, la jeune femme avait paru prête à céder mais, à la dernière minute, quelque chose, une peur refoulée ou un sentiment d'insécurité mal défini, l'avait empêchée de franchir la frontière séparant son monde du reste de l'humanité. Philippe essayait de trouver une façon d'entrer en contact avec la jeune femme, sans qu'il fût question de Patrick Ashley. Il ne voulait pas importuner Rosalie Richard, ni s'imposer à elle, respectant trop son désir de solitude pour agir ainsi. Revoir l'infirmière pour lui dire combien il appréciait sa compagnie et, peut-être, l'inviter à dîner, voilà qui, selon son point de vue, représentaient un objectif réalisable à court terme. Pour en arriver là, il suffisait de rétablir le courant dans la zone inconnue où, une nuit de l'été précédent, s'était égarée la véritable personnalité de la jeune femme.

Il y avait aussi autre chose, bien que cela fût difficile à expliquer et plutôt insaisissable comme impression... Philippe trouvait étrange, en effet, que Rosalie Richard croise son chemin au moment exact où Samuel Munger, d'une façon peu orthodoxe, se préparait à relancer l'enquête sur les meurtres sadiques de Prince-Albert. C'était comme si le destin, facétieux, adressait un clin d'œil un peu goguenard aux acteurs d'une pièce ne se souvenant plus de leurs répliques et s'amusait, par la même occasion, à bousculer le cours d'une intrigue à l'insu du metteur en scène. Désorientés, les personnages se regardaient sans comprendre ce qui se passait et, lorsqu'ils essayaient de se rabattre dans les coulisses pour y cacher leur gêne, une force contre laquelle ils ne pouvaient résister les ramenait sous les projecteurs. Les décors, étranges et sombres, prenaient vie sous les yeux des comédiens qui ne savaient plus s'ils jouaient pour sauver leur vie ou pour satisfaire le goût morbide de spectateurs invisibles pour tout ce qui était anormal et laid.

Une force mystérieuse grandissait en lui, à la fois sournoise et amicale; ce phénomène, au lieu de le rassurer, le mettait mal à l'aise. Il devinait que le jour viendrait, très bientôt, où il devrait utiliser cette puissance colossale contre un ennemi impitoyable dont le visage lui demeurerait toujours inconnu. Rosalie Richard, d'une manière impossible à décrire, semblait à l'origine de ce nouveau sentiment, mélangeant l'appel du ciel à celui de l'enfer et opposant, dans un combat mortel, l'amour à la haine.

Le cadran lumineux de sa montre marquait deux heures vingt; il conclut que le sommeil, cette nuit-là, continuerait de se tenir à distance aussi longtemps que Rosalie Richard occuperait ses pensées. Pour faire diversion, il décida de mettre un peu d'ordre dans les événements qui s'étaient déroulés au cours des heures précédentes; tous étaient nés à partir des déclarations de Patrick Ashley et, comme les rayons d'une roue, ils s'élançaient dans des directions différentes. Néanmoins, chacun des éléments avait besoin de la force des autres pour exister; il suffisait de briser un seul de ces rayons pour que la roue cesse de tourner... C'est ce qu'il avait l'intention de faire.

En premier lieu, il y avait la cassette vidéo. Pièce maîtresse du puzzle qu'il se préparait à assembler, l'objet reposait, en sécurité, dans un coffret de sûreté d'une agence de la *Lloyd's Bank* située dans le quartier des affaires de Beaumont. Son intention première, quand Patrick Ashley lui avait remis le ruban, avait été de se précipiter à la maison et de mettre en marche le magnétoscope. Après mûre réflexion cependant, il avait décidé d'agir avec moins d'empressement; certes, en procédant de la sorte, il mettait sa curiosité à rude épreuve, mais un minimum de patience était tout indiqué dans les circonstances. Considérant que l'affaire risquait de devenir fort délicate, puisqu'elle semblait impliquer des gens influents, il voulait prendre tout son temps avant de commencer à remonter le courant jusqu'aux amis très particuliers de l'adolescent. Il avait décidé de s'octroyer vingt-quatre heures de work-out mental, puis de se lancer à pas mesurés dans la course, en visionnant la cassette. Cette prudente opération de mise en forme n'était pas exagérée, puisqu'il tenait par-dessus tout à éviter les entorses. Karl Wosniak, se sentant menacé, pouvait décider à n'importe quel moment d'avancer la date à laquelle, lui, Philippe Lambert, devrait quitter Beaumont pour Ottawa. Le prix de la plus petite erreur se révélant trop élevé pour le peu d'actifs en sa possession, il s'était convaincu de l'importance de débroussailler le terrain avant de s'y aventurer définitivement.

Patrick Ashley avait parlé d'une deuxième cassette, plus révélatrice, disait-il, que la première. À ce stade de ses réflexions, Philippe croyait raisonnable de penser qu'une ou plusieurs personnes tenteraient tout de même de récupérer la bande maintenant en sa possession. La question de savoir où se situait Karl Wosniak dans cette histoire s'imposa une fois de plus à son esprit. Déterminer avec exactitude la position du rédacteur en chef équivaudrait à mettre la main sur une clé qui lui permettrait, sans doute, de résoudre une bonne partie de l'énigme. Le Curé agissait-il pour lui-même, ou représentait-il les intérêts de quelqu'un d'autre? De plus, qui était cette *amie* tellement bien intentionnée envers Patrick Ashley, qu'elle était allée jusqu'à lui remettre une cassette risquant de compromettre des gens qui devaient compter parmi ses relations? Ce cadeau on ne peut plus étrange était-il destiné à faciliter une manœuvre de chantage? Philippe, bien que sensible à l'attitude contrite de l'adolescent, quand ce dernier lui avait remis le ruban, était loin, toutefois, de croire complètement au repentir du jeune garçon. Il estimait que Patrick Ashley avait peut-être été tenté de monnayer la cassette auprès des gens qui avaient retenu ses services. Apprenant plus tard qu'il était atteint du sida, il avait décidé de laisser tomber sa manœuvre. En remettant la bande à un journaliste, le jeune prostitué ne faisait que régler ses comptes avant de mourir.

Sur la table de nuit, le réveil électronique marquait trois heures quarante, Philippe se leva. Il avait soif. À son arrivée au Reporter, ce jour-là, il informerait le Curé de son intention de prendre deux semaines de congé. Trop heureux de le voir s'éloigner, Wosniak n'aurait aucune difficulté à lui trouver un remplaçant.

En passant devant la fenêtre du salon, il remarqua qu'une voiture de police, tous feux éteints, était garée de l'autre côté de la rue. Bien que la chose fût inhabituelle, il ne releva pas le fait. Il portait le verre d'eau à ses lèvres lorsqu'il entendit frapper à la porte.

***

Le poing martelant le cadre de la porte, loin d'être discret, faisait preuve d'une indiscutable autorité. Philippe crut que Samuel Munger venait d'établir une nouvelle similitude entre les meurtres de Prince-Albert et ceux de l'*Interstate* 91, et qu'il accourait afin de lui faire part de sa découverte. *Ce gars-là ne doit jamais dormir*, songea-t-il en se dirigeant vers le portique.

—Philippe Lambert, c'est ici?

Le policier paraissait nerveux; son compagnon, en retrait, essayait de projeter son regard dans le vestibule, par-dessus les épaules du propriétaire des lieux. Tous deux présentaient une mine grave, qui inquiéta tout de suite Philippe.

—Quelqu'un désirerait vous parler, monsieur Lambert.

—Qu'est-ce qui se passe?

Contrarié, Philippe crut à une plaisanterie ou à une erreur, bien qu'une petite voix en lui fût en train de prétendre le contraire.

—Cela ne pourrait-il pas attendre? Vous avez vu l'heure qu'il est?

—Rosalie Richard, vous connaissez?

—Que lui est-il arrivé?

—Calmez-vous, monsieur Lambert. Elle n'a rien... Vous devez nous suivre...

Plus alerte que jamais, maintenant qu'il avait entendu prononcer le nom de Rosalie Richard, Philippe invita les deux policiers à entrer pendant qu'il s'habillait. Ceux-ci déclinèrent l'invitation, préférant, dirent-ils, attendre le journaliste dans leur voiture.

Le flic conduisait avec une lenteur exaspérante, respectant les arrêts obligatoires et les feux rouges avec une régularité de métronome. Son compagnon s'était enfermé dans un profond silence, répondant par monosyllabes aux questions de Philippe qui avait cru, immédiatement après s'être assis à l'arrière de la voiture de patrouille, que celle-ci s'élancerait sirène hurlante jusqu'à destination.

—Vous ne pourriez pas rouler un peu plus vite?

—Rien ne presse, monsieur Lambert.

—Que s'est-il passé?

—Mademoiselle Richard a eu quelques ennuis. Elle a demandé à ce que vous veniez la chercher.

Le gars derrière le volant semblant plus enclin à la conversation que son double, Philippe s'informa auprès de lui du lieu où ils se rendaient. Il poussa un long soupir de soulagement lorsque le chauffeur répondit qu'ils se dirigeaient vers le quartier général de la police. *Au moins, elle n'est pas à l'hôpital, c'est toujours cela de pris*, remarqua tout haut Philippe, qui préféra ne pas insister pour en apprendre davantage, craignant d'entendre une mauvaise nouvelle.

La nuit enveloppait la ville de sa cape couleur d'encre, obligeant les êtres à se ramasser sur eux-mêmes afin de conserver la chaleur animale qui protégeait leur sommeil. L'obscurité, consciente de la présence de l'aurore sur ses flancs, tentait de résister en dévorant tout ce qui brillait. Beaumont reposait dans le calme et le silence des villes sans histoire dont la seule ambition consiste à rendre heureux des gens enfermés dans leurs habitudes depuis si longtemps qu'ils ne voient plus les dangers qui les guettent. Gardiennes de la civilisation, les enseignes au néon luisaient avec monotonie sous un ciel sans relief; l'intérieur des lieux qu'elles identifiaient disparaissait derrière un rideau de fine pénombre, à la texture soigneusement contrôlée par le système d'éclairage de nuit; quelques rares automobilistes ralentissaient quand leur conducteur se rendait compte, un peu tard, que des flics les croisaient. L'humidité, en essayant de gagner du terrain sur le froid, faisait naître de grandes plaques de condensation devant les fenêtres des maisons mal isolées. Figé dans la cire, le paysage semblait prêt pour une exposition.

Beaumont vivait ses derniers instants de paix et de tranquillité avant de sombrer dans la folie. Quelque part derrière ce fragile rempart de calme et d'apparente sérénité se cachait un monstre ignoble qui avait fait de la nuit un royaume sur lequel il se préparait à régner en monarque absolu. Le tribut auquel cet être cruel et sanguinaire estimait avoir droit serait prélevé en vies humaines et personne ne pourrait l'empêcher d'exercer ce droit. Beaumont avait été condamnée et, maintenant, le bourreau se préparait à exécuter la sentence de mort prononcée contre elle par le Diable en personne.

L'architecture du quartier général de la police ressemblait à celle d'un pensionnat pour jeunes filles de bonne famille. Avec ses pierres de taille brunes, ses fenêtres à frises et son toit pointu surmonté de paratonnerres à chaque extrémité, le bâtiment n'était pas sans posséder quelque originalité. Bâti à l'origine pour servir d'hôtel de ville, l'édifice avait été cédé à la police cinq ans auparavant, après que l'administration municipale eût emménagé dans un complexe ultramoderne qui, non loin de là, se hissait avec prétention sur dix étages.

Saluant au passage quelques connaissances parmi les policiers en service au Q.G., Philippe collait ses pas à ceux de ses guides. Maintenant qu'il était enfin arrivé à destination, l'impatience de revoir Rosalie Richard se disputait dans son esprit à la crainte de découvrir l'infirmière dans un état qu'il ne pourrait supporter. Ils traversèrent une enfilade de corridors sentant le vieux bois et le tabac, passèrent devant la porte à double battant de la cafétéria et arrivèrent, quelques instants plus tard, dans une vaste pièce; à en juger par son aspect résolument moderne, celle-ci venait juste d'être rénovée. Pour y être passé à plusieurs reprises, Philippe reconnut la section du quartier général réservée à l'état-major. Le jour, l'endroit était le centre d'une activité intense, alors qu'en cette heure de la nuit on aurait pu y entendre voler une mouche. Un des policiers qui l'accompagnaient, sans façon, réquisitionna la chaise d'une secrétaire et y posa son gros derrière. L'autre, le chauffeur, s'adressa à Philippe avant de disparaître derrière une porte de verre dépoli, sur laquelle le nom de Donald O'Connor apparaissait en lettres dorées.

—Attendez-moi ici, je vais voir si le patron peut vous recevoir.

Sous le regard indifférent du policier affalé sur la chaise de la secrétaire, Philippe entreprit de faire les cent pas. Après une dizaine de minutes de ce manège, qui lui parurent des heures, la porte s'ouvrit, livrant le passage cette fois au chef de la police en personne.

—Vous pouvez entrer, Philippe.

Donald O'Connor et Philippe Lambert se connaissaient peu; ils échangeaient volontiers quelques banalités d'usage, après les conférences de presse données par le chef de la police, ou lorsqu'ils se croisaient durant les réceptions offertes par le maire. Le journaliste, quand il était sur une affaire, préférait traiter avec les responsables des brigades et les sous-officiers; ceux-ci fournissaient des informations beaucoup plus précises que celles recueillies habituellement auprès des membres de l'état-major. Règle générale, les relations que Philippe entretenait avec le Q.G. pouvaient être qualifiées de cordiales. Il s'était toujours fait un point d'honneur de respecter ses sources, ne révélant jamais quoi que ce fût qui puisse mettre ces dernières dans l'embarras. Cette attitude avait permis l'instauration d'un climat de confiance mutuelle que chaque partie s'efforçait d'entretenir avec soin.

En plus de Donald O'Connor et du policier qui l'avait amené là, un homme à la carrure athlétique et une femme de taille moyenne occupaient le bureau. Charles Compton et Esther Courtney étaient affectés en permanence à la Brigade criminelle; en même temps que trois autres de leurs confrères, ils avaient participé à l'enquête sur les meurtres de Prince-Albert. Philippe, qui les connaissait bien, leur adressa un bref salut de la tête auquel ils répondirent de la même façon. Cherchant Rosalie du regard, il la découvrit derrière Donald O'Connor. Le chef de la police de Beaumont, avec son imposante stature, cachait presque complètement la frêle silhouette de l'infirmière, qui était assise, la tête basse, sur un divan recouvert de cuir noir.

Lorsque Rosalie aperçut Philippe, son visage s'illumina puis, aussi rapidement qu'il s'était manifesté, cet éclat disparut. À la place, apparut une physionomie d'enfant contrit et peiné.

—Bonsoir, Philippe. Je suis contente que vous soyez là. Je m'excuse de vous déranger à une heure aussi tardive...

Elle fondit en larmes. Charles Compton se tourna vers Donald O'Connor, prêt semblait-il à dire quelque chose, mais il se ravisa au dernier moment. Esther Courtney s'approcha prestement de Rosalie et lui offrit un kleenex que cette dernière, gênée, saisit sans lever les yeux. Philippe ne savait pas s'il devait se rendre auprès de la jeune femme pour tenter de la réconforter. Il aurait aimé la prendre dans ses bras et la consoler, lui souffler à l'oreille que tout irait bien, maintenant. Retenu par la timidité et incertain quant à la réaction de Rosalie, il ne parvenait pas à bouger. Il vit que l'arcade sourcilière gauche de l'infirmière disparaissait derrière un pansement taché de sang. Toute cette partie du visage était enflée et commençait à bleuir.

—Est-ce que quelqu'un va enfin me dire ce qui se passe?

—Ça recommence, Philippe.

Rosalie Richard s'était exprimée avec une voix de petite fille qui se réveille en larmes au milieu de la nuit, terrorisée par un affreux cauchemar, et qui ne veut plus se rendormir, tellement elle craint de se retrouver confrontée aux monstres se nourrissant du sommeil.

—Il est revenu, il a essayé de me tuer.

Philippe regarda tour à tour Charles Compton et Esther Courtney. Devant leur mutisme, il dit, à l'intention de Donald O'Connor:

—Ne me dites pas, Don, que ce salaud s'en est encore pris à elle...

Le chef de la police interrompit le journaliste sur sa lancée.

—J'ai bien peur que si.

—Vous deviez pourtant la surveiller et ne jamais la perdre de vue! N'est-ce pas ce que vous avez déclaré il y a quatre mois?

Donald O'Connor sembla vouloir se perdre dans la contemplation de la pointe de ses souliers. Esther Courtney vint au secours de son patron.

— On a cru que c'était un type de passage. Et puis, la Brigade ne peut pas se permettre d'assurer une protection constante à qui que ce soit, vingt-quatre heures sur vingt-quatre. Nous n'avons pas les effectifs de la ville de New York, merde!

Charles Compton essaya de tempérer l'ardeur de Philippe.

—Comprenez-nous, Philippe... Beaumont est une petite ville.

—Je comprends surtout que vous n'avez pas fait votre boulot! Cette femme a failli se faire assassiner l'été dernier et tout ce que vous trouvez à dire, c'est que vous n'avez pas les moyens d'assurer sa protection!

—Tout va bien, Philippe. Monsieur O'Connor a été très gentil. Je crois qu'il a compris maintenant.

Rosalie essaya de sourire mais n'y parvint pas. Ses lèvres étaient tellement pâles qu'elles se distinguaient à peine du reste du visage. Retenant une grimace, elle toucha d'une main mal assurée le pansement au-dessus de son œil gauche. Un peu de sang avait coulé jusqu'à l'oreille, traçant un sillon rouge vif qui accentuait l'aspect fantomatique de sa physionomie.

—Tout ira bien.

Elle répéta ces mots à deux reprises, essayant de se persuader que, effectivement, tout était terminé. Elle sourit pour de bon, bien que sa voix demeurât étrangement distante.

—Vous allez me raccompagner chez moi, Philippe?

—Je ne crois pas qu'il soit très prudent de retourner à votre appartement, mademoiselle Richard. Deux policiers sont déjà en faction là-bas, mais on ne sait jamais. Il serait préférable d'attendre une journée ou deux, le temps que nous procédions à certaines vérifications.

Donald O'Connor, qui avait rapidement repris son air officiel, s'était exprimé avec une délicatesse contrastant fortement avec l'aspect bourru de ses traits. Philippe confirma le point de vue du chef de la police.

—Elle logera à l'hôtel. Qu'en pensez-vous, Don?

—Cela me paraît plus sage, en effet.

Rosalie n'insista pas et Philippe comprit qu'elle acceptait sa proposition. Il s'approcha de la jeune femme, se pencha et emprisonna ses mains froides et tremblantes dans les siennes. La peau était extrêmement douce au toucher et, lorsque les ongles courts de la jeune femme effleurèrent ses paumes, il sut que, désormais, rien ne serait plus pareil entre lui et l'infirmière.

—Qu'est-il arrivé, Rosalie?

—Il est mort, le docteur Ballard est mort.

—En même temps qu'un autre type...

Charles Compton avait parlé sur le ton froid des flics établissant leur rapport. Philippe s'assit à côté de Rosalie, pas trop près afin de ne pas l'incommoder, juste assez toutefois pour essayer de lui communiquer un peu de la chaleur de son corps. Esther Courtney prit le relais de son camarade.

—Le tueur a dû s'introduire dans l'hôpital alors que les employés du quart de soir commençaient à quitter les lieux, c'est-à-dire vers onze heures cinquante. Cela n'a pas dû être difficile, bien que, pour le moment, tout tende à démontrer qu'il n'ait pas eu en sa possession le code magnétique commandant l'ouverture de la porte. Il aura pu, toutefois, se glisser facilement parmi les employés, sans que ceux-ci lui portent attention. Une fois à l'intérieur, il a dû se cacher derrière l'angle d'un corridor en attendant l'arrivée de mademoiselle Richard...

Avec un calme qu'elle était visiblement loin de posséder entièrement, Rosalie décrivit à Philippe, sans omettre un seul détail, les circonstances dans lesquelles elle était parvenue à fausser compagnie à son agresseur et son irruption, en catastrophe, dans le quartier général de la police qui, heureusement, était situé à moins de cinq kilomètres de l'hôpital Saint-Michael. Comme elle l'avait fait au cours de sa déposition, une heure et demie plus tôt, elle hésita quelques instants lorsque vint le temps de mentionner le signe amical de la main que lui avait adressé le tueur, au moment où ce dernier s'était rendu compte que sa victime lui échappait. Elle conclut son récit de manière on ne peut plus laconique.

—Je suis certaine que cet homme est fou à lier.

Rosalie reprit son souffle sans que personne ne ressente le besoin d'ajouter quelque chose. Charles Compton sortit un paquet de Du Maurier de la poche intérieure de sa veste et offrit des cigarettes à la ronde. Seul Don O'Connor accepta. Lorsque l'allumette s'enflamma en craquant, une odeur de souffre se répandit dans la pièce, bientôt suivie par celle du tabac en train de se consumer.

—J'aimerais me rafraîchir un peu le visage... je dois avoir l'air d'une revenante. Est-ce que quelqu'un pourrait m'indiquer où je pourrais trouver les toilettes?

Esther Courtney sourit pour la première fois depuis que Philippe avait pénétré dans la pièce. Elle se dirigea vers la porte, invitant Rosalie à la suivre.

—Venez avec moi, je vais vous montrer.

Lorsque les deux femmes furent sorties, Philippe remarqua, à l'intention de Don O'Connor:

—Si on causait un peu, qu'en dites-vous?

Le chef de la police ne répondit pas. Il contourna lentement son bureau, fit comme s'il allait s'asseoir puis changea d'idée au dernier instant. Finalement, il revint à son point de départ, fixant, debout et les mains dans les poches, le journaliste dont le regard s'était fait tout à coup très insistant.

—Tout cela restera entre nous?

—Je vais vous faire une confidence, Don. Je viens de décider de prendre quelques semaines de vacances.

Charles Compton, près de la porte, s'esclaffa.

—Tu choisis mal ton moment pour t'éloigner, Philippe. Ça risque de chauffer!

—Et alors? Je commence à en avoir jusque-là de cette fosse à purin!

Philippe aurait pu ajouter que sa décision était également motivée par le désir de rester auprès de Rosalie Richard tant que celle-ci ne serait pas définitivement hors de danger. Il se rendait compte, seulement maintenant, que la jeune femme commençait à signifier beaucoup pour lui. Ce n'était pas Patrick Ashley et ses révélations qui le poussaient à prendre ses distances avec le journal. L'adolescent n'était qu'un prétexte derrière lequel se dissimulait le visage de l'infirmière. Celle-ci lui était apparue si démunie à son arrivée dans le bureau de Donald O'Connor, si seule et abattue, qu'il avait ressenti un choc presque physique en l'apercevant. Si son esprit nourrissait encore des doutes sur la raison pour laquelle il désirait tant fuir le journal, ceux-ci avaient complètement disparu à la seconde où il s'était approché de Rosalie Richard!

Perdu dans ses pensées, Philippe n'avait pas vu le whisky que lui tendait Donald O'Connor. Le chef de la police souriait.

—Je pense que vous en avez besoin.

Charles Compton, qui s'était enfin décidé à s'asseoir après s'être servi, leva son verre en direction des deux hommes.

—... santé!

Tous trois trinquèrent en silence. Philippe grimaça de douleur lorsque l'alcool à quatre-vingts degrés – O'Connor recevait tous les mois, d'un copain chef de police d'une petite ville de la Georgie, une bouteille de *Jack Daniel's* – effectua dans son estomac une percée sur tous les fronts. Il n'avait pas dîné, la veille, et les deux bières ingurgitées en compagnie de Samuel Munger, au début de la nuit, n'étaient pas encore tout à fait digérées. L'alcool venait de brûler ses dernières réserves en calories; il sentit que la faim se manifesterait bientôt et qu'il devait se mettre quelque chose sous la dent, très rapidement, au risque de se voir aux prises avec une migraine de tous les diables!

Donald O'Connor et Charles Compton échangèrent un regard. Le chef de la police sembla quêter l'appui de son subordonné avant de s'adresser à Philippe. L'inspecteur haussa les épaules.

—Ce gars est sûr, patron. Il a toujours respecté sa parole. Je crois qu'on peut se fier à lui.

Compton versa encore un peu de whisky dans son verre et, fataliste, ajouta:

—De toute façon, au point où nous en sommes...

Donald O'Connor se servit à son tour; après que Philippe eût refusé de suivre son exemple et celui de l'inspecteur, il alla ranger la bouteille de *Jack Daniel's* dans le tiroir d'un classeur.

—Une toute petite question avant de commencer, Philippe. Depuis combien de temps connaissez-vous Rosalie Richard?

—Quelques jours, guère plus. Nous nous sommes rencontrés par hasard, à Saint-Michael.

—Tous les deux, vous paraissez plutôt en bons termes pour des gens qui viennent tout juste de faire connaissance.

—C'est comme ça...

Les traits du chef de la police se détendirent.

—Vous avez raison, cela ne me regarde pas.

Donald O'Connor s'adossa. Philippe fit de même, impatient d'entendre les confidences du policier. Il y eut quelques secondes de flottement pendant que ce dernier mettait un peu d'ordre dans l'amas de documents entassés sur son bureau. La surface du meuble était en bonne partie cachée par plusieurs dossiers à couverture marron. Philippe entrevit une photographie qui avait glissé d'une enveloppe. Le cliché, en noir et blanc, représentait l'hôpital Prince-Albert. D'après l'angle de plongée, le photographe avait dû travailler à partir d'un hélicoptère ou d'un petit avion de tourisme.

—Le type qui a essayé de tuer Rosalie Richard et le tueur de Prince-Albert ne font probablement qu'une seule et même personne. Bien que la manière d'opérer, cette nuit, diffère de celle employée il y a quatre mois, nous sommes presque certains de ce que nous avançons.

Du regard, Donald O'Connor encouragea Charles Compton à poursuivre. Ce dernier, qui ne semblait réellement à l'aise que debout, se leva, contourna la chaise qu'il venait de quitter, puis appuya ses mains aux doigts boudinés sur le dossier de métal. Il parut se concentrer quelques instants puis, enfin, se mit à parler.

—Plusieurs raisons militent en faveur de cette hypothèse. L'agresseur a appelé mademoiselle Richard par un diminutif de son prénom; il lui a également dit qu'*il était celui qu'elle attendait*. Enfin, ce salaud semble parfaitement au courant des allées et venues de la jeune femme. Cela signifie probablement qu'il ne l'a pas lâchée d'une semelle depuis l'été dernier.

Philippe ouvrit la bouche, dans l'intention manifeste d'interrompre l'inspecteur. Donald O'Connor réagit immédiatement, avant que le journaliste ait pu prononcer une seule parole.

—Il n'est nullement nécessaire d'insister, Philippe. Nous

avons commis une erreur qui vient d'avoir des conséquences tragiques. Jamais nous n'aurions dû abandonner Rosalie Richard à son sort... On repart à zéro, voilà tout. Cette fois, je vous jure que nous aurons le dernier mot!

La porte du bureau s'ouvrit sur Esther Courtney. L'irruption mit un terme à la tirade du chef de la police avant que celle-ci ait pu prendre véritablement son envol. La jeune femme, se rendant compte qu'elle interrompait une discussion un peu vive, n'osa pas s'aventurer plus avant dans le bureau de son supérieur. Agacé, celui-ci demanda:

—Qu'y a-t-il, Esther?

—Rosalie et moi sommes à la cafétéria et...

—C'est bon. Nous n'en avons plus pour très longtemps. Dites à mademoiselle Richard que Philippe ira la rejoindre dans quelques minutes.

Avec une lenteur désespérante et calculée, une aube grise et sinistre, cadrant bien avec les propos que venaient d'échanger les trois hommes, prenait forme derrière les fenêtres du bureau. Le bruit de la circulation sur la voie rapide longeant le Q.G., jusque-là pratiquement inexistant, commençait à s'amplifier. En provenance de la Kounak, une mouette criarde vint frôler de ses ailes les murs de l'édifice, amenant avec elle une odeur d'algues en décomposition qui ne put trouver son chemin jusqu'à l'intérieur du bureau de Don O'Connor. Quelque part dans cette ville un tueur rôdait, que personne ne pouvait arrêter, et qui paraissait décidé à frapper n'importe où, n'importe quand. Philippe se sentait nauséeux, prêt à céder à la migraine. Le goût épais du whisky encore présent dans sa bouche présageait un début de gueule de bois, lui-même précurseur d'une sale journée.

Charles Compton, que le cri de la mouette avait tiré de sa somnolence, semblait réfléchir à voix haute.

—Rosalie Richard a eu de la chance, beaucoup de chance. Ne la voyant pas arriver devant l'entrée principale, le docteur Ballard a décidé d'aller voir ce qui se passait du côté du hall réservé au personnel. Le pauvre gars a dû faire irruption derrière le tueur juste au moment où celui-ci se préparait à régler son compte à la jeune femme. Ce n'était pas son jour... Il a reçu à bout portant deux balles de gros calibre, probablement du 357. L'analyse balistique arrivera cet après-midi, on verra bien.

—Et l'autre type?

Compton regarda son chef, en quête d'une nouvelle approbation. O'Connor indiqua à l'inspecteur qu'il pouvait poursuivre.

—C'est là que ça se gâte vraiment, Philippe. Le gars s'appelle Edgar Bourne; ses copains le surnomment *Sac d'os*. Trois projectiles l'ont cueilli en pleine poitrine. La mort a été instantanée.

L'inspecteur s'interrompit, le temps de glisser une Du Maurier entre ses lèvres. Exhalant par le nez et la bouche un imposant nuage de fumée, qui eut pour effet d'accentuer la migraine de Philippe, Compton reprit le fil de son récit. O'Connor, quant à lui, profitant de l'interruption, s'était levé pour prendre la direction du classeur; affichant clairement ses intentions, il revenait vers le centre de la pièce en tenant à la main la bouteille de *Jack Daniel's* à moitié vide. Philippe eut un haut-le-cœur qu'il s'efforça de contrôler...

—*Sac d'os* a été coffré à trois reprises pour exhibitionnisme. Cette fois, je crois qu'il a baissé son pantalon une fois de trop! Bourne avait garé sa Camaro près de la voiture du docteur Ballard. Trop occupé à se dévêtir, je suppose qu'il n'a rien vu de ce qui se passait à l'entrée du personnel. Quand Rosalie Richard a rappliqué en courant, il a tout de suite flairé la bonne affaire; il a baissé son froc sans savoir qu'un autre type avait levé la même proie.

Compton tira à fond sur sa cigarette puis, conclut, cynique:

—Encore un salaud de moins...

—Vous croyez que le tueur a descendu Edgar Bourne dans le but d'éliminer un témoin gênant?

O'Connor répondit à la place de l'inspecteur, occupé à se curer le nez.

—Je ne crois pas, même si cette hypothèse nous a semblé un moment tentante. Rosalie Richard affirme que le visage du tueur était dissimulé derrière un bas de nylon. Bourne est mort parce que son assassin a décidé qu'il en serait ainsi. Il s'agit d'un acte gratuit.

Les deux policiers se turent. Compton écrasa son mégot dans un cendrier déjà plein, tandis que Don O'Connor, les mains croisées sur son ventre plat, méditait les yeux mi-clos sur ce qu'il venait de dire. *Rien d'autre*, interrogea Philippe, en se levant? L'esprit barbouillé par l'alcool et la fumée, ne résistant qu'avec un succès mitigé à la fatigue accumulée et à l'atmosphère lourde imprégnant les lieux, il arrivait à la porte du bureau quand O'Connor y alla d'une remarque qui l'incita à retarder son départ.

—Vous n'avez pas tout entendu.

Le chef de la police se tourna vers Charles Compton, tendant dans sa direction quatre photographies en couleur grand format. L'inspecteur s'empara des documents sans se donner la peine d'y jeter un coup d'œil.

—Allez-y, Compton, qu'on en finisse. Je suis vanné et j'aimerais dormir deux ou trois heures avant de reprendre le collier.

—Regardez ces corps, Philippe. C'est plutôt moche, vous ne trouvez pas?

Les photographies avaient été prises par le service d'identité judiciaire et devaient appartenir à la série sur laquelle Samuel Munger avait planché. Les cadavres étaient ceux d'individus de sexe masculin. Le fait était d'autant plus évident que les testicules des victimes avaient été enfouies dans leur bouche.

—Prince-Albert. Juillet dernier.

Les mots claquèrent comme un coup de fouet dans le bureau. Les deux policiers restèrent sans voix. En même temps, ils demandèrent, abasourdis:

—Qu'est-ce qui vous permet d'affirmer une chose pareille?

Philippe leur parla de son voisin, Samuel Munger. La physionomie de ses interlocuteurs s'éclairait à mesure qu'il leur précisait les hypothèses de l'ancien flic. C'était maintenant à son tour de surprendre les policiers; il n'était pas sans éprouver un malin plaisir à agir comme il le faisait et de leur prouver, ainsi, qu'il était digne de confiance. Lorsque Philippe fit état de la similitude existant entre le massacre de l'*Interstate* 91 et celui de Prince-Albert, Don O'Connor et Charles Compton se mirent à jurer à l'unisson. Une fois calmé, le chef de la police remarqua:

—Je ne savais pas que Sam habitait près de chez vous.

—Eh bien! c'est chose faite maintenant.

Compton remarqua, ironique:

—Vous semblez encourager les confidences, ces derniers temps, Philippe.

—Il faut croire que j'ai une tête de confesseur.

Les deux flics échangèrent un regard qui en disait long sur leur état d'esprit. Philippe crut bon d'ajouter:

—N'en voulez pas à Samuel de s'être confié. À lui aussi j'ai promis d'être discret. Je pense qu'il a pris trop à cœur l'affaire de Prince-Albert, il avait besoin de relâcher la pression, c'est tout.

Charles Compton lança plus qu'il ne déposa sur le bureau de son chef les photographies que ce dernier lui avait tendues. Il se mit à arpenter la pièce à longues enjambées, cherchant l'inspiration en se massant vigoureusement les tempes.

—Nous avons établi un lien entre ce qui est arrivé cette nuit à Saint-Michael et les meurtres de Prince-Albert en nous basant sur un autre fait, Philippe.

Compton s'interrompit, porta son regard vers l'aube grise et lâcha, tout d'une traite:

—Le tueur a laissé une signature sur laquelle il est impossible de se méprendre... Bourne a été charcuté, lui aussi. On l'a découvert avec ses bijoux de famille enfoncés dans la gorge!

Assez curieusement, Philippe s'attendait à quelque chose dans ce genre-là. Depuis quelques heures, les événements se bousculaient et s'emboîtaient trop bien pour qu'il demeurât plus longtemps indifférent à ce qui se produisait; il avait l'impression d'avoir été choisi pour accomplir une mission dont le sens véritable, sans lui échapper complètement, était toutefois difficile à cerner. Il y avait eu d'abord sa première rencontre orageuse avec Rosalie Richard et les suivantes, qui, très rapidement, avaient évolué dans une direction dont il commençait à percevoir les contours. Était-il possible que le destin, en le rapprochant de la jeune femme, fût en train de lui adresser un signal qu'il ne pouvait interpréter, mais dont la signification ne tarderait pas à lui être livré? Les révélations de Samuel Munger étaient venues sceller cette union et voilà que, maintenant, il se trouvait dans l'œil du cyclone. Entre-temps, il avait entrepris de faire la paix entre l'homme qu'il était devenu et l'enfant qu'il aurait voulu être. La mort d'Émilie Ritter ne hantait plus son subconscient. Une idée un peu folle lui traversa l'esprit. Il ne croyait pas vraiment à la réincarnation, ce qui ne l'empêchait nullement, comme tous ses contemporains tentés par un spiritualisme renouvelé, de jongler quelquefois avec ce concept audacieux. Et, en cet instant précis, il s'interrogeait sur ce que représentait l'irruption de Rosalie Richard dans sa vie. Cette femme à la beauté diaphane, qui semblait si fragile en apparence, n'était-elle pas, en quelque sorte, une émanation de la Princesse de son enfance? Le destin ne lui accordait-il pas une seconde chance en plaçant l'infirmière sur sa route? Peut-être possédait-il vraiment l'étoffe d'un *Docteur Wassel*, après tout... Il sourit pour lui-même, à la fois séduit par cette possibilité et terrorisé par ce qu'elle sous-entendait. Car, si tel était le but poursuivi par le destin, cela impliquait qu'il devrait affronter, en même temps que Rosalie Richard, une épreuve terrible dont nul ne pouvait prédire l'issue.

Derrière lui, il entendit O'Connor ordonner à Charles Compton de se rendre immédiatement chez Samuel Munger et de rappliquer avec l'ancien flic en quatrième vitesse. Le chef de la police de Beaumont, comme bien des gens à partir de ce matin-là, n'aurait guère le temps de récupérer.

***

Karl Wosniak était perplexe et une trouille épouvantable le torturait, au point de l'empêcher de respirer correctement; il avait l'impression d'avoir été dépassé par les événements. Conséquence directe de l'état d'esprit dans lequel le plongeait sa peur, il craignait de ne pas être en mesure de réagir adéquatement si les circonstances exigeaient une action rapide de sa part. *Je suis un incorrigible idiot! Quel imbécile je fais!* Depuis dix minutes, il s'adressait un chapelet d'insultes, espérant peut-être, ainsi, enrayer la marche du destin. Désormais, il savait ce que signifiait l'expression marcher sur des sables mouvants! À tout instant, le sol risquait de se dérober sous son pas incertain, sans qu'il puisse faire quoi que ce fût pour corriger la situation terriblement délicate dans laquelle il s'était fourvoyé.

Il n'aimait pas se sentir dans cet état de peur proche de la panique. Il regarda ses mains. Elles tremblaient. Quelques poils noirs indisciplinés se tordaient sur la peau plissée des jointures; les ongles, mal entretenus, étaient bordés de noir et certains, rongés à outrance, avaient presque disparu, laissant la place à une callosité boudinée et luisante. Il se sentait vieilli, usé, inutile. Un peu de rancœur et beaucoup de tristesse se mêlèrent à son désarroi. Emprisonnant son menton entre le pouce et l'index de sa main droite, il frotta doucement cette partie de son visage, à la recherche d'une solution au problème dont les principaux éléments avaient été élaborés par nul autre que lui. Distrait par l'anarchie qui, peu à peu, s'était installée à l'intérieur de la cellule invisible dans laquelle son esprit avait trouvé refuge, il se demanda, inquiet, si son air égaré avait attiré l'attention; un bref regard à la ronde le rassura. Personne ne s'intéressait à lui. Il considéra un instant la possibilité de disparaître sans laisser de traces, de tout plaquer et de quitter Beaumont définitivement. Robert Caine ne le regretterait pas et Madame Wosniak se consolerait rapidement, voilà qui ne faisait aucun doute. Mais lui, Karl Wosniak, trouverait-il la paix en s'enfuyant? Il ne suffisait pas de tourner le dos au présent pour établir un clivage entre le passé et le futur, encore fallait-il s'accepter tel que l'on avait été façonné. Il chassa loin de son esprit la pensée d'un grand Maître de l'univers, ultime recours des hommes et seule entité éternelle habilitée à juger le comportement des pécheurs. Il ne se faisait pas à l'idée qu'après sa mort il devrait affronter une justice connaissant tout de ses antécédents et de ses pensées les plus secrètes... Il se réfugia derrière le bouclier de son athéisme, à la recherche d'un réconfort utopique.

Les gens qui prenaient place autour de lui semblaient appartenir à un monde désormais inconnu, étrange, un monde en noir et blanc au sein duquel il ne pourrait plus jamais s'intégrer. Des rires se mêlaient aux éclats de voix, des gens au visage anonyme de gratte-papier, vêtus de vieilles fripes, se racontaient des histoires de boulot et de filles faciles; d'autres parlaient en mal de leur patron et, dans le même souffle, se plaignaient de l'égoïsme de leurs enfants, des dépenses inconsidérées de leur femme et insistaient, enfin, pour égratigner les politiciens et les erreurs de l'entraîneur présidant aux destinées de leur club de hockey préféré. Trois femmes assises près de là, des vendeuses d'un *JC Penney* à en juger par le badge qu'elles portaient sur leur volumineuse poitrine, exprimaient des points de vue différents sur l'attitude des hommes à leur égard. La vie, malgré le peu d'intérêt que l'humanité lui portait, suivait banalement son cours, offrant en vrac au tout-venant ses petites mesquineries quotidiennes. En admettant qu'il ait déjà fait partie de cet univers impersonnel avec lequel il ne partageait plus aucune affinité, peut-être pourrait-il, un jour, faire valoir ses droits à une existence certes un peu terne, mais qui lui convenait parfaitement? Qui sait si le destin, beau joueur, n'était pas près de se montrer généreux? Peut-être le sort se préparait-il à faire marche arrière et à effacer d'un seul coup de brosse les erreurs de son passé, toutes recensées avec soin sur le tableau noir de sa vie? Il savait que pareil traitement de faveur était plutôt rare, qu'il ne le méritait absolument pas et que, à bien y penser, il avait cherché ce qui lui arrivait. Le bruit des conversations se confondit dans son esprit avec un bourdonnement profond et régulier qui n'était pas sans rappeler celui d'une rame de métro qui fonce à cent à l'heure sous terre. Oublier tout cela, repartir à zéro. Non, c'était impossible. Pourtant, la journée avait plutôt bien commencé...

En arrivant au journal très tôt ce matin-là – comme d'habitude, il n'avait pas pris la peine d'écouter la radio après s'être levé, car la publicité criarde et racoleuse, particulièrement à l'heure du petit déjeuner, le rendait de mauvaise humeur – il s'était presque buté le nez sur un Paul Francis mal rasé et le cheveu en désordre, visiblement débordé. Le chef de pupitre ne s'était pas attardé en salutations superflues; le crayon coincé entre les dents et dans un style télégraphique, il lui avait annoncé que deux types venaient d'être assassinés dans le stationnement de l'hôpital Saint-Michael. L'œil gonflé par le manque de sommeil. Paul Francis gardait une oreille attentive aux informations diffusées à ce sujet à la radio, tandis que ses doigts couraient sur le clavier du téléphone avec l'agilité d'une sténographe affectée à la cour. Grâce à son intervention hâtive, tous les photographes disponibles avaient été lancés sur l'affaire; il restait au chef de pupitre à rejoindre Philippe Lambert... ce qu'il essayait de faire sans succès depuis près d'une heure! Contenant difficilement son impatience, Paul Francis, en jetant un dernier regard à son patron, avait posé lourdement le combiné du téléphone sur son socle. En tournant les talons pour gagner son bureau, Karl Wosniak avait cru lire un juron sur les lèvres de son subordonné.

Dès onze heures, tous s'étaient rendus compte que quelque chose d'extraordinaire était en train de se dérouler. La salle de rédaction, déjà bondée de reporters, ressemblait à un souk. Les marchands de rumeurs se recrutaient même jusque dans la section sportive réputée pour ne montrer qu'un intérêt mitigé pour tout ce qui ne concernait pas le hockey ou le baseball! Personne ne s'était fait prier pour établir un lien entre le double assassinat de Saint-Michael et ceux de Prince-Albert, même si aucun indice ne permettait encore de croire à pareille éventualité. Les hypothèses les plus farfelues circulaient à propos des victimes et de leur assassin. Cul-Nerveux, cynique et persuadée que le tueur récidiverait le jour même, avait voulu parier sur cette possibilité avec Louis Craig. Le billet de vingt dollars que la journaliste agita sous le nez de son camarade ne fut pas suffisant pour convaincre ce dernier. Ce n'était pas tant parce qu'il craignait d'être accusé à son tour de cynisme qui empêchait Louis Craig de tenir le pari... il était tout simplement fauché et il ne voulait pas que cela se sache.

L'atmosphère était saturée de tension et, à certains égards, rappelait les terribles moments qui avaient suivi, quatre mois auparavant, le massacre de Prince-Albert. Mais, cette fois, quelque chose de différent venait brouiller les cartes, quelque chose de terriblement inquiétant et, en même temps d'incroyablement... attirant. À leur insu, les journalistes en train de spéculer sur les motivations du tueur inconnu étaient tous influencés par leur instinct. Habitués à communiquer leurs impressions à travers les articles qu'ils écrivaient et, plus encore, à s'intégrer au rythme de la communauté dont ils étaient les témoins et les souffre-douleur, les journalistes du Reporter réagissaient plus rapidement que ceux qu'ils avaient la responsabilité d'informer. Même si elle ne se rendait pas compte de ce qui se passait vraiment, la joyeuse bande d'individus cyniques et indisciplinés qui essaimait dans la salle de rédaction, en cette fin de matinée agitée, commençait à comprendre que Beaumont ne serait plus jamais la gentille petite ville qu'elle avait toujours été. Les plaisanteries douteuses ou d'une méchanceté avouée cachaient la peur de l'inconnu. Un tueur rôdait dans la ville, un vampire venu du fond des âges exigeait sa ration de sang. Clichés que tout cela? Terreurs d'enfant qui, soudain, resurgissent à l'âge adulte?

Derrière le masque de détachement qu'ils s'étaient composés, les journalistes du Reporter cherchaient surtout un réconfort collectif; trop orgueilleux pour avouer leurs faiblesses, ils préféraient jouer aux durs alors que la peur commençait à triturer leur ventre.

Assis derrière son bureau, Karl Wosniak, en levant les yeux des photographies en couleurs prises sur le stationnement de l'hôpital Saint-Michael, avait aperçu Philippe Lambert au centre de la salle de rédaction. Talonné de près par Paul Francis, le journaliste avançait sans se presser dans sa direction. Le chef de pupitre, de toute évidence, essayait de convaincre son confrère du bien-fondé d'une argumentation dont le sens, étant donné la distance, demeurait incompréhensible. Intrigué par l'attitude des deux hommes, Karl Wosniak avait décidé de remettre à plus tard l'analyse des clichés dont la facture, plutôt quelconque, ne méritait guère une première page. Excepté une tache sombre, probablement du sang figé par le froid, les photos ne révélaient rien d'autre que des portions d'asphalte fissuré et des inspecteurs isolés au centre d'un cordon protecteur de couleur jaune, sur lequel apparaissait l'injonction *Police*, *défense de circuler*.

Une fois devant le rédacteur en chef, Philippe Lambert, d'un geste sans réplique de la main, avait imposé le silence à Paul Francis qui s'était tu de mauvaise grâce. Comme si elles n'avaient attendu que ce signal pour se manifester, plusieurs sonneries de téléphone s'étaient interpellées dans la salle de rédaction, tandis qu'un photographe et un journaliste, en train d'échanger des paroles aigres-douces à propos de ce qui semblait être une peccadille, s'envoyaient mutuellement en enfer. Philippe n'avait pas perdu de temps. À peine assis, il s'était informé de la possibilité d'être mis en disponibilité pour une période de deux semaines, peut-être davantage avait-il ajouté, sous le regard perplexe et profondément désespéré de Paul Francis.

En faisant en sorte de cacher son enthousiasme, Karl Wosniak avait répondu par l'affirmative à la demande de son journaliste. Certes, le moment n'était guère choisi pour s'éloigner du journal pendant deux semaines, avait fait remarquer, hypocrite, le Curé. Toutefois, pour faire bonne mesure, il s'était empressé de préciser qu'il trouvait raisonnable que Philippe Lambert ressente le besoin, à ce moment crucial de sa carrière, de prendre ses distances avec le travail. Bien que Paul Francis ait manifesté un vif désaccord, Karl Wosniak avait décidé que Louis Craig se chargerait de l'affaire de l'hôpital Saint-Michael durant l'absence de Philippe.

Les deux hommes avaient quitté son bureau dix minutes après y être entrés. La mauvaise humeur de Paul Francis, visible, n'avait pas semblé affecter outre mesure Philippe Lambert. Heureux de la tournure des événements, Karl Wosniak s'était dit que Robert Caine ne manquerait pas d'être rassuré par la décision du journaliste... Les choses avaient commencé à se gâter réellement à partir de midi, alors que le propriétaire du Reporter, par la voix de sa secrétaire, l'avait informé qu'il désirait le rencontrer, sans faute, à une heure trente cet après-midi-là. Toujours aussi méfiant, Karl Wosniak s'était demandé ce que cette convocation inopinée pouvait cacher. Peut-être Robert Caine désirait-il obtenir des informations de première main sur ce qui s'était déroulé, la nuit précédente, dans le stationnement de l'hôpital Saint-Michael? Il arrivait, occasionnellement, que le patron convoque son rédacteur en chef pour obtenir des détails croustillants sur des affaires que le Reporter ne pouvait rendre publique, étant donné l'impossibilité d'obtenir des confirmations ou encore parce que certains faits étaient trop atroces pour être étalés dans les colonnes du journal. Lorsque les circonstances l'exigeaient, le Curé se faisait un plaisir de tout révéler au patron, en rajoutant même au passage. C'était, de loin, le genre de relation sans lendemain que Karl Wosniak préférait entretenir avec Robert Caine.

Peu à peu cependant, l'inquiétude et la perplexité avaient succédé à l'assurance; et la peur, de manière sournoise et hypocrite, s'était collée à ses pas sans qu'il puisse parvenir à s'en défaire. Il avait l'impression d'avoir été arrosé par un putois dissimulé derrière une roseraie, alors qu'il tendait la main pour cueillir un pétale, sur le sol!

Assis, seul, à l'angle du comptoir d'un casse-croûte sans personnalité, situé à deux pâtés de maisons de l'édifice du Reporter et proposant ses néons fatigués aux passants peu fortunés, le Curé se laissait gagner par une énorme panique. Cela avait d'abord commencé par une nausée agaçante et de plus en plus insidieuse, à mesure que les suppositions s'imbriquaient parfaitement les unes dans les autres pour donner un tableau peu réjouissant dont son visage occupait le centre. La certitude d'avoir commis une gaffe épouvantable s'était installée dans son esprit, détruisant systématiquement les arguments dont il s'était rassasié après le départ de Philippe Lambert. Ce triple salaud avait une idée derrière la tête et lui, Karl Wosniak, tout Curé qu'il fût, venait de se faire emballer comme un débutant!

Autour de lui, les conversations, il fallait s'y attendre, avaient fini par converger vers un seul sujet, c'est-à-dire le double meurtre de la nuit précédente et la possibilité que l'assassin fût le même qui avait frappé à Prince-Albert. Avec un peu de retard, les Beaumontais arrivaient à la même conclusion que les journalistes du Reporter. Le fait qu'aucun indice sérieux ne fût encore venu étayer cette hypothèse ne changeait rien à la force des argumentations. Les gens, en suivant une logique dont ils étaient les seuls à comprendre les rouages, avaient décidé que les deux drames ne devaient faire qu'un. *Ainsi naissent et meurent les rumeurs*, songea Karl Wosniak, qui se fichait pas mal de toutes ces histoires de tueur psychopathe et de massacres prémédités. Il n'avait qu'une seule idée en tête, qui se résumait à peu... comment pourrait-il se sortir du pétrin dans lequel il s'était fourré?

Ce casse-croûte miteux n'attirait pas les journalistes et les gens évoluant dans leur sillage; il était donc toujours certain d'y trouver la solitude dont il avait besoin pour analyser une situation sous toutes ses coutures. Lorsque, en quittant le Reporter une demi-heure plus tôt, ses pas l'avaient conduit là, sans même qu'il ait songé à se rendre ailleurs, il s'était dit que quelque chose ne tournait pas rond. Malheureusement, cette appréhension s'était confirmée d'une manière qui ne laissait planer aucun doute sur l'entourloupette dont il venait d'être victime. Comment allait-il expliquer cette bavure à Robert Caine?

Philippe Lambert s'était payé sa gueule, sans y mettre le moindre effort et de la manière la plus naturelle qui fût. Comment avait-il pu abattre ses défenses avec autant de rapidité devant la manœuvre du journaliste, une manœuvre d'une simplicité si désarmante qu'il n'y avait vu que du feu? Il aurait pourtant dû se méfier de ce gars-là et prévoir qu'il ne laisserait jamais tomber deux meurtres, à moins d'avoir une sacrée bonne raison pour agir de la sorte!

Une raison qui, il l'aurait parié à cent contre un, devait ressembler à cette damnée petite tapette de Patrick Ashley!

Il fixa le hamburger à peine entamé dans son assiette et les frites imprégnées d'une huile grasse et épaisse qui l'accompagnaient. Son voisin de gauche, un adolescent boutonneux et exubérant, le poussant du coude, indiqua du menton la bouteille de ketchup aux trois quarts vide trônant, impassible comme la tour de Londres, juste en face de lui. Il poussa le contenant dans la direction du jeune homme, sans que celui-ci le remerciât. La faim l'avait définitivement abandonné et, à la pensée de devoir avouer sa bévue au propriétaire du Reporter dans moins de vingt minutes, il se sentait devenir pâle.

Sur le chemin du retour, indifférent aux gens qui le croisaient, il se surprit à rêver d'une vie sans complications, de laquelle tous les Robert Caine de la terre seraient exclus. Bientôt, pourtant, l'espèce de léthargie qui s'était emparée de lui céda la place à un désir de violence surprenant par sa force. L'esprit assailli par des idées de meurtre, il continua d'avancer sans se presser. L'envie de se payer un carton sur quelques représentants de la race humaine marchant à sa hauteur, au lieu d'éveiller son inquiétude, le fit sourire. Décidément, il avait besoin de repos.

Karl Wosniak commençait à regretter d'avoir placé sa confiance et son âme entre les mains du Diable. Il était trop tard pour rebrousser chemin. Il n'existait aucune issue possible et le prix à payer pour présenter humblement une demande de désengagement serait beaucoup trop élevé. La meilleure solution était encore de faire face, même s'il avait l'impression de marcher vers le peloton d'exécution!

***

Tante Irma avait quitté la chambre sur la pointe des pieds, croyant son hôte endormie. La porte de bois clair émit une plainte discrète en se refermant. Une fois seule, Rosalie avait poussé le gros édredon de duvet au pied du lit et, les mains croisées sous la nuque, s'était mise à admirer les fresques naïves peintes à même le plafond. Au centre, des chasseurs de caribou à l'affût, accompagnés de leurs guides indiens, attendaient le passage de leur proie; celle-ci, loin de se douter du sort qui l'attendait, dévorait à belles dents une platée de nénuphars visiblement tendres, à quelques centimètres du manteau de la cheminée. Les angles étaient occupés par des pêcheurs de truite et des volées d'oies blanches. Les couleurs pastel, joliment défraîchies par le temps, donnaient un air nostalgique aux scènes représentées avec un étonnant souci de réalisme. Luxuriante, la nature ressemblait plus à la jungle amazonienne qu'à un paysage nordique. Rosalie était restée ainsi, jusqu'à ce que le feu, qui crépitait dans l'âtre avec une étonnante vigueur, remplisse la pièce d'une chaleur veloutée. L'arôme de la gomme de sapin en train de se consumer fit naître dans ses reins un frisson de plaisir. Elle se sentait bien, presque heureuse, remplie d'une plénitude qu'elle n'avait jamais éprouvée jusqu'à ce moment. Philippe Lambert avait été d'une extrême gentillesse, insistant pour la conduire là, plutôt que dans un hôtel du centre de la ville. Tante Irma, une grosse femme sympathique aux traits sévères, avait le regard bleu et le cheveu blond des gens d'origine germanique; elle était l'unique propriétaire de cette petite auberge au cachet rustique, construite au début du siècle sur une hauteur en forme de mamelon dominant la Kounak. Retiré à une trentaine de kilomètres au nord de Beaumont, dans le cours supérieur de la rivière, l'établissement était cerné de toutes parts par une épaisse forêt d'épinettes et de sapins aux troncs recouverts de mousse. Un sentier étroit et accidenté, d'une centaine de mètres de longueur, entretenu avec soin l'été par un jardinier qui semblait aussi vieux que les murs de l'auberge, menait de la véranda à une plage de galets et de cailloux; ces derniers, arrondis par le cycle de la montée des eaux qui, chaque printemps, grossissait à cet endroit le lit de la Kounak, formaient sur la berge des figures géométriques ressemblant, de loin, aux alvéoles d'une ruche.

Rosalie ne s'était pas attendue à ce que le calme la gagne de façon aussi rapide. Elle goûtait pleinement au cadre parfaitement bucolique des lieux, sursautant à peine lorsque l'un des deux policiers de faction, en-bas dans la salle à dîner, gravissait lourdement les marches conduisant au premier pour vérifier si tout allait bien. Elle se félicitait de son attitude qui lui permettait, encore une fois, de faire face à la situation sans se laisser emporter par la peur.

Escortés par une paire de voitures de la police, ils avaient franchi le portail de l'auberge peu après sept heures ce matin-là; d'humeur chagrine, le soleil paraissait décidé à passer la journée derrière un mince rideau de nuages gris d'une morosité tout hivernale. Avant de quitter Beaumont, Philippe avait pris la précaution de téléphoner à tante Irma pour la prévenir qu'il arrivait, qu'elle ne devait pas s'inquiéter de la présence des policiers, qu'il lui expliquerait tout une fois sur place. Fermée de novembre à avril, l'auberge, selon ce qu'avait affirmé Philippe, était un lieu de retraite idéal pour quiconque fuyait la compagnie des importuns...

Il apparut vite à Rosalie que tante Irma et Philippe étaient loin d'être des étrangers l'un pour l'autre. Une amitié complice, que l'on remarque habituellement chez les gens du même âge qui se connaissent depuis de très longues années, semblait unir la forte femme et le journaliste encore jeune. Lorsque ce dernier avait pénétré dans l'auberge, tante Irma, se hissant sur ses jambes un peu courtes, avait emprisonné le visage de son visiteur entre ses mains au doigts massifs et, en riant très fort, avait collé deux baisers sonores sur ses joues. Philippe, un peu confus par cette démonstration d'affection, avait souri à tante Irma; la serrant très fort dans ses bras, il avait chuchoté quelques mots à l'oreille de la grosse femme; l'hilarité de celle-ci s'était accentuée pour décroître tout à fait lorsqu'elle s'était rendue compte, en observant les policiers inspectant les pièces du hall, qu'il se passait quelque chose de grave.

Tante Irma, une fois revenue de ses émotions, avait gentiment grondé Philippe pour sa négligence – il ne passait plus que rarement par là, avait-elle dit, sur le ton du reproche affectueux – puis, en jetant un regard plein de sollicitude en direction de Rosalie, elle avait saisi la main de la jeune femme, entraînant celle-ci dans la cuisine malgré ses protestations polies.

L'odeur du café, des œufs frits au bacon et du pain en train de rôtir à même la surface polie du Bélanger costaud, occupant à lui seul une bonne partie de la pièce, avait réveillé l'estomac de Rosalie; avec un appétit non déguisé, elle avait fait honneur à la cuisine matinale de son hôtesse, oubliant pendant quelques bienheureux instants les événements tragiques des heures précédentes qui marquaient, elle ne le savait que trop bien, le début d'un second cauchemar, peut-être pire que le premier. Une vingtaine de minutes après son arrivée dans la cuisine, alors que tante Irma la réconfortait du mieux qu'elle pouvait en l'entretenant de sujets sans importance, Philippe, suivi des gardes du corps, l'avait rejoint. Rosalie venait de terminer son petit déjeuner et, sentant revenir son assurance, elle avait accueilli les trois hommes avec un sourire plein de chaleur. Durant tout le temps qu'il avait passé dans la cuisine, à deviser à propos de tout et de rien avec tante Irma et les policiers, le journaliste avait évité de croiser son regard, préférant répondre par monosyllabes à ses questions sur l'auberge et ses environs. Intriguée par cette attitude à première vue distante, Rosalie s'était demandée si elle n'était pas en train d'ennuyer Philippe mais, lorsqu'il était parti quelques minutes plus tard pour le journal, elle avait soudainement pris conscience des traits tirés et de l'air légèrement hagard de celui qui l'avait amené là. *Je dois présenter la même physionomie*, avait-elle songé, amusée, à la pensée que cet endroit devait accueillir habituellement des couples à l'allure plus décontractée... À travers la porte entrouverte de la cuisine, elle avait entendu Philippe expliquer à tante Irma la raison de leur présence dans l'auberge. Le monologue du journaliste n'avait pas été très long et avait pris fin sur un *Oh! mon Dieu, la pauvre petite!*, qui avait fait sourire Rosalie. Lorsque tante Irma était revenue dans la cuisine, elle s'était précipitée sur son invitée, prenant son visage dans ses mains comme elle l'avait fait pour Philippe. *Ici, tu es en sécurité, personne ne te cherchera des ennuis*, avait-elle dit à la jeune femme, avant de l'embrasser sur le front, comme l'aurait fait une mère heureuse de retrouver son enfant après une longue absence. Sans doute pour faire bonne mesure, les policiers avaient ajouté que tante Irma disait vrai, qu'ici, personne ne viendrait l'embêter et que, si ça se trouvait, eh bien! ils étaient là pour faire en sorte que tout se termine de la bonne façon!

Elle se leva. Le plancher était frais et le contact du bois vernis sous ses pieds avait un petit quelque chose d'excitant qui la troubla. Tante Irma avait insisté pour qu'elle lui confie l'uniforme souillé qu'elle portait, afin de le rafraîchir. Philippe, qui devait passer par son appartement après avoir parlé à Karl Wosniak, reviendrait avec des vêtements propres un peu plus tard dans la journée. Elle cacha sa nudité sous une couverture de fin lainage qu'elle avait trouvée dans un placard avant de se mettre au lit. Complètement détendue, elle alla s'asseoir sur une chaise grand-père; près de la fenêtre à carreaux, la berceuse semblait lui tendre les bras. Elle n'avait pas sommeil et voulait profiter du paysage avant de se remettre au lit.

Les arbres, serrés les uns contre les autres comme des grains de maïs sur l'épi qui les a vus naître, formaient une forêt d'une telle complexité qu'il était presque illusoire de penser pouvoir y pénétrer. Il y avait là des cèdres par milliers, très hauts et dont le tronc, massif et rectiligne, semblait contenir tous les secrets de la nature depuis le premier jour de la Création; des sapins, graves et recouverts de mousse, montaient la garde à l'orée de la forêt, qu'ils avaient pour mission de protéger contre les incursions des esprits maléfiques. Timides et pâles comme des fantômes la veille de la Toussaint, bouleaux et merisiers assistaient impassibles aux allées et venues des humains, qu'ils observaient de loin, de crainte de finir dans le cabanon abritant des intempéries le bois destiné au Bélanger. À moins de cinq mètres de la véranda, entre un lit de pierres noires comme l'œil d'une chouette et un bouquet d'aulnes indisciplinés, Rosalie aperçut un ruisseau dont les méandres capricieux, sitôt offerts à la vue du ciel, allaient se perdre sous les branches des sapins et des cèdres, tout proches. La neige, moins abondante ici qu'à Beaumont, n'avait pas encore recouvert entièrement le petit cours d'eau au chant mélancolique. En contrebas de ce paysage au profil inquiétant par l'aura de mystère qui s'en dégageait, mais aussi rassurant par le calme immémorial imprégnant chacun de ses éléments, Rosalie entrevit la Kounak. Étrangement lointaine, la rivière aux innombrables reflets attirait son regard, l'obligeant à concentrer son attention sur sa surface. Ici, dans ce lieu que le temps avait oublié, le cours d'eau n'avait pas encore pris la forme du fleuve qu'il deviendrait trente kilomètres en aval. De bonne grâce, Rosalie s'abandonna au charme ancien et à l'atmosphère presque surnaturelle dans laquelle l'auberge se blottissait, afin de mieux séduire les voyageurs égarés qui avaient la chance d'y trouver refuge. Par un curieux phénomène de mimétisme, le décor façonné par l'homme s'intégrait parfaitement aux harmonies de la nature pour devenir une oasis où le mal n'existait plus que dans sa forme la plus abstraite; là, dans cet endroit isolé, à la frontière d'un monde inconnu, chaque parcelle de vie s'ajustait à la multitude d'éléments réunissant les êtres et les choses en un tout indissociable. Rosalie ne s'était jamais sentie aussi bien, aussi en paix avec elle-même qu'en ce moment. Plus rien n'existait en dehors de ce royaume dont elle occupait le centre et qui la protégeait des incursions sauvages de la mort. Elle était reconnaissante à Philippe de l'avoir conduite chez tante Irma; grâce au journaliste, elle obtenait enfin le répit que lui faisait miroiter le destin depuis quatre longs mois.

Un écureuil, surpris par l'hiver et pressé de terminer ses emplettes, débarqua du tronc d'un sapin dans un sprint nerveux, haché. Le rongeur, après avoir touché le sol, hésita longuement sur la direction à prendre; il s'approcha prudemment de la véranda, tous les sens aux aguets, grimpa quelques marches puis, apeuré, fit brusquement demi-tour, pour revenir ventre à terre sur ses pas. Arrivé au pied de l'arbre qui devait abriter ses maigres possessions, il s'assit, regarda plusieurs fois à droite et à gauche; mû par quelque instinct propre à son espèce, il se décida enfin à gagner le couvert protecteur de la forêt. *Bonne chance, gentil écureuil*, dit à haute voix Rosalie, qui s'inquiétait du sort du petit mammifère au pelage roux.

La jeune femme se surprit à comparer sa propre situation à celle du rongeur. Comme cette pauvre bête sans défense, elle devait se méfier des prédateurs et ne compter que sur les ressources offertes par un environnement hostile pour assurer sa survie. La police ne serait d'aucun secours dans la lutte qu'elle menait. Même Philippe Lambert, malgré la bonne volonté qu'il lui manifestait, ne pouvait l'aider. Dans la quiétude de ce lieu hors du monde auquel elle appartenait, Rosalie comprit que sa destinée reposait entre ses propres mains, qu'elle seule, et personne d'autre, ne possédait la solution du problème que lui posait le destin.

Le sommeil eut raison de sa fatigue. À son insu, ses nerfs se relâchèrent, ses paupières se fermèrent et elle sombra immédiatement dans le néant.

La poignée tourna lentement et le battant, timide, avança avec circonspection dans la pièce; la pointe noire d'une chaussure à semelle épaisse apparut dans l'entrebâillement ainsi créé. Contrairement à la fois précédente, les gonds ne protestèrent pas lorsque la porte, arrivée à mi-course, interrompit son mouvement giratoire. Hubert Ross, l'un des policiers affectés par Don O'Connor à la protection de Rosalie Richard, pénétra dans la chambre. Un cure-dent à demi rongé pendait mollement entre les lèvres du flic; prudent, celui-ci avait glissé la main à l'intérieur de son veston; ses doigts s'étaient refermés sur la crosse du Smith & Wesson de calibre 38, que tous les inspecteurs de la Brigade criminelle surnommaient par dérision le tire-pois, étant donné sa faible force d'impact.

Une lueur d'étonnement comportant une bonne part d'inquiétude apparut sur le visage d'Hubert Ross lorsqu'il aperçut le lit défait et vide. À tout hasard, le policier extirpa de son *holster* l'arme qu'il utilisait seulement les jours de congé pour faire des cartons sur des canettes de bière en compagnie d'Aaron, son fils de quinze ans. Contrarié à l'idée que la jeune femme, pour une raison inconnue, ait pu décider de fausser compagnie à ses anges gardiens, Hubert Ross étouffa le juron qui franchissait ses lèvres en même temps qu'il portait son regard vers la fenêtre. Là, dormant paisiblement dans une chaise grand-père, et cachée par l'angle que formait le mur à cet endroit, se trouvait l'apparition la plus touchante qui lui ait jamais été donné de voir.

La couverture de fin lainage avait glissé des épaules de Rosalie, dévoilant la partie supérieure de la poitrine; à peine ébauchée, la courbe d'un sein, suggérant des formes harmonieuses, presque parfaites, se perdait aussitôt dans le repli du tissu; les jambes, aux attaches d'une extrême finesse, dépassaient de la tunique improvisée; la couverture enserrait étroitement la taille de la jeune femme qui, ainsi parée, ressemblait à une elfe. La pâleur du visage, d'une délicatesse juvénile, était accentuée par des cheveux aussi noirs que la nuit, encore humides après avoir essuyé le jet purificateur de la douche. Les mains reposaient mollement sur les cuisses, paumes offertes dans l'attente qu'on y dépose un baiser. Appuyée sur le haut dossier de la chaise, la tête, enfin, s'inclinait dans une silencieuse interrogation, comme si le sommeil avait surpris la jeune femme alors que celle-ci méditait sur quelque étrange vérité dont elle seule connaissait le sens. Le jour incertain, en pénétrant avec prudence dans la pièce, apportait l'éclairage final nécessaire au maître qui, le premier, oserait transposer sur la toile ce témoignage incomparable de la beauté et de l'innocence. Hubert Ross, soudain conscient de violer l'intimité de celle qu'il avait pour mission de protéger, non sans regret, préféra s'éclipser en s'efforçant de ne pas faire de bruit. Avant de quitter la pièce, il vérifia si la fenêtre à battant était verrouillée. Cette formalité accomplie, il jeta un coup d'œil à l'extérieur, où la nature reposait dans un calme total. La chambre donnait sur un petit ravin qui plaçait cette partie de l'auberge à six mètres du sol. Personne ne pouvait pénétrer dans la chambre en passant par cette partie de l'auberge, à moins de pouvoir grimper aux murs comme une araignée. Rassuré, Hubert Ross fourra distraitement le Smith & Wesson dans son *holster*, puis se dirigea vers la porte sur la pointe des pieds.

Le flic avait tourné le dos trop rapidement à la fenêtre pour apercevoir le renard au museau rusé, en train d'enjamber avec précaution la partie du ruisseau longeant la ligne d'arbres formant l'avant-garde de la forêt. Dans sa gueule, étroitement serré entre ses puissantes mâchoires de carnassier, l'animal tenait le corps désarticulé d'un écureuil. Nul n'aurait pu dire s'il s'agissait du rongeur auquel Rosalie avait souhaité bonne chance ou de son frère, ou d'un inconnu... Derrière l'animal, les arbres se serraient frileusement les uns contre les autres comme si, soudain, ils n'étaient plus maîtres de leur environnement.

Un fort vent en provenance des étendues glacées, loin, très loin vers le nord, souffla sur l'auberge, jouant avec les bardeaux du toit et les volets aux extrémités mal fixés. Les murs gémirent. Derrière ses fourneaux, tante Irma fronça les sourcils, car il était inhabituel d'assister à pareil déchaînement de force, si tôt l'hiver. Dans le salon, Hubert Ross, qui pensait à Rosalie Richard, doubla sa mise. Il avait un *full* d'as en mains et il était visible que son partenaire bluffait.

Là-haut, seule avec ses rêves et ses peurs, Rosalie Richard dormait. Dans l'âtre, les flammes faiblirent jusqu'à disparaître tout à fait. Un fraîcheur relative s'installa, faisant frissonner la jeune femme dans son sommeil. Le mouvement, bien que léger, fit glisser la couverture, dénudant complètement son corps. Le vent, aussi subitement qu'il s'était manifesté, se calma. La forêt reprit ses droits. Le renard, après avoir cherché près du ruisseau un endroit où dévorer sa proie, opta enfin pour le ravin, juste au-dessous de la fenêtre derrière laquelle dormait Rosalie.

***

360

Le café goûtait la sciure de bois et la distributrice automatique d'où le liquide brûlant avait été tiré semblait avoir été récupérée au rebut. Une saleté repoussante recouvrait les parois de l'appareil et, là où les gobelets en plastique recevaient leur ration de thé, de consommé de bœuf ou de café, de longues traînées brunâtres s'élargissaient jusqu'au sol. Tenant compagnie à cette relique du passé, trois autres distributrices – cigarettes, confiseries et sodas – reluquaient le passant avec un enthousiasme relatif, qu'accentuaient leurs chromes dépolis par le temps.

La salle d'expédition du Reporter, avec ses imposants rouleaux de papier et ses barils d'encre répartis de façon anarchique entre les entassements de plaques d'aluminium servant à l'impression, ressemblait à un labyrinthe dont la disposition changeait chaque jour. Une odeur forte, mélange de produit décapant et de poussière en suspension, imprégnait les lieux; le modernisme aseptisé qui était devenu la marque de commerce des salles de presse des grands quotidiens n'avait pas encore fait son apparition au Reporter. Ici, il n'y avait pas de robots sur des rails guidés à distance pour transporter les rouleaux de papier jusqu'aux rotatives et les écrans d'ordinateur brillaient surtout par leur absence. Le travail s'effectuait avec du muscle et de la sueur, comme au temps de *Citizen Kane*... À cette heure de la journée, aucun employé n'était visible, seul le ronronnement régulier des distributrices venait rompre le silence monotone dans lequel reposait la vaste salle.

Philippe commençait à souffrir du manque de sommeil; de plus, la fatigue accumulée au cours des dernières heures de la nuit se transformait graduellement en mauvaise humeur... Lorsqu'il avait exigé de lui des explications, avant son départ du journal, Paul Francis avait clairement laissé entendre qu'il n'était pas question que Philippe s'en tire avec une pirouette, comme il avait l'habitude de le faire dans ces cas-là. Sans se consulter, les deux hommes, en quittant la rédaction, s'étaient dirigés vers la salle d'expédition, un endroit où ils étaient sûrs de pouvoir élever la voix sans crainte d'être dérangés. Paul Francis, refrénant à grand peine sa colère, déposa son verre sur une table servant d'établi aux préposés à l'entretien et, sans sommation, ouvrit le feu.

—C'est moche, très moche, ce que tu es en train de faire, Philippe! Tu ne peux pas tourner le dos au journal, alors que se présente l'affaire la plus sensationnelle de ta carrière! Réalises-tu seulement ce qui vient d'arriver? Il y a deux types qui se sont fait buter la nuit dernière et toi, tu songes à prendre des vacances! Ça ne fait pas très sérieux!

—Écoute, Paul...

—Non, c'est toi qui va m'écouter!

Le chef de pupitre colla un index accusateur à quelques centimètres du visage de son ami.

—Je sais ce qui te trotte dans la tête, mon vieux! Tu es prêt à tout laisser tomber pour avoir la peau de ce salaud de Wosniak! Je me doute un peu de ce qui a pu se passer... Tu as parlé à Oscar Grant et il t'a mis sur une piste, pas vrai?

Philippe tourna le dos à Paul Francis. Il considérait que la colère de son ami était pleinement justifiée; toutefois, il ne tenait pas à ce que celui-ci voit le sourire qui éclairait ses traits. Si le chef de pupitre croyait que Karl Wosniak était la cause de son soudain désir de prendre le large, il ne voyait aucune raison de le contredire.

Contournant Philippe, Paul Francis revint à la charge. Certain de tenir le bon argument, ce dernier, dans une ultime tentative, essaya de faire changer d'avis son camarade.

—Ne me dis pas que tu vas laisser ta place à cet imbécile de Louis Craig! Ce con intégral va tout bousiller, il est même capable de le faire exprès, rien que pour m'embêter!

La physionomie décomposée du chef de pupitre et son air de chien abandonné incitaient plus à l'amusement qu'à la compassion. Philippe haussa les épaules, signifiant par là que sa décision était irrévocable.

—J'ai l'intention de respirer autre chose que de l'air vicié, Paul. Je pars, c'est tout. Craig n'est pas aussi mauvais que tu le dis, je suis persuadé qu'il accomplira du bon boulot. Suffit de le garder à l'œil.

—La question n'est pas là, Philippe.

Paul Francis, comprenant enfin qu'il perdait son temps,

362

reprenait son calme. Sa colère, en disparaissant presque aussi rapidement qu'elle s'était manifestée, avait même tendance à faire place à une certaine bonhomie.

—Qu'as-tu appris sur Wosniak?

—Pas grand-chose.

Trop heureux de s'en tirer à si bon compte, Philippe entreprit de narrer à son ami de quelle manière il était entré en contact avec Oscar Grant, et ensuite, avec Patrick Ashley. Il lui parla de la cassette vidéo, mentionnant au passage que celle-ci était en sûreté dans un coffre à la banque et qu'il la visionnerait probablement au cours de la journée. Cependant, lorsque vint le temps de préciser davantage le rôle d'intermédiaire joué par Rosalie Richard, il préféra changer de sujet, craignant de laisser échapper un détail qui l'obligerait à dévoiler une partie des événements auxquels il avait été mêlé la nuit précédente.

Ils parlèrent de tout et de rien pendant encore une dizaine de minutes puis, Paul Francis, avalant d'un trait et en grimaçant le reste de café en train de refroidir dans son verre, souhaita bonne chance à Philippe, invitant celui-ci à lui passer un coup de fil dès qu'il mettrait la main sur quelque chose d'intéressant, susceptible de river son clou à Karl Wosniak. Une fois seul, Philippe se dirigea vers un conteneur à déchets débordant de vieux journaux et y déposa le verre rempli au trois quarts de café; malgré sa bonne volonté, et le fait qu'il luttait férocement contre le sommeil, il ne pouvait se résoudre à avaler une autre goutte de l'infect liquide.

L'air froid du stationnement eut un effet revitalisant sur ses muscles; l'avant-midi tirait à sa fin et le soleil, qui persistait à faire la grasse matinée derrière le rideau moelleux des nuages, donnait au ciel un air blafard, funèbre. Philippe prenait son temps, trop heureux de respirer à fond et de vider ses poumons des miasmes putrides que la nuit y avait déposés. À dix mètres de la Chrysler, il ralentit le pas; pris d'un doute, il s'arrêta. Autour de lui, tout était calme; à peine percevait-il le bruit de la circulation en provenance de la voie rapide qui, cent mètres derrière l'édifice du Reporter, traversait Beaumont d'est en ouest, pour aller se perdre dans la gerbe d'échangeurs greffés à l'autoroute, dix kilomètres plus loin. À proximité, un corbeau s'envola en croassant. Transporté dans le passé à une vitesse vertigineuse, Philippe se revit, enfant, hésitant entre son désir de ne pas déplaire à Émilie Ritter et la terreur qu'il ressentait à l'idée d'approcher du château hanté et de ses mystères. Rien ne changeait, il était condamné à revivre pendant toute son existence le drame qui, en le privant de son innocence, avait fait de lui un être introverti, fuyant la présence de ses semblables parce qu'il craignait de les blesser; le véritable cauchemar n'était pas dans son sommeil, mais là, maintenant! Il en serait toujours ainsi. Inlassablement, le destin placerait sur sa route les mêmes embûches, l'obligeant à répéter à l'infini des erreurs se ressemblant toutes et dont les conséquences mortelles le priveraient à jamais d'êtres innocents ayant placé leur confiance en lui.

Émilie Ritter, Rosalie Richard.

L'enfant appartenant à un passé qui s'obstinait à demeurer présent, et la femme au regard fragile, ne faisaient qu'une. Trop tard, Philippe se rendait compte du terrible quiproquo qu'une fois de plus il devait affronter. Et le fait qu'il soit devenu un homme ne changerait en rien l'issue du drame dans lequel le plongeait sa rencontre avec l'infirmière. Émilie était morte à neuf ans. Rosalie, qui voyait dans sa présence une raison d'espérer, ne se doutait pas que le Diable, en unissant leurs destinées, la condamnait à subir le même sort qu'une petite princesse au regard violet. Le fossé d'éternité qui séparait la vie d'Émilie Ritter de celle de Rosalie Richard, désormais, était comblé.

***

Vêtu d'un costume prince de Galles à la ligne impeccable, sûr de son autorité et de l'aura de respect qu'il dégageait, Robert Caine accueillit Karl Wosniak avec un sourire ressemblant au rictus du loup se préparant à égorger une brebis innocente. Cette manifestation de bienvenue pour le moins inquiétante eut pour effet d'accentuer la panique du Curé. À sa manière habituelle, c'est-à-dire d'un mouvement sec de la tête qui voulait dire aussi bien *allez vous faire pendre ailleurs* que *vous pouvez maintenant nous laisser seuls*, Caine congédia sa secrétaire, une femme entre deux âges aux traits sans relief, qui paraissait d'humeur aussi acariâtre que son maître.

—Asseyez-vous, Karl.

Les vêtements froissés du Curé, qui lui donnaient l'air d'un clochard échoué par hasard dans la suite d'un émir, contrastaient de façon dramatique avec ceux de Robert Caine et l'élégance très britannique dans laquelle celui-ci se drapait avec un plaisir qui, de toute évidence, frôlait le narcissisme. Le propriétaire du Reporter resta debout, raffermissant ainsi, et de manière volontaire, sa position de mâle dominant par rapport à celle dans laquelle son subordonné était confiné. Karl Wosniak avala sa salive avec difficulté, croisant puis décroisant les jambes, essayant, sans succès, de se donner une attitude confiante. Aussi à l'aise dans son fauteuil qu'un condamné à mort sur la chaise électrique, le Curé ne trouva rien de plus intelligent à faire que de sourire un peu béatement et de se racler timidement la gorge. Ces deux essais, destinés, dans son esprit, à détendre l'atmosphère, s'avérèrent infructueux et ne firent qu'alourdir le climat. Conscient de l'effet que son comportement avait sur celui du rédacteur en chef, Robert Caine, faisant preuve d'un sadisme outrancier, décida de le terroriser davantage. Quittant son poste d'observation près de la fenêtre et arborant un air faussement désinvolte, il joignit ses mains sous son menton, entretenant le mutisme de mauvais augure au sein duquel il se cantonnait depuis deux longues minutes. Chaque mouvement était étudié avec un art machiavélique de la mise en scène; Robert Caine était en train de faire la démonstration du talent indéniable pour le théâtre dont la nature l'avait pourvu; il accentuait avec un naturel exaspérant les effets dramatiques de chacun de ses gestes.

Il contourna la chaise sur laquelle Karl Wosniak se trémoussait, de plus en plus mal à l'aise. Arrivé derrière lui, il stoppa, puis se mit à siffler distraitement entre ses dents l'air de *Strangers in the Night*. Karl Wosniak, n'en pouvant plus, songea, un bref instant, à se lever pour mettre un terme définitif à cet affrontement aussi ridicule qu'inégal. Il ne pouvait supporter la présence dans son dos de Robert Caine. Aussi bizarre que cela ait pu paraître, il avait peur d'être frappé! À la fin, toutefois, la prudence l'emporta sur ses craintes. Jugeant que le propriétaire du Reporter pourrait interpréter comme de la provocation le geste de son rédacteur en chef, si jamais celui-ci faisait mine de se rebeller ouvertement, Karl Wosniak préféra s'abstenir de tout mouvement susceptible de compliquer encore la situation. Il perçut un mouvement à la hauteur de son oreille gauche puis, enfin, Robert Caine apparut à la périphérie de son regard.

Lorsque le propriétaire du Reporter consentit enfin à ouvrir la bouche, il utilisa le ton condescendant d'un roi s'adressant au dernier de ses valets, pour le réprimander d'avoir négligé ses devoirs envers la Cour.

—Dites-moi, Karl, que s'est-il réellement passé à Saint-Michael, la nuit dernière?

Le Curé respira à fond, heureux de voir Robert Caine briser enfin le silence.

—Deux personnes ont été tuées, monsieur Caine. La police n'a pas encore dévoilé leur identité. Cependant, nous savons déjà par Louis Craig que l'une des victimes est un médecin.

—Craig est un imbécile.

—Euh! oui... monsieur Caine. Quant à l'autre type...

—Pourquoi me parlez-vous de Craig, Wosniak? Qu'est-ce qu'il vient faire dans cette histoire? Les affaires de meurtre ne sont pas dans ses cordes. N'est-ce pas là le boulot de Lambert?

—Si... certainement. Je veux dire... Enfin, vous savez, Louis Craig n'est pas si mauvais bougre. Il...

—Cessez de tourner autour du pot, Wosniak et dites-moi pourquoi Lambert ne s'occupe pas de ces meurtres!

Le Curé n'arrivait pas à se concentrer. Il inspira profondément, chercha ses mots et, constatant qu'il était préférable de dire la vérité, se jeta à l'eau.

—Philippe Lambert a demandé l'autorisation de s'éloigner pour deux semaines. Il veut préparer son départ pour Ottawa, voir quelques amis et louer sa maison. J'ai jugé que ses raisons étaient bonnes.

—Ainsi, vous l'avez cru. Je vous croyais stupide, mais pas à ce point.

Robert Caine se coula élégamment dans l'espace compris entre son bureau et Karl Wosniak, frôlant au passage les genoux de ce dernier. Mû par un réflexe de protection, le Curé se raidit instantanément; un cobra aurait ondulé à ses pieds qu'il ne se serait pas senti plus mal à l'aise... Le propriétaire du Reporter contourna le meuble et, avec une brusquerie voulue destinée à impressionner son hôte, ouvrit un tiroir en ne quittant pas Karl Wosniak du regard. Lorsque Robert Caine revint, il tenait entre le pouce et l'index de la main droite deux feuilles de format standard, dactylographiées à double interligne, dont l'en-tête portait le nom de l'hôpital Saint-Michael. Il parut hésiter un moment puis, d'un geste brusque trahissant sa mauvaise humeur, tendit le document à Karl Wosniak.

—Lisez!

En réprimant du mieux qu'il pouvait le tremblement de ses mains, le Curé fouilla dans la poche intérieure de sa veste et en extirpa une paire de lunettes à monture métallique, qu'il posa sur son nez. Il lut les premières lignes lentement puis, à mesure que celles-ci défilaient devant son regard ahuri, de plus en plus rapidement.

Robert Caine, grâce à ses nombreux contacts, avait obtenu une copie d'un rapport de service remis à l'administration quelques jours auparavant, par le responsable de la sécurité de Saint-Michael; le document, rédigé dans un style laconique et comportant de nombreuses fautes d'orthographe, faisait état de la présence non autorisée d'un individu qui n'avait pu être identifié, probablement un journaliste, dans l'unité anticontagion de l'hôpital. Aucune plainte n'avait été déposée, vu l'impossibilité pour le service de sécurité de procéder à l'identification de l'homme. L'affaire avait été classée.

—Vous comprenez mieux, maintenant, pourquoi Lambert a insisté pour prendre quelques semaines de vacances! On vous a berné comme le dernier des imbéciles, Wosniak, et vous en redemandez!

Anéanti, le Curé déposa la copie du rapport sur le bureau de Robert Caine. Il enleva ses lunettes et se tassa sur sa chaise, incapable de prononcer un mot. Le patron avait parlé sur un ton dangereusement détaché, dans lequel perçait une pointe de dégoût.

—Écoutez-moi, Wosniak, ouvrez bien vos oreilles, car je n'ai pas l'intention de me répéter. Vous allez téléphoner à Philippe Lambert pour lui dire que vous avez changé d'idée, qu'il est assigné sur-le-champ à l'affaire de la nuit dernière...

—C'est impossible, monsieur Caine.

Le Curé, lorsqu'il vit l'expression de rage se peindre sur les traits de Robert Caine, regretta tout de suite de lui avoir coupé la parole. Le flegme anglo-saxon disparut instantanément pour faire place à une attitude franchement menaçante.

—Ne me faites pas chier, Wosniak! Je vous ai donné un ordre, vous allez l'exécuter!

Persuadé qu'il n'avait plus rien à perdre, le Curé rassembla son courage, tentant de trouver un certain réconfort à la pensée que, si Robert Caine était furieux, son attitude pouvait également être dictée par la peur. *Ce type-là essaye de me bluffer*, pensa Karl Wosniak, qui joua son va-tout...

—Je ne puis faire marche arrière, monsieur Caine. J'ai autorisé le congé de Lambert en présence de Paul Francis. Si je reviens sur ma parole, j'aurai le syndicat sur le dos et vous savez ce que cela signifie, n'est-ce pas?

—Qui est le patron de la salle de rédaction, Wosniak? Vous ou les journalistes?

Robert Caine, inexplicablement, semblait enclin à faire preuve d'un calme plus rassurant. Bien que le caractère mordant de ses dernières paroles n'ait pas échappé au rédacteur en chef, celui-ci, soulagé, commençait à croire que la crise, après avoir connu son apogée, refluait rapidement vers des rivages moins exposés.

—Je crains que nous ne devions courir le risque, monsieur Caine.

—Non! C'est hors de question!

—Il est impossible d'agir autrement.

Robert Caine, toujours debout – il n'avait pas dépassé un rayon de deux mètres autour de son bureau, depuis qu'il avait tendu au Curé le rapport du service de sécurité de Saint-Michael–, pianota distraitement sur ses cuisses, extériorisant sans le vouloir un degré de nervosité qui ne passa pas inaperçu à Karl Wosniak. Le Curé mit à profit l'intermède pour reprendre son souffle. Il s'en tirerait, une fois de plus. L'alerte avait été chaude et les risques encourus, compte tenu de l'énormité de l'erreur qu'il avait commise, auraient pu se traduire par son congédiement! Le rédacteur en chef constatait, à ses dépens, que Robert Caine devenait plus colérique en prenant de l'âge. *Un jour*, songea-t-il, fataliste, *ce salaud me virera sur un coup de tête, sans manifester le moindre remords.*

—Votre garde-robe compte-t-elle un smoking, Wosniak?

Pris de court, croyant avoir mal compris, le Curé demanda poliment à Robert Caine de répéter sa question. Celui-ci utilisa des termes peu élogieux pour se faire comprendre.

—Les vêtements que vous portez généralement sont affreux, Karl. Et croyez-moi, je sais de quoi je parle. Je n'ai jamais rien vu d'aussi horrible.

Robert Caine soupira, condescendant, puis reprit:

—Peut-être devrais-je verser à mes employés une prime qui leur permettrait de se vêtir avec plus de goût.

—Je... je possède un smoking, monsieur Caine.

—Fort bien, Karl, fort bien...

—Je ne vois pas où vous voulez en venir.

Karl Wosniak aurait étranglé son patron avec une joie féroce. Humilié par les paroles qu'il venait d'entendre, il baissa le regard, tandis que Robert Caine reprenait son air amusé et hautain.

—J'offre une réception, Karl. Je tiens à ce que vous soyez de la fête...

Le propriétaire du Reporter laissa sa phrase en suspens. Il jeta un regard par la fenêtre de son bureau et, sans se retourner, lâcha:

—Je tiens à ce que vous veniez accompagné de Philippe Lambert. C'est un gentil garçon, après tout.

***

369

CHAPITRE IX

TANGERINE DREAM

Les deux hommes, affichant un air exagérément décontracté, s'observaient en silence, tels deux champions d'échecs se préparant à une partie décisive. La tenue négligée de Samuel Munger n'avait rien à envier à celle de Don O'Connor, même si ce dernier faisait preuve habituellement dans ce domaine d'un goût plus recherché que son ancien camarade. Le chef de la police de Beaumont avait les traits fatigués et le teint grisâtre des gens qui n'ont pas dormi depuis plusieurs heures et qui ne demandent qu'à s'allonger, ne fût-ce que pour quelques instants. Le regard creux et vide de toute expression de Don O'Connor trahissait une humeur qui n'était guère à la fête. Ces yeux signifiaient que quiconque oserait entrer dans la cage abritant le fauve affamé qu'était le chef de la police risquait de se faire dévorer avant même de se rendre compte de ce qui lui arrivait! Sur le bureau, la bouteille de *Jack Daniel's*, vide, montait une garde inutile près du téléphone; l'appareil, muet depuis au moins une quinzaine de minutes, luisait sans enthousiasme sous l'éclairage d'une lampe recouverte d'un abat-jour vert. Samuel Munger, imité par son vis-à-vis, avala d'un trait ce qui restait de bourbon dans son verre et, allongeant les jambes, remarqua pour lui-même:

—À ce rythme, je finirai alcoolique avant de comprendre ce qui m'arrive.

Pour toute réponse, Don O'Connor saisit la bouteille de *Jack Daniel's* par le col et la lança dans une corbeille en métal, ancrée, solitaire, dans un coin du bureau à trois mètres de là. Le contenant, après avoir heurté le rebord de la cible, atterrit avec fracas au milieu de ce qui semblait être un mince matelas de détritus constitué de kleenex et de vieux rapports destinés à l'incinérateur.

—Pourquoi ne pas m'avoir prévenu immédiatement, Sam?

La voix de Don O'Connor, rendue pâteuse par l'alcool et le manque de sommeil, était pleine de reproches.

—Je suis... j'étais un bon flic, Don; je crois même que je n'ai rien perdu de mes facultés de déduction. Mais il ne faut pas croire que ces talents ont fait de moi un devin. Je n'avais pas prévu que tout cela irait aussi vite!

Don O'Connor n'insista pas. Samuel Munger avait raison et il le savait. Personne, à Beaumont, n'aurait pu prédire que les événements se précipiteraient de la sorte. Tous, à commencer par lui, le chef de la police, avait cru que le tueur de Prince-Albert était un fou solitaire qui, sans doute satisfait par le bain de sang dont il était l'auteur, ne songerait plus à recommencer. Ils s'étaient abandonnés à un faux sentiment de sécurité et, maintenant, l'heure de payer sonnait.

—D'après toi, Sam, ce type est fou?

—À lier!

—Tu es vraiment persuadé que le tueur de Prince-Albert et celui de l'*Interstate* 91 ne font qu'un?

—Ça, mon vieux, on le saura seulement lorsque tu auras mis la main au collet du gars qui s'est payé une virée l'été dernier à l'hôpital psychiatrique!

En se massant les articulations du bras, Don O'Connor se leva péniblement. Il grimaça en pestant tout bas contre ce qui semblait être des douleurs rhumatismales. Samuel Munger crut l'entendre murmurer quelque chose comme *si c'est pas malheureux, à mon âge*. Une fois debout, et afin d'assurer sa position, le chef de la police appuya ses mains à plat sur le bureau et s'éclaircit la gorge bruyamment. Samuel Munger, que ce cérémonial intriguait, se demandait si Don O'Connor était ivre ou seulement fatigué. Perspicace, ce dernier lut dans les pensées de son aîné. Avec un sourire vaguement retors, il dit:

—Te fais pas de bile, Sam. J'encaisse l'alcool mieux que quiconque. Je suis né Irlandais, souviens-toi.

—Justement, tu devrais te méfier...

—Je t'emmerde.

L'injure, dite sur un ton amical, détendit l'atmosphère. Don O'Connor reprit, plus intéressé qu'il ne voulait le démontrer:

—Lambert et la petite Richard, ils couchent ensemble d'après toi?

—Je ne me suis pas attardé de ce côté-là.

—Ils s'observent de façon bizarre, tu ne trouves pas?

—C'est pas dans cette direction qu'il faut chercher, Don, je te le répète. Ces deux-là ont plutôt l'air de bien s'entendre et c'est tant mieux pour eux!

Le chef de la police sifflota une mélodie sans air, se massa le crâne puis, visiblement contrarié, tourna le dos à Samuel Munger. L'ancien flic ne se formalisa pas de cette attitude peu engageante. Après tout, Don O'Connor venait de passer par de sales moments.

—Parlons de la nuit dernière, Sam.

—Raconte-moi tout, après on pourra discuter.

Don O'Connor commença lentement, car il lui en coûtait de renouer avec les événements des heures précédentes. Le chef de la police ne s'anima réellement qu'à partir du moment où il entreprit de décrire par le détail l'attitude ambivalente du tueur envers Rosalie Richard. Il s'exprimait sur le ton du clinicien en train d'expliquer un cas particulièrement compliqué à un auditoire d'étudiants en psychiatrie. Pour lui, c'était la jeune femme qui constituait le chaînon manquant de la soudaine et inexplicable vague de meurtres qui déferlait sur Beaumont depuis l'été précédent. L'infirmière possédait la clé de l'énigme, sans être consciente du rôle qu'elle jouait dans cette affaire.

Le chef de la police s'attarda peu aux faits ayant suivi l'arrivée du docteur Georges Ballard, près de la porte de sortie des employés de l'hôpital Saint-Michael, ainsi qu'aux raisons ayant probablement poussé le tueur à abattre Edgar Bourne, alias *Sac d'Os*. Pour lui, ces deux incidents relevaient davantage de l'erreur de parcours que de l'acte prémédité. Le médecin et l'exhibitionniste s'étaient retrouvés au mauvais endroit au mauvais moment. *Non*, dit-il en martelant du poing ses propos, *tout revenait à Rosalie Richard, et c'était de ce côté-là qu'il fallait chercher.*

Lorsque Don O'Connor mit fin à son récit, après plus de dix minutes d'un monologue ininterrompu, Samuel Munger se leva à son tour. Tout flic à la retraite qu'il était, il se sentait plus que jamais emporté par l'instinct de la chasse, il était enfin en mesure de cerner avec plus de précision la personnalité de l'être jusque-là sans visage exhumé presque par hasard de sa morgue personnelle, et cela le rendait optimiste, sinon courageux.

—Selon toi, l'assassin connaît Rosalie Richard?

—Voilà qui me paraît évident, Sam.

L'ironie avec laquelle Don O'Connor s'était exprimé ne passa pas inaperçue. Un sourire désabusé de vieux flic qui en a trop vu s'étira sur le visage de Samuel Munger. Par pure forme, il posa la question qui lui trottait dans la tête depuis plusieurs minutes.

—Elle se drogue?

Don O'Connor haussa les épaules.

—Une opération de routine est en cours. J'ai déjà mis un gars là-dessus.

—C'était une question d'ordre académique, Don. Je ne crois pas que ce genre d'habitude soit dans les cordes de Rosalie Richard.

Ils interrompirent leur dialogue, réfléchissant aux propos qu'ils venaient d'échanger. Nageant dans un océan de suppositions et de spéculations, ils ne pouvaient rien faire d'autre que ce à quoi ils s'adonnaient en ce moment, c'est-à-dire élaborer des hypothèses.

—Cette femme serait la source de toute chose, celle qui aurait tout déclenché. Pourquoi?

—Je parie qu'elle-même serait bien embêtée de nous répondre, Sam.

Don O'Connor eut une moue dubitative. Il enfonça les mains dans les poches de son pantalon fripé, puis remarqua:

—Rosalie Richard m'apparaît comme une fille honnête. Inutile de chercher si un type lui en veut parce qu'elle n'a pas payé sa dernière ration de coke ou parce qu'elle lui a posé un lapin. On joue perdant.

—Il ne reste qu'une seule possibilité, alors...

—Le gars de Prince-Albert règle ses comptes, c'est ce que tu crois aussi, n'est-ce pas?

Samuel Munger fit quelques pas; l'atmosphère du bureau baignait dans une odeur rance, mélange de tabac mal consumé et de vêtements rendus humides par la transpiration. Près de la fenêtre, Don O'Connor jetait son regard dans la rue pleine d'animation. Lorsque l'ancien flic parla, sa voix, habituellement profonde et rythmée, ne possédait plus aucune intonation.

—Fichu métier

—Cette fois, je crois que nous sommes dans la merde.

—Et si ce salaud décidait de partir, de se tirer, comme ça, mine de rien. Tu crois que c'est possible?

—Je ne crois plus aux miracles, Don. Nous avons affaire à un prédateur rendu fou furieux par une rage de dents! Ce tueur avance à l'instinct, il erre probablement sur les routes depuis des années. Comment a-t-il atterri à Beaumont, je n'en sais fichtrement rien. Ce dont je suis sûr, c'est que ce type, pour une raison que l'on ignore encore, est devenu incontrôlable et que cela n'augure rien de bon pour nous...

Le téléphone sonna, interrompant du même coup la tirade pessimiste de Samuel Munger qui mit à profit cet intermède pour reprendre son souffle et méditer sur le sens des propos qu'il venait de prononcer. Il était persuadé que ses paroles, loin d'avoir outrepassé sa pensée, ne reflétaient que trop bien la réalité. De plus, les convictions qu'il entretenait quant aux motivations du tueur allaient dans le sens de celles exprimées par le chef de la police. Le soir précédent, certain que ses déductions reposaient sur des faits qui se révéleraient concordants, il s'était confié à Philippe Lambert sans aucune arrière-pensée. Pour lui, les pièces du puzzle finiraient bien un jour par s'imbriquer les unes dans les autres et alors ils en sauraient davantage sur la personnalité de l'être insaisissable qui rongeait Beaumont tel un cancer. Mais cette révélation ne viendrait-elle pas trop tard? Samuel Munger n'était pas ce que l'on pouvait appeler un fin psychologue. Comme les gens qu'il avait traqués durant sa longue carrière, il se fiait surtout à son instinct, à ce don naturel lui permettant de croiser la route de ceux qui rasaient les murs en prenant leur couleur afin de ne pas être reconnus. Il ne s'était jamais trompé et, rarement, il avait fait fausse route; il n'existait aucune raison pour qu'il commence, maintenant, à douter de ses capacités. Cette constatation le remplit d'optimisme, mais aussi d'inquiétude.

Don O'Connor quitta lentement son poste d'observation près de la fenêtre. On aurait dit que, craignant d'apprendre une autre mauvaise nouvelle, il retardait le plus longtemps possible le moment de décrocher le téléphone. Lorsqu'il saisit enfin le combiné, les grelottements au début timides en provenance de l'appareil paraissaient vouloir se transformer en hurlements.

Le chef de la police emprisonna le combiné entre son épaule et l'oreille afin de garder les mains libres. Il s'assit et commença à prendre des notes. La conversation, qui se résumait à quelques monosyllabes, dura moins d'une minute. Don O'Connor remit le combiné en place et un sourire indéfinissable fendit ses lèvres.

—C'était le maire. Il est dans tous ses états.

—Je parie qu'il t'a lancé un ultimatum. Il veut un coupable dans l'heure!

—Si ce n'était que cela. Il exige de me rencontrer pour discuter de l'affaire.

—Alors là, tu es vraiment dans le caca d'oie mon vieux!

—Maire ou pas, je ne tolérerai pas qu'un homme politique s'immisce dans le cours d'une enquête.

—Sois prudent, Don. Ne joue pas à l'Irlandais irascible. Le maire possède des amis puissants, lui et Robert Caine sont comme cul et chemise.

Don O'Connor ferma les yeux et croisa ses mains sur sa nuque, démontrant de la sorte le peu de cas qu'il faisait du maire et de ses amis. Samuel Munger jeta un coup d'œil à sa montre. L'après-midi était bien entamé. Il s'en voulait d'avoir choisi cette journée-là pour conduire la Buick chez le mécanicien. Tout le monde avait perdu un temps précieux par sa faute. Charles Compton, qui, finalement, était parvenu à le joindre par téléphone à son retour à la maison, s'était buté, le matin, à une Norma Munger furieuse d'avoir été tirée du lit, une heure à peine après y être entrée!

—Tu as joint le FBI?

—Compton et Esther Courtney sont en route pour Washington. Ils sont dans tous leurs états, là-bas. Ton tuyau les a rendus complètement hystériques! Une équipe de spécialistes de la Sûreté arrive à Beaumont cet après-midi; il est question d'empreintes génétiques et d'un tas de trucs très sophistiqués. Les gars de la ville ont ordonné de ne toucher à rien tant qu'ils ne seraient pas sur place. Même Washington a demandé l'autorisation d'envoyer des gars, ici même. Un sacré bordel si tu veux mon avis.

—Il faut mettre les gens en garde.

—Et se retrouver avec une panique incontrôlable sur les bras? Il n'en est absolument pas question.

—Ne joue pas à l'autruche, Don. Il faut informer la population de ce qui est en train de se passer...

—Les journaux et la télé vont s'en charger, ça tu peux en être certain. Le téléphone n'a pas cessé de rugir de la matinée. On dirait que les journalistes du monde entier veulent entendre ma voix virile d'Irlandais!

—Tu dois absolument faire quelque chose. Beaumont ne mérite pas de rester dans l'ignorance de faits que seul tu es en mesure de rapporter.

—Le maire m'a demandé de convoquer une conférence de presse, demain matin.

—Tu iras au feu?

Les deux hommes se toisèrent du regard. Don O'Connor, fataliste, haussa les épaules.

—Peu importe, tout le monde à Beaumont sait désormais qu'un tueur fou rôde dans la ville. Ce qui est arrivé l'été dernier à Prince-Albert était un avertissement. Le pire reste à venir. Les gens vont se terrer chez eux en attendant que la tempête se calme. Si tu veux mon avis, je ne sais pas si ça vaut la peine de jeter de l'huile sur le feu en s'adressant à une bande de journalistes abrutis qui écriront ce qu'ils veulent bien dans leurs feuilles de chou, peu importe ce que j'aurai à dire!

À court d'arguments, Samuel Munger abrita son appréhension derrière un mutisme songeur, qu'une remarque sibylline du chef de la police vint interrompre.

—Les Irlandais ne croient pas tous en Dieu, Sam.

—Pourquoi dis-tu cela?

Surpris, Samuel Munger prit le parti de sourire. C'était la première fois qu'il entendait Don O'Connor s'exprimer ainsi; en faisant référence directement à la religion pour tenter d'expliquer son désarroi, le chef de la police dévoilait un aspect peu connu de sa personnalité.

Samuel Munger persista dans son silence, désireux d'en entendre davantage. Ni l'un ni l'autre, au cours de leurs nombreuses rencontres, n'avait encore ressenti le besoin d'aborder le thème de la spiritualité. Tous deux semblaient être tombés tacitement d'accord sur le fait que Dieu préférait se tenir loin des affaires de la police...

—Est-ce que tu crois en Dieu?

Pris pour de bon au dépourvu, Samuel Munger hésita. Il ne s'attendait pas à ce que Don O'Connor, aussi désespéré qu'il fût, exigeât de lui une profession de foi, uniquement dans le but de l'aider à résoudre une énigme. Curieux de voir où voulait en venir le chef de la police, il se prêta au jeu de bonne grâce.

—Je pense être comme tout le monde. Je me tiens loin des églises; toutefois, j'ai la certitude qu'il existe une autorité suprême, sinon la vie n'aurait aucun sens.

—Si Dieu existe, il est trop futé pour se mêler des affaires des hommes, Sam, et il nous laisse le soin de nous démerder avec nos petits problèmes. Je ne crois pas en sa bonté, je suis plutôt d'avis que ce type est le roi des cyniques et que nous sommes tous des bouffons entre ses mains!

Don O'Connor s'interrompit, puis lâcha, d'un ton n'encourageant aucune réplique:

—Le Bien n'aura jamais raison du Mal. Si je dois croire en une force supérieure, eh bien! je préfère miser sur le Diable, de la sorte je suis certain de ne pas y laisser ma chemise.

—Admettre l'existence du Diable équivaut à reconnaître la présence de Dieu, Don. Tu ne serais pas en train d'en rajouter? Je te découvre soudainement des préoccupations dont j'étais loin de soupçonner l'existence. J'avoue que je suis surpris...

—Rassure-toi, Sam, je ne suis pas en train de sombrer dans le mysticisme parce qu'un gars se balade dans les rues de Beaumont, tranchant des gorges et tirant à coups de Magnum 357 sur des citoyens sans défense. Il y a des moments cependant où il faut aller chercher ailleurs que dans la trop froide réalité des faits des explications aux choses qui nous dépassent.

Samuel Munger fit quelques pas en direction de la porte donnant sur le bureau de la secrétaire. Il inspecta le cadre quelques instants puis, brusquement, fit demi-tour. Il avait troqué son air bonhomme et décontracté pour une physionomie cadrant mieux avec la gravité des propos tenus par son ami.

—Allons, Don, ne sois pas si mystérieux et cesse de tourner autour du pot! Après ce que tu viens de dire, je suis prêt à entendre n'importe quoi.

Don O'Connor ouvrit la bouche sans qu'aucun son ne franchisse ses lèvres; pendant un très bref instant, le chef de la police avait semblé prêt à livrer le fond de sa pensée, mais il s'était ravisé à la dernière minute. Samuel Munger eut alors l'impression que son interlocuteur, craignant de paraître ridicule, avait préféré garder pour lui l'hypothèse qu'il aurait aimé formuler de vive voix, afin de se débarrasser du poids énorme pesant sur ses épaules. *Il ressent exactement la même impression que moi*, songea Samuel Munger, qui n'était pas loin de croire que le Diable lui-même avait envoyé sa plus terrible créature à Beaumont afin de punir la ville de l'orgueil et l'hypocrisie qui la rongeaient. L'ancien flic essaya de trouver un certain réconfort dans le jugement sans appel que sa mère avait rendu, un jour, à propos d'un voisin Irlandais de vieille souche qui habitait en face de la maison familiale. *Un Irlandais se doit d'être aussi superstitieux qu'une vieille fille de la campagne, sinon ce n'est pas un véritable Irlandais!* Les efforts de Samuel Munger pour se convaincre du bien-fondé des propos de sa vieille mère, morte depuis vingt ans, demeurèrent vains. Il se demanda encore qui, de Dieu ou du Diable, avait le plus à voir dans l'arrivée à Beaumont du petit ami psychopathe de Rosalie Richard.

***

379

L'intérieur de l'église baignait dans le clair-obscur d'un froid après-midi automnal allongeant sa tristesse jusque dans le cœur des hommes; la grisaille du ciel étendait sa monotonie sur tous les êtres vivants, tel un manteau d'éternité auquel il aurait manqué les étoiles. Les vitraux, privés de l'éclat du soleil, avaient pris une teinte blafarde et l'autel, recouvert d'un simple drap de lin blanc, ne possédait pour toute parure qu'un livre de liturgie relié en cuir, fermé sur deux signets, l'un rouge, l'autre violet. Des fleurs, attendant le miracle qui les ferait jaillir de leur prison, se fanaient tranquillement à chaque extrémité des marches conduisant au chœur. Le sol, recouvert de tuiles aux teintes rendues incertaines par le temps, avait la dureté du béton. La moquette qui séparait le chœur de la nef avait usé prématurément et ondulait par endroits. Le temple, de dimensions restreintes, était dépouillé de toute ornementation ostentatoire ou superflue. Il était visible que la paroisse à laquelle cette église appartenait vivait chichement et que les quêtes du dimanche suffisaient à peine à payer le chauffage et les frais minimums d'entretien.

Il se sentait bien, détendu. Ce lieu lui rappelait des souvenirs flous, sans consistance particulière. L'atmosphère de tranquillité et de douce quiétude régnant dans cet endroit devait être à l'origine du sentiment de bien-être enveloppant tous les pores de sa peau comme les langes d'un nouveau-né. Il écouta le bruit de sa respiration et fut rassuré par le rythme régulier parvenant à ses oreilles. Ses mains ne tremblaient plus, il avait repris le contrôle de ses émotions. Tout irait bien, il n'existait aucune raison de se laisser aller à une déprime, même passagère.

Immédiatement après le fiasco de la nuit précédente, et sans prendre la peine de vérifier si quelqu'un le suivait, il avait regagné son logis. Toujours habillé, il s'était affalé sur le divan du salon, la tête vide de toute pensée. Il ne se souvenait plus combien de temps il était demeuré ainsi, dans l'attente qu'un événement quelconque vienne mettre fin à sa prostration. Comme d'habitude dans ces occasions-là, il ne ressentait aucune colère, si ce n'était un peu de dépit mélangé à de la frustration. L'aube l'avait surpris dans un demi-sommeil lourd et incertain; il avait éprouvé de la difficulté à faire le point, à situer de manière précise le lieu familier dans lequel il se trouvait. Un long moment, il s'était demandé si, au cours de la nuit, il n'avait pas quitté l'enveloppe charnelle retenant son esprit prisonnier pour effectuer un voyage dans un endroit inconnu du commun des mortels et que peu d'êtres humains avant lui avaient fréquenté... Il s'était levé avec le regard fixe de ceux qui ne sont pas pressés de reprendre contact avec la réalité, puisqu'ils savent que celle-ci ne peut leur apporter que tourments et misères. Il avait avalé une tasse de café noir et amer comme ses pensées puis, sans penser à se doucher et à changer de vêtements, il était sorti.

Vif et aussi coupant que du silex, le vent, peu à peu, l'avait ramené dans le monde des vivants. Il avait erré plusieurs heures dans les rues de son quartier pour, enfin, se retrouver dans la partie commerçante de la ville où il avait permis à ses pas d'aller et de venir sans but précis. Curieusement, le froid, après avoir vérifié son degré de résistance, refusait d'assurer sa prise. La nature, effrayée de découvrir l'être abominable qu'il était, n'acceptait pas de le reconnaître comme le résultat d'une évolution normale. S'attardant devant la vitrine d'un marchand d'appareils électroniques, il avait remarqué, perdu au milieu d'un fatras de vidéocassettes, de postes de télévision portatifs et de chaînes stéréo lilliputiennes, un baladeur Toshiba dont les dimensions ne dépassaient guère celles d'un paquet de cigarettes. Séduit par l'aspect hi-tech de l'appareil, il avait poussé la porte du magasin pour en ressortir, cinq minutes plus tard, avec le baladeur dans la poche intérieure de sa veste. En prime, le vendeur lui avait fait choisir une cassette audio à même un imposant inventaire étalant ses couleurs sur toute la largeur d'un mur, à l'arrière de la boutique.

La musique aux accords synthétiques de *Tangerine Dream* déversait un déluge de notes directement dans ses oreilles; aucune barrière extérieure ne venait interrompre le bruyant concert dont il constituait le seul auditoire. La mélodie, en s'harmonisant parfaitement au décor dans lequel il se trouvait, le transportait dans le monde familier et sécurisant de ses fantasmes. Il songea que sa longue quête pourrait prendre fin en cet instant; indifférent à tout ce qui pouvait survenir de malheureux le concernant, il était prêt à se plier aux exigences du destin, à la condition que cette musique venue de l'au-delà dure éternellement. Les notes ne le rendaient pas seulement euphorique, elles l'intégraient également à leur rythme changeant, attirant. Un arôme d'encens et de cire fondue taquina son odorat. L'odeur du bois poli par le flux des ans lui rappela des souvenirs enfouis au plus profond de sa mémoire. Il s'empressa de refouler cette arrivée massive d'impressions à peine ébauchées et de rêveries, qui ne pouvaient que le désorienter davantage.

Emporté par le mouvement, séduit par la douceur de la pièce musicale et son déroulement à la fois fluide et saccadé, il ne remarqua pas immédiatement la présence dans la nef de la vieille femme et de l'enfant. Il fut obligé de s'y reprendre plusieurs fois avant d'effectuer une mise au point définitive; son regard, embrouillé par les images en provenance du passé, ne pouvait saisir les détails avec précision. Il respira profondément, cligna des yeux et, enfin, parvint à ajuster sa vision.

La femme avait plus de soixante-dix ans, à en juger par sa démarche hésitante et son dos voûté; l'enfant, une fille, n'avait pas encore dépassé l'âge où l'on est obligé de se lever tous les matins à sept heures pour se rendre à l'école. La grand-mère fit une génuflexion en soupirant et se signa en baissant la tête avant de s'introduire dans une rangée de bancs, à cinq mètres de l'endroit où lui-même était assis; la fillette imita les gestes de celle qui l'accompagnait et, au bout d'une minute, commença à regarder autour d'elle, en prenant l'air très ennuyé des enfants de cinq ans lorsqu'ils sont forcés de se rendre à l'église, par un froid après-midi de novembre. Les yeux de la petite fille accrochèrent brièvement ceux de l'inconnu, assis, l'air contemplatif, à proximité. Elle sourit timidement en penchant sa jolie frimousse blonde. L'homme n'eut aucune réaction. Gênée, l'enfant se retourna et entreprit de faire passer le temps en feuilletant à l'envers un livret liturgique oublié sur le banc.

Il leur en voulait d'avoir brisé sa solitude. Ces intruses avaient rompu le charme, l'obligeant à revenir sans transition à une réalité qu'il préférait nier de toutes ses forces, jusqu'à ce qu'il ait renoué avec le sens véritable de sa mission. Il fit glisser le casque du baladeur sur sa nuque, abandonnant *Tangerine Dream* au milieu d'une pièce, tandis que la grand-mère et sa petite-fille, leurs prières terminées, s'asseyaient. La femme toussa, se moucha bruyamment, puis fouilla dans son sac à main à la recherche d'un objet qu'elle ne parvenait pas à trouver. La fillette, profitant de ce moment d'inattention, commença à fredonner tout bas. Un regard sévère vint interrompre le chant à peine commencé. Quelque part dans la sacristie, quelqu'un fit glisser un lourd objet sur le sol. Le bruit se répercuta dans l'église à partir du chœur; l'écho, à bout de souffle, se perdit dans la nef et mourut subitement.

Le canon du Magnum 357 barrant son aine l'empêchait d'adopter une position confortable. Il passa la main sous sa veste en allongeant la jambe et ajusta fermement ses doigts sur l'arme; distraitement, il fit glisser celle-ci hors de sa ceinture de façon à ce qu'elle ne l'ennuie plus. Retenu uniquement par sa veste, le Magnum 357 reposait désormais en équilibre instable sur son ventre, prêt à cracher la mort dans une gerbe d'étincelles et de poudre consumée. Il avait pris soin de dissimuler son geste en utilisant comme abri le banc situé devant lui. Tuer la femme et la fillette ne prendrait que quelques secondes. Il s'interrogea sur l'ordre à suivre: devrait-il se débarrasser de la grand-mère en premier ou de la petite-fille? Il soupesa les possibilités, se demandant si ces deux-là, malgré leur irruption intempestive dans le temple, méritaient qu'il leur accorde autant d'attention. L'enfant se retourna de nouveau, très brièvement. Elle ne souriait plus et ses yeux paraissaient inquiets. Il se demanda encore si les petites filles, grâce à leur innocence, parvenaient à lire dans les pensées des adultes. Pour pallier toute éventualité, il adressa un clin d'œil assorti d'un sourire à la fillette. Conquise, ou trop heureuse de constater que l'étranger n'avait d'inquiétant que son visage, l'enfant lui rendit la pareille. *Non*, conclut-il, soulagé, *celle-là ne lit pas dans les pensées...*

Privé de la chaleur dégagé par son corps, le revolver se refroidit rapidement. L'arme, qu'il avait déposée à plat sur sa cuisse pendant qu'il réfléchissait au sort qu'il voulait réserver à la grand-mère et à sa petite-fille, luisait d'un éclat trouble sous l'éclairage parcimonieux dispensé par les lampes du plafond. Il s'amusa à faire pivoter le barillet qui ne comptait que quatre balles. Il était seul à entendre le cliquetis des pièces de métal s'imbriquant les unes dans les autres; ce chant lui remit en mémoire les préparatifs auxquels il s'était livré la veille, une heure avant de se rendre à Saint-Michael par le dernier bus de la soirée. Il ne se souvenait pas d'avoir été aussi impatient. La hâte de revoir Rosalie Richard lui avait donné des ailes.

La panique qui se lisait sur les traits de la jeune femme, lorsqu'elle avait posé les yeux sur lui, resterait le meilleur souvenir de cette nuit mémorable et compensait largement pour son départ prématuré. Son objectif, qui était de rétablir le lien psychologique l'unissant à Rosalie Richard, avait été atteint au-delà de toute espérance, il en était certain. En prime, il s'était payé deux cartons sur des types de passage, ce qui ne gâtait rien! Alors, pourquoi se sentait-il tellement ennuyé par son équipée? Était-il en train de perdre le goût du sang?

L'infirmière, en lui faussant compagnie un peu trop rapidement, l'avait privé d'une bonne partie de son plaisir, sans toutefois que ce léger contretemps, au moment où il se produisait, ait eu un effet prolongé sur son humeur. Pourquoi, alors, le matin l'avait-il surpris dans un état qu'il ne se souvenait pas avoir connu? Il aurait préféré que la conclusion de ce deuxième rendez-vous fût différente de ce qu'elle avait été. Ce n'était que partie remise, cependant; bientôt, très bientôt, il croiserait de nouveau la route de Rosalie Richard et, cette fois, elle ne lui glisserait pas entre les doigts.

Il ne voyait aucune raison de se faire du tracas; pourtant il ne parvenait pas à se sentir tout à fait bien dans sa peau. La notion de remords lui étant tout à fait étrangère, il s'interrogeait sur ce flot d'émotions contradictoires qui, sans qu'il parvienne à se l'expliquer, était en train de gâcher son plaisir de manière irrémédiable. Rosalie Richard lui appartenait, il savait qu'elle devait mourir et que c'était lui qui lui donnerait la mort.

Pourquoi faisait-il en sorte que la jeune femme lui échappe, chaque fois que leur route se croisait?

La grand-mère et sa petite-fille se préparaient à quitter l'église. La vieille femme, après avoir rangé le chapelet qu'elle était enfin parvenue à trouver dans sa bourse, enleva à la fillette le livret liturgique et le déposa sur la partie supérieure du prie-Dieu, d'où il alla choir sur le sol. Il y eut un bruit de tissu froissé que l'on remet en place, puis quelques chuchotements se firent entendre. La grand-mère se pencha et la petite fille lui murmura quelque chose à l'oreille, en louchant du côté de l'individu qui était assis non loin de là. À un certain moment, l'enfant pointa un index timide en direction du banc où était installé l'objet de sa curiosité. Sans se retourner, la vieille femme rabroua l'enfant à voix haute; en même temps, elle saisit la main de la fautive et l'abaissa, la forçant ainsi à plus de discrétion.

Il les regarda se diriger vers le chœur, indécis. Toutes deux firent une génuflexion et se signèrent rapidement lorsqu'elles passèrent devant l'autel. Son index caressa la gâchette tandis que son pouce jouait distraitement avec le chien. Il suffisait d'un simple geste, d'un léger mouvement de l'avant-bras et le museau camus du revolver se hisserait au-dessus des bancs à la recherche d'une cible. Ensuite, il suffirait d'appuyer sans y mettre trop de pression et tout serait terminé... Enserrant à demi son cou, le casque du baladeur continuait de déverser dans ses oreilles la musique de *Tangerine Dream*. Les sons paraissaient venir de très loin, comme s'ils avaient été obligés de franchir une énorme distance avant d'arriver jusque-là. Il se préparait à diriger le canon du Magnum 357 vers la vieille femme et l'enfant, lorsque son attention fut attirée par les notes particulièrement saisissantes d'une pièce qu'il avait entendue à son arrivée dans le temple. La bande, après s'être déroulée complètement, revenait à son point de départ.

Il s'en remit à la musique, tandis que la grand-mère et la petite fille quittaient enfin l'église en prenant tout leur temps.

***

Guy Lombardo et Glenn Miller se livraient à un gracieux et discret chassé-croisé de cuivres, sur le vénérable Wurlitzer étincelant de chromes et de plastique aux teintes vives. Tante Irma avait insisté auprès de Philippe et de Rosalie pour qu'ils s'installent dans la salle à dîner déserte; ainsi, avait-elle décrété avec fermeté, personne ne viendrait les déranger et ils pourraient profiter de la quiétude du lieu pour faire le point. Les deux anges gardiens de la jeune femme avaient été relégués à la cuisine où la propriétaire de l'auberge en personne leur servait un copieux repas.

Tante Irma était une admiratrice inconditionnelle des *big bands* et elle ne jurait que par le tandem Lombardo-Miller. La musique des deux chefs d'orchestre se répandait en sourdine dans la salle à dîner depuis une heure. Vêtue d'un chemisier de soie blanche et d'une jupe plissée en tissu écossais – Philippe, un peu gêné de se retrouver seul dans l'appartement de la jeune femme, avait pris ce qui lui passait sous la main, agissant avec encore plus de précipitation quand était venu le moment d'effectuer un choix dans le tiroir aux sous-vêtements – Rosalie Richard observait son compagnon par-dessus la flamme d'une chandelle.

—J'ai dormi comme une marmotte. Cet endroit est merveilleux.

—Tante Irma a hérité cette auberge de son père; je crois qu'il faut remonter deux ou trois générations pour mettre un nom sur le premier propriétaire.

—Vous êtes parents, toi et tante Irma? Vous semblez très bien vous entendre...

Pour toute réponse, Philippe souleva son verre de vin à la hauteur de la chandelle et porta un toast.

—À tante Irma et à la chance!

Rosalie choqua son verre à celui de Philippe. Leurs regards se croisèrent, semblèrent vouloir s'accrocher, puis se perdirent de nouveau.

—Non, aucun lien de parenté nous unit. Tante Irma et maman étaient amies depuis toujours.

—Étaient? Tes parents n'habitent plus Beaumont?

—Ils sont morts tous les deux il y a dix ans dans un accident de voiture.

—Oh! pardon, je ne voulais pas te rappeler de mauvais souvenirs...

Philippe avala un peu de vin, et sourit avec chaleur, afin de rassurer la jeune femme. Le Château Margaux coula en douceur dans sa gorge, mais ce ne fut pas suffisant pour effacer l'image gravée dans sa mémoire. En un éclair, la scène lui revint: une masse compacte de gens autour d'une automobile renversée sur le toit et réduite en un amas de ferraille. Le son des sirènes remplissant l'air chaud et humide de cette soirée de juin qu'il n'oublierait jamais. Il se vit ordonnant au photographe de le suivre, tandis qu'il s'ouvrait un passage dans la foule jusqu'à l'automobile qui, il ne le savait pas encore, était devenue le tombeau de ses parents. Ils devaient aller au cinéma, ce soir-là; ils n'étaient jamais arrivés à destination.

—Je suppose qu'on s'habitue à tout. J'ai oublié... c'est-à-dire que je fais comme si rien de tout cela n'était arrivé. Il me reste encore tante Irma.

Philippe voulut ajouter qu'il venait de trouver une autre raison de tirer un trait sur son passé et les souvenirs atroces que celui-ci recelait, mais il préféra garder pour lui une confidence dont il n'était pas certain de l'accueil qu'elle recevrait.

Il y avait quelque chose d'irréel dans leur présence solitaire au milieu de cette grande salle à dîner déserte dont toutes les tables étaient nues, excepté la leur. À dix mètres de là, le feu dansait joyeusement dans un âtre joliment entouré de maçonnerie pervenche. Des luminaires, épousant la forme des lampes à l'huile d'autrefois, étaient vissés à intervalles réguliers sur les murs recouverts de planches de pin brut; derrière les fenêtres, une nuit d'un noir sépulcral emprisonnait l'auberge dans sa gangue de mystère. Solitaire dans son coin, le Wurlitzer fredonnait un *Wonderland by Night* qui ne semblait avoir rien de commun avec le style habituel de Glenn Miller ou de son complice pour la soirée, Guy Lombardo.

—J'aime cet air-là.

—C'est une vieille chanson, Rosalie, et comme toutes les vieilles chansons elle n'a rien perdu de son charme.

Le rose sur les joues de la jeune femme pouvait être causé par le vin – la bouteille de Château Margaux était vide de la moitié de son contenu et tante Irma n'avait pas encore apporté les amuse-gueules – ou par l'excitation de se retrouver enfin en sécurité, avec quelqu'un en qui elle pouvait mettre toute sa confiance. Philippe était heureux de constater que Rosalie arrivait enfin à se détendre.

—Dansons...

Philippe s'esclaffa.

—Je danse comme un veau!

Ses protestations demeurèrent vaines. Rosalie se leva et lui tendit la main. Il hésita quelques secondes et, en laissant échapper un soupir volontairement exagéré, il emprisonna dans les siens les doigts de la jeune femme qui, aussitôt, l'entraîna dans l'espace vide au centre de la salle à dîner. Rosalie s'inclina élégamment, imitant le geste des débutantes devant leur cavalier le soir de leur premier bal. Philippe imita sa partenaire avant de l'entraîner à sa suite.

Ils évoluèrent en silence en suivant le rythme romantique de la musique. Au début, Rosalie avait conservé une certaine distance avec son partenaire. Elle s'était rapprochée graduellement et, maintenant, la pointe de ses seins effleuraient la poitrine de Philippe. Celui-ci ajusta sa prise sur les hanches de la jeune femme qui répondit en se pressant légèrement contre lui. Ils ralentirent, désireux de goûter pleinement au plaisir qu'ils ressentaient de se retrouver enfin seuls et si près l'un de l'autre. Un parfum léger comme une brise printanière se dégageait du corps souple et ferme de Rosalie qui s'abandonna au rythme voluptueux de la mélodie. Transporté lui aussi par l'ambiance, Philippe ne ressentait nul besoin de s'exprimer; il préférait s'en remettre au langage du corps qui, lui, ne demandait aucune explication superflue.

La musique prit fin sur une note nostalgique tandis que Philippe et Rosalie, à regret, se séparaient. Ils regagnèrent leur table en se tenant par la main et en silence, afin de ne pas briser la magie du moment qu'ils venaient de vivre. Tante Irma, qui avait probablement attendu cet instant pour pénétrer dans la salle à dîner, s'amena presque sur la pointe des pieds; elle tenait un plat dans chaque main et avait l'air affairé.

—Voilà, les enfants, ce n'est pas trop tôt. Ces deux policiers mangent comme des ogres, il n'y en a que pour eux dans la cuisine!

Elle s'interrompit, le temps de disposer les hors-d'œuvre devant ses hôtes, puis demanda, inquiète:

—Vous ne vous ennuyez pas? Vous savez, mes vieux disques ne plaisent pas à tout le monde.

—Tout va très bien, tante Irma. Rosalie et moi passons une excellente soirée.

La grosse femme adressa un sourire affectueux à Philippe avant de s'adresser à sa compagne, sur le ton gentiment réprobateur d'une mère mettant en garde la petite amie de son fils:

—Soyez prudente, Rosalie! Ce garçon est dangereux, il brise le cœur de toutes les filles qu'il croise!

Rosalie sourit d'un air entendu.

—Je le croyais plutôt timide.

—Ce n'est qu'un truc, méfiez-vous!

Avant de s'éloigner, tante Irma passa une main potelée dans les cheveux de Philippe, qui remit en place sa coiffure en rougissant comme un collégien.

—Il ne faut pas croire tout ce qu'elle raconte.

—Peut-être dit-elle la vérité?

—Elle adore me taquiner à propos de tout et de rien.

Philippe se donna une contenance en versant un peu de vin dans le verre de Rosalie. Celle-ci protesta pour la forme.

Ils rirent de bon cœur. Il y avait longtemps que Philippe ne s'était pas senti l'esprit aussi en paix, libre de toute influence négative. Ici, l'ombre de la mort et de la terreur qu'elle traînait dans son sillage n'avait pas sa place. Il aurait souhaité que cette soirée ne finisse pas, que le temps les emprisonne pour l'éternité dans cette capsule ouatée dont personne, jamais et quel que soit le degré de bonté ou de méchanceté l'animant, ne pourrait forcer l'entrée.

Ils mangèrent en échangeant des propos sans importance. Rosalie interrogea Philippe sur ses goûts en matière de musique, la manière dont il occupait ses moments libres. Ils effleurèrent à peine le sujet relatif à son travail, car ni l'un ni l'autre ne tenait à briser le climat détendu dans lequel se déroulait leur tête-à-tête.

Une heure, puis deux s'écoulèrent. De temps à autre, un éclat de rire suscité par un mot d'esprit venait interrompre leur conversation. Ils n'en étaient pas encore venus aux confidences, car tous deux savaient que rien ne pressait, qu'ils avaient toute la nuit s'ils le désiraient pour en venir là. La bouteille de Château Margaux reposait, vide, dans le bac à glace; les silences s'étaient faits plus longs tandis que leurs regards essayaient de s'accrocher.

Peu après que tante Irma eut apporté les desserts, Rosalie se figea. Son esprit, jusque-là distrait par le climat dans lequel baignait l'auberge, semblait avoir pris conscience que le temps ne leur épargnerait pas la venue du jour suivant qui serait loin de ressembler à cette soirée. Inquiet, Philippe demanda:

—Quelque chose ne va pas?

—J'ai peur.

Philippe posa sa main sur celle de la jeune femme. Le geste n'avait rien d'intéressé ou de prémédité, il se voulait simplement un signe de réconfort et d'amitié.

—Je suis là, Rosalie et il y a deux flics dans la cuisine avec tante Irma; toute la police de Beaumont peut rappliquer ici en moins de quinze minutes...

—Il est là, tout près, je le sens jusque dans mon ventre! Il rôde en attendant de trouver le moyen de pénétrer ici.

La voix de la jeune femme s'était faite toute menue et ressemblait à celle d'un enfant terrorisé par l'obscurité. La détresse était perceptible dans chaque intonation; Philippe crut que Rosalie allait fondre en larmes et une immense colère remplaça le détachement dont il avait fait preuve depuis le début de la soirée. Il en voulait à l'être sans visage qui prenait un plaisir sadique à terroriser un être humain de manière aussi ignoble. Toute la journée, il s'était forcé au calme, estimant que c'était la meilleure façon de garder le contrôle de la situation. Toutefois, en cet instant, alors que le tueur inconnu s'immisçait entre eux, il ne pouvait faire autrement que de laisser s'épanouir en lui un terrible désir de vengeance. Lorsqu'il parla, sa voix était froide comme la nuit enveloppant l'auberge.

—Jamais plus cet homme ne t'ennuiera.

—Je voudrais te croire, Philippe, mais je ne le peux pas!

Sa main recouvrait toujours celle de la jeune femme qui n'avait fait aucun effort pour se dégager. Philippe serra plus fort lorsqu'il vit qu'un tremblement, d'abord imperceptible, gagnait tous les membres de Rosalie, telle une colossale vague de fond.

—Raccompagne-moi là-haut, j'ai peur.

Ils montèrent sans échanger une seule parole. Les marches

craquèrent sous leurs pas, dérangeant les murs dans leur silencieuse méditation. Plus aucun bruit ne provenait de la cuisine, signe que les policiers avaient repris leur veille dans le hall en attendant de gagner tour à tour leur chambre. Tante Irma s'était retirée en souhaitant bonne nuit au couple, peu après avoir apporté les desserts. Ils étaient seuls dans cette partie de l'auberge, seuls avec leur peur et leur résignation. Philippe avait beau se montrer décidé, il ne parvenait pas à rassembler son courage. Il se demandait quelle serait sa réaction si le sort le mettait en présence du tueur. Saurait-il l'affronter? Le douloureux souvenir d'Émilie s'imposa de nouveau avec force à sa mémoire.

Rosalie le précéda dans le corridor du premier, percé de chaque côté d'une demi-douzaine de portes sur lesquelles apparaissait un numéro peint à la main. La jeune femme avançait en prenant tout son temps; elle ne semblait nullement pressée de mettre fin au tête-à-tête de la soirée, même si celui-ci s'était terminé sur une note pessimiste. Philippe, qui partageait les mêmes sentiments, commençait à s'interroger sur la véritable raison le poussant vers cette femme dont il connaissait à peine le nom une semaine auparavant et pour laquelle il était prêt maintenant à risquer sa vie. Il devait prendre une revanche sur le passé, voilà qui ne faisait aucun doute dans son esprit, mais cette constatation suffisait-elle à expliquer son attitude actuelle?

Il voulait s'éloigner à tout prix de Rosalie Richard, car il était persuadé que sa présence aux côtés de la jeune femme porterait malheur à cette dernière; or, il ne pouvait se résigner à l'abandonner à son sort. Il ne pouvait expliquer cette contradiction uniquement par l'attirance physique; il y avait quelque chose d'autre. Peut-être était-ce le regard de l'infirmière qui l'ébranlait de la sorte, ou son air gavroche? À moins que ce ne fût cette impression de courageuse résignation émanant d'elle? Il l'observa, l'air affairé, en train de chercher dans son sac à main la clé de la chambre. Sa chambre était située à l'extrémité du corridor, en face de celle que tante Irma avait offerte à Philippe. Hubert Ross et son acolyte, pour des raisons de sécurité évidentes, logeaient à l'entrée du corridor, chacun dans une chambre dont la porte donnait sur la cage d'escalier.

—Je m'excuse pour tout à l'heure, je ne voulais pas gâcher cette soirée.

—Tout le monde a peur, Rosalie.

—Je suis terrifiée.

Philippe fit un pas en avant, aussitôt imité par la jeune femme. Il y eut un léger moment de flottement, comme si tous deux se préparaient à plonger dans la nuit sans savoir ce qui les attendait. Leurs corps se touchèrent, d'abord timidement, puis dans un même élan ils s'enlacèrent avec force. Rosalie baissa la tête et colla son visage sur la poitrine de Philippe. Celui-ci respira à fond le parfum imprégnant les cheveux de la jeune femme, en même temps qu'il prenait plaisir à sentir tout contre lui le souffle léger de sa respiration. Ils ne prononcèrent aucune parole, ne dirent rien qui pourrait briser l'émotion qu'ils ressentaient de se retrouver ainsi réunis. Philippe se sentit revivre.

***

Les rues de Beaumont étaient vides, bien que la soirée fût encore jeune. Quelques rares automobiles circulaient, tous phares allumés, comme si leur conducteur, en tentant de se rassurer, voulait repousser aussi loin que possible le rideau d'obscurité encerclant la ville. Les habitants se terraient chez eux dans l'attente d'un autre drame auquel ils espéraient ne pas être mêlés, mais dont ils étaient impatients d'apprendre les détails. Les bars n'abritaient plus que quelques rares habitués essayant de se réconforter en échangeant des plaisanteries cyniques. Les voitures de police, en maraude en bordure des terrains vagues et dans les arrière-cours mal éclairées, s'étaient faits plus nombreuses à mesure que la nuit gagnait du terrain. Tous étaient attentifs au moindre bruit inhabituel; chaque mouvement devenait suspect. Un tueur rôdait, un loup solitaire et sanguinaire cherchait une victime. Le vingtième siècle reculait, ramenant les hommes des milliers d'années en arrière, alors que les sorciers, à l'abri de leur pentacle et de cercles magiques, faisaient apparaître des goules ou redonnaient vie aux vampires. Ainsi étaient nées les légendes du *Marchand de Sable*, du *Bonhomme Sept-Heures* et du *Bogeyman*... Tous ces personnages, que l'on disait nés de l'imagination populaire, avaient pourtant une origine indiscutablement humaine. Ils avaient existé et la raison de leur présence sur la terre avait été de donner la mort, gratuitement, sans passion ni haine. Le cœur de l'homme n'avait pas changé et le modernisme, avec son orgueilleuse technologie et son goût immodéré pour trouver des explications à tout, ne faisait que cacher la réelle nature des êtres nés pour tuer et répandre la terreur.

Patrick Ashley ouvrit le contenant de *Tylenol* qu'il avait subtilisé la veille dans la pharmacie, alors que tout le monde était occupé ailleurs. Les comprimés, une centaine, suffiraient à le plonger dans un coma irréversible. Pour faire bonne mesure, le jeune homme alla pêcher sous l'oreiller une douzaine de somnifères qu'il avait mis de côté, au cas où le besoin d'en finir avec l'existence se ferait trop pressant. Calmement, sans faire preuve d'aucune émotion, Patrick Ashley commença à avaler les *Tylenol*; chaque fois qu'il enfouissait dans sa bouche une poignée de comprimés, il portait, le regard vide, un verre d'eau à ses lèvres. Lorsque l'opération fut terminée, il fit suivre le même chemin aux somnifères. Il s'endormit en pensant à Rosalie Richard, à son regard et au plaisir qu'il ne ressentirait jamais plus de la voir à ses côtés. Il avait surestimé ses propres forces et, tout bien considéré, il préférait en finir tout de suite avec la vie plutôt que de supporter des souffrances inutiles.

Le *Bogeyman*, après avoir refermé ses serres sur Patrick Ashley, alla rôder du côté du luxueux cottage anglais de Robert Caine. Le propriétaire du Reporter, nu sous sa robe de chambre, reposait, seul et dans une attitude provocatrice, sur le divan de la bibliothèque. Le téléviseur raccordé au magnétoscope diffusait une bande pornographique sur laquelle apparaissaient six ou sept personnages en vue de la bonne société locale. La vedette du clip était une jeune femme dans la vingtaine qui subissait, depuis une quinzaine de minutes et avec un plaisir évident, les assauts de deux hommes d'âge mûr. Nancy Caine possédait un corps parfait et savait s'en servir pour en extirper jusqu'au plus petit atome de jouissance. Il regarda sa fille ahanant sous les coups d'un partenaire invisible tandis qu'elle tenait dans sa bouche le sexe d'un homme qu'il ne connaissait que trop bien. La caméra se déplaça de quelques centimètres sur la droite et montra deux hommes en train d'échanger des caresses. L'un d'eux était Patrick Ashley, l'autre un inconnu amené par ce dernier. Le champ visuel se déplaça de nouveau et l'action se concentra sur Nancy, cette fois aux prises avec une femme. Robert Caine glissa sa main sous sa robe de chambre...

Le *Bogeyman*, écœuré, alla se perdre dans l'infini de la nuit, abandonnant derrière lui un Karl Wosniak incapable de trouver le sommeil et un Don O'Connor fin soûl. Samuel Munger, le dos courbé par la fatigue, veillait, à la recherche d'un autre détail en mesure de consolider le mur de suppositions qu'il avait érigé.

Beaumont reposait seule, incroyablement seule, au centre d'un océan de forêts, de lacs et de rivières, avec, pour tout compagnon, un tueur fou.

***

Un courant d'air froid venu du nord et de la taïga avait séché la sueur sur leurs corps. Par la fenêtre entrouverte, Philippe entendait s'écouler sur les rochers l'eau du ruisseau; la cascade, que le gel de la nuit avait surpris, murmurait une douce mélodie dédiée aux astres. Rosalie dormait. Son souffle, aérien comme le vol d'un papillon de nuit, se mariait à la marche du cours d'eau, transformant la chambre en une oasis de paix profonde. Ils avaient fait l'amour sans se presser, doucement, attentif au moindre besoin de l'autre. Au moment de céder, tous deux s'étaient abandonnés à la plénitude d'un moment qui, ils le savaient, demeurerait à jamais unique.

Le corps de Rosalie se découpait en clair-obscur sur les draps. Philippe effleura le ventre de la jeune femme de ses doigts encore tremblants. La peau, lisse et ferme, gardait la trace de l'été précédent; le bronzage prenait fin quelques centimètres au-dessous du nombril, laissant un mince espace de chair blanche, entre l'aine et le pubis. Sa main remonta, s'attarda brièvement sur la rondeur d'un sein, puis s'arrêta au visage. Là aussi, la peau était douce et pulpeuse. Les longs cils se détachaient avec élégance sur le haut des joues rebondies, encore roses après la joute amoureuse à laquelle la jeune femme s'était livrée. Il l'observa pendant plusieurs minutes, essayant de comprendre le mystère se cachant derrière ces traits presque parfaits. Rosalie Richard disait être terrorisée; pourtant, elle faisait face à la situation d'une manière très ordonnée; elle ne s'abandonnait jamais longtemps à ses émotions et si, rarement comme ce soir, elle se laissait aller à des pleurs, c'était pour revenir quelques instants après plus forte qu'auparavant. Avec un peu de chance, elle s'en sortirait.

La chance... Philippe, qui craignait plus que jamais la répétition du tragique événement ayant marqué son enfance, croyait toujours fermement que Rosalie tirerait son épingle du jeu avec plus de facilité s'il prenait le large. Cette crainte, bien qu'elle n'ait eu nullement besoin de faire appel à la raison pour s'épanouir, l'empêchait d'analyser froidement la situation. Depuis son premier rendez-vous avec Rosalie Richard, d'abord au parc municipal puis au casse-croûte, il essayait vainement de trouver la solution à un dilemme d'une étonnante complexité; il venait de comprendre que l'influence que la jeune femme exerçait sur lui prenait son origine dans un sentiment autrement plus fort et plus subtil que l'attirance sexuelle. Il était tout simplement amoureux. Est-ce que la force de cet amour suffirait seulement à éloigner le mauvais sort? Telle était la pénible question qu'il se posait.

Un frisson parcourut le corps de Rosalie, qui changea de position en marmonnant dans son sommeil. Répondant à un réflexe animal destiné à récupérer un peu de chaleur, le corps de la jeune femme se lova contre celui de Philippe qui hissa l'édredon jusqu'à leur visage, abritant ainsi du froid sa nudité et celle de la jeune femme. Au début d'une fraîcheur revigorante, la froide température, graduellement, avait pris possession des lieux en transformant la chambre en igloo. La main de Rosalie reposait, inerte, sur son épaule; lorsqu'elle s'était rapprochée, il avait glissé son bras autour de sa taille et la jeune femme, sentant la chaleur du corps de son amant, avait aussitôt emprisonné les cuisses de ce dernier dans les siennes. Ainsi enlacés, ni l'un ni l'autre ne donnait prise au froid. Rosalie dormait profondément, aussi détendue qu'un enfant pouvait l'être après une journée passée à courir dans toutes les pièces de la maison. Il caressa ses cheveux et, soudain, ses pensées le ramenèrent plusieurs années en arrière, dans une chambre ressemblant étrangement à celle-ci, mais située loin, très loin de là, dans un petit village français, dont le nom évocateur de la mer correspondait parfaitement à la nature riche et généreuse de ses habitants.

***

Ils avaient roulé toute la journée sur l'autoroute du Soleil, ainsi nommée parce qu'elle reliait Paris à la Côte d'Azur. Le break Peugeot de location tenait bien la route et ils se sentaient dans une forme fantastique. L'écriteau annonçant l'entrée du village de Palavas-les-Flots disparaissait dans la brume et ils ne l'avaient aperçu qu'au dernier moment. Par la vitre baissée, l'air iodé en provenance de la mer invisible de la route, à cause du brouillard, les invitait à ralentir.

Palavas-les-Flots était leur destination. Claire Gallant avait promis à Philippe de l'amener là, pour lui faire goûter, avait-elle dit, à l'hospitalité des gens de sa Camargue natale. Ils étaient partis de Paris au petit matin, avaient roulé de longues heures sur l'autoroute du Soleil puis sur des chemins ruraux pour aboutir, enfin, au bord de la mer.

Le destin avait placé Claire Gallant sur la route de Philippe en ne lui demandant rien en échange, ce qui, dans son cas, signifiait beaucoup...

Lorsque la jeune femme l'avait invité à visiter Paris, après son rendez-vous raté avec Arthur Simon à l'ambassade du Canada, Philippe s'était dit qu'il ne pourrait trouver guide plus charmant. Ils avaient passé trois jours à ratisser les quartiers typiques de la capitale française, puis, d'une manière très naturelle, Claire Gallant l'avait invité à son appartement pour dîner. Ils ne devinrent pas amants ce soir-là, même si tous deux savaient que les choses en arriveraient forcément à ce stade, et cela très rapidement. Ils s'étaient quittés en s'embrassant sur les deux joues, à la française, un peu gênés mais heureux d'avoir partagé leur intimité pendant quelques heures. Le lendemain, ils s'étaient retrouvés à l'Opéra pour une représentation du *Nabu-*

chodonosor de Verdi. Lorsque le chœur avait entonné le *Chant de la Liberté*, ils avaient échangé un regard chargé de tendresse, leurs mains s'étaient trouvées dans la demi-obscurité du balcon et, sans qu'ils aient besoin de dire quoi que ce soit, ils avaient su qu'ils passeraient la prochaine nuit dans le même lit. À la fin de la représentation, ils avaient hélé un taxi et, toujours en silence, ils avaient pris la direction de Montparnasse et de l'hôtel sans ascenseur où Philippe avait élu domicile pendant son séjour à Paris. Deux jours plus tard, ils décidaient de louer une voiture et de se rendre sur la Côte d'Azur.

Malgré son air distant de mannequin échappé d'une couverture de Vogue, Claire Gallant faisait preuve de beaucoup de chaleur dans ses contacts avec autrui. Rapidement, Philippe apprit à découvrir la nature profonde de cette jeune femme, issue d'un milieu bourgeois, et qui avait décidé de gagner Paris pour y faire carrière dans la publicité, bien que sa famille se fût montrée en total désaccord avec ce projet. Claire Gallant étudiait à l'université le soir et travaillait, un jour sur deux, à l'ambassade du Canada. Arthur Simon la considérait comme son bras droit, ce qu'elle ne niait pas d'ailleurs, même si ce travail ne constituait pour elle qu'un simple intermède dans un plan de carrière tiré au millimètre près.

— Nous sommes arrivés. Tu vois, c'est là!

Claire Gallant montrait du doigt à Philippe un hôtel particulier transformé en auberge, dont la façade disparaissait presque complètement derrière de longs filaments de brouillard. Sous une pergola commençant à deux mètres de la route, une enseigne peinte à la main indiquait que l'endroit était connu sous le nom du *Rendez-vous des pêcheurs*.

—Ça me paraît plutôt sympathique.

—Je connais très bien cet endroit. Mes parents m'y emmenaient souvent lorsque j'étais petite.

Excepté un vieux couple d'Anglais, pas tout à fait excentriques mais suffisamment pour attirer l'attention, Philippe et Claire Gallant étaient les seuls clients de l'auberge. Le patron, un ancien pêcheur hauturier qui se vantait d'avoir traqué la morue jusque sur les bancs de Terre-Neuve, lança en direction de la cuisine un tonitruant *Viens voir, Georgette, comme la petite*

397

a changé, lorsqu'il reconnut enfin Claire Gallant. La femme du patron, petite et maigre, avait l'air timide de celles qui ont toujours vécu dans l'ombre de leur mari. Après les embrassades d'usage et un toast au vin de pays porté en l'honneur de l'enfant prodigue, Philippe et sa compagne avaient gagné leur chambre, au premier. Les volets étaient ouverts et l'air salin du large imprégnait déjà leurs vêtements. On entendait, sans les voir, les vagues se briser sur la plage. Après être passés sous la douche, ils avaient fait plusieurs fois l'amour, attendant, pour aller se promener sur la plage, que la fraîcheur du soir ait enfin raison du brouillard.

—Quand pars-tu, Philippe?

—La semaine prochaine.

La question l'avait pris au dépourvu et il avait répondu du tact au tact, presque sans réfléchir. Afin de ne pas donner l'impression à sa compagne d'avoir été volontairement trop direct, il reprit, dans le même souffle:

—Enfin, peut-être pas. Je vais donner un coup de fil au journal, demain. Si Wosniak peut se passer de moi, je retarderai mon départ de quelques jours.

Claire Gallant approcha la flamme d'un Bic de l'extrémité d'une Winston filtre; assise sur le lit, la poitrine recouverte d'un drap, la jeune femme paraissait aussi fraîche qu'au matin. Philippe, vêtu seulement d'un slip, versa quelques gouttes de cognac dans un café déjà fort. Il avait besoin d'un remontant, après toutes ces heures passées sur la route et le repas copieux arrosé de muscadet que leur avait préparé Georgette. Le brouillard, aidé par le vent en provenance de la Méditerranée, avait cédé la place à un ciel inondé d'étoiles.

—Pourquoi ne restes-tu pas en France, Philippe? Arthur pourrait te trouver du travail à l'ambassade...

—Tu plaisantes? Je ne possède aucun talent pour les entrechats diplomatiques. Et puis, ces choses-là ne se traitent pas aussi facilement. Dans mon pays, il faut avoir des relations pour approcher ces messieurs responsables des relations internationales!

Claire Gallant tira sur sa Winston et un long panache de fumée se répandit bientôt dans la chambre. L'odeur de la cigarette en train de se consumer se maria aux effluves d'avril en provenance de l'extérieur, donnant un curieux mélange d'algues, de jasmin précoce et de tabac grillé; Philippe porta le verre de cognac à ses lèvres et dégusta chaque atome du précieux alcool avant de le faire descendre dans son estomac.

—Je sais à quoi tu penses, Claire.

—Nous serions bien tous les deux.

—Viens avec moi.

La jeune femme sourit d'un air énigmatique et dit, ironique et en accentuant son accent du Midi:

—Tous pareils, les mecs! Dès qu'ils quittent leur patelin, ils ne pensent qu'à emballer la première nana qu'ils rencontrent pour la ramener vite fait comme souvenir de voyage!

Ils n'avaient plus abordé la question de leurs relations pendant les dix jours suivants, c'est-à-dire tout le temps que le voyage avait duré. Chacun avait compris que l'amour qu'il ressentait l'un pour l'autre n'était pas assez fort pour résister à leur ambition et à leur désir de continuer à vivre dans le pays que le destin avait choisi pour eux. À Nice, Philippe avait rejoint Karl Wosniak au téléphone. Le Curé, qui paraissait de bonne humeur, s'était laissé convaincre facilement, accordant à son journaliste une semaine de congé supplémentaire.

Ils s'étaient dit adieu devant le guichet d'Air France, à l'aéroport Charles-de-Gaulle. Le regard de Claire Gallant brillait d'un éclat inhabituel, ce soir-là. Tous deux avaient dîné, un peu trop rapidement au goût de Philippe, dans une petite auberge retirée en banlieue de Roissy puis, en se tenant par la main, ils avaient déambulé pendant une quinzaine de minutes sans but précis, dans les rues de la petite ville. Au-dessus d'eux, leur tenant compagnie, le ballet ininterrompu des longs-courriers rappelait que l'heure de la séparation approchait. Claire Gallant héla un taxi; le chauffeur, taciturne, ne leur adressa la parole qu'à une seule occasion, afin de s'enquérir de l'endroit où ils se rendaient. Sitôt débarqué, Philippe avait récupéré ses bagages déposés en consigne avant d'aller dîner; ensuite, il s'était dirigé vers le comptoir d'Air France pour y prendre son billet de retour.

—Adieu, Claire.

—Nous nous reverrons, Philippe, j'en suis certaine.

—Un jour, peut-être...

Elle avait déposé un baiser très chaste sur la bouche de Philippe, s'attardant juste ce qu'il fallait pour bien démontrer que le geste n'avait rien de filial. Ils échangèrent un regard, se sourirent et se quittèrent définitivement. Ni l'un ni l'autre ne se retourna.

Pendant l'année qui avait suivi son retour à Beaumont, Philippe avait été tenté à plusieurs reprises de téléphoner à Claire Gallant; il avait même songé à lui écrire, mais toutes ses tentatives à ce chapitre s'étaient butées au manque d'inspiration; n'arrivant pas à rendre ses sentiments sur le papier, il avait rapidement abandonné cette idée, craignant de se montrer verbeux si jamais il se risquait dans un domaine littéraire avec lequel, curieusement, il ne se sentait aucune affinité. Il lui était arrivé souvent, à cette époque où le regret le cueillait chaque matin, de se traiter de tous les noms parce qu'il considérait avoir agi avec précipitation. Il avait choisi entre l'amour et sa carrière et voilà qu'il n'était plus certain d'avoir fait le bon choix. Puis, comme il arrive souvent dans ces occasions-là, le temps avait arrangé les choses.

Jusqu'à ce que Rosalie Richard fasse brusquement irruption dans sa vie, Claire Gallant était restée le souvenir le plus doux de toute son existence d'adulte.

***

Sa tête voulait éclater. Un gigantesque marteau-piqueur pilonnait ses neurones, réduisant en charpie ce qui lui restait de conscience. Il comprit, avant même d'ouvrir les yeux, qu'une insupportable migraine lui tiendrait compagnie durant les prochaines heures et l'empêcherait d'aligner ses pensées de manière ordonnée. Des effluves d'alcool éventé et de café amer toujours accrochés à ses muqueuses provoquèrent un début de nausée qu'il réprima difficilement. Le moment était mal choisi pour se payer une gueule de bois, pourtant il n'avait à s'en prendre qu'à lui. Il aurait dû écouter les conseils de Samuel Munger au lieu d'en faire uniquement à sa tête. L'ancien flic avait raison, le tempérament hérité de ses ancêtres irlandais le conduisait directement à sa perte et il ne faisait rien pour remédier à la situation! Les draps étaient en désordre et sa cravate l'étouffait; il se rendit compte, à sa grande stupeur, qu'il avait dormi habillé. D'ailleurs, en y réfléchissant bien, il ne se souvenait pas de s'être mis au lit! Il toussa, eut un haut-le-cœur; croyant qu'il allait vomir, il sprinta jusqu'à la salle de bain et s'agenouilla au-dessus de la cuvette, mais seulement un peu de bile se fraya un passage dans sa gorge. En revenant sur ses pas, il évita son reflet dans le miroir au-dessus du lavabo, certain que le triste spectacle de son visage ravagé ne ferait qu'ajouter au désarroi qu'il ressentait... Quelque part dans la maison déserte – Flora, sa femme, était en vacances avec les enfants à Fort Lauderdale et ne serait pas de retour avant deux semaines – un téléphone gémit avec obstination, ajoutant encore à sa mauvaise humeur. Ses sentiments partagés entre le désir de se traiter de tous les noms et le ferme propos de ne plus recommencer à boire de façon aussi inconsidérée, il alla décrocher le récepteur de la cuisine en même temps que son regard, toujours embrouillé par l'alcool, effleurait les chiffres verdâtres d'un cadran électronique; celui-ci, accroché au panneau de contrôle du four à micro-ondes, indiquait quatre heures trente précises. Dehors, la nuit n'avait pas encore fait place à l'aube et la rue reposait dans un silence qui attendait patiemment d'être brisé.

—O... oui, O'Connor à l'appareil.

Sa voix était enrouée et il dut s'ébrouer avant de pouvoir prononcer une suite de paroles intelligibles. D'abord, il crut que c'était Flora qui appelait pour annoncer qu'une des filles avait eu un accident, mais la personne qui s'adressait à lui s'exprimait avec un ton autrement différent que celui auquel son épouse l'avait habitué. Autoritaire et décidée, Esther Courtney ne prit pas la peine de s'excuser de le réveiller si tôt, elle alla droit au but.

—Je crois que nous avons affaire à un cas intéressant, patron.

Don O'Connor consentit un effort herculéen pour rassembler ses idées, bien que cette fois, il se sentît à deux doigts de vomir. Il mit quelques secondes à réagir; à plusieurs milliers de kilomètres de là, Esther Courtney demanda:

—Tout va bien, patron?

—Oui, Esther, ça va, enfin c'est tout comme. Quel temps fait-il à Washington?

—Il pleut. C'est dégueulasse.

—Votre conférence avec les types du FBI a donné des résultats?

Don O'Connor s'appuya sur le comptoir-lunch et se laissa glisser lentement sur le plancher. Il se sentait mieux dans cette position et, avantage non négligeable, il était moins tenté de se laisser aller aux étourdissements. À l'autre bout de la ligne, il y eut un long silence, puis Esther Courtney reprit, sur le ton de la confidence:

—Vous êtes prêt à entendre quelque chose d'incroyable, Don?

Le chef de la police eut une moue désabusée.

—Au point où nous en sommes...

—Si le rapprochement effectué par Samuel Munger s'avère exact, Beaumont est l'hôte de ce que la presse d'ici appelle un *mass murderer*, un psychotique qui se spécialise dans les meurtres au hasard et à grande échelle.

Esther Courtney s'interrompit. La qualité de la communication, bien qu'excellente, laissait percevoir de nombreux bruits de fond lorsque les deux correspondants cessaient leur conversation. Don O'Connor entendit un faible *Hello, darling*, qui pouvait venir du Texas ou de Vancouver, aussitôt suivi d'un éclat de rire qui alla s'estompant. Les parasites ne parvenaient que difficilement à ses oreilles et étaient couverts par des grésillements lointains, irréels. Des millions de gens échangeaient en ce moment même au téléphone sur des sujets graves ou légers, la terre continuait de tourner et un tueur psychopathe venu des vastes régions habitées du Sud avait élu domicile à Beaumont. Quel merdier!

—On peut mettre un nom sur ce gars?

—Non.

La réponse était tombée, sèche et directe comme le crochet d'un challenger décidé à avoir le dessus sur le champion en titre.

—Il y a des indices, des faits sur lesquels le FBI se base pour élaborer son hypothèse?

Peu à peu, Don O'Connor reprenait ses esprits. L'urgence de la situation l'obligeait à récupérer deux fois plus vite qu'à l'accoutumée. Il passa sa main sur son front, massa sa nuque et la migraine sembla battre en retraite. À l'autre bout de la ligne, Esther Courtney demeurait toujours silencieuse.

—Esther, vous êtes toujours là?

—Don, saviez-vous que depuis les cinq dernières années il n'y a eu que trente-deux règlements de compte imputables à la mafia, à l'échelle des États-Unis?

—Je ne suis pas abonné à ces statistiques.

—... et que de ce nombre, seulement quatre victimes ont été découvertes avec leurs testicules dans la bouche?

—Les traditions se perdent!

Esther Courtney émit un son qui, à la limite, pouvait être associé à un rire mais qui, tout bien pesé, s'apparentait surtout à une manifestation calculée de cynisme.

—Par contre, Don, le FBI enquête présentement sur cent quinze affaires de meurtres commis dans treize États différents au cours des dix dernières années. Toutes ces victimes sont de sexe masculin et, après avoir été égorgées, elles ont eu leurs testicules enfouies dans la bouche. Les faits concordent et les scénarios sont pratiquement similaires dans chaque cas. Il semble que ce massacre échelonné sur une décennie soit le fait d'une seule et même personne. La presse n'a pas été informée, afin d'éviter une panique inutile.

—Les Bronstein auraient été victimes de ce tueur?

—Je vois où vous voulez en venir. Si ça peut vous rassurer, il y a un gars du FBI, ici à Washington, qui est prêt à parier à cent contre un que Samuel a visé juste!

—Vous avez en main les résultats des tests d'empreintes génétiques?

Esther Courtney et Charles Compton n'étaient pas partis les mains vides pour la capitale américaine. Ils avaient apporté dans leurs bagages des échantillons de peau recueilli sous les ongles d'une des victimes de Prince-Albert, et appartenant vraisemblablement au tueur. Avec une marge d'erreur possible d'une sur dix milliards, la nouvelle technique faisant appel à l'analyse du capital génétique d'individus suspectés de meurtres ou d'agressions évitait bien des tâtonnements inutiles...

—Le FBI nous a promis un relevé comparatif pour les prochaines heures. Le Bureau a expédié nos prélèvements à son labo de New York, mieux équipé que celui de Washington, d'où le délai.

—Pas d'autres bonnes nouvelles?

—Si. Je crois que nous avons un invité de trop à Beaumont.

—Inutile d'insister.

—Au revoir, Don. Nous serons de retour dans un jour ou deux.

Esther Courtney coupa la communication et il resta seul avec ses pensées. Cent quinze meurtres en dix ans, en ne comptant que les individus de sexe masculin! Combien d'innocents ce salaud avait-il tué? Don O'Connor songea aux Bronstein, assassinés dans la nuit en bordure d'une autoroute, parce qu'ils avaient mis leur confiance dans l'inconnu qui, selon toute apparence, se trouvait actuellement à Beaumont. Il y en avait eu d'autres, des auto-stoppeurs, des voyageurs solitaires, des promeneurs insouciants dont on ne retrouverait probablement jamais les corps...

Il avait froid, mais ce froid n'avait rien à voir avec une baisse soudaine de la température. En frissonnant, il gagna la chambre de bain et, cette fois, n'eut pas à faire d'efforts surhumains pour vomir.

CHAPITRE X

SONATE AU CLAIR DE LUNE

L'air absent, Karl Wosniak feuilletait l'édition fraîchement sortie des presses du Reporter. Plus de vingt-quatre heures s'étaient écoulées depuis son entretien avec Robert Caine et il n'avait pu joindre encore Philippe Lambert. Le journaliste, qui demeurait introuvable même pour Paul Francis, avait disparu sans laisser d'adresse. Personne ne pouvait mettre la main sur lui, le répondeur automatique de son téléphone était débranché et, enfin, il demeurait invisible dans les lieux qu'il fréquentait habituellement...

Les gros titres s'étalaient à la une du Reporter avec la froideur d'un constat d'accident. Bien sûr, le *Tueur Fou*, ainsi que l'avaient baptisé les Beaumontais, retenait toute l'attention. La manchette, accompagnée d'une photo de Charles Compton et d'Esther Courtney à leur descente d'avion à l'aéroport de Beaumont, faisait référence au voyage qu'avaient effectué à Washington les deux inspecteurs de la police municipale, et au fait que ceux-ci revenaient avec certains éléments susceptibles de faire avancer l'enquête. Il était aussi question du ministre de la Défense, Thomas Martin, toujours absent du Parlement après un mois d'un séjour en France qui ne devait durer à l'origine que trois semaines. Enfin, les deux cent trente-cinq Américains retenus en otages dans le DC-10 de la United Airlines faisant la liaison Miami-Londres avaient été libérés par les terroristes après une escale imprévue à Beyrouth... et la mort de quatre passagers.

Karl Wosniak exprima son dégoût en baillant longuement. Il n'avait rien à faire de tout cela, de ce tueur psychopathe, des terroristes et de leurs otages. Ce qui l'intéressait, c'était de mettre la main sur Philippe Lambert afin de lui transmettre l'invitation de Robert Caine.

Il continua de feuilleter son journal sans faire preuve d'un intérêt autre que théorique. Il passa rapidement sur le texte – imbuvable, comme d'habitude – de Louis Craig sur l'affaire de Saint-Michael, lut en diagonale le papier en provenance d'une agence de presse relatif au détournement du DC-10; il s'attarda plus longuement, un pli barrant son front, sur le texte signé par Charlotte Savoy concernant le séjour prolongé de Thomas Martin en France. Il tourna encore plusieurs pages, parcourut à la sauvette quelques titres et, mû par une vague prémonition, ralentit le rythme de sa lecture. Là, perdu entre deux publicités pour une marque de bière et tout en bas d'un long texte faisant état des difficiles relations entre une entreprise locale et un syndicat, il lut l'entrefilet qui le remit en selle. Sous le titre *Suicide dans un hôpital*, il apprit, en quinze lignes, la mort de Patrick Ashley. Un sourire illumina son visage, tandis qu'il se calait dans son fauteuil. Décidément, la vie n'était pas faite que de mauvaises surprises! Robert Caine avait sans doute appris la nouvelle avant lui, grâce à ses contacts à Saint-Michael. L'humeur du propriétaire du Reporter s'était probablement améliorée de plusieurs crans, ce qui permettait d'entrevoir l'avenir avec un optimisme modéré. La mort soudaine de Patrick Ashley pouvait signifier la fin de ses problèmes et permettrait à plusieurs personnes de respirer plus librement; le jeune homme avait probablement emporté avec lui son secret dans la tombe, ce qui ne décevrait certainement pas la plupart des gens qui, à Beaumont, avaient fait appel à ses services très spécialisés...

Lorsque, dix minutes plus tard, Charlotte Savoy, cigarette aux lèvres et mèches en désordre, allongea son visage de jeune vieille fille dans son bureau, Karl Wosniak eut envie de lui sauter dans les bras! Il se sentait dans une forme splendide et d'humeur à plaisanter, ce qui parut ébranler Cul-Nerveux. La journaliste hésita avant d'entrer, lançant au préalable un regard circulaire dans le bureau afin de vérifier si personne d'autre ne s'y trouvait.

—Je vous dérange, monsieur Wosniak?

—Pas du tout, ma chère! Puis-je vous être utile à quelque chose?

Charlotte Savoy, peu habituée de voir son patron d'humeur aussi communicative, tira nerveusement sur sa cigarette. Le Curé tiqua, car il détestait la fumée. Il consentit un effort particulier afin de ne pas indisposer la journaliste, puisqu'il se sentait prêt à faire la paix avec le monde entier.

—Vous cherchez à joindre Philippe, c'est vrai?

—J'essaie sans succès depuis presque deux jours; on dirait que notre ami est disparu de la surface de la terre!

Charlotte Savoy aspira profondément et, lorsqu'elle se remit à parler, un mince filet de fumée s'échappa par la bouche et les narines; les volutes nauséabondes se répandirent dans le bureau comme du brouillard. *On dirait un dragon*, pensa Karl Wosniak, qui se pinça le nez sans le vouloir.

—Vous savez où je peux joindre Philippe, Charlotte?

—Je viens de lui parler. D'ailleurs, il est toujours en ligne. Je vous l'envoie?

Le Curé se mordit la lèvre inférieure; il avait envie de dire à cette pimbêche enfumée de se magner le cul et de courir ventre à terre à son téléphone, avant que Philippe Lambert ne se décide à raccrocher! Pourtant, lorsqu'il ouvrit la bouche, il s'exprima avec une chaleur qui le déconcerta.

—Ce serait en effet très gentil de votre part de transférer l'appel, Charlotte.

Cul-Nerveux, toujours abasourdie par l'accueil dont elle avait été l'objet, tourna les talons et traversa la salle de rédaction au pas de charge. Arrivé à son bureau, Karl Wosniak, en allongeant le cou, la vit saisir son téléphone, dire quelques mots dans le combiné, puis ses doigts coururent sur le clavier; une seconde plus tard, l'appareil du rédacteur en chef vibrait à son tour. Le Curé attendit quelques instants avant de décrocher, afin de bien démontrer qu'il n'était pas pressé. Lorsqu'il porta l'écouteur à son oreille, il essaya de s'exprimer sans ostentation, pour ne pas éveiller la suspicion de son correspondant. Philippe Lambert devait se méfier de lui plus que jamais et ce n'était pas le temps d'élargir, même involontairement, le fossé qui les séparait.

—Alors, ces vacances, mon cher Philippe, ça se passe bien?

—Pas mal, monsieur Wosniak.

La voix du journaliste était chaleureuse, mais sans exagération. Prudemment, le Curé tenta une ouverture.

—Vous nous manquez, Philippe; je crois même que vous avoir laissé partir a été une erreur... cela dit sans vouloir vous mettre dans l'embarras! Ces deux meurtres, à Saint-Michael, il n'y a que vous pour traiter une affaire semblable!

—Craig est pas mal...

—Bien sûr, Philippe, bien sûr... Enfin, on ne refait pas le monde en criant lapin, vous savez.

Karl Wosniak s'interrompit, laissa filer une ou deux secondes, puis reprit, cette fois sur le ton de la confidence.

—Vous vous amusez?

—Dans un sens, oui.

L'ironie avec laquelle Philippe avait enveloppé sa réponse échappa complètement au Curé qui poursuivit:

—Que diriez-vous d'une petite soirée avec des gens bien, Philippe?

—Vous savez, monsieur Wosniak, je ne sais pas si j'aurai le temps. J'ai encore beaucoup à faire pour préparer mon départ et...

—Allons, mon garçon. Vous êtes trop jeune pour bouder une occasion semblable. Je vous invite chez Robert Caine, à sa demande. C'est pour samedi soir, à neuf heures. Tenue de soirée. Qu'est-ce que vous en dites?

Il y eut un long silence au bout de la ligne, que Karl Wosniak, pressé de conclure, prit pour une réponse affirmative.

—Alors, c'est oui?

—Vous me prenez un peu au dépourvu, monsieur Wosniak.

—C'est le genre d'invitation qu'on ne peut pas refuser, Philippe.

Karl Wosniak espérait avoir mis suffisamment d'insistance dans sa voix pour se faire convaincant, sans toutefois paraître explicite. En fait, il ne voyait pas de quelle manière il pourrait annoncer à Robert Caine que Philippe Lambert opposait une fin de non-recevoir à son invitation, si jamais ce dernier refusait de se laisser convaincre. À la seule évocation de cette possibilité, il commença à perdre la belle assurance qu'il venait de retrouver.

—J'accepte...

—Voilà qui est très sage de votre part. Je suis certain que nous passerons tous une excellente soirée. Il n'y aura là que des amis de monsieur Caine.

Ils raccrochèrent en même temps, se souhaitant mutuellement au revoir du bout des lèvres. Le Curé décelait toujours une grande méfiance chez Philippe; ce détail n'altéra pas sa bonne humeur, cependant. L'affaire se traiterait entre le journaliste et Robert Caine. Lui, Karl Wosniak, pouvait désormais se considérer comme retiré du dossier. Loin de le décevoir, cette constatation le remplit de satisfaction.

La série noire des derniers jours prenait fin sans trop de casse, conclut le rédacteur en chef du Reporter qui décida, magnanime, d'aller discuter avec Paul Francis du numéro du lendemain. Le chef de pupitre serait aussi très certainement heureux d'apprendre qu'un de ses confrères se préparait à faire une entrée remarquée dans la bonne société de Beaumont. Le Curé gloussa intérieurement en songeant que cette intronisation pourrait se révéler fort désagréable pour l'heureux élu!

***

La veille, quand, d'excellente humeur, ils s'étaient attablés dans la cuisine pour le petit déjeuner, tante Irma avait deviné immédiatement ce qui s'était passé au cours de la nuit. En regardant Philippe par en dessous et en prenant un air inquisiteur, elle lui avait demandé s'il avait bien dormi. Celui-ci avait répondu par l'affirmative, non sans avoir au préalable adressé un clin d'œil complice à Rosalie.

Les deux policiers de faction, plus lents à déceler ce genre de choses, étaient arrivés à la même conclusion le soir seulement, en voyant le couple monter au premier. Philippe et Rosalie se tenaient par la main et leur attitude ne laissait place à aucune interprétation. Hubert Ross, qui lisait dans le hall d'entrée toujours désert un exemplaire vieux d'un an de *Sports Illustrated*, sans prendre la peine de regarder son comparse assis près de lui pour quêter une approbation, avait conclu, pratique, que la présence du journaliste dans la chambre de leur protégée faciliterait leur tâche...

L'après-midi, toujours accompagnés des anges gardiens de Rosalie, ils avaient emprunté une multitude de sentiers qui rayonnaient dans toutes les directions à partir de l'auberge. La forêt, impénétrable en dehors des voies d'accès aménagées par l'homme, de bon gré, avait ouvert son monde aux explorateurs néophytes qu'ils étaient. La neige, bloquée par les branches des énormes sapins et des épinettes hautes comme des édifices de trois étages, n'était parvenue au sol qu'avec difficulté, recouvrant celui-ci d'une couche de matière blanche dont l'épaisseur ne dépassait guère six centimètres. Ils marchaient dans ce matelas moelleux en riant comme des enfants, heureux de revivre les sensations que l'hiver rapportait de son séjour de plusieurs mois dans les régions nordiques.

Après le dîner, ils s'étaient réfugiés, toujours seuls et complices, devant l'âtre de la salle à dîner. Assis à même le sol, ils avaient écouté les vieux disques de Glenn Miller et de Guy Lombardo, tandis que le feu réchauffait leurs membres. Ils avaient peu parlé, car cela n'était pas nécessaire. Ils se comprenaient par un simple regard, un geste appuyé, un sourire.

Philippe s'était réveillé ce jour-là avec, au-dessus de lui, le regard d'une extrême douceur de Rosalie. Elle avait posé ses lèvres sur son visage rendu rude par une barbe naissante, puis leurs bouches s'étaient trouvées. Ils avaient fait l'amour de manière presque sauvage. Les cris étouffés de la jeune femme, alors que le plaisir montait en elle, s'étaient mêlés aux gémissements de Philippe qui sentait son corps prêt à s'élancer dans un formidable élan de jouissance pure. L'orgasme, violent, les avait cueilli au bord du point de rupture. Brisés mais heureux, ils avaient repris leur souffle tandis que le soleil, timidement au début puis avec plus d'assurance, montait au-dessus de la ligne des arbres.

Peu avant l'invitation de Karl Wosniak d'assister à la soirée de Robert Caine, Philippe avait récupéré dans le sac de voyage contenant ses effets personnels la cassette vidéo BASF, que lui avait remis Patrick Ashley, et dont il avait presque complètement oublié l'existence jusqu'à ce qu'il passe trois jours auparavant devant la banque où il avait mis le document en sécurité. Préoccupé par la sécurité de Rosalie, il avait relégué le tuyau de Patrick Ashley dans un compartiment reculé de sa mémoire; maintenant que les choses semblaient vouloir se tasser – le tueur n'avait pas récidivé et l'auberge de tante Irma constituait un lieu de retraite et de protection idéal – son instinct de journaliste reprenait le dessus...

Exténuée par une marche de deux heures, Rosalie dormait dans sa chambre tandis que Hubert Ross et l'autre policier montaient la garde devant sa porte. Tante Irma était sortie faire des courses. Dans le salon, près du bar, il y avait un poste de télévision surmonté d'un magnétoscope.

L'appareil avait avalé la cassette avec un bruit mécanique. Philippe avait appuyé sur le bouton commandant l'ouverture de l'écran et le reflet bleuté de celui-ci s'était répandu bientôt dans la pièce que la fin de l'après-midi obscurcissait.

Lorsque, une vingtaine de minutes plus tard, Philippe avait commandé l'opération d'enroulement, le désappointement se lisait sur son visage. Il comprenait maintenant ce qu'avait voulu dire Patrick Ashley quand celui-ci avait affirmé que le meilleur restait à venir. Cette bande, bien qu'explicite à certains points de vue, ne contenait rien d'embarrassant pour les personnes qui y apparaissaient. En dehors de la présence du jeune prostitué, il n'y avait là que des représentants de la bourgeoisie locale, échangeant visiblement sur des sujets sans importance en buvant quelques verres. La bande prenant fin sans avertissement, Philippe avait conclu qu'il s'agissait de la première partie d'un document plus important.

Il avait médité quelques minutes sur ce qu'il n'était pas loin de considérer comme un cadeau de Grec, lorsque tante Irma, en faisant irruption dans la pièce, s'était inquiétée à voix haute de l'absence de Rosalie à ses côtés. Rassurée par Philippe, la grosse femme avait aussitôt pris la direction de ses appartements du rez-de-chaussée où, avait-elle déclaré, l'attendait une montagne de factures à trier!

Peu après le dîner, il s'était dit que le document en sa possession devait bien posséder une certaine valeur, puisque Patrick Ashley avait jugé préférable de ne pas s'en séparer.

Il avait décidé d'en avoir le cœur net. Avec une rapidité trahissant une longue habitude, Philippe avait composé le numéro de téléphone du Reporter et avait demandé à parler à Charlotte Savoy. Il avait coupé court aux salutations de la journaliste pour entrer immédiatement dans le vif du sujet.

—Toi qui sais tout sur les gens importants, peux-tu me dire si Thomas Martin a laissé entendre qu'il séjournerait aussi longtemps en France? Il y a bien un mois qu'il est parti...

—Tu ne dois pas lire ton journal très souvent ces temps-ci, mon gars, sinon tu ne poserais pas de question comme celle-là!

—Je suis en vacances, Charlie, je n'achète aucun journal.

—Ouais, tu peux raconter tes salades à d'autres, mais pas à moi. Je parie que tu mijotes encore quelque chose...

Philippe l'interrompit.

—Je ne t'ai pas appelée pour te confier mes projets, même si je t'aime bien. Sois un ange, parle-moi du ministre de la Défense.

Cul-Nerveux fit comme si la chose l'ennuyait au plus haut point, mais le ton de sa voix démontrait le contraire. Philippe devina qu'elle était heureuse de lui parler et, par la même occasion, de lui rendre service.

—Thomas Martin et sa femme ont décidé de ne pas rentrer immédiatement au pays, c'est ce qu'a déclaré hier le chef de cabinet du ministre. Évidemment, l'Opposition crie au meurtre et exige que le ministre rapplique sur-le-champs aux Communes pour s'expliquer sur les petits trafics dont il serait responsable. Il est question de népotisme mais aussi, ce qui est beaucoup plus grave, de pots-de-vin et d'abus de confiance. Thomas Martin demeure introuvable et personne ne peut dire où il se trouve exactement en France. Voilà.

—Et sa femme?

—Rien de ce côté-là. Madame s'est fondue dans le paysage avec son mari.

—À ton avis, tout cela signifie quelque chose?

—Je ne suis pas dans les petits papiers des gens du gouvernement; toutefois je peux t'affirmer que l'entourage immédiat du ministre, ici à Beaumont, est très embarrassé.

Philippe commençait à devenir intéressé.

—Explique-toi, Charlie.

—Bah! une impression... et aussi un ou deux faits qui me paraissent bizarres. Thomas Martin est parti en coup de vent, contrairement à ses habitudes. Il semble avoir laissé ses proches collaborateurs dans l'ignorance de la date de son retour. J'ai procédé à quelques vérifications et, excepté un coup de fil logé de Paris à son bureau, il y a trois semaines, il est resté muet.

—C'est tout?

—Eh! mon gars, je ne travaille pas pour le Service de renseignements! C'est quand même pas mal, non?

Philippe dut se rendre à l'évidence.

—Oui, c'est pas mal, Charlie. Du bon travail.

Il allait raccrocher, lorsque la journaliste lui avait demandé de patienter un instant, le temps de procéder à une vérification avec Karl Wosniak. Elle était revenue au bout de trois minutes et, sans lui laisser le temps de réagir, l'avait informé qu'elle transférait l'appel dans le bureau du Curé. D'abord contrarié d'être mis en communication avec le rédacteur en chef, Philippe avait rapidement changé d'idée en entendant Karl Wosniak. Il s'était efforcé de cacher sa surprise devant le soudain intérêt de Robert Caine pour sa modeste personne, puis, il s'était dit qu'une petite visite dans la tanière du loup l'aiderait certainement dans son enquête.

Tout de suite après avoir raccroché, il avait remis le magnétoscope en marche, arrêtant cette fois l'image sur le joyeux quatuor que formaient Robert Caine, sa fille Nancy, Patrick Ashley et Thomas Martin.

***

Le visage congestionné par la colère, Don O'Connor

ferma en douceur la porte du bureau, même si la tentation de se laisser aller à un éclat était plus forte que tout. Son entretien avec le maire s'était mal déroulé et il n'était pas certain de s'être tiré tout à fait indemne de la discussion qui, dès la première minute, avait pris la forme d'une véritable confrontation. Le patron voulait un meurtrier à offrir en pâture aux Beaumontais et, surtout, il exigeait que son chef de la police lui dise pourquoi il avait décidé d'envoyer deux inspecteurs à Washington, au nez et à la barbe de ces messieurs de la Sûreté! Ceux-ci, en apprenant que Don O'Connor, sans les consulter, était parti en guerre tout seul, ne décoléraient plus et menaçaient de faire intervenir le ministre de la Justice afin de remettre de l'ordre dans une affaire les concernant directement, affirmaient-ils.

Il s'était défendu du mieux qu'il avait pu et, au bout d'une demi-heure d'échanges acerbes, avait opté pour une retraite stratégique. Le maire exigeait la tenue d'une conférence de presse afin, disait-il, de rassurer la population et de l'informer des derniers développements de l'enquête. Le chef de la police avait obtenu un sursis de quelques heures, le temps de rallier ses troupes et de mettre en ordre les divers éléments recueillis par celles-ci. Don O'Connor savait que le fou furieux qui se baladait dans les rues de Beaumont ne pourrait que tirer parti des informations, même réduites à la portion congrue, qui seraient livrées aux journalistes. Il devait cependant se plier au désir du maire, au risque de compromettre une partie de l'enquête en cours, et c'est ce qui contribuait le plus à entretenir sa colère.

Il salua distraitement la secrétaire du maire, sans s'attarder au regard ironique que la jeune femme lui lança. Arrivé sur le stationnement, il s'engouffra dans la voiture de fonction mise à sa disposition par l'administration municipale et fila tout droit au quartier général. Quinze minutes plus tard, installé derrière son bureau et d'une humeur massacrante, il demanda au sergent de garde de lui envoyer immédiatement Compton et Courtney. Il voulait faire le point avec les inspecteurs responsables de l'enquête sur les deux derniers meurtres de Saint-Michael, pas seulement en prévision de la conférence de presse, mais aussi parce qu'il avait l'impression que les événements étaient sur le point de se précipiter. Charles Compton vint seul, Esther Courtney complétant à l'hôpital quelques interrogatoires susceptibles de faire avancer les choses.

L'inspecteur ne payait pas de mine. La fatigue plissait ses traits déjà ridés et son dos, plus voûté que d'habitude, semblait sur le point de déclarer forfait. Compton s'assit sans attendre d'y être invité et, d'un geste qui pouvait paraître nonchalant, mais qui était le résultat de plusieurs nuits sans sommeil, soutira de la poche intérieure de son veston un paquet de cigarettes froissé. Il offrit une Du Maurier à Don O'Connor, qui refusa d'un geste de la tête, puis approcha la flamme d'une allumette à la hauteur de son visage. L'inspecteur sembla reprendre vie seulement lorsqu'il eut aspiré une longue bouffée de tabac.

—Vous deux exceptés, on a combien de types sur l'affaire?

—La Brigade au complet, patron. Ça fait dans les vingt personnes, je crois...

—Rien de neuf?

Charles Compton haussa les épaules.

—Rien depuis hier matin. Esther interroge les préposés à l'entretien de Saint-Michael, mais je doute que cela donne des résultats.

Don O'Connor saisit le feuillet dactylographié qui lui était parvenu par bélino, le matin même, et auquel venait de faire allusion Charles Compton. Le laboratoire du FBI à New York confirmait que les empreintes génétiques, relevées dans les échantillons de peau qui leur avaient été soumis, correspondaient à celles apparaissant sur un cheveu recueilli sur le corps d'un homme égorgé puis émasculé, deux ans auparavant, alors qu'il se promenait seul, aux petites heures du matin, dans un parc en banlieue de Buffalo. Le chef de la police avait gardé pour lui cette information, exigeant de Charles Compton et d'Esther Courtney qu'ils en fassent autant. Ni le maire, ni l'état-major de la Sûreté n'avaient été mis au courant de la nouvelle. Le chef de la police considérait qu'il en serait ainsi tant et aussi longtemps qu'un lien formel n'aurait pas été établi entre la tuerie de Saint-Michael et celle de l'hôpital Prince-Albert.

—Rien à signaler du côté de l'auberge?

Charles Compton s'anima.

—Si... Notre protégée et son petit ami font désormais chambre commune!

— C'était prévisible.

Don O'Connor appuya ses coudes sur le sous-main recouvrant son bureau. Il passa ses doigts épais sur son menton bleu par un mauvais rasage.

—Je suis persuadé que cette fille détient la clé de toute cette histoire.

—Vous voulez vous en servir comme appât?

Le chef de la police ne répondit pas immédiatement; il observa longuement son subordonné, en ayant l'air de lui reprocher ses mauvaises intentions, puis, sur le ton détaché de ceux qui cherchent à dissimuler le fond de leur pensée, il dit:

—Trop dangereux, beaucoup trop dangereux, Charles, et tu le sais bien!

—Peut-être n'existe-t-il pas d'autres solutions. Si ce fou continue à faire des siennes, nous serons bien obligés d'en venir là.

—Ce sont des suppositions, en attendant il faut se préparer à rencontrer la presse, ce qui n'est pas une mince affaire. Des suggestions?

—On leur en dit le moins possible.

—Cela va de soi!

—Et s'il y a une fuite?

—Je descends le premier qui se laisse aller aux confidences!

Don O'Connor avait parlé sur un ton uni dans lequel nulle trace de plaisanterie apparaissait. Charles Compton n'osa pas demander au chef de la police s'il était sérieux, craignant d'obtenir une réponse affirmative...

**

L'été, la *vallée des plaisirs* accueillait volontiers les jeunes qui avaient les moyens de se payer une voiture d'occasion rafistolée de bric et de broc, et dont la paye hebdomadaire, trop maigre, interdisait les nuits d'amoureux dans les motels des environs. L'hiver, l'endroit devenait le rendez-vous des motoneigistes qui considéraient l'étendue plane d'environ trente kilomètres carrés comme un lieu de regroupement. Avant de partir à l'assaut des sentiers qui s'étendaient vers le nord, ces aventuriers du week-end testaient leur engin sur la surface sans relief de ce qui avait dû être un plateau quelques milliers d'années auparavant, et qui, aujourd'hui, ressemblait bien plus à l'idée que l'on se fait d'une cuvette que d'une véritable vallée. Deux générations de Beaumontais avaient contribué à donner son nom au lieu qui était reconnu à des dizaines de kilomètres à la ronde pour sa quiétude... et le fait que les voitures de police n'y roulaient que très rarement! La *vallée des plaisirs* était en effet située à trois quart d'heure de route de Beaumont, dans un endroit peu accessible; sauf les jeunes et les motoneigistes, peu de gens s'y aventuraient. Le lieu avait sans doute contribué à l'explosion des naissances hors mariage, à une certaine époque; toutefois, même s'il demeurait toujours très fréquenté, l'endroit, avec la libéralisation des mœurs, avait quelque peu perdu de son odeur de soufre.

Paul Lebel accélérait ou freinait, selon qu'il riait ou ne riait pas. Ses compagnons et lui roulaient depuis une heure et demi sans but précis et l'indicateur d'essence du minibus Dodge, transformé plutôt mal que bien en salon roulant, baissait de façon dramatique. À l'arrière, Bobby Flannagan avait entrepris de séduire Barbara Dextraze que tous surnommaient, par dérision, *Barbie*. L'adolescente de seize ans était un peu simplette et sa taille de joueur de football ne faisait rien pour arranger les choses. Assis près de Paul Lebel, à l'avant, Henri Lamer essayait de décapsuler une bouteille de bière avec la boucle d'une ceinture de sécurité.

—Faudrait faire le plein, Paul, sinon on devra marcher!

—Te presse pas, Henri. Y a assez d'essence dans le réservoir pour rouler jusqu'en Floride!

—C'est ce que tu as dit la dernière fois et j'ai été obligé de revenir en stop à Beaumont pour y chercher de l'essence!

De l'arrière, étouffé par le bruit du moteur, un gloussement révélateur de ce qui était en train de se dérouler leur parvint. Henri Lamer, qui avait réussi à décapsuler sa bouteille, sans se retourner, lança:

—Dis donc, Bobby, pense aux copains, y a pas le feu!

Chômeurs, Paul Lebel et Henri Lamer étaient âgés de dix-neuf ans; ils ne s'étaient jamais séparés depuis l'école primaire. Fils d'un juge, Bobby Flannagan faisait partie de la jeunesse dorée de Beaumont; à dix-huit ans, le jeune homme avait décidé d'abandonner l'école pour un temps, afin, disait-il, de profiter un peu de l'existence. Il fréquentait Paul Lebel et Henri Lamer depuis six mois. Leur fournisseur habituel connaissant un malheureux contre-temps avec la justice, ces derniers cherchaient sans succès un dealer de coke quand ils avaient croisé Bobby par hasard, qui leur avait présenté un copain... Ainsi était née leur association qui reposait bien plus sur un goût partagé pour les mauvais coups que sur une véritable amitié.

Ils avaient aperçu *Barbie* alors qu'elle sortait du *Casse-croûte Lucas*. D'abord en plaisantant, puis avec une insistance trahissant leurs intentions, ils avaient convaincu l'adolescente de se joindre à eux pour une virée dans les rues de la ville. Sitôt la jeune fille embarquée dans la camionnette, Paul Lebel avait pris la direction de l'autoroute et était sorti de Beaumont. Barbara Dextraze, en train de se faire peloter à l'arrière par Bobby Flannagan, ne s'était pas rendue compte du changement de direction. C'était Henri Lamer qui avait eu l'idée d'amener *Barbie* dans la *vallée des plaisirs*, pour, avait-il dit, *se payer un peu de bon temps avec cette pute!*

—Tu... tu crois que la neige nous empêchera de passer?

Henri Lamer en était à sa sixième bouteille et la soirée venait à peine de débuter; il commençait à bafouiller et à éprouver de la difficulté à se tenir droit. Plus aguerri que son compagnon, Paul Lebel paraissait moins ivre, bien qu'il eût consommé lui aussi plus que sa part de bière.

—On verra bien. S'il y a trop de neige, je connais un autre endroit.

Derrière, *Barbie* gémit faiblement. Henri Lamer se retourna à demi, ajusta sa vision, mais l'obscurité l'empêchait de voir ce qui se passait. Il crut deviner une paire de jambes s'agitant furieusement, ce qui suffit pour éveiller sa curiosité. S'adressant à Paul Lebel, il dit, sur un air entendu:

—Allume, que je m'amuse un peu!

—T'énerve pas, quoi! Ce sera bientôt ton tour, on y est presque...

—Allume que j'te dis!

Paul Lebel jeta un coup d'œil à son camarade; celui-ci avait le regard mauvais et le reflet verdâtre du tableau de bord sur ses traits ne faisait qu'accentuer son air méchant.

—D'accord, t'énerve pas.

Le plafonnier, en s'allumant, découvrit une scène d'une extrême incongruité. Bobby Flannagan, qui était plutôt de petite taille, avait baissé son pantalon et chevauchait le corps nu et énorme de Barbara Dextraze comme s'il avait tous les diables de l'enfer à ses trousses. Surpris, le garçon et la fille eurent d'abord le réflexe de ralentir le rythme de leurs ébats, mais, emportés par une frénésie réciproque, ils firent bientôt comme si personne ne les observait. Sous les sarcasmes d'Henri Lamer, Bobby Flannagan, dans un dernier coup de rein donnant à sa présence sur le corps de *Barbie* une allure burlesque, enfonça son sexe dans celui de sa partenaire qui hurla de plaisir.

—Vas-y doucement Bobby, sinon on sera obligé d'aller à la pêche pour te sortir de là!

—Laisse, Henri, tu vois pas que tu les déranges?

—Je me paie du bon temps, quoi, merde!

Paul Lebel se concentra sur la conduite. Ils avaient roulé une dizaine de minutes sur la voie rapide avant de la quitter et d'emprunter une route secondaire. Le nez plat de la camionnette cherchait la jonction du chemin forestier conduisant à la *vallée des plaisirs*, tandis qu'à l'arrière, *Barbie* et Bobby Flannagan mettaient un peu d'ordre dans leur tenue.

—Eh! nous avons quitté Beaumont!

—Ferme-la, poufiasse!

Barbara Dextraze s'était approchée en courbant péniblement sa haute taille. Agenouillée en équilibre instable entre les sièges avant, elle regardait à travers le pare-brise, essayant, malgré l'obscurité, de situer l'endroit où ils se trouvaient.

—Vous aviez promis de ne pas quitter la ville!

La voix de *Barbie*, geignarde, permettait d'appréhender le pire. Paul Lebel tenta de rassurer l'adolescente.

—Calme-toi, Barbara. Y en a pas pour longtemps, juste le temps de boire quelques bières et on te ramène chez toi.

Henri Lamer s'esclaffa, appréciant le propos à la blague. Toujours confiné à l'arrière, Bobby demanda:

—On y est presque, non?

Paul Lebel ralentit encore, puis freina tout à fait. Le chemin forestier qu'il cherchait depuis cinq minutes commençait à une dizaine de mètres de là, à la limite extrême du halo des phares.

—Nous y sommes...

Henri Lamer baissa la vitre de sa portière et, aussitôt, un vent froid et coupant s'engouffra dans le minibus. La neige, durcie par les nombreux gels consécutifs des nuits précédentes, avait pris une teinte grisâtre, malsaine. Des blocs de glace explosèrent avec un bruit sourd sous les pneus de la camionnette lorsque celle-ci s'immobilisa sur l'accotement. Henri Lamer vida d'un trait ce qui restait de bière dans la bouteille qu'il tenait dans ses mains puis lança le contenant à l'extérieur. Le verre se fracassa sur une pierre invisible en émettant une série de sons cristallins.

—On jette un coup d'œil?

—Ce serait plus prudent.

Paul Lebel amena le levier de transmission à la position neutre et tira sur le frein à main. Henri Lamer sortit et, en poussant un juron, releva le col de sa veste de cuir. La démarche du jeune homme, loin d'être assurée, démontrait l'état d'ébriété dans lequel il se trouvait. À l'intérieur, Bobby Flannagan avait rejoint *Barbie*; il avait glissé sa main droite sous la veste recouvrant les épaules de l'adolescente, caressant distraitement les seins de la jeune fille. Celle-ci se laissa faire pendant quelques instants, puis se dégagea brusquement.

—Fiche-moi la paix!

—Ben quoi, qu'est-ce qui te prend tout à coup?

—Je n'aime pas cet endroit!

Bobby Flannagan et Paul Lebel échangèrent un regard plein de sous-entendus. Dehors, Henri Lamer revenait en courant, les mains enfouies dans les poches du jean étroit et sale qu'il portait depuis une semaine. Il se réinstalla sur le banc qu'il venait de quitter en massant ses oreilles rougies par le froid.

—Bon Dieu! On se les gèle!

Paul Lebel ramena le bras du frein à main dans sa position originale et embraya en première. Le moteur de la camionnette toussota et se remit à ronfler normalement dès que le conducteur appuya sur l'accélérateur.

—Et alors?

—Tout me paraît correct. Il y a un talus de neige laissé par la niveleuse qui ne doit pas avoir plus de cinq centimètres de hauteur. Après, tout est beau, le vent a fait du bon travail.

—Bon, on y va.

Dans le ciel, la lune était pleine. Au moment où la camionnette s'engageait dans le chemin forestier, un nuage passa devant l'astre, donnant au paysage l'aspect d'une terre abandonnée par ses habitants, que des monstres terrorisaient. L'effet de condensation, joint à la fumée tournoyant autour du tuyau d'échappement, cachait presque complètement les feux de position du véhicule qui roulait avec précaution sur les innombrables nids-de-poules barrant sa route. La *vallée des plaisirs* reposait dans un silence d'outre-tombe, troublé seulement par le bruit du moteur d'une vieille guimbarde dans laquelle prenaient place des jeunes gens à leur dernier rendez-vous avec l'existence.

L'automobile, tous feux éteints, collait à la camionnette depuis le *Casse-croûte Lucas*. Le conducteur maniait le volant avec aisance, se tenant à bonne distance du véhicule qu'il suivait, afin de ne pas éveiller l'attention de quiconque aurait l'idée de regarder avec trop d'insistance vers l'arrière. Lorsque la Dodge s'engagea dans le chemin forestier, l'auto ralentit jusqu'à s'arrêter. Les feux arrière, ronds comme des boules de billard, illuminèrent brièvement le paysage avant de reprendre leur teinte sombre, fade. Le chauffeur descendit, contourna la carrosserie, puis urina dans le fossé. L'homme, quand il se glissa de nouveau derrière le volant, sifflotait entre ses dents une mélodie sans air particulier. Un observateur placé là par hasard aurait vite compris que cet individu n'était nullement pressé de repartir et que l'assurance se dégageant de sa personne était tout ce qu'il y avait de plus naturel... Les phares de la camionnette disparurent au loin tandis que l'homme s'installait dans une position confortable derrière le volant.

—Cet endroit ne me dit rien de bon!

—Ta gueule, *Barbie*! Au lieu de philosopher, tu ferais mieux de te déshabiller.

—Non, je ne veux pas!

Barbara Dextraze et Henri Lamer se crêpaient le chignon depuis un quart d'heure. Avec un succès mitigé, le garçon, toujours assis à l'avant, essayait de convaincre l'adolescente d'enlever ses vêtements; à l'arrière, Paul Lebel et Bobby Flannagan tiraient tour à tour sur un joint gros comme un cigarillo, s'amusant ferme de la déconvenue de leur camarade.

—Mets ta main là!

Henri Lamer indiquait son entrejambe à *Barbie* qui, obstinée, continuait de tenir tête au garçon trop entreprenant.

— Fais ce que je te dis, eh merde!

La gifle, sonore, se répercuta jusqu'à l'arrière de la camionnette. Les ricanements cessèrent, puis reprirent de plus belle.

—Vas-y doucement, Henri. N'abîme pas la marchandise.

Paul Lebel abandonna sa position et vint s'asseoir près de Barbara Dextraze. Il glissa sa main dans les cheveux de l'adolescente et caressa son cou. *Barbie* se laissa faire et protesta timidement lorsque le jeune homme commença à lui triturer les seins par-dessus son chemisier.

—Qu'est-ce qui se passe, ma jolie? Tu n'as pas l'habitude d'être timide.

—Je trouve cet endroit horrible!

—T'as qu'à te laisser faire et dans une heure nous serons de retour à Beaumont.

—Non, je veux rentrer chez moi, tout de suite!

Henri Lamer, qui avait eu le temps de descendre trois autres bouteilles de bière pendant qu'il essayait de convaincre *Barbie* de se déshabiller, adressa un clin d'œil à son camarade qui le lui rendit. Avec un synchronisme surprenant, vu l'état dans lequel ils se trouvaient tous les deux, et avant que l'adolescente n'ait eu le temps de réagir, Paul Lebel et Henri Lamer s'emparèrent de Barbara Dextraze. Le premier tenait fermement les épaules de la jeune fille, tandis que l'autre lui immobilisait les jambes. *Barbie* se mit à hurler, ce qui attira l'attention de Bobby Flannagan qui s'amena, le regard vitreux.

—Allez-y doucement, les gars. Elle peut vous faire valser les bijoux de famille comme un rien!

Barbara Dextraze se débattait furieusement. Sa grande taille lui permettait de tenir tête à ses agresseurs que l'avertissement de Bobby Flannagan n'avait pas laissés indifférents. Paul Lebel avait réussi à arracher le chemisier de l'adolescente en immobilisant les bras de celle-ci sous ses genoux; pendant ce temps, Henri Lamer tirait de toutes ses forces sur le pantalon de *Barbie*, dont les mouvements redoublaient d'intensité. Excités par les gros seins dénudés de l'adolescente, les deux garçons s'échinaient sur le corps de leur victime en redoublant d'ardeur. Henri Lamer, qui en avait plein les bras, lança à Bobby Flannagan:

—Au lieu de rester là à nous regarder faire, tu pourrais nous donner un coup de main!

—Je me suis débrouillé tout seul, alors vous n'avez qu'à faire comme moi. Je vais pisser!

Barbie parvint à assener un coup de genou dans l'entrejambe d'Henri Lamer qui gémit de douleur; distrait par l'arrivée de Bobby Flannagan, le jeune homme avait quelque peu relâché son attention et il venait de payer pour l'insouciance dont il avait fait preuve. Il voulut répliquer par un crochet, mais rata son but. Atteint à la cuisse par le poing de son camarade, Paul Lebel se répandit en insultes sur la maladresse de ce dernier. Bobby Flannagan, l'esprit enfumé par la drogue, dégoûté par une performance qu'il considérait peu digne de l'habituelle dextérité de ses compagnons dans ce genre d'exercice, fit coulisser la porte latérale de la camionnette et se glissa dehors en maugréant.

—Ferme cette fichue porte!

L'objurgation de Paul Lebel demeura lettre morte, Bobby Flannagan ayant disparu dans l'obscurité avant même que les paroles de son camarade parviennent à ses oreilles. Sur le plancher de la Dodge, Barbara Dextraze commençait à se débattre avec moins de conviction. Le souffle court, elle prononçait des paroles sans suite, émaillant à l'occasion sa litanie d'un juron bien senti. Constatant que les forces de l'adolescente allaient en diminuant, les deux garçons redoublèrent d'ardeur. Henri Lamer parvint à arracher la boucle du ceinturon retenant le jean de la jeune fille, tandis que son compagnon faisait glisser la fermeture éclair. Tous deux semblaient sur le point de parvenir à leur fin lorsque *Barbie*, qui paraissait avoir récupéré, planta ses dents dans le poignet gauche de Paul Lebel. Le garçon bondit sur ses pieds en hurlant de douleur; ce faisant, sa tête heurta violemment le toit de la camionnette. Groggy, il tenta de reprendre son équilibre et s'abattit enfin sur le plancher, les yeux vides de toute expression.

—Ça va, Paul, rien de cassé?

Henri Lebel fut moins chanceux que la première fois; certes, il parvint à éviter à ses parties génitales une deuxième attaque massive, mais l'attention qu'il avait portée au sort que subissait son ami lui fut fatale. Barbara Dextraze, qui venait de recouvrer l'usage de ses membres supérieurs, s'arracha littéralement du plancher, se retrouvant aussitôt en position assise devant Henri Lebel. Celui-ci, toujours occupé à faire glisser le pantalon de la jeune fille, regardait son compagnon en train de récupérer à ses côtés; il ne put rien faire pour éviter la contre-attaque dont lui seul était la victime. Tout se déroula en une fraction de seconde. Barbara Dextraze empoigna la tête de son agresseur, assurant sa position en enfonçant ses ongles profondément dans la nuque. Ainsi arrimée, elle abattit avec force et à deux reprises son propre front sur celui d'Henri Lebel qui, sonné pour le compte, lâcha prise. Libérée, l'adolescente s'accroupit quelques instants, le temps de remettre son pantalon en place; craignant le retour de Bobby Flannagan, elle s'empressa de récupérer son chemisier qui reposait, déchiré, sous l'un des sièges avant. Elle s'enfuit de la camionnette en courant, volant littéralement sur la neige durcie; elle n'osa pas regarder derrière, de crainte d'apercevoir un de ses tourmenteurs lancé à sa poursuite. Elle courut ainsi pendant un temps qui lui parut une éternité. Lorsqu'elle jugea s'être éloignée suffisamment de la Dodge, elle ralentit, puis se calma enfin. Il faisait froid, mais sa course avait réchauffé ses muscles, amenant une chaleur bienfaisante dans tous ses membres.

Quand elle se retourna, la camionnette avait disparu.

***

—Ça lui apprendra, à cette salope!

Henri Lamer, bien qu'il eût été le plus touché des deux par l'attaque de Barbara Dextraze, avait récupéré plus rapidement que son compagnon. Moins de cinq minutes après que *Barbie* se fût enfuie, il s'était glissé péniblement derrière le volant et avait lancé le moteur, en appuyant rageusement sur l'accélérateur. Sous la sollicitation, les pneus arrière de la camionnette avaient creusé la couche de neige et, au moment où il devenait presque évident que le véhicule resterait prisonnier de l'endroit où il était, les roues étaient entrées en contact avec la surface de sable, permettant à la Dodge de se dégager.

—Ralentis, Henri, mais ralentis, bon sang! Tu vas nous tuer!

—Elle va se payer tout le trajet à pied, cette pute. Attends que je lui mette la main dessus, elle va en baver!

Henri Lamer tenait le volant à deux mains, tandis que l'arrière du véhicule, sous la force de l'accélération, tanguait dangereusement. Paul Lebel, qui n'avait jamais vu son compagnon dans une colère aussi terrible, s'essaya à la manière douce.

—T'énerve pas, mon vieux. C'est qu'un mauvais moment à passer. Elle nous a bien eus, c'est vrai. Mais on se retrouvera et alors là, c'est nous qui aurons le dessus...

Il s'interrompit, en se frappant le front de son poing fermé.

—Merde, arrête! On a oublié cet imbécile de Bobby!

—Saloperie!

Appliqués avec trop d'ardeur, les freins faussèrent la trajectoire de la camionnette qui dérapa, avant de quitter la route pour de bon. Emporté par la force d'inertie, le véhicule s'immobilisa enfin près d'un bouquet d'aunes, les pneus enfoncés jusqu'à la jante dans plusieurs centimètres de neige charriée là par le vent.

—Nous sommes dans de beaux draps.

—Te fais pas de bile, Paul, on s'en tirera. Allons à la rencontre de Bobby.

Henri Lamer, qui paraissait complètement dégrisé, ouvrit la portière et sauta en bas du véhicule. Paul Lebel le rejoignit et ils se mirent en marche, dans la direction opposée à celle d'où ils venaient. Ils avançaient d'un bon pas, autant pour lutter contre le froid que pour arriver plus rapidement auprès de Bobby. Tous deux étaient inquiets sans savoir pourquoi, mais, par crainte du ridicule, ils gardèrent cette impression pour eux.

Dans le ciel la lune ronde et pleine, disparaissait lentement derrière les nuages. Le seul bruit perceptible à des kilomètres était celui fait par les bottes d'Henri Lamer et de Paul Lebel, qui s'abattaient lourdement sur la neige de ce chemin forestier éloigné de toute civilisation. En prêtant bien l'oreille, les deux jeunes gens auraient pu entendre le son familier d'un moteur d'automobile en train de réchauffer, tandis que son conducteur, ombre prisonnière de la nuit, fuyait la clarté hypocrite de la lune.

—Où étiez-vous passés, salauds! C'est le genre de plaisanterie que je déteste!

Bobby Flannagan, chemise ouverte et cheveux au vent, avançait en essayant de ne pas trébucher à chaque pas. Chaussés seulement d'espadrilles, ses pieds trouvaient difficilement dans l'obscurité les aspérités qui leur permettaient de s'agripper à la surface gelée.

—Vous vous pensez peut-être drôles, mais vous ne l'êtes pas du tout!

Paul Lebel continua d'avancer vers le jeune homme pendant qu'Henri Lamer reprenait son souffle en jurant comme un charretier.

—Du calme, Bobby. On t'expliquera plus tard lorsqu'on aura quitté cet endroit.

Après un début d'altercation pour la forme et quelques bourrades, le trio reprit son homogénéité. En quelques mots, Henri Lamer informa Bobby Flannagan du fait qu'il faudrait revenir à Beaumont en stop, afin d'y dénicher une dépanneuse. Lorsque le jeune homme s'inquiéta de l'absence de *Barbie*, Paul Lebel prit le relais, résumant brièvement ce qui s'était passé dans la camionnette. La mine renfermée et le regard mauvais d'Henri Lamer indiquèrent à Bobby Flannagan qu'il avait intérêt à ne pas plaisanter sur le sujet.

Ils marchèrent ainsi pendant quelques minutes, devisant de choses et d'autres n'ayant aucun rapport avec leur mésaventure de la soirée. Ils doublèrent la Dodge rapidement; la camionnette, de biais par rapport au chemin principal, reposait à dix mètres de là dans un équilibre qui semblait précaire. Bobby Flannagan ralentit à sa hauteur, siffla d'admiration en constatant le pétrin dans lequel ils s'étaient fourrés, puis s'élança au pas de course afin de rattraper ses camarades qui s'éloignaient rapidement.

La *vallée des plaisirs* avait abrité, jusqu'à plusieurs dizaines d'années auparavant, des pins au tronc énorme et des cyprès élancés comme les flèches des Indiens montagnais qui avaient fait de la cuvette un lieu de rencontre annuel, et cela bien avant que les Blancs ne s'approprient l'endroit au nom de Dieu et de la Civilisation. Les bûcherons avaient eu raison des arbres, creusant dans leur avance des chemins d'accès qui, depuis, quadrillaient la vallée dans tous les sens; ceux-ci, entretenus avec plus ou moins de régularité par les chasseurs, ne servaient pas seulement de lieu de rendez-vous discret aux amoureux en quête de tranquillité, ils permettaient également aux mauvais garçons, tels Bobby Flannagan, Henri Lamer et Paul Lebel, de s'adonner en toute quiétude à leurs actes répréhensibles. Les aunes, les mauvaises herbes et quelques rares gerbes de bouleaux avaient pris possession d'un territoire qui, autrefois, avait dû être considéré comme une terre sacrée par les indigènes. Cette hypothèse tendait à trouver sa confirmation dans des légendes anciennes mystérieuses, ou franchement fantastiques, qui revenaient de temps à autre dans les conversations, les soirs d'Halloween, ou lorsque la pluie d'automne n'en finissait plus d'inonder le cœur des enfants. Ces histoires, qui avaient toutes la vallée comme thème principal, faisaient les délices des marmots ou amenaient des frissons chez les grandes personnes nourrissant un faible pour le surnaturel. Le lieu, il est vrai, par son aspect légèrement rébarbatif et envoûtant, prêtait aux interprétations de toutes sortes; toutefois, l'aura de mystère qu'il dégageait n'était présent que dans l'esprit de ceux qui voulaient bien voir dans la *vallée des plaisirs* un endroit où il n'était guère conseillé de se promener la nuit...

Ils marchaient depuis une vingtaine de minutes et le froid commençait à engourdir leurs membres. Bobby Flannagan lançait des injures au vent qui, transperçant sans difficulté la chemise en tissu léger dont il était vêtu, emprisonnait sa poitrine dans un étau. Paul Lebel et Henri Lamer avaient essayé tour à tour de réconforter leur camarade, sans que celui-ci ne manifeste aucune gratitude. Voyant que leurs bonnes paroles ne donnaient aucun résultat, ils s'étaient peu à peu enfermés dans un mutisme de mauvais augure, tentant eux aussi de conserver sur leur peau le plus de chaleur possible.

—J'en ai jusque-là de ce coin pourri. On arrive?

—Ta gueule, Bobby, t'es pas seul dans la merde!

Le vent, en augmentant d'intensité, avait obligé Paul Lebel à crier pour se faire entendre. Henri Lamer, les bras serrés sur sa poitrine, renchérit:

—Ouais, ferme-la, minus! Si t'avais pas choisi le mauvais moment pour aller pisser on ne serait pas en train de se farcir cinq kilomètres à pied dans la neige, et par un froid sibérien de surcroît! Tout ce qui est arrivé est de ta faute!

—Minus toi-même!

Bobby Flannagan s'élança et referma son avant-bras sur la gorge d'Henri Lamer qui, ayant parlé sans se retourner, n'avait pu prévoir la charge de son camarade. Il croula sous l'attaque, entraînant son agresseur dans sa chute. Tous deux roulèrent dans la neige et tentèrent d'échanger quelques coups, sans résultat apparent. Leurs muscles, que le froid mettait à rude épreuve, ne répondaient qu'à contrecœur. Les coups de poing se perdaient dans la neige et, bientôt, l'empoignade manqua d'ardeur. Les mains sur les hanches, jambes écartées, Paul Lebel observa ses compagnons pendant quelques instants. Voyant que l'altercation risquait de durer encore plusieurs minutes, malgré le manque d'enthousiasme des belligérants, il fit quelques pas, décidé à séparer Henri Lamer et Bobby Flannagan par la force, si nécessaire. Il se préparait à empoigner ce dernier par le col lorsque son attention fut attirée par un bruit familier. Il interrompit son geste, essayant, par-dessus le tumulte de voix et de cris des deux pugilistes, de situer la provenance de ce qui lui paraissait être le ronronnement régulier d'un moteur d'automobile.

— Vos gueules!

Son ordre étant demeuré incompris, Paul Lebel conclut qu'il devait prendre les grands moyens pour se faire entendre. Avisant à ses pieds un bloc de neige durcie, il se pencha, le saisit et, en marmonnant de vagues excuses, matraqua la nuque de Bobby Flannagan qui s'offrait à lui tel un gros pamplemousse prêt à être cueilli. Le jeune homme s'écroula sur son adversaire qui le repoussa violemment sur le côté.

—Je crois qu'il est sonné pour le compte.

Bobby Flannagan se tenait la tête entre les mains et prononçait des paroles inintelligibles. De la neige s'infiltrait sous ses aisselles à travers les manches déchirées de sa chemise. Henri Lamer massa son menton éraflé, puis mit de l'ordre dans ses vêtements.

—Ce salaud a failli m'avoir...

—Chut! Écoute!

D'un geste autoritaire, Paul Lebel imposa le silence à son camarade, intrigué, qui tendit l'oreille à son tour.

—Je n'entends rien... Si, attends! C'est un moteur de voiture, ça!

— Il y a un chemin de traverse à cent mètres d'ici, l'auto doit être garée là-bas.

—Des amoureux, tu crois?

Paul Lebel s'empressa auprès de Bobby Flannagan qui tentait péniblement de se remettre debout. Ce dernier parvint à articuler quelques mots, tandis qu'il vérifiait si la bosse en train de s'épanouir sur son crâne avait fini de grossir.

—Qu'est-ce qui se passe?

Toute velléité de combat oubliée, Henri Lamer passa son bras sous celui de Bobby Flannagan et, avec l'aide de Paul Lebel, ils entraînèrent l'éclopé en direction du chemin de traverse.

—Amoureux ou pas, Henri, ces gens ont intérêt à accepter de nous conduire en ville, sinon ils vont passer un sale quart d'heure!

Excité par la perspective de trouver du secours à proximité, Bobby Flannagan avait repris ses esprits très rapidement; sans se faire prier, il s'était mis à courir aux côtés de ses deux camarades, oubliant presque le froid et la migraine pesant sur ses tempes. Ils aperçurent le croisement à la dernière minute. Paul Lebel, qui courait en tête du trio, stoppa sans avertissement, imité à contre temps par un Bobby Flannagan à bout de souffle et un Henri Lamer qui ne valait guère mieux. Il s'ensuivit une courte bousculade, vite contrôlée, car ils étaient tous trop impatients de se fondre dans la chaleur bienvenue de l'automobile, qu'ils devinaient toute proche, pour perdre de nouveau leur temps dans une engueulade inutile.

Régulier et invitant, augmentant avec leur progression, le bruit du moteur leur indiqua la direction à suivre. Ils s'enfoncèrent dans le chemin de traverse, vers l'ouest, accélérant leur pas à mesure que le ronronnement devenait plus fort. Tous trois aperçurent l'automobile en même temps, dans un détour en épingle à cheveu. Les feux de position avant étaient allumés, donnant aux chromes un éclat diffus. C'était une grosse voiture de modèle récent, probablement une Chevrolet ou une Pontiac.

—Eh! Il y a quelqu'un?

Ils s'étaient arrêtés une quinzaine de mètres devant le capot de la voiture, afin d'amadouer le couple se trouvant probablement à bord. Henri Lamer avait placé ses mains en porte-voix autour de son visage, avançant encore de trois pas avant de s'informer d'une quelconque présence. Bobby Flannagan, qui grelottait, s'informa:

—Ben quoi, on y va?

Paul Lebel ne savait trop quelle attitude il devait adopter. Ce qui paraissait si simple au début semblait soudain très compliqué. Il n'aimait pas l'aspect de cette automobile, qu'il commençait à trouver inquiétant. Ne voulant pas passer pour un poltron, il garda ses impressions pour lui et, malgré le froid, opta pour la prudence.

—Qu'est-ce que tu en penses, Henri?

Le jeune homme haussa les épaules, un geste qui passa inaperçu dans le noir.

—J'y vais.

—Sois prudent.

Henri Lamer s'approcha en sifflant entre ses dents, s'efforçant de prendre un air confiant. Il n'y parvint qu'à demi et cela le contraria. Pour se rassurer, il se dit que le gars et la fille dans l'auto devaient être en train de faire l'amour sur le siège arrière et que leur présence à tous les trois était passée inaperçue. Il se demanda si le gars accepterait de céder sa compagne... L'idée l'effleura de profiter de la situation – trois types décidés contre un imbécile surpris le pantalon baissé – tandis qu'il approchait de l'automobile. *J'espère qu'elle est jolie et plutôt bien tournée*, pensa-t-il.

—Ohé! Y a quelqu'un là-dedans?

Il se baissa, essayant de poser son regard à l'intérieur du véhicule. Tout était sombre derrière le pare-brise. Il contourna l'automobile, regarda pour de bon cette fois à travers la lunette arrière, puis revint en courant vers l'avant. Ouvrant brusquement la portière du côté du volant, il s'engouffra à l'intérieur, pour en ressortir aussi vite qu'il y était entré.

—Les gars, eh, les gars! Y a personne!

Paul Lebel et Bobby Flannagan bondirent en avant, pendant que leur compagnon fonçait dans leur direction en bondissant de joie. Ils se rejoignirent à mi-chemin, échangeant des accolades et de grandes claques dans le dos. Leurs rires, nerveux au début, prirent de l'assurance et, bientôt, les environs résonnèrent de leurs cris joyeux.

—Dites, les gars, on fêtera plus tard, faut se tirer d'ici en vitesse avant que le propriétaire de ce tas de ferraille rapplique!

Paul Lebel mit fin aux réjouissances de ses deux compagnons, les traînant presque de force vers l'automobile qui, à quelques mètres de là, continuait de ronronner comme un chat trop sage. Ils allaient contourner le capot lorsque la situation leur échappa. En fait, il était écrit quelque part que Paul Lebel, Bobby Flannagan et Henri Lamer ne retourneraient pas à Beaumont ce soir-là. Le destin avait décidé que le séjour sur la terre de ces trois jeunes gens devait prendre fin à l'instant même et rien, ni personne, ne pouvait le faire changer d'avis.

—Où allez-vous? Cette voiture m'appartient!

La voix, rocailleuse et basse, les figea sur place. Bobby Flannagan, qui une fois de plus avait une envie folle d'uriner, sentit un liquide chaud glisser entre ses jambes. Il n'aurait jamais cru qu'une chose pareille pourrait lui arriver! C'était à cause de la voix et de l'effet de surprise... Il n'avait jamais entendu quelque chose d'aussi effrayant et, maintenant, voilà qu'il ne pouvait plus se retenir!

Paul Lebel et Henri Lamer se retournèrent dans un même mouvement, avec la même pensée: *Comment cet homme était-il parvenu à s'approcher si près d'eux, à leur insu*? L'individu se tenait à moins de deux mètres de l'endroit où eux-mêmes se trouvaient. Sa haute silhouette se découpait sur les nuages éclairés par la lune, sans qu'ils soient en mesure d'apercevoir son visage.

—Eh là!... vous emballez pas inutilement! On voulait juste emprunter votre bagnole. Nous sommes en panne.

Paul Lebel, à mesure que les mots se formaient dans sa bouche, se rendait compte du tremblement déformant sa voix. Le type ne semblait pas vouloir plaisanter. Il jeta un coup d'oeil en biais à Henri Lamer qui paraissait hypnotisé par cette nouvelle présence.

—Qu'est-ce que vous avez fait de votre copine?

—Elle est partie, elle nous a quittés...

Tel un élève pris en faute, Paul Lebel espérait que le type n'insisterait pas trop et qu'il leur proposerait de les conduire à Beaumont, malgré son air peu commode et le fait, indiscutable, qu'ils se préparaient à voler son automobile. Il allait dire quelque chose, n'importe quoi, afin de ne pas laisser mourir la conversation, lorsqu'il crut deviner à travers l'obscurité que l'homme, avec une lenteur calculée, élevait son bras droit.

La détonation, dans cet endroit désert, eut l'effet d'une énorme explosion. Comme dans un rêve, Paul Lebel vit du coin de l'oeil éclater la tête de son ami de toujours, Henri Lamer. Le point d'impact de la balle avait dû se situer à la hauteur du front, car la boîte crânienne s'ouvrit d'un seul coup, éparpillant dans un rayon de dix mètres des fragments d'os et des lambeaux de cervelle. Paul Lebel constata, sans manifester d'émotion particulière, que le sang de son camarade recouvrait ses propres vêtements et une partie de son visage.

—Bon Dieu de merde!

432

Ce furent ses dernières paroles. Il vit d'abord un éclair, puis ce fut comme s'il recevait un formidable coup de marteau entre les yeux. Paul Label mourut avant même d'avoir touché le sol.

Bobby Flannagan était paralysé par une terreur sans nom. Il ne se souvenait pas avoir vécu une situation qui aurait pu se rapprocher de ce qui était en train de se dérouler sous ses yeux. L'homme avança, se pencha sur les corps de Paul Lebel et d'Henri Lamer, sans que son regard ne quitte celui de Bobby Flannagan. Après avoir vérifié si les deux jeunes hommes étaient bien morts, il se remit debout et, sans se presser, s'amena à la hauteur de Bobby Flannagan. Il leva de nouveau le bras et appuya le canon de son arme sur le front du garçon.

—Ne me tuez pas, s'il vous plaît! Je vous en prie...

Bobby Flannagan n'entendit même pas la détonation. Comme ses deux compagnons, il mourut avant de se rendre compte de ce qui lui arrivait. Le coup, tiré à bout portant, ne fit pas seulement éclater la partie supérieure du visage, il rompit net la colonne vertébrale à la hauteur de la nuque. L'impact avait été tel que la tête de Bobby Flannagan se détacha presque du tronc, au moment où des fragments de la balle, percutant la calotte crânienne, allèrent se perdre dans le tronc d'un pin qui, mystérieusement, avait échappé au massacre des bûcherons.

**

—Il se rapproche, bientôt il sera là et rien ni personne ne pourra l'empêcher de me tuer, même pas toi, Philippe.

—Ne dis pas cela, Rosalie, tout se passera très bien.

La jeune femme stoppa et observa Philippe avec ce regard étrangement lointain qui était le sien, lorsqu'elle parlait de l'homme voulant l'assassiner. Ils s'étaient levés très tôt, afin de profiter de la journée. La météo annonçait du beau temps et ils avaient décidé de gravir le sentier principal qui, naissant derrière l'auberge, contournait la plus haute montagne des environs avant d'en atteindre la cime. La randonnée durerait plusieurs heures; ils avaient prévu déjeuner en route et revenir vers la fin de l'après-midi, avant que le froid n'installe ses quartiers dans la forêt pour la nuit. À force d'argumenter, et après une longue conversation téléphonique, Don O'Connor s'était laissé difficilement convaincre de donner congé aux anges gardiens de Rosalie, du moins jusqu'à ce que le couple soit de retour à l'auberge. Hubert Ross, en apprenant la nouvelle, s'était retiré en maugréant dans le salon avec, sous le bras, son vieil exemplaire de *Sports Illustrated*; le policier s'était pris d'affection pour celle qu'il protégeait avec son compagnon et il voyait d'un mauvais œil cette idée d'aller se balader en pleine forêt, sans aucune protection. Philippe avait tenté de le rassurer, vainement; toutefois, devant l'insistance du garde du corps, et pour ne pas l'inquiéter inutilement, le journaliste avait accepté de se munir du walkie-talkie Motorola que le policier avait placé ostensiblement près de son sac à dos, un peu avant leur départ.

Ils avaient effectué leur premier arrêt environ une heure et demie après avoir quitté l'auberge, essoufflés mais heureux de respirer enfin l'air de la montagne. Philippe avait pêché dans son sac une miche de pain cuisiné par tante Irma, spécialement pour cette excursion. Assis sur un tronc d'arbre renversé par la foudre, en bordure d'une petite clairière, le couple avait mangé en silence pendant quelques minutes, se désaltérant à même l'eau d'un ruisseau caracolant par-dessus les pierres, à quelques mètres de l'endroit où ils se trouvaient. Au-dessus d'eux, les cimes des arbres se rejoignaient, formant un dôme percé, de-ci, de-là, de quelques trouées par lesquelles pénétraient les rayons du soleil. Sauf dans certains creux où le vent avait poussé la neige, celle-ci ne constituait pas un obstacle majeur à leur progression qui s'effectuait somme toute assez rapidement. En certains endroits, le tapis d'aiguilles de pin et de cônes d'épinette demeurait toujours visible, répandant autour d'eux l'arôme typique des forêts boréales.

Philippe, qui observait Rosalie depuis quelques instants, avait assisté à son changement d'humeur. Il arrivait de plus en plus fréquemment à la jeune femme de passer de la joie à la tristesse, sans raison, et il commençait à craindre pour l'équilibre de celle qu'il avait juré de ne pas quitter.

—Nous partirons loin de Beaumont, Rosalie...

La jeune femme sourit sans manifester de joie particulière;

fataliste, elle paraissait soudainement se désintéresser de tout, comme si plus rien, à ses yeux, n'avait réellement d'importance.

—Comment vivrons-nous? Notre travail, nos parents, nos amis sont ici. Nous ne pourrons fuir ce psychopathe pendant toute notre vie!

—Oh! nous reviendrons quand les événements se bousculeront un peu moins. J'ai des économies... Je peux me permettre de travailler à la pige pendant un an ou deux, s'il le faut.

Rosalie ne répondit pas. Elle ouvrit un pot de confiture et, en prenant son temps, se confectionna une tartine. Philippe se laissa glisser sur un coussin d'aiguilles de pin et s'adossa au tronc d'arbre. Il observa sa compagne en train d'étendre la confiture, faisant en sorte que celle-ci ne déborde pas de la tranche de pain. Ainsi concentrée, la jeune femme ressemblait à une élève appliquée, tentant de réussir une opération particulièrement difficile dans le laboratoire de chimie de son école. Elle paraissait moins triste quand elle mordit dans le dessert rustique et ses yeux étaient redevenus presque aussi rieurs que quelques instants plus tôt.

—Je t'aime, Rosalie. Tu es ce qui m'est arrivé de mieux depuis je ne sais combien de temps.

La jeune femme, sans dire un mot, déposa sa tartine sur le tronc et approcha son visage de celui de Philippe; toujours silencieuse, elle pressa légèrement sa bouche sur celle de son compagnon; celui-ci comprit que ce baiser, très chaste, scellait à jamais leur union. Les lèvres de Rosalie, fraîches comme ce matin hivernal, goûtaient la framboise et une odeur de pin émanait de sa peau.

—Passe-moi un peu de cette tartine.

Ils atteignirent le sommet de la montagne, qui culminait à un peu plus de mille mètres au-dessus du niveau de la Kounak, au début de l'après-midi. Exposant leurs dos au vent soufflant du nord, ils goûtèrent longuement au panorama s'offrant à leurs regards ébahis. En bas, le ruban argenté de la rivière coupait en deux parties égales l'immense forêt s'étendant à leurs pieds. À l'est, ils aperçurent, sous une mince couche de nuages en train de se disperser, les premières maisons formant la lointaine banlieue de Beaumont. La ville était ceinturée de toutes parts par la même forêt impénétrable qu'ils venaient de traverser. Avisant un promontoire rocheux formant un abri naturel contre le vent, ils s'y installèrent en se serrant l'un contre l'autre, goûtant chaque minute de ce moment d'intimité qui leur permettait de s'intégrer à la nature. Ils restèrent ainsi plusieurs minutes, faisant des projets d'avenir, tels deux jeunes mariés dont le seul souci consiste à choisir un appartement à la mesure de leurs moyens. Rosalie paraissait avoir oublié la raison qui l'avait amenée là, et Philippe, trop heureux de constater enfin que l'humeur de la jeune femme était revenue au beau fixe, retardait le plus possible le moment du départ qui les ramènerait vers le drame auquel ils devaient de s'être rencontrés.

Le retour vers l'auberge s'était effectué presque d'une seule traite. Leurs muscles, rodés par plusieurs heures de marche, avaient réchauffé leurs membres et ne demandaient qu'à servir de nouveau, cette fois avec une efficacité accrue. Ils effectuèrent un arrêt d'à peine une dizaine de minutes dans la clairière, avant de reprendre leur route. Philippe, qui cheminait devant Rosalie, commença à ralentir seulement lorsqu'ils furent en vue de l'auberge. La jeune femme comprit que rien ne pressait de rentrer, bien que le soir ait commencé à tomber et que les ombres des grands arbres sur les rochers aient disparu depuis une heure. Un peu avant d'abandonner le sentier pour emprunter celui, beaucoup plus large, conduisant chez tante Irma, Philippe attendit que Rosalie, qui suivait de près, arrive à sa hauteur; il prit la main de la jeune femme dans la sienne et c'est ainsi qu'ils arrivèrent près de la véranda où les attendait Hubert Ross.

—La journée a été bonne?

—Excellente. La vue est magnifique, là-haut!

Rosalie avait les joues rouges d'avoir marché toute la journée au grand air; lorsqu'elle s'était adressée au policier, le rythme de sa respiration, aussi régulier que le matin à son départ de l'auberge, n'avait pas fléchi. On aurait dit qu'elle revenait d'une balade de quelques minutes dans les environs, et non pas d'une excursion qui avait exigé une forme physique exceptionnelle.

—Rien de neuf?

Heureusement, Rosalie ouvrait la porte donnant accès au

vestibule lorsque Philippe avait interrogé Hubert Ross en passant à sa hauteur; ainsi, la jeune femme n'avait pas remarqué le visage sombre du flic qui ne paraissait nullement pressé de répondre à l'interrogation de routine de Philippe. Celui-ci, devinant que quelque chose ne tournait pas rond, prétexta vouloir remettre immédiatement le walkie-talkie au policier; il invita Rosalie à aller rejoindre tante Irma, le temps, dit-il, de récupérer l'appareil pour le remettre à son propriétaire. Lorsque la jeune femme eut disparu à l'intérieur de l'auberge, Philippe, sans se presser, déposa son sac à dos sur le sol et l'ouvrit.

—Quelque chose ne va pas, Hubert?

Le policier hésita, fit quelques pas sur la véranda, puis revint dans la direction de Philippe, qu'il dépassait de sa haute taille.

—Ça recommence. Trois types. Des chômeurs. Assassinés à coups de Magnum 357 la nuit dernière dans la *vallée des plaisirs*.

—Que dit la balistique?

—Je viens de recevoir un coup de fil de Don O'Connor. Tout concorde. Le gars qui a fait ça est le même que celui qui a essayé de s'en prendre à mademoiselle Richard.

—C'est tout?

—Non...

Philippe, qui se doutait déjà de ce qui allait suivre, tendit en se redressant le Motorola au policier. Glissant son bras sous une courroie, il amena le sac devenu plus léger par-dessus son omoplate, puis regarda Hubert Ross, dont les traits semblaient s'être affaissés depuis le matin.

—Allez-y, je suis prêt à entendre n'importe quoi!

—Vous me promettez de ne rien écrire...

—Je suis en vacances, Hubert, vous l'avez oublié?

—... ou de ne rien raconter à l'un de vos copains du journal?

—C'est promis.

—Les trois types, eh bien, ils ont été émasculés.

Le fait d'obtenir la confirmation de ses appréhensions, de manière aussi directe après la journée idyllique qu'il venait de vivre avec Rosalie, causa à Philippe un malaise presque physique. Il accusa le coup en essayant de garder son calme, même si la chose demandait un effort énorme.

—C'est vous qui allez annoncer la nouvelle à mademoiselle Richard?

—Je verrai. En attendant, je crois qu'il est préférable de ne pas s'éterniser ici. Rosalie pourrait se douter de quelque chose. Rentrons.

Tante Irma l'accueillit dans la cuisine avec son air affairé habituel. L'arôme d'un potage de légumes s'était répandu partout au rez-de-chaussée, Philippe qui, après avoir entendu les propos d'Hubert Ross croyait de ne pouvoir honorer ce soir-là la table de leur hôtesse, fut surpris de constater qu'il était littéralement affamé.

—Où est Rosalie?

—Là-haut.

Tante Irma essuya ses mains avec le bas de son tablier, souleva le couvercle d'une marmite de taille plus qu'imposante, et plongea une louche en acier inoxydable dans le liquide en train de bouillir. Le fumet qui s'échappait du contenant chauffé à blanc aurait séduit le diable en personne.

—Goûte-moi ça.

Philippe faillit se brûler en posant ses lèvres sur le rebord de la grosse cuiller dont le manche, interminable, ruisselait de vapeur.

—Tu n'as guère perdu la main, tante Irma.

—Ce potage finira dans des pots de conserve... mais pas avant que toi et Rosalie n'y ayez goûté. Si vos deux amis continuent d'être aussi sages, peut-être eux aussi auront-ils droit à une portion.

Philippe s'appuya négligemment au cadre de la porte et regarda autour de lui.

—Cet endroit n'a pas changé depuis mon enfance.

—Ton père et ta mère adoraient venir ici. Ils me manquent énormément, tu sais.

—À moi aussi, tante Irma.

Ils restèrent silencieux, tandis que dans leurs têtes défilaient une série de souvenirs qui leur étaient chers. Tante Irma ajouta un peu de sel et une poignée d'herbes à son potage:

—Rosalie, tu l'aimes?

—Plus que ma vie.

—Alors, protège-la, empêche quiconque lui voulant du mal de l'approcher! Cette enfant a quelque chose d'unique que personne de nous ne possède. Elle semble anticiper les événements. Je crois que, dans son cas, il s'agit bien plus que de simple intuition féminine.

Philippe sourit et se perdit dans la contemplation d'un point sur le sol qui semblait se situer juste devant la cuisinière.

—Tu as une drôle de façon de décrire Rosalie. Tu ne serais pas en train de te laisser emporter par ton imagination?

—Nous, les femmes, sentons ces choses-là bien plus que les hommes. Cette fille a un don.

—Rosalie est très sensible, cela ne fait aucun doute. Peut-être cela contribue-t-il à lui donner cet air un peu mystérieux auquel tu fais allusion.

—Tu peux en penser ce que tu voudras, le résultat demeurera toujours le même.

Tante Irma haussa les épaules et sourit. Philippe s'approcha et déposa deux baisers sonores sur ses joues.

—Tu ne changeras donc jamais?

—La vie réserve quelquefois des surprises aux gens trop rationnels, n'oublie jamais cela, mon garçon.

—Le dîner est à quelle heure?

—Lorsque toi et Rosalie serez prêts.

Tentant d'oublier au moins pour un temps ce qu'il avait appris de la bouche d'Hubert Ross, et préoccupé par ce que venait de dire tante Irma, Philippe gravit les marches jusqu'au premier en essayant de prendre un air détendu. Il ne voulait pas que Rosalie, en le voyant exagérément songeur, commence à lui poser des questions auxquelles il serait bien obligé de répondre. Il ouvrit la porte en chantonnant une mélodie qu'il avait cru entendre à la radio récemment et déposa son sac à dos sur une commode. Vêtue seulement d'une serviette de bain nouée autour de la poitrine, la jeune femme, le front appuyé sur un carreau de la fenêtre, donnait l'impression de vouloir percer l'obscurité rien que par la force de sa volonté.

—Ça va?

Rosalie le regarda d'un drôle d'air. Sur le lit, par-dessus l'épaule de la jeune femme, Philippe vit, dans l'édition déjà vieille de deux jours du Reporter, l'entrefilet faisant état du suicide de Patrick Ashley. Le journal avait été apporté par Hubert Ross, le jour même de sa parution, et avait dû passer par toutes les pièces occupées de l'auberge avant d'aboutir dans la chambre de Rosalie.

Décidément, la journée prenait fin sur une note dégueulasse, songea Philippe, avant de serrer Rosalie très fort dans ses bras.

***

L'humeur de Don O'Connor ne s'améliorait pas. Convoquée pour quatre heures de l'après-midi, la conférence de presse s'était soldée par un match nul; les journalistes avaient tenté de le compromettre à plusieurs reprises, essayant sournoisement de l'amener à établir un parallèle entre la demi-douzaine de meurtres survenus l'été précédent à Prince-Albert et le double assassinat de Saint-Michael. Il n'avait pas cédé d'un centimètre, même si, un moment, la tentation de soulever l'hypothèse évoquée par Samuel Munger lui était apparue comme le seul moyen d'apaiser les attaques dirigées contre lui et les inspecteurs de la Brigade. Ayant baissé sa garde, il avait failli glisser sur une peau de banane quelques minutes seulement après le début de son duel. Un reporter venu d'une ville dont il ne se souvenait plus du nom avait demandé s'il ne trouvait pas un peu bizarre que Rosalie Richard ait été mêlée à un second bain de sang, un peu plus de quatre mois seulement après s'être tirée par miracle d'un premier massacre. Il avait improvisé une réplique boiteuse, reposant sur le jeu des coïncidences et de la malchance, faisant naître dans la salle une tempête de rire... Un autre journaliste, plus vicieux que son confrère, l'avait amené, subtilement, à commenter le froid qui, disait-il, était né entre le Q.G. de la police de Beaumont et l'état-major local de la Sûreté, après le voyage qu'avaient effectué à Washington les inspecteurs responsables de l'enquête sur les meurtres de Saint-Michael. Il avait noyé le poisson en affirmant que les deux corps policiers avaient toujours travaillé en étroite collaboration et qu'il n'existait aucune raison pour qu'il en fût autrement dans cette affaire. En nage, il était parvenu à s'éclipser en promettant à ses tourmenteurs de les informer de tout nouveau développement, dès l'instant où il se produirait.

Il n'aurait jamais cru être obligé d'honorer sa parole dans l'heure qui suivrait!

Esther Courtney l'avait cueilli à sa sortie de l'ascenseur alors que, légèrement amer et un peu désorienté par la tournure que prenaient les événements, il se dirigeait vers son bureau, une pile de dossiers sous le bras. Il avait largué son adjoint au deuxième, avec la mission d'apporter au maire l'enregistrement vidéo de sa performance devant les journalistes. Ce genre d'initiative faisant appel à la technologie s'avérait, selon lui, la meilleure façon d'éviter les ennuis et les erreurs d'interprétation dont ces messieurs de la presse se faisaient une spécialité.

—Vous avez une tête d'enterrement, Esther. Votre petit ami refuse de vous voir?

La plaisanterie – qui avait un fond de vérité, bien que Don O'Connor n'en fût pas conscient – demeura sans effet sur la jeune femme.

—Lorsque vous aurez entendu ce que j'ai à vous dire, patron, vous ne songerez plus à plaisanter.

Le chef de la police s'immobilisa, figé dans une attitude traduisant l'inquiétude qu'il ressentait.

—Que se passe-t-il encore?

—Nous venons de découvrir trois autres cadavres.

—Jésus-Christ!

Au moins, pensa Don O'Connor, alors qu'il relevait les manches de sa chemise avant de mordre à belles dents dans un Big Mac apporté par Charles Compton, leur hypothèse se trouvait confirmée. Samuel Munger avait vu juste; il s'agissait d'une mince consolation, certes, mais au moins tous savaient dorénavant à quoi s'en tenir.

Il avait passé une partie de la soirée à interroger Barbara Dextraze, un exercice qui l'avait mis dans un état presque aussi pitoyable que son échange avec les journalistes. Sa première réaction, en l'apercevant sur son lit à Saint-Michael, avait été de se demander si l'adolescente arriverait à s'exprimer avec suffisamment de logique pour se faire comprendre. Car, de toute évidence, cette fille ne paraissait guère douée.

Tous deux dans la cinquantaine, le père et la mère, assis, le dos courbé près d'une fenêtre, paraissaient décidés à se confondre avec le décor. Eux non plus ne semblaient guère en possession de toutes leurs facultés. *De pauvres gens*, avait-il pensé, *qui se demandent ce qu'ils font là et qui n'ont d'autre désir que de retourner chez eux s'abrutir devant la télévision...*

—Ça va?

—J'ai déjà tout raconté aux policiers...

—Je veux que tu recommences, Barbara. Je suis policier moi aussi et j'ai besoin que tu me racontes une autre fois ce qui s'est passé.

L'adolescente avait les mains et les pieds bandés et ses joues, aussi blanches que les draps recouvrant son corps, étaient couvertes de gerçures. Barbara était arrivée à la maison le matin, en gémissant, après avoir marché pendant plusieurs heures au froid. Ses parents, par crainte du scandale, avaient attendu toute la journée avant de conduire leur fille à l'hôpital et informer les policiers de ce qui s'était passé dans la *vallée des plaisirs*. Un temps précieux avait été ainsi perdu, ce qui avait rendu Don O'Connor furieux. Le chef de la police ayant parlé au médecin avant de pénétrer dans la chambre, avait conclu que la jeune fille aurait de la chance si elle parvenait à s'en tirer sans devoir passer par l'amputation. Les engelures dont elle souffrait se présentaient mal, selon le toubib...

—Tu t'appelles Barbara Dextraze, n'est-ce pas?

—Oui, monsieur.

—Tu peux m'appeler Don, si tu le désires.

Barbara n'avait pas répondu. Il avait jeté un regard rapide en direction des parents, toujours dans un état s'apparentant à de la prostration. L'homme et la femme ne lui avaient pas rendu son salut lorsqu'il était entré. Tous deux ignoraient sa présence et, le pire, c'est qu'il ne savait pas si cette attitude était volontaire ou non.

—J'ai d'abord fait des choses avec Bobby. Il est gentil Bobby, il n'est pas comme ses deux copains, Henri et Paul...

—Vous avez fait ça dans la camionnette?

—Oui, je ne voulais pas aller dans la vallée.

—Qui conduisait?

—Paul, je crois.

—Où t'ont-ils fait monter?

Barbara avait hésité, observant longuement ses parents, puis avait répondu sans les quitter du regard.

—Devant le casse-croûte de Lucien Miller.

—Combien de temps avez-vous roulé?

—Moins d'une heure, je crois. Je me suis rendue compte une fois seulement arrivée à destination de l'endroit où ils m'avaient amenée.

—Tu as remarqué si quelqu'un vous suivait?

La jeune fille avait baissé la tête. Le père s'était brusquement retourné, tandis que la mère observait ses mains comme si elles étaient soudainement la chose la plus importante au monde.

—Je... je n'ai pas regardé. J'étais trop occupée avec Bobby.

Elle avait eu un gloussement gêné, suffisant, selon elle, pour expliquer son manque d'attention.

—Ensuite, que s'est-il passé?

Don O'Connor avait fait en sorte de parler doucement et d'un ton égal, afin de ne pas effrayer l'adolescente. Charles Compton, le premier, s'était rendu quelques heures auparavant au chevet de Barbara et avait fait son rapport au chef de la police. Celui-ci, cependant, s'était dit qu'il ne perdrait rien à rendre visite à l'unique témoin du meurtre des trois garçons, car il se pouvait qu'un détail ait échappé à son inspecteur...

—Ben... je me suis rhabillée, mais Paul et Henri voulaient faire comme Bobby. Je n'étais pas d'accord. Alors, on s'est un peu bousculé et j'ai eu le dessus.

La jeune fille avait souri timidement, bien que Don O'Connor ait cru remarquer une légère pointe de fierté dans le ton employé. Elle avait rapidement repris son récit toutefois, visiblement pressée d'en finir.

—Bobby est sorti pisser, laissant la porte de la camionnette ouverte. J'ai frappé Henri au visage, après m'être débarrassée de Paul Lebel. Ensuite... ben, ensuite, j'ai de la difficulté à me rappeler. J'ai couru pendant quelques minutes, et quand j'ai voulu reprendre mon souffle, j'ai vu que la camionnette n'était plus là.

—Qu'est-ce que tu as fait?

—Je crois que j'ai pleuré. Il faisait froid et j'étais toute seule, sans vêtements pour me garder au chaud.

—Oui, mais après?

—J'ai commencé par marcher prudemment en direction de la route principale, et de plus en plus vite à mesure que je sentais le froid engourdir mes membres. J'ai aperçu la camionnette à une dizaine de mètres de la route et alors j'ai compris que les gars avaient eu un pépin. À un certain moment, j'ai entendu des voix.

—C'était tes copains?

—Oui, ils paraissaient très contents. Je ne les voyais pas, alors, j'ai ralenti. En marchant toujours très lentement, je suis arrivée à un croisement. J'ai regardé dans la direction d'où venaient les voix, puis j'ai compris que les garçons devaient se trouver à une cinquantaine de mètres de là, cachés par un détour.

La main dans une poche de son pantalon, Don O'Connor avait trituré un carton d'allumettes avec tellement d'insistance qu'il avait été obligé de s'en débarrasser à sa sortie de l'hôpital. Charles Compton lui avait dit que la fille ne gagnerait jamais un concours de génies en herbe mais qu'elle semblait dotée d'une excellente mémoire. Son témoignage constituait, avec celui de Rosalie Richard, les deux seuls éléments à leur disposition pour amorcer une enquête dont l'issue demeurait toujours très incertaine. Barbara s'était interrompue en demandant qu'on lui apporte de l'eau. Il s'était acquitté lui-même de cette tâche, tandis que les parents faisaient mine de ne pas avoir entendu. L'adolescente s'était essuyé la bouche avec son avant-bras, après avoir remis le verre vide à Don O'Connor. La jeune fille, qui avait été obligée de boire en tenant son verre à deux mains, en faisant en sorte qu'il ne glisse pas sur les pansements, paraissait ne plus se soucier de la présence de son père et de sa mère.

—Je me suis approchée en m'efforçant de ne pas faire de bruit. J'avais peur que les gars, surtout Henri, me fassent passer un mauvais quart d'heure en m'apercevant, mais je n'avais pas le choix. C'était courir le risque d'une raclée ou finir la nuit dans cet endroit sinistre... Les voix se rapprochaient de plus en plus lorsque j'ai entendu quelqu'un qui ne paraissait pas très content s'adresser à Paul.

—Peux-tu me décrire la voix?

Barbara avait paru chercher dans sa mémoire une comparaison possible; toutefois, la chose s'avérant trop difficile à réaliser pour son esprit obtus, elle ne s'était pas attardée dans une vaine recherche d'effets.

—Elle était basse, profonde. Effrayante!

—Tu es restée là, je crois?

—Ben... oui et non!

Le carton d'allumettes dans sa poche, rendu humide par la transpiration, avait glissé entre ses doigts. Selon Charles Compton, Barbara s'était enfuie dès qu'elle avait constaté que quelque chose ne tournait pas rond.

—Ce n'est pas tout à fait ce que tu as déclaré à un policier cet après-midi. Est-ce que je me trompe?

—Je... je n'ai pas dit la vérité!

L'air surpris de Don O'Connor reflétait parfaitement son état d'esprit.

—Pourquoi as-tu agi de la sorte, Barbara? Personne ne te veut de mal, tu aurais dû dire la vérité.

À la recherche d'un soutien hypothétique, l'adolescente avait jeté un bref coup d'œil à ses parents qui étaient demeurés sans réaction. Don O'Connor avait commencé à se demander si ces gens-là ne seraient pas plus heureux dans un asile! Vêtus pauvrement, l'homme et la femme ne paraissaient absolument pas se soucier du sort de leur fille. Ils agissaient comme les témoins passifs d'un drame auquel ils ne comprenaient absolument rien.

—Je me suis approchée.

Abandonnant le carton d'allumettes, Don O'Connor, fébrile, avait sorti son calepin de notes.

—L'homme était seul?

—Oui. J'ai avancé, en essayant de ne pas faire de bruit et j'ai stoppé à une vingtaine de mètres avant d'arriver à la voiture.

Le type paraissait très en colère.

—Qu'est-ce qu'il disait?

—Je n'ai pas bien saisi les paroles, seulement des éclats de voix; il n'a pas parlé très longtemps. Je me disais que j'avais intérêt à me tirer de là, car ça paraissait chauffer, quand j'ai entendu un bruit épouvantable, comme une grosse explosion. Ensuite, je ne sais plus. Il y a eu encore plein de détonations, je me suis jetée par terre en roulant dans les hautes herbes bordant le chemin. Je ne sais pas combien de temps je suis restée là. Après ce qui m'a paru plusieurs heures, j'ai entendu claquer une portière et le moteur de la voiture s'est emballé, j'ai vu des pneus passer tout près de mon visage, puis ce fut tout.

—Tu peux me dire de quelle marque était l'auto?

—Je ne connais rien aux voitures. Je pense bien qu'elle était bleue, ou noire. La couleur était très sombre.

—C'est tout?

Barbara avait acquiescé d'un signe de la tête, avant de reprendre:

—Ils sont morts, n'est-ce pas, et Bobby aussi?

—Oui, Barbara, tous les trois.

—Ils n'étaient pas si méchants.

Don O'Connor expédia en vitesse ce qui restait de son Big Mac, ingurgitant une longue rasade de Diet-Pepsi pour faire passer le tout. Ainsi, il pourrait prétendre avoir été soucieux de son régime alimentaire lorsque sa femme l'interrogerait à son retour de Fort Lauderdale.

Barbara Dextraze avait eu de la chance, beaucoup de chance. Le destin, en l'épargnant, avait semblé vouloir s'excuser du peu d'intelligence qu'il lui avait octroyé. L'adolescente, malgré son air attardé, était sensible et éprouvait de la compassion pour le sort de ses compagnons, même si ceux-ci s'étaient montrés violents. Décidément, le monde était plein d'ambiguïtés! Il essuya ses doigts graisseux sur une serviette en papier et relut le communiqué qu'il avait fait préparer par sa secrétaire à l'intention de la presse. En vingt lignes laconiques, il confirmait la présence d'un tueur psychopathe à Beaumont, établissant par le fait même un lien entre les trois séries de meurtres survenus dans la ville au cours des derniers mois. Le texte, par contre, ne faisait aucunement référence au rôle que jouait Rosalie Richard dans la démarche du tueur fou. La jeune femme devait demeurer en dehors des préoccupations des journalistes, du moins pour l'instant.

Il regarda la pile de messages en train de s'amonceler sur son bureau. Le maire n'avait pas rappelé, ce qui était bon signe. Le chef de l'état-major local de la Sûreté voulait lui parler à tout prix, ce qui n'annonçait rien de bon. Comme d'habitude, son adjoint le cherchait partout et, enfin, sa femme avait essayé de le rejoindre, alors qu'il interrogeait Barbara Dextraze à l'hôpital. Il préféra établir la communication avec Fort Lauderdale plutôt qu'avec le patron de la Sûreté et les ennuis dont ce dernier était synonyme. En composant le numéro de téléphone de l'hôtel où résidait sa femme durant son séjour en Floride, et en retenant un rot, il pensa au message laissé dans la *vallée des plaisirs*, près des trois corps émasculés. Sur la neige, en lettres de sang, le tueur avait écrit: *Pour toi, Rosie Darling*.

Au moins, maintenant, ils savaient tous à quoi s'attendre...

***

Découvrez la beauté de la forêt boréale à une demi-heure de la ville! proclamait le message inscrit en petits caractères au verso de la carte postale représentant l'auberge de tante Irma, qui mentionnait également: *Dix-huit chambres confortables à votre disposition. Ouvert de mai à octobre, 800, route du Nord, Beaumont.* Sur la partie réservée au texte, Rosalie avait dessiné un cœur transpercé d'une flèche, accompagné d'un simple *je t'aime, Philippe.* Il avait découvert le message dans la poche intérieure de sa veste, le matin, en descendant pour le petit déjeuner. Rosalie avait dû déposer la carte postale à l'endroit où il l'avait trouvée – chaque chambre en comptait au moins un exemplaire – alors qu'il prenait sa douche. En s'asseyant devant elle, il lui avait lancé un clin d'œil, posant ostensiblement sa main sur son cœur, pour bien montrer qu'il avait lu le mot.

Hubert Ross et son compagnon avaient déclaré forfait pour le week-end, promettant d'être de retour le lundi suivant. Ils avaient été remplacés par trois agents, armés de *riot guns*, en plus de leur revolver de service. Rosalie n'avait pas posé de questions, même s'il était visible à son attitude qu'elle se doutait de quelque chose. Philippe n'avait pas encore jugé bon de l'informer du triple meurtre de la *vallée des plaisirs*, préférant attendre le dimanche pour lui annoncer la mauvaise nouvelle.

Dans la cour, les trois vigiles, vêtus de gilets pare-balles, vérifiaient si aucun individu suspect ne se trouvait dans les environs. Peu avant sept heures, une automobile s'était engagée dans le chemin d'accès qui, de la route principale, serpentait sur deux cents mètres jusqu'à l'auberge. Le visiteur avait créé un branle-bas de combat discret mais efficace. L'homme, en fin de compte, s'était révélé un simple voyageur de commerce, bedonnant et à demi chauve, à la recherche d'une direction à emprunter pour gagner l'autoroute; il avait démontré sa surprise en bafouillant quelques mots d'excuse, lorsque le comité de réception s'était subitement manifesté autour de lui, arme au poing; l'automobiliste, intrigué et démontrant une grande nervosité, avait dû se plier à un contrôle d'identité en règle. Cette formalité accomplie, les policiers avaient repris leur ronde, non sans garder un œil attentif sur le visiteur matinal. Toujours prête à rendre service, tante Irma avait fourni au malheureux voyageur les explications qu'il demandait, lui proposant même une tasse de café afin, avait-elle dit, de l'aider à se remettre de ses émotions; l'offre avait été rejetée avec un tremblement dans la voix par le principal intéressé qui, toujours fortement ébranlé, s'était éloigné en vitesse de l'auberge, après avoir claqué vivement la portière de son auto.

Plus aucun journal ne traînait; le poste de radio de la cuisine et la télé du salon demeuraient muets et, chaque fois que Rosalie faisait mine de vouloir s'approcher de ces appareils, Philippe détournait son attention. La veille, avant de monter dans leur chambre, il avait dit à la jeune femme qu'il devait assister à une importante soirée chez Robert Caine mais qu'il ne tarderait pas à rentrer. L'idée d'abandonner celle qu'il aimait, ne fût-ce que pendant trois ou quatre heures, lui répugnait au plus haut point et ce, même si tante Irma avait promis de rester à l'auberge pour tenir compagnie à la jeune femme. Le fait, enfin, que les effectifs responsables de la sécurité de Rosalie aient été renforcés ne le rassurait qu'à moitié, car il se doutait que le fou auquel ils avaient affaire ne se laisserait pas influencer par ce barrage, certes impressionnant, mais facile à contourner pour quiconque voulait s'en donner la peine.

La tentation avait été forte de rappeler Karl Wosniak et de lui dire qu'il ne se rendrait pas chez Robert Caine. Après mûre réflexion, il avait changé d'avis. Atteint du virus HIV, Patrick Ashley, sans l'ombre d'un doute, avait contaminé plusieurs personnes à Beaumont; Philippe avait conclu qu'il était assurément de son devoir d'informer ses concitoyens du danger; la seule façon d'atteindre cet objectif était de poursuivre son enquête. La soirée offerte par le propriétaire du Reporter, il le savait, contribuerait sans aucun doute à éclairer certaines zones demeurant toujours dans l'obscurité. La clé de l'énigme se trouvait chez Robert Caine et nulle part ailleurs.

***

Il conduisait d'une seule main, cherchant de l'autre une mélodie à la radio correspondant à son état d'esprit qui se situait, pour l'heure, à mi-chemin entre la crainte de perdre Rosalie et la sensation euphorisante procurée par un amour à ses premiers balbutiements. Il avait quitté l'auberge de tante Irma quinze minutes auparavant et, depuis, l'aiguille de l'indicateur de vitesse oscillait aux environs de cent quarante. Philippe savait qu'il conduisait beaucoup trop vite et que la route secondaire sur laquelle il roulait ne pardonnerait pas le plus petit relâchement de son attention. La griserie qu'apportait la vitesse, toutefois, et l'obligation de se concentrer sur les obstacles pouvant jaillir sur son chemin, l'obligeaient à mettre de côté pour quelques minutes, malheureusement trop brèves, les hypothèses et les spéculations pessimistes auxquelles il se livrait depuis les derniers jours. À sa droite, un panneau indiquant la direction à suivre pour accéder à l'autoroute disparut aussi rapidement qu'il avait fait son apparition. Il aurait pu conduire les yeux fermés, tant le secteur lui était familier. Avec ses parents d'abord, qui l'amenaient tous les dimanches chez tante Irma puis, avec quelques copains de collège dont il avait oublié les noms, il avait quadrillé cette partie de la région jusqu'à la connaître dans ses moindres détails. Arrivé à l'âge adulte, il redécouvrait avec un certain plaisir les sites familiers ayant jalonné les week-ends de son enfance et, plus tard, les virées trop sages d'une jeunesse qu'il avait l'impression d'avoir volontairement escamotée. D'ici à la ville, une multitude de terres en friche offraient leur air désolé aux voyageurs, tandis que de nombreux lacs, véritables joyaux l'été, accueillaient sur leurs berges sablonneuses les citadins nostalgiques d'une nature de moins en moins vierge qui n'en finissait plus de nourrir le trop grand appétit de modernisme des hommes. Il s'abandonna aux souvenirs, en gardant un œil attentif sur la route et ses possibles embûches, tandis que le paysage, qui n'avait guère changé depuis plus de trente ans, défilait de chaque côté de lui.

Finalement, Philippe abandonna toute idée de terminer le trajet en compagnie du poste de radio. Il coupa le son d'un geste machinal, jetant un coup d'œil à l'horloge de bord. À peine une heure trente... Il avait encore beaucoup de temps à sa disposition; rien ne pressait, même s'il était impatient de revenir à l'auberge afin d'y retrouver Rosalie. Jugeant cependant plus prudent de ralentir, il allégea la pression sur l'accélérateur, ramenant la Chrysler à un paisible cent à l'heure.

Il avait promis à la jeune femme d'être de retour pour quatre heures, le temps de passer à la maison afin d'y cueillir le courrier et de ramener une tenue digne de la réception donnée ce soir-là par Robert Caine. Il avait prévu dîner en tête-à-tête avec Rosalie, avant de se rendre chez son hôte, et revenir à l'auberge avant minuit. Estimant qu'il saurait très rapidement à quoi s'en tenir, relativement aux intentions du propriétaire du Reporter à son égard, il ne voyait aucune raison de s'attarder dans un endroit et avec des gens pour lesquels il ne ressentirait jamais quelque affinité que ce fût. La confiance dont il faisait preuve en ses propres capacités, ainsi que sur la manière dont il parviendrait à se tirer des griffes de Robert Caine, quoi qu'il advienne, s'arrêtait là, toutefois. Philippe jugeait en effet qu'il serait plutôt difficile de déterminer dès sa première rencontre avec Robert Caine quelles étaient les véritables relations qu'avaient entretenues celui-ci avec Patrick Ashley. Il faudrait attendre encore un certain temps avant de savoir pourquoi le propriétaire du Reporter désirait tant garder secret l'intérêt qu'il avait porté au jeune prostitué, ainsi que, semblait-il, plusieurs de ses relations dont Karl Wosniak. L'altruisme ou un quelconque penchant à faire le bien étant à l'évidence des vertus inconnues de Robert Caine, celui-ci devait entretenir d'excellentes raisons pour se montrer aussi discret. Décidé à s'en remettre au temps et à la chance, Philippe avait conclu une nouvelle fois à l'inutilité de forcer la machine, car celle-ci risquait de s'emballer et d'échapper à son contrôle.

Lorsque le moment viendrait, il improviserait, comme d'habitude... Il était certain de gagner son pari avec la chance car, dans ce domaine, il avait presque toujours joué gagnant.

En parfait accord avec l'objectif qu'il s'était fixé, Rosalie l'avait encouragé à se rendre chez Robert Caine, même si, de toute évidence, elle n'appréciait nullement de se retrouver seule à l'auberge avec, pour toute compagnie, trois flics armés jusqu'aux dents et prêts à faire un mauvais parti à quiconque oserait l'approcher sans montrer patte blanche! Heureusement, avait dit la jeune femme en riant, elle et tante Irma avaient une passion commune pour le Scrabble, ce qui leur permettrait à toutes deux d'attendre son retour en tuant le temps de façon agréable.

Philippe n'avait pas été sans remarquer que le ton apparemment détaché de Rosalie cachait mal la profonde inquiétude qui, de plus en plus, assombrissait son regard. Se rendant compte que la jeune femme s'efforçait de donner le change avec un succès plutôt mitigé, il avait joué le jeu lui aussi, copiant la même attitude apparemment désinvolte. Cette petite comédie leur avait donné l'impression que les nuages noirs qui s'étaient amoncelés sur leurs têtes s'éloignaient et qu'un peu de soleil parvenait, enfin, à éclairer le drame dans lequel ils étaient plongés jusqu'au cou.

Il freina instinctivement en apercevant, à moins d'un kilomètre, la bretelle permettant d'accéder à l'autoroute. Beaumont n'était plus qu'à vingt minutes. Hors de la ville depuis quelques jours seulement, il avait pourtant l'impression d'y revenir après une absence de six mois! Le paysage ne paraissait plus le même, les arbres en bordure de la voie rapide étaient rabougris, sombres, comme si quelque mauvais plaisant les avait passés au noir de fumée. Le ciel, bas et lourd de neige, menaçait de fondre en larmes à tout moment. Des automobilistes roulaient avec leurs phares allumés, contribuant, par cet excès de prudence, à accentuer la monotonie d'une journée pourtant née sous un soleil prometteur.

Il n'était pas pressé de retrouver son quartier et les gens qui l'habitaient, car il se sentait tout à coup étranger dans sa propre ville, découvrant des perspectives inhabituelles qu'un voile très fin mais d'une extrême robustesse déformait. Il essayait de deviner les traits des automobilistes qu'il croisait, malgré la distance séparant son propre univers de celui dans lequel ces étrangers évoluaient. Tous ces inconnus roulant vers une destination qui les laissait indifférents ou qui leur apporterait de la joie ou de la tristesse, l'intriguaient; il se demandait comment un autre réagirait à sa place et pourquoi le destin l'avait choisi, lui, pour faire route avec une jeune femme du nom de Rosalie Richard et l'inconnu qui, mystérieusement, tenait celle-ci en son pouvoir. Il quitta la voie rapide sans avoir trouvé de réponses à ses questions. Avec des gestes précis traduisant une longue habitude, il doubla un camion-citerne, roula encore quelques minutes sur un boulevard presque désert avant de s'engager dans des rues que, jusque-là, il croyait connaître.

Même l'odeur du quartier paraissait différente; le vent qui voulait à tout prix intriguer les Beaumontais avant de les sacrifier, avait ramené de son dernier séjour dans les régions nordiques un nombre incalculable d'effluves inconnus. Les enfants, peut-être lassés de la neige ou rendus craintifs par la peur qu'ils lisaient dans les yeux de leurs parents, demeuraient invisibles. Un calme inhabituel régnait dans la rue abandonnée de ses chiens, des camions de livraison et des bus d'écoliers en congé pour le week-end. En passant à vitesse réduite devant la maison d'Édouard Rupert, Philippe crut deviner un mouvement derrière les persiennes du living; celles-ci, durant un moment très court, semblaient avoir été agitées par un léger souffle. Le petit ami de la veuve d'en face était de retour, mais cette fois, prévoyant, le jeune homme avait garé sa voiture dans la rue, afin

452

de ne pas se faire surprendre par une autre tempête de neige. Le cottage anglais de Samuel Munger ressemblait à un îlot de briques et de verre sali par les intempéries, isolé au milieu d'un lac de bitume et de béton. Les toiles étaient tirées et aucun reflet lumineux ne filtrait à travers les interstices. La maison de l'ancien flic paraissait avoir été abandonnée par ses occupants, partis vers une destination inconnue sans laisser d'adresse.

L'esprit ailleurs, Philippe appuya un peut trop lourdement sur les freins et faillit se cogner le nez sur le volant lorsqu'il gara la Chrysler devant la maison. Il claqua bruyamment la portière et s'engagea d'un pas décidé dans l'entrée principale, jetant de loin un regard intéressé à la boîte aux lettres; celle-ci, contrairement à ce qu'il s'attendait, ne débordait pas encore de courrier. Les traditionnels relevés de compte, de même que deux ou trois dépliants publicitaires sans intérêt, s'offrirent à sa curiosité; il glissa sous son aisselle les derniers numéros du Reporter, en train de jaunir sur un support près de la porte d'entrée, se promettant de les parcourir un peu plus tard s'il en avait le temps. Les enveloppes contenant les relevés de compte disparurent dans la poche intérieure de sa veste, tandis que les dépliants publicitaires finissaient leur périple inutile sous le couvercle d'une poubelle vide, appuyée au mur arrière de la propriété.

L'intérieur reposait dans le silence propre aux maisons inhabitées depuis peu et qui commencent à prendre goût à leur solitude. Les pas de Philippe martelèrent le carrelage de la cuisine, ramenant à la vie l'atmosphère vaguement comateuse qui avait pris possession des lieux. Il déposa sur la table de la cuisine, sans prendre la peine de s'arrêter, les numéros du Reporter et les enveloppes pêchées dans la boîte aux lettres. Il procéda à une inspection rapide des différentes pièces, vérifiant par habitude si tout était normal. Cette formalité complétée, il récupéra sa tenue de soirée qu'il suspendit temporairement à une patère, avant de revenir vers la table, où il avait l'intention d'effectuer un tri dans le peu de courrier laissé par le facteur. Il tendait la main en direction d'une enveloppe portant le logo de Master Card lorsque son attention fut attirée par un bruit insolite en provenance de l'extérieur.

Surpris, il exécuta un demi-tour complet, tandis que l'enveloppe glissait de ses mains pour aller choir sous une chaise. Tous les sens en éveil, presque sur la pointe des pieds, il avança lentement vers la porte de service qu'il avait laissée entrouverte après avoir pénétré dans la maison; lorsqu'il eut la poignée bien en main, et tenté de rire de ses craintes afin de se rassurer, il se concentra quelques secondes, puis tira très fort.

Souriant de manière affable, le dos courbé et le poing droit prêt à s'abattre poliment sur le cadre extérieur de la porte, Édouard Rupert sursauta violemment devant la robustesse de l'accueil. La physionomie du vieil homme se figea et revint à la normale seulement lorsqu'il aperçut l'expression de soulagement se lisant sur le visage de son voisin. Il y eut un léger flottement pendant que les deux hommes se dévisageaient. Philippe voulut saluer son visiteur qui ouvrit la bouche en même temps, ce qui accentua encore le quiproquo. Édouard Rupert recula de deux pas et sourit de manière embarrassée avant de bafouiller quelques mots d'excuse.

—Je crains d'arriver à un mauvais moment...

Soulagé, Philippe ne songea pas à se formaliser de cette arrivée inopportune. Au contraire, il ouvrit toute grande la porte, invitant son voisin à entrer.

—Vous ne me dérangez pas. Je croyais avoir affaire à un rôdeur voulant profiter de mon absence pour faire quelques emplettes!

Impatient de dissiper tout malentendu concernant son attitude, Philippe, avec un entrain qu'il ressentait vraiment, s'informa auprès d'Édouard Rupert des derniers cancans animant le quartier; le vieil homme sauta sur l'occasion d'alimenter la conversation afin, probablement, de faire oublier lui aussi son arrivée et le fait que, de toute évidence, il imposait sa présence.

Leurs voix résonnaient lourdement sur les murs jusque-là silencieux de la maison; de temps à autre, un bref éclat de rire suivait un commentaire ironique d'Édouard Rupert ou une observation de celui-ci sur tel habitant du quartier. Plus pressé de retourner auprès de Rosalie que de rétablir sa réputation d'hospitalité, même s'il prenait un certain plaisir à renouer avec la vie sans histoire du quartier, Philippe laissa peu à peu mourir la conversation. Une poutre du plancher émit une plainte très courte, aussitôt reprise en écho par un élément de la plomberie, quelque part dans le sous-sol. Sans doute inspiré par toute cette animation inhabituelle, le chauffage se joignit au concert en émettant une gamme complète de grincements métalliques. Debout dans la cuisine, les deux hommes continuèrent de discuter de choses et d'autres pendant encore une dizaine de minutes puis, tacitement, se dirigèrent lentement vers la porte de service.

Au moment de prendre congé, Édouard Rupert, sans manifester de curiosité excessive, remarqua:

—Tu travailles sur quelque chose d'important, n'est-ce pas, fiston?

Philippe essaya de cacher sa surprise, mais n'y parvint qu'à moitié.

—Pourquoi dites-vous cela, monsieur Rupert?

—Tu n'écris plus d'articles dans le Reporter depuis au moins une semaine, alors j'en déduis que tu es sur un coup qui va faire sensation!

En s'efforçant de cacher son soulagement derrière un ton bonhomme, Philippe, subtilement, força son voisin à le suivre plus rapidement vers la sortie; au passage, il récupéra sur la patère la tenue de soirée qui y était suspendue et la déposa sur son avant-bras.

—J'ai pris congé du Reporter pour quelques jours. Désolé de vous décevoir, mais, je ne travaille sur rien de vraiment passionnant!

—Sale temps pour se payer des vacances, si tu veux mon avis!

—Je me suis décidé à la dernière minute...

Philippe se glissait derrière le volant de la Chrysler, lorsque Édouard Rupert, qui paraissait plus que jamais décidé à se rendre utile, suggéra:

—Fiston, si tu as l'intention de t'éloigner de Beaumont pendant quelque temps, je peux me charger de ton courrier. Par la même occasion, je pourrais jeter un coup d'œil à la maison, histoire de ne rien laisser au hasard...

—Ce serait très gentil de votre part, mais je ne crois pas

que ce soit utile. Je n'ai pas l'intention de m'éloigner très longtemps. À peine quelques jours, en fait.

À dire vrai, l'idée était excellente, songea Philippe, car, ainsi, il se débarrasserait d'une obligation le forçant à s'éloigner régulièrement de Rosalie. Tant que Don O'Connor n'aurait pas mis le doigt sur une piste sérieuse, en mesure de le mener jusqu'au tueur, il ne se résignerait pas à perdre de vue celle qu'il aimait, même pendant quelques heures. Ce soir serait sa dernière sortie, plus jamais dans les jours qui viendraient il ne laisserait la jeune femme seule, car il était parfaitement conscient du fait que les choses n'iraient guère en s'améliorant.

La proposition d'Édouard Rupert comportait l'énorme avantage de lui épargner une corvée, banale, certes, mais exigeant qu'il se déplace à tous les deux ou trois jours. Bien que séduit par cette suggestion, et tenté de l'accepter, Philippe ne voulait pas abuser de la bonne volonté du vieil homme, même si celui-ci paraissait très empressé de rendre service.

Édouard Rupert s'appuya au cadre de la portière que Philippe avait gardé ouverte.

—Allons, mon garçon, ne te laisse pas prier. De toute façon, je vais me rendre ici tous les matins pour reluquer ta boîte aux lettres, alors, autant que tout cela se fasse dans les règles!

—Puisque vous y tenez tellement, pourquoi pas!

Philippe remit à Édouard Rupert un double de la clé de la porte de service, qu'il récupéra dans la boîte à gants. Son voisin, dit-il, n'aurait qu'à déposer le courrier sur la table de la cuisine et vérifier, par la même occasion, si tout était en ordre dans la maison. Ils se séparèrent en se serrant vigoureusement la main.

La Chrysler effectua un virage à cent quatre-vingts degrés, roula lentement jusqu'à l'intersection qu'elle avait empruntée une demi-heure auparavant, puis fut avalée définitivement par le paysage. La rue reprit son air irréel et effacé par le temps. Le vent, qui paraissait d'humeur incertaine, continua de répandre sur le quartier son haleine défraîchie en attendant que le soir vienne remplacer sa présence fantomatique. Les Beaumontais, rendus craintifs à la pensée que minuit sonnerait de nouveau, s'étaient barricadés à l'intérieur de leurs maisons, s'abreuvant jusqu'à plus soif des images de la télé et du son des chaînes stéréophoniques, comme si ces talismans des temps modernes pouvaient suffire à éloigner d'eux la présence énigmatique du tueur fou...

Alors que tout semblait calme et que la nature tentait sans succès de dissimuler son aspect peu engageant derrière un masque de fausse tranquillité, un corbeau, au plumage si noir qu'il donnait à l'oiseau l'allure d'un messager venu de l'enfer, se posa sur la branche maîtresse d'un chêne aux branches squelettiques élevant son tronc recouvert de mousse derrière la maison d'Édouard Rupert. Attiré par la plainte rauque et l'atterrissage bruyant de l'oiseau, le vieil homme observa le visiteur pendant quelques secondes. Le corbeau émit une série de croassements aigus et impatients avant d'abandonner son perchoir et de s'envoler à grands coups d'ailes vers le nord.

Édouard Rupert ne remarqua pas le regard appuyé, ressemblant à du mépris, que lui lança le corbeau en survolant la maison. Pressé par le froid, le vieil homme poussa la porte en frissonnant.

Le temps régressait, il revenait en arrière, s'attardant brièvement entre les étoiles filantes du souvenir; il fouillait, à leur insu, dans la mémoire des acteurs réunis sur le devant de l'immense scène du passé, pour la grande finale sanglante, qu'un public assoiffé de violence attendait impatiemment. Le temps ramenait de ce périple sans but des images, des scènes rappelant un drame oublié, puis ressuscité par la magie du rêve et d'un gnome cynique...

Mais les réminiscences du passé souffraient de leur trop rapide voyage vers le présent. Le monde des morts auquel appartenaient ces instantanés, que le destin avaient figés dans la pierre du souvenir, refusait de se départir de possessions qu'il estimait lui appartenir de plein droit pour l'éternité. Les visages se superposaient, les traits s'entremêlaient et donnaient naissance à des êtres à la physionomie difforme. L'âme d'une enfant blonde au regard violet, qui s'était déjà, peut-être, appelée Émilie, reprenait vie dans le corps usé et fatigué d'un vieil homme qui se demandait soudain en tremblant pourquoi il avait peur.

Édouard Rupert fut parcouru d'un long frisson et, non sans surprise, remarqua que ses dents s'entrechoquaient comme un régiment de castagnettes. Il ferma la porte en appuyant fortement sur le cadre et alla vérifier la température ambiante sur le thermostat. Tout était normal. *Je dois couver un mauvais rhume*, songea-t-il, en haussant les épaules. Pour se changer les idées, il se dirigea vers la fenêtre du living donnant sur la maison de Samuel Munger.

L'ancien flic n'avait pas donné signe de vie depuis au moins deux jours et Édouard Rupert le soupçonnait de manigancer quelque chose. *Flics ou journalistes, c'est du pareil au même*, remarqua-t-il à voix haute, avant de tirer à lui le numéro du jour du Reporter, qu'il n'avait pas encore eu le temps de parcourir. Le titre principal de la page frontispice attira immédiatement son attention. *Le tueur fou abat trois jeunes gens*, clamait le journal. Impatient d'en apprendre davantage, Édouard Rupert s'empressa de prendre connaissance de l'article en pensant, cynique, que Beaumont devenait, enfin, une grande ville!

***

Elle sentait sa présence, là, au creux de son ventre, aussi sûrement que si elle attendait un enfant. Seulement, dans son cas, le poupon était un monstre qui naîtrait avec un couteau dans la main et dont le visage serait déformé par le rictus haineux, sauvage, des assassins! Chaque minute, chaque heure qui s'écoulait la rapprochait de l'inéluctable. Rosalie savait qu'il n'existait aucun moyen d'échapper au spectre en train d'étirer ses longs doigts difformes vers son visage, que bientôt l'être anonyme auquel, sans le vouloir, elle avait attaché ses pas, serait là et qu'il trouverait facilement la faille lui permettant de déjouer la vigilance de ses anges gardiens. L'affrontement aurait lieu et, alors, même le temps s'arrêterait, retenant son souffle dans l'attente de couronner un vainqueur.

La police ne serait d'aucune utilité, aucune armée, aucun plan, si élaboré fût-il, aucun dieu tutélaire ne viendrait à bout du démon qui, malgré la distance, avait pris possession de son cœur et d'une partie de son âme. Philippe, malgré son amour et le souci qu'il avait de la protéger, ne pourrait obliger le destin à lui consentir un sursis. Tout avait été écrit depuis longtemps, depuis

458

si longtemps en fait qu'il était inutile de chercher une raison, une cause à l'épouvantable gâchis auquel elle était mêlée. Elle avait commencé à mourir une nuit de juillet de l'été précédent et rien ni personne ne pourrait obliger le bourreau à faire preuve d'un intérêt moindre à son endroit. C'était une affaire qu'elle devait régler seule; aucune intervention extérieure ne devait interférer entre ce qu'elle même avait à accomplir et la mission du tueur. Philippe, qu'elle voulait protéger avant de penser à sa propre sécurité, devait absolument être tenu à l'écart du drame en train de se préparer, sinon il courait le risque de lier son sort au sien, ce qu'elle voulait éviter à tout prix!

Philippe...

Il ne s'était rendu compte de rien, mais elle avait hésité longuement avant de lui céder. Cette nuit-là, alors que Glenn Miller et Guy Lombardo échangeaient leurs harmonies élégantes au charme suranné sur le juke-box de la salle à dîner déserte, et que tante Irma faisait en sorte de ne pas brusquer leur intimité, elle recherchait davantage le réconfort procuré par la proximité d'une présence que l'éventualité d'une relation à caractère sexuel. L'amour qu'elle ressentait à ce moment-là pour Philippe était-il assez puissant pour lui permettre d'oublier l'agression sauvage dont elle avait été l'objet, quelques heures auparavant? Elle aurait préféré se retirer, seule, dans sa chambre, déjà réconfortée à la pensée qu'elle pouvait compter sur la présence toute proche de son compagnon pour la protéger en cas de besoin. Mais Philippe avait paru si empressé de lui faire oublier les moments tragiques qu'elle venait de vivre, qu'il lui avait bientôt paru impossible de le décevoir... Sans pousser son jeu jusqu'à la comédie – elle en aurait été bien incapable – elle s'était efforcée, néanmoins, de suivre le rythme de la conversation, souriant lorsque cela paraissait nécessaire, s'amusant d'une répartie ou félicitant gentiment leur hôtesse pour la qualité d'un plat, quand celle-ci, presque sur la pointe des pieds, approchait de la table pour retirer le couvert du dernier service.

Avec l'impression d'avoir été emmurée vivante dans le corps transpercé d'épingles d'une poupée vaudou, elle s'était peu à peu laissée entraîner par l'atmosphère vaguement irréelle régnant dans la salle à dîner. L'effet du vin, sans pour autant contribuer à effacer complètement ses souvenirs récents, l'avait aidée à retrouver le calme intérieur qu'elle recherchait depuis les dernières heures.

La nostalgie imprégnant chaque note de *Wonderland by Night*, et le romantisme sans prétention de la mélodie, avaient permis graduellement à une douce détente de prendre possession de son esprit encore survolté. À son insu, enfin presque, la délicate euphorie d'une nuit ciselée délicatement dans le cristal s'était emparée de tout son être, la conduisant vers des rivages de sable fin, bercés par une brise exotique où la violence n'existait pas. Que s'était-il donc passé, ensuite, pour qu'elle fasse table rase de ses craintes et du ressentiment – pourquoi ne pas l'avouer, car c'était bien de cela dont il était question – se cachant derrière l'amour qu'elle venait à peine de découvrir? Partagée entre son désir de détester tous les hommes, parce que l'un d'eux lui faisait subir une véritable torture, et les liens qui l'unissaient désormais à Philippe, elle avait éprouvé beaucoup de difficulté à faire le point. Attirée par son compagnon, tentée en même temps de faire supporter à celui-ci tout le poids de la haine qu'elle vouait à l'inconnu ayant tenté à deux reprises de la tuer, elle ne parvenait pas, tout simplement, à mettre de l'ordre dans l'écheveau de ses sentiments contradictoires.

Elle s'était décidée au dernier moment, refoulant ses mauvais souvenirs vers le large où ils se perdirent en attendant, elle le savait, de la solliciter de nouveau avec une force accrue. Le besoin de sentir auprès du sien le corps de l'homme qu'elle aimait avait été plus fort que la détresse.

Cet homme-là n'est pas comme l'autre, avait-elle pensé, alors que son compagnon, intimidé, pénétrait à sa suite dans la chambre située au bout du couloir. Son intuition lui disait également que Philippe, malgré son air confiant et le courage qu'il essayait de démontrer, ressentait lui aussi le besoin de se sentir protégé et aimé. Ce trait particulier de la personnalité de son compagnon, bien que profondément dissimulé derrière l'écran d'une assurance apparemment sans faille, l'emporta sur toutes les autres considérations. Elle avait deviné, sans doute la première, que cet homme était aussi fragile qu'un enfant et que son besoin de réconfort ne demandait qu'à trouver preneur. Tous deux avaient été coulés dans le même moule, il n'était que normal, d'une certaine façon, que le destin les ait réunis!

Tandis que, dehors, les ombres s'agitaient de toutes parts, elle avait pris une décision irrévocable: cette nuit-là, elle partagerait sa solitude et sa peur avec celles de Philippe. Naufragés sur un radeau minuscule et fragile, ballottés par les vagues d'une mer déchaînée, ils n'avaient d'autre choix que de s'unir, s'ils voulaient forcer la main de la chance.

Maintenant qu'ils étaient devenus amants et que leurs corps avaient épanché la soif qu'ils ressentaient l'un pour l'autre, elle se rendait compte, soulagée, que son choix avait été le bon. Sa décision de ne pas repousser Philippe et de placer toute sa confiance en lui, malgré les craintes légitimes qu'elle avait un instant ressenties, aurait sans doute pour effet de ralentir la marche du destin. Il restait maintenant à protéger cette petite flamme du vent de la tempête et faire en sorte que ce fût elle, et elle seule, qui ait à affronter la folie du tueur.

Elle ne possédait qu'une seule carte, mais, heureusement, celle-ci était frimée. C'était un as de cœur.

—Eh! Rosalie, tu es encore là?

—Quoi? Pardon?

—C'est à ton tour de jouer...

—Excusez-moi, tante Irma, j'avais la tête ailleurs.

Elle avait dit au revoir à Philippe après le dîner, en cachant son désarroi derrière l'écran d'un sourire factice qu'elle avait espéré rendre le plus naturel possible.

Le repas s'était déroulé dans une atmosphère détendue derrière laquelle, cependant, il était facile de discerner la peur; dans la cuisine, tante Irma échangeait des plaisanteries avec un policier, tandis que les deux autres effectuaient une ronde autour de l'auberge. Sans succès, Rosalie avait insisté auprès de leur hôtesse pour que celle-ci se joigne à eux et cesse de les considérer comme des invités. Ce à quoi tante Irma avait répondu, avec un entrain réel, que leur présence ne la dérangeait nullement et qu'elle prenait plaisir à préparer les repas car, ainsi, elle en arrivait presque à oublier le morne train-train de la saison morte et l'ennui qui s'y greffait.

L'heure de la séparation avait sonné beaucoup trop rapidement au goût de Rosalie. Même en sachant qu'il ne tarderait pas à rentrer, la jeune femme, du porche principal de l'auberge, avait vu s'éloigner Philippe avec un léger serrement de cœur. En revenant sur ses pas, l'esprit ailleurs, elle avait aperçu l'un de ses trois gardes du corps assis dans le living; le policier avait réquisitionné l'exemplaire désormais tout froissé du *Sports Illustrated*, si cher à Hubert Ross, et semblait regarder sans vraiment la voir la photo du sprinter Ben Johnson en pleine action. Le flic avait levé à peine les yeux lorsque, passant devant lui pour rejoindre à la cuisine tante Irma et son jeu de Scrabble, elle l'avait salué d'un bref hochement de tête.

Le policier qui avait tenu compagnie à tante Irma durant le dîner s'était retiré dans sa chambre et le troisième prenait le frais à l'extérieur, profitant de l'occasion pour vérifier une fois de plus si tout était normal. Engagée depuis moins d'une demi-heure, la partie de Scrabble tirait déjà à sa fin. Jusqu'à ce que Rosalie se laisse entraîner par ses pensées, les deux femmes avaient joué rapidement, fort bien servies par le hasard qui leur avait permis de tirer des lettres correspondant à leur inspiration et au rythme qu'elles s'étaient imposés.

Tante Irma, qui comprenait l'état d'esprit de la jeune femme, tenta de la réconforter à la manière des gens qui, loin de perdre la foi, trouvent dans les moments difficiles une raison de plus d'espérer dans la bonté de Dieu.

—Cette affreuse histoire finira un jour, garde intacte ta confiance dans le Ciel, Rosalie, tout se passera bien.

—La question est de savoir, tante Irma, si j'aurai le courage de me rendre jusqu'au bout.

—Tu ne dois pas désespérer. Et, surtout, ne sois pas cynique; une telle attitude ne correspond pas à ce que je crois lire en toi.

—J'essaie d'être réaliste.

—Allons, joue et ne pense plus à ce qui t'a amenée ici. Il ne t'arrivera rien dans cette maison.

Rosalie essaya de se concentrer sur son jeu sans y parvenir vraiment. Au début, elle s'était mise à la tâche avec entrain, parvenant effectivement à oublier la raison pour laquelle elle se trouvait là. À deux reprises depuis qu'elle avait pénétré dans la cuisine pour y rejoindre tante Irma, celle-ci avait ouvert le couvercle en fonte noir du poêle retenant les flammes prisonnières, afin d'y déposer une bûche; la fumée, en se répandant dans la pièce, avait apporté avec elle l'odeur caractéristique des vieilles maisons qui persistent toujours, malgré les sollicitations répétées de la technologie, à tenir à l'écart l'électricité et le mazout. Peu habituée à l'arôme du bois en train de se consumer, Rosalie, embarrassée, toussait régulièrement, s'excusant chaque fois de déranger tante Irma dans sa concentration. Les yeux rougis par la fumée, la jeune femme, de plus, supportait mal l'intense chaleur se dégageant du gros Bélanger... Tante Irma avait raison, elle ne devait pas se laisser emporter par des réflexions pessimistes. Lorsque les souvenirs ne seraient plus que des fantômes s'esquivant en ombres frileuses sous les reflets pâles de la lune, alors, elle aurait tout le temps de s'apitoyer sur son sort.

Elle versa un peu de la tisane préparée par tante Irma dans sa tasse et reprit contact avec le jeu. Par la porte entrebâillée de la cuisine, Rosalie aperçut l'un de ses gardes du corps, celui qui s'était retiré au premier, une heure plus tôt. Les cheveux humides du flic et son air frais et dispos laissaient entendre qu'il sortait tout juste de la douche. Le type échangea quelques mots avec son confrère, abonné, par la force des choses au *Sports Illustrated*. Celui-ci, une minute plus tard, quitta son poste en soupirant avec affectation, non sans avoir glissé, au préalable, le magazine dans la poche intérieure de sa veste. Le policier qui sortait de la douche partit à la recherche d'un peu de lecture et revint avec une pile imposante de vieux exemplaires du *Reader's Digest*.

Rosalie observa les lettres que le hasard lui avait destiné. Les consonnes, en ne concédant que très peu de place aux voyelles, se disputaient tout l'espace disponible sur le petit support de bois, verni par d'innombrables parties, qu'elle avait posé sur la table entre ses mains et la grille. Un coup d'œil à la feuille de marque l'informa que son adversaire menait par trente-huit points...

—J'aurais mieux fait de regarder la télé, tante Irma, vous

êtes formidable à ce jeu! J'ai bien peur d'être obligée d'avouer ma défaite.

—Et me priver ainsi d'une victoire chèrement acquise? Ça, non! Nous allons terminer cette partie, Rosalie.

Tante Irma se concentra quelques secondes sur le jeu puis ajouta, sur un ton enjoué:

—D'ailleurs, il n'y a rien d'autre à faire...

La jeune femme sourit et étouffa un bâillement avant de se remettre à l'observation des carrés disposés sous ses yeux. Elle trouvait tante Irma trop gentille pour la décevoir. À l'évidence, celle-ci adorait le Scrabble et prenait beaucoup de plaisir à la distancer. Par ailleurs, et c'est cette raison qui l'emporta, Rosalie était persuadée que son hôte désirait surtout lui changer les idées et que son désir de savourer la victoire n'était, en fait, qu'un prétexte pour faire durer la partie. Résignée, elle observa le jeu avec une attention feinte, tentant de dénicher un endroit susceptible de recevoir quelques lettres, parmi le nombre réduit de cases encore disponibles. Elle se préparait à passer la main à tante Irma, lorsque soudain son regard fut attiré par une possibilité intéressante dans le coin supérieur droit de la grille. Elle sauta sur l'occasion de se débarrasser de quatre lettres, même si celles-ci ne représentaient qu'un minimum de points.

À mi-chemin de la partie, tante Irma, alors en difficulté mais tout de même heureuse de la coïncidence, était parvenue, de justesse, à placer le mot R-O-S-E; faute de trouver mieux, celle-ci avait utilisé une partie de la grille ne comportant que peu de possibilités de doubler la marque initiale; Rosalie, en riant, avait fait remarquer qu'elle préférait son prénom à ce diminutif et que, enfant à l'école, ses camarades prenaient plaisir à se moquer d'elle en l'appelant Rose.

Sans trop y penser, heureuse de l'aubaine qui lui permettrait de conclure plus rapidement la partie, Rosalie ajouta les lettres M-R-T-E déjà en sa possession au O inclus dans le diminutif de son prénom. Ce fut seulement lorsqu'elle vit l'horreur se peindre sur le visage de tante Irma que le rapprochement involontaire auquel elle venait de procéder prit toute sa dimension.

—Mon Dieu!

—Ce n'est rien, Rosalie. Ce n'est rien...

Là, sur la grille, insolentes, formant une croix obscène, avec le O comme axe principal, les lettres R-O-S-E et M-O-R-T-E s'étaient unies pour rappeler à Rosalie que le destin ne l'avait pas oubliée.

— C'est comme si je venais de signer mon propre arrêt de mort!

— Ce n'est qu'une coïncidence. Il ne faut pas croire à ces choses-là.

Tante Irma allait ajouter quelque chose, mais le regard désespéré que lui lança la jeune femme indiquait trop bien que toute tentative de réconfort était vouée à l'échec. Dehors, le vent s'était levé, apportant jusque dans la cuisine la plainte solitaire et inquiétante d'un chien errant.

... elle le sentait dans son ventre, aussi sûrement que si elle attendait un enfant. Il se rapprochait avec, sur le visage, une expression indéfinissable, mélange de cruauté et de satisfaction, mais aussi de...?

Mon Dieu, songea Rosalie, *était-ce possible?* Se pouvait-il que ce qu'elle croyait percevoir dans les yeux de l'homme qui la traquait fût de la tendresse? Ce fou éprouvait-il pour elle un sentiment s'apparentant à l'amour?

***

Du grand salon, les invités à la réception de Robert Caine débordaient dans la bibliothèque et, de là, s'égayaient autour de la piscine. Les soirées offertes par le propriétaire du Reporter étaient célèbres et fort courues. Être invité dans la luxueuse propriété de l'homme d'affaires signifiait que l'on avait atteint un degré élevé dans l'échelle sociale de Beaumont; il s'agissait, en quelque sorte, d'une forme d'intronisation, immédiatement suivie d'une consécration publique à laquelle aspirait plus d'un jeune loup. Ce soir-là, Robert Caine s'était surpassé. En plus du maire, de deux ministres influents et d'une brochette impressionnante de jolies jeunes femmes esseulées, il avait invité tout le *Who's Who* local avec, en prime, les membres d'un orchestre de chambre new-yorkais en tournée dans la région de Beaumont et que le Reporter commanditait. Des îlots s'étaient formés çà et là, regroupant chacun de quatre à cinq invités qui, tous sans le savoir, ressemblaient à des naufragés en sursis. Le bruit feutré des conversations se mêlait aux clapotis du champagne versé dans des flûtes en cristal par des serveurs obséquieux et affectant un air affairé. À l'occasion, vite réprimé comme si le simple fait de paraître joyeux était un crime dans cette maison, un éclat de rire parvenait à se hisser au-dessus du bourdonnement uniforme servant de toile de fond à la réception.

—Charmante soirée, vous ne trouvez pas?

—Question de point de vue...

Nancy Caine décrocha un regard ironique à Philippe, qui semblait vouloir dire qu'elle partageait entièrement l'opinion de ce dernier.

—Vous avez vu mon père?

—Pas encore. Vous le cherchez?

—Oui, mais il n'y a pas urgence.

Arrivé depuis quelques minutes seulement, Philippe avait commencé à trouver le temps long sitôt introduit auprès des autres invités. Il avait échangé quelques mots avec le maire, en prenant soin de ne pas évoquer le cas du tueur fou, car il se doutait que son vis-à-vis avait été mis au courant depuis longtemps, par Don O'Connor, du rôle que jouait Rosalie dans cette affaire. Par ailleurs, et il était préférable qu'il en fût ainsi, le maire paraissait ne pas avoir été informé encore de sa présence auprès de la jeune femme. Sans trop savoir pourquoi, il se sentit réconforté par cette constatation. Certain que Robert Caine avait déjà appris tout ce qu'il était possible de savoir sur Rosalie, par la bouche même de son invité, Philippe préférait que le propriétaire du Reporter reste le plus longtemps possible dans l'ignorance des liens qui l'unissaient à l'hôte de tante Irma.

Les deux ministres s'étaient montrés affables, sans plus. Il avait conversé à peine cinq minutes avec eux, le temps de repérer le bar. De manière très discrète, et en savourant chaque bulle du Dom Pérignon qu'avait versé dans son verre une jeune femme toute en rondeurs pulpeuses, il avait traversé le salon, puis la bibliothèque, essayant, sans résultat, de découvrir les décors apparaissant sur la cassette vidéo de Patrick Ashley. Vingt minutes après son arrivée – il croyait qu'une heure s'était déjà écoulée! – il atterrissait près de la piscine et de ses vagues artificielles. Le dos à moins de cinq centimètres d'un cocotier miniature, son épaule frôlant celle d'un garçon dans la vingtaine paraissant très excité de se trouver là, il avait vu approcher Nancy Caine, sculpturale dans une robe fourreau d'Yves Saint-Laurent dénudant les épaules, et dont le décolleté plongeant semblait attirer même le regard d'un Penseur grandeur nature dissimulé derrière un bouquet de fougères.

La jeune femme rendait visite fréquemment à son père au Reporter et, chaque fois, trouvait un prétexte pour se rendre à la salle de rédaction. Tous, au journal, connaissaient le regard hautain et la démarche outrageusement provocante de Nancy Caine, Philippe Lambert plus que tout autre. Celui-ci se demandait avec amusement, chaque fois qu'il croisait la jeune femme et qu'elle le saluait d'un hochement de tête quasi imperceptible, si la fille de Robert Caine hériterait, un jour, du journal. Dans l'éventualité où cela se réaliserait, Karl Wosniak se verrait dans l'obligation de quitter la boîte, puisqu'il était reconnu que Nancy Caine et lui ne pouvaient s'entendre même sur le temps qu'il faisait!

La fille du patron ne lui ayant jamais adressé la parole, Philippe fut très surpris de constater que celle-ci condescendait ce soir-là à s'entretenir avec lui de manière aussi peu protocolaire. Il fit en sorte de cacher son étonnement, puisque, pour l'instant, il n'avait absolument rien d'autre à faire!

—Il n'est pas dans les habitudes de mon père d'inviter ses employés. Vous savez que la plupart de vos confrères donneraient un mois de salaire pour être à votre place?

Philippe crut déceler plus d'ironie que de provocation dans le ton utilisé par la jeune femme pour s'adresser à lui. Il décida de jouer le jeu.

—Et si on m'avait forcé la main pour venir ici ce soir, que diriez-vous?

—Qu'il y a des obligations plus emmerdantes que d'assister à une réception chez les Caine...

Ils sourirent en même temps, ce qui contribua à détendre l'atmosphère. Le jeune homme près de Philippe, de plus en plus excité, parut tomber en pâmoison lorsqu'il aperçut Nancy Caine à côté de lui. Il rougit, bafouilla quelques salutations, avant de réintégrer le groupe auquel il appartenait et au sein duquel la conversation se déroulait en anglais. Il était question de Rostropovitch, des performances d'une nouvelle marque de clavecin et du rôle joué par les compositeurs de musique baroque dans l'Italie du XIXe siècle.

—Vous aimez la musique classique, Philippe?

—Certaines compositions me plaisent. Je ne suis pas un connaisseur, mademoiselle Caine.

—Appelez-moi Nancy.

Philippe, à son tour, se fit ironique.

—Nous nous connaissons depuis si peu de temps. Et ne suis-je pas qu'un simple employé de votre père?

—Les conventions sociales, dans certains cas, sont comme la musique baroque, ne le saviez-vous pas?

—C'est-à-dire?

—Absolument imbuvables!

Délaissant sa conversation, le jeune homme près de Philippe se retourna, plus confus que jamais. Son trouble s'accentua davantage lorsque Nancy Caine, caustique, remarqua:

—Éloignons-nous, il y a des gens qui écoutent aux portes!

De façon très naturelle, Nancy Caine glissa son bras sous celui de son hôte, entraînant ce dernier vers le petit pont enjambant la piscine à l'une de ses extrémités et conduisant au jardin japonais. Philippe remarqua quelques regards masculins envieux qui, de toute évidence, le concernaient. Une aura de sensualité et d'érotisme brutal se dégageait du corps de Nancy Caine. Chacun de ses pas, chaque déhanchement soigneusement étudié, constituait un défi lancé aux autres femmes qu'elle croisait; cette attitude, sans être exagérément provocante, n'en demeurait pas moins à la limite de l'acceptable et des règles de la bienséance. Reine incontestée de la ruche, la jeune femme n'accordait qu'une attention mitigée aux ouvrières chargées de rehausser, uniquement par leur présence un peu fade, la beauté et la régularité de ses propres traits. Avec un succès tout à fait relatif, les invitées au charme très provincial de Robert Caine essayaient de bien paraître aux côtés de leurs mâles de maris, eux-mêmes maladroitement engoncés dans leurs tenues de soirée, dont certaines étaient encore imprégnées de l'odeur insistante de la naphtaline...

Le résultat final de la présence de Nancy Caine à la réception de son père se traduisait par une situation légèrement explosive; on devinait sans peine que la plupart des épouses, qui saluaient respectueusement la jeune femme quand elle passait à leur hauteur, rêvaient en secret de l'écorcher vive et que tous les hommes présents, sans exception, ne pensaient qu'à lui arracher sa robe!

Quant à Philippe, il avait l'impression qu'un mauvais plaisant l'avait accouplé avec une Veuve Noire, qui s'empresserait évidemment de le dévorer à la première occasion.

Nancy Caine mit à profit le calme plus ou moins relatif du jardin japonais pour se rapprocher de son cavalier. Sa hanche s'appuya légèrement sur celle de Philippe qui n'était pas sans soupçonner une intention cachée derrière cette attitude. Loin de rester indifférent à la tactique de la jeune femme, il se demandait surtout où celle-ci voulait en venir; il continua de jouer le jeu, décidé à ne pas gâcher ses chances d'en apprendre un peu plus sur les relations qu'avait entretenues la famille Caine avec Patrick Ashley.

—Dites-moi, Philippe, qu'est-ce qui vous amène sous le toit des Caine? Vous ne me paraissez pas du genre à faire la belle devant le patron pour obtenir de l'avancement. Alors?

—Votre père m'a invité par l'entremise de Karl Wosniak.

—Quel personnage ennuyeux, ce Wosniak. Vous ne trouvez pas?

Philippe sourit d'un air énigmatique, tandis que Nancy Caine, pour une fois sérieuse, l'observait.

—Vous n'êtes pas obligé de répondre à ma question. Après tout, Wosniak est le bras droit de mon père au journal...

—Ce type est ennuyeux, vous avez entièrement raison.

Nancy Caine déposa son verre de champagne sur une desserte en verre, déjà passablement encombrée. Lorsqu'elle posa à nouveau son regard dans celui de Philippe, celui-ci crut y lire une bonne dose de malice.

—Vous ne craignez pas les représailles? Je pourrais tout raconter à mon père qui, j'en suis persuadée, se ferait un plaisir d'informer Karl Wosniak de l'opinion que vous avez de lui.

—Je crois que le Curé sait déjà à quoi s'en tenir sur mes états d'âme à son égard, mademoiselle Caine.

—Pourquoi refusez-vous de m'appeler par mon prénom?

Philippe fit quelques pas, s'éloignant avec ostentation de la jeune femme. Il voulait réfléchir sur l'attitude à adopter, car l'arrivée de Nancy Caine dans le décor n'était pas prévue. Il enfonça ses mains dans les poches de son pantalon puis, sur un ton légèrement méditatif, remarqua, comme s'il se parlait à lui-même:

—Il faut toujours se méfier des gens qui veulent tout savoir, en particulier des femmes trop belles dont la principale préoccupation semble consister à interroger les invités de leur père. Ne croyez-vous pas que j'ai raison... Nancy?

La jeune femme parut se détendre. Ce fut seulement à ce moment-là que Philippe constata que la fille de Robert Caine était en proie à une grande nervosité; ce qu'il avait pris d'abord pour une attitude désinvolte n'était en fait qu'un bouclier derrière lequel s'était cachée son hôte.

—Je me doute de la raison qui vous a poussé à accepter l'invitation de mon père.

Bien qu'il fût conscient d'avoir marqué un point, et qu'il s'en félicitât, Philippe estimait plus prudent de ne pas dévoiler son jeu immédiatement. Il décida de patienter encore un peu avant d'en arriver là, puisque Nancy Caine semblait en veine de confidences.

—Ah oui?

—Ne jouez pas à ce jeu-là avec moi, Philippe. Tout a commencé avec Patrick Ashley, vous le savez bien.

—Là, vous marquez un point!

—Je suis inquiète et le temps est mon pire ennemi. Ne cherchez pas à comprendre pourquoi je me suis presque précipitée dans vos bras, tout à l'heure. Pareille attitude, vous vous en doutez, n'est guère habituelle de ma part.

La vérité s'imposa à Philippe dans toute sa simplicité et de manière si soudaine qu'il dut s'y prendre à deux fois, les mots se précipitaient dans sa gorge, avant de poser la question qu'il avait à l'esprit.

—Vous avez couché avec Patrick Ashley?

Nancy Caine, sans hésitation, fit un signe affirmatif de la tête, puis baissa les yeux.

—Quand?

—Il doit y avoir un peu plus d'un an maintenant.

—Vous êtes au courant, je présume, de la raison qui l'a amené à l'hôpital...

—Oh, oui!

—Peut-être n'était-il pas encore atteint du sida, à cette époque...

—Je serai fixée sur cette question dans deux jours. J'ai... j'ai subi quelques examens.

—Ici, à Beaumont?

—Je ne suis quand même pas si stupide! Vous savez, les avions volent surtout pour les gens riches, Philippe!

Autour d'eux, le brouhaha des conversations montait d'un cran toutes les cinq minutes. Le champagne aidant, certains invités devenaient plus entreprenants et le luxe qui les entourait semblait les impressionner moins. Les éclats de rire se faisaient aigus et plus nombreux. Quelque part à l'autre extrémité de la piscine, quelqu'un suggéra une baignade. La suggestion tomba à plat, ce qui eut pour effet d'embarrasser son auteur qui se réfugia près d'un des nombreux bars où il commanda un autre verre de champagne.

—Comment avez-vous appris, au sujet de Patrick Ashley?

—De la même façon qu'un tas de gens aujourd'hui dans ma situation, je présume.

Nancy Caine s'interrompit, croisa ses bras sur sa poitrine et frissonna.

—Dans le Reporter, il y a quelques jours... Après avoir lu l'article, j'ai passé un coup de fil à l'hôpital. Lorsque je leur ai demandé dans quel service Patrick avait été admis, la vérité s'est imposée d'elle-même.

Philippe l'observa franchement. Il ne pouvait admettre qu'un corps aussi parfait, doté d'un esprit qui paraissait vif et brillant, puisse être condamné à brève échéance à la mort et à la pourriture.

—J'espère que vous aurez de la chance, Nancy.

La jeune femme ouvrait la bouche pour dire quelque chose, lorsque son regard fut attiré par un mouvement que Philippe, étant donné sa position – il faisait face à Nancy Caine – n'avait pu percevoir; des bruits de pas se firent entendre, juste derrière eux, vite suivis par de joyeux éclats de voix.

En faisant demi-tour, Philippe aperçut Robert Caine et Karl Wosniak qui avançaient dans leur direction, un immense sourire fendant leur visage. Le propriétaire du Reporter paraissait dans une forme excellente, contrastant de façon on ne peut plus évidente avec celle du Curé. Ce dernier, malgré son air détendu, donnait l'impression de marcher sur des braises!

—Ne partez pas sans me dire au revoir, Philippe.

—C'est promis.

Nancy Caine s'éclipsa non sans avoir au préalable salué Karl Wosniak du bout des lèvres. Elle embrassa son père sur les deux joues avec un enthousiasme qui parut relatif à Philippe.

—Comme c'est gentil à vous d'être venu!

La main tendue et le corps penché en avant, tel un escroc sur la piste du pigeon idéal, Robert Caine imposa sa présence à Philippe avec une morgue voulue, indiscutablement impressionnante.

—Vous vous amusez, j'espère?

—Ça va, monsieur Caine...

—Quelqu'un vous accompagne?

—Je suis seul.

—Fort bien, mon garçon, fort bien! Les femmes, vous savez, sont quelquefois accaparantes et souvent imprévisibles. Elles s'imbriquent dans nos pas et monopolisent vite toute l'attention; on ne peut espérer discuter de choses sérieuses tant qu'elles sont là! Vous avez fait connaissance, Nancy et vous?

—Si on veut, oui.

—Nancy n'attend pas qu'on la présente, elle se débrouille très bien toute seule, c'est une Caine!

—Votre fille paraît très décidée.

—Elle est encore plus que cela, Philippe. Nancy semble un peu superficielle pour qui ne la connaît pas, mais il ne faut pas s'y laisser prendre. Un jour, elle me succédera à la tête du Reporter!

Karl Wosniak, qui s'était montré très discret jusque-là, se contentant d'écouter les propos de son patron, crut préférable d'orienter la discussion vers des horizons plus dégagés.

—Et ces vacances, Philippe, ça va comme vous voulez?

—Pas mal...

—Je regrette de vous avoir laissé partir, on vous l'a dit?

—Ce moment de répit ne pouvait attendre, je crois avoir été assez précis avant mon départ, monsieur Wosniak.

—On dit cela, et puis après on se rend compte que rien ne pressait. Avec ce tueur qui paraît décidé à tirer sur tout ce qui bouge à Beaumont, j'aurais été plus rassuré de vous savoir au journal. Au moins, votre présence m'aurait permis de dormir sur mes deux oreilles. Louis Craig me déçoit, il est dépassé par les événements.

—Craig est un bon journaliste, même si son sens de l'initiative fait quelquefois défaut.

—Que diriez-vous d'écourter vos vacances, Philippe, et de vous remettre à la tâche. J'aimerais assez vous voir aux basques de Don O'Connor! Je suis persuadé, et monsieur Caine également, que...

—J'ai bien peur que cela me soit impossible, monsieur Wosniak.

—Ah, oui? Et pourquoi?

Robert Caine se joignait à l'échange et le ton qu'il utilisa pour s'introduire dans la conversation ne laissait planer aucun doute quant à son attitude. *La partie s'engage*, songea Philippe, qui concentra toute son attention sur les moments cruciaux qui allaient suivre et qui pouvaient signifier, il n'en doutait pas, la fin de sa carrière au Reporter.

—J'ai déjà pris des dispositions... Je prévois être absent de Beaumont durant plusieurs jours.

Karl Wosniak parut vouloir dire quelque chose, mais Robert Caine avait décidé que, désormais, c'était lui qui mènerait la conversation. Le propriétaire du Reporter imposa le silence au Curé. Un serveur, qui passait par là avec l'intention manifeste de récupérer les flûtes à champagne sur la desserte, fut congédié d'un sourire crispé par le maître de la maison qui reprit, à l'intention de Philippe:

473

—Il est de votre devoir de revenir au journal, le public a le droit d'être informé adéquatement sur ce qui se passe actuellement à Beaumont. Un fou armé court les rues et la presse se doit de faire bouger Don O'Connor qui semblent prendre les choses avec beaucoup trop de détachement, si vous voulez mon avis.

Philippe commençait à comprendre où Robert Caine et Karl Wosniak voulaient en venir. Quelque part dans leur esprit timoré, le propriétaire du Reporter et son rédacteur en chef en étaient venus à la même conclusion que Paul Francis. Tous croyaient que Patrick Ashley était la raison principale motivant son refus de revenir au journal. Il décida de gagner du temps en les rassurant sur ses intentions immédiates, quitte à abriter sa conscience derrière un pieux mensonge.

—Messieurs, je n'ai absolument pas le goût au travail ces temps-ci et l'idée de partir à la poursuite d'un tueur psychopathe, pour intéressante qu'elle soit, me laisse complètement indifférent.

Robert Caine sembla se faire moins menaçant, quoique la partie fût encore loin d'être gagnée.

—Alors vous refusez de rentrer au journal?

—Je serai de retour à la date fixée la semaine dernière avec mon rédacteur en chef, monsieur Caine.

Karl Wosniak, voyant que leur hôte s'impatientait toujours, estima plus prudent d'intervenir.

—Soyez raisonnable, Philippe. Il ne se présentera plus d'affaire aussi juteuse avant longtemps, vous ratez une occasion unique de prouver une fois de plus votre immense talent.

—Laissez Karl, n'insistez pas. Puisqu'il semble que l'idée de notre ami soit déjà faite, je pense qu'il serait impoli d'insister.

Bien que visiblement agacé par l'attitude intransigeante de son invité, Robert Caine paraissait décidé à battre en retraite. L'explication de Philippe, si elle ne le satisfaisait pas entièrement, semblait au moins l'avoir rassuré en calmant ses craintes les plus vives. Il y eut un court moment de flottement que le Curé, toujours aussi mal à l'aise qu'à son arrivée dans le jardin japonais, mit à profit pour ajuster nerveusement son nœud papillon. Robert Caine coula son regard dans le rassemblement des invités, en retrait du lieu où tous trois se trouvaient. Attirant l'attention d'un serveur, le même qui avait été congédié de manière un peu brutale quelques minutes auparavant, il lui ordonna, d'une voix forcée, d'apporter du champagne. Philippe se sentait soulagé, jamais il n'aurait cru pouvoir s'en tirer aussi facilement.

—Nous allons boire à votre avenir, Philippe!

Robert Caine souriait et ce sourire ressemblait à une menace. Le propriétaire du Reporter n'avait pas encore dit son dernier mot. Il venait de perdre le premier round, mais l'engagement était loin d'être terminé. Le message qu'il lançait à son invité était clair...

À travers les baffles invisibles, Simon & Garfunkel entonnèrent poliment leur *Bridge Over Trouble Water*, une mélodie qui s'intégrait fort bien, songea Philippe, à la scène qu'il venait de vivre. Ils choquèrent leur verre de champagne avant de le porter à leurs lèvres. Robert Caine fixa son regard dans celui de Philippe qui ne cilla pas. Karl Wosniak, poltron, évitait le regard des deux hommes. Le propriétaire du Reporter, le premier, mit fin à la confrontation silencieuse.

—Vous aimerez Ottawa, Philippe. Une ville que l'on qualifie à tort de tranquille, mais où il se passe des tas de choses intéressantes, si l'on frappe aux bonnes portes.

Pour faire bonne mesure, Karl Wosniak ajouta, en pointant son index en direction du journaliste:

—Je suis persuadé que Philippe saura tirer son épingle du jeu, monsieur Caine.

Philippe, qui trouvait l'occasion trop belle pour la laisser filer, remarqua, d'un ton détaché et à l'intention de son rédacteur en chef:

—Il se pourrait bien que je n'aie guère le temps de m'ennuyer. On dit que le ministre Thomas Martin est attendu de pied ferme par l'Opposition. À propos, est-il revenu de son séjour en France?

Le Curé dansa d'un pied sur l'autre et sourit d'un air égaré sous l'œil réprobateur de Robert Caine qui n'arrivait pas à concevoir que son rédacteur en chef arrive si mal à cacher son embarras.

—Je ne crois pas...

—Ne devait-il pas être de retour ces jours-ci?

Robert Caine prit le relais avec une brusquerie étonnante. Philippe, heureux de constater qu'il avait réussi à ébranler son hôte, s'efforça de garder un visage uni, mélange d'innocence et de naïveté parfaitement réussi.

—Thomas Martin est toujours en France avec sa femme. Je lui ai parlé hier au téléphone, il va très bien!

—Vous a-t-il précisé la date de son retour au pays?

—Oui, mais cela ne regarde pas la presse pour l'instant!

—Je vous prie d'excuser ma curiosité, monsieur Caine. L'habitude, sans doute...

—Messieurs, je dois vous quitter. Mes invités m'attendent. Karl, voulez-vous informer notre ami des dispositions qui ont été prises à propos de son nouveau poste?

—Avec plaisir, monsieur Caine...

Le propriétaire du Reporter serra la main de Philippe, en y mettant moins de chaleur cette fois. Karl Wosniak recula de quelques pas, bousculant la desserte. Les flûtes à champagne gémirent d'inquiétude avant de reprendre leur position initiale.

—Un conseil, Philippe, méfiez-vous de Robert Caine, n'essayez pas de jouer au plus malin avec lui, sinon il vous dévorera vivant!

—Pareil langage dans votre bouche me surprend, monsieur Wosniak. Je croyais que vous étiez plutôt en bons termes avec le patron.

—Mes relations avec Robert Caine ne vous regardent pas.

—Vous avez raison. Mais, qu'en est-il exactement des relations que Robert Caine a entretenues avec un type du nom de Patrick Ashley?

Karl Wosniak accusa le coup. Son visage se décomposa et ses mains se mirent à trembler. À travers les baffles dissimulés dans le plafond, Simon & Garfunkel mettaient fin à leur mélodie dans un raz de marée de cuivres et de cordes.

—Caine est-il homosexuel, monsieur Wosniak?

—Bon Dieu, vous êtes malade!

—A-t-il eu une aventure avec Patrick Ashley?

Karl Wosniak regarda avec inquiétude autour de lui.

—Pas si fort, bon Dieu! Quelqu'un pourrait vous entendre!

—Répondez!

—Je ne sais pas, merde!

Les deux hommes s'étaient rapprochés. L'échange s'était déroulé à mi-voix; un groupe d'invités en train de traverser le pont pour se rendre au jardin japonais, intrigué par leur attitude, observait Karl Wosniak et Philippe avec une attention appuyée.

—Écoutez, Philippe, ce que j'ai à vous dire est de la plus haute importance. N'essayez pas d'en savoir plus sur Patrick Ashley et Robert Caine. Ne touchez pas à Thomas Martin, surtout. Ce poisson-là est trop gros pour vous.

—Vous me faites pitié, Karl.

Le Curé, que le ton désabusé de Philippe et sa familiarité avaient surpris, se calma. Les invités qui, finalement, les avaient rejoints, se dispersèrent dans le jardin japonais en s'émerveillant de la façon dont le lieu avait été aménagé. Karl Wosniak approcha sa bouche de l'oreille de Philippe.

—Robert Caine m'a chargé de vous dire qu'il est disposé à verser deux cent mille dollars dans un compte à votre nom, à l'Union des banques suisses, à la condition que vous quittiez Beaumont pour Ottawa sans essayer d'en savoir plus sur Ashley. Vous êtes riche, Philippe. Le patron attend votre réponse d'ici trois jours. Passé ce délai, j'ai bien peur que vous vous trouviez dans la pénible obligation de chercher un emploi dans une autre boîte!

Karl Wosniak quitta le jardin japonais à longues enjambées, avant même que Philippe n'ait eu le temps de réagir.

***

Il était un petit navire
Il était un petit navire
Qui n'avait ja-ja-jamais navigué
Qui n'avait ja-ja-jamais navigué
Ohé, ohé...

D'où tenait-il cette mélodie qu'il fredonnait depuis le matin et dont son esprit ne pouvait se départir? Il ne se souvenait pas avoir eu une enfance et la ritournelle, même si elle lui rappelait quelque événement depuis longtemps disparu dans le brouillard du passé, demeurait isolée dans une zone éloignée de sa mémoire. Il savait qu'il s'agissait d'une vieille, d'une très vieille chanson que les mamans, à une époque lointaine, fredonnaient à leurs bébés pour qu'ils trouvent plus rapidement le sommeil. On n'entendait plus ce genre de berceuse, aujourd'hui. Les bambins s'endormaient avec la télévision et, le matin, à leur réveil, ils s'empressaient de retourner devant la boîte magique pour y faire le plein de dessins animés et de publicités sur les jeux vidéo.

Il se remit à la tâche. Fabriquer des balles dum-dum exigeait beaucoup d'attention et de doigté. Il fallait bien doser le mélange de poudre et voir à ce que le plomb couronnant la cartouche soit correctement cisaillé, en croix, afin d'occasionner le plus de dégâts possible. Il était aisé de reconnaître la compétence de l'artisan ayant fabriqué une balle à fragmentation au type de blessure mortelle que celle-ci occasionnait. Tiré par un Magnum 357, ce genre de munitions – si sa fabrication répondait aux règles de l'art – ne causait, au point d'impact principal, qu'une blessure d'apparence mineure. C'était seulement lorsque la balle se fragmentait, après avoir rencontré une zone de résistance, un os, la plupart du temps, que le résultat devenait spectaculaire. Ainsi, une balle dum-dum tirée à bout portant, à la naissance du nez, pénétrait dans le crâne en ne laissant à la surface de la peau qu'un cercle rouge cerné de noir d'à peine quelques millimètres de diamètre; c'est seulement au point de sortie que les choses devenaient intéressantes. Là, il ne restait plus rien, la boîte crânienne éclatait sous l'effet de la pression formidable née de la fragmentation, le cerveau se répandait sur le sol et puis, plus rien... La mort était instantanée.

Où et quand s'était-il fait la main sur ce type de munitions?

Un exemplaire du Reporter vieux de plusieurs jours lui avait appris, cette journée-là, que les trois types qu'il avait descendus dans la *vallée des plaisirs* n'étaient pas des voyous, mais presque. Ce fait l'avait laissé dans une indifférence presque totale. Règle générale, il ne restait pas assez longtemps dans les villes qu'il hantait pour apprendre l'identité de ses victimes.

478

Machine à broyer les vies, il se souciait peu des gens qu'il tuait et de la place occupée par eux-ci dans l'échelle sociale. Du moins, avait-il toujours agi ainsi. Ce n'était que depuis qu'il vivait à Beaumont que ses habitudes avaient changé.

Cette ville l'ensorcelait. Il ne se sentait pas tout à fait un étranger dans ces rues vieillottes et sur ces boulevards tout neufs qui, subtilement, titillaient de temps à autre sa mémoire afin, semblait-il, de l'obliger à renouer avec des souvenirs si anciens qu'ils auraient pu appartenir à une vie antérieure à la sienne. Il n'arrivait pas à se rappeler de son arrivée, même si, paradoxalement, certains faits survenus plusieurs semaines auparavant, voire plusieurs mois, demeuraient toujours frais à sa mémoire. Ainsi, et sans chercher à se demander pourquoi il avait agi de la sorte, il se rappelait avoir emménagé dans cet appartement, en payant d'avance un an de loyer; toutefois, il aurait été fort embêté de retrouver la personne avec laquelle il avait traitée et qui devait être la propriétaire du lieu où il avait élu domicile. Pour éviter de se faire remarquer ou de paraître bizarre, il attendait que ses voisins le saluent avant de leur adresser un sourire de circonstance; certains visages qu'il croyait familiers demeuraient sans expression lorsqu'il les dévisageait, dans l'attente d'un signe de reconnaissance. Par contre, d'autres, qu'il pensait croiser pour la première fois, s'illuminaient poliment en sa présence. En tout temps, il s'efforçait de présenter un comportement naturel et, même si depuis les derniers jours il éprouvait de la difficulté à ne pas céder à la tentation de décharger son arme sur tous ces gens qu'il n'était pas certain de reconnaître, il résistait de toutes ses forces, car le véritable sens de sa mission résidait ailleurs.

Rosalie Richard.

C'était pour elle qu'il fabriquait ces balles, c'était pour elle encore qu'il mettait tant de précision dans son travail, car il ne voulait pas qu'elle souffre inutilement lorsque l'heure viendrait.

Il avait décidé de la tuer en appuyant le canon du Magnum sur sa nuque. Il voulait que ce joli visage soit défiguré pour l'éternité, qu'il éclate en centaines, en milliers de fragments; il voulait que ces yeux, à la fois noirs comme la nuit et brillants comme les étoiles, s'éteignent dans une explosion de fin du monde dont lui-même serait l'auteur. Elle l'avait emprisonné dans son regard, compromettant sa longue quête vers l'infini, l'obligeant à rester là, dans l'attente de quelque événement impossible à appréhender. Depuis qu'il l'avait croisée, ses pensées s'agitaient, sa perception du présent n'était plus la même. Il se sentait l'otage de son propre corps; sa tête, la nuit, voulait éclater sous la pression d'une sollicitation qu'il n'oserait jamais identifier comme étant de l'amour, puisque ce sentiment avait été extirpé de son cœur depuis si longtemps qu'il ne se souvenait plus à quoi ressemblait ses messagers. Elle était le Bien, lui était le Mal.

Le Diable avait dirigé ses pas jusqu'à Beaumont afin qu'il tarisse la source de la vie, là même où l'amour étanchait sa soif. Rosalie Richard mourrait bientôt. Ce n'était qu'une question de temps.

Il reprit sa tâche, posément, en étudiant chacun de ses gestes. Depuis le début de la soirée, il avait confectionné trois douzaines de balles à fragmentation et il avait encore suffisamment de poudre noire en sa possession pour en fabriquer une vingtaine d'autres. Il avait déposé les instruments et les pièces de munitions nécessaires à son travail sur un exemplaire ouvert du Reporter.

Il se concentra, essayant de chasser Rosalie Richard de ses pensées. À mesure que l'amoncellement de poudre diminuait et que les cartouches au reflet mordoré recevaient leur couronne de plomb, les titres et les photos contenus dans la page qui avait fait office de sous-main réapparaissaient. Ses yeux s'attardèrent distraitement sur quelques textes sans importance – le journal avait été ouvert dans sa partie centrale, donnant sur une section ne présentant qu'un intérêt relatif – puis s'arrêtèrent enfin sur un article très bref, surmonté d'une photographie qui avait attiré son attention à l'instant même où son regard s'était posé dessus. Il sourit pour lui-même, se félicitant de la présence d'esprit dont, une fois de plus, il avait fait preuve. Certes, sa mémoire refusait de se livrer entièrement à ses souvenirs lointains et le présent s'effilochait peu à peu... mais il n'avait pas oublié les traits de ce visage! Il l'avait aperçu la première fois dans un bar dont il avait oublié le nom, avec *sa* Rosalie; puis, un peu plus tard, quand exactement, il ne s'en souvenait plus, dans le parc près du *Casse-croûte Lucas*.

Le Reporter nomme un correspondant à Ottawa, précisait le titre coiffant le texte. La photographie était celle de Philippe Lambert. Trouver l'adresse du journaliste avait été un jeu d'enfant. Il avait passé un coup de fil au journal et, se faisant passer pour un ami d'enfance séjournant à Beaumont, il avait appris tout ce qu'il désirait savoir.

En fredonnant, *Il était un petit navire*, il rangea ses instruments, fit disparaître le reste de poudre noire dans l'évier, puis s'installa devant le téléviseur. Il ouvrit l'appareil juste au moment où apparaissait le générique du film *Dirty Harry*. Il se cala dans son fauteuil en exhalant un long soupir de satisfaction.

Jamais il n'oublierait Clint Eastwood, même en enfer!

***

Les Mercedes, les BMW et les Jaguar, ainsi qu'une Rolls que son propriétaire paraissait vouloir dissimuler aux regards indiscrets, toutes au repos devant la maison de Robert Caine, regardaient de haut les Cadillac et les Continental garées près d'elles. Les grosses américaines paraissaient ridiculement parvenues et balourdes aux côtés des élégantes européennes, habillées discrètement de rouge et de noir et parées des chromes discrets de l'aristocratie automobile. La Chrysler de Philippe, quant à elle, ne risquait guère d'être confondue avec les belles carrosseries immigrées d'Allemagne et d'Angleterre, sa peinture fatiguée arrivait tout juste à refléter l'éclat soutenu des puissantes lampes au quartz éclairant cette partie de la rue.

Encore ébranlé par l'offre de Robert Caine, refusant de croire que celui-ci était prêt à débourser une fortune pour l'empêcher d'aller plus loin, il s'était réfugié pendant de longues minutes dans l'une des salles de bain de la luxueuse demeure afin de faire le point et, aussi, de se remettre de l'effet de surprise. En s'aspergeant le visage d'eau froide, il était parvenu à effacer l'effet sirupeux du champagne et à reprendre ses esprits... Il ne croyait pas avoir levé un si gros lièvre et, maintenant, tiraillé entre son devoir et son désir de protéger celle qu'il aimait, il se demandait comment réagir à l'offre du propriétaire du Reporter.

Deux cent mille dollars! C'était plus qu'il n'en fallait pour quitter la ville avec Rosalie et amener la jeune femme quelque part où elle serait définitivement en sécurité. L'attitude de Karl Wosniak garantissait le sérieux de l'offre de Robert Caine, cela ne faisait aucun doute. Le Curé bavait littéralement d'envie, lorsqu'il avait transmis le message de son patron. Pour une raison que Philippe ne connaissait pas encore, et qui lui importait peu, le rédacteur en chef ne pouvait profiter de la manne. Le propriétaire du Reporter, probablement, en fait c'était presque certain, s'était déjà assuré de la loyauté de Karl Wosniak par l'effet de quelque chantage.

Philippe regarda sa montre. Dix heures quarante-cinq. Il s'était attendu à tout, mais pas à ce traitement en forme de douche écossaise. D'un côté, on lui offrait une fortune pour qu'il fasse preuve de discrétion et on lui donnait en prime un poste de correspondant que tous au journal auraient été heureux d'accepter, de l'autre, on lui montrait la porte.

—Vous aviez promis de me dire au revoir, Philippe.

Surpris en pleine réflexion, il sursauta, tandis qu'il ouvrait la porte de sa voiture. Levant les yeux, il découvrit le visage de Nancy Caine, que le puissant éclairage rendait diaphane. La jeune femme avait posé un manteau de vison sur ses épaules et, avec un air désinvolte étudié jusque dans ses moindres détails, avait posé ses fesses sur l'aileron arrière d'une rutilante Porsche Carrera, garée juste devant la Chrysler de Philippe.

—J'ai oublié. Je m'excuse.

—Vous partez tôt. Mon père aurait-il été désagréable?

—Monsieur Caine a été un hôte parfait.

—Alors, pourquoi tant d'empressement?

—Un autre rendez-vous...

Nancy Caine quitta sa position et contourna nonchalamment la voiture de Philippe, avant de revenir près de la Porsche.

—Elle est à vous, cette Chrysler?

Philippe acquiesça, amusé de la réaction de la jeune femme.

—On dirait un tas de ferraille!

—Elle roule plutôt bien malgré son âge vénérable.

—Vous avez beaucoup de rendez-vous pour un type en vacances. Vous ne vous reposez jamais?

—Si, ce soir.

Nancy Caine tira un paquet de Caméo de la poche intérieure de son manteau. Elle alluma la cigarette avec un briquet minuscule, décoré de brillants.

—Un cadeau de mon père. Un Cartier. Il me l'a offert pour mon treizième anniversaire. Eh oui! je fumais déjà à cet âge.

Philippe s'appuya à la portière de la Porsche, pressentant que quelque chose d'important était sur le point de se passer. À une vingtaine de mètres de là, un homme et une femme échangeaient des remarques aigres-douces sur leur comportement mutuel, sans se soucier d'être entendus. Portées par le vent, des bribes de *Blue Hawaï* arrivaient jusqu'à eux.

—Mon père m'a acheté des montagnes de cadeaux.

Bien qu'elle se comportât plutôt bizarrement, Nancy Caine semblait en possession de toutes ses facultés; son haleine ne sentait pas l'alcool. Philippe conclut qu'elle avait peut-être fumé un joint ou inhalé la cocaïne. En pénétrant dans les toilettes, dix minutes plus tôt, il avait croisé un homme et une femme dans la trentaine, plutôt joyeux, dont le regard ne laissait planer aucun doute sur la raison de l'exubérance dont ils faisaient preuve. Nancy Caine devait avoir le même fournisseur que certains des invités de son père...

—Vous vous sentez bien?

—Je suis dans une forme fantastique!

—Pourquoi ne rejoignez-vous pas les invités de votre père?

—Parce que je le hais!

Elle s'était exprimée avec un détachement accentuant de manière non équivoque la gravité de sa déclaration. Philippe respira à fond, certain maintenant que Nancy Caine, peut-être pour la première et la dernière fois de sa vie, allait s'autoriser une confession.

—Mon père a commencé à coucher avec moi alors que j'avais neuf ans. Lorsque ma mère, trois ans plus tard, s'est rendue compte de ce qui se passait, elle l'a quitté, autant par crainte du scandale que par jalousie. Elle me détestait d'avoir pris sa place et cela se lisait dans ses yeux. Au début, je trouvais dégueulasse ce que mon père exigeait de moi, je me sentais sale, humiliée. Ensuite, je me suis habituée. Après le briquet, ce furent les robes, puis les bijoux. À seize ans, je roulais en Jaguar. Mes copines du collège auraient fait n'importe quoi pour que je les amène en ballade...

Nancy Caine s'interrompit, tira sur sa cigarette puis, en contrôlant le tremblement de sa voix, ajouta:

—Mon père a volé mon enfance, il s'est approprié ma jeunesse et, maintenant, à cause de lui, je risque de mourir. Je le tuerais si j'en avais le courage!

—Pourquoi me dites-vous tout cela, Nancy?

—Je veux me servir de vous pour me venger.

—Au moins, vous êtes directe! On ne peut en dire autant de tout le monde!

—Je n'ai pas de temps à perdre. Je veux voir Robert Caine humilié, détruit, annihilé moralement, je veux le voir ruiné!

—Et comment comptez-vous en arriver là?

—Je vous l'ai dit, en me servant de vous.

—Allez-y, continuez...

—Mon père a hérité d'une fortune qui ne tenait qu'à un fil. Il a réussi à remonter les affaires de la famille par le chantage et des pots-de-vin bien placés. C'est son histoire depuis au moins trente ans! Il me dit tout, croyant que jamais je ne révélerai ses secrets et c'est là qu'il se trompe. J'attends depuis des années l'occasion de le faire tomber et, maintenant qu'elle se présente, je ne la laisserai pas s'échapper, ça vous pouvez me croire!

Le *clac* retentissant d'une gifle assenée avec force leur parvint de l'endroit où le couple se chamaillait avec une vigueur allant s'accentuant. L'homme qualifia la femme de *sale pute*, tandis que celle-ci ripostait en le traitant d'*impuissant qui ne bandait qu'en présence des petits garçons*. Des pleurs se firent entendre, puis l'engueulade reprit de plus belle, accompagnée par les cris joyeux en provenance de l'intérieur de la maison où Robert Caine recevait la fine fleur de l'aristocratie beaumontaise.

—Votre père est au courant pour Patrick Ashley?

Nancy Caine acquiesça.

—Il fut l'un des premiers à apprendre ce qui se passait. Je crois même qu'il a su à quoi s'en tenir sur l'état de santé de Patrick bien avant que celui-ci ait été mis au courant de sa situation.

—Comment votre père en est-il arrivé là?

—Il y a trois ans, il a eu l'idée d'organiser des week-ends très spéciaux dans notre maison de campagne, pas très loin d'ici sur les rives de la Kounak. Le ministre Thomas Martin a été l'un de ses derniers invités, Karl Wosniak l'un de ses tout premiers. Les choses se passaient bien jusqu'à ce qu'un type, je ne me souviens plus lequel, introduise Patrick Ashley dans le *fan club* de mon père. La suite, je crois que vous l'apprendrez bientôt.

—Sans preuve, je ne puis rien faire.

—Elles existent. Patrick avait en sa possession une bande vidéo montrant ce qui s'est passé à l'occasion de l'un de ces week-ends. Je ne sais pas ce qu'il en a fait avant de mourir; de toute façon, c'est sans importance, puisque ce ruban ne contient rien de vraiment compromettant.

Philippe jeta un coup d'œil aux étoiles, tandis que Nancy Caine, emportée par le ressentiment et son désir de vengeance, poursuivait sur sa lancée. Même froide, la nuit était invitante. Il aurait préféré être en compagnie de Rosalie, chez tante Irma, près de l'âtre avec la musique de Glenn Miller. Il se demandait ce qu'il faisait là, et pourquoi la vie était si compliquée.

—Mon père a l'habitude de filmer ses invités en pleine action, quelquefois avec leur accord, la plupart du temps à leur insu. Il se sert ensuite de ces enregistrements pour faire chanter ceux qui lui refusent une faveur.

—Comment avez-vous appris l'existence de ces bandes vidéo?

—Quand mon gentil papa ne tient pas la caméra, c'est moi qui se charge de ce travail. J'ai également participé activement à certaines de ces productions très spéciales, disons à titre d'artiste invitée.

—C'est plutôt cynique ce que vous dites là.

485

—Je ne suis qu'une pauvre gosse de riche, Philippe, ne l'oubliez pas.

—Vous savez, Nancy, je comprends que vous en vouliez tant à votre père. Je m'interroge toutefois sur vos chances d'avoir le dernier mot. Pour être tout à fait franc, je crois que vous n'êtes pas de taille à vous faire la peau d'un type comme Robert Caine!

—Je ne couche plus avec mon père depuis dix-huit mois.

—Pourquoi me dites-vous cela?

—Pour que vous compreniez ceci: maintenant, c'est moi qui fait chanter ce salaud. Je l'ai menacé de déposer une plainte pour inceste, il est bien obligé de se tenir tranquille. Et pour être certaine de le faire baver encore davantage, je fais en sorte qu'il me voit en train de faire l'amour avec mes petits amis, là, près de la piscine ou par la porte entrouverte de ma chambre. Et comme je considère que ce n'est pas encore assez, je participe aux partouzes qu'il organise. J'ai commencé à me venger à petit feu, Philippe, mais il m'en faut plus. Mon père est comme une drogue, le voir bander comme un cosaque sans qu'il puisse me toucher me fait jouir! Maintenant, je veux qu'il souffre jusqu'à en crever!

Cette femme est folle, songea Philippe, *et c'est son père qui l'a mise dans cet état.* Nancy Caine ne pourrait jamais vivre une existence normale, même si elle trouvait le courage, un jour, de tuer son père. Cet homme lui avait fait trop de mal pour qu'elle puisse espérer mener une vie possédant seulement les apparences du bonheur. La jeune femme était condamnée au ressentiment, jamais elle ne pourrait trouver l'amour dont elle avait été privée dès sa plus tendre enfance. Philippe savait que Robert Caine était un monstre, il était loin de se douter, cependant, que le propriétaire du Reporter était aussi vil.

—Tenez, c'est pour vous!

D'un geste brusque, elle s'était débarrassée de ce qui restait de la Caméo, plongeant sa main redevenue libre à l'intérieur de son manteau, qu'elle persistait à garder ouvert malgré le froid. Le mégot, en atterrissant sur l'asphalte, rebondit dans une gerbe d'étincelles, rapidement éteintes par le vent.

Nancy Caine, sans doute pressée, n'avait pas jugé bon

d'envelopper la cassette vidéo, elle aussi de marque BASF qu'elle tendait à Philippe et qui, selon toute vraisemblance, constituait la suite de celle qui était déjà en sa possession. Celui-ci hésita quelques secondes, puis saisit l'objet avec précaution, avant de le faire disparaître rapidement sous son veston.

—C'est une copie. La qualité de la reproduction est excellente. Vous reconnaîtrez beaucoup de gens.

—Je vous remercie, Nancy.

—À charge de revanche, Philippe. Bon cinéma!

Les étoiles avaient disparu derrière un épais rideau de nuages. L'autoroute était à toutes fins utiles déserte. Philippe roulait seul et, compte tenu de ses habitudes de conduite, il considérait que sa vitesse était raisonnable. Bon cinéma, songea-t-il, incertain sur la conduite à adopter. *À deux cent mille dollars le ticket, le film doit valoir le déplacement!*

CHAPITRE XI

NUIT ET BROUILLARD

Don O'Connor n'avait pas le cœur à la fête. À vrai dire, il se sentait comme un blues de Muddy Waters, joué à contretemps sur une Stratocaster dont les cordes auraient été remplacées par ses propres nerfs! L'effet, pour être électrisant, n'en avait pas moins sur son moral des conséquences néfastes. Partagé entre le plaisir qu'il ne pouvait s'empêcher d'éprouver, en tant que flic, de jouer à la marelle avec un assassin psychopathe et l'urgence d'agir avant que son compagnon de jeu décide véritablement de passer à l'action, il arrivait mal à contrôler l'excitation que faisait naître en lui l'imminence du danger. Car il était évident que le type à qui ils avaient affaire exploserait bientôt; ce qui s'était passé au cours des derniers jours n'était qu'un coup d'essai, une répétition avant la générale. Il se doutait bien que la petite Rosalie Richard, en servant de déclencheur à la folie meurtrière de l'inconnu qui la poursuivait, était appelée à jouer un rôle très important dans la suite des événements.

En fait, lui et l'équipe de choc mise sur pied pour faire face à la crise, jouaient à quitte ou double. Ou bien ils risquaient de perdre Rosalie Richard, ou ils attendaient que le gars se mette à tirailler dans tous les coins! La solution du problème était évidente, il restait seulement à donner le feu vert à l'opération qui permettrait à tout le monde de s'en tirer sans trop de casse.

La Sûreté le talonnait. Le maire était après lui. Le standard téléphonique du quartier général de la police était débordé d'appels de citoyens effrayés ou en colère. Tous étaient persuadés d'avoir rencontré le tueur, de l'avoir aperçu dans le parc, à la sortie d'une école, au Burger King! Des journalistes de tout le pays s'agglutinaient autour de son bureau ou collaient aux fesses de tout ce qui portait un uniforme, espérant décrocher le tuyau qui ferait la une de leur journal. Les types de la télé étaient les plus coriaces, ils se baladaient dans tous les coins de la ville avec leurs cameramen et leurs preneurs de son, recueillant les commentaires d'à peu près tout le monde, spéculant à n'en plus finir sur le plus petit indice qu'ils croyaient avoir découvert, et laissaient subtilement entendre, enfin, que la police ne faisait rien pour mettre la main au collet du tueur.

La poisse totale, intégrale, la pire chose qui puisse arriver à un flic, c'est-à-dire se retrouver avec un troupeau de journalistes en chaleur sur le dos, au beau milieu d'une affaire qui n'avançait pas!

Il n'avait jamais aimé particulièrement novembre; pour être tout à fait honnête, il détestait cette période de l'année. D'aussi loin qu'il se souvienne, ce mois, en ce qui le concernait était lié à de mauvais souvenirs. Il y avait eu d'abord Coucou, son chien, qui était mort le jour de la Sainte-Catherine; ses parents lui avaient annoncé la nouvelle à son retour de l'école, alors que neige et pluie se confondaient pour donner une giboulée visqueuse et froide. Puis, à seize ans, sa petite amie lui avait dit adieu le jour de la Toussaint. C'était son premier amour et il ne s'était jamais tout à fait remis de ce drame. Sa première femme l'avait quitté en novembre; John Kennedy, à qui il vouait une admiration s'apparentant à un culte – après tout, le Président n'était-il pas Irlandais? – avait été assassiné un 22 novembre et voilà qu'un salaud de tueur merdique venait couronner dans sa propre ville cette longue série noire, et encore de manière un peu trop spectaculaire au goût de tous...

Sa mère, pieuse et habituée de l'église paroissiale, appelait novembre le *mois des Morts*. La pauvre femme eût-elle été encore là qu'elle aurait trouvé dans les récents événements survenus dans la ville une autre raison d'implorer la clémence du Tout-Puissant!

Ce dimanche n'offrant rien de particulièrement intéressant à la maison, il avait décidé de passer la journée au Q.G., autant pour se trouver plus près de l'action que pour démontrer qu'il prenait l'affaire très au sérieux. Tous les effectifs disponibles avaient été lancés sur la piste du tueur. Tous les corps de police représentés à Beaumont collaboraient à l'enquête qui, obstinément, piétinait. Le FBI, s'il avait permis d'établir un lien entre la série de meurtres survenus dans certaines régions des États-Unis et ceux de Beaumont, n'était plus d'aucun secours. Aucune empreinte, aucun indice n'avait pu être recueilli à Saint-Michael ou dans la *vallée des plaisirs*. Réétudiée dans ses moindres détails, l'affaire de Prince-Albert n'avait livré aucune piste supplémentaire. C'était à croire que le type insaisissable après qui ils couraient était recouvert d'une combinaison de caoutchouc, comme cet imbécile de Batman!

Il devrait donc se débrouiller seul pour mettre la main au collet d'un fou meurtrier qui avait pris la couleur du paysage et dont l'apparence semblait si ordinaire que personne ne remarquait sa présence, même lorsqu'il entrait en action.

Don O'Connor traversa au pas de charge la vaste salle réservée aux inspecteurs, saluant d'un signe bref de la tête les gars de la Brigade des mœurs qui discutaient avec leurs camarades des narcotiques. Plus loin, il reconnut un employé du service municipal responsable de l'inspection des bâtiments, dont le visage disparaissait derrière une montagne de dossiers; après avoir hésité quelques instants sur la direction à prendre, le type déposa sa charge avec un *han* de soulagement sur le bureau d'un flic en uniforme; dans la cinquantaine avancée, ce dernier semblait sortir d'une essoreuse tellement ses traits étaient tirés. Arrivé à sa hauteur, Don O'Connor s'enquit du contenu des dossiers. La réponse, qui semblait avoir été dictée par un ordinateur, le laissa perplexe.

—Patron, saviez-vous qu'il y a à Beaumont et dans les environs pas moins de six mille appartements, environ quatre cents chambres louées à la journée ou à la semaine et deux cent cinquante maisons qui accueillent des pensionnaires, étudiants ou travailleurs saisonniers pour la plupart?

—Et alors?

—Je suis en train de vérifier les baux de location déposés au greffe depuis les dix-huit derniers mois; quand c'est possible, je note également certaines dates d'arrivée et de départ. On ne sait jamais. Le quart du travail est déjà complété.

Don O'Connor trouvait l'idée excellente, même s'il fondait peu d'espoir sur les résultats que pouvait donner ce travail de moine.

—Des indices?

—Rien de vraiment intéressant. Nous avons procédé à plusieurs vérifications depuis les deux derniers jours. Travail de routine. Des étudiants et des jeunes gens en voyage, quelques travailleurs itinérants. Plutôt moche comme moisson...

—Continuez, vous gagnerez peut-être à la loto!

Le flic se réfugia derrière un air fataliste convenant parfaitement à sa physionomie et se remit à la tâche en maugréant quelque chose à propos des ordinateurs sous-utilisés et des tire-au-flanc de l'administration municipale, incapables de tenir leurs dossiers à jour.

—En forme, patron?

Esther Courtney, le cheveu en bataille et les traits fatigués comme la plupart de ses camarades, l'observait avec le regard apathique des marathoniens qui, sachant le fil d'arrivée à des heures de là, se demandent pourquoi ils ne sont pas en train de regarder la télé comme tout le monde. Don O'Connor ouvrit la porte de son bureau et s'y engouffra, la jeune femme sur les talons.

—Du nouveau, Esther?

—Zéro plus zéro!

L'odeur forte qui s'était emparée du bureau au cours des derniers jours, mélange de tabac et de cendres refroidies, de vêtements fripés et de sueur, paraissait vouloir s'installer à demeure; toute la pièce était imprégnée de ce parfum aux effluves animaux, dénotant la présence d'humains que l'instinct de la chasse et l'imminence de l'hallali rendaient nerveux.

—Où est Charles Compton, Esther, je ne le vois nulle part?

—Avec Hubert Ross, chez tante Irma.

—Comment vont nos deux tourtereaux?

—Ils filent toujours le parfait amour. Détail intéressant, Philippe Lambert a assisté à une réception donnée par Robert Caine, hier soir.

—Caine n'a pas pour habitude de recevoir ses journalistes. Vous croyez que cela a quelque chose à voir avec notre enquête?

—Nous procédons à une petite vérification. Discrètement. Robert Caine n'apprécie pas qu'on se mêle de ses affaires. En passant, je vous souligne que le maire a également assisté à la soirée.

—Je l'emmerde, ce type!

Esther Compton fit quelques pas, lissa ses cheveux puis lâcha, visiblement à contre cœur:

—Le dispositif de l'*Opération Biche* a été mis en place, patron.

—Bien.

—Charles vous a dit que je n'étais pas d'accord?

—Oui. J'ai pris connaissance de vos arguments, je les ai étudiés avec beaucoup d'attention et j'ai décidé d'aller de l'avant, quels que soient les risques encourus.

—C'est pour quand?

—Mercredi, jeudi au plus tard.

C'était un de ces après-midi d'automne qui donnent aux régions nordiques un charme original que nulle contrée située sous des latitudes moins exposées au froid ne peut espérer revendiquer. Le vent avait abandonné ses prérogatives et, au lieu de les harasser comme il le faisait depuis une semaine, caressait voluptueusement les prés jaunis et recouverts d'une fine couche de neige. Le soleil, à son zénith, en réchauffant l'atmosphère, transformait le ciel en un immense dôme bleu violet, zébré de quelques nuages stylisés qu'on aurait dit plantés là pour le seul plaisir des yeux.

—La biche ne risque-t-elle pas de se faire dévorer par le grand méchant loup?

—C'est une possibilité que nous ne pouvons écarter, Esther. Vous le savez très bien, agir autrement est impossible.

—Que dit le médecin?

—*Les* médecins, devriez-vous dire... Ces gens-là sont en train de me rendre fou avec leurs théories à faire dresser les cheveux sur la tête!

—C'est si grave?

—Ces messieurs psychiatres et psychologues, tous spécialistes du comportement il va sans dire, sont unanimes, ce qui est très rare, vous en conviendrez! Notre client est devenu complètement dingue sans le savoir! Déjà que ça n'allait pas très bien...

—Qu'est-ce que cela signifie dans les faits?

—Plutôt simplet, comme explication. Le tueur est amoureux de sa victime, voilà l'hypothèse sur laquelle nous travaillons depuis vendredi. Une forme de *Syndrome de Stockholm* à sens unique, si vous préférez. Le comportement de notre gars, de bizarre qu'il était, est maintenant franchement imprévisible. S'il ne met pas la main sur Rosalie Richard très bientôt, j'insiste Esther, très bientôt, nous risquons un véritable massacre!

Don O'Connor reprit son souffle, espérant avoir utilisé un ton suffisamment persuasif pour convaincre la jeune femme.

—Vous vous souvenez, Esther, de ce type qui a foutu la pagaille dans un McDonald, il y a cinq ans aux États-Unis? Il y a eu des tas de morts. Je ne veux pas de ça chez moi, à Beaumont!

—Quelles sont les chances de Rosalie Richard de s'en tirer?

Don O'Connor ne répondit pas.

L'attrait principal de l'*Opération Biche*, dont les éléments avaient été mis en place quarante-huit heures seulement auparavant, résidait dans sa simplicité d'exécution. Certes, il faudrait réquisitionner tous les effectifs disponibles et cela coûterait très cher; toutefois, le résultat, une fois atteint – ce qui ne faisait aucun doute dans l'esprit de Don O'Connor et des membres de son état-major – risquait de dépasser toutes les espérances.

Le déclenchement de l'opération était prévu dans soixante-douze heures, à partir de ce dimanche-là. Si, entre-temps, l'enquête n'avait démontré aucun signe encourageant d'avancement, une fuite calculée dans la presse ferait état des motivations du tueur et de l'endroit où Rosalie Richard se terrait. On éloignerait la propriétaire de l'auberge ainsi que Philippe Lambert; dans ce dernier cas, l'emploi de la force n'était pas écarté. Afin de ne pas attirer l'attention, le dispositif de sécurité chez tante Irma serait réduit au strict nécessaire, c'est-à-dire que seulement trois hommes resteraient sur place. Don O'Connor avait prévu être l'un d'eux. Le reste des effectifs, près de cent policiers, dont dix-huit d'un groupe spécial d'intervention, prendrait place autour de l'auberge ou serait dissimulé dans les boisés bordant la route. Il suffirait, ensuite, de cueillir le tueur au moment où celui-ci approcherait de Rosalie Richard.

Plusieurs zones d'ombre persistaient, cependant. Ainsi, il était difficile de prévoir si leur cible attendrait de se trouver à proximité de la jeune femme avant d'ouvrir le feu; il était également possible, puisqu'il avait déjà agi de cette façon, que le tueur décide de patienter encore quelques semaines, voire quelques mois, avant de s'en prendre de nouveau à Rosalie Richard. Esther Courtney avait fait valoir ces arguments à Don O'Connor, qui les avait rejetés du revers de la main. *Le comportement de notre client*, avait déclaré le chef de la police en se référant au diagnostic des médecins, *est devenu désordonné, imprévisible. Il est probable qu'il ne se souvient même plus de ce qui s'est passé à Prince-Albert l'été dernier...* C'était justement cet aspect très particulier du problème qui poussait Esther Courtney à diverger d'opinion avec ses confrères et à tourner le dos à leur plan. Parce qu'elle pouvait compter sur son intuition et parce que, femme, elle comprenait plus que les hommes ce que devait ressentir Rosalie Richard, elle était d'avis que ce plan péchait justement par sa trop grande simplicité. Elle n'accordait que très prudemment sa confiance aux spécialistes qui, selon son point de vue, escamotaient trop rapidement les faits. La personnalité à laquelle ils avaient affaire était par trop complexe pour être associée à une démarche, en l'occurrence l'*Opération Biche*, qu'elle n'était pas loin de considérer comme puérile. Elle trouvait que ses patrons semblaient prendre plaisir à jouer au cow-boy avec une jeune femme innocente qui n'avait pas demandé de se retrouver au centre de l'attention générale.

Décidée à faire preuve de discipline, Esther Courtney n'insista pas. Elle quitta le bureau en se disant que le tueur était sans doute plus intelligent que tout l'état-major réuni de la police de Beaumont, Don O'Connor y compris. Tout déboussolé qu'il fût, ce type risquait, au mieux, de les devancer et, au pire, de passer à travers les mailles du filet, après avoir tué Rosalie Richard.

Esther Courtney ne savait pas encore que, dans quelques heures à peine, elle regretterait amèrement d'avoir fait passer la discipline avant l'intuition, et que le prix à payer pour avoir ainsi refusé d'écouter ses sentiments serait très élevé.

***

Paris, en novembre, présentait généralement un visage aussi ennuyeux que Beaumont à la même période de l'année, avait répondu Arthur Simon à son correspondant, lorsque celui-ci l'avait interrogé sur le temps qu'il faisait là-bas. Après les *bon sang, comment ça va?* et les *ça fait un sacré bail!*, Philippe s'était montré très heureux d'apprendre que son camarade d'université faisait toujours partie du corps diplomatique cana-dien dans la capitale française... et qu'il était disposé à lui donner quelques tuyaux concernant le ministre Thomas Martin, pour autant, avait déclaré son interlocuteur en plaisantant, que ce petit service ne mettrait pas en danger la sécurité nationale! Le coup de fil n'avait pas duré dix minutes. Il faisait nuit à Beaumont et, à huit mille kilomètres de là, de l'autre côté de l'Atlantique, l'aube d'un lundi pluvieux commençait à peine à se lever sur les célèbres ponts de la Seine.

Logique, Philippe estimait que tout individu détenant un poste gouvernemental important, en voyage à l'étranger à titre privé ou officiel, devait forcément informer de ses allées et ve-nues le personnel de l'ambassade canadienne du pays dans le-quel il séjournait. Il s'agissait d'une question relevant autant de la sécurité que de la nécessité de pouvoir entrer rapidement en communication avec la personne concernée, dans l'éventualité où une crise majeure exigerait un retour en catastrophe au pays.

En prenant pour certain que cette directive devait être générale, Philippe avait conclu qu'un ministre de la Défense, vu l'importance du poste qu'il occupait au sein de l'appareil gouvernemental, et tout enclin à la discrétion qu'il fût, ne pouvait se dérober à pareille obligation.

Arthur Simon, en bâillant, avait demandé un délai, promettant de rappeler le soir même, heure de Paris, s'il mettait la main sur quelque chose d'intéressant. Philippe avait mis fin à la conversation, regrettant presque d'avoir sollicité l'aide de son ami. Tenté d'accepter l'offre de Robert Caine, il se demandait, en effet, pourquoi il persistait tant à vouloir localiser Thomas Martin.

Peut-être ce désir d'en savoir plus sur le ministre prenait-il sa source dans les images contenues sur la bande vidéo que lui avait remise Nancy Caine et dont il avait pris connaissance à son retour à l'auberge? Thomas Martin, tout ministre de la Défense qu'il était, avait eu des relations sexuelles simultanées avec Patrick Ashley et une Noire sculpturale, à l'occasion d'une soirée très particulière organisée par le propriétaire du Reporter, dans sa maison de campagne. Toute la scène, à laquelle avait participé passivement Nancy Caine et un autre individu inconnu de Philippe, était consignée en vingt-deux minutes on ne peut plus évocatrices sur la cassette BASF, dont la jeune femme lui avait fait cadeau. Thomas Martin était-il, lui aussi, atteint du sida?

Philippe ne voyait pas de quelle manière il pourrait disposer de cette information, si elle s'avérait exacte, sans porter atteinte à la vie privée du ministre. Thomas Martin était libre d'agir comme il le désirait, puisque c'était sa réputation qui était en jeu; si le ministre s'exposait au chantage de façon aussi imprudente et explicite, ce n'était pas à lui qu'il appartenait de régler le problème. Du strict point de vue journalistique, le seul élément utilisable consistait toujours à savoir combien de personnes Patrick Ashley avait contaminé. La réponse ne pourrait être fournie qu'en dévoilant publiquement la maladie dont avait été atteint l'adolescent, ce qui aurait pour effet d'alarmer tous ceux qui avaient eu des relations sexuelles avec lui.

Ce que lui avait dit tante Irma, quelques minutes après son retour de la réception offerte par Robert Caine, était encore trop présent à son esprit pour lui permettre de prendre une décision basée sur la raison.

Alors que Philippe vérifiait dans son carnet d'adresses si le numéro de téléphone d'Arthur Simon à Paris était toujours là, et profitant du fait que Rosalie s'était retirée dans sa chambre pour la nuit, tante Irma lui avait raconté ce qui s'était passé à la fin de la partie de Scrabble, ce soir-là.

Pour tante Irma, il apparaissait de plus en plus évident que la jeune femme était sur le point de s'effondrer.

Le corps de Rosalie était chaud et son souffle irrégulier. Bercée par la plainte fragile du vent dans la cheminée, la jeune femme s'était finalement endormie, bien que son sommeil parût troublé par de nombreux cauchemars. Perdu dans ses pensées et craignant de troubler le repos de sa compagne, il avait à peine effleuré de sa bouche l'épaule dénudée qui dépassait du drap. Il n'avait qu'un mot à dire pour éloigner la jeune femme de Beaumont et de ses dangers, seulement il ne parvenait toujours pas à se décider.

Philippe s'était donné le reste de la nuit et la journée du lendemain pour réfléchir.

Le dimanche soir, toujours incertain quant à la conduite à adopter, il téléphonait à Arthur Simon à Paris.

Le matin du lundi le surprit légèrement déprimé et quelque peu égaré. Les yeux encore embrumés par le sommeil, il entreprit de se rappeler ce qui s'était passé au cours des heures précédentes puis, brusquement, tout lui revint en mémoire, accentuant son désarroi. Les aiguilles de sa montre indiquaient neuf heures trente passées et Rosalie n'était plus là. L'arôme corsé du café en train de réchauffer caressait ses narines. Il entendait quelqu'un – était-ce la voix de Rosalie ou celle de tante Irma? – fredonner un air folklorique qui lui rappelait vaguement quelque chose. Sur le chemin de la douche, il plongea son regard vers l'extérieur. La matinée était belle et le soleil, en pleine ascension, commençait déjà à réchauffer la couche de glace qui s'était formée au cours de la nuit sur la surface d'un petit étang près de la véranda.

Vêtu seulement d'un slip, il se séchait vigoureusement les cheveux à l'aide d'une serviette de bain lorsqu'on frappa discrètement à la porte entrouverte. En tournant la tête en direction du bruit, il aperçut tante Irma qui poussait un regard timide à l'intérieur de la chambre; les traits tirés de la grosse femme étaient révélateurs de la tension qui l'habitait et contrastaient vivement avec la physionomie détendue que la propriétaire de l'auberge présentait quelques jours auparavant seulement.

—Téléphone, Philippe. Ton ami de Paris...

—Merci, tante Irma, je descends.

Négligeant ses chaussettes, il enfila rapidement un pantalon, puis pêcha un T-shirt au hasard dans ses bagages. Il descendit quatre à quatre les escaliers menant au rez-de-chaussée, remarquant au passage Hubert Ross et Charles Compton, en train de siroter un café; la veille, en fin d'après-midi, les deux flics avaient relevé leurs camarades aux vestes antiballes qui avaient promis à tante Irma de revenir pour un week-end avec leurs épouses, dès que la situation serait revenue à la normale. Arrivé au living, Philippe bifurqua à droite, puis s'engouffra plus qu'il ne pénétra dans la pièce qui servait de bureau à tante Irma et dans laquelle il s'était réfugié, la veille, pour parler à Arthur Simon. Malgré le flegme qu'il se faisait un devoir de présenter en toute occasion, il était évident que son correspondant éprouvait de la difficulté à conserver son calme. Philippe devina qu'Arthur Simon était très embarrassé et que cette attitude correspondait à un état d'esprit qui n'avait rien à voir avec la diplomatie!

—Bien dormi, Philippe?

—Comme un ange. Tu as mis la main sur quelque chose d'intéressant?

—Et comment! Tellement intéressant que je risque de terminer ma carrière dans le désert de Gobi si jamais le patron apprend que je t'ai fourni des informations concernant la vraie raison du séjour de Thomas Martin en France!

—Écoute, Arthur, je ne tiens pas particulièrement à te causer des ennuis. Oublie tout cela!

—Je t'ai fait une promesse. À charge de revanche...

Philippe hésita. Il savait que plus il avancerait dans son enquête, plus il lui serait difficile de prendre une décision. Sans trop réfléchir aux conséquences de son geste, il se jeta à l'eau.

—Alors?

—Tu me parles de quel endroit, Philippe?

—D'une charmante petite auberge perdue en pleine forêt. Il n'y a que nous sur la ligne, si c'est ce que tu veux savoir.

—Dans ce domaine, on n'est plus sûr de quoi que ce soit de nos jours.

Malgré l'apparente désinvolture avec laquelle son correspondant s'exprimait, Philippe crut percevoir une certain nervosité dans l'intonation de celui-ci quand il reprit la parole.

—Le docteur Philippe Chouteaud, ça te dit quelque chose?

—Ce nom m'est totalement inconnu.

—C'est une sommité dans le monde de la médecine. Spécialiste dans une foule de trucs aux noms impossibles à prononcer. Il écrit des tas d'articles dans des revues spécialisées, dont *Lancet*. Tu vois le genre?

—Continue, je crois deviner où tu veux en venir...

—Le docteur Chouteaud a travaillé dix ans pour l'Institut Pasteur, ici même à Paris. L'année dernière, il a décidé d'ouvrir sa propre clinique, à Nancy. Un endroit retiré, à l'abri des regards indiscrets. S'il a décidé d'agir ainsi, c'est que le marché dans lequel il se spécialise a explosé. Notre bon docteur soigne les célébrités d'un peu partout dans le monde, on dit qu'il est déjà multimillionnaire.

—Et tu vas me dire que Thomas Martin est l'une de ces célébrités?

—Il arrive que notre sommité, dans son infinie bonté, accepte des gens moins connus, mais au compte en banque bien garni! Thomas Martin et sa femme ont été admis il y a trois semaines à la clinique du docteur Chouteaud. Lorsqu'il interrogea de nouveau son ami, Philippe savait déjà à quoi s'en tenir à propos de Thomas Martin.

—Il fait dans quoi, ton docteur?

—Virus HIV. Sida.

Dans la cuisine, à côté de là, tante Irma fredonnait *Auprès de ma blonde*. Cette fois, Philippe n'eut aucune peine à reconnaître la voix de leur hôte.

***

Il y avait bien trois jours que Norma n'avait pas mis les pieds à la maison. Elle était partie en claquant la porte, après que son mari lui eut fait comprendre par son attitude que sa présence dans la maison était devenue indésirable.

Samuel Munger était obsédé par le tueur.

Cela était venu brusquement et, avant même de se rendre compte de ce qui se passait, il avait été emporté par un courant violent qui l'entraînait loin, très loin de là, vers des rivages déserts, bordés de pics effilés et inaccessibles, précurseurs des terres arides conduisant à la folie. Le lendemain de son entretien avec Don O'Connor, il était descendu dans sa morgue, au sous-sol, pour ne plus en ressortir. Il avait compulsé des centaines de dossiers, remis à jour des pages et des pages de notes, s'attardant sur des photos, des articles qu'il croyait avoir parcouru trop rapidement lors de ses recherches précédentes. Persuadé qu'un détail important lui avait échappé, obnubilé par le désir de prendre le tueur de vitesse, il n'avait pas vu le temps s'écouler. La première journée, Norma, que ce comportement contrariait plus qu'il ne l'inquiétait, lui avait apporté quelques sandwiches. Le lendemain, le regard de sa femme s'était posé sur lui avec reproche. Elle lui avait dit quelque chose, il ne se souvenait plus quoi exactement, puis, une heure ou une journée plus tard, quelle importance, la porte avait claqué et il avait entendu la Buick démarrer. Depuis, toutes les pièces de la maison reposaient dans le silence le plus total.

Il était monté à deux ou trois reprises, le temps de se restaurer en ouvrant une boîte de conserve et d'aller aux toilettes. Il avait baissé les stores, fermé la radio et la télévision. Plus rien d'autre n'existait que le sous-sol et les informations qu'il contenait. Il ne dormait plus, sa respiration devenait irrégulière et, à plusieurs reprises déjà, son impatience lui avait fait poser des gestes bizarres, inhabituels. Ainsi, il s'était rendu compte qu'il réfléchissait à voix haute, alors qu'il ne se souvenait pas avoir jamais agi de manière aussi peu orthodoxe. Il croyait entendre des voix, quelqu'un lui soufflait à l'oreille des mots sans suite; la nuit précédente, il avait cru entendre un bruit de pas au rez-de-chaussée. Persuadé que Norma était revenue, il avait écouté le silence quelques secondes puis, se rendant compte qu'il avait été abusé par ses sens, il s'était remis à la tâche.

Hanté par les monstres de sa collection, Samuel Munger s'était engagé dans une course contre la montre avec la folie. À bout de souffle, l'ancien flic n'arrivait plus à reprendre pied avec la réalité; celle-ci, telle la neige fraîchement tombée qui disparaît avant qu'on la porte à ses lèvres, glissait entre ses doigts en perdant sa consistance originale. Il ne restait plus sur sa peau engourdie par le froid qu'un liquide incolore, incapable d'étancher sa soif de vérité.

Ses joues, qu'une barbe grise recouvrait, étaient rudes et sales. L'encre imprégnant ses doigts avait débordé sur son visage et son front. Il ressemblait à un charbonnier. Il déposa sur le sol le dossier qu'il venait de consulter et regarda ses mains aux ongles bordés de noir. L'espace de quelques minutes, il redevint lucide. Le besoin d'aérer ses poumons, de les débarrasser de la poussière qu'il respirait depuis plusieurs jours, s'imposa telle une obligation dont sa survie dépendait presque! Il se leva, monta lentement les marches et, sans regarder si Norma était là, il poussa la porte donnant accès à l'extérieur.

Le soleil baissait rapidement, ses rayons commençaient à se perdre au-dessus de la ligne des toits. Samuel Munger cligna des yeux et ajusta sa vision sur le monde des vivants. Il n'avait pas vraiment aperçu la lumière du jour depuis... depuis quand, au juste? Sa perception de la réalité n'était plus la même, il se sentait un peu décalé par rapport au présent; il avait l'impression d'être un voyageur de l'infini que le maître du temps, coquin, ramène soudain à son point de départ après des milliers d'années d'errance.

—Eh, Sam! T'en fais une tête?

La voix ne lui était pas inconnue, elle lui rappelait quelqu'un qu'il connaissait bien et qu'il n'aimait pas... Édouard Rupert.

Son voisin approcha et il lut de l'amusement dans ses yeux.

—Ça va?

Il ouvrit la bouche, mais fut incapable de proférer un son. Sa gorge était nouée.

—Eh! oh!... Sam, c'est moi, Édouard! Tu me reconnais?

—Bien sûr que je te reconnais, comment pourrait-on oublier une gueule comme la tienne?

—Que se passe-t-il, tu t'es disputé avec Norma?

—Elle a fichu le camp.

Édouard Rupert l'entraîna à sa suite. L'air hagard de son voisin éveilla sa sympathie. Il décida, pour une fois, de ne pas asticoter Samuel Munger, car sa démarche avait réellement quelque chose de bizarre. Ils marchèrent quelques minutes, silencieux. Samuel Munger, surpris de la douceur du temps, offrit son visage aux derniers rayons du soleil couchant. Après toutes ces heures passées dans l'humidité et la poussière, il accueillait avec volupté la caresse du vent sur sa peau.

—Tu sors un peu tard, Sam. La météo annonce de la pluie à partir de ce soir.

—Si tard en novembre?

—L'*été des Indiens*, peut-être...

—Il y aura du brouillard, tu crois?

—Le contraire me surprendrait. Je le sens dans mes os. C'est tout ce qui reste, à notre âge, pouvoir prédire le temps qu'il fera grâce aux rhumatismes!

Samuel Munger rit. Il se sentait mieux et, sans chercher la raison de ce changement, il appréciait sa conversation avec Édouard Rupert. Celui-ci, d'ailleurs, semblait partager la même impression.

—Qu'est-ce que tu fabriquais? Ça fait des jours qu'on ne t'a vu!

—Des recherches, rien de vraiment important.

Leurs pas les avaient entraînés jusque devant la maison de Philippe Lambert. Édouard Rupert, résolument, se dirigea vers l'entrée conduisant au garage.

—Où vas-tu?

—Le jeunot est absent pour quelques jours; je lui ai proposé de ramasser son courrier... Tu peux m'accompagner si tu veux.

Surpris par le comportement communicatif de son voisin, Samuel Munger acquiesça. Il suivit Édouard Rupert, permettant à celui-ci de prendre un peu d'avance. Les feuilles mortes s'amoncelaient dans l'entrée du garage et sur la partie de la pelouse exposée au vent, donnant un air abandonné à la propriété. En se souvenant de la conversation qu'il avait eue avec le journaliste, le vieux flic sourit pour lui-même. Jamais il n'aurait cru, à ce moment-là, que les choses iraient aussi loin!

Le couvercle de la boîte aux lettres grinça avec insistance lorsque Édouard Rupert, tenant une seule enveloppe dans sa main, le rabattit lourdement sur l'armature métallique. Le dos appuyé sur le mur du garage faisant face à la rue, Samuel Munger, perdu dans ses pensées, attendait le retour de son voisin; il ne vit donc pas l'expression de surprise se peindre sur le visage d'Édouard Rupert quand celui-ci constata, en revenant sur ses pas, que la porte de service n'était pas complètement fermée. Édouard Rupert hésita quelques secondes, voulut ouvrir la bouche pour demander à son compagnon ce qu'il pensait de ce détail plutôt étrange, puis se ravisa. *Philippe a sans doute oublié de mettre le verrou*, songea-t-il.

—Je rentre quelques instants, Sam. J'en ai pour cinq minutes à peine.

—Te presse pas, j'ai tout mon temps.

Curieux comme les gens changent rapidement, songea Samuel Munger. *La semaine dernière, ce type n'arrivait pas à s'entendre avec moi, et voilà que nous marchons côte-à-côte, comme si une très longue amitié nous unissait.* Détaché de ses préoccupations, goûtant pleinement aux derniers rayons du soleil, il se sentait revivre. Il pensa à Norma, plutôt gentille malgré sa mauvaise humeur récurrente. Il n'était pas assez compréhensif avec sa femme, elle méritait plus que les regards distraits et désintéressés qui, jusque-là, avaient parsemé sa vie. En fait, il avait jugé tout le monde, en se croyant le plus malin. Quel pauvre type il faisait! Ce n'était pas les gens qui étaient en train de changer, mais lui!

Un bus d'écoliers recouvert de poussière s'amena dans la rue, déversant sa cargaison de marmots braillards et heureux d'en avoir terminé avec l'école. Un chien aboya pas très loin de là, un enfant éclata en sanglots; un homme, visiblement impatient, essaya à plusieurs reprises et sans succès de faire démarrer sa voiture. Samuel Munger prenait plaisir à écouter le bruit même de la vie, ces battements de cœur auxquels il était resté sourd volontairement et qui, maintenant, prenaient toute leur signification.

Sa montre indiquait trois heures trente. Édouard Rupert était entré depuis près de quinze minutes et ne donnait toujours pas signe de vie. Il quitta la façade du garage tandis que le bus, presque vide, disparaissait au coin de la rue.

—Édouard?

À travers la fenêtre, il reconnut le portique dans lequel Philippe l'avait fait pénétrer. Il baissa la tête, essayant de deviner ce qui se passait à l'intérieur de la maison. L'angle d'un mur bloquait son regard. Il n'apercevait qu'une portion du plancher de la cuisine et une partie de l'ameublement du living.

—Tu es toujours là, Ed?

Il n'avait pas trop élevé la voix, afin de ne pas paraître ridicule en ameutant inutilement les voisins. Déjà, il apercevait du coin de l'œil la veuve d'en face qui, se croyant à l'abri derrière ses stores, observait la scène.

La porte s'ouvrit en silence. Samuel Munger se coula dans la maison, s'attendant à apercevoir Édouard Rupert finissant d'inspecter les pièces. Il ne vit personne. Intrigué – peut-être son voisin avait-il été victime d'un malaise? – il avança jusque dans la cuisine, traversa le living, puis fit le tour des chambres, s'attardant un peu plus longtemps dans la bibliothèque. Toujours rien. De plus en plus inquiet, il descendit au sous-sol, traversa la salle de chauffage au pas de course, faillit buter sur une pelle dans l'atelier avant de remonter, essoufflé et bredouille.

—Ed? Je ne trouve pas cela drôle du tout! Nous ne sommes plus des enfants pour jouer à cache-cache!

Peut-être Édouard Rupert s'était-il éclipsé par la porte principale? Il revint dans le living, contourna un sofa en cuir et sut, avant d'arriver à destination, que son voisin n'avait pu quitter la maison par là, puisque la chaîne de sécurité était toujours en place.

La salle de bain.

Évidemment!

La porte était fermée. Samuel Munger conclut, soulagé, qu'Édouard Rupert, obligé de satisfaire un besoin pressant, s'était réfugié là. Du bout des doigts, il frappa légèrement sur le battant.

—Tout va bien, Ed?

Il patienta quelques secondes puis, n'obtenant pas de réponse, il fit tourner la poignée sans rencontrer de résistance.

Samuel Munger avait un faible pour le cinéma d'action, celui où les truands règlent leurs comptes à coups d'Uzi et de Kalachnikov. Le samedi soir, lorsqu'il revenait de sa séance hebdomadaire, il n'arrêtait pas de s'extasier auprès de Norma sur la qualité des effets spéciaux qui donnaient l'illusion de la vérité dans toute sa perfection. Il n'arrivait pas à comprendre, cependant, comment les spécialistes arrivaient à simuler avec autant de précision l'impact d'une balle sur un visage ou l'effet de l'explosion d'une bombe sur un corps humain.

Là, à l'instant même, il avait devant lui l'exemple typique d'un travail effectué par un as des effets spéciaux. Sauf que, dans ce cas très particulier, lui-même faisait partie de la distribution d'un film où l'action n'était pas simulée!

Édouard Rupert avait dû mourir sans se rendre compte de ce qui lui arrivait. Reposant de guingois sur la cuvette, son corps soigneusement décapité glissait lentement sur le sol recouvert de sang. La tête, dont les yeux sans vie le fixaient étrangement, était calée entre les jambes et semblait sourire.

Il renoua avec ses bons vieux réflexes de flic. Il tendit l'oreille, puis revint prudemment sur ses pas en prenant soin, pour Dieu sait quelle raison, de refermer derrière lui. Il n'était pas seul dans la maison... Il respira à fond, traversa la cuisine lentement, allant de plus en plus vite à mesure qu'il approchait du porche. Il se préparait à ouvrir la porte et à s'élancer à l'extérieur lorsque tout bascula. Le bout de son pied droit heurta une chaise qui se renversa avec fracas; il parvint de justesse à reprendre son équilibre en s'appuyant à l'extrémité du comptoir-lunch, non sans que le téléviseur qui s'y trouvait, victime de son élan, n'aille choir sur le carrelage.

—Où allez-vous?

La voix était désagréable. Samuel Munger se retourna lentement, attentif à tous ses gestes. Il savait par instinct ce que signifierait le plus petit mouvement brusque.

L'homme qui se tenait debout devant lui, les jambes écartées, un Magnum 357 dans la main droite, n'avait guère plus de quarante-cinq ans. Son front disparaissait presque entièrement sous une épaisse tignasse noire, coiffée vers l'arrière, rappelant vaguement le style des rockers des années cinquante. Samuel Munger estima la taille de l'individu à un mètre quatre-vingt-dix. Il essaya de lire dans les yeux bruns qui le regardaient sans ciller, mais il fut incapable d'y saisir la plus petite parcelle d'humanité. Les gants en caoutchouc que l'homme portait ruisselaient de sang.

—Qui êtes-vous?

Le type demeura muet. Samuel Munger, soudain, sut qu'il allait mourir. Il pensa à Norma, à sa collection, aux enfants en train de jouer dans la rue et qu'il entendait pour la première fois. Le gars qui, tout à l'heure, essayait de faire démarrer son auto, y alla d'une nouvelle tentative, couronnée de succès cette fois.

—Qui êtes-vous?

Sachant à qui il avait affaire, Samuel Munger avait posé sa question dans le seul but de gagner du temps. Il avait devant lui le client de Don O'Connor, celui dont il avait essayé de retrouver la trace au cours des derniers jours, dans le ramassis de magazines et de vieilles dépêches qui moisissaient dans sa cave...

—Je suis la Mort.

L'homme tira. Presque à bout portant. Samuel Munger, si l'occasion lui en avait été donné, aurait apprécié la scène sur un écran de cinéma. Son cerveau explosa avant de s'étaler sur le mur pêche du porche en milliers de fragments teintés de rouge. Soulevé de terre par la force de l'impact, son corps percuta violemment le cadre de la porte toujours entrouverte. Il s'écroula, une surprise inouïe se lisant sur son visage de vieil homme fauché par la mort, alors qu'il commençait seulement à vivre.

***

Son bras retomba lourdement sur sa cuisse, tandis que du canon de l'arme s'écoulait une fumée bleutée, âcre. Une odeur de poudre et de sang se répandit dans la cuisine, bientôt suivie par celle, plus forte, des excréments. *Relâchement des sphincters consécutif au choc,* diagnostiqua-t-il, en regardant, de l'endroit où il était, le corps de Samuel Munger. La pratique de son art l'avait habitué à ce genre de réaction *post mortem*. Au début, il se formalisait d'un tel manque de savoir-vivre de la part de ses victimes; la force de l'habitude l'avait rendu plus compréhensif.

Il avait raté son rendez-vous avec Philippe Lambert. Il n'était pas déçu, juste un peu contrarié, car il se doutait que ce n'était que partie remise. Il retrouverait le journaliste, demain, dans une semaine ou dans un mois...

Rien ne pressait.

Il se rendit dans le salon et jeta un coup d'œil à l'extérieur, en prenant soin de rester dissimulé derrière les stores baissés. Son geste n'était pas motivé par la crainte d'avoir attiré l'attention d'un voisin à l'oreille trop fine, mais plutôt parce qu'il appréciait l'atmosphère familiale de ce quartier. À son arrivée, il n'avait pu s'empêcher d'admirer le bel alignement d'arbres et de parterres, de maisons et de plates-bandes s'offrant à son regard de promeneur insouciant. Ces rues lui plaisaient, il aurait aimé vivre ici, du moins pendant un certain temps, pour se reposer.

Une femme plus très jeune sortit de la maison d'en face et regarda dans sa direction, en faisant semblant de mettre un peu d'ordre dans une plate-bande de roses sauvages mise à mal par la neige et le vent. Il recula de quelques pas, bien qu'il fût certain de ne pas avoir été observé alors qu'il s'était escrimé sur le verrou de la porte de service, une heure plus tôt. Jugeant tout de même plus prudent de ne pas forcer la chance, il décida de s'éloigner un peu. En revenant dans la cuisine, son attention fut attirée par un amoncellement de courrier sur la table. Il y avait là des éditions périmées du Reporter, plusieurs enveloppes portant les logos de grandes surfaces, un exemplaire d'une revue spécialisée dans les vêtements de ski. Il effleura le tout du bout de ses doigts gantés, maculant de sang les enveloppes qu'il touchait. Un numéro du Reporter, en équilibre instable sur le rebord de la table, glissa sur le sol. Il suivit du regard la course du journal qui atterrit en ouvrant toutes grandes ses pages près d'une enveloppe portant le logo de Master Card et d'une carte postale montrant ce qui semblait être une auberge nichée au pied d'une grosse montagne. Curieux, il se plia et prit la carte dans ses mains, observant avec intérêt la photographie en couleurs qui, d'après ses teintes très vives et peu naturelles, avait été prise plusieurs années auparavant. Un jour, lorsque sa mission serait terminée, il se retirerait dans un endroit semblable pour goûter enfin aux joies simples de l'existence.

Lorsque ses yeux se portèrent sur le cœur transpercé d'une flèche que Rosalie avait dessiné au verso de la carte à l'intention de Philippe, il se dit que le Diable, qui s'était toujours montré compréhensif à son égard, lui faisait de nouveau une fleur.

***

La nuit, fidèle à ses habitudes de novembre, était arrivée en trombe, amenant avec elle de fortes bourrasques en provenance du sud-ouest, elles-mêmes annonciatrices d'orages puissants. De mémoire d'homme, on ne se souvenait pas qu'un vent de cette sorte, réservé habituellement aux chaleurs intenses de l'été, ait jamais soufflé sur Beaumont à moins d'un mois de la fête de Noël! Le thermomètre avait effectué un bon de vingt degrés à partir du point de congélation, et cela en l'espace de quelques heures seulement. Surpris, les gens sortaient de chez eux vêtus comme en plein été et offraient leur visage à la caresse du vent nocturne; d'autres ouvraient portes et fenêtres pour aérer des pièces emmitouflées depuis plusieurs semaines dans la froide quiétude automnale.

Tous avaient été pris de court, à commencer par les responsables du service météorologique; débordés par les appels téléphoniques en provenance de Beaumontais inquiets ou ravis, ceux-ci ne savaient plus où donner de la tête. La hausse brutale de la température faisait craindre le pire; déjà, dans certains endroits mal protégés du vent, de fortes rafales avaient couché des arbres et endommagé des bâtiments de ferme. Le tonnerre grondait au loin et le ciel était zébré d'éclairs.

De la terre engourdie en plusieurs endroits sous une couche d'une dizaine de centimètres de neige, que le froid avait pétri et durci, s'élevait un brouillard blanc, sépulcral, dont la texture allait s'épaississant à mesure que la nuit avançait.

Par-dessus la table, Philippe emprisonna les doigts de Rosalie dans les siens et écouta la fureur du vent en train de se déchaîner autour de l'auberge. Il s'efforçait de paraître rassuré, sans l'être vraiment. La pluie claquait sur le bardeau sec du toit et le brouillard donnait l'impression de vouloir les dévorer tous. Il n'avait jamais assisté à un phénomène aussi bizarre. Malgré la bourrasque, la brume, épaisse, impénétrable, faisait du sur place et emprisonnait l'auberge dans une gangue ouatée, molle. Hubert Ross et Charles Compton, inquiets pour leur famille, avaient tour à tour appelé leur femme à la maison, juste avant que la ligne téléphonique ne déclare forfait... Tante Irma, habituée aux sautes d'humeur de la nature, s'était retirée dans sa chambre après avoir effectué une tournée sous les combles afin de vérifier si les poutres de pin demeuraient toujours aussi solides.

Hubert Ross et Charles Compton, un numéro du *Reader's Digest* ouvert sur leurs genoux, lisaient depuis une demi-heure dans le living. Ils tendaient quelquefois l'oreille à l'unisson lorsque le vent, en faiblissant, leur permettait de reprendre contact avec le pouls de l'auberge. Philippe, qui avait insisté auprès de Rosalie pour qu'ils s'installent dans la salle à dîner, le temps que le vent se calme, ouvrit une bouteille de Château Lafitte, réquisitionnée peu après le dîner dans la réserve spéciale de tante Irma. Ils n'avaient pas allumé le foyer, par crainte que la bourrasque n'aspire les flammes vers l'extérieur. La pièce baignait dans une demi-obscurité qui, en d'autres circonstances, eût été propice aux échanges de confidences. Rosalie, très pâle, essayait de se montrer détendue; son sourire crispé et ses mouvements brusques trahissaient toutefois l'état d'esprit dans lequel elle se trouvait.

—La nuit sera longue, Philippe.

—Je suis là...

Elle porta le verre de vin à ses lèvres, but distraitement, puis, remarqua:

—Le téléphone, tu crois que...

—Ross et Compton ont une radio dans leur voiture, ils peuvent communiquer avec O'Connor à n'importe quel moment.

Le vent, une fois de plus, se déchaîna. Le mur extérieur de la salle à dîner exposé à la bourrasque gémit bruyamment; la branche d'un arbre heurta violemment une fenêtre, faisant aussitôt éclater celle-ci en une centaine de pointes acérées qui brillèrent d'un éclat malsain en atterrissant sur la moquette. Revolver au poing, Ross et Compton se ruèrent dans la salle à dîner, prêts à ouvrir le feu. Philippe s'était levé si rapidement que la chaise sur laquelle il était assis se renversa bruyamment derrière lui; Rosalie, paralysée par la surprise, fixait la fenêtre que le vent avait mis à mal.

—Ce n'est qu'une branche emportée par une bourrasque, Rosalie. Tout va bien...

Les deux policiers approchèrent avec précaution de la fenêtre, tandis que tante Irma, vêtue d'une jaquette en tissu épais, sur laquelle était brodée des motifs rouges ressemblant à un bouquet de roses, s'informait de ce qui avait causé tout ce tapage. Philippe rassura leur hôte en gardant un œil intéressé sur les mouvements des deux flics. Charles Compton, par acquis de conscience, décida de procéder à une reconnaissance extérieure. Hubert Ross, discrètement, vint se placer près de Rosalie, sans que celle-ci se rende compte de sa présence.

—Quel gâchis!

—Je vais te donner un coup de main pour ramasser tout cela, tante Irma.

—Je... je crois que je vais aller me coucher, Philippe.

Encore secouée et tremblante, Rosalie se leva. Hubert Ross la suivit alors qu'elle prenait la direction de l'escalier; Philippe, pressé d'en finir avec sa corvée, se dirigea vers la fenêtre. Tante Irma le rejoignit, tandis qu'il poussait quelques éclats de verre avec le bout de sa chaussure.

—Laisse, mon garçon. Je vais m'en charger.

—Il n'y en a pas pour longtemps, tu sais.

—Nous nous occuperons de tout cela demain. En attendant, je vais tirer les volets. Allez, va rejoindre Rosalie.

Il croisa Charles Compton au pied de l'escalier, qui lui dit que, excepté le brouillard, tout était normal autour de l'auberge. Hubert Ross faisait les cent pas dans le corridor du premier, les mains enfouies dans les poches de son pantalon. Le policier avait enlevé sa veste, découvrant le *holster* abritant son arme de service. À la vue de la crosse du Smith & Wesson, Philippe se sentit un peu plus rassuré. Il souhaita bonne nuit au flic, puis pénétra dans la chambre de Rosalie.

La jeune femme se blottit contre son corps lorsqu'il s'allongea près d'elle; Philippe fut reconnaissant de la chaleur que Rosalie lui communiquait et, surtout, du silence dans lequel elle s'était réfugiée, car il aurait été bien embêté de la réconforter! Il n'y avait pas de mots, pas d'expressions pour décrire ce qu'il ressentait. Un vent aussi puissant que celui déchaîné sur Beaumont par les forces de la nature soufflait en lui, arrachant tout sur son passage. Il avait peur pour la vie de celle qu'il aimait et il craignait pour sa propre sécurité. Il voulait s'éloigner de Beaumont avec Rosalie, sans trouver le courage d'arracher les racines qui le retenaient prisonnier de la ville depuis son enfance. Il était terrorisé à la pensée que sa présence, comme cela avait été le cas pour Émilie, porterait malheur à sa compagne. Pour la première fois de sa vie, il aimait quelqu'un de façon totalement désintéressée et il n'arrivait pas à se décider sur une ligne de conduite à adopter. Son attitude était d'autant plus inexcusable qu'il s'agissait, littéralement, d'une question de vie ou de mort!

Il existait bien une solution à son dilemme, toutefois ce n'était pas la bonne. Accepter les deux cent mille dollars de Robert Caine équivalait à renier tout ce qu'il avait accompli jusque-là; de plus, il était loin d'être certain que Rosalie donnerait son accord à la conclusion d'un tel marché, même si la somme proposée lui permettrait de mettre le plus de distance possible entre elle et le tueur qui la poursuivait.

Une heure, puis deux s'écoulèrent. Philippe sombrait quelques minutes dans le sommeil, puis se réveillait brusquement, certain d'avoir entendu un bruit suspect quelque part dans l'auberge. Le vent paraissait souffler avec moins d'intensité. Il porta son regard en direction de la fenêtre et vit que le brouillard demeurait toujours aussi épais. Rosalie s'était endormie et reposait sur le dos, une jambe en travers de la sienne. Avec mille précautions, il se dégagea, souleva les couvertures et s'assit sur le lit en posant ses pieds sur le plancher froid. Il resta dans cette position pendant quelques minutes, essayant de chasser de sa tête les réflexions qui l'empêchaient de trouver le repos.

Incapable de se détendre, il se leva et alla à la fenêtre. Le mur opaque du brouillard l'empêchait de voir quoi que ce soit, bien que la lune fût pleine. Il revint sur ses pas, observa Rosalie quelques instants, puis décida de descendre à la cuisine. Curieusement, il avait faim... Il enfila son pantalon et, toujours pieds nus, ouvrit la porte sans bruit en prenant soin de ne pas la refermer tout à fait, afin que l'action bruyante du verrou sur le pêne ne dérange pas le sommeil de Rosalie.

Hubert Ross, le regard embué par le sommeil, avait récupéré quelque part l'exemplaire du *Sports Illustrated* et, assis à même le sol, lisait probablement pour la cinquième fois l'article consacré au sprinter Ben Johnson.

—Où est Compton?

—En-bas, dehors je crois...

—Tout va bien?

—Ouais, la ligne téléphonique est toujours morte, mais on a la radio.

Philippe descendit l'escalier jusqu'au rez-de-chaussée, bâillant à s'en décrocher la mâchoire. Il poussait la porte de la cuisine lorsque l'horloge accrochée au mur du grand salon sonna la première heure de la nuit.

***

—Nous sommes vraiment dans la merde cette fois, patron!

Don O'Connor, qui avait décroché le téléphone avant même que la première sonnerie ne prenne fin, sentit son estomac se nouer.

—Qu'est-ce qui se passe, Esther?

—Une de nos patrouilles vient de découvrir les corps de deux hommes dans la maison appartenant à Philippe Lambert. On croit que c'est l'œuvre de notre client...

—Shit!

Don O'Connor repoussa les couvertures, alluma la lampe de chevet et se leva d'un seul mouvement.

—Résumez-moi ce qui s'est passé, vite!

—Nous avons reçu un coup de fil anonyme en début de

soirée. Une voix de femme qui prétendait avoir aperçu un rôdeur dans le quartier. Étant donné que la plupart de nos effectifs sont sur la piste du tueur et que nous sommes envahis de ce genre de coups de téléphone depuis une semaine, eh bien!... on a laissé tomber.

—Bravo!

—Je vérifiais tout à l'heure le rapport des appels reçus au cours des dernières heures et je suis tombée sur celui-là. J'ai vu tout de suite que la rue était celle de Philippe Lambert et qu'il était question de sa maison. J'ai décidé de procéder moi-même à la vérification...

—Où êtes-vous?

—Chez Lambert.

—On a identifié les corps?

Esther Courtney ne répondit pas.

—Vous êtes toujours là, Esther? Allô?

—L'une des victimes est Samuel Munger, patron.

Don O'Connor respira à fond, réprimant difficilement les larmes qui montaient à ses yeux. Il mit quelques secondes à reprendre le dessus sur son émotion. Lorsqu'il recommença à parler, sa voix tremblait.

—Lambert sait ce qui est arrivé?

—Un agent essaie de le joindre depuis quelques minutes. La ligne téléphonique est en dérangement; le vent a dû faucher quelques poteaux.

—Essayez par la radio, bon sang!

—C'est déjà fait, mais nous n'obtenons aucune réponse. J'ai envoyé une auto-patrouille à l'auberge avant de vous appeler. Les gars n'arriveront pas avant le milieu de la nuit. Le brouillard est si épais qu'il est impossible de rouler à plus de quarante kilomètres à l'heure!

***

La porte de la chambre pivota lentement sur ses gonds, puis s'ouvrit toute grande. Rosalie s'emmitoufla dans les couvertures, heureuse du retour de Philippe et impatiente de sentir de nouveau le corps de son compagnon près du sien. Elle s'était réveillée alors que ce dernier, s'efforçant de ne faire aucun bruit, bouclait son pantalon en dansant d'un pied sur l'autre. Elle l'avait entendu converser à voix basse dans le corridor avec Hubert Ross, puis le silence, perturbé seulement par le vent, avait repris possession de la pièce. Un instant, l'idée lui était venue de descendre avec Philippe – elle se doutait que celui-ci devait se diriger vers la cuisine – mais, ce faisant, ils auraient été obligés d'amener le policier avec eux. Craignant que leur conversation ne trouble le sommeil de tante Irma, elle s'était finalement ravisée. Leur hôte avait besoin de repos, c'était visible. D'ailleurs, Rosalie avait l'intention de suggérer à Philippe, dès le matin, de quitter l'auberge et de trouver un refuge à Beaumont, afin de permettre à la vieille femme de renouer avec le calme habituel de sa vie quotidienne.

Les pas se rapprochèrent du lit. Rosalie, qui trouvait curieux le fait que Philippe n'ait pas refermé la porte derrière lui, se retourna, craignant une intrusion possible d'Hubert Ross, toujours de faction dans le corridor. Ses yeux embrumés par le sommeil devinèrent plus qu'ils ne virent son compagnon. Elle sourit dans l'obscurité et, lorsque celui-ci s'allongea près d'elle, elle se rapprocha, impatiente de sentir la caresse de la peau de Philippe sur la sienne.

—C'était bon, Phili...

—Heureuse de me revoir, Rosie Darling?

Les vêtements de l'homme sentaient l'humidité, comme s'il avait marché très longtemps dans le brouillard. Il respirait lourdement et par saccades, sous l'effet semblait-il d'une excitation intense. Il se colla à Rosalie et celle-ci ressentit un immense sentiment de répulsion. La jeune femme se recroquevilla, serrant les couvertures autour de son corps nu, dans un geste dérisoire de protection.

—Sois gentille, Rosie...

—Que me voulez-vous?

Rosalie fut surprise du ton ferme de sa voix. L'instant d'avant, elle se voyait en train de céder à la panique, tandis que maintenant, son instinct lui dictait de gagner du temps.

—J'ai trop tardé...

—Allez-vous-en, partez d'ici.

L'homme bougea, semblant chercher quelque chose sous sa chemise. Il se contorsionna pendant quelques instants puis, trouvant enfin ce qu'il cherchait, reprit sa position originale. Il y eut un court moment de flottement, puis Rosalie sentit sur sa tempe le contact froid d'un tube métallique.

—Lève-toi.

—Non!

Il la projeta hors du lit. Tentant de cacher sa nudité sous un drap, Rosalie se mit debout en tremblant, tandis que l'homme, toujours allongé, l'observait dans l'obscurité.

***

Le poste de radio, de son perchoir au-dessus du frigidaire, diffusait en sourdine une chanson de Kenny Rogers. Philippe essayait de se souvenir du titre de la mélodie avant que ne prennent fin les dernières mesures, mais le disc-jockey, de retour en ondes, le prit de vitesse. *The Gambler* fut bientôt suivi d'une publicité sur une marque de bière, puis du bulletin météo et des informations. Sa faim assouvie, il tendait le bras pour éteindre le poste lorsque son attention fut attirée par le bruit régulier d'un objet dur heurtant ce qui semblait être le bois d'une porte ou du plancher. Intrigué, il suspendit son geste et tendit l'oreille. Le vent, après une courte période d'accalmie, revenait en force et il lui était difficile de localiser avec précision l'endroit d'où provenait le son. Il crut tout d'abord qu'il s'agissait d'une branche d'arbre que la bourrasque avait entraînée quelque part sur le toit de l'auberge, mais il changea rapidement d'avis, car le rythme était trop régulier pour être seulement attribuable à la nature. Machinalement, il rendit silencieux le poste de radio puis, de plus en plus intrigué, entreprit de se diriger vers l'endroit d'où provenait ce qui lui semblait être, désormais, un signal.

Il quitta la cuisine et, arrivé au living, s'arrêta, tous les sens aux aguets, essayant de deviner l'origine du mystérieux mouvement. Il songea un moment se diriger vers la salle à dîner et se ravisa, optant plutôt pour le passage conduisant vers les appartements privés de tante Irma. Le vent excepté, la quiétude régnant à l'intérieur de l'auberge était toujours la même. Le bout des doigts de sa main droite effleuraient le mur du corridor, tandis qu'à son insu il sifflait entre ses dents l'air du *Gambler*.

Le bruit, Philippe en était certain maintenant, provenait de la chambre de tante Irma. Une fois devant la porte, il frappa discrètement à deux reprises sur le cadre et, n'obtenant pas de réponse, se décida à entrer.

—Tante Irma?

Ses yeux se heurtèrent à une obscurité épaisse, impossible à percer. Sa main effleura le commutateur électrique, près de la porte, sans qu'il se décide à faire de la lumière. Le bruit avait cessé dès l'instant où il avait pénétré dans la chambre. Philippe avança sur la pointe des pieds, craignant que son intrusion n'ait pour effet de réveiller en sursaut l'occupante des lieux. Le silence était oppressant et le vent, en faisant trembler les carreaux de la fenêtre, paraissait vouloir se ruer à l'intérieur pour l'empêcher d'aller plus loin. Devinant la proximité du lit, il s'arrêta, essayant, toujours sans succès, d'habituer son regard à l'obscurité.

Le bruit, plus faible, se manifesta de nouveau, l'invitant à reprendre sa progression. Quitte à surprendre tante Irma en plein sommeil, il revint près de la porte, peu soucieux de contrarier le calme apparent dans laquelle la pièce reposait. Il trouva sans difficulté le commutateur et, comme s'il voulait conjurer le mauvais sort, appuya dessus de toutes ses forces. La lumière inonda la chambre, dévoilant du même coup une scène d'une horreur indicible.

Tante Irma reposait sur la moquette, en position fœtale, un couteau de cuisine enfoncé une dizaine de centimètres sous la nuque. Dans le regard de la malheureuse que la vie était sur le point de quitter, Philippe crut lire une tristesse incommensurable. Figé, incapable du moindre mouvement, il vit tante Irma frapper le sol une dernière fois avec le bibelot qu'elle tenait dans sa main gauche. Le son, à peine perceptible, s'éteignit en même temps que la pauvre femme.

Rosalie!

Philippe se rua dans le passage, cherchant du regard Charles Compton ou Hubert Ross. Les deux flics demeurant

517

invisibles, il courut jusqu'à l'escalier, en maudissant l'imprudence qui lui avait fait quitter la chambre de Rosalie. Il allait gravir les marches quatre à quatre mais jugea prudent d'agir avec moins de précipitation.

Il devait trouver une arme, n'importe quoi, pourvu qu'elle soit capable de tuer...

L'assassin pouvait être partout dans l'auberge, courir aveuglément dans tous les sens ne ferait que servir ses intentions. Philippe retourna dans la cuisine où il s'empara de la hache qu'il avait aperçue la veille derrière le gros Bélanger. Ainsi armé, et même s'il était taraudé par l'envie folle de se précipiter au pas de charge dans la chambre de Rosalie, il se dirigea vers l'escalier et entreprit de gravir les marches une à une.

Il s'attendait à cela; en fait, il en était certain. Hubert Ross, la tête formant un angle curieux avec le reste du corps, était allongé, mort, sur le plancher du corridor. Philippe, avant même de se trouver à la hauteur du cadavre, sut que le flic avait eu la nuque brisée. Il se pencha, faisant en sorte de ne pas perdre de vue un seul instant la porte ouverte donnant sur la chambre de Rosalie. Il crut percevoir un échange de conversation, mais il était encore trop loin de son objectif pour comprendre le sens des propos parvenant par bribes jusqu'à lui. Il déplaça l'exemplaire du *Sports Illustrated* qui, pour une raison inconnue, avait été déposé sur la poitrine d'Hubert Ross et, de sa main libre, extirpa de son *holster* le Smith & Wesson 38 qui ne serait plus jamais d'aucune utilité à son propriétaire.

L'arme semblait ridiculement légère dans sa main. Il avait déjà eu l'occasion de se servir de ce genre de revolver, alors qu'il couvrait un congrès de policiers pour son journal. Il savait donc à quoi s'en tenir au sujet de ses performances de tir. Elles étaient médiocres!

Philippe avait abandonné tout espoir de secours, il ne devait compter que sur ses propres moyens. Charles Compton devait être mort, lui aussi, quelque part dehors. Le tueur les avait tous pris à l'improviste et, dans un sens, la faim qui le tenaillait lui avait certainement sauvé la vie. Il avait une chance, toute petite mais réelle, de se reprendre. Tout ce qu'il espérait, c'était de ne pas arriver trop tard dans la chambre de Rosalie. Il respira à fond, déposa sans bruit sur le sol la hache désormais inutile puis, décidé, se dirigea vers son objectif

Les voix s'étaient tues. Le dos appuyé contre le mur, l'estomac contracté par la tension, Philippe souleva le Smith & Wesson à la hauteur de son visage; il tenait l'arme à deux mains, copiant ses gestes sur ceux des flics des écrans de cinéma. Il évita de mettre trop de pression sur la crosse, en se rappelant ce que lui avait dit l'instructeur de tir, au congrès des policiers. Il écarta les jambes, assura sa position et chassa complètement l'air de ses poumons avant de les remplir de nouveau.

La détonation provenant de l'intérieur de la chambre le prit complètement au dépourvu. Il sursauta et sa tête heurta violemment le mur derrière lui. Il hésita une seconde, peut-être deux, incertain quant à l'attitude à adopter. Le gémissement de Rosalie le tira de sa torpeur. Sans penser à rien d'autre qu'à tuer, refusant de croire qu'il était peut-être trop tard, il pivota sur lui-même et pénétra dans la pièce en se projetant sur le sol.

Tout se déroula à la vitesse de l'éclair. Le faible éclairage en provenance du corridor lui permit d'apercevoir Rosalie, gisant, immobile, sur le sol. Une mare de sang, celui de la jeune femme, allait en s'élargissant rapidement à la hauteur de son visage. Philippe leva les yeux et vit la taille imposante du tueur se découper en ombres chinoises devant la fenêtre. Il tira d'instinct, alors que l'intrus, surpris par son arrivée, levait son bras au bout duquel pendait un revolver deux fois gros comme le sien.

Philippe fut plus rapide. La détonation en provenance de son revolver fut suivie immédiatement d'un long râle dans lequel se mêlait autant de dépit que de consternation. Philippe voulut tirer une seconde fois mais n'en eut pas le temps. L'homme chancela, sembla hésiter sur la direction à prendre, puis fit un pas en arrière. Son corps immense entra en contact avec les carreaux de la fenêtre qui ne purent résister au poids. L'homme s'écroula, entraînant les rideaux dans sa chute qui se termina sur le sol près du petit ruisseau, six mètres plus bas.

ÉPILOGUE

ITE MISSA EST

Le jour s'était levé, hagard et triste, sur un matin pluvieux, maussade. Le vent était tombé peu avant l'aube et la pluie, en prenant la relève, donnait une teinte grisâtre, presque malsaine, au paysage.

Il sortit de la forêt et, se penchant au-dessus d'un ruisseau à l'eau claire, et profondément invitante, essuya le sang séché sur son visage. Il ne sentait plus son dos, et ses mains, que le verre avait éraflées en plusieurs endroits, le faisaient horriblement souffrir. Par réflexe, en sentant le sol se dérober sous ses pieds, il s'était agrippé au rebord de la fenêtre, ce qui avait amorti sa chute. Il ne se souvenait plus combien de temps, brisé, il était resté allongé sur le sol, croyant qu'il était mort. Ce qui importait, c'était qu'il fût en vie.

Il y avait du sang partout sur lui... La balle, en pénétrant dans la chair tendre de l'épaule, était ressortie immédiatement, n'ayant rencontré aucune résistance sur son passage.

Un peu à l'étroit dans ses nouveaux vêtements – le chasseur à qui il les avait empruntés ne pourrait jamais se plaindre, puisqu'il était mort – il respira à fond, heureux de retrouver enfin la civilisation.

Il détestait la forêt.

***

Novembre et ses sautes d'humeur n'étaient plus qu'un

521

mauvais souvenir. La neige avait recouvert le sol et ne risquait plus de disparaître à l'improviste. Dans les magasins, les arbres de Noël avaient fleuri comme une nuée de marguerites au printemps. À la radio, John Lennon chantait *Happy Christmas*. Des gens pressés couraient en tous sens et dans la conversation des enfants, il n'était plus question que de cadeaux et de vacances.

Le Bœing 747, presque vide, prit de la vitesse; l'appareil s'arracha pesamment du sol, et s'éleva gracieusement dans les airs à mesure qu'il prenait de l'accélération, tel un oiseau pataud qui retrouve enfin son élément. C'était la veille de Noël, il neigeait dru sur Montréal et le vol pour Londres en provenance de Toronto avait failli être contremandé. Philippe se cala dans son siège, appréciant le confort de la section réservée aux passagers voyageant en première classe.

Il n'avait plus à se soucier du journal, ni de Robert Caine; d'ailleurs, il se demandait pourquoi il pensait au Reporter, alors que plus rien, désormais, ne l'y rattachait. La semaine précédente il avait remis sa démission à Karl Wosniak qui n'avait pu retenir un sourire de satisfaction. La bonne humeur du rédacteur en chef avait été de courte durée. Cependant Philippe, en quittant le bureau, avait en effet annoncé à un Curé près de s'effondrer que Paul Francis, grâce à lui, avait en sa possession tous les détails pertinents de l'affaire Ashley. Et, à bien y penser, avait conclu Philippe, ironique, Thomas Martin ne pouvait-il pas être accusé de comportement incompatible avec son statut de ministre de la Défense?

Il était sorti de la salle de rédaction sans se retourner, le cœur léger et en paix avec lui-même. Il avait songé un instant à Nancy Caine, qui s'en tirerait, car son test de dépistage antisida s'était avéré négatif. Mais il y avait tous ces gens, ces malheureux qui apprendraient bientôt, très bientôt, qu'ils étaient condamnés à une mort prochaine...

Tante Irma morte, plus rien ne le retenait à Beaumont. L'assassin avait filé, ayant survécu par miracle à sa chute. La mort de Samuel Munger et d'Édouard Rupert l'avait marqué. Ses deux voisins, si différents l'un de l'autre, lui manqueraient. Charles Compton avait été retrouvé dans sa voiture, la gorge tranchée et Hubert Ross ne s'était probablement pas rendu compte de ce qui lui arrivait, lorsque le tueur l'avait surpris par derrière. Les deux flics, des braves types, n'avaient pas eu de chance. Ils étaient morts inutilement, en essayant de faire proprement leur boulot.

L'hôtesse vint s'informer de ses besoins, lui proposant par la même occasion le menu. Ce serait la première fois qu'il fêterait Noël au-dessus de l'Atlantique! L'événement méritant d'être souligné, il commanda du champagne.

Assise près de lui, Rosalie trouva l'idée excellente. La jeune femme avait eu une chance extraordinaire. Dans un geste instinctif de protection, alors que le tueur appuyait sur la gâchette, elle s'était jetée sur le sol. La balle à fragmentation qui lui était destinée avait percuté le montant métallique du lit et c'était ces éclats qui, en entrant en contact avec la peau de son visage, avait causé l'hémorragie. Les cicatrices étaient superficielles; d'ailleurs, elles commençaient déjà à s'estomper...

Le Bœing 747 atteignit son altitude de croisière et l'hôtesse revint avec le champagne. Philippe et Rosalie choquèrent leurs coupes et se sourirent, se souhaitant mutuellement *Joyeux Noël*.

Anse-Saint-Jean,
Août 1989

Achevé   Imprimerie
d'imprimer Gagné Ltée
au Canada Louiseville